LE

MYSTÈRE DE LA PASSION EN FRANCE

DU XIVᵉ AU XVIᵉ SIÈCLE

ÉTUDE SUR LES SOURCES ET LE CLASSEMENT DES MYSTÈRES DE LA PASSION

Accompagnée de textes inédits :

**LA PASSION D'AUTUN — LA PASSION BOURGUIGNONNE DE SEMUR
LA PASSION D'AUVERGNE
LA PASSION SECUNDUM LEGEM DEBET MORI**

PAR

Emile ROY

Professeur à l'Université de Dijon

LIBRAIRES DÉPOSITAIRES DE LA REVUE

DIJON

DAMIDOT Frères, rue des Forges   Félix REY, rue de la Liberté, 26
NOURRY, place St-Etienne   VENOT, place d'Armes

PARIS

H. CHAMPION, librairie spéciale pour l'histoire de la France
et de ses anciennes provinces, 9, quai Voltaire.
A. ROUSSEAU, rue Soufflot, 14

LE

MYSTÈRE DE LA PASSION

EN FRANCE

DU XIVᵉ AU XVIᵉ SIÈCLE

a

REVUE BOURGUIGNONNE

PUBLIÉE PAR

L'UNIVERSITÉ DE DIJON

1903. — TOME XIII. — N° 3-4

LE

MYSTÈRE DE LA PASSION EN FRANCE

DU XIVᵉ AU XVIᵉ SIÈCLE

ÉTUDE SUR LES SOURCES ET LE CLASSEMENT DES MYSTÈRES DE LA PASSION

Accompagnée de textes inédits :

**LA PASSION D'AUTUN — LA PASSION BOURGUIGNONNE DE SEMUR
LA PASSION D'AUVERGNE
LA PASSION SECUNDUM LEGEM DEBET MORI**

PAR

Emile ROY

Professeur à l'Université de Dijon

LIBRAIRES DÉPOSITAIRES DE LA REVUE

DIJON

DAMIDOT Frères, rue des Forges   Félix REY, rue de la Liberté, 26
NOURRY, place St-Etienne   VENOT, place d'Armes

PARIS

H. CHAMPION, librairie spéciale pour l'histoire de la France
et de ses anciennes provinces, 9, quai Voltaire.
A. ROUSSEAU, rue Soufflot, 14

1904

AVANT-PROPOS[1]

AVANT-PROPOS

———

Le dernier en date, le plus souvent représenté et le plus important des mystères, celui de la *Passion*, n'a pas son histoire particulière pour la France. Après avoir étudié cette histoire, j'ai essayé d'en écrire quelques chapitres, en laissant de côté ce qui a été si souvent et si bien décrit, le spectacle et les spectateurs, pour examiner exclusivement les pièces elles-mêmes, leurs sources et leurs relations. Redire la place que ce mystère de la *Passion* a tenue dans la vie du moyen âge et en retracer une fois de plus les représentations eût été au moins inutile après tant d'excellents livres. mais les textes mêmes contiennent encore bien des difficultés qui ne peuvent être éclaircies, en partie, qu'avec des textes imprimés ou inédits. Quel intérêt peut-il y avoir à imprimer des mystères inédits quand il est déjà difficile de lire les imprimés, c'est ce qu'il convient d'abord d'indiquer.

Les mystères de la *Passion* français, imprimés ou inédits, actuellement connus, forment une masse compacte d'environ trois cent mille vers. Comment l'attaquer, la diviser, l'ordonner? quels sont ici les rapports de filiation ou de généalogie? Que tous ces mystères composés pendant plusieurs siècles sur le même sujet du Nord au Midi de la France aient entre eux des relations, le bon sens le dit d'avance, mais les histoires générales des mystères les plus développées n'ont pu, le plus souvent, le redire avec précision, soit qu'elles aient regardé la recherche des sources comme « accessoire », soit qu'elles aient analysé trop brièvement les textes eux-mêmes. Les avantages et les inconvénients de cette méthode sont évidents. Comme tous les mystères de la *Passion* se ressemblent. à quelques légendes près, des « analyses sommaires » permettent de résumer rapidement les analyses et les éditions antérieures ; elles suppriment les longueurs et les redites d'une littérature extrêmement ingrate et monotone ; mais, du même coup, elles suppriment aussi les détails, ne permettent plus de

comparer les originaux et laissent le champ libre à toutes les
hypothèses. C'est ainsi que, le classement n'étant pas fait dans les
histoires littéraires, divers philologues ont proposé de le faire
avec leurs méthodes. En voici deux exemples récents.

Que l'ancien théâtre français ait exercé sur le théâtre allemand
une certaine influence, c'est ce qui, depuis Mone, n'a jamais été
sérieusement contesté et n'est au fond qu'une question de plus ou
de moins. Partant de ce fait, on commence par découper dans
« les Passions allemandes du Rhin » une série de passages analogues et de leur rapprochement on conclut à tort ou à raison que
toutes ces Passions dérivent d'un prototype commun, perdu, et
qui a tous les droits de s'appeler X. Ce modèle une fois reconstitué dans ses grandes lignes, il devient plus facile d'étudier
sur lui l'influence française à l'aide d'une nouvelle série de rapprochements entre les scènes allemandes et les scènes françaises
correspondantes. On retrouve ainsi, par la même occasion, les
sources ou « les prototypes des Passions françaises » qu'il était
« malaisé » de reconnaître « au milieu du fatras et du délayage de
Greban, de Michel, et des autres rimeurs du XVᵉ siècle ». Cette
méthode ne serait qu'une nouvelle application du principe for-
mulé dans une préface célèbre, celle du *Saint Alexis*, et réussi-
rait, dit-elle, malgré l'intervalle des temps et des langues, à relever « un grand nombre d'imitations littérales [1] ».

Tout de même, on détermine une série de concordances [2] entre
la *Passion* gasconne ou catalane du manuscrit Didot, la *Passion*
d'Arras et les mystères rouergats, et de ces concordances on conclut encore à l'existence d'une *Passion* du Nord hypothétique
dont toutes ces pièces seraient dérivées.

Ainsi la lumière nous vient à la fois du Nord et du Midi ; tous
les problèmes sont résolus ou peu s'en faut, mais sont-ils seulement posés ? Pour contester ces méthodes elles-mêmes très modes-
tement — mais très nettement — il suffit d'observer qu'elles reposent sur des dénombrements incomplets, et qu'elles risquent le
plus souvent de voir des affinités où il n'y a que des coïncidences

1. M. Wilmotte, *les Passions allemandes du Rhin dans leur rapport avec l'ancien
théâtre français*, Paris, E. Bouillon, 1898, p. 51, p. 12, note 3, p. 95, etc.

2. E. Stengel, *Zeitschrift für französische sprache und Litteratur*, 1895 (XVII), p. 209
et suiv.

fortuites, inévitables dans un pareil sujet. Si les *Postilles* de Nicolas de Lire suffisent pour écarter les rapprochements les plus nouveaux qu'on ait proposés entre les *Passions* du Rhin et celle de Greban, et si les sources des mystères rouergats qu'on a reconstituées par hypothèse doivent se retrouver imprimées, il est clair qu'il conviendra d'oublier pour la plus grande partie ces hypothèses [1], et de revenir aux textes.

Dans un mystère de la *Nativité* [2] joué à Rouen en 1474, l'auteur anonyme, comme s'il voulait simplifier d'avance la tâche de son éditeur, a inséré avec le plus grand soin deux espèces de notes : des renvois aux pièces antérieures qui avaient inspiré la sienne, et des citations exactes, *in extenso*, de tous les livres théologiques ou légendaires utilisés dans son développement. Si tous les dramaturges de la *Passion* en avaient fait autant, ce livre serait bientôt écrit; il demandera plus de temps et sera forcément incomplet puisque les intéressés se sont abstenus, mais il n'en arrivera pas moins à quelques solutions. Après tout, l'érudition des dramaturges du moyen âge ne peut être et n'est pas infinie, si bien que si on relit après eux leurs documents principaux, il ne restera plus qu'à les utiliser dans les cas particuliers.

Abstraction faite des quatre Évangiles canoniques, dans quels livres lisait-on la vie de Jésus-Christ au XIVe et au XVe siècle? Dans les Évangiles apocryphes, le *Lucidaire* d'Honorius d'Autun ou d'Augsbourg, la *Légende dorée*, le *Miroir historial* de Vincent de Beauvais, dans quelques histoires saintes plus ou moins dérivées de l'*Histoire scholastique* ou dans des compilations d'anecdotes telles que le *Cy nous dit*. Sauf une ou deux exceptions, ces ouvrages sont depuis longtemps cités partout [3], mais il est clair

---

1. Ce qui subsiste c'est une influence très lointaine et très générale de l'ancien théâtre français sur le théâtre allemand, influence qui le plus souvent remonte aux drames liturgiques; ce sont encore quelques rapprochements de détails déja signalés par Mone, Ed du Meril, Moltzer, MM. Sepet et Creizenach. Ces rapprochement pourraient être quelque peu augmentés pour le tableau de la *Passion* proprement dite ; encore les légendes populaires et les commentaires théologiques répandus dans toute l'Europe restreignent-ils singulièrement les affirmations possibles. En tout cas si l'on n'a pu adopter la plupart des conclusions de MM. Wilmotte et Stengel, leurs preuves seront discutées en détail.

2. Réimprimé par P. Le Verdier, Rouen, 1887.

3. Surtout depuis les cours de l'abbé Douhaire sur le *Cycle des apocryphes* et leur influence sur les mystères, publiés dans l'*Université catholique*, t. IV et s (1843 et s.).

qu'il ne suffit pas de les citer, il s'agit de montrer en détail comment ils ont été mis en œuvre dans les mystères. A ces textes il convient d'ajouter les poèmes de bateleurs dont l'histoire a déjà été dé-
brouillée, comme tant d'autres, par M. Paul Meyer, et le petit livre
si discuté des *Meditationes Vitae Christi* sur lequel M. Wechssler
a eu le mérite de ramener l'attention et qui vous récrée de tant
d'ouvrages fastidieux. Peu ou point de théologie ; mais des réflexions
familières, des visions naïves, des « tableaux [1] ». Le Religieux
inconnu du xiiie siècle qui a écrit ces pages, voulait toucher les
cœurs simples et il y a réussi. C'est vraiment ici, comme disent
les manuscrits, le « livre doré » ou « la légende dorée » du Christ.
Si ce petit livre est si connu, d'où vient pourtant qu'il y a désac-
cord absolu [2] entre les érudits au sujet de l'influence qu'il a pu
exercer sur le théàtre? C'est encore là une question à élucider.

Les livres mêmes de théologie vraiment utiles ne sont pas non
plus innombrables, étant donnée l'habitude que les auteurs du
moyen âge ont de se copier les uns les autres à satiété. Si l'on
prend la peine de comparer sur les points douteux la *Concordance
des Evangélistes* de saint Augustin, les traités de Bède, la *Glose
ordinaire* de Walafried le Louche, les commentaires d'Albert le
Grand et de saint Bonaventure sur les quatre Evangiles, la
Catena aurea de saint Thomas d'Aquin aussi réputée jadis que la
Somme, et les *Postilles* de Nicolas de Lire, et si l'on ajoute à ces
anciens quelques modernes tels que Suarès, Jansenius et Cornelius a Lapide, il est probable que l'on connaîtra très suffisamment
l'érudition théologique du moyen âge, pour l'objet très restreint
qui est le nôtre, bien entendu. Ce qui est plus compliqué ce n'est
pas de lire ces originaux qui sont partout, mais de classer les imitations manuscrites ou incunables, en particulier de reconnaître
les nombreuses imitations de l'*Evangile de Nicodème* et des *Meditationes Vitae Christi*, ou seulement de feuilleter les sermonnaires de la *Passion* qui se groupent autour de Gerson et de saint
Vincent Ferrer. Cette tâche même peut être abrégée, et, bien loin
d'avoir à utiliser les lectures faites, on a pu heureusement en
oublier le plus grand nombre. Avec la liste indiquée on peut déjà

1. *Proemium* « quasdam imaginarias repraesentationes. »
2. Cf. *Romania*, 1894, p. 490.

aborder, sans être arrêté à chaque pas, les mystères de la *Passion*
imprimés. Les mystères inédits qui ne sont pas en si grand
nombre qu'on ne doive les copier ou les dépouiller, plume en
main, fourniront d'eux-mêmes les autres transitions.

Ces sources classées et ces lectures faites, comment les appli-
quer à la classification des mystères de la *Passion?* En mettant à
part la *Passion* gasconne ou catalane du manuscrit Didot, et le
Paaschspel de Maëstricht où l'influence française est depuis longtemps reconnue, les premiers textes français que nous ayons à
examiner sont la *Passion* d'Autun et les mystères de la Bibliothèque Sainte-Geneviève dont l'origine et la date ne sont guère
déterminées que par hypothèse. C'est par eux que commencera
véritablement notre étude. En examinant cette collection de pièces
détachées, on remarquera qu'elle correspond assez exactement à
une « série de poèmes originairement distincts qui ont été ajoutés
l'un à l'autre de manière à embrasser la vie entière du Christ et
l'histoire de la Vierge depuis son mariage jusqu'à son Assomption ». On se rappellera de plus, comme l'a signalé M. Paul
Meyer, que le premier des drames Sainte-Geneviève a été directement tiré du premier de ces poèmes de bateleurs français, aussi
bien qu'une ancienne pièce provençale, l'*Esposalizi Nostra Dona*.
Jusqu'où vont ces emprunts? Se continuent-ils dans les pièces
suivantes? L'examen de cette question permettra de classer les
mystères Sainte-Geneviève et les textes inédits signalés dans le
catalogue de la Bibliothèque Nationale, en particulier la *Passion*
d'Autun. Une autre *Passion* bourguignonne inédite, dont l'importance a été signalée dès 1848 par Paulin 'Paris, et qui sera
imprimée pour la première fois *in extenso*, nous donnera ensuite
la transition entre les mystères Sainte-Geneviève et les grands
mystères du quinzième siècle. C'est dans cette *Passion* bourguignonne que commence véritablement au théâtre l'influence du dialogue apocryphe de saint Anselme sur la *Passion* et des *Meditationes Vitae Christi* qui va prédominer dans la période suivante.

Avec leurs naïvetés et leur profusion de légendes, les mystères
Sainte-Geneviève ne sont guère autre chose que des poèmes de
bateleurs mis au théâtre. Les mystères du quinzième siècle en
diffèrent sensiblement. Le premier point à démontrer c'est que
sauf une exception importante, signalée par M. Emile Picot,

toutes les Passions imprimées ou inédites du quinzième siècle, la
Passion de Greban, la *Passion* de Jean Michel, les deux *Passions*
inédites de Valenciennes, la *Passion* bretonne et d'autres, dérivent toutes au premier ou au second degré de la *Passion* d'Arras.
Tous ces auteurs s'imitent entre eux et par surcroît ils imitent
souvent, pas toujours, les mêmes livres, des livres de théologie.

> Nous qui l'escripture savons
> et congnoissons et texte et glose,

dit un docteur de Greban[1]. Nous qui ne les savons pas, allons-nous donc les apprendre (il serait un peu tard), et à propos de
légendes populaires, de romans, de mauvaises paraphrases (les
mystères ne sont pas autre chose) discuter sur les Evangiles ?
Ces discussions n'ont évidemment rien à faire dans une simple
recherche d'histoire littéraire qui se réduit à ceci : Etant donnés
les commentaires théologiques les plus usités au quinzième siècle,
lesquels exactement ont été employés au théâtre par les drama-turges ? Ainsi cherchées les solutions différeront naturellement
avec les temps et les auteurs. Pour prendre des exemples particuliers, l'auteur de la *Passion* d'Arras qui est très probablement
Eustache Mercadé suit encore presque exclusivement les commentaires de Bède et la *Glose ordinaire*. Plus tard, les *Postilles* de
Nicolas de Lire ont été suivies, traduites même le plus souvent
par Greban avec un tel scrupule, une telle fidélité qu'elles dominent toutes les autres influences. Le même Greban a imité non
seulement les *Meditationes Vitae Christi* déjà utilisées par ses
prédécesseurs, mais encore une imitation française de ces Méditations, la *Passion* française composée en 1398 pour la reine
Isabeau de Bavière. C'est dans cette *Passion* de 1398 qu'il a pris
le dialogue célèbre du Christ et de sa mère. La scène la plus
connue du mystère de Greban et de tout l'ancien théâtre français n'est qu'une traduction. Des traductions du même genre on
en trouve encore chez Jean Michel qui a copié la *Passion* de
Gerson[2], et dont la verve est beaucoup moins libre, moins fantaisiste qu'elle ne le paraît. Toute « la mondanité de la Madeleine »

---

1. Greban, p. 107, v. 8259.
2. La Passion *Ad Deum vadit* prononcée à Paris en l'église Saint-Bernard au matin
et le soir d'après le titre du Ms. de la Bibliothèque de Valenciennes, n° 230.

est prise dans une Légende inédite de Lazare qui supprime encore
bien des difficultés, et Jean Michel, quoi qu'on en ait dit, n'a pas
d'autre « prototype » que Greban. Les grandes Passions du quinzième siècle sont donc bien des Passions de théologiens, et les
titres mêmes de plusieurs de leurs auteurs, bachelier en théologie, doyen de la Faculté de Décret de Paris, expliquent tout
naturellement cette particularité.

Les renseignements recueillis sur les *Passions* du Nord vont
nous reserver pour les *Passions* du Midi et restreignent déjà le
champ des recherches. Malgré les pertes qu'il a subies, le théâtre
du Midi comprend encore des pièces très variées, les unes simples
et anciennes, telles que la *Passion* Didot et l'*Esposalizi Nostra
Dona*, les autres très modernes comme la compilation rouergate
qui comprend elle-même des mystères très simples et d'autres très
compliqués. L'une des sources de ces mystères rouergats a été
signalée par leur savant éditeur, M. A. Jeanroy. Quelles sont les
autres sources? Et comment expliquer la rédaction bizarre de la
compilation tout entière, ces....

vers durs et sans art,
D'une moitié de rime habillés au hasard,

ces vers qui le plus souvent ne sont pas des vers, mais de simples
lignes de toutes les longueurs? Ce singulier compromis entre la
prose et les vers serait-il réellement sans exemple, comme l'a dit
et expliqué très justement M. Jeanroy? Ou bien au contraire en
trouverait-on d'autres exemples dans le *Galien* et le *Saint Genis*
édités par M. Stengel [1]? Et par surcroît n'y aurait-il pas une troisième solution, qui supprimerait encore mieux toutes les difficultés? « Ne pourrait-on supposer que le compilateur a écrit son manuscrit d'après des notes recueillies par lui à des représentations où
il assistait, et que ces notes étaient inexactes ou incomplètes, plus
ou moins, suivant le degré de négligence ou d'attention qu'il
apportait à ce travail [2]? »

Rien de plus simple en effet, mais, entre les mystères rouergats
dont les origines se dérobent et les mystères du Nord, il y aurait

---

1. *Abhandlungen* (n° 93 et 99).
2. *Revue d'Histoire littéraire de la France*, 1894, p. 369.

peut-être une transition plus naturelle si nous connaissions une Passion du centre de la France. Cette *Passion* d'Auvergne, il n'y a même pas à la chercher puisqu'elle a été trouvée il y a une centaine d'années par Dulaure ; il suffit de la lire dans le manuscrit, de la copier et de l'imprimer. Elle a la même source que la compilation rouergate, un vieux roman français inspiré par l'*Evangile de Nicodème en vers provençaux* et bien des fois réimprimé. D'autres mystères inédits ou analysés trop sommairement nous indiqueront les sources d'autres mystères rouergats qui sont des incunables célèbres, tels que le *Procès de Belial*, des sermons populaires et imités jadis dans toute l'Europe. Les *Meditationes Vitae Christi* elles-mêmes et la *Passion* française composée pour Isabeau de Bavière, si utiles pour le théâtre du Nord, nous aideront encore dans cette recherche. Ainsi, toutes les sources déterminées de proche en proche, le style et la versification des mystères méridionaux s'expliqueront tout naturellement, et ce théâtre se reliera très simplement à celui du Nord.

On vient d'indiquer le sujet, le plan, la méthode et les principaux résultats de ce livre divisé en trois parties ; il ne reste qu'à les démontrer. On étudiera successivement les Passions françaises les plus anciennes et les plus simples, puis les Passions savantes du xv⁰ siècle, enfin les Passions du Midi qui sont tour à tour populaires ou savantes. Chacune de ces divisions entraînera, traînera, si l'on veut, avec elle son cortège de documents inédits, puisque ce n'est pas le moindre défaut de ce livre qu'il soit obligé d'imprimer la plupart des documents sur lesquels il porte la discussion. Il est vrai que sans eux on n'aurait pas osé reprendre un sujet aussi rebattu en tous sens, et que l'objet de ces recherches est justement d'expliquer et de relier les œuvres connues par des pièces inédites ou mal connues.

I

LA PASSION D'AUTUN

LA PASSION SAINTE-GENEVIÈVE

LA PASSION BOURGUIGNONNE DE SEMUR

LA PASSION D'AUTUN

LA PASSION SAINTE-GENEVIÈVE

Le plus ancien drame connu de la *Passion* est un drame byzantin, le *Christus patiens*, formé de plusieurs pièces qui semblent avoir été écrites entre le ive et le viiie siècle et souvent remaniées. Cette rapsodie tragique, en partie attribuée à saint Grégoire de Nazianze, n'a été connue en Europe que vers le milieu du xvie siècle et n'a par conséquent exercé aucune influence sur le théâtre du moyen âge [1]. Quelles sont donc les origines du mystère de la *Passion* en Occident? Comment et pourquoi a-t-il apparu si tardivement en France? C'est la première question qui se pose. Pour y répondre, il n'y a guère qu'un petit nombre d'hypothèses, de comparaisons et de textes presque tous depuis longtemps imprimés et commentés, partant courts à résumer.

« Le mystère français est essentiellement dogmatique, il a pour but dans sa double origine qui est l'office de Noël et l'office de Pâques, de prouver aux spectateurs (d'où son nom) les deux mystères fondamentaux du christianisme, l'Incarnation et la Résurrection..... La représentation de la *Passion* est inconnue à l'époque proprement liturgique et même à l'époque subséquente du drame chrétien » [2]. Le Christ n'y figure jamais sous son aspect humain de crucifié, mais les anges annoncent la Résurrection du Seigneur aux Saintes Femmes représentées par des clercs, il apparaît glorieux à Madeleine et aux disciples d'Emmaüs. Tout l'effort des dramaturges du moyen âge va consister à réunir les mystères liturgiques des cycles de Noël et de Pâques par les épisodes intermédiaires, de manière à constituer une histoire suivie de la Rédemption qui aura son prologue dans la Création, son épilogue dans l'Ascension et la Pentecôte.

Si les drames liturgiques de la Nativité et de la Résurrection sont les premiers constitués, ils influeront nécessairement sur les drames subséquents, formés à leur image. Or ces premiers drames ne sont d'abord que des chants dialogués, ou bien ils sont l'Ecriture même mise en action et en dialogues et entremêlée d'hymnes. Un lecteur relie les versets des dialogues en prose latine par quelques phrases de récit. Ce mode de récitation emprunté directement à la liturgie s'observe encore aujourd'hui dans les églises, le Dimanche des Rameaux, où le long Evangile de Saint Mathieu (XXVI-XXVII) se récite à trois voix. Plus tard aux dialogues en prose s'ajouteront des épisodes versifiés en latin, la poésie en langue vulgaire se fera sa place et finira par remplir le drame tout entier; elle remplit déjà un court mystère français des *Trois Ma-*

1 Magnin, *Journal des Savants,* 1849, mai, p. 275.

2. Gaston Paris, *J. des Savants,* 1892, p. 674. — Item, décembre 1901, p. 784.

ries, copié vers le milieu du XIII⁰ siècle dans un manuscrit de la bibliothèque de Reims et publié tout récemment [1].

A leur tour ces drames liturgiques latins et français représentés par des prêtres dans les églises céderont la place aux drames français joués sur la place publique par des laïques, mais l'ancien mode de récitation persiste et reparaît par intervalles. Il est très reconnaissable dans un des plus anciens drames qui soient entièrement rédigés en langue vulgaire, la *Résurrection* anglo-normande du XIII⁰ siècle. Le lecteur ou le meneur du jeu y conserve sa partie narrative, versifiée maintenant comme le dialogue, et il intervient à chaque instant pour relier les tirades entre elles par de courtes phrases de récit. D'autre part, cette *Résurrection* nous offre un changement notable puisqu'elle s'ouvre non plus devant le sépulchre, mais sur le Calvaire, au moment où Jésus a expiré sur la croix. Mais il est probable, d'après la didascalie [2], qu'on se servait d'un de ces crucifix de grandeur naturelle, dont on pouvait détacher l'image sculptée du Christ et qui restèrent longtemps en usage dans certaines églises [3] pendant la semaine sainte. Les scènes douloureuses de la Passion et de la crucifixion mêmes ne sont pas encore mises sur le théâtre. On dirait qu'elles n'ont pas eu moins de mal à s'imposer en Occident que jadis le crucifix lui-même.

Dans un certain sens le développement du mystère de la *Passion* n'est pas autre chose que la représentation de plus en plus matérielle, réaliste, du supplice de la croix. Comment donc ce mystère a-t-il commencé? Très anciennement l'office du Vendredi saint comprenait des proses latines ou des lamentations de la

---

1. Signalé et publié par M. H. Loriquet (*Catal. des Ms. de Reims*, ms. 55), commenté par M. P. Meyer, *Romania*, 1904, p. 239-245. Ce court mystère devait être chanté à l'office du matin, le jour de Pâques ; il est probablement incomplet et « il se peut qu'il ait contenu certaines parties en latin »

2.   Primerement apareillons   : *Le crucifix* primerement
        Tus les lius e les mansions   Et puis après le monument.

3. Notamment en Orient, a Jérusalem même, jusqu'au XVII⁰ siècle. Voir les curieuses descriptions de crucifix de ce genre dans Magnin, *Histoire des Marionnettes*, p. 57. d'après le récit du P. Boucher, *Bouquet sacré des plus belles fleurs de Terre Sainte*, ch. XIII, récit confirmé par celui du chapelain anglais Henri Maundrell qui visita les Lieux saints au temps de Pâques en 1697.

Vierge au pied de la croix. Ces complaintes furent même traduites
de bonne heure en langue vulgaire dans divers pays[1]. Bientôt l'action se dessine, le dialogue s'engage entre la Vierge et les assistants, Saint Jean, les trois Maries, Joseph d'Arimathie; mais il
est à noter que dans les plus anciens textes qui nous sont parvenus, munis de titres significatifs *(planctus)* le Christ en croix ne
prend pas encore part au dialogue. Même lorsqu'il intervient plus
tard dans une de ces anciennes cérémonies liturgiques[2], son rôle est
des plus effacés, nous n'avons toujours là qu'une espèce de *Stabat*
dialogué à plusieurs personnages, une sorte d'*oratorio*, et en réalité la solennité funèbre du Vendredi saint ne comportait guère
autre chose, elle se prêtait mal aux représentations dramatiques.
La complainte de la Vierge ne paraît donc pas être la véritable
origine du drame de la *Passion*, elle n'en est guère que l'occasion.
Ce drame n'est à vrai dire qu'un prolongement du mystère de la
Résurrection, anciennement établi, joué tout naturellement et
commodément aux fêtes de Pâques et qui a fini par s'adjoindre les
scènes antécédentes de la *Passion*, puis de la vie publique de
Jésus. Les lamentations de la Vierge ont servi de transition. Ces
hypothèses semblent justifiées par les plus anciens textes qui nous
soient parvenus de divers pays.

En Italie, la *Passion* réunie à la Résurrection fut représentée
aux fêtes de Pâques, dès 1243, à Padoue, dans le Pré de la Vallée,
c'est-à-dire en dehors de l'église. On ne sait d'ailleurs rien de plus[3]
sur cette représentation, et le développement du théâtre italien présente des particularités *(lauda, devozione, etc.)* qui ne peuvent être

1. Mone, *Schauspiele des Mittelalters*, t. I, p. 27; II, 359; Froning, *Das drama des
M. A.*, t. I, p. 249; Sepet, *Origines catholiques du théâtre moderne*, 1901, p. 21.
2. Exemple le *planctus* de Bordesholm en Holstein, étudié par M. Wilken et traduit
en français par M. Sepet (*Origines* etc., 1878-1901, p. 24-27).
3. Cf. A. d'Ancona, *Origini del teatro italiano*, 1891, p. 90.
Quels rapports ont pu exister entre les compagnies de la *Passion* italienne du XIIIe
siècle et les confréries de la *Passion* française posterieures (Cf. G. Paris, *Journal des
Savants*, 1892, p. 677, n. 1), on n'en sait encore rien.
D'autre part, en Italie, les prédications du Vendredi saint ont été quelquefois
accompagnées soit de tableaux vivants, soit de véritables représentations de la
Passion dirigées par le prédicateur. Cf. A. d'Ancona (*Origini*, t. I, 184-201, manuscrit
de 1375). Cet exemple a été suivi en France, sous l'influence des Cordeliers, et nous
en donnerons quelques exemples, mais ce n'est en somme qu'une exception et de
date assez récente (XVe-XVIe siècle).

étudiées ici. Le seul texte qu'il convient de rappeler, c'est le fragment d'un office dramatique de la *Passion* en vers latins rythmiques trouvé[1] au fond des Abruzzes, dans un manuscrit du chapitre de Sulmone, et qui au moins par sa forme paraît très antérieur au manuscrit (xiv-xve siècle). Ce fragment n'est que le rôle de l'un des quatre soldats qui figuraient dans les scènes de la crucifixion et du sépulchre. Son principal intérêt est de nous montrer qu'avant les *Passions* en langues vulgaires, il y en a eu d'autres versifiées en latin qui ont pu survivre ou se conserver exceptionnellement. Le rythme même de ces vers latins de Sulmone a été souvent employé par Adam de Saint-Victor (1192), et l'éditeur de ce fragment regardait avec vraisemblance la pièce comme d'origine française ; elle n'aurait été qu'importée ou imitée dans un monastère italien en relations suivies avec les Célestins français. Les deux pièces qui suivent nous offrent également avec plus de développement la même réunion de la Passion et de la Résurrection.

Dans la *Passion* allemande de Benedictbeuern (xiiie-xive siècle), écrite moitié en latin, moitié en vers allemands par suite de remaniements successifs, c'est une prose latine chantée par la Vierge qui relie les scènes nouvelles de la Passion et celles de la descente de croix par où s'ouvraient les anciennes Résurrections telles que le drame anglo-normand. Cette prose latine célèbre dans toute la chrétienté (*Planctus ante nescia*) est de plus répétée ou doublée en vers allemands[2]. Dans la *Passion* gasconne ou catalane du manuscrit Didot[3] daté de 1345, la langue vulgaire a déjà tout envahi. Comme transition entre les mêmes épisodes, le dramaturge a tout bonnement choisi une vieille complainte de la Vierge, populaire depuis le xiie siècle.

Dans le drame allemand comme dans le drame français, la Ré-

1. Trouvé et publié par M. V. de Bartholomaeis (*B. dell. Inst. stor-italiano*, 1889). — Cf. *Romania*, 1890, p. 370, et Creizenach, *Gesch. des Neueren Dramas*, t. 1, p. 95, 96.

2 Ed. du Meril, *Orig. latines du Th. mod.*, 1849, p. 141-143. — Item, Froning, t. I, p. 296-298.

3. Aujourd'hui Bibl. Nat. n. a. fr. 4,232 — Cette *Passion* en partie inédite doit être publiée par la Société des anciens textes français. En attendant, on peut consulter les études de M. Chabaneau et de M. Sepet (1830-1901), *Origines*, 255-271. — Je n'ai l'intention de citer le manuscrit que sur quelques points déterminés pour discuter les assertions trop précises de M. Stengel à son sujet. Voir p. 322, 393, 394, 397, 405, 406 etc. de ce livre.

surrection s'est augmentée de la Passion qui s'était adjointe elle-
même les premières scènes de la vie publique du Christ. Logiquement et théologiquement, suivant une opinion de Bède souvent
citée[1], ce groupement de scènes devait être prolongé jusqu'à la
Pentecôte. D'autre part la Nativité s'était augmentée parallèlement de tous les petits drames circonvoisins (Jeu des Prophètes du
Christ, Annonciation, les Trois Rois, etc.). Avec le temps ces deux
groupes se sont soudés et ont constitué une pièce unique, un drame
cyclique.

Le premier drame de cette espèce qui nous ait été conservé est
le *Paaschspel*[2] de Maestricht composé vers 1350 en dialecte
moyen-néerlandais. Il comprend' très sommairement développée
la suite des scènes suivantes : Création et chute des anges ; création et chute de l'homme ; procès de Justice et de Miséricorde ;
introduction des prophètes du Christ (Balaam, Isaïe, Virgile) par
Ecclesia ou l'Eglise personnifiée : Annonciation ; Nativité ; les rois
Mages et Hérode ; massacre des Innocents et fuite en Egypte ;
Jésus au temple au milieu des docteurs ; baptême et tentation de
Jésus ; vocation des apôtres Pierre et André ; noces de Cana ; mondanité de la Madeleine ; Jésus chez Simon ; résurrection de Lazare ; entrée triomphale à Jérusalem et expulsion des vendeurs du
temple ; Jésus chez Marthe, effusion des parfums ; conseil de la
Synagogue et trahison de Judas — lacune du texte — ; la veillée
au Jardin des Oliviers et la salutation de l'ange Gabriel ; l'arrivée
de Judas et des soldats... — Le texte est de nouveau tronqué, et
la fin qui comprenait suivant toute vraisemblance la suite de la
Passion et de la Résurrection manque.

En lisant ce texte, dont les origines françaises sont depuis longtemps démontrées[3], on est tout d'abord frappé de ses innovations

---

1. Notamment dans la *Légende dorée*, *Lég.* de saint Mathias : « Le vrai sacrifice fut
sacrifie lors de la *Passion*, mais il fut accompli à la Pentecôte ».

2. P. p J. Zacher (*Zeitschrift fur deutsches Allertum*, t. II, p. 302 et suiv., et par
Moltzer, Groningue, 1868.

3. Par Mone (*Schauspiele*), II, 32, 164, etc. et surtout par Moltzer qui a signalé les
formes : *Dummois* (Didymus) *Yve*, *Cherubin*, *Architriclin*, etc. de ce texte qui ne s'expliquent que par un original français. — Il n'en est pas de même du vers 878 adressé
par Marthe à Madeleine.

Maria sulde man dich nennen,

et de sa belle ordonnance. Voici déjà en raccourci la disposition des grands mystères cycliques du xvᵉ siècle, en voici même les épisodes les plus curieux ou les plus significatifs. La *Passion* est devenue la *Somme* dramatique, le mystère par excellence qui absorbe tous les autres. Le *Paaschspel* ou plutôt le type du *Paaschspel* a donc son intérêt, mais gardons-nous d'exagérer son originalité, car en somme qu'y a-t-il ici de vraiment original? Est-ce l'idée de placer au Paradis terrestre le prologue du drame qui aura son dénoûment au Calvaire, de réunir en une œuvre unique d'une seule teneur toute l'histoire de la Rédemption ou même d'y introduire le fameux procès de Justice et de Miséricorde? Mais ce sont là des lieux communs théologiques que l'on retrouvera sans peine associés dans les ouvrages antérieurs les plus divers, le *Château d'Amour* de Robert Grossetête, le poème du *Saint-Graal*, les *Meditationes Vitae Christi*. Est-ce l'idée de jouer cette série de lieux communs, de les représenter d'abord aux yeux, puis d'en faire de véritables drames? Toute l'histoire du monde depuis la création, toute l'histoire de Jésus-Christ depuis la Nativité jusqu'à la *Passion* et jusqu'au Jugement dernier était représentée à Paris [1] par des jeux muets dès 1313 et l'avait peut être été antérieurement dans le Midi de la France [2]. De même en 1298 et en 1304 toute la suite de l'histoire sainte était figurée et découpée en drames à Cividale dans le Frioul [3]. A la fin du xivᵉ siècle les clercs de

que M. Wilmotte (*Les Passions allemandes*, etc., p. 88), « ne peut expliquer » que par un jeu de mots françis : « On devrait le nommer Mar | i | a, « malheur à toi. » — Le sens du mot Maria (amère) appliqué à Madeleine remonte à des sources latines : cf *Revue des langues romanes*, 1883, p. 106. — Item, *Glossa ordinaria* in *Luc* , VIII (Patr. Migne, t. 114, p. 272) : *Maria*, amarum mare.

1. P. de Julleville, les *Mystères*, t. II, p. 188.

2. Comparer Antoine Noguier, *Histoire Tolosaine*, Tolose, 1559, in-4° p. 172, et Catel, *Mémoires de l'Hist. du Languedoc*, livre II, p 113. « J'ay leu dans une ancienne chronique escrite a la main qu'en l'an 1140 la Reyne Constance fist son entree dans la ville de Tolose, et que l'on tapissa pour la recevoir plus honorablement tant des costez que d'en haut depuis Castenet jusques à Tolose, et que sur les chemins furent représentez les mystères de nostre salut, depuis la Nativité de nostre Seigneur jusques à sa Résurrection ». Cf. ibidem, p. 127 et 136 — Si ces deux témoignages recueillis par Lac. de Ste-Palaye sont plus que suspects, surtout aux dates indiquées, ils n'ont peut-être pas été inventés de toutes pièces, et ils semblent bien indiquer qu'anciennement l'histoire sainte a été mimée dans le Midi comme dans le Nord de la France.

3. De ces représentations depuis longtemps citées dans le *D*. de Du Cange (vᵒ *Ludus*

Londres représentaient également devant Richard II (1377-1400) la Création et la Passion[1]. L'idée même de ce groupement n'est donc pas tellement originale qu'elle n'ait pu se présenter à l'esprit de plusieurs, et la donnée une fois admise ne devait plus se perdre ou pouvait facilement se retrouver.

Dès lors, le premier drame cyclique qui nous ait été conservé est surtout une curiosité. Si en réalité il n'a fourni aux mystères suivants qu'une idée, un cadre qui a été rempli tout autrement en ce sens que le tableau a été refait d'un bout à l'autre à l'aide de pièces détachées[2], l'idée même n'a plus une valeur si grande, ce n'est plus un cadre, mais un passe-partout. Le type représenté par le *Paaschspel* n'aurait pas existé que les compilations factices de pièces détachées qui vont suivre n'en auraient pas moins abouti tôt ou tard aux grandes compositions dramatiques du xve siècle. et nous verrons qu'elles y ont abouti en effet.

Dans les pièces détachées que l'on a citées, la *Résurrection* anglo-normande et la *Passion* Didot comme dans le drame cyclique du *Paaschspel*, la langue vulgaire a remplacé presque complètement le latin et les acteurs ont changé ainsi que la langue. Ce changement s'est fait comme tous les autres avec le temps, mais il paraît surtout l'œuvre de ces confréries composées mi-partie de clercs et de laïques qui avaient leurs fêtes et leurs jeux particuliers, lesquels finirent par se substituer aux drames liturgiques. Un Sacramentaire de l'Eglise de Paris, signalé par M. Léopold Delisle[3] nous indique l'existence dès le xie siècle d'une *Confrérie des douze Apôtres* ainsi composée. Trois siècles plus tard, dans

---

Christi et Dei) il subsiste peut-être, suivant la conjecture de M. d'Ancona, *Origini*, t. I, p. 92, des drames liturgiques détachés imprimés par Coussemacker. — Peut-être aussi était-ce simplement une série de tableaux vivants avec peu ou point de paroles (cf. *Una rappresentazione ciclica bolognese del sec. XV nota di V. de Bartholomaeis*, 1898, in-8°).

1. Creizenach, t. I, p. 164, note 2.

2. C'est ce qu'il est inutile de démontrer en détail. Même les scènes les plus curieuses du *Paaschspel* comme le Procès de Justice et de Miséricorde ne reparaîtront plus tard qu'avec toutes sortes d'additions tirées des *Meditationes Vitae Christi* et de la *Somme* de St Thomas d'Aquin (v. p. 207 et 266 de ce livre) et seront complètement modifiées.

3. *Mémoire sur d'anciens sacramentaires*, 1886, in-4° (Extr. des Mém. de l'Acad des Inscriptions, t. XXXII (II° p.), p. 150 et 376.

la ville d'Amiens, c'est une confrérie analogue des douze Apôtres, réunis sous le vocable du « Saint Sacrement » qui organise régulièrement les représentations de la *Passion* appelée d'un titre significatif « le jeu de Dieu » [1]. Des confréries du même nom rempliront le même rôle à Argentan et à Fougères. La plus ancienne confrérie de la *Passion* actuellement connue et qui n'a pas encore été signalée est la confrérie de la *Passion* fondée à Nantes [2] en 1371 ; vient ensuite la confrérie de la Charité de Rouen (1374) [3], qui est obligée par ses statuts de représenter chaque année « aucun vrai mistère ou miracle » et qui choisit volontiers la *Passion* ; enfin la confrérie de la *Passion* parisienne (1402). C'est la plus importante de toutes, non certes par le mérite de ses membres, car du début jusqu'à la fin elle paraît s'être recrutée dans les classes les plus humbles, mais parce qu'elle a été la plus en vue, dans la capitale de la France, et qu'elle a eu plus que toutes les autres la continuité et la durée. Le Puy de Notre-Dame parisien pour lequel ont été composés les Miracles du manuscrit Cangé peut être suivi depuis « la première moitié du xive siècle [4] » jusqu'aux environs [5]

1. Le titre de la confrérie est souvent abrégé dans le langage courant, mais il n'y a pas de doute sur le fait En voici quelques exemples dans les archives imprimées de la ville d'Amiens.
Reg. CC 19 fol. 58, Mai 1401 : As compaignons qui avoient joué le jeu de Dieu.
BB 2, fol. 14 v°, Echevin. du 18 oct. 1413. « Accordé aux confrères et compaignons de le confrairie du Saint Sacrement une amende de LX s p., pour eux aidier a supporter les grans frais et despens qu'ils oient et soustiennent a faire es festes de Pentecoustes deerraines passées le mistere de le Passion Nostre Seigneur Ihesus-Crist et de sa Resurrection ».
CC 120, fol. 102 (An 1532) : A Nicolas Gosselin et autres ses confrères de la confrarie du Saint Sacrement de l'autel en nombre de douze representans les douze Apostres LX s...», et BB 25 (f. 263 v°, Ech. du 2 juin 1547 : Les douze confreres de la confrairie du Sacrement qui ont accoustumé aller piedz nudz a la procession du jour dudit Sacrement, etc. »
2. Archives de la Loire inférieure, t IV, p. 92, G 479 (1504-1734) (Nantes — Sainte Croix de) : Remboursement d'une rente de 5o sous dûe aux membres de la confrérie de la Passion fondée en 1371, et extrait d'un inventaire de titres, 1504.
3. P. Le Verdier, *Doc. relatifs a la Confr. de la Passion de Rouen*, 1891, p. 306-343, i donne ici le plus ancien exemple daté du mot *mystère*.
Le suivant est de 1400 : Arch. du Loiret, Registre A. 1989, p. 46 « Jehan Raimbaut d Orléans menace d'une dague un sergent ducal « en faisant certain mistere de la Passion a Orléans » duquel mistere ils avoient chacun un personnage ».
4. G. Paris, *La Litt. franç. au M. âge*, 1888, p 241.
5. Le bourreau de Paris, Pierre du Pré, qui figure dans la *Marquise de la Gaudine* ou le XIIe (12) Miracle de Notre-Dame exerçait encore à Paris, le 16 août 1391, comme

de 1391, puis nous perdons ses traces. La confrérie Parisienne de la *Passion* subsiste jusqu'à la fin du xvii⁰ siècle, elle n'est abolie par Louis XIV que le 4 février 1677.

Une confrérie aussi célèbre devrait depuis longtemps, semble-t-il, avoir son histoire particulière en règle. C'est tout le contraire qui est vrai, surtout pour les débuts. Ce que nous savons de ses origines se réduit en réalité à trois textes, tous les trois trouvés par Sauval et par Secousse. En trois siècles les historiens n'y ont pas ajouté une ligne. Quant aux faits, les voici. Le 3 juin 1398, le prévôt de Paris interdit les représentations de la *Passion* et autres qui étaient données à Saint-Maur, près Paris. On suppose que ce sont ces acteurs de Saint-Maur qui après de longs procès ou négociations finirent par obtenir du roi Charles VI, en décembre 1402, les célèbres lettres patentes leur conférant le privilège des représentations théâtrales « dans la ville de Paris comme en la Prévosté, Viconté ou Banlieue d'icelle ». La confrérie religieuse « de la Passion et Resurreccion Nostre-Seigneur, fondée en l'Église de la Trinité à Paris » devenait ainsi une société civile de spéculation théâtrale. On le suppose, car les acteurs qui jouaient à Saint-Maur en juin 1398 pouvaient très bien être des acteurs de la banlieue, des bourgeois de Saint-Maur et non de Paris [1].

Au contraire, il est vraisemblable que la confrérie de la *Passion* parisienne, nantie de son privilège en 1402, était l'héritière de ces bourgeois de Paris qui dès 1380 jouaient tous les ans à Pâques les jeux de la *Passion* et Résurrection. Le fait est établi par une lettre de rémission de Charles V, lettre trouvée et probablement signalée par Secousse [2], puis complètement perdue de vue et enfin retrouvée et publiée en 1892 par M. Antoine Thomas [3].

Voilà exactement tout ce que l'on sait des premiers Confrères et l'on n'en sait guère plus sur leur répertoire. Sans doute depuis le jour où le duc de la Vallière a publié une analyse du manuscrit de la Bibliothèque Sainte-Geneviève imprimé plus tard par Jubinal,

---

on l'a prouvé dans l'introduction de la *Comédie sans titre*, Paris, Em. Bouillon, 1901, p. 188.

1. Remarque de M. A. Thomas, *Romania*, 1892, p. 606.

2. Bibl. Nat. coll. Moreau, n° 1467 (tome XVIII des notes de Secousse), fol. 392. — Cf. la *Comédie sans titre*, Introd. fol. 193.

3. *Romania*, 1892, p. 607.

on a supposé que les pièces de ce manuscrit avaient été jouées par les Confrères Parisiens établis à l'Hôpital dè la Trinité, en dehors de la Porte Saint-Denis. Cette hypothèse ancienne n'est pas invraisemblable, mais elle ne s'appuie sur aucune preuve[1] et soulève diverses objections, elle est donc entièrement à reprendre. Le manuscrit Sainte-Geneviève contient deux espèces de pièces, des Miracles ou des Vies de Saints, et une suite de mystères sur la vie du Christ, qui sont le véritable objet de la discussion. Quelles sont les sources de ces quatre mystères? Appartiennent-ils à un ou à plusieurs auteurs? Dans quelle ville et à quelle date ont-ils été représentés pour la première fois? Ce sont là des questions nettes, claires, et qu'il convient de reposer nettement, alors même qu'on ne saurait résoudre complètement le problème.

On sait qu'au moyen âge la Bible rimée faisait partie du répertoire des jongleurs aussi bien que les chansons de geste. Jésus-Christ, la Vierge, les saints avaient leurs poèmes comme les héros de l'épopée. Une série de ces poèmes originairement distincts est souvent réunie dans les manuscrits de manière à embrasser la vie entière de Jésus et l'histoire de la Vierge depuis son mariage jusqu'à son Assomption[2]. De même la collection Sainte-Geneviève comprend quatre mystères détachés, la Nativité, le Jeu des Trois Rois, la Passion, la Résurrection, que les acteurs pouvaient à volonté réunir ou séparer pour la représentation et qui formaient comme les quatre actes d'un même drame sur la vie du Christ. Quels rapports y a-t-il entre ce répertoire dramatique et celui des jongleurs, entre la collection des mystères Sainte-Geneviève et

---

1. Cf. Creizenach, t. I, p. 247; item, H. Suchier und Birch-Hirschfeld, *Geschichte der Franzoesischen Litteratur*, 1900, p. 293 « Es ware wichtig, zu erfahren ob etwa die hier überlieferten Stücke, die offenbar von einem Verfasser herrühren, die selben sind, die aufzuführen die Pariser Confrarie de la Passion....... Leider ist weder für noch gegen die Bejahung dieser Frage etwas Entscheidendes geltend zu machen ».

2. Sur ces poèmes voir les études de M. P. Meyer, *Romania*, 1886, p. 469; 1887, p. 44, ibid. p 71, ibid. p. 214, et N. et Extr. de Ms. de la B. Nat., t. 34, 1re part., p. 163. La compilation a été imprimée par M. Chabaneau, *Revue des langues romanes* (1885, p. 118, 157 et an. 1888, p. 369), avec des notes extrêmement utiles, mais d'après un manuscrit très incomplet. Si pour le Roman de l'Annonciation Notre-Dame il suffit le plus souvent de renvoyer à cette édition imprimée, il n'en sera plus de même pour les poèmes les plus importants, c'est-à-dire pour la Passion et la Résurrection.

celle des poèmes signalée par M. P. Meyer et par M. Chabaneau ?
Pour déterminer ces rapports, il faut nécessairement comparer
un à un les poèmes et les mystères détachés de ces deux compilations.

LA NATIVITÉ

La Nativité Sainte-Geneviève s'ouvre par un sermon du prêcheur qui expose en 80 vers le sujet, c'est-à-dire la nécessité de
l'Incarnation, et le prologue commence. Dieu, après avoir créé les
Anges et le monde, crée l'homme et la femme qui ne tardent pas à
tomber dans le piège de Satan et qui, expulsés du Paradis, subis-
sent la dure loi du travail, Adam bêchant, Eve devisant et filant.
Déjà les prophètes Amos et Hélie rappellent les dits de la « roine
Sebile » qui prédit la mort du Christ sur la croix pour la Rédemption. Bientôt Adam meurt et Satan « plus noir que meure » l'entraîne « au premier estage » de l'enfer, c'est-à-dire aux Limbes.
Mais Seth ou Cep son fils a rapporté du Paradis et planté sur sa
tombe un rameau merveilleux de l'arbre de vie :

> Ce rain tant montepliera
> Que une crois faicte en sera
> Où la vie recovrera mort
> Qui aus ames donra confort (p. 19).

Adam, Eve et leurs descendants qui les ont rejoints aux limbes
supplient Dieu de hâter ce moment; les prophètes Ysaie et Daniel
implorent à grands cris la miséricorde divine, à la grande indigna-
tion des diables Belgibuz et Bellias, lesquel s'irritent de voir leurs
prisonniers aspirer au ciel, à ces « sièges de Paradis » dont eux-
mêmes sont à jamais déchus. Et cependant au ciel la Rédemption
est déjà résolue. L'action va se poursuivre parallèlement en Pales-
tine et à Rome.

Sur l'ordre de Dieu, l'archange Michel vient inviter l'évêque de
Nazareth à marier la fille de Joachim, la Vierge élevée dans le
temple, et à convoquer les prétendants. A Rome, l'empereur César
qui est allé sacrifier à ses dieux, s'étonne de trouver sur le piédes-

tal de Jupiter une inscription latine. Son conseiller Sartan la lui expliquera en roman :

> Quant Vierge mère enfantera,
> Cest ymage trabuchera (p. 30).

Tandis que César s'efforce de gratter l'inscription funeste, les jeunes bacheliers ou prétendants se réunissent au temple, où le vieux Joseph les suit par curiosité. Tous reçoivent en mains des baguettes desséchées. Celle de Joseph fleurit, et l'évêque averti par ce miracle lui donne la main de Marie dont il promet de « garder la chasteté », et qui restera au temple, en attendant qu'il aille convier « toute la parenté » à ses noces. Dans la petite chambre de béguine où la Vierge prie, l'Ange Gabriel vient lui annoncer l'Incarnation. Une fleur desséchée se ranime sur sa tige [1] et l'on voit descendre une colombe faite « de belle manière ». Bientôt après Joseph, pris de soupçons, avertit sa jeune épouse qu'une femme adultère est « arce et lapidée », et il l'abandonne à son sort. Mais Marie a imploré le secours de Dieu, et Joseph, rassuré par l'ange Gabriel, revient lui demander pardon. La Vierge va maintenant visiter sa cousine Élisabeth qui, après de longues années de stérilité va donner à Zacharie un beau fils qui sera appelé Jean [2]. Elle revient à Nazareth pour repartir avec Joseph à Bethléem, afin d'obéir à la proclamation de l'empereur. Repoussés de partout, les deux époux reçoivent l'hospitalité d'une fille charitable, Honestasse, qui les loge dans un appentis et qui assistera bientôt la Vierge dans ses couches. La bonne Honestasse est infirme, elle « n'a que des moignons », mais elle recouvrera miraculeusement l'usage de ses mains pour recevoir l'enfant divin. Cependant Joseph est allé demander du feu à un maréchal du voisinage qui refuse d'abord de lui en donner, puis se ravise, à condition qu'il l'emportera dans son manteau, ce qu'il fait. Quelle n'est pas sa surprise quand il retrouve à son retour la crèche illuminée par des

---

1. Jubinal, II, p. 49, 50. Sur cette fleur, ici non désignée, mais d'ordinaire un lys qui ornait de tradition la chambre de la Vierge, cf. Em. Mâle, l'*Art religieux*, etc., 1898, p. 319.

. 2. Jubinat, II, p. 57. Lacune du ms., complétée à l'aide du Roman de l'Annonciation N.-D.

cierges merveilleux qu'ont apportés les anges ! Le Christ est né.
Aussitôt la statue de Jupiter s'écroule ; l'ange Gabriel va annoncer la bonne nouvelle aux bergers de la banlieue qui faisaient
assaut de grossiers quolibets et qui continuent leur dispute jusque
devant la crèche. Le messager Gratemauvais raconte un songe
burlesque qu'il a fait à la taverne où il invite l'assistance à le
rejoindre, et il entonne le *Te Deum.*

Telle est la singulière conclusion du premier mystère. Les tirades sont tantôt tout entières en vers de huit syllabes, tantôt termi-
nées par un petit vers de quatre syllabes. Cette irrégularité de la
versification semble déjà indiquer divers remaniments, mais,
somme toute, les idées restent assez bien liées. Si l'on entre dans
le détail de la composition, on s'aperçoit bien vite que le dramaturge s'est presque exclusivement inspiré de livres légendaires.
La Genèse ne fait mention, on le sait, ni de la création ni de la
révolte des anges [1], mais ces épisodes inspirés par les versets
(XII, 7-9) de l'*Apocalypse* étaient depuis longtemps développés
dans les traités de théologie et surtout dans les compilations populaires d'histoire sainte dont les expressions ordinaires se retrouvent dans ce mystère [2]. Pour la légende de Cep ou Seth elle paraît
empruntée à un apocryphe connu, *la Pénitence d'Adam,* ou peut-
être tout simplement à la *Légende dorée* [3]. L'introduction des
prophètes Amos et Hélie avant la mort d'Adam serait plus qu'é-
trange s'il n'était permis d'y voir une imitation lointaine de l'antique défilé des prophètes du Christ. C'est du même défilé que
provient vraisemblablement la mention de « Sebile », appelée
tantôt « royne moult nobile », tantôt « royne de Sezile [4] », et dont
le dramaturge cite à plusieurs reprises « un livre » de prophéties
qu'on n'a pu identifier avec certitude, mais qui semble avoir figuré

---

1. Voir les détails donnes dans l'Introd. du *Mistere du Viel Testament,* t. I, p. XL
verso et suiv.

2. Cf. les *Vies de Jésus* de 1380 et de 1485 citées plus loin, ou l'*Abrégé d'histoire
sainte* par Robert d'Argenteuil (XIVe s.) cité dans les Notes et Extr. des Ms de la Bib.
Nat., t. 33, 1re part., p. 72. « Quant li angre furent ainsi trebuchié de paradis par lor
orgueil et par lor mauvestié, Dex regarda les sièges de Paradis qui estoient vuidiez
et dist : *Faciamus hominem,* etc. »

3. Légende de l'invention de la Sainte Croix.

4. Jubinal, II, 14, 23, 43. — L'invent. de cette Bibliothèque contient (art. 559)
« la Prophecie de la Reine Sebille historiee ».

dans la bibliothèque du Louvre de Charles V. Enfin, au rapport
de Gerson [1], il n'était guère de sermon de la Nativité qui ne fît
mention de la chute des idoles à la naissance du Christ, et cette
tradition avait reçu divers développements entre lesquels notre
dramaturge n'avait qu'à choisir. Le Jupiter qui trône ici au milieu
des dieux

> Et *des* nouveaux fais et *des* viex (p. 29).

remplace la déesse Roma qui ailleurs est remplacée par Romulus [2],
de même que la ruine du Colysée alterne avec celle du temple de la
Paix ou de la Concorde. L'entretien même de César avec son conseiller Sartan au sujet de l'inscription malencontreuse rappelle de
fort près un entretien de Néron avec son conseiller Virgile. Le palais de Néron lui aussi s'écroulera « quand Vierge enfantera [3] ».

De tous ces textes, le plus important est le *Roman de l'Annonciation Nostre Dame*, etc.. qui est quelquefois placé en tête de
la compilation des jongleurs, et qui, suivant la remarque de M. P.
Meyer. a déjà précédemment inspiré une pièce provençale analogue, *l'Esposalizi Nostra-Dona* [4]. C'est dans ce roman que le dramaturge français a pris directement toute l'histoire du mariage de
la Vierge et de l'Annonciation, sans oublier l'ancienne et célèbre
allégorie de la verrière que le soleil traverse sans la briser [5]. Il est
difficile de dire si le mystère reproduisait également tous les
détails de la visite à Elisabeth qui sont dans le roman d'une naïveté encore plus forte qu'à l'ordinaire. Le manuscrit Sainte-Geneviève tronqué ne nous a conservé que les premiers vers de cet
épisode, mais assez pour constater qu'il était également emprunté
à ce roman de l'Annonciation. C'est encore du même texte que
vient la légende d'Honestasse, ou d'Anastasie, la fille sans mains,

---

1. Gerson, *Sermo de Nat. Dom* , ed. Ellies-Dupin, t. III, p. 939.

2 Legende dorée : de *Natioitate Christi* ; — item, chron. d'Adhemar de Chabannes,
Not. et Extr. des Ms. de la Bib Nat., t. 35, 2ᵉ part., p. 231.

3 Comparetti, *Virgilio nel medio evo*, t. II, p. 89-91 et Graf., *Roma nella memoria...
del medio evo*, t. I, p. 324 et suiv.

4. *Romania*, 1877, p. 71. — It. 1887, p. 44.

5. Jubinal, t. II, p. 47. Cf. *R. des l. romanes*, 1885, p. 181, v. 963-975

Le plus ancien auteur qui cite cette allégorie paraît être Saint Basile (Orat in
nativit. Christi) mentionné par Cornelius a Lapide, in *Luc*, II, 7.

légende en partie inexpliquée et qui paraît dérivée très probablement d'une série de ces confusions si communes dans l'hagiogra-
phie populaire. On a dit depuis longtemps qu'Anastasie avait
remplacé la sage-femme Salomé des évangiles apocryphes qui
figure avec Zebel dans les drames liturgiques et dans le Ve *Miracle de Nostre-Dame ;* mais comment, et pourquoi est-ce justement
Anastasie qui l'a remplacée la nuit de la Nativité ? La transition
d'une légende à l'autre est déjà donnée dans une variante du manuscrit de Berne [1] où la mère d'Anastasie est avec elle auprès de
Marie, ce qui s'écarte un peu moins des données du *Pseudo-
Mathieu.* D'autre part, l'Eglise honorait le 25 décembre une sainte
du nom d'Anastasie. qui fut convertie par Chrysogonus et martyrisée sous le règne de Dioclétien [2], et dont la légende et l'identité
sont des plus controversées.

Cette Anastasie, mariée à Publius, est appelée quelquefois
la vierge Anastasie [3]. Elle a très bien pu se confondre avec l'une
ou l'autre des martyres ses homonymes, sainte Anastasie l'Ancienne [4], et sainte Anastasie. compagne de Basilisse. lesquelles à
des dates diverses subirent le même supplice et eurent toutes deux
les pieds et les mains coupés. L'une de ces Anastasies, la compagne de sainte Basilisse martyrisée sous Néron, était souvent représentée portant à son cou ses deux mains coupées [5], et l'identité du
supplice a pu valoir à l'autre la même représentation. Peut-être
n'en a-t-il pas fallu davantage pour mêler Anastasie à la scène de
la Nativité ; nous savons que la singularité de son supplice, de ses
images ou de ses statues lui a peut-être valu de figurer dans d'au-

---

1. Signalée par M. Chabaneau, *Rev. des l. romanes*, 1888, p. 374.

2. *Légende dorée.* — Le P. Cahier, *Caractéristique des Saints*, t. I, p. 151.

3. *Not. et Extr. des Ms. de la B. Nat.*, t. 35, 2e part., p. 496 « Anestase la virge ». —
« Il y a apparence que l'Anastasie que l'on qualifie Vierge et Martyre et dont les
Grecs font la fête au 29 d'octobre et les Latins au 28 n'est pas différente de celle-ci »,
a dit Le Nain de Tillemont (*Mém.*, t. V) qui paraît discuté plutôt que refuté par les
Bollandistes, *Acta SS.*, 28 oct., p. 518.

4. Sainte Anastasie l'ancienne, vierge et martyre, 28 octobre, sous Déce. Voir le P.
Cahier, *Caract. des Saints*, t, I, p. 151. — *Acta SS.*, 28 oct., p. 513.

5. Sainte Anastasie et sainte Basilisse, martyrisées, le 15 avril, sous Néron. *Caract.
des Saints*, II, p. 537, item II, 552, item II, p. 537 (mains coupées) et p. 539 (sein mutilé),
et t. I, p. 372. — Acta SS. XV, Aprilis. t. II, p. 372, col. 1.

tres légendes ou traditions encore plus bizarres au moins en apparence [1].

C'est toujours dans le même roman de l'Annonciation Notre-
Dame que le dramaturge a copié le tableau des anges apportant
des cierges pour illuminer la crèche [2], et le joli miracle inédit des
charbons ardents transformés en roses dans le manteau de Joseph.
Le voici, d'après le manuscrit 5201 de la Bibliothèque de l'Arsenal. La Vierge se plaint de n'avoir « feu ne lumiere ». Joseph
répond.

: « Dame, dist il, or soiés coie.
Je irai por du feu en voie,
Dex remainra ci avec vos. »
— « Joseph, dist ele, hastez vos,
Moult desirre que il ait feu,
Avecques vos, en icest leu ».
— Or ouez qu'[a] Joseph avint.
A la maison au fevre vint,
Ou li feus cele nuit ardoit;
Du feu demande qu'il voloit,
Au fevre conte sa besoigne ;
Cil cuide que ce soit mançonge,
Car moult est fox et de put art.
— « N'en avroiz point, fait il, musart,
Plains samblez de mavaise vie.
Volez vos or ardoir la vil[l]e ?
Se maux ne me devoit entendre,
Je vos feroie moult tost prendre,
Et getier en prison leanz ;
N'an porteras feu de ceanz ».
Sa feme l'ot, formant l'an chose,
Car ele estoit moult sainte chose.
— : « Sire, fait ele, donez l'ant,
Proudome samble duremant,

Je cuit, s'il n'an eûst mestier,
Ne vos en fut venuz proier. »
— Li fevres l'ot par mautalant,
Li dist qu'il n'an avra noiant,
S'il ne l'an porte en son manteaul.
— « Je l'ottroi, sire, dist Joseaul ».
— Li fevres l'ot, moult en est liez,
Les charbons ai ou foeu poisiez,
En son manteaul li ai getez,
Toz enpers (?) et toz embrasez,
Mais Dex en cui il se fia
Une miraicle en demonstra.
Li charbons et les estanceles
Furent totes roses novales,
Et li fevres qui fu gaberres
Ai dit : « Tu es .1. enchanterres,
Vai, dit il, voide ma maison,
N'an porteras feu ne charbon. »
— Joseph s'an vint, ne tarde mie.
Ouez qu'avint sainte Marie.
Entre que Joseph au feu fu,
Li ange Deu i sont venu,
La dedans fu si grant clarté,
.II. cierge i sont alumé,

---

1. Ne serait-ce pas par allusion à la même légende que la Censure qui rogne, coupe
et mutile les manuscrits a été personnifiée plaisamment sous le nom d'Anastasie ???
2. Jubinal, II, p. 62, 63, 66. — Cf. R. des l. romanes, 1885, p. 194 v. 1499 et suiv.
Ce texte donne des détails sur les cierges qui manquent dans le Ms. 5201 de l'Arsenal, mais ne contient pas le Miracle des charbons ardents lequel n'est pas non plus
mentionné par M. Reinsch.

c

Devant la virge honorée   De quoi li cirge furent fait.
Que sor le mur est hostalée ;   Li anges atant s'an revait,
Ainz puis ne porent estre estaint, ...
Ne furent ne vermoil ne taint ;   Quant il (Josep) voit la dedanz le
Nuns hons ne vos saroit a dire   [feu,
Se furent de poiz ne de cire,   Deu en rant graces et mercie.

D'où vient ce miracle des charbons ardents attribué à Joseph ? Les Evangiles apocryphes ne nous offrent, à ma connaissance, aucun récit exactement semblable ; mais il y a eu diverses compilations modernes, formées de miracles détachés de divers apocryphes, et c'est peut-être une de ces compilations qui a inspiré le romancier. Ce qui le fait penser, c'est une *Vie de Jésus-Christ* composée en 1380 avec divers éléments [1], et qui offre avec le roman plusieurs analogies. Si nous consultons ce texte de 1380, nous y voyons d'abord la fuite en Egypte et la sainte Famille sauvée par Jésus, qui fait lever instantanément le blé semé par un laboureur. Suit le récit des miracles que Jésus continue de faire en Egypte même sur l'eau, sur le feu, et de nouveau sur le blé. etc., miracles empruntés en grande partie à des sources déterminées. Le second miracle sur le blé, dont nous connaissons les origines [2], a dû inspirer évidemment le miracle analogue antérieur que nous retrou-

---

1. Pour les Ms. et la bibliographie de cette Vie composée en 1380 pour le duc de Berry, voir plus loin p. 250 de ce livre. L'exemplaire du duc de Berry se trouve aujourd'hui à la Bibliothèque grand-ducale de Darmstadt, n° 1699, ancien 18. — Grâce a l'extreme obligeance de M. le bibliothécaire, Dr Adolf Schmidt, on a pu comparer le texte de ce manuscrit à celui de l'imprimé de la B. Nationale, Réserve, H. 155 (1). 63 f. in-folio — Le fond de cet ouvrage est emprunté aux *Meditationes Vitae Christi*, mais l'auteur y a inséré diverses légendes qui ne sont pas dans les *Meditationes*, par exemple ch. 6, p 23, celle des sages-femmes. et chap. 10, p 43, le premier miracle du blé ou du semeur qui nous occupe. Suit un choix de Miracles tirés du Pseudo-Mathieu, de l'Evangile de Thomas, et même, de l'Evangile arabe de l'Enfance (Tischendorff, *Ev. apocryphe*, 1876, p 181), qui ne devait être publiée par Sike qu'en 1697. — Je n'ai pu comparer cette traduction ni a l'*Infantia Salvatoris* (Turin, 1476-1477 ?), ni a l'*Infancia Salvatoris* de William Caxton.

Le *Dictionnaire des Apocryphes* de Migne a reproduit les Miracles précités, mais les Miracles seulement avec des indications bibliographiques inexactes (t. II, p. 375, note 443), ou d'après une edition séparée des Miracles qui n'a pu être retrouvée. Ce dictionnaire ne cite pas la *Vie de Jésus Christ* de 1380 anonyme.

2. *Ev.* de Thomas, ch. X (éd. Tischendorff, 1876, p. 175. — Pseudo-Matthieu, chap. XXXIV, p. 104).

verons plus loin. De même le miracle connu de l'eau [1] a dû suggé-
rer par analogie celui du feu ou des charbons ardents d'origine
inconnue. Voici les textes de la *Vie de Jésus-Christ* de 1380,
d'après le manuscrit original et l'imprimé de Lyon (1480).

Comment pour la paour de Herodes, Nostre Dame et Joseph s'en fuirent en Egipte avec le doulz enfant Ihesus (Chap. 10, p. 43-44-45 de l'imprimé de 1480, B. N. Réserve H, 155) [2].

Nostre Dame estoyt jeune, Joseph estoit vieux [3] et si n'avoient point
d'argent, et il leur faylloit pourter leur enfant et fuir en estrange païs et
desers sauvaiges et chemins terribles, ou ils trouverent de[s] larrons,
dont il en eut ung qui leur fit bonne chiere en les convoyant moult doucement et leur monstroit le chemin, et dist l'on que ce fust le bon larron
qui fut saulvé à la Passion Nostre Seigneur [4]. Ainsi après que Notre
Dame cheminoit, ils vont trouver un laboureur qui seminoit du blé. L'enfant Ihesus mist la main au sac et getta son plein poin de blé au chemin; incontinant le blé fust si grand et si meur que s'il eult demeuré ung
an à croistre, et quant les gens d'armes de Herodes qui queroient l'enfant pour occire vindrent à cellui laboureur qui cuilloyt son blé, si vont
lui demander s'il avoit point veu une femme qui portoit ung enfant. —
« Oy, dist-il, quand je semoie ce blé [5]. — Lors les murtriers si se pen-
serent qu'il ne savoit qu'il faisoit, car il avoit presque d'un an que cellui
blé avoit éte semé, si s'en retournerent arriere.

1. *Ev.* de Thomas, ch. IX (Tischendorff, p. 174). — It. *Ps. Matth.*, XXXIII, p. 103.

2. Manuscrit original de la Bibliotheque G. D de Darmstad, n° 1690 (ancien 18). — Folio xxx v°, ligne 23 à xxxii r°, l. 24

3. Première phrase traduite des *Meditationes Vitae Christi*, cap. XII : Portabat eum mater tenera et juvenis valde, et sanctus Joseph multum senex ».

4. Legende connue (Cf. *R. des l romanes* 1888, p. 377, v. 2158), représentée sur le portail de St Julien de Vouvant (XII° s) d'après le *Tr. d'iconographie chrétienne* de Mgr. Barbier de Montault, Paris, 1900, t. II, p. 124.

5. Legende populaire représentée sur un ornement brodé de l'église d'Anagni (XIII° s.), puis sur le portail sud de l'église d'Avioth (Meuse, XIV° s., et à Rome dans l'abside de l'eglise de St Onuphre (XV° s.) etc. Cf. Barbier de Montault. Ibid., t. II, p. 124.

Le plus ancien texte qui la contienne est le Roman de l'Annonciation Nostre-Dame dans certains manuscrits seulement (B. N. fr. 1533 f. 13-16, ip. p. Reinsch, *Die pseudo-evangelien von Jesu*, etc., 1879, p. 60-66), d'où elle a passé dans la *Chr.* de Jean d'Outre-meuse, t. I, p. 356, et dans le *Jeu des trois Rois*. Il est à noter qu'elle manque dans les Ms. connus du poème des Trois Maries par Jean de Venette, mais Jehan Drouyn qui a mis ce poème en prose (la *Vie des trois Maries*, Rouen, J. Bruges, B. Nat. Réserve, Y¹ 763) y a inséré, ch. 39, la légende du semeur d'apres le texte que nous avons

Cy après sont recités aulcuns miracles [1] **que Ihesus put faire en sa jeunesse, lesquels ne sont point en l'Evangile** (p. 45, r°).

. . . .

Comment Notre Seigneur abregea le chemin et des miracles qu'il fit quand il entra en Egypte [2] (p. 48).

. . . .

A l'entree du pays, l'enfant Jesus trouva un champ semé de nouveau ; il commanda au grain de froment qu'il devinst épis, dont ce fust fait. Lors Notre Seigneur print des épis, en mengea, puis donna sa benediction sur le champ, et ce lui donna telle grace que, quand son maistre le feroit cueillir, qu'il lui rendist autant de muids comme il y avoit semé des grains, et ce fust fait.

Comment Ihesus porta l'eaue en son chaperon [4] (p. 53).

Quant Ihesus eut six ans, sa mere si l'envoia querir ung jour de l'eaue à la fontaine. Advint que la bruchere rompit ou chemin. Si print son chapperon et le remplit d'eaue et l'aporta à sa mere. Les voysins, voyans ceci, se donnerent grand merveille de ce que son chapperon tenoit l'eaue ainsy bien come la bruchie [3].

Comment Ihesus porta le feu en son giron (p. 53) [5].

Oultre plus advint que Nostre Seigneur alloit ung jour querir du feu en l'ostel d'ung marechau, dont il y eult ung varlet qui estoit mauvais garson qui dit à l'enfant Ihesus qu'il n'en porteroit point, sinon qu'il l'emportast en son giron. — « J'en suis content, dist l'enfant Ihesus ». Adonc le bon varlet si lui mist des charbons dedens son giron, dont le doulx enfant Ihesus l'emporta aussi doulcement come si ce fussent poyres, sans en avoir la robbe gastee, de quoy le marechau et le varlet en furent moult esbahis.

reproduit. Pour les mentions postérieures très nombreuses de cette légende, voir *The english and scottish Popular Ballades*, ed. by. Fr. James Child, t. II, p. 7 et 509.

1. Le premier est intitulé : *Comment les dragons adorèrent l'enfant Ihesus* (cf. Pseudo-Mathieu, XVIII, XIX).

2. Ms. Darmstadt, 1699, fol. xxxiii r°, ligne 24 a xxxv r°, l. 6.

3. *Cruche* dit le texte modernisé de Migne, *D. des Ap.*, II, p. 380 : Godefroy ne donne que *brechie*.

4. Ms. Darmstadt, 1699, fol. xxxviii r° ligne 11. — 21.

5. Ms. D. fol. xxxviii r°, l. 22. — Verso l. 12.

L'auteur du roman de l'Annonciation Notre-Dame n'a-t-il pu
avoir sous les yeux quelque compilation latine analogue à celle qui
paraît avoir été traduite dans la *Vie de Jésus-Christ* de 1380 ?
N'en a-t-il pas simplement modifié les données en changeant les
acteurs et en transportant les miracles de Jésus à Joseph ? C'est
peut-être l'explication la plus simple de toutes les analogies entre
les textes précités, bien qu'elle ne rende pas compte de toutes les
difficultés. En tout cas, le dramaturge qui est venu après le romancier ne s'est plus mis en frais d'imagination ; il a copié le roman
et n'a guère imaginé que la mise en scène et les bergeries
finales.

LE JEU DES TROIS ROIS

Le *Jeu des Trois Rois* fait suite à la *Nativité*, mais les deux
pièces pouvaient se jouer séparément ; le manuscrit Sainte-Geneviève indique à la fois les raccords et les séparations. Ce *Jeu des
Trois Rois* est si simple, qu'à première vue on le dirait dérivé
directement de ces anciens drames liturgiques sur le même sujet
qui se conservèrent longtemps dans les églises de province[1], et
dont certaines cérémonies subsistaient encore à Paris, à la fin du
XIVᵉ siècle. Ouvriers, bourgeois, princes et seigneurs se présentaient toujours à l'offrande comme au temps des Rois Mages. Le
bon roi Charles V fermait la marche, précédé de .trois officiers
apportant dans des coupes l'or, l'encens, la myrrhe[2]. Est-ce à ces
anciennes traditions que se rattache le Jeu Sainte-Geneviève ?
En partie.

On lit dans l'ancien office de l'Étoile ou des Mages de Rouen[3] :
« Le jour de l'Épiphanie, après Tierce chantée, trois clercs de premier rang en chape et couronne viennent de trois côtés différents
avec leurs serviteurs, vêtus de la tunique et de l'amict, ils se ren-

---

1. *Officium Stellae*, P. Migne, t 147, et édit. Gasté, p. 51 : « Interim liant oblaciones
à clero et populo. »

2. Contin. de G. de Nangis, en 1378 — Des mentions analogues se voient encore
dans les *Comptes de l'Hôtel des rois de France* imprimés par Douët d'Arcq. 1865, p.
267 et p. 33.

3. *Off. Stellae*, édition Gasté, p. 49.

contrent devant l'autel. Là ils se donnent le baiser de paix. » Cette
simple mention du « baiser de paix » a peut-être suffi au dramaturge pour imaginer [1] que les trois rois sont en guerre, divisés par
des haines mortelles, et qu'ils ne se réconcilient que sur le chemin
de Bethléem. Le messager Trotemenu a vu les trois rois. Il court
prévenir son seigneur Hérode qui envoie sommer les étrangers de
comparaître à sa cour, où ils se proposaient d'ailleurs de lui rendre leurs devoirs. Ils comparaissent en effet et racontent comment
ils vont adorer un enfant nouveau-né, le Roi des Rois. Hermès, le
conseiller d'Hérode, lui explique que cet enfant merveilleux a été
en effet annoncé par des prophéties, et le roi inquiet fait promettre
à ses bons frères de revenir auprès de lui quand ils auront trouvé
et adoré l'enfant, afin que lui-même puisse aller lui rendre hom-
mage. Les trois rois reprennent leur marche ; l'étoile merveilleuse
les conduit à la crèche où ils offrent à l'enfant divin leurs présents
symboliques, puis ils prennent congé et fatigués de leur long
voyage, ils s'endorment l'un à côté de l'autre, couchés peut-être,
comme on les voit sur les vieilles images, dans la même couverture. Mais un ange leur défend en songe de repasser chez Hérode ;
ils obéissent et disparaissent « Cy voisent où ils vourront »
(p. 117).

Voici maintenant un laboureur courbé sur les sillons : il mora-
lise en fort bons termes sur la nécessité du travail, et sème à
pleines mains le blé qui doit le nourrir, ainsi que tout l'Etat
(p. 117).

Cependant Hérode, inquiet de l'absence prolongée des trois rois,
fait garder les passages par ses soldats Humebrouet et Hapelopin [2]. Les bandits ne voient rien venir et de guerre lasse reviennent auprès du roi qui, sur le conseil d'Hermès, les renvoie en
expédition avec l'ordre de massacrer tous les enfants au-dessous

---

1. Il n'est pas question de ces divisions dans l'histoire latine des trois rois par le
carme Jean de Hildesheim (1375), la plus complète et la plus répandue au moyen âge
et dont les traductions françaises manuscrites (Besançon, n° 825, Cambray, 692, etc.)
et imprimées sont communes. Les trois rois arrivent séparément à Jérusalem et sont
surpris par les nuages et l'obscurité qui se dissipe quand le dernier, Gaspar, est
arrivé ; alors les trois rois se jettent dans les bras l'un de l'autre (chap. XII).

2. *Hapelopin* qui manque dans Godefroy désigne un gibier de potence. Cf. les
comptes de l'échevinage d'Amiens de 1425, Reg. CC 18, fol. 198 : « le tour de le jus-
tiche de la ville que on dist le *Happelopin* ».

de deux ans. L'Enfer se réjouit, mais déjà Raphaël a prévenu
Joseph et Marie. Ils fuient. Le Semeur leur indique la route
d'Egypte, mais il dissimule leur passage aux meurtriers lancés sur
leur piste. — « Personne, dit-il, n'a passé ici depuis que j'ai semé
mon blé. » — Or ce blé, par miracle, est déjà bon à moissonner.
Les soudards prennent leur revanche sur les enfants qu'ils arra-
chent à leurs mères désespérées, et reviennent prévenir Hérode
qu'ils ont massacré « cent quarante-quatre mille Innocents
(p. 132) » : seul, celui qu'ils cherchaient leur a échappé. Hérode,
furieux, se tue d'un couteau, à l'instigation des diables qui rappellent tous ses méfaits et qui l'emportent en enfer. Aussitôt
Joseph et Marie, avertis par l'ange, reprennent le chemin de
Nazareth, et sur l'invitation de Joseph l'assistance entonne le
Te Deum.

Les sources de ce petit drame sont encore de deux sortes. L'histoire des trois Rois, Baltasar, roi d'Arabie, Melchion, roi de
Sezille, Jaspar, roi de Tharse, leurs noms, leur âge, leur costume,
leurs présents symboliques ont pu être empruntés soit aux
anciens drames liturgiques, soit plutôt à un manuscrit du *Roman
de l'Annonciation Notre-Dame* qui avait tiré lui-même ces détails
d'un apocryphe connu de Bède[1]. Avec le temps et les transmissions,
l'ordre des facteurs ou des rois a été interverti, et Melcion, jadis
« roi d'Arabe », est devenu ici « roi de Sezile, p. 88 », probablement par allusion au verset 10 du psaume LXXI, mais ces différences sont insignifiantes[2]. Tout le reste est bien emprunté directement au *Roman de l'Annonciation Notre-Dame*, avec de légères
modifications. Déjà le chiffre des « cent quarante-quatre mille
Innocents » massacrés y attire notre attention, bien qu'il ne soit

---

1. Bède, *Collectanea*, Patr. Migne, t. 94, p. 542. L'ordre change dans les trois textes :
Bède : Baltasar senex aurum obtulit. — Secundus Gaspar, juvenis imberbis, thus,
tertius Baltasar fuscus myrrham.

 — *R des l. rom.*, 1885, li ainsné Melchion roi d'Arabe, or; — li jones rois Baltasar,
roi de Samar ou Saba, encens ; — Jaspar, roi de Tarse, myrrhe.

 Jeu des trois Rois, Baltasar, 1er roi d'Arabe, or ; Melchion, roi de Sezile, encens ;
Jaspar, roi de Tarse, myrrhe.

2 *Vulg.* : « Reges Tharsis et *insulae* munera offerent ; reges Arabum et Saba dona
adducent » C'est par erreur que dans l'imprimé de Jubinal, p. 86, ligne 1, Jaspar est
appelé *Quins* de Terse. Il faut corriger cette leçon absurde du manuscrit ainsi :
Me het a mort et *enz* de Terse.

pas rare[1]. Cet indice de l'imitation est confirmé par la jolie légende
du Semeur qui figure dans certains manuscrits du roman[2] et que
le romancier avait tiré lui-même, nous l'avons vu, de quelque
compilation latine. Comme la légende du semeur elle-même n'est
point une rareté, il pourrait subsister des doutes sur l'imitation,
mais ils sont levés par d'autres coïncidences, tel que l'ordre[3] donné
par le roi Hérode de

Garder les pors et les passages

et par la curieuse oraison funèbre que ce roi reçoit dans les deux
textes du roman et du mystère :

L'Annonciation Nostre Dame.

Vers sa fame est une nuit trais,	Son pere fist prendre et tenir[4],
Gete les mains, si l'estrangla,	Em plom boulant le fist salir.
Si qu'entre ses mains devia.	Toz fu bruis el plon ardant,
Puis s'en revint par ses enfans,	C'on li geta la teste avant.
.Il. en estrangla li tirans,	Li fel tirans ainsi fu mors,
Le tiers s'en fui tout tremblant,	Molt souffri male fin le cors.
Et trespensis et esmaians,	Oi avez com faitement
Toz nus s'en fui et descaus,	Herode morut a torment
Rois fu, si out nom Archelax.	(Ed. Chabaneau, p. 216, v. 2352).

1. Ce chiffre se retrouve en effet dans beaucoup d'autres textes cités par M. P.
Meyer (*Not. et Extr. des Ms. de la B. Nat.*, t. 33, 1re p p 72) dans la *Passion* de
Semur, v. 3 419, la *Vie de Iesucrist* de 1485, p. 329 de ce livre Il vient tout simplement du verset 4 (ch. VII) de l'*Apocalypse* que les commentateurs appliquaient d'ordinaire aux Juifs qui doivent se convertir à la venue de l'Antechrist. Plus tard,
comme le dit Petrus de Natalibus, il a été transporté aux Innocents auxquels on
appliquait déjà d'autres versets de l'*Apocalypse* dans les drames liturgiques.

2. Elle manque dans le texte imprimé par M Chabaneau, mais a été imprimée
comme il le dit (*R. des l. romanes*, p. 1883, p. 377 par M. Reinsch, et figure encore
dans d'autres Ms.

3. *R. de l'Annonciat. N. Dame*, p. 208 v. 2036 — Item : *Le Jeu des trois Rois*, p. 118,
119 : Garder le pon et la cité. — Les passages garder ferons.

4. Cf. le Ms. de l'Arsenal 5201, fol. 101 r° :

Fait une cuve aparoiller
D'oille brulant et de vin chaut
A .1. sien maistre senechaut,
Fist son pere leanz geter. .

Cette altération de la légende du roi Hérode, racontée par Pierre Le Mangeur, *Hist.
scolastique*, In Evang., cap. XVI, paraît extrêmement rare ; elle a été pourtant sculptée

Le Geu des Trois Rois.

Oncques ne fut plus malvais hons.
Portons le tost en noz maisons,
Car il fict sa famme murtrir,
Et ces .III. filz aussy morir ;
Et son pere trestout vivant
Fist il boulir en plon boullant.
Il cuida les .III. roys tuer,
Mais contre eulz ne pot arguer.

Puis sy a fait par sa malice
Dez enfans une grant justice,
XLIII [I] mille a grant tort
Decoler et tout mectre a mort.
Or l'enportons ysnellement
Sanz luy faire aligement,
Que certez bien l'a deservy
(t. II, p. 136).

On le voit, le *Jeu des trois Rois* a bien la même source que la *Nativité* ; mais rien ne nous prouve déjà plus qu'il ait le même auteur. La versification n'offre plus trace du petit vers final de quatre syllabes. La différence de ton est sensible ; plus de plaisanteries choquantes, tout est ici grave, sérieux, naïf. D'après ces différences, on reconnaîtrait volontiers dans le *Jeu des trois Rois* une autre main, si les appréciations littéraires de ce genre n'étaient toujours très douteuses. Mettons donc simplement qu'il y a doute.

LA PASSION DES JONGLEURS

Le *Roman de l'Annonciation Nostre-Dame* a inspiré, comme on l'a vu, les deux premiers mystères de la collection Sainte-Geneviève. En a-t-il été de même du poème suivant de la Passion, le plus populaire peut-être de la compilation, et le plus ancien, puisqu'il remonte à la fin du XIIᵉ siècle ou au commencement du XIIIᵉ? Déjà les bateleurs ou jongleurs qui le chantaient se plaignaient de l'indifférence du peuple qui

Plus volentiers or[r]oit conter
Coment Rolant ala joster
A Olivier son compaignon

à la façade de la cathédrale d'Amiens, portail de gauche, où l'on voit le père d'Hérode jeté dans une cuve de plomb bouillant, qui a remplacé les bains que prenait son fils dans sa maladie.

> K'il ne feroit la passion
> Ke Dex soufri o grant enhan
> Por le pechié ke fist Adan[1].

Les rôles sont renversés à la fin du XIVᵉ siècle. S'il y a encore des jongleurs pour chanter Olivier et Roland dans les campagnes, et si leurs chants y sont toujours goûtés, les chanteurs eux-mêmes ne sont guère plus estimés « que les geais »[2], nous dit en 1396 l'ermite champenois, Jean de Varennes, et le nom même de jongleur est pris pour une injure, suivant la *Somme Rurale* de Boutilier. Malgré ce discrédit, les chants de geste dureront encore longtemps, comme nous le verrons, mais les jongleurs pieux dureront plus longtemps que les autres, et ils ont certainement propagé diverses légendes sur la Passion. Raison de plus pour examiner le poème populaire de la Passion qui faisait partie de leur répertoire, mais comment l'examiner ? Les analyses publiées[3] sont si brèves qu'elles ne peuvent rendre aucun service pour cette recherche ; le texte imprimé lui-même est très écourté[4], et les manuscrits très nombreux présentent entre eux des différences considérables. Dans ces conditions, nous nous bornerons à résumer en détail un manuscrit ancien[5] et à comparer cette version à une rédaction

---

1. Bib. Nat. ms. fr. 24.301 fol. 265 rᵒ col. 1. — Sur ce début, cf. *Romania*, 1887, p. 47 note 4. — Comme les poèmes précédents de la compilation, ce poème de la *Passion* a été résumé en prose dans la *Chronique* de Jean d'Outremeuse, t. I, p 401 et suiv

2. Gerson, éd. Ellies Dupuis, t. I, col. 935. — *Hist. litt. de la France*, t. XXIV, p. 442. « Si un geai, un rossignol ou tout autre oiseau, si un chanteur des gestes de Charles, de Roland, d'Olivier avaient chanté sur cette montagne (de Saint-Lie) autant que moi indigne y ai chanté la parole de Dieu, et qu'on les eût fait saisir comme moi honteusement, sans forme de procès, par des hommes d'armes, je ne doute pas que cela n'eût déplu au peuple ».

Cf. Gerson. *Passion* : Heu me, mulier, II, *Reg. XIII* (B. N. ancien ms. Saint Victor 556, fol. 322) : Quant ung chanteur de romans *vel historiarum* narre les paroles, les faiz d'ung bon prince qui fut gracieulx a regarder, vigoureux a guerroyer, courtois, adoucy et debonaire a pardonner, il est voulentiers et doucement oy et escouté, et quand il vient au point de la mort, il n'y a nul ne nulle, qui ait le cuer si dur qui ne le commance applaudir et a plorer, especialement ceulx et celles qui sont de son sang et lignaige. . .»

3. Par M. Bonnard, *Les Traductions de la Bible* en vers françois au moyen âge, p. 49, p. 188, p 230

4. *Rev. des l romanes*, 1885, p 229 et suiv.

5. Bib. Nat. ms. fr. 24.301, fol. 265-298, XIIIᵉ siècle (la *Passion* proprement dite du f. 265 a 291 rᵒ col. 1).

plus compliquée, datée de 1243. Si cette étude ainsi délimitée n'a aucune prétention critique, elle peut suffire pour comparer le poème à d'autres compositions analogues et en particulier aux mystères Sainte-Geneviève.

Le poème de la Passion s'ouvre par un conseil de la Synagogue qui, sous la présidence de l'évêque Cayphas, décide de faire arrêter Jésus, mais après la Pâque, pour éviter une sédition populaire. *Trois* [1] jours avant la Pâque, « Dieu » revient de Béthanie à Jérusalem et loge dans la maison de Simon le lépreux, où la pécheresse Madeleine répand sur ses pieds blessés par la route un vase de parfums précieux. Cette profusion excite la colère de Judas qui s'en va immédiatement vendre son maître à la Synagogue et reçoit avec joie ses trente deniers.

Le jour de la Pâque, Jésus envoie les apôtres Pierre et Jean [2] préparer la Cène chez l'inconnu qu'ils rencontreront tenant une canne ou une buire d'eau, et, le soir venu, il se rend lui-même dans la maison avec ses autres disciples, qui s'assiéent à table à ses côtés. A table, Judas révèle de nouveau sa rapacité par un trait singulier (qui n'est que la déformation grossière d'un symbole subtil), et saint Jean, suivant la légende, s'endort d'un sommeil plein de rêves et de visions prophétiques [3] :

Judas ne s'asist pas desrier.	Come nostre sires besvoit,
Nostre sires forment l'amoit,	Se li embloit come gloton
Totes ores o lui mainjoit ;	Tot le plus biau de son poisson [4].
E li traîtres ke faisoit ?	Jat Dex n'en feist nul semblant.

1. *Sis* jours dit le Ms. de l'Arsenal, 5201, f' 107 r°

2. Ces noms qui ne sont pas donnés par les évangelistes varient dans les mystères. Ainsi dans la *Passion* de Sainte Geneviève ces envoyés sont S Pierre et S. Jacques comme dans les *Récits d'histoire sainte en béarnais*, éd. Lespy et Raymond, Paris, 1876, t. II, ch 58, p. 63. Sur l'explication de ces variations presque toutes raisonnées, voir plus loin (ch. des Mystères rouergats) p. 395, n. 1 de ce livre.

3. Cf. la *Bible* d'Herman de Valenciennes (Not et Extr. des Ms. de la B. Nat., t. 34, p. 200 :

Ço est Johans, ben le vus dei nommer,
Qui but la science, quant dormit al soper
Sor le piz son maistre ....

Sur les sources anciennes de cette légende et son usage fréquent dans les mystères voir plus loin p. 222, 435 de ce livre.

4. « Le plus beau morsel du pois[s]on dit le Ms. 5201 de l'Arsenal, fol. 110 r°. Même légende dans la *Vie de Jesu-Christ* de 1485, p. 333 de ce livre. Ce poisson est soit une

Lors s'endormi en son devant   Un petit d'ore en fui ravis
Iohans li boins ewangelistes,   Amont el ciel ses esperiz,
Toz li muedres de ces menistres ;   Qel chose i vit nel voil descrivre,
Endormi soi desor son mestre.   Car longe chose fust a dire.
Nuez l'ensera ; si dut il estre,   (fol. 268, col. 1).

Quand il se réveille, Jésus institue « le sacrement de l'autel » ou l'Eucharistie, et annonce qu'un de ses disciples est sur le point de le trahir. Est-ce moi ? s'écrie Judas :

« Sire, dist l'un, chascun par soi,   : « Sui je dont ce, maistre Ihesu ?»
Sui je donc ce, dites le moi. »   — « Oïl, ce es tu voirement,
— « O moi mangue et o moi boit   Ja l'as tu dit apertement. »
Qi mon cors, dist Dex, traïr doit » ;   (p. 268, col. 2).
E. Judas li a respondu [1]

Cette révélation ne surprend pas outre mesure les autres Apôtres, qui déjà se disputent la primauté. Jésus, pour les rappeler à l'humilité, demande « un linceul blanc » et un bassin, et lave les pieds de ses apôtres en commençant par saint Pierre [2] qui doit bientôt le renier ; puis il dit les grâces, et il les emmène tous au jardin d'Oliviers où il se retire à l'écart pour prier son Père, et où il est réconforté par un ange non nommé (270 r°, col. 1).

Voici venir Judas avec une troupe de soldats, éclairés par des lanternes. D'un coup d'épée, saint Pierre tranche l'oreille du valet du grand prêtre, nommé Marcus. Jésus le guérit, mais les Juifs déclarent que c'est par le diable ; ils mettent en fuite les disciples et entraînent le maître tout droit chez Caïphas. Seuls Pierre et Jean viendront furtivement le rejoindre. Saint Jean, arrivé le pre-

allusion a l'*ichtus*, emblème du Christ (cf. Didron, *Histoire de Dieu*, p. 354 et suiv.), soit un souvenir du repas offert à Jésus par ses disciples (*Luc*. XXIV, 12, partem *piscis* assi) et ainsi interprété par Bède (P. Migne, t. 92, p. 631) et la *Glose ordinaire* (P. Migne, t. 114, p. 354 : « Piscis assus, ipse mediator passus, in aquis humani generis captus laqueo mortis, assatus tempore passionis ». La glose de Bède a deja passé dans la *Passion* romane de Clermont-Ferrand.

1. Cf. la *Passion* Sainte-Geneviève, p. 178, même mouvement.

2. C'est l'ordre indiqué par la *Glose ord.* comme le remarque Albert le Grand in *Joann*, XIII ; ailleurs Jésus commence par Judas suivant St. J Chrysostôme.

Le lavement des pieds lui-même est placé après la communion, suivant le 4e Évangile (*Joann.*, XIII, 2, 4), ainsi interprété par quelques théologiens et légendaires. Voir plus loin, p. 221, n. 3 et p. 268, n. 1 de ce livre. Le plus souvent il est placé *avant*, d'après les synoptiques.

mier dans la cour du grand-prêtre, obtient du portier l'entrée pour
saint Pierre, et l'installe près du feu ; mais peu après, saisi par
son manteau et craignant pour sa vie, il s'enfuit et le laisse seul
(f. 273 r°, col. 2). Cependant Jésus se défend contre les faux
témoins et le grand-prêtre avec tant de calme qu'un des assistants
irrités le frappe au visage. Le grand-prêtre lui-même ne se contient plus quand l'accusé déclare qu'il est vrai fils de Dieu.

Quant c'oï li fel Caiphas,   Sus est sailliz com desirez,
Si l'avoit saisi par ses dras,   Par un poi qu'il n'est forcenez.
De tel air vers soi le tire   (fol.. 274, col. 2).
Que son vestement li descire,

La mort de Jésus est décidée, et presque en même temps saint
Pierre, interrogé successivement par une femme, par Marcus et
par une seconde servante, renie trois fois son maître que les bourreaux continueront d'outrager toute la nuit. Au matin, après un
nouvel interrogatoire, on l'entraîne chez le prévôt Pilate, qui seul
peut prononcer la peine capitale. A cette vue, Judas, saisi de
remords, rapporte les trente deniers au temple et va se pendre
avec sa ceinture aux branches d'un « ceür » ou d'un sureau maudit [2]. Les Juifs ramassent les deniers de trahison.

« ..... Un leu en achatons,   Qi entre nos mueront sovent. »
Cil ou l'en destruit les larrons,   — Ensi l'ont dit, ensi le font,
Les omecides, les felons,   Mont de Calvaire achaté ont, [1]
Et iluecques enterrerons   Ihesu i soufri passion. .
Les cors ke nos ne connoissons,   (fol. 277, col. 1).
Pelerins et estrange gent

Cependant Pilate s'est hâté de renvoyer l'accusé au tétrarque de
Galilée, Hérode, qui se réjouit fort de sa venue, et par prières et
menaces essaie d'obtenir de lui un miracle. Jésus lui déclare qu'il

---

1. Même légende dans Jean d'Outremeuse, I, 409 et dans la *Passion* Sainte Geneviève, p. 206 :

.... s'en acheterons
Ung champ ou qu'il souffrir feront
A Jhesu grant douleur amere.

2. Cet arbre était un figuier pour Juvencus (*hist. Evangelica* l. 4) et pour le Pseudo-
Bede qui le décrit *De locis sanctis*, cap. 4. Plus tard ce fut un sureau souvent mentionné, et décrit notamment dans le *Voyage de Mandeville*.

n'a aucun pouvoir sur lui, et, ces mots dits, se renferme dans un silence dédaigneux, si bien que les soldats irrités le revêtent d'une robe blanche comme un fou, et l'accablent de coups. Hérode lui-même finit de guerre lasse par le renvoyer à Pilate, lequel fait revenir les princes de la loi à son tribunal et leur propose en vain de délivrer Jésus « après l'avoir fait battre et corriger ». Ceux-ci préfèrent « l'homicide » Barraban. L'embarras de Pilate redouble, quand sa femme, stylée par le diable Belzebuz, qui craint que la mort de Jésus ne dépouille l'enfer, vient en personne demander l'acquittement.

Or parlons un poi del dïable
Ki est prevost et conestable
De l'enfernal perdicïon
Ou l'en n'avra ja se duel non.
C'est Belzebuz [1], le mastre sire,
Ja n'iert sanz dolor et sanz ire,
Il fu plus clers ke nule estoile,
Or a la faice troble et noire.....
Icele nuit ke Dex fu pris,
Se porpensa li ennemis
S'apercevoir pas ne porroit
Se Ihesus rois del ciel estoit.
— « S'il est Dex et il pert la vie,
Tote ai perdue ma baillie,
Il brisera Enfer le sire
Qui li osera contredire.
S'il resoit mort, tot c'ai je fait,

J'ai porchacié trestot cest plait,
J'irai, se reporchacerai,
Ihesu de mort delivrerai. »
— A la feme Pilate vint,
Devant son lit tot droit ce tint.
S'ele le vit en son dormant,
Savoir poez poor ot grant
— « Garde, fait il, ne soit occis
Ihesu ke li Juïf ont pris,
S'il resoit mort, mal fustes nez,
Vos en serez trestuit dannez ;
A ton signor di k'il gart bien
Ne soit ocis por nule rien, »
— Onkes ne cessa Belzebu
Tote la nuit, tant ke jor fu [1].

(f. 279, col. 2).

Dès le point du jour, la femme épouvantée vient elle-même [2] raconter sa vision à son mari qui « en frémit » comme elle, mais craint encore plus la colère de César. Il prononce la condamna-

---

1. Cf. J. d'Outremeuse, I, 410 : « Belzebuz le prevos d'ynfeir ».
Légende ancienne déjà rappelée par Rabanus Maurus, representée dans le manuscrit d'Herrade de Landsberg, et encore citée dans la *Catena aurea*, in Matth., XXVI, p. 297. Sur les autres textes cf. Cornelius a Lapide, *in Matth.*, XXVII, p. 521.

2. Item, Arsenal, ms. 5201, fol. 121 r°, col. 1. La feme vint come messaige ».
Dans la copie de Geoffroi de Paris (B. Nat. ms. fr. 1526, f. 102, col. 1) dont on parlera plus loin, elle lui envoie un messager.

tion, et les bourreaux s'occupent aussitôt de fabriquer la croix et les clous. Le bois de la croix n'est pas un bois quelconque ; c'est, comme on l'a déjà vu, un rejeton du pommier du Paradis, dont le tronc, après avoir jadis servi de pont à la reine de Saba[1] quand elle entra à Jérusalem, a été miraculeusement conservé dans le fond boueux de la piscine probatique. Cette première légende qui dérive de l'apocryphe connu de la Pénitence d'Adam, a été souvent imprimée[2] ; il n'en est pas de même de la seconde, celle du forgeron Israhel et de sa femme qui forge à son défaut les cloux de la croix.

Qant li Juïf ont la crois faite
K'il avoient del faingier[3] traite,
Ni a celui porter la deint[4],
Et dit chascuns : « A nos que tient
« Qe li façon tant de servise ? »
Desus le col Ibesu l'ont mise,
« Bien est droiz, font il, cil la port
« Qi dedens li soufferrai mort »[5].
Lors demandent : « Les clos avez ? »
— « Nenil » font il. — « A fevre
                         [alez ».
Chiez Israel[6] en vont tot droit.
Cant Israhel venir les voit,
Ses mains repost[7], si s'est assiz,
N'en fera nul, ce m'est avis.
— « Dant fevre, font la fole gent,
« Faites les clous delivrement,
« Ihesu volons crucefier
« K'il ne puisse mais reinier ».

— « Signors, fait il, mal ai es mains,
Molt a lonc tens ke ne fui sains ».
— « Qel mal est ce ? » — : « El feu
                         [me cuis ».
— « Mostrés les nos ! ». — : « Sei-
                         [gnors, ne puis ».
— « Por coi, diable, ne poez ? »
— « Seignors, toz ai les dois enflez ».
— « Par le grant Deu, or les mos-
                         [trez,
« Toz estes mors se vos mentez ».
Cil traist ces mains, grant poor ot,
Totes lieprouses con Dex vout.
Sa malle feme ot le cuer faus ;
Li dist : « Tost vos est pris cis
                         [maus ;
N'a encore se bien poi non
Qu'entre moi et vos forgion,
Ne puet remanoir por nul plait

---

1. B. N. fr. 24,301, fol. 282, col. 2. Lonc tens apres sainte Sebile. — Por Salemon vint en la vile. » — D'autres ms. disent simplement « une dame ».

2. *Romania*, 1887. p. 49, 50.

3. Ms. 24,301 : taier.

4 Ms. 24,301 : *la deint — ca teint*.

5 Ms de l'Arsenal, 5201. = Qui desore reeevra mort.

6. Item. Ms. de l'Arsenal, 3,516 f. 49 r° col. 1, et B. Nat. fr. 1526, f. 105 v°. — Le Ms. 5201 de l'Arsenal dit simplement : Quant *li fevres* venir les voit (f. 125 r°).

7. Ms. 24,301, respont.

Qe li trois clou ne soient fait ».

Le fer o les tenailles prist,

Desus la brese ardant le mist,

O les ovriers le feu soufla,

Toz les troiz clous fist, tant forja,

As faus Juïf[s] les a livrez.

Et il les en ont tost portez,

Venuz en sont lai ou Ihesum

Enmenoient li mal felon.

(fol. 283, col. 2).

Telle est la curieuse légende de la fevresse qui fera fortune au théâtre et y recevra maints développements, tandis que la variante citée par Pierre Bercheur [1] sera bientôt complètement oubliée. Tous sont indiqués déjà dans la première et la plus ancienne version. Les épisodes qui suivent (Simon de Cyrène, rencontre des filles de Jérusalem, crucifixion, lamentations de la Vierge et de saint Jean, railleries des bourreaux, dialogues de Jésus avec le bon larron, les dernières paroles, et les prodiges) sont inutiles à résumer, puisqu'ils ne s'écartent guère des Evangiles. Il convient pourtant de noter l'ancien mode de crucifixion sommairement décrit : Jésus monte lui-même à la croix, après avoir été dépouillé de ses vêtements. A noter aussi un souvenir du commentaire célèbre de saint Bernard sur le mot *Sitio* [2].

« J'ai soif, dist Dex », — « A boire

                           |avroiz,

Font li Juïf, ja ni faudroiz ».

— Ne sèvent pas la fole gent

Dont le filz Deu ert seelent ;......

Sa soif estoit de nos saver,

Ses siens voloit d'enfer geter.

Les prodiges qui signalent la mort du Christ, la conversion du Centurion, l'envoi des soldats pour rompre les jambes des larrons, le miracle du chevalier Longis n'offrent plus rien de particulier. Un autre chevalier du pays, Joseph d'Arimathie, obtient de Pilate la permission d'ensevelir son Maître. Il prend en passant un ami, Nicodemus, et achète un « sydone » de grande beauté (fol. 288 r°, col. 2). Nicodemus détache le corps de la croix, puis tous deux le déposent dans le sépulchre, après l'avoir embaumé avec l'aide des trois Maries. Ce sépulchre a été taillé dans un

---

1. Dictionarium (éd. de 1620, in-fol. I, p. 340 : « Christum ... nudum super crucem extenderunt et ibi cum clavis grossis et male formatis et non per fabrum sed per quemdam ribaldum factis conclavaverunt. Dic si vis de clavis quomodo fuerunt facti et sic cum cruce sursum crexerunt ».

2. *Vitis mystica*, cap. XIII (Patr. Migne, t. 184, p. 662).

roc merveilleux qui vient du temple de Salomon comme l'arbre de la croix, ou remonte encore plus haut : c'est la pierre où dormit Jacob, ou bien c'est « le perron

> Sor c'Abreham fist le baron
> Cant vit venir la Trinité
> Qu'il conuit com hom plein de Dé
> Et en son hostel hesbergea (f. 289 1° col. 1).

c'est peut-être une pierre tombée du ciel, seule digne d'abriter Dieu.

Cependant les princes de la Synagogue sont allés se plaindre à Pilate de l'audace de Joseph, et le gouverneur se déjugeant le fait enfermer dans sa propre prison, sans entendre raison (fol. 289 r°, col. 2). Puis les chevaliers vont garder le tombeau, mais la nuit de Pâques, le ciel s'illumine ; éblouis, ils clignent des yeux et s'endorment. Les anges lèvent la pierre ; Jésus quitte la terre pour aller délivrer les Pères des Limbes et revient bientôt réconforter tous ceux qui l'ont aimé :

> Puis, c'est monstrez a ces amis,   Ele vesqui puis longuement;
> Et a Joseph k' ert por lui pris,   Apres le vit la Magdelaine...;
> Il le geta fors de prison   Et ces deciples visita
> Et li promist salvation ;   En Galilee ou il alla,
> *Puis c'est à sa mere monstre* [1]   Car forment estoit esmaiez,
> Qui moult avoit por lui plore,   Saint Pierre ki l'ot renoiez
> Il la conforta doucement ;   (f..290, col. 2).

Le quarantième jour, Jésus s'élève au ciel du mont des Oliviers, mais il reviendra pour le jugement de ce même ciel :

> Et Dex voille par son plaisir
> Q'il nos y face parvenir
> Ki par Adam toz nos forma
> *Per infinita secula. Amen* [2]   (f. 290, col. 1).

Cet *explicit* indique nettement la conclusion primitive du poème de la Passion, mais il est suivi d'un poème différent comprenant

---

1 Sur les autres mentions de cette légende voir p. 244, 245 de ce livre.

2. Cf. *Romania*, 1887, p. 51.

l'histoire de Jésus depuis sa mort et sa descente aux Limbes, jusqu'à l'Ascension, c'est-à-dire reprenant à nouveau les faits déjà
traités. Dans certains manuscrits, les doubles emplois sont supprimés et la soudure assez bien dissimulée. Il n'en est pas ainsi dans
le nôtre, où les redites abondent. Après un long développement
sur l'enfer, qui engloutissait et gardait tous les descendants
d'Adam, le poète nous dépeint l'entrée victorieuse de Jésus dans
le royaume des diables. Il s'avance sur les portes arrachées de
leurs gonds, et appelle à lui ses amis. Adam lui demande pardon,
non sans rejeter sa faute sur Eve qui implore de son côté sa grâce.
Dieu leur pardonne à tous deux, et les prenant par la main les conduit avec les Pères « en lieu délectable », puis revient sur la terre
consoler ses apôtres, sa mère et Joseph d'Arimathie (f. 292 r°,
col. 2).

A cette énumération succède un nouveau récit de la Résurrection. Marie Salomé a proposé à « ses sœurs » d'acheter des aromates et d'aller embaumer Jésus dans son monument. Quand elles
voient la lourde pierre scellée par Nicodemus, elles prient Dieu
« de leur faire demonstrance » et se retirent un peu en arrière. Au
même instant, un ange vient leur annoncer la résurrection du
Christ, qu'elles retrouveront en Galilée (fol. 293 r°, col. 2). Marie-
Madeleine demande avec insistance son Seigneur ; l'ange lui
répète son ordre et la presse d'aller prévenir Pierre et les apôtres.
Avant d'obéir, elle lève la pierre toute seule, se penche, et, désolée
de trouver le sépulcre vide, se décide à regagner Jérusalem avec
ses compagnes « molt dolentes et irascues (fol. 294 r°, col. 1) ». —
Pierre et Jean, qui sont sortis de la ville pour aller en Josaphat et
qui ont trouvé eux aussi le sépulcre vide, rencontrent les trois
Maries et apprennent d'elles que Jésus ressuscité est allé en Galilée. Sans transition, nous voici dans « le pays de Cesaire », sur le
chemin du chastel d'Emmaüs, à deux lieues de Jérusalem. Deux
disciples (dont l'un n'est autre que Pierre) racontent à un étranger la mort de leur maître dont ils espéraient vainement le retour ;
leurs « moilliers » ont trouvé son sépulcre vide, et eux-mêmes
n'ont pas été plus heureux. L'étranger les rassure, les suit au château, rompt le pain avec eux et disparaît. Au matin, les disciples
reviennent à Jerusalem au milieu des apôtres qui ont déjà reçu
d'autres nouvelles (fol. 265 r°, col. 2). Marie Madeleine, retournée

seule au monument, y a rencontré deux anges, puis Jésus lui-
même qu'elle prend d'abord pour un jardinier et qui se fait
reconnaître. Joyeuse, elle revient prévenir les apôtres qui prennent tout droit le chemin de la Galilée (fol. 296, col. 1). Jésus leur
apparaît une première fois en l'absence de Thomas, puis huit
jours après, à la vesprée, revient se montrer à l'incrédule lequel
résiste encore et demande à toucher ses plaies. Il y consent, lui
pardonne et envoie ses disciples prêcher par le monde.

> Alez, dist Dex, si preechiez,   .
> La crestienté essauciez[1].
>   *Explicit*   (f. 298, r° col. 1).

Ainsi finit avec ses compléments le poème ou la chanson grossière qui racontait au peuple les gestes du Christ, et qui l'a charmé
près de trois siècles. L'auteur, quel qu'il soit, s'est borné comme
on l'a vu à paraphraser les Évangiles canoniques et l'Evangile de
Nicodème en y ajoutant diverses légendes plus ou moins curieuses
qui ont souvent intrigué les archéologues. « Qu'on examine, nous
dit l'un d'eux, les principales représentations de la Cène que le
XIIᵉ et le XIIIᵉ siècles nous ont laissées. On voit presque toujours
le Christ et tous les apôtres assis d'un côté de la table, tandis que
Judas est seul de l'autre. Devant le maître est un plat qui contient
un poisson. Le thême est si scrupuleusement respecté par trois ou
quatre générations d'artistes, il est reproduit avec une telle fidélité dans les œuvres les plus diverses qu'on peut se demander s'il
n'y a pas là quelque légende populaire dont le souvenir s'est
perdu »[2]. La *Passion* comme on vient de le voir nous l'a conservé.

Ces légendes firent le succès de l'ouvrage et ne cessèrent de s'ac-
croître. En 1243 un certain Geoffroi de Paris inséra le poème populaire de la *Passion* dans sa *Bible des Sept États du Monde* ou
dans son histoire sainte en vers. Ce manuscrit unique[3] contient

---

1. Cf. *Romania*, 1887, p. 53, la fin plus longue du Ms. 5201 de l'Arsenal, qui contient
par surcroît à la suite un poème de l'Assomption.

2. Em. Male, l'*Art religieux*, etc., 1898, p. 298, note 1 « La Cène est ainsi représentée
dans les vitraux de Bourges, Laon, Tours consacrés à la *Passion*. Dans les Ms. même
formule : B. Nat. latin 1077 (XIIIᵉ s.) et n. acq. lat. 1392 (XIVᵉ s) etc. » — Nous retrou
verons la legende dans la *Vie de Jesu Crist* de 1485, p. 333 de ce livre.

3. Bib. Nat. ms. fr. 1526, fol. 84 et suiv.

nombre d'épisodes nouveaux qui sont venus s'ajouter aux anciennes
légendes soigneusement conservées. Dans le prétoire de Pilate,
les étendards s'inclinent devant l'Homme-Dieu (f. 99 v°, col. 2)
suivant l'*Évangile de Nicodème*. et pour la flagellation Pilate
fait attacher Jésus à une estache ou colonne déjà mentionnée par
Saint Jérôme[1] et par Grégoire de Tours, et longtemps vénérée
en Terre-Sainte. La trahison de Judas est augmentée d'une burlesque légende de chapon qui est fort ancienne puisqu'elle figure
déjà sous une forme différente dans une des versions grecques de
l'*Évangile de Nicodème* imprimée par Tischendorff[2], et dont on
serait bien embarrassé de dire comment elle est parvenue aux
jongleurs français du xiiie siècle et aux légendaires suivants :

Oez de Judas qu'il devint.
Chiés sa mere est alez tot droit,
A l'ostel ou elle manoit ;
Laiens faisoit on le mengier,
Chaspons rostir et tornoier.
Judas a a sa mere dit
Come il a vendu Jhesuchrist.
Cele respont : « Filz, tu as tort,
« Il doit resusciter de mort,
« Pieça a dit li nostre sire,
« A toi meïsmes l'oï dire. »
—Dist Judas : « Lessiez tel sermon.

« Veez vous rostir cel chapon ?
« Ne plus que jamès chantera,
« Jhesus ne resuscitera ».
— Oyez grant miracle de Dieu !
Li cos qui rostissoit au feu
Est arriere vis devenu,
De la broche s'en est issu,
Emmi la meson vet chantant.
Lors fu Judas forment dolent,
D'ilec s'en va sanz plus atendre,
Aus Juïs vet leurs deniers rendre.
(f. 99, v° col. 2).

L'histoire de Longis n'est pas moins amplifiée que celle de
Judas ; le riche chevalier, âgé de plus de cent ans, frappe le Christ

---

1. Hier. (P. Migne, t. 22, p. 884) *Ep* 108, ad Eustochium V. — S. Greg. Tur. *De
gloria martyrum*, I, vii. — *Glossa ordinaria*, in *Luc*, XXIII, v. 22. p. 345, etc.
Cette colonne s'est du reste multipliée et a inspiré d'autres legendes analogues.
On montrait plusieurs de ces colonnes a la fin du xive siècle (cf Cornelius a Lapide,
in *Matth.*, XXXII, 26, p. 524). — Le *Saint Voyage de Iherusalem* du sgr. d'Anglure,
éd. Bonnardot et Longnon, p. 28, n° 216 et p. 29, n° 132 ; — item p. 225, n. 1 de ce livre.
2 Tischendorff, *Evang. apocrypha*, 1876, Acta Pilati B. 1, cap. 1, p. 290.
Thevenot, *Voyage au Levant*, t. I, ch. 71, rapporte une autre transformation de la
même légende ; « Ils (les Coftes) disent qu'au jour de la Cène on servit a Notre
Seigneur un coq rôti, et qu'alors Judas étant sorty, pour aller faire le marché de
Notre-Seigneur, il commanda au coq rôti de se lever et suivre Judas, ce que fit le coq
qui rapporta ensuite à Notre Seigneur que Judas l'avait vendu, et que pour cela ce
coq entrera en Paradis ».

de sa lance avant qu'il n'ait expiré sur la croix [1]. La crucifixion même est plus longuement développée et la Vierge prononce au pied de la croix une longue complainte de près de 400 vers :

> Beau filz a tort ai non Marie,
> Que je sui forment esmarie (f. 109, v° col. 2).

. . . .

Un détail particulier nous montre comment la légende, infatigable ouvrière, ne cesse de transformer l'*Évangile de Nicodème*. Cet évangile nous dit que les bourreaux de Jésus ceignirent ses reins d'une bande d'étoffe « *linteo præcinxerunt* » (ch. X), et cette étoffe est ici le voile [2] même que la Vierge a détaché de sa tête pour recouvrir la nudité de son fils (f. 111 r°). Désormais ce voile aura son histoire, aussi bien que le suaire acheté par Joseph d'Arimathie. Joseph tient à savoir le nom de la marchande (fol. 120 r°).

> — Sire, on m'apele Sidonie.
> Après le nom que vus avés,
> Sera sidoines apelés,
> Cis dras que vus m'avés vendu [3].

Et Geoffroi de Paris raconte longuement les aventures de cette Sidonie qui finit par devenir reine. Sidonie perdra son nom, mais se retrouvera avec d'autres aventures analogues dans d'autres manuscrits [4], et la légende continuera son chemin. La jeune marchande nous est représentée comme la fille de la Véronique [5], de même qu'ailleurs on retrouve la Véronique « marchande de soye [6] » ou de toile [7], mais seule et sans sa fille.

---

1. Item, Jean d'Outremeuse, t. I, p. 413, et *Passion* allemande de Benedictbeuern (éd. E. du Méril, *Orig. latines*, etc., p. 145, *Passion* d'Autun, fol. 162 r°.

2 Le plus ancien texte où se trouve cette légende à ma connaissance est un apocryphe de Bède (Patr. Migne, t 94. *De Meditatione Passionis*, VI, p. 566.

3. Legende ancienne connue de Maurice de Sully, citee par Godefroy, v° *sidoine* : « Icele gloriouse pucele qui fila la sindoine dont la chars Dé fut envolopee ».

4 Comparer la variante de la *Passion* imprimée par M. Chabaneau (*Rev. des langues romanes*, 1885, p. 240, v. 3255, et année 1886, p. 38b.

5. Version analogue dans un manuscrit de la *Passion* d'Autun (Bibl. Nat. n. a. fr., 4,356, p 18 r°) dont il sera question plus loin.

6. C'est Veronne qui est marchande de soye dans le Ms. A. de Greban, p. 350, v. 26,808 : le bon texte dit tout simplement : la marchande de soye.

7. Nous retrouverons Verone ou Véronique, marchande de toile dans la *Passion* de Semur et dans la *Passion* d'Auvergne et ailleurs.

Le poème populaire de la *Passion* est, comme on le voit, un réservoir intarissable de légendes qui reparaîtront la plupart dans les mystères, mais la question principale pour nous est celle-ci : Ce poème a-t-il été transporté à peu près tel quel au théâtre, ou bien les dramaturges n'en ont-ils recueilli que les traditions éparses, tombées dans le domaine public ? Cette question se pose déjà pour un ouvrage antérieur à la *Passion* Sainte-Geneviève et qui est actuellement considéré comme un mystère ; elle se posera de nouveau pour la *Passion* Sainte-Geneviève elle-même.

LA PASSION D'AUTUN

Les catalogues les plus récents de la Bibliothèque Nationale indiquent, sous les numéros 934 et 1263 des nouvelles acquisitions françaises, deux fragments différents de « mystères de la Passion ».

Le premier fragment[1] manuscrit, n. a. fr. 934, fol. 33, paraît provenir d'un mystère perdu du Vieux Testament plutôt que d'une Passion. Les autres fragments (n. a. fr. 1263, fol. 15-16) ne sont pas autre chose que deux feuillets dépareillés d'un ouvrage du XIVᵉ siècle, *le Roman des trois Pelerinaiges* de Fr. Guillaume de Digulleville[2]. Le scribe avait marqué à l'encre rouge les noms des interlocuteurs du roman (*Jhesus a sa mere, Marie a son fil*), si bien qu'on les a pris plus tard pour des personnages de théâtre ou des « entreparleurs » de mystère. Ces confusions sont d'autant plus faciles avec des fragments disparates de cette espèce que les

1. Reproduit plus loin, p. 302 de ce livre.
2. N. a. fr. 1263, fol. 15-16. — Le folio manuscrit 15 rᵉ qui commence par :

> Devant le hault trosne de Dieu

et finit au verso, col. 2 :

> Se de moy et toy partagent (?)

correspond aux feuillets cciii verso, col. 1. — ccv rᵉ, col. 2 (fin du discours de Jésus dans *le Pelerinaige de Iesucrist*, imprimé chez Mᵉ Barthole et Jehan Petit, B. N. réserve, Y. 4.383.

Le folio 16 rᵉ, col. 1 commençant par : Apres grant expedicion, et finissant au vᵉ, col. 2 par : « Car en vérité savoie » correspond aux feuillets xcv vᵉ, col. 1. — xcvi vᵉ, col. 2, du *Pelerinaige de l'ame séparée du corps*, ibidem.

interlocuteurs sont assez souvent indiqués de cette façon dans les manuscrits français et provençaux ; c'est un indice à retenir. Les textes précités n'ont évidemment rien de commun avec la Passion des Jongleurs copiée par Geoffroi de Paris, mais il n'en est pas de même des fragments qui suivent.

Le même catalogue de la Bibliothèque Nationale indique (p. 172), sous le numéro 4,356 des nouvelles acquisitions françaises, un « Mystère de la Passion », xv⁰ siècle.

Le texte est intitulé, fol. 1 r⁰ : *Passio domini Nostri || Jhesu Cristi secundum Johannem*. Il commence ainsi :

> Je vous commande de par le Roy,

et finit au folio 29 ainsi :

> Jamès ne meneray joye ne vie.

Le sujet est la Passion depuis la Cène jusqu'à la descente de croix par Joseph d'Arimathie et par Nicodemus qui prononce le dernier vers.

La couverture en papier de ce petit volume in-8°, aujourd'hui relié, était formée « d'un acte du xv⁰ siècle, mentionnant un paiement à faire à Lyon a la fête de saint Julien ». Certains indices comme le nom du propriétaire (fol. 29 : *Ista Passio est michi Anthonio Romani*) et d'autres particularités[1] donnent à supposer que cette détestable copie a dû être faite dans le Midi.

Si l'on ajuste ce texte de la Passion en tête du « Fragment d'un ancien Mystère » de la Résurrection (xiii⁰-xiv⁰ siècle), imprimé dans la *Romania* en 1894, p. 86-90[2], on obtient exactement, abstraction faite des lacunes et variantes, le texte contenu dans un autre manuscrit du xv⁰ siècle, n. a. fr. 4,085 (fol. 144-176) de la Bibliothèque Nationale.

Ici l'ouvrage fait partie d'une compilation de sermons, de romans et de poèmes ; il vient immédiatement à la suite d'un

---

1. Notamment les graphies : *tota* ta compagnie, fol. 5 r⁰, *oreyhie* (oreille), f. 8 v⁰, *viver* (vivre), fol. 3o, etc. — Un tiers des vers n'ont plus de rimes, et dans ce texte abrégé il y a de nombreuses lacunes.

2. Par M. Bédier auquel appartient véritablement cette trouvaille. Il est bien clair que sans le fragment imprimé par lui, il eût été impossible d'identifier les autres manuscrits.

roman en prose sur la Passion, inspiré par l'*Evangile de Nicodème en vers provençaux*[1]. De là le titre que lui a donné le
copiste, folio 144 : *Hic incipit passio Domini sub aliis verbis.
Jhesus Maria*. Dans ce manuscrit seulement « l'ystoire » ou
« le traictier » est complet, en 2,107 vers, bien qu'il y manque
plusieurs épisodes du manuscrit n. a. fr. 4,356, et réciproque-
ment.

Dans ces deux manuscrits, un personnage non désigné réclame
le silence, résume le sujet, ou les principaux épisodes de la Passion et de la Résurrection qui vont être exposés, et conclut
ainsi :

> Je ne vous veulx plus detenir,
> Je veulx icy mes dit[s] finir.

Et la Passion commence en effet sans interruption. Jésus envoie
Pierre et Jehan préparer la Cène en leur parlant directement. Les
tirades sont toutes annoncées par l'indication des personnages :
*Parle Jhesus a St Pierre et a St Jehan. — Parle St Pierre a
Jhesu Crist*.

Les apôtres vont chez « l'oste » non dénommé, mais identifié
avec Simon de Béthanie, et reviennent pour ramener Jésus dans la
maison (fol. 145 r°). — Madeleine y pénètre à son tour après avoir
prononcé une longue « complainte [2] » et répand sa « boîte d'oignements » (fol. 146 v°). — Judas irrité quitte la table et court vendre
son maître à l'assemblée des Juifs, où Caïphas lui compte un à un
ses trente deniers (fol. 147 r°), tandis que la Cène continue, suivie
du lavement des pieds [3] et de la veillée au Jardin des Oliviers
(fol. 148 r°). — L'arrestation de Jésus, l'épisode de Malchus, l'interrogatoire chez Caïphas, la fuite de saint Jean, les reniements
de saint Pierre et le premier interrogatoire de Pilate n'offrent rien
que de connu, mais l'épisode qui suit est inspiré en partie soit par
le roman de la *Vengeance*, soit par la *Légende dorée*. La femme
de Pilate, effrayée par une vision, intervient en vain pour déclarer

---

1. Ce roman sera inséré dans la vie de *Jésus Crist* de 1485 et inspirera la *Passion*
d'Auvergne et les mystères rouergats comme on le verra plus loin, p. 324 de ce livre.
2. Très abrégée dans le Ms. n. a. fr. 4,356, fol. 4 r°, ainsi que la plupart des épisodes
suivants.
3. Cet épisode ne figure que dans le ms. n. a. fr. 4,356 f. 5 v°.

que « l'empereur et sa chevalerie » viendront détruire Jérusalem
et vendre les Juifs à l'encan, si le Juste est condamné (fol. 153 r°).
— Judas à son tour rapporte son argent sans plus de succès et va
se pendre (fol. 153 v°) : le jugement continue. — Jésus, interrogé
et renvoyé par Hérode, est attaché à la colonne, flagellé et finalement condamné par Pilate (fol. 157 v°). — Aussitôt Caïphas
envoie chez le forgeron qui refuse de forger les clous de la croix,
mais sa femme les fabrique en chantant, *Cantat* (fol. 158 v°), et le
cortège se met en marche vers le Calvaire (fol. 159 r°). — Une
pauvre femme aveugle, Venigue ou Véronique, a envoyé sa fille au
marché avec une pièce de toile. Un des bourreaux, Lot, coupe la
pièce en deux. Avec un des morceaux, il essuie le visage de Jésus
qui s'y imprime, et il emporte l'autre pour faire des « braies » au
crucifié. La jeune fille de son côté recueille la sainte image et la
rapporte à sa mère qui l'applique sur ses yeux et se voit guérie [1].—
Quand Jésus a été crucifié et que les bourreaux ont fait venir du
bon vin [2] et joué aux dés sa tunique qui échoit au numéro seize,
nous retrouvons le miracle connu de Longis. L' « ancien chevalier
et prudhomme » a perdu son avoir, il est aveugle et mendie en
chantant sur la route, *Cantat* (fol. 161 v°). — Les bourreaux conduisent sa main et lui font percer le flanc de Jésus qui lui rend la
vue et lui accorde son pardon (fol. 162 r°). — Les « complaintes »
de la Vierge et de saint Jean au pied de la croix, les discours
de « Dymas » et de Gestas, ou du mauvais et du bon larron, les
dernières paroles et la mort de Jésus sont suivies d'une nouvelle
« complainte » de la Vierge et de saint Jean (fol, 166 r°). — Joseph
d'Arimathie les quitte pour aller demander à son maître Pilate la
permission d'ensevelir Jésus. Le gouverneur regrette son jugement et s'excuse longuement de sa lâcheté ; Joseph le console en
l'assurant « qu'il n'a de rien mespris ». prend congé et va avec
l'aide de Nicodemus détacher de la croix [3] et ensevelir le corps de
Jésus dans son « monument » (fol. 169 r°). — De son côté, Caïphas

---

1. Cet episode ne figure egalement que dans le ms. n. a. fr. 4,356 fol. 18.
2. Peut-être y avait-il là une sorte de pause ou de suspension rapide.
3. Le Ms. n. a. fr. 4,356 finit par cet épisode, et ce vers de Nicodemus :
        Jamés ne meneray joye ne vie,
correspond au vers 1641 du Ms. 4,085, f. 169 r° :
        Jamais je ne finiroye de crier.

a mandé les Juifs par son valet; tous réunis vont demander à Pilate l'autorisation de placer des gardes au tombeau et, avec son aveu, ils engagent trois « chevaliers de geste »; Caïphas leur donne ses dernières instructions (fol. 171 r°). — Tandis que les chevaliers font assaut de fanfaronnades[1] (fol. 172 v°), un Ange prononce ces vers qui semblent une paraphrase d'un verset célèbre : *Exsurge, gloria mea*, du psaume LVI, souvent appliqué à la Résurrection par les commentateurs[2] :

Alleluya, alleluia, alleluia !	Tu qui es mon confort,
Lyeve toy sus, ma joye,	Lieve toy sus de mort.
Qui tien (*sic)* le ciel en gloyre,	(fol. 175 v°, v. 2085).

Jésus ressuscite aussitôt du tombeau et promet à son Père d'aller délivrer ses amis (fol. 175 v°). — « Le Roi de gloire » descend en effet aux enfers dont « les ennemis » ou les diables défendent en vain les portes (fol. 172 r°); il reçoit les bénédictions d'Adam[3] et emmène ses amis au paradis, tandis que les chevaliers, craignant la vengeance de la Synagogue, s'enfuient (fol. 173 r°). — Nouvelle « complainte » de Notre Dame qui regrette son fils et excuse les regrets de Marie-Madeleine ; celle-ci se met à la recherche de son Seigneur (fol. 173 v°). — L'Ange lui apparaît, lui annonce la Résurrection et l'envoie en Galilée ; mais Madeleine persiste à demander son Maître qui lui apparaît en personne (fol. 173 v°). — La courte scène du *Noli me tangere* est suivie, après une lacune probable du texte très confus, d'un long discours de Jésus qui promet d'envoyer le Saint Esprit et rappelle la néces-

---

1. « Et, se nulz vient, que tout soit tuer ! », dit « le Tiers Chevalier » Aussitôt après, dans le Ms n. a. fr. 4,085, fol. 172 r°, « parlent les ennemis d'enfert » : Qu'es-tu qui romp nous porte ? (*sic).*

Il y a eu transposition évidente des feuillets et des épisodes dans le manuscrit copié par Philippe Biard, en 1470, puisque l'épisode de l'ange « *Alleluya*, etc » et la reponse de Jésus sont placés en réalité à la fin du manuscrit, après le discours final de Jésus imprimé par la *Romania.*

2. Ce verset est d'ordinaire prêté au Père s'adressant au Fils. Nous le retrouverons dans les *Meditationes Vitae Christi*, attribué à la Vierge, p. 245 de ce livre.

3. Le vers 1842 du Ms n. a. fr. 4,085, fol. 172 v° :

« Quar vous il avez estez trop longuement ».

correspond au vers 1 du fragment imprimé dans la *Romania*, 1895, p. 87, où il a cette forme correcte :

Jëu ci avez longuemant.

sité de la Passion et des souffrances qu'il a subies. Puis l'assistance reçoit congé et « grant perdon ». Le discours de Jésus est
beaucoup plus court dans le manuscrit de la *Romania* (p. 90) qui
finit ainsi :

Or pensez trestuit de bien faire,   Je vos outroe grant perdon :
S'avrez de paradis la gloire ;   De paradis aez lu don.
Et vos qui estes ci venu,   Or aut chascons vers sa magnie !
Qui nostre feste avez vëu,

Si le manuscrit complet (n. a. fr. 4,085) développe ce discours, en
revanche il ne contient pas la conclusion nette de la *Romania*, et
il finit sans queue ni tête par des confusions de noms et par des
transpositions évidentes d'épisodes, lesquels ont été remis à leur
place dans cette analyse [1].

Voici donc reconstitué avec trois manuscrits retrouvés dans la
même région du Sud-Est un poème très ancien qui, d'après les
indices paléographiques et linguistiques du manuscrit imprimé
dans la *Romania* est « des dernières années du XIII° siècle » ou
du commencement du XIV° siècle. Ce poème paraît avoir été très
populaire et il l'est resté longtemps puisque le dernier manuscrit
(B. N. n. a. fr. 4,085) n'a été copié à Autun par Philippe Biard
(ou Biardi) étudiant en théologie, qu'au milieu de l'année 1470.
Comme les trois manuscrits sont très différents, la philologie
réussira probablement à déterminer le dialecte de l'auteur et la

---

1. Dans le Ms. 4,085, fol. 174 r°, Jesus répond à Madeleine.... Gardez que mon corps
ne touchés » et continue en disant :

> La grace du Saint Esprit
> Qui procede du Pere et du Fils
> Tantost en vous je envoyra, etc.

Le copiste du Ms. 4,085 a attribué à tort ces trois derniers vers et la suite à un
nouvel interlocuteur : (Parle le Saint Esprit). — Le discours rejoint ensuite celui de
la *Romania* dernier fragment, p. 88, v. 43 :

> Por que j'é soffert passion

et les deux textes concordent jusqu'au vers 82 :

> S'avrez de paradis la gloire.

A partir de là, le Ms. 4,085 insère un nouveau développement :

> Or escoutez com se complaint
> Le fils Dieu en la croix estant,

puis il finit par l'épisode de l'ange et de Jésus qui doivent être placés avant la descente
aux enfers.

véritable origine du poème que nous désignerons provisoirement
sous ce titre : la *Passion* d'Autun.

L'auteur, quel qu'il soit, paraît bien avoir connu la Passion des
jongleurs copiée par Geoffroi de Paris. Il suffit pour s'en rendre
compte de lire quelques épisodes caractéristiques, les aventures
de saint Jean et de saint Pierre dans la cour du pontife Caïphas,
la scène du forgeron et de la fevresse, l'histoire de Venigue ou
Véronique et de sa fille qui n'est qu'une variante de l'histoire de
Sidonie. Les différences sont assez nombreuses, mais elles n'em-
pêchent pas ces réminiscences, ce sont des altérations ou des enjo-
livements inspirés par des légendes analogues ou voisines. Ainsi
l'ancien « chevalier et prudhomme » Longin, devenu un pauvre
diable d'aveugle qui chante sur les routes, rappelle exactement le
Longin du mystère anglo-normand de la *Résurrection*. Les analogies vont même plus loin. Non seulement dans les trois manuscrits connus les répliques des personnages ne sont pas enchaînées
par la rime, le manuscrit complet n. a. fr. 4.085 offre par surcroît
une autre singularité. Les dites répliques y sont assez souvent
interrompues par des vers narratifs qui occupent environ un
dixième du texte[1] et où, sauf quelques exceptions que la mesure
oblige d'ailleurs à corriger, tous les verbes sont au prétérit. C'est
justement là, dira-t-on, ce qui fait le prix de ce texte d'ailleurs si
faible ; c'est l'ancienne « récitation » employée dans la *Résurrection* anglo-normande où un meneur du jeu, un lecteur coupe souvent le dialogue par des phrases de récit. Cette hypothèse est la
plus simple, mais elle soulève diverses difficultés dont il faut au
moins donner une idée.

Dans la *Résurrection* anglo-normande, les phrases narratives
très courtes ne sont guère que des indications de mise en scène ou
des formules de transition. Jamais ces vers narratifs ne riment
avec les vers du dialogue, les deux parties du texte sont indépen-
dantes l'une de l'autre. Feuilletons la *Passion* d'Autun dans le
manuscrit n. a. fr. 4.085 ; dès les premières pages nous serons
frappés des différences. Certaines formules n'ont rien de dramatique, mais caractérisent au contraire le dialogue inséré dans une

---

1. Environ 200 vers sur 2107 en tout.

narration ou les discours indirects, comme cette annonce d'une réplique de la Madeleine, vers 220, fol. 147 r° :

> Or *respont elle* par grand doulceur
> A son maistre nostre Createur (*sic*) [1].

Les vers narratifs sont bien quelquefois séparés des autres, comme dans la *Résurrection* anglo-normande, mais souvent ils riment avec eux et leur sont connexes comme dans cette tirade de « l'oste » vers 97, fol. 145 v°).

Et puis se tourna vers saint Pierre	Et puis va a Ihesu dire
Et ly dy : « Amys debonnayre,	: « Syre maistre, qui tout conduicte,
Faictes sëoir toutes ses gent,	Alés vous asséor premier [2].
Quar je sera vostre servant. »	....

Ces vers sont tantôt rares ou même absents pendant des pages entières, tantôt multipliés sans nécessité, de distique en distique, comme dans cette tirade de Judas :

« Celui que basier me verrés,	Benignement luy dit sen diffame
« Il est vostre, celuy tenés,	« Amy, a qui es tu venuz? »
« Je vois devant, venés aprés. »	— Et puis incontinant Judas luy dit
— Incontinan vin vers luy,	: « Baser te faul, seigneur raby ».
Et puis aprés il luy dit	— Incontinant ung maulvais Juifs
: « Dieu te saul, mon maistre	Dit a Ihesu par grant orgueil
[Ihesu! »	: « Maulvais ribaux, vous estes pris,
— Et le doulx Seigneur debonnayre	Envers nous avez trop mespris [3]. »

---

1. Comme presque tous les vers sont faux, le plus simple pour ne pas multiplier les notes, est de reproduire tel quel le manuscrit 4,085, en donnant, quand ce sera possible, les variantes du Ms. n. a fr. 4,356.

2. Cf. le Ms. n. a. fr. 4, 356, fol. 3 v°.

Or parle l'oste a S. Pierre :
  Pierre, festes soyre ces gens,
  Et je seray vostre servant

Or parle S. Pierre :
  Hoste, ayc en Dieu ta fiance

Et Dieu te amera sent dotance.

Or parle l'oste à Ihesus :
  Sire, si rien te faut,
  Je suis a tont commandement, etc.

3. Cf. le Ms. 4,356, fol. 8 r° :
  « Celli que je beyscray
  Celluy apartement prenés
  Et seullement l'enmenés ».

Or parle Judas a Ihesus :
  « Dieu te saulx, doulx mestre! »

Or parle Ihesus :
  « Amys Judas, dont es tu venus? »

Or parle .1. des Juifs :
  « Maulvais ribaut, vous estes pris,
  Encontre nous avés mespris, etc. »

Tous les vers narratifs ne sont d'ailleurs pas, comme ceux qu'on vient de lire, de simples indications plus ou moins faciles à modifier ; il en est d'indispensables au sens et qui font partie intégrante du texte. Ils se suivent par groupes inégaux de deux ou trois ou quatre, mais aussi de dix ou quinze vers consécutifs et forment de véritables intermèdes comme celui-ci :

Et puis ung peut de temps après,
Il disit : « *Consummatum est* »,
Qui vault en francoys autant a dire
Que toute chouse son acomplie
Que les prophetes de luy dirent,
Et puis après incontinant
Il commanda son esperit
A Dieu le Pere, comme son filz,
En disant : « *In manus tuas* ».
Et inclinato capite emisit spiritum.
Et puis tout droit il descenda
Es enfers, et la trova

Adam et toute sa lignie,
Aussy grande compaignie
De prophete et de chrestien,
Qui sa venue la actendoien.

La complainte Nostre Dame

Laisse moy, chetive dolente,
De mon filz bien doit estre mal
Au monde plus je ne veul vivre
[contente.
(v. 1292, p. 164 r°).

Il est évident que cette partie narrative ne ressemble plus qu'en apparence à celle de la *Résurrection* anglo-normande, et qu'elle change le caractère de l'œuvre. Ce n'est plus un mystère, c'est plutôt un récit, une narration où la part du dialogue et des monologues l'emporte dans des proportions inusitées. Cela est si vrai que si on lit le manuscrit n. a. fr. 4,085 sans idée préconçue et sans penser aux deux autres manuscrits on ne l'intitulera plus : *Mystère de la Passion*. Le catalogue de la Bibliothèque Nationale s'en garde bien et il intitule le texte du manuscrit n. a. fr. 4,085 : *Passion dialoguée,* titre différent qui implique une conception différente de l'œuvre. Pour choisir entre ces deux titres, il faudrait savoir si les vers narratifs sont anciens, au moins en partie, ou s'ils proviennent tous d'interpolations récentes, mais cette distinction n'est pas facile avec les divergences et les lacunes des autres manuscrits. Si nous ne pouvons résoudre seul ce problème, essayons du moins d'en poser les termes, et examinons successivement les deux hypothèses.

Que l'on consulte à part le manuscrit le plus ancien et le manus-

crit moderne du xvᵉ siècle n. a. fr. 4,356, tous deux ont déjà donné
et donneront encore à première vue l'idée d'un mystère. Ce qui
est singulier ce sont les épisodes de la Passion que le manuscrit
d'Autun est venu ajouter au fragment de la Résurrection connu.
Une représentation de la Passion en langue vulgaire paraît tout à
fait anormale, extraordinaire à la date déterminée par les indices
paléographiques et linguistiques, c'est-à-dire à la fin du xiiiᵉ siècle
ou au commencement du xivᵉ siècle, Mais d'autre part, le manuscrit de la *Passion* Didot est daté de 1345, et cette Passion méridionale pourrait déjà être inspirée par des mystères du Nord plus
anciens [1]. En tout cas, il a bien fallu que le mystère de la Passion
commençât une fois, quelque part. Pourquoi n'aurait-il pas commencé avec notre texte encore si court ? L'hypothèse du jeu ou de
la représentation n'explique-t-elle pas le plus simplement les
allées et venues et le dialogue des personnages ? Détail important,
les vers narratifs *manquent* dans le fragment imprimé par la
Romania [2], et la conclusion de ce fragment est visiblement plus
courte que celle du manuscrit n. a. fr. 4,085 ; donc ce dernier texte
a pu et a dû être allongé, il contient certainement des vers interpo-
lés. Le manuscrit tronqué n. a. fr. 4,356 nous donne la même impression et permet malgré ses lacunes des comparaisons analogues. Dans ce manuscrit, les vers narratifs sont quelquefois
remplacés par de simples indications de personnages comme on a
pu le voir dans les notes. Une fois même au lieu de ces vers du
manuscrit 4,085 (fol, 147 rᵒ, vers 229) :

---

1. L'hypothèse a été émise par G. Paris, *La poésie au moyen âge*, Paris, Hachette,
1895, p. 238.

2. Voici le seul passage ou il y ait lieu de comparer à ce point de vue le texte de
la *Romania*, p. 88, v. 22 et suiv. au texte correspondant du Ms. n. a. fr. 4,085, p. 172,
vers 1864.

: « Gectes nous trestous de ceans,	: « Mes amis, or en venés,
Nous t'en prions devotement. »	Quar en paradis mustier avés,
Adone respondit Ihesu Crist	Bien raison est que en venés
A tout le peuple qu'estoit iqui	· Quar pour vous ait moult cher racheter ».

Or parle le premier chevalier.

On peut noter que l'exemple n'est pas décisif, et que des vers insignifiants comme :

« Adone respondit, etc. »

ont pu tomber ou être ajoutés a toutes les dates. C'est sur d'autres passages que
devrait porter la comparaison, et pour ces passages le Ms. de la *Romania* fait défaut
aussi bien que le Ms. n. a. fr. 4,356.

> Vers ses apostres se tourna
> Et pris du pain et le beny
> *In nomine patris et filii*, etc.

nous trouvons ici une sorte d'indication de mise en scène, détachée du contexte, p. 5 verso. « Or fet Ihesus le sacrement [1]. » — Des personnages indéterminés de la narration (n. a. fr. 4,085, fol. 151 r°, v. 467, un Juif) reçoivent des noms propres et deviennent des interlocuteurs déterminés du dialogue : Or parle Aquim à Saint Pierre et à Saint Jean (n. a. fr. 4,356, fol. 10 r°).— L'aveugle Longin a été muni d'un compagnon, sans compter d'autres additions analogues et l'insertion de nouveaux épisodes. Tous ces changements nous indiquent combien ce texte populaire a dû être remanié ; mais, même avec ces nouveaux épisodes, la version du manuscrit n. a. fr. 4,356 est plus courte, autant qu'on en peut juger, que celle du manuscrit d'Autun, le style plus uniforme, le caractère dramatique plus accentué. Il semble donc que ces indications concordent pour nous faire accepter l'hypothèse d'un vrai mystère, d'un véritable jeu. Et pourtant, puisqu'à tort ou à raison il nous reste un doute, le plus simple n'est-il pas de le dire franchement ?

Essayons d'expliquer l'ouvrage en conservant les vers narratifs et en nous plaçant dans l'hypothèse d'un récit ou d'une « Passion dialoguée ». Le manuscrit complet (n. a. fr. 4,085) n'indique jamais la mise en scène, et quelquefois seulement les changements de ton, le chant (*Cantat*) ou » les complaintes » de Madeleine et de la Vierge. Dans ce manuscrit, comme du reste dans les deux autres, les indications des personnages sont développées : « Parle Jhesus à S. Pierre et à S. Jehan.— Parle S. Pierre à Ihesu-Crist. — Respond l'oste à S. Pierre, etc. » Ces indications ressemblent à celles d'anciens textes dramatiques comme la *Passion* Didot et le *Théophile* de Rutebeuf. On peut noter cependant que dans le *Théophile* ces formules sont souvent plus complètes et ajoutent le verbe *dire* absent de nos manuscrits : Ici parole Salatins au deable *et dist* ».— Ajoutons que dans les trois manus-

---

[1]. C'est, je le crois, la seule de ce genre, et l'on ne peut regarder comme telle un dessin grossier représentant Jésus à table avec ses apôtres chez « l'oste », fol. 3, v°.

crits de la *Passion* d'Autun le dialogue est le plus souvent disposé
de telle sorte que la personne qui parle se nomme elle-même ou
bien est nommée par son partenaire. Ailleurs, le changement
d'interlocuteurs est indiqué par des formules telles que celles-ci :
« Seigneurs, entandez ma raison » ou par des procédés analogues.
De même les personnages qui sont en marche ne manquent pas de
le dire, et les allées et venues ressortent le plus souvent du contexte. A la rigueur l'action ne serait donc pas inintelligible si elle
était récitée, surtout que les incidents en sont connus d'avance
de tout le monde et que, par surcroît, ils ont été résumés dans
l'annonce. Le morceau principal à examiner est évidemment cette
annonce ou la proclamation commune à deux manuscrits. La voici
d'après le manuscrit n. a. fr. 4,085, fol. 144, r°.

Oyés les bons, entendés moy,
Quar vous commandes de par le Roy
De part Pilate le prevost,
Que vous ne disiés ung seul most,
Et ne veullés feres molestes,
Quar nous voullons monstrer l'ys-
De la passion Ihesu Crist,   [toire
Si conme nous trouvons en escript.
Suit l'annonce du sujet..........

. . . .

Les bons me veullés bien entendre,
Vous il pourrez beaulcoup appran-
'Du filz de Dieu la passion   [dre
Et de sa glorieuse Resurrection.
Entandés cy, grans et menus,

Ensemble jeune et chanus,
Comment laidement crucifié fut
Et en la croix estanduz fut.
Cy veullons enconmancier
De la Passion le traictier.
Qui se taisera je ly don
Sep, .VIII. ans de vray pardon.
Je ne vous veulx plus detenir,
Je veulx icy mes dits finir.

*Parle Ihesus a St Pierre et à
St Jehan.*

Pierre et Jehan, or en venés,
Ligierement vous en alés
A ung hoste que trouverés....[1]

1. Voici les variantes principales du Ms. n. a. fr. 4,356, f. 1 v°, 2 r°.

Et se n'en feste moleste,
Quar nous volunt fere la feste
De la passion de Ihesu Crist,
Si com nous trovons en escript.
. . . .
Si nos volés bien entendre.
Vous poués ouyr et aprendre
De Ihesus Crist la passion
Et de sa resurression.

Venés i, grans et menus,
Ensemble vieux et chaneux,
La feste volunt comancer,
Nous n'avons cure de tarder,
Qui s'i trovera je li don...
Le vers manque........... :
Je ne vous veulx plus detenir,
Je veulx par m'arme ici finir.
Or parle Ihesus a S. Pierre et a S. Jan.

e

Quels sont les faits qui résultent de cette proclamation ou de cette annonce ?

1° Le personnage, quel qu'il soit, qui l'a débitée parle tantôt au singulier (*je, moy*) tantôt au pluriel (*nous*). Etait-il seul ? Avait-il des compagnons ? C'est plus probable, mais non certain, car le pluriel (*nous, cy voulons* enconmancier) peut être simplement emphatique, surtout dans une annonce.

2° Le dit personnage parle de « commancier le traité », et de « montrer l'histoire de la Passion ». Dans la proclamation ou le sermon final (imprimé dans la *Romania*, p. 90, vers 84), l'orateur s'adresse à ceux qui ont « *vu* nostre feste ». — Ils ont donc vu quelque chose ? Ces expressions différentes de deux manuscrits différents concordent. Dans tous les cas il a dû y avoir spectacle, et non pas seulement déclamation.

3° Le même personnage promet encore à l'assistance « sept ou huit ans de vrai pardon » et à la fin du texte de la *Romania*, cette promesse est réalisée, « le grant pardon » est « octroyé ». Voilà les trois faits à expliquer et à concilier avec les deux cents vers narratifs.

A Paris, au milieu du xviii° siècle, pendant la semaine sainte, des chanteurs de complaintes parcouraient encore les rues avec des tableaux grossièrement enluminés représentant le chemin de croix. Une jolie gravure de Cochin [1] nous a conservé un de ces spectacles en plein vent. Un petit livre ou « traictier » d'une main, une baguette de l'autre, le chanteur suit sur son tableau toutes les péripéties de la Passion. On a fait cercle autour de lui ; un beau soldat du Roi, une servante qui revient de la fontaine, une marchande avec son éventaire de fruits, des badauds petits et grands; la quête sera certainement fructueuse. Ce chanteur de complaintes est l'héritier direct des jongleurs qui récitaient jadis la Passion, et promettaient, eux aussi, « vrai pardon » à leur auditoire.

| Oez moi trestuit doucement, | La Passion Dé entandez [2] |
| Gardez que n'i ait parlement, | . . . . |

1. Reproduite dans les *Rues du Vieux Paris* par Victor Fournel, Paris, Didot, 1879, p. 131.
2. C'est le debut ordinaire des poèmes de la Passion (Arsenal, Ms. 5,201, f. 106). Les vers suivants sont pris dans la version de ce poème imprimée dans la *R. des langues romanes*, 1885, p. 156.

Nostre signor deproierai	Et ma parole escouteront
Por ceux qui ci aresteront	Que Dex lor face *vrai pardon*.

Il y a une nuance. dira-t-on ; le jongleur prie, le personnage de la *Passion* d'Autun donne le « vrai pardon » en son nom propre, directement. C'est possible, mais le prêcheur du mystère de *Saint Estienne*[1] prie absolument comme le jongleur. — Prêcheur et jongleur se servent donc indifféremment des mêmes expressions pour demander le silence et sont bien difficiles à distinguer, si on ne les connaît d'avance, dans des discours de ce genre.

Est-ce que par hasard la *Passion* d'Autun aurait été non pas « jouée » mais « montrée » et « récitée » par un de ces jongleurs ou chanteurs de complaintes. munis d'un de ces tableaux de la Passion[2] qui n'ont certainement pas été inventés au xviiie siècle? Rien n'empêche que ce jongleur ait été assisté d'une jongleresse ou de quelque comparse qui pouvait partager avec lui les rôles, les « complaintes » les chansons et imiter au besoin le chant du coq[3]. Mais cette addition même n'était pas indispensable puisque le talent du jongleur consiste précisément, nous le savons, à remplir des rôles divers en variant les inflexions de sa voix[4]. Et l'on comprend aussi que dans un poème qui devait être déclamé et chanté

---

1. Jubinal, I, p. 7, fin

Et je pry Dieu que pardonner.......

2. Je n'ai pu en retrouver d'exemples antérieurs a la gravure de Cochin. — Il est possible, mais non certain qu'il soit question d'un spectacle analogue dans cette mention des Comptes de la ville d'Amboise (p , p. l'abbé C Chevalier, Tours, 1874. p. 206), qui nous montre pour la première fois à ma connaissance une municipalité « louant » son hôtel de ville. — Registre CC. 116, fol. 22, année 1501 : Louage de la maison de ville pendant quatre jours à un bateleur pour « monstrer le mistere de la Passion Nostre-Seigneur, viii sols ».

a Ce bateleur paraît avoir composé à lui seul toute sa troupe, car lorsque la maison de ville est louée à plusieurs bateleurs en 1507, 1535, 1539, 1540, les comptes le disent nettement.

b Cette representation ou exhibition, donnée par le bateleur de 1501, doit être distinguée soigneusement des jeux de la Passion organisés a grands frais par les prêtres et bourgeois de la localité et dont M. Em. Picot a publié en partie le texte. Voir plus loin, p 314 de ce livre.

3. « Or chante le polet » — avant les reniements de S. Pierre, — dit le Ms. n. a. fr. 4,356, fol. 11 recto. — Cette indication manque dans l'autre Ms. 4,085.

4 J. de Gênes, *Catholicon*, verbo : Persona. — Item persona dicitur histrio, repraesentator comoediarum qui diversis modis personat diversas repraesentando personas.

de cette manière, on trouve des vers narratifs mêlés au dialogue. Une partie au moins de ces vers pourrait être ancienne et nous rappellerait le premier état d'un texte populaire qui a dû s'altérer en raison de cette popularité même et subir des suppressions et des additions de toute sorte jusqu'à la fin du xve siècle. Cette hypothèse paraît compliquée, mais serait-il donc si simple de supprimer deux cents vers sur deux mille sous prétexte qu'ils gênent la représentation ou simplement parce qu'ils nous gênent? Serait-il si simple d'admettre pour ce texte une exception unique de métrique? En effet, la *Résurrection* anglo-normande ne peut guère servir de précédent, puisque les vers narratifs, nous l'avons vu, y sont distribués tout autrement que dans ce texte. L'enchaînement des répliques par la rime est la règle dans tous les mystères du Nord depuis les plus anciens jusqu'aux plus modernes. Et ce poème serait la seule œuvre de théâtre où les couplets ne seraient pas ainsi reliés par la rime[1]? Cette particularité matérielle nous paraît une objection d'autant plus sérieuse qu'elle est détachée de toute espèce de raisonnement ou d'appréciation littéraire; c'est un fait. Avant de reconnaître, comme on serait heureux de le faire, dans la *Passion* d'Autun le plus ancien mystère français de la Passion qui nous soit parvenu, l'hésitation est au moins permise.

Résumons cette discussion. Il existe d'anciens poèmes d'un caractère ambigu et dont l'interprétation a été souvent discutée. Par exemple, le *Cortois d'Arras* où, à l'exception d'une dizaine de vers, tout le reste est en dialogues et en monologues. Par exemple, le vieux mystère anglais, *The Harrowing of the Hell*, qui commence par une annonce du sujet, suivie du dialogue des personnages, et dont les deux parties, au dire de certains critiques, ont pu être déclamées par un jongleur unique. La *Passion* d'Autun rappelle ces œuvres. Est-ce un mystère? Est-ce un poème de jongleurs? Les deux hypothèses présentent des difficultés et, sans

---

1. La seule exception que je connaisse à cette règle est une courte moralité française inédite de 263 vers (*la Raison, le Cœur et les Cinq Sens*, etc.), Bibl. Nat. ms. fr. 25,547, fol. 123 v° et ms. fr. 25,551, moralité attribuée a Gerson et traduite en latin dans l'édition Ellies-Du Pin.

On sait d'autre part que la règle du théâtre du Nord ne s'est imposée que très tard dans le théâtre du Midi.

prétendre à les trancher seul, on s'est contenté d'indiquer une
préférence. L'essentiel était d'abord de réunir les manuscrits et de
reconstituer l'œuvre. Quelle que soit la véritable interprétation,
la *Passion* d'Autun est un spectacle populaire, un spectacle
curieux par son antiquité et sa naïveté mêmes, et qui nous offre
les premiers souvenirs plus ou moins fidèles de la Passion des
Jongleurs copiée par Geoffroi de Paris. C'est à ce titre qu'on y a
insisté en attendant la publication intégrale du texte[1].

LA PASSION SAINTE-GENEVIÈVE

L'influence de la Passion copiée par Geoffroi de Paris est sensible sur le poème d'Autun. Cette Passion si populaire qui dans
les manuscrits est souvent reliée au roman de l'*Annonciation
Notre-Dame*, a-t-elle de même inspiré les derniers mystères Sainte-
Geneviève ? Les textes ne le montrent pas.

La *Passion* Sainte-Geneviève s'ouvre au repas chez Simon de
Béthanie où la pécheresse Madeleine oint les pieds de Jésus et
obtient son pardon après la parabole des deux débiteurs. Ensuite
sont mis en scène les faits connus, le plus souvent dans l'ordre
ordinaire, la résurrection de Lazare, l'entrée triomphale à Jérusalem, la conspiration d'Anne et de Caïphe avec Judas, la Cène qui
est de nouveau placée chez Simon, tout simplement parce que le
dramaturge, ayant besoin d'un nom précis, prend celui du dernier
hôte connu de Jésus[2], la veillée au jardin des Oliviers, l'arrestation de Jésus, les interrogatoires chez Anne, Caïphe, Pilate,
Hérode, la crucifixion, la mise au tombeau, la descente aux
Limbes, l'achat des parfums, l'apparition de saint Michel aux
saintes Femmes suivie de l'apparition d'un ange et de Jésus lui-
même à Madeleine, le récit de Madeleine aux apôtres Pierre et
Jean, et la conversion finale de Centurion.

---

1. Il sera publié plus tard avec l'aide obligeante de M. Bédier.
2. Identification ancienne et facile a réinventer ; on la trouve déjà dans le poème
du *Saint-Graal* :

> Et ce juedi chiés Simon,
> Estait Jhesus, dans sa meison.

La *Résurrection* qui suit commence par résumer dans le sermon du prêcheur les trois mystères precédents. Puis le poète remet en scène la création et la chute d'Adam et d'Eve qui, chassés du paradis terrestre vaquent un instant à de durs travaux, meurent et descendent aux enfers. Brusquement l'action franchit tout l'ancien Testament et nous revoyons Anne et Caïphe sur le conseil de Pilate préposer des chevaliers à la garde du tombeau. Adam, Eve, Noé, saint Jean-Baptiste et les Pères implorent du fond du Limbes le secours de Jésus. Les diables Belias et Belgibus s'émeuvent de ces cris, et déjà le Rédempteur se lève du sépulchre. Il rompt les portes de l'Enfer et emmène ses amis au paradis, tandis que les diables dépossédés exhalent leurs malédictions. Cependant Notre-Dame s'est rendue au tombeau où elle pleure amèrement son bonheur passé et la perte de son fils. Vainement St. Jean et les trois Maries essaient de la consoler en lui citant les prophéties, elle a toujours d'autres textes de l'Ecriture à leur opposer. Les Saintes Femmes la quittent pour aller acheter des parfums et arrivent au tombeau dont la lourde pierre est déjà enlevée. Deux anges Gabriel et Raphaël leur annoncent la résurrection et les envoient en Galilée dont elles prennent le chemin en chantant la prose du *Victimae Paschali*. En même temps les gardes du tombeau se sont réveillés, confus; ils se battent et s'enfuient. Marie-Madeleine cependant, n'a pu se décider à partir sans avoir revu son maître et revient seule au jardin où Jésus lui apparaît et la presse d'annoncer sa résurrection aux apôtres. Elle rejoint ses sœurs, et Jésus leur apparaît une seconde fois pour les renvoyer aux apôtres qui « orront de ses nouvelles en Galilée ». Lui-même se propose d'aller relever Pierre de la fosse où il s'est caché depuis les reniments [1], et surtout de « revisiter sa mère

En pensée et en espérance, p. 378 ».

Madeleine entonne le *Te Deum.*

Cette longue *Résurrection* reprend, comme on le voit, une partie

---

[1]. Ancienne légende déjà mentionnée par l'*Histoire scholastique* et la *Légende dorée.* Un texte de Gerson indique que cette grotte ou fosse surnommée *Gallicantus* et représentée dans la clôture du chœur de Notre-Dame de Paris servait quelquefois de motif de décoration aux horloges.

des faits développés dans la *Passion*, mais il n'est pas besoin de supposer, comme on l'a dit, que tout « le préambule est probablement interpolé [1] ». La descente d'Adam aux Enfers se relie tout naturellement à la mise au tombeau du Christ qui viendra le délivrer. Si d'autre part cette pièce rappelle ou cite même expressément les trois précédentes, elle a été faite nécessairement la dernière et par un autre auteur que la *Passion* où les circonstances de la Résurrection étaient complètement différentes. De même, malgré quelques analogies, les deux pièces diffèrent encore de la Passion de Geoffroi de Paris et du poème complémentaire ou de la Descente aux Limbes qui la suit dans la compilation des jongleurs.

Pour la *Passion* Sainte-Geneviève, ces analogies résultent de l'identité des sujets, ou sont purement fortuites. Ni la Cène [2], ni le lavement des pieds, ni les reniements de Pierre, ni les interrogatoires, ni l'intervention de la femme de Pilate, ni l'achat du suaire, rien n'est semblable. Si la descente aux Limbes offre quelques traits communs dans les discours d'Adam et d'Eve remerciant leur Sauveur, ces traits sont de ceux qui peuvent être facilement imaginés ou réinventés [3] avec l'Evangile de Nicodème dont le dramaturge a consulté un texte latin, ses citations latines le prouvent. De toutes les légendes de la *Passion* des Jongleurs, nous n'en retrouvons ici qu'une seule, la légende de « la fevresse forgeant les clous de la croix » qui reparaîtra dans presque tous les mystères. En revanche, le mystère Sainte-Geneviève contient divers épisodes légendaires qui ne figurent à notre connaissance dans aucun des manuscrits du poème des Jongleurs, par exemple le récit des peines d'Enfer par le Lazare, la légende de Malchus, le débat de sainte Eglise et de Synagogue. Comme ces épisodes sont importants à divers titres et qu'on les retrouve souvent au théâtre, ils méritent d'être examinés à part.

Et d'abord pourquoi dans la *Passion* Sainte-Geneviève, le Lazare ressuscité décrit-il les peines d'enfer pendant le repas de Simon le lépreux ? Ce fait, qui n'est pas mentionné par les Evan-

---

1. P. de Julleville, *les Mystères*, t. II, p. 393.

2. Cf. la scène dans l'édition de Jubinal, t. II, p. 228 fin, it. p. 230.

3 Il n'en sera pas de même dans les mystères rouergats. Cf. p. 405 de ce livre : là, on peut raisonner sur des détails précis.

giles canoniques ou autres, est fréquemment rappelé par tous les sermonnaires allemands [1]. français [2] ou italiens [3] ; tous, sans exception renvoient à un sermon apocryphe de St. Augustin, déjà cité par Pierre le Mangeur [4]. C'est sur ce sermon rapproché d'une légende analogue qu'a brodé l'imagination des prédicateurs et des dramaturges qui s'accordent pour prêter à l'ami du Christ une tristesse inconsolée. Depuis son retour de l'autre monde, Lazare qui survécut encore de longues années, ne rit plus jamais, soit qu'il tremblât à l'idée de traverser encore une fois les affres de la mort, soit parce que celui qui avait vu l'enfer en conservait à jamais l'épouvante. C'est ainsi que tout le moyen-âge s'est représenté les pélerins de Saint-Patrice :

Ki de cel liu revenuz est
Nule riens jamès ne li plest
En cest siecle, ne jamès jur

Ne rira mès, adez en plur ;
E gemissent les maus ki sunt
E les pechiez ke les gens funt [6].

Le rapprochement de cette légende avec celle de Lazare est si facile qu'il vient tout naturellement à l'esprit d'un moderne. Il y a longtemps qu'il a été fait par un prédicateur du xve siècle, Guillaume Pepin [7].

Si le récit de Lazare a été inventé en dehors et en marge des Evangiles, il est tout simple que les circonstances et les détails en varient avec les temps et d'auteur à auteur. L'Eglise n'avait pas décidé si les peines d'enfer devaient être matérielles ou morales. C'était un thème abandonné aux théologiens, aux poètes, aux

---

1, 2. Lupold le Chartreux, *Vita Christi*, P. II, cap. XXV ; la *Passion* de 1398, Menot, Maillard, etc.

3. Barelette *Sermones quadrag* , in die parasceves.

4. *Hist. scholastica* (Patr. Migne, t. 198, p. 1599), in *Ev.*, cap. CXVI.

5. S. Augustini opera (P. Migne, t. 39 col. 1929 *Sermo XCVI* (a) incerti auctoris et insulse rhetorem agentis : « Convivis interrogantibus tristia loca pœnarum, sedesque alta nocte semper obscuras Lazarus indicat diligenti narratione per ordinem ; diu quaesiti longisque temporibus ignorati invenerunt tandem inferni proditorem ».

6 *L'Image du Monde* citée par B. de Roquefort dans son edit. de Marie de France, Paris, Marescq, 1832, in-8°, t. II, p. 409, note.

7. F. Guill. Pepini Parisiensis *Expositio evangel. quadrages* , Venetiis, ap. Gratiosum Perchacinum, MDLXXVIII, in-12 (Sorbonne, TT se 77) Feria II post ramos Palm. p. 372 v° « Verisimile est Lazarum nunquam post suam resurrectionem risisse. Si enim illi qui dicuntur intrare foveam sive purgatorium sancti Patritii dicuntur mirabilia videre et inde redeuntes aliis enarrare et deinceps nunquam ridere, etc. »

artistes qui traduisaient à leur fantaisie les versets les plus terri-
fiants de la Bible. D'autre part, le sermon apocryphe de saint
Augustin annonçait bien un ordre « *per ordinem* » dans les supplices, mais il n'indiquait pas cet ordre, ni les supplices eux-
mêmes. Il en est résulté que chacun a fait dire à Lazare tout ce
qu'il a bien voulu. C'est ainsi que l'auteur de la *Passion* Sainte-
Geneviève fait décrire à Lazare neuf supplices différents, infligés à
tous les damnés sans exception [1], et que la même nomenclature,
quoique plus confuse, est encore attribuée au Lazare dans la
Passion en prose translatée en 1398 par ordre d'Isabeau de
Bavière [2].

Ces neuf supplices sont exactement ceux que Pierre le Fruitier,
dit Salmon, décrira en son nom propre dans l'espèce de caté-
chisme [3] présenté par lui en 1409 au roi Charles VI, et toutes ces
descriptions, la dernière surtout, ne sont pas autre chose que la
traduction plus ou moins libre du *Lucidaire* [4] d'Honorius d'Autun
ou d'Augsbourg. Il va sans dire que ces descriptions n'engagent
en rien ni les sermonnaires, ni les dramaturges suivants tels que
Arnoul Greban et l'auteur de la *Passion* bretonne [5] qui en ont de
très différentes. L'essentiel est de noter qu'au théâtre et dans la
chaire le récit du Lazare sera le plus souvent rattaché au repas de
Simon le Lépreux, comme il l'était dans la *Passion* Sainte-
Geneviève [6].

La même *Passion* Sainte-Geneviève nous offre une autre légende
qui paraît plus moderne. Parmi les bourreaux du Christ nous
trouvons un personnage légendaire, Malchus, qui devait jouir
dans toute l'Europe chrétienne d'une popularité égale à celle de
Botadieu ou du Juif errant. Le valet du grand prêtre, Malchus
frappé par saint Pierre au Jardin des Oliviers et guéri par le

---

1. Jubinal, II, p. 171 à 173. — La description d'Enfer du tome I, p. 213, est sensiblement différente de ce livre.

2. Sur cet ouvrage inédit important voir plus loin. p. 252, 253 et p 478.

3. Extr. par Levesque. *Not. des Ms.* de la B. N., t. V, p. 415-432.

4. (Patr. Migne, t. 172), l III, col 1160.— Un autre ms de la B. Nat. n. a. fr 10,032,
fol. 171, contient encore une description analogue : « S'ensuit la revelacion de *Theo-*
phile de ce qu'il trouva en enfer quand il fut ressuscité. »

5. Plus loin, p. 220, 293 et 307 de ce livre. — Il s'agit de la *Passion* bretonne imprimée en 1530, la seule que je connaisse.

6. Et de même dans la *Passion* de Semur, vers 5260.

Christ, devient, par un raffinement de scélératesse, le plus acharné de ses bourreaux. Cette légende est fort ancienne puisque on la trouve déjà mentionnée par allusion dans certaines versions grecques de l'Évangile de Nicodème[1] et dans les poésies de Pierre de Blois[2] ; elle aura sans doute été rapportée par les pèlerins de la Terre-Sainte, où les Musulmans la connaissaient et s'en moquaient. Je ne crois pas qu'on ait encore signalé un curieux manuscrit de la Bibliothèque Nationale[3] où l'un de ces pèlerins, un bon religieux d'Amboise, raconte le plus naïvement du monde comment il a été mystifié en 1507 par un Bourguignon renégat, originaire de Mâcon et établi à Jérusalem, lequel après l'avoir conduit au fond d'un cave mystérieuse, lui a montré un personnage « rousseau, long de visage, barbu, âgé de 35 à 40 ans » qui se frappait sans interruption la poitrine et qui n'était autre que le fameux Malchus, miraculeusement conservé pour ses méfaits. Quelle que soit l'origine de cette légende de Malchus, la *Passion* Sainte-Geneviève est le premier drame à notre connaissance qui l'ait utilisée, mais on conçoit très bien qu'une tradition aussi populaire ait pu reparaître spontanément dans les théâtres de tous les pays, et que les Allemands n'aient nullement été obligés, de l'emprunter directement à la France, comme l'a dit Mone[4].

La troisième légende ou allégorie que nous trouvons dans la *Passion* Sainte-Geneviève est peut-être la plus ancienne de toutes. Au moment même où Longin a percé de sa lance le côté du Christ et retrouvé la vue au contact du sang divin, deux personnages allégoriques viennent engager au pied de la croix un débat de pure doctrine. Sainte Église et Synagogue ou Vieille Loy se disputent entre elles l'empire des âmes.

L'origine de cette scène tant de fois représentée sur les vitraux

---

1. Tischendorff, *Evangelia apocrypha*, 1876, Acta Pilati B. I, cap. I, p. 289, note 4.

2. Patr. Migne, t. 207, p 1129 : Malchus in Christi faciem...

3. Bib. Nat. ms. fr. 4897. fol. 49 : « Je, frère Dominique Aubertou, de l'ordre de Saint-François siégeant au couvent de Bourges.... On trouvera un récit analogue dans Menot, *Sermones quadragesimales*, Paris, Chevallon, in-8°, 1525 (B. N. D. 15,435) Expositio passionis, fol. CLXIII, r° col. 1 : Audivi a quodam nobili barone vocati Marescallo Andegavensi quod ipsemet ab uno alio milite hoc quod sequitur audivit, etc — Ici le personnage qui voit Malchus est un chrétien qui a fait la conquête de la femme du Soudan.

4. *Schauspiele des Mittelalters*, II, p. 165.

et les bas-reliefs de nos cathédrales gothiques a été depuis longtemps expliquée par le P. Cahier[1] et doit être cherchée dans deux
traités célèbres de saint Augustin[2] sur l'évangile de saint Jean.
Le Christ a été souvent appelé par les Pères de l'Eglise le second
Adam, venu pour réparer la faute de l'ancien. De même, dit saint
Augustin, qu'Eve est sortie du côté d'Adam pendant son sommeil,
pour la perte du monde, ainsi, pour le salut du monde, l'Eglise est
sortie du flanc ouvert de Jésus mort ou plutôt endormi sur la croix.
Le sang et l'eau qui jaillissent sous la lance de Longin symboli-
sent les sacrements de l'Eglise, le Baptême et l'Eucharistie qui
doivent remplacer les sacrifices de l'ancienne loi. Ce symbolisme
une fois trouvé, il était facile de personnifier sainte Eglise et Synagogue et de leur prêter un débat allégorique. Un autre apocryphe
de saint Augustin[3] avait donné le modèle de ces débats qui
avaient depuis longtemps passé dans la poésie en langue vulgaire.
La scène de la *Passion* Sainte-Geneviève n'en reste pas moins
curieuse, sinon originale; elle nous donne un des plus curieux
exemples de ces personnifications de Sainte Eglise et de Synagogue qui sont d'ailleurs plus anciennes et que le théâtre allemand
semble bien avoir empruntés au théâtre français. L'ancienne
remarque de Mone[4] à ce sujet paraît plus juste que la précédente.

La *Résurrection* Sainte-Geneviève prête à moins de remarques.
Les plaintes de la Vierge ont paru « touchantes, mais trop longues
et gâtées par de froids jeux de mots sur *ave. Eva, virgo, Virago*,
etc.[5] ».— Mais, à dire le vrai, y a-t-il un seul mystère qui ne nous
produise pas cette impression ? Un seul qui ne soit pas trop
long, même le plus court ? Ce n'est donc pas notre goût moderne

1. Le P. Cahier, *Vitraux de Bourges*, p. 7 et suiv. Cf. Em. Mâle, *l'Art religieux*, etc.,
p. 247-8.
2. Patr. Migne, t. 35, p. 1463, *In Joann.*, IX : Dormit Adam ut fiat Eva ; moritur
Christus ut fiat Ecclesia. Dormienti Adae fit Eva de latere (*Gen.* II, 21): mortuo
Christo lancea percutitur latus (*Joann.*, XIX, 34) ut profluant sacramenta quibus for-
metur Ecclesia. » — Ibid. *In Joann..* CXX, p. 1930. Hic secundus Adam inclinato
capite in cruce dormivit ut inde formaretur ei conjux, etc. »
3. Patr. Migne, t. 42, p 1131. De altercatione Ecclesiae et Synagogae.
1. Mone, *Schauspiele des Mittelalters*, t. II, p. 164 ; item I, p. 195. Cf. Ed. du Méril,
Orig. lat. du th. mod., 195, 196. — Item. *Journal des Savants*, 1884, p. 706.
2. P. de Julleville, *les Mystères*, t. II, p. 394.

qu'il faut ici consulter, car ce qui le choque le plus était peut-être jadis « le plus bel endroit ». Et en effet, la plupart de ces jeux de mots se retrouvent dans les anciens hymnes [1], dans l'*office de la Compassion* de la Vierge attribué à saint Bonaventure [2], dans les sermons et ailleurs ; ils sont, pour ainsi dire, classiques, suivant les *Règles de la seconde Rhétorique* [3]. Un autre trait mérite l'attention, c'est l'annonce de l'apparition du Christ à sa mère. Voilà plusieurs siècles déjà que cette légende fait son chemin dans la chrétienté, elle a même déjà inspiré de beaux rites figurés, comme on le voit dans la compilation populaire du *Ci nous dit* [4]. Et pourtant, malgré tous ces précédents, l'auteur de la *Résurrection* Sainte-Geneviève se contente d'y faire allusion, il n'a garde de la mettre en scène. Le fait est à retenir pour marquer la différence des anciens mystères et de ceux du xve siècle, nous y reviendrons.

Nous connaissons maintenant les sources principales de la compilation Sainte-Geneviève et nous avons constaté que ces pièces appartenaient vraisemblablement à des auteurs différents, c'est-à-dire qu'elles ont pu entrer dans la compilation à des dates voisines, mais diverses. La *Nativité* et le *Jeu des Trois Rois* ont été

1. Cités par Cornelius a Lapide, *in Luc* , I, p. 13.

2. Op. (éd. Peltier, Paris, Vivès, t. XIV, lectio I et III. — Item, Alberti Magni, *De laudibus B. Mariae*, lib. I, cap. I, III ; lib. VI, cap x et xi, etc.

3. Ed. Langlois, p. 71. Ces règles rédigées avant 1432 citent comme ordinaire dans les Passions un jeu de mots analogues sur *Noemi*, et ce jeu de mots sera encore prêté à la Vierge dans la pièce de Jean Michel. — Tout l'exorde de la Passion du sermonnaire Barelette est encore dans le même goût.

4. *Ci nous dit* B. Nat. fr. 425, p 22, 1e col. 2. Cf. Du Cange v^o *Planctus* :

« Ci nous dist comment le debonnaire *Ihesu crist* s'apparut a sa tendre mere de nuit dont li Evangeliste ne font nulle mencion pour ce qu'il ne vouloit pas prouver sa surrection par sa mere. Et ce si devons croire piteusement, car ce n'est pas de la foy. La nuit des tenebres, nostre mere sainte Eglise a acoustumé par devocion que on estaint toutes les lumières l'une apres l'autre, excepte une que on muce en une aumouère jusques a tant que on ait feru sur le livre. Et après en ralume on les lampes et les autres cierges tant comme on veult alumer, et segnefie que la nuit du grant jeudi tuit apostre et desciple delaissierent pour paour leur debonnaire seigneur, et fu estainte la lumiere de foy en eulz tous, excepte la doulce vierge Marie que vraie foy fu adès avec li. Car ce fu la vraie aumouère en qui la lumière de la foy ne fu onques estainte, ains fu adès, tant comme elle vesqui sur terre, li recontors et radrecemens des apostres, quar c'est la vraie lumière en qui tuit cil la ou la lumière de la foy est estainte se peuent renluminer ».

Le rite est encore conservé en France à la fin du xve s, Cf. Jacobus de Lenda, *Sermones quadragesimales*, Paris, F. Balligault 1500 n. st., fol. LXXI r^o col. I.

toutes deux successivement tirées d'un même roman populaire, le roman de l'Annonciation Notre-Dame. La *Passion* et la *Résurrection* ont été prises l'une après l'autre dans les Evangiles canoniques et dans l'Evangile de Nicodème avec l'addition de quelques légendes dont une partie seulement se retrouve dans la Passion des bateleurs ou jongleurs copiée par Geoffroi de Paris. Comment déterminer l'origine parisienne de ce répertoire et plus exactement comment prouver qu'il a dû appartenir à la confrérie de la Passion plutôt qu'à toute autre?

Au mois de Décembre 1402, les lettres patentes de Charles VI ont donné à ces confrères de la Passion le droit :

« de faire et jouer quelque Misterre que ce soit, soit de la dicte Passion et Resurrection, ou autre quelconque tant de saincts comme de sainctes que ilz vouldront eslire et metre sus ; et de eulx convoquer, et communiquer et assembler en quelsconques lieu et place licite à ce faire qu'ilz porront trover tant en nostre ville de Paris comme en la Prevosté, vicomté ou banlieue d'icelle ».

Or le manuscrit Sainte-Geneviève contient une histoire suivie de Jésus-Christ et des « misterres de sainctz et de sainctes ». Le sermon du prêcheur placé en tête du premier de ces mystères explique longuement et clairement comment l'histoire de saint Etienne, le premier martyr, se rattache à celle de saint Paul qui fut converti par saint Pierre et convertit lui-même saint Denys, l'apôtre de Paris, honoré par sainte Geneviève. Il y a là un effort visible pour relier l'histoire des apôtres, successeurs du Christ, à celle des patrons et patronnes de Paris, et donner une unité factice à une compilation de pièces très diverses. La *Vie de saint Fiacre* ne figure pas, il est vrai, dans cette énumération, mais elle doit avoir été introduite à une date quelconque dans le même répertoire parisien puisqu'il y est fait allusion à l'abbaye ou à la prison Saint-Magloire situées entre les rues Saint-Denys et Quincampoix [1].

Les allusions de ce genre ou les noms de lieux dans l'histoire de Jésus-Christ se rapportent sinon à Paris même, du moins à ses

---

1. Jubinal, t. I, p. 338. — Cf. Le Roux de Lincy, *Paris*, etc., p. III.

environs immédiats, à Compiègne, Harecourt, Bondy et peut-être au hameau de Garne[1]. D'autre part, les deux séries de mystères offrent des personnages grotesques communs (*Humebrouet, Hapelopin*)[2] et de curieuses coïncidences d'expressions rares, qui ne sont pas toutes données par les dictionnaires[3]. Enfin et surtout ces deux séries ont été recueillies dans le même manuscrit. L'histoire de Jésus-Christ a donc vraisemblablement la même origine parisienne que l'histoire des saints parisiens, du moins rien ne s'y oppose.

Mais, a-t-on objecté, quand on admettrait ces faits, comment s'en suivrait-il que nous ayons ici le répertoire des premiers confrères de la Passion ? Le monopole de la confrérie de la Passion était-il donc absolu, sans exceptions, et les confréries particulières ne conservaient-elles pas le droit d'organiser des représentations particulières ? Pourquoi le manuscrit Sainte-Geneviève nous aurait-il conservé le répertoire de la confrérie de la Passion plutôt que de toute autre confrérie ayant son siège à l'abbaye Sainte-Geneviève ou d'une confrérie parisienne quelconque ? L'objection est sérieuse, et l'on croit l'avoir reproduite telle qu'on nous l'a faite, sans l'affaiblir, mais on croit également qu'elle a contre elle des probabilités encore plus fortes, sans compter les textes oubliés.

---

1. Jubinal, t. II, p. 73, 94.

> L'autruy les viz à Garnemuz

dit le messager en parlant des Trois Rois. t. II, p. 94. Le vers n'a pas de sens et Garnemuz ne figure pas dans les dictionnaires. Il faut probablement corriger ainsi :

> L'autrier les viz a Garne ‖ muz.

Garne ou Garnes (Seine-et-Oise) hameau du Senlissis, indiqué par l'abbé Lebeuf, *Hist. de la ville de Paris*, etc., éd. F. Bournon, t. III, p. 420.

2. Figurent également dans le *Jeu de Saint-Denys*, I, p. 117 et dans celui des *Trois Rois*, II, p. 120

3. Par exemple dans la *Nativité*, t. II, p. 73, l'expression :

> Il me faut aler sur grant pont.

à rapprocher de ce vers des *Miracles Sainte-Geneviève*, I, 254 :

> Veullez a Paris cheminer
> Et sus grant pont vous deportez.

La première expression paraît à première vue proverbiale, mais, en la rapprochant de la seconde, dont le sens est bien déterminé par le contexte, on est porté à croire que dans les deux cas il s'agit du *Grand pont* sur la Seine, ainsi nommé par opposition au Poncelet ou Petit Pont. Si cette conjecture est exacte, nous aurions ici une allusion locale de plus, et la plus précise de toutes.

Notons d'abord que les quelques faits nouveaux glanés sur les représentations parisiennes de la fin du xivᵉ siècle ne s'opposent pas, au contraire, à ce que ce manuscrit contienne le répertoire de la confrérie de la Passion. Sans doute le seul argument donné jusqu'ici en faveur de cette identification n'a nullement la portée qu'on lui attribuait[1]. Si le Semeur qui figure dans le *Jeu des Trois Rois* a reparu dans les mystères mimés à Paris en 1431 et décrits par Monstrelet, cette légende du Semeur était populaire, nous l'avons vu, à Paris, en province, et à l'étranger, depuis plus d'un siècle, partant elle n'autorise plus une conclusion aussi formelle. On n'oserait plus trop s'appuyer non plus sur ce fait que le 4 mai 1399, on jouait à Paris, rue Saint-André-des-Arts, dans l'hôtel du duc d'Orléans « certains jeulx de l'Annonciation de la Vierge Marie et de la Nativité Nostre Seigneur Ihesu Crist[2] ». Peut-être était-ce la *Nativité* Sainte-Geneviève tirée du roman de l'Annonciation Nostre-Dame, peut-être une autre *Nativité*.

Mais d'autre part, à Pâques 1380, les bourgeois de Paris représentaient les jeux de la Passion depuis longtemps populaires d'après la lettre de rémission de Charles V déjà citée, et d'après le témoignage oublié de Nicole Oresme dans sa traduction de l'*Éthique* d'Aristote en 1370[3]. Il est singulier que les historiens n'aient pas remarqué que dès 1373, dès l'inventaire de Giles Malet recolé en 1380 par Jean Blanchet, la bibliothèque du Louvre de Charles V contenait une « *Passion Nostre-Seigneur*[4] rimée par personnages » qui a pu vraisemblablement servir aux représentations parisiennes de Pâques 1380. On n'a pas remarqué non plus que l'année suivante, en avril 1381, la Passion a été jouée devant le roi Charles VI, qui rappelle peut-être ce fait dans les lettres patentes de 1402, et qu'en 1392 les représentations publiques

1. P. de Julleville, les *Mystères*, t. II, p 288. — Avant, le rapprochement avait déjà été remarqué dans le *Dictionnaire des Mystères* (col. Migne. p. 915), et dans Jubinal, et il n'en est pas meilleur.

2. J'ai eu tort de l'affirmer en imprimant la l. de rémission à ce sujet (Arch. Nat. JJ 154, nᵒ 499, p. 286 rᵒ), dans mon édition de la *Comédie sans titre*, Paris, Bouillon, 1901, p. ccxiv et suiv. Il reste simplement acquis que le jeu de paume de l'hôtel d'Orléans est la plus ancienne salle de spectacle exactement fixée à Paris.

3. Ce texte et les 2 suivants ont été également cités *in extenso* dans l'Introduction de la *Comédie sans titre*, dernier chapitre, p. ccx et suiv.

4. L. Delisle, le *Cabinet des manuscrits*, etc., t. III, p. 167, nᵒ 1154.

de la Passion continuaient toujours régulièrement. De la *Passion* même de Charles V qui reparaît dans les Inventaires jusqu'à 1424 et qui se retrouvera peut-être dans quelque bibliothèque d'Angleterre, nous ne connaissons qu'un trait ; les diables y tiraient le canon à la mort du Christ, et ce trait a disparu dans le manuscrit Sainte-Geneviève [1] qui contient d'ailleurs fort peu d'indications scéniques, mais ce manuscrit offre une autre particularité digne d'attention.

Il subsiste encore aujourd'hui un ornement d'autel offert par Charles V et sa femme, Jeanne de Bourbon, le Parement de Narbonne [2], qui représente vraisemblablement la Passion telle qu'on se la figurait et telle qu'on la jouait au temps de Charles V. Or le dit Parement nous montre Jésus en croix, entre Sainte-Église et la Synagogue. Si cette allégorie reparaît, comme nous l'avons vu, dans la *Passion* Sainte-Geneviève, et si elle a disparu des *Passions* françaises plus récentes, c'est apparemment une présomption d'ancienneté, c'est un indice que la *Passion* Sainte-Geneviève a dû être en relations plus ou moins étroites avec la *Passion* de la Bibliothèque de Charles V, et qu'elle n'en était peut-être (on dit peut-être) qu'un remaniement.

Voilà bien des suppositions, arrivons aux faits. Le manuscrit de la Bibliothèque Sainte-Geneviève, qui est une copie du milieu du xvᵉ siècle, n'a pour ainsi dire jamais quitté l'ancienne abbaye, et il n'en est sorti à notre connaissance que deux fois. Au mois de juillet 1502, un religieux genovéfain l'avait prêté à son neveu Arnoul Le docte « demourant a Conpenrcez » ou Compiègne ; vers le milieu du xviiiᵉ siècle il fut encore emprunté par le duc de la Vallière et réintégré, après sa mort, par les soins du bibliothécaire Mercier, abbé de Saint-Léger. Ledit manuscrit n'a donc pu être recopié tout au commencement du xvᵉ siècle.

D'autre part, voici installés à Paris depuis 1402, le premier théâtre *permanent*, la première troupe régulière et organisée. N'est-il pas vraisemblable que les représentations parisiennes ont attiré l'attention des provinciaux et qu'il ont dû chercher,

---

1. Notons qu'on trouve un jeu de scène analogue dans la *Passion* de Semur, v. 7713-14.
2. Ce parement a été souvent décrit notamment dans les *Annales archéologiques* de Didron, t. XXV, p. 240, dans une notice d'A. de Montaiglon qui m'échappe, enfin dans la *Gazette des Beaux-Arts* de 1904, p. 9.

par un moyen ou un autre, à se procurer copie de ce répertoire?
Si l'on retrouvait dans des mystères provinciaux l'imitation avé-
rée des mystères Sainte-Geneviève, ne serait-ce pas là un indice
que les dits mystères Sainte-Geneviève étaient réellement le
répertoire de la confrérie de la Passion parisienne plutôt que de
telle autre petite confrérie moins connue et moins en vue? Si de
plus ces imitations étaient datées, ne rejetteraient-elles pas forcément la collection Sainte-Geneviève à une date antérieure?

C'est ce raisonnement qui m'avait amené à étudier et à publier
un mystère inédit du xive siècle, le *Jour du Jugement* de la Bibliothèque de Besançon, où j'avais cru reconnaître des allusions à un
épisode déterminé et daté du grand schisme et des réminiscences
littérales de la *Passion* Sainte-Geneviève. Que les allusions spé-
cifiées n'existent pas [1] et que les miniatures du manuscrit soient
plus anciennes que je ne l'avais dit, c'est ce qui est pleinement
démontré. Le *Jour du Jugement* reste un spécimen curieux des
mystères français du quatorzième siècle, mais il ne peut plus
nous rendre le service précis qu'on lui demandait de nous aider
à dater la *Passion* Sainte-Geneviève. Il faut aller plus loin.
Si entre le mystère de Besançon et la *Passion* Sainte-Geneviève,
il existe bien des concordances très nombreuses de rimes, d'expressions, d'hémistiches, de vers tout entiers [2], et si les concor-

---

1. *Romania*, 1903, p. 636, et *Journal des Savants*, décembre 1903, p. 677, 686 (article de
M. Noël Valois).

> Vous savez que li Emperieres
> Est jà de la nostre partie,

dit un des chevaliers chargés par l'Antéchrist d'arrêter le pape dans le *Jour du
Jugement*

Si *le Jour du Jugement* ne contient aucune allusion au grand schisme, au pape
Benoît XIII et à l'empereur Wenceslas, contiendrait-il une autre « allusion vague »
à l'empereur Louis de Bavière, ennemi déclaré du pape Jean XXII et soutenu par
une partie des Cordeliers? L'allusion serait-elle éclaircie par ce fait « que l'Antéchrist d'après les miniatures du manuscrit de Besançon revêtait en scène le froc de
Cordelier »? Cette hypothèse proposée par M. Noël Valois, sous toutes réserves, peut
expliquer diverses particularités du texte et du manuscrit que j'ai mal interprétées.
« Dans ce cas, ce drame remonterait à la première partie du règne de Philippe VI »
de Valois

2 Comme celles-ci (*Le Jour du Jugement*, Paris, Bouillon, 1902, p. 71, 76) et beaucoup d'autres :

| Ha mort, car me fay defenir. | .... sires de tous hommes |
| Oncques il n'ot de nul bien cure. | Et de toutes les âmes mortes, etc. |

f

dances relevées ne s'expliquent plus par des emprunts ou des réminiscences littérales, il faut donc que le style des mystères soit rempli de formules toutes faites. Partant, les seuls emprunts qui puissent compter dans cette littérature sont la reproduction, non plus de vers ou de distiques isolés, mais de passages d'une certaine étendue et de noms propres caractéristiques, et cette règle sera sans doute applicable au théâtre du Midi, aussi bien qu'à celui du Nord. Mais, ces points établis, comment le raisonnement initial serait-il faussé ? Le répertoire parisien a-t-il pu être imité en province ? La question reste entière, et peut-être subsiste-t-il des imitations moins spécieuses que la première.

En 1901, on a trouvé à Anhalt les fragments[1] manuscrits d'un mystère de Saint Pierre et de Saint Paul. L'écriture paraît de la fin du xve siècle. La provenance, parisienne ou provinciale, de ce texte égaré en Allemagne est inconnue. Ce qui est certain c'est que le texte lui-même n'est qu'une nouvelle édition interpolée et augmentée du mystère de Saint Paul et Saint Pierre de la collection Sainte-Geneviève imprimée par Jubinal. Quel que soit l'auteur de cette amplification, il y a bien quelque chance pour que le texte primitif ait appartenu à la Confrérie de la Passion connue, plutôt qu'à la Confrérie Sainte-Geneviève hypothétique.

Voici maintenant un autre manuscrit inédit dont Paulin Paris a le premier, dès 1848, signalé l'importance dans une notice détaillée d'une longueur exceptionnelle[2]. Ce manuscrit a été étudié et cité à deux reprises par M. Marius Sepet[3], il a été revu encore par M. Petit de Julleville[4] et plus récemment par M. J.-M. Richard. Non seulement ce texte paraît bien connu, mais sa date même a été déterminée par une critique particulièrement compétente dont il convient de reproduire exactement les termes. « La copie qui nous est parvenue a été exécutée seulement en 1488, mais le texte est antérieur, et abstraction faite des retouches qu'il a pu subir, remonte à notre avis, quant à sa constitution essentielle, aux derniè-

---

1. Fragments publiés par M. H. Andresen, *Zeitschrift für roman. Philologie*, XXVI p. 76. — Cf. *Romania*, 1902, p. 336.

2. *Les manuscrits françois* de la Bibliothèque du Roi, t. VII, p. 212, 217.

3. *Les Prophètes du Christ*, 1878 p. 172 ; — Article du journal l'*Union* (1883) reproduit dans les *Origines catholiques du théâtre moderne*, 1901, p. 290.

4. *Les Mystères*, t. II, p. 413-415.

res années du xive siècle pour le moins. Nous croyons de plus que
cette constitution elle-même repose sur des textes appartenant à la
première moitié de ce siècle [1].

.... »

Dans un texte ainsi vu, revu et daté, que peut-il bien rester à
signaler ? Simplement ceci qui a passé complètement inaperçu ou
qui même, après un examen attentif, a été nettement nié [2]. La *Passion* bourguignonne copiée à Semur est une simple imitation de la
Passion Sainte-Geneviève. La preuve en sera fournie par la citation non pas de quelques rimes ou vers isolés, mais de scènes entières. Les emprunts ont passé inaperçus parce que le manuscrit
qui les contient est fort long. Si nous démontrons que ces emprunts niés sont réels, bien que l'imitation soit fort libre, nous
espérons obtenir ce double résultat : d'abord de rejeter la *Passion*
Sainte-Geneviève en avant de la *Passion* de Semur, quelle que
soit la date discutable attribuée à ladite *Passion* provinciale ;
ensuite de montrer sur le fait quelles étapes le mystère de la
Passion a suivies avant d'aboutir aux grandes compositions dramatiques du xve siècle. Entre ces compositions et la *Passion*
Sainte-Geneviève, la pièce copiée à Semur est la seule transition
que nous connaissions, mais cette transition est claire et complète.

1. M. Sepet, l. c. et *Les Origines cath. du th. moderne,* 1901, p. 290.
2. Par M. J. M. Richard, dans son édition du Mystère de la *Passion* d'Arras, 1893,
Introd., p. xii, note 2.

LA

PASSION BOURGUIGNONNE DE, SEMUR

LA PASSION DE SEMUR

En non de Nostre Seigneur *amen.*
L'an de l'Incarnacion courant
Mil .IIII. e .IIII. xx et huit,
Des jours il estoit dix huit
De ce beaul joly mois de may.
Ung dimanche après dunay,
Ceste notable Passion
Fust par grande devocion
Achevée du tout d'escripre,
Sans riens y trouver que redire,
Ne d'y avoir faulte d'ung mot.
Elle est a Jehan Floichot,
Que Jhesu par sa grace guart,
Clerc et notaire real·

Demorant ou bourc de Semur,
Lequel prie ou non de Jhesu
Que se aucung luy desrobboit,
Ou d'aventure il la perdoit,
Que on luy veulle repourter,
Ou a tout le moings enseigner,
Et grandement paiera le vin
Pour le desjenout au matin
De ly et de son compaignom.
Cy après trouverés son nom
Avecque son saing magnuel,
Affin de son nom [n'] ygnorel.

J. FLOICHOT, notaire.
(Ms. fol. 270 recto.)

On comprend la satisfaction qu'a dû éprouver maître Jehan Floichot en terminant au joli mois de May la copie d'un manuscrit volumineux qu'il avait souvent grand'peine à déchiffrer [1], mais le compliment qu'il s'adresse à lui-même est certainement exagéré. L'écriture de ce notaire royal était médiocre et son encre mauvaise. Sa copie (aujourd'hui conservée à la Bibliothèque Nationale, ms. fr. n° 904) n'a pas été collationnée, il y manque plus d'une centaine de mots, en comptant tous les vers faux, trop courts ou trop longs. L'impression d'un texte aussi étendu (9.580 vers) et aussi défectueux doit être évidemment justifiée.

D'abord, de toutes les Passions qui ont été jouées en Bourgogne [2], c'est la seule qui nous soit parvenue ; ensuite, et surtout, cette pièce peut jeter quelque lumière sur la période si obscure du théâtre français, celle qui a précédé les grands drames cycliques du poète d'Arras et d'Arnoul Greban. A défaut de ces modèles, l'auteur ou l'un des auteurs de la compilation copiée à Semur avait sous les yeux la *Passion* Sainte-Geneviève, et il lui a fait, comme on l'a dit, des emprunts textuels.

Si tel est le rôle de la *Passion* de Semur, la première chose à tenter c'est de déterminer exactement l'origine provinciale de la pièce et d'y constater cette imitation d'une pièce parisienne. C'est ce que nous ferons en examinant les détails de la composition et en déterminant les sources de la pièce, lesquelles ne pouvaient être indiquées avant les recherches précédentes. L'imitation de la *Passion* Sainte-Geneviève une fois bien constatée, nous verrons

1. Comme ce manuscrit est fort long, on a donné a son texte imprimé qui suivra ce chapitre une pagination speciale indépendante. — Sur ces hésitations de Floichot, voir donc plus loin, p. 72, v. 3595 et suiv.

2. Aux representations d'Auxerre deja toutes signalées par l'abbé Lebeuf et P. de Julleville, ajoutez :

Avallon. Arch. municip. CC 152, an 1492-3, p. 103 : Pour fournir aux frais du Mystère de la Passion joué le Vendredi-Saint 60 s[ols]. — Ibid. CC 104, an 1453-4. Aux compagnons qui firent les jeux de la Vie de saint Jean-Baptiste, 5 fr.

Mâcon. CC 74. (An. 1486). Payé 4 livres... pour jouer la Passion N. S. le jour du Vendredi-Saint.

Tonnerre. La Passion jouée en 1513, suivant le *Cabinet historique* de 1856.

Gevrey près Dijon, xvi° siècle. la Passion citée plus loin — et probablement bien d'autres.

Besançon, la Passion 5 avril 1528 ; la *Résurrection* et l'*Ascension*, plusieurs fois antérieurement. Cf. Ul. Robert, les *Origines du théâtre à Besançon*, 1900.

comment le texte parisien a été amplifié de telle sorte que la pièce provinciale se relie tout naturellement aux grandes Passions du xvᵉ siècle, si différentes des drames antérieurs. Ces additions ne sont pas moins importantes que l'imitation précitée, puisqu'elles modifient complètement le caractère du mystère de la Passion, aussi bien dans les scènes religieuses que dans les épisodes comiques ou bouffons. Sans doute les retouches que le mystère copié à Semur a subies sont de diverses mains, de diverses dates, mais l'étude de la versification, de la langue et du manuscrit permet jusqu'à un certain point de discerner les parties les plus anciennes du drame, les matériaux les plus curieux de la mosaïque. C'est donc par cette étude que nous conclurons.

Et d'abord, dans quelle ville la pièce a-t-elle été composée et jouée pour la première fois, dans quelle ville recopiée? Le copiste qui nous l'a conservée signe : Jehan Floichot, notaire royal à Semur. Or, il y a en Bourgogne deux villes de ce nom, assez éloignées l'une de l'autre, Semur-en-Auxois et Semur-en-Brionnois. Laquelle choisir et comment choisir, puisque le nom du notaire n'a pu être retrouvé ni dans les comptes de ces villes, ni aux archives de la Côte-d'Or, ni à celles de Saône-et-Loire? Il est vraisemblable cependant que la pièce a été copiée et peut-être retouchée à Semur-en-Auxois, le texte même nous semble l'indiquer, voici comment.

Un certain Goguery qui accompagne Cirinet(Quirinus), l'envoyé de l'empereur Octavien, demande son chemin au *Rusticus* ou au paysan farceur de la pièce, qui l'envoie promener, comme le *Jongleur d'Ely* [1] du vieux fabliau, et même comme certains paysans très contemporains. Il lui dit :

> Tiens toy quoy, tien, laisse moy faire,
> Incontinent je le te nomme :
> Va t'am tout droit selon Yonne,
> Tout le pendant devers les fourches,
> Tu verras a galin [2] galouches. (v. 2,238, p. 45.)

---

1. Recueil de Montaiglon, t. II, 243. — Cf. P. de Julleville, les *Mystères*, t. I, p. 269.
2 *Ms.* : agalin. — *Galin* pour *galant*. L'expression *faire le galin gallant* est donnée par Gerson cité dans l'éd. d'Eust. Deschamps, t. I, 370.

C'est-à-dire, si nous comprenons bien, « quand tu auras fait tout
ce chemin, tu verras les souliers du joli galant que tu es, tu ne
seras pas plus avancé ».

Cette allusion inaperçue paraît significative. Le mystère a dû
être composé et joué dans une ville riveraine de l'Yonne, puis une
copie ou même l'original a dû arriver entre les mains du notaire
Floichot, qui exerçait vraisemblablement à Semur-en-Auxois.
L'Yonne ne passe pas dans cette ville, elle passe même à quelques
bonnes lieues de là, mais moins loin que de Semur-en-Brionnois.
Nous savons d'ailleurs par d'autres exemples que les manuscrits
originaux des mystères se prêtaient assez facilement d'une ville à
l'autre de la Bourgogne. Ainsi, au mois de mars 1523 (1524 n. st.),
les Dijonnais avaient emprunté la *Résurrection* du chapitre de
Besançon ; ils oubliaient même de la rendre, et il fallut dépêcher
un exprès pour la réintégrer [1], comme nous l'apprennent les
archives du chapitre. C'est à peu près l'histoire de notre texte, et
la copie même de Jehan Floichot a dû avoir maintes aventures
avant de passer des mains d'un nouveau propriétaire « Jehan
Quantin, prestre » entre celles du Dijonnais Philibert de la Mare,
et finalement des Bibliothécaires du Roi.

Ces points établis, peut-on remonter plus haut et déterminer
cette ville riveraine de l'Yonne où le mystère a été primitivement
composé, cette ville située en plein vignoble où les bourreaux
frappent sur le Christ « comme sur *ung pressour* ou pressoir
(v. 6382) » ? Ne serait-ce point la ville d'Auxerre ? C'est possible,
mais non certain. La Passion y était représentée en 1462, avec un

---

1. Archives du Doubs, G, 192. — 18 mars 1523 « Pro quodam misterio Resurrectionis
in proximo festo Resurrectionis Domini ludendo, si temporis opportunitas affuerit,
prout hodie relatum extitit, mittatur Dus Garnerius capituli sumptibus apud Divio-
nemad predictum misterium recuperandum ».

Le 27 mars 1523, le mytère est recouvré :

« In proximo Resurrectionis Domini nostri festo fiat misterium Resurrectionis in
ecclesia sancti Stephani hora consueta, juxta formam regestri super hoc visi et cor-
recti, ostendendo sudarium seu sindonem ostendi consuetum ».

Ce suaire avait déjà figuré en effet depuis longtemps dans les drames liturgiques
de l'église Saint-Etienne de Besançon. Voir *Catal. des Ms. de la B. de Besançon*, n° 98 :
Officium ecclesiae Sancti Stephani Bisuntini (milieu du XIIIᵉ siècle) fol. 40. — Il finit
par devenir une relique qui au XVIᵉ siècle attirait à Besançon nombre de pèlerins
(cf. *Revue historique*, t. I, 1876, p. 101).

grand concours de ménétriers, et le texte de cette copie nomme plusieurs fois les ménétriers. Un autre passage (v. 5345) où les diables interpellent les autorités de la province et les nonnes qui ont quitté leurs couvents pour assister au mystère paraît également désigner une grande ville plutôt qu'une petite. Enfin, la représentation de 1462, qui n'était pas la première probablement, a été suivie de plusieurs autres, de plus en plus bruyantes et scandaleuses, jusqu'au milieu du xvie siècle. Mais ni les procès-verbaux de ces représentations déjà signalés par l'abbé Lebeuf, ni le *Bréviaire* d'Auxerre [1] de 1483 que l'on pouvait songer à rapprocher de cette pièce qui contient un certain nombre d'hymnes latins, ni les indices tirés des rimes et du vocabulaire [2] n'ont permis de localisation assurée. Ces indices auraient été plus significatifs si le *Rusticus* avait eu, comme certains de ses confrères méridionaux ou même bourguignons [3], l'idée de parler la langue de son canton, mais il l'a oublié, et, avec quelques nuances, ce texte bourguignon est du bon français. Contentons-nous donc de répéter que cette *Passion* a été jouée « sur les bords de l'Yonne ». Combien y a-t-il de mystères dont on ne sait même pas cela et qui peuvent prendre pour épigraphe ces vers un peu vagues d'un vieux fabliau :

> Enmi la ville un giex avoit [4]
> Ou li poueples trestot estoit.

Voici une analyse sommaire du texte qui permettra de se reporter rapidement aux scènes principales :

1. Impressum Chableys, in domo Petri Lerouge, pet. in-8°, goth. : — Peut être y aurait-il lieu d'approfondir cette comparaison, mais les hymnes de la *Passion* de Semur n'ont rien de rare et se retrouvent dans les répertoires connus.

2. Le plus significatif paraît le mot *raicheux, râcheux* (vers 3387) encore usité aujourd'hui dans l'Yonne. Pour d'autres détails sur la langue voir la fin de ce chapitre.

3 Ainsi les bergers parlent bourguignon dans le *Mystère de la Nativité de N. S. J. C. à Dijon*, xvie-xviie siècle, édité par J. Durandeau, Dijon, 1898.

Cf les *Noei borguignon* de La Monnoye, Dijon. 4e édit., 1720, Glossaire, p. 174: « On se souvient par une vieille tradition qu'aux anciens jeux de Gevré, village à deux lieues de Dijon, célèbre par ses bons vins, dans une tragédie de la Passion, le curé, auteur de la pièce, y faisoit dire au paysan qui jouait le rôle du Crucifix : « Je *clauce de soi* » pour exprimer le *sitio* de l'Evangile. »

4. Cité par Lac. de Ste-Palaye, *Dict.* vo jeu.

ANALYSE

PREMIÈRE JOURNÉE

SECONDE JOURNÉE

La *Passion* de Semur comprend, comme on le voit, en deux
journées toute l'histoire de la Rédemption. Sa composition rappelle de près celle des mystères Sainte-Geneviève, puisque nous
avons ici en réalité quatre drames soudés l'un à l'autre : 1° une
Nativité suivie d'un Jeu des trois Rois ; 2° une Passion réunie à
une Résurrection.

Ce qui distingue les deux compilations c'est, en tête de la Nativité bourguignonne, l'insertion d'un certain nombre d'épisodes
empruntés à l'Ancien Testament et qui sont soudés à ceux du
Nouveau par l'antique défilé des prophètes du Christ. Ces épisodes ou ces histoires, qui sont comme les ébauches du Mistère
du Viel Testament, nous les trouvons déjà antérieurement dans
les *pageants* anglais que Chaucer a mentionnés à la fin du
xive siècle [1] ; nous les retrouverons en France même jusqu'au
xvie siècle, en tête des *Passions* d'Amiens et de Valenciennes [2]. Ils
sont donc bien traditionnels. D'autre part, il est facile de constater que la première journée finissait primitivement avec le Jeu
des trois Rois ; la division ancienne y est encore marquée actuellement par un « *Silete* le grant » ou un entr'acte prolongé [3]. La
prédication de Saint-Jehan-Baptiste qui suit forme le début ordinaire des mystères de la Passion. Dans cette histoire même de
Saint Jehan-Baptiste, le vers 4277 de la première journée ne rime
pas avec le suivant, mais très bien avec le vers (4377) de la

1. Conte du meunier cité dans la *Revue critique*, 1885, p. 470.

2. Voir p. 308, 310 de ce livre.

3. *Passion de Semur*, p. 69, vers 3498.

seconde Journée. Toute la partie intermédiaire, la proclamation
du messager et le second sermon du prédicateur sont donc des
additions postérieures. La coupe actuelle tout à fait insolite n'a
donc été imaginée que pour donner aux deux Journées une longueur à peu près égale et permettre de représenter la pièce dans les
conditions ordinaires des spectacles bourguignons, telles que nous
les connaissons par le procès-verbal[1] du *Saint-Martin* d'André de
la Vigne, joué à Seurre en 1496 : « On commença ceste matinée
entre sept et huit heures du matin et finist on entre onze et douze.
Pour le commencement de l'apree disnee, qui fut a une heure, le
dit Sathan revint jouer son personnage....., puis firent pause pour
aller souper entre cinq et six heures, tousjours jouans et exploitant
le temps du mieux qu'ilz pouvoient. » — La Passion copiée à
Semur en 1488 avait dû être jouée vraisemblablement dans les
mêmes conditions, avec une mise en scène aussi compliquée que
le sujet. Les éléments de cette compilation sont en effet très variés,
soit que les auteurs les aient pris dans des drames antérieurs, ou
qu'ils les aient empruntés directement aux Evangiles canoniques,
aux apocryphes, aux légendaires et à la tradition orale. L'analyse
peut distinguer jusqu'à un certain point ces divers éléments et
déterminer quelques dates.

Pour la Création et la révolte des Anges, les scènes du Paradis
terrestre et l'histoire des patriarches, elles sont prises moitié à la
Bible[2], moitié aux histoires saintes plus ou moins inspirées par
l'*Histoire scholastique* de Pierre le Mangeur. La légende de Chanaan et des fils de Noé nous prouvera plus loin que l'auteur et ses
collaborateurs consultaient volontiers ces « Histoires de la Bible ».
L'antique défilé des Prophètes du Christ introduits par *Ecclesia*
ou l'Eglise personnifiée est certainement l'un des épisodes les plus

1. Ip. par Jubinal, *Myst. inéd. du* xv*e siècle*, t. I, p. xlvii.

P. de Julleville, les *Mystères*, t II, p. 39 dit à tort « qu'on jouait souvent deux
journées en un seul jour, l'une le matin, l'autre après midi ; ainsi a Seurre, en 1496,
le mystère de saint Martin en six journees dura trois jours seulement ». C'est une
erreur. Ce mystère est bien divisé en *trois* journées subdivisées en matinées et après-
disnées.

2. Comme les scènes correspondantes du *Mistère du Viel Testament*. L'éditeur de ce
mystère demande (Introd. t. I, p. lxxvij où le dramaturge a pris les noms de Phuar-
phara, femme de Noé, de Pharphia et de Cathaflua, etc· Ils viennent de l'*Histoire
scholastique*, cap. xxxiii (P. Migne, t. 198, p. 1094).

anciens pour la forme[1] et pour le fond. Sauf une ou deux exceptions, ces prophètes débitent encore assez exactement les versets
qui leur sont attribués dans le sermon apocryphe célèbre[2] de saint
Augustin, et se contentent d'y ajouter quelques citations nouvelles. Si cet épisode est d'origine ancienne, aussi bien que le
débat de Sainte Eglise et de Synagogue[3] à la Nativité du Christ,
on n'en dira pas autant d'un autre débat d'Espérance et de Charité,
lequel tient la place du traditionnel procès de Justice et Miséricorde. Ce débat est rédigé en vers alexandrins relativement
modernes (p. 34, v. 1725-1791).

Le mariage de la Vierge et l'épisode des vergettes distribuées
aux « varlets » rappellent les scènes correspondantes de la *Nativité*
Sainte-Geneviève, mais l'auteur bourguignon n'a pas consulté,
comme son prédécesseur, le Roman de l'Annonciation Notre-
Dame. Il est remonté à la source et il a traduit directement l'Evangile apocryphe de la Nativité de Marie, jadis attribué à saint
Jérôme. Les noms de fantaisie (Plaisance, Sarrom) des compagnes
données par le grand-prêtre à la Vierge ne laissent aucun doute
sur cet emprunt[4]. Pour la suite, c'est-à-dire le dénombrement de
l'empire ordonné par Octavien et l'entretien de la Sibylle avec cet
empereur, ces additions modernes ont été traduites directement

1 Cet épisode contient deux fois l'archaisme *yert* qui ne figure plus que trois fois
dans tout le reste de la pièce.

2. Et qui l'est resté, puisque les dramaturges du xvᵉ siècle comme celui de la Nativité de Rouen (1454) le citent encore directement d'après le texte. — Ce sermon ou
cette source commune suffit pour expliquer la plupart des rapprochements signalés
par M. Wilmotte (les *Passions allemandes*, etc., p. 57-63) dont les conjectures sur les
noms des prophètes et des apôtres (voir p. 395, note 1 de ce livre) semblent peu fon-
dées. Le seul rapprochement utile était celui d'*Ecclesia* déjà signalé, comme on l'a dit
précédemment, par Mone, *Schauspiele*, t. II, p. 164 et par M. Sepet, *Origines*, etc.,
p. 291.

3. Sur les origines de ce débat dans les hymnes liturgiques, voir Ed. du Méril,
Origines, etc., p. 193.

4. Ces noms sont inventés pour suppléer au silence du chap. vii du *Liber de Nativitate Mariae* (éd. Tischendorff, 1876, p. 118) qui ne les nomme pas. On trouve d'autres
noms de fantaisie dans la *Nativité* de Rouen, t. I, p. 291, inspirée par le même livre.—
Au contraire, le *Pseudo-Mathieu*, chap. viii (Tischendorff, p. 70) nomme Zahel que
nous retrouvons dans la *Nativité* provençale de Toulon, 1333, dont les rôles ont été
publiés par le chan. Albanès (*R. des Soc. savantes*, 1875. p. 259-262). La dite *Nativité*
connaît également la légende d'Anastasie.

de la *Légende dorée* [1], laquelle inspirera encore le même développement à la *Passion* d'Arras (p. 17-20) et à la *Nativité* de Rouen (1474, 2ᵉ journée, t. III, p. 3).

Le petit drame des Pasteurs n'offre rien de bien particulier non plus que l'histoire des Rois Mages [2]. A noter seulement la brusque conversion [3] de ces Pasteurs qui, après avoir échangé avec leurs gaillardes épouses force gaudrioles pendant la veillée traditionnelle de Noël [4] et être revenus tout joyeux de la Crèche, prennent tout d'un coup le chemin du couvent. Ce sont encore là des traditions venues en partie de la *Légende dorée* et de l'apocryphe de Bède sur les Lieux Saints (chap. 8) qui ne manque pas de mentionner à côté de Bethléem, près de la tour d'Ader, l'Eglise des Trois Pasteurs, les premiers adorateurs du Christ.

La courte pièce de Saint Jean-Baptiste qui suit nous offre également à côté de légendes très anciennes des développements très modernes. Lorsque Jésus a été baptisé par le Précurseur dans les eaux du Jourdain, un ange l'aide à se rhabiller, et ce détail n'est pas de pure imagination, puisqu'on le trouve déjà très anciennement sculpté en haut relief sur une châsse d'Aix-la-Chapelle et sur la clôture du chœur de Notre-Dame de Paris (xivᵉ siècle), et qu'il reparaîtra dans la *Passion* de Jean Michel [5]. Plus loin, la cour du roi Hérode Antipas avec ses tournois ou « jeux de geste », ses banquets pantagruéliques servis par le fidèle Jacquemart [6], ses

---

1. *De Nativitate Christi*. — L'auteur de la *Passion* de Semur a substitué, v. 2201 et 3007, d'après un mauvais exemplaire le chiffre de « quatre deniers par teste » a celui de la *Lég. dorée* « denarium argenteum qui valebat. X. nummos, usuales ».

2. Sauf le chiffre connu des 144 mille innocents, v. 3419 p. 69.

3. *Passion* de Semur, p 56, v. 2829.

4. *Passion* de Semur, p. 55, v. 2775, nous avons de costume. — Et la tenons des anciens. — Car il convient que nous veillions.

Cf *Lég. dorée*, De Nativ. Christi : « Mos enim fuit gentilibus in utroque solstitio, scilicet estivali circa festum Joh. Bapt. et hiemali circa Nativitatem Domini, vigilias noctis custodire ob solis venerationem.

5. *P.* de Semur, p 76, v. 3626 ; cf. *Passion* de J. Michel (Bib. Nat. Réserve Yf 13 fol. B. 11, vᵒ. Icy se lieve de genoulx et revest ses habillemens et St Jehan et Gabriel lui aydent.

6. *P.* de Semur, v. 3954, p. 79. — Nom bien antérieur en Bourgogne au fameux Jacquemart de l'horloge de Courtray rapporte à Notre-Dame de Dijon par Philippe le

bourreaux et ses princesses qui se disputent comme des haren-
gères, donne une idée peu flatteuse de la cour des ducs de Bourgogne. Parmi les chevaliers qui y figurent, l'un, Pinceguerre, a
déjà paru dans le *Théophile* de Rutebuef et dans la *Passion*
Sainte-Geneviève ; l'autre, Pharaon, semble indiquer par son nom
que le dramaturge a conservé quelque vague souvenir d'un commentaire de Bède[1] sur l'Evangile de saint Marc, ou d'autres
légendes plus ou moins altérées. Il est à noter que ce dramaturge
n'a pas mis en scène les noces de Cana, bien qu'elles aient déjà
figuré dans les mystères. Ces noces sont simplement rappelées
par une allusion à

> Celluy quil fit d'eaue vin
> Es nopces chieux Arcetreclin (p. 96, v. 4678)[2].

Pour l'auteur bourguignon comme pour bien d'autres jusqu'à
Villon, Arcetreclin est évidemment un saint particulier. Telle est
la composition de la première journée de la *Passion* de Semur ;
jusqu'ici, entre elle et la *Passion* Sainte-Geneviève, il n'y a guère
de commun que le sujet et quelques souvenirs des mêmes livres.

Les sources de la Passion et Résurrection qui remplissent la
seconde journée ne sont pas moins variées. Outre les Evangiles
canoniques, le dramaturge utilise l'Evangile de Nicodème latin[3],
dont il traduit des chapitres entiers ; il n'ignore ni la *Glose ordinaire*[4], ni même les *Postilles* de Nicolas de Lire[5], bien qu'il les
cite rarement. A ces textes qui prendront plus tard une si grande

Hardy en 1382. — Cf Durandeau, *Dict français bourguignon*, et Archives du Pas-de-
Calais, t. II, p. 53, Reg. A. 646 (1ᵉʳ août 1345), Jacquemart de Dijon, armoyer du duc
(de Bourgogne).

1. Patr. Migne, t. 92, p. 189, *In Marc*, lib. II, cap. vi : « Soli mortalium Herodes et
Pharao leguntur diem natalis sui gaudiis festivis celebrasse, sed uterque rex in-
fausto auspicio festivitatem suam sanguine foedavit.

2. Cf. la *Passion* d'Auvergne, p 360 de ce livre.
Le nom du maître d'hôtel (*Joann*, II, 11) est devenu celui de l'époux lui même.

Au jor des noces de Architriclin

dit *Garin le Lorrain*. — Item le *Doctrinal aux simples gens* attribué à l'archevêque
de Reims, Guy de Roye (1403); item le *Sermon joyeux de Saint Raisin*, etc.

3. *Passion* de Semur, p. 106, p. 171 173, v. 8744.

4. Voir dans la *P.* de Semur, p. 117, v. 5771, l'épisode de la femme adultère et l'allégorie du temple, p. 116, v. 5726 Cf. Bède et *Glossa ordin*.

5 *P.* de Semur, p. 189, v. 9560. — Cf. N. de Lire, in *Joann.*, XX, 1, p. 1310, clauso
sepulchro.

importance dans les mystères, notre auteur préfère les légendes
sur Joseph, qui est pour lui un forgeron [1], un maréchal et non un
charpentier ; il connaît par le menu la généalogie de tous les apôtres, de saint Barthélemy [2] vêtu comme un prince et issu en effet
de princes égyptiens ou syriens suivant une étymologie aussi
populaire que fantastique, de saint André [3], le frère aîné de saint
Pierre, de saint Jacques le Majeur et de saint Jean, etc. Il est certain que dans une page arrachée de la Vocation des Apôtres, Judas
racontait au long sa biographie légendaire et celle de sa mère [4].
Cette mère reparaît plus tard sur le théâtre pour maudire dans une
scène tragi-comique le traître qui a vendu son Dieu et qui va se
pendre, en compagnie des diables, au « cehur » ou sureau fameux
déjà mentionné par le *Girart de Roussillon* [5] bourguignon et par
bien d'autres. Bien que Deesperance [6] figure au nombre des dia-
blesses de la pièce, ce n'est pas elle pourtant qui passe à Judas le
lacet fatal. Cette dernière invention semble appartenir à Greban,
et Villon [7] paraît y avoir fait allusion dans un passage connu où il
suffirait d'écrire Desperance par une majuscule :

> Ou soit noyé, comme fut Narcissus,
> Ou aux cheveulx, comme Absalon, pendus,
> Ou comme fut Judas par Desperance [8].

1. Ibid., p 115, v. 5680.
C'est la legende adoptée par S. Hilaire et par Bède, in *Marc*, VI, 3, p 186. — Item,
G de Paris, B. N. fr. 1526, fol. 37 rᵃ et *Passion* d'Arras, p. 160, v. 13,741.

2 Ibid., p. 90, v. 4425. — Bartholomaï (en hébreu le fils de Tholmaï), comme l'explique Cornelius a Lapide, in *Math.*, X, p. 220. — La légende en fit un prince
                              Extrait du sang royal de Ptolemee
comme disent le *Mystère des Apôtres*, sc. 15, et la *Passion* de J. Michel.

3. Ibid., p. 90, v. 4387, l'aîné et non le *né* comme dit le Ms. C'est la genealogie
donnée par S. Epiphane, *Haere.*, 51, et rapportée par Jansenius, p. 84 et Dom. Calmet,
p. 216, in *Math.*, X.

4. *P.* de Semur, p. 91, v. 4449 et p. 124, v. 6090

5. Ed. Mignard, v. 4707.

6. Jadis personnifiée parmi les Vices. Dans un vitrail de la cathédrale d'Auxerre
rose d'une fenêtre du chœur du xivᵉ s., *Desperacio* se tue en face de *Patientia*. Desesperance reparaît dans la moralité de l'*Homme mondain* de Simon Bourgoin et
Desesperation-de-Pardon dans l'*Homme pécheur*, par personnages.

7. G. Paris, *Fr. Villon*, 1901, p. 98. « Nul doute que Villon ne l'ait vu représenter
plus d'une fois (la *Passion de Greban*).

8. Ballade contre les mesdisans de la France ; — L'ed. Longnon, p. 171, met : par
desperance.

La scène tragi-comique de Judas, de sa mère et du chapon, les aventures de saint Pierre et de saint Jean dans la cour du pontife Caïffas [1], le calcul de Satan inspirant à la femme de Pilate l'idée d'empêcher la mort du Christ sont des épisodes connus de la *Passion* copiée par Geoffroi de Paris. C'est de ce même poème de bateleurs que vient directement ou indirectement l'allusion au bois de la croix que les bourreaux ramassent dans la boue [2], c'est-à-dire dans la piscine probatique. Ajoutons encore et surtout la scène fameuse du forgeron qui refuse de forger les clous et se fait battre par sa femme [3], « affreuse compagnonne », laquelle le remplace aussitôt à la forge et fabrique en chantant [4] les instruments du supplice. Pourquoi ce pauvre forgeron a-t-il été identifié ici avec Nicodemus [5], dont le nom est resté synonyme de niais ou d'imbécile? Est-ce le voisinage du mot *nigaud* qui a déterminé ce choix et entraîné cette signification défavorable, ou une autre raison? Nous l'ignorons. Toujours est-il que tous ces incidents burlesques qui reparaîtront en partie dans les grands mystères du xvᵉ siècle sont bien sortis de l'ancien poème de bateleurs. L'auteur de la *Passion* de Semur a connu les mêmes sources que l'auteur de la *Passion* Sainte-Geneviève, et par surcroît il a encore connu et imité cette *Passion* Sainte-Geneviève elle-même. Comment donc prouver cette imitation directe et prolongée? Uniquement par des faits précis et des citations textuelles.

Les dramaturges d'autrefois n'hésitaient pas, le cas échéant, à s'approprier les vers ou les couplets de leurs devanciers qu'ils trouvaient à leur convenance, et les exemples de ce fait sont très anciens. Ainsi dans la *Passion* allemande de Benedictbeuern [6],

---

1. *P.* de Semur, p. 130, v. 6386-6400.

2. *P.* de Semur, p. 143, v. 7094. De l'ordure la doit l'on traire.

3. *P.* de Semur, p. 145, v. 7154. Même dispute dans la *Passion* d'Arras.

4 Le détail du chant a été ajouté par la *Passion* d'Autun (B. N. n. a. fr. 4,085, p. 158 1°, v. 956, *Cantat*), et reparaîtra dans la *Passion* d'Auvergne, p. 365 de ce livre.

5. *P.* de Semur, p. 144, v. 7129 — L'étymologie de *nigaud* est inconnue; le plus ancien exemple donné par Littré et Godefroy est du xvᵉ siècle.

Nicodème est le nom du jeune nigaud d'avocat au début du *Roman bourgeois* de Furetière, mais cet exemple est bien moderne.

6. Ed. du Méril, *Orig. lat. du th. mod*, p 132. — Cet emprunt a été souvent relevé par les critiques allemands et français.

Marie-Madeleine fait deux visites consécutives à un marchand de de parfums. Mais, la première fois, elle n'est pas encore convertie, elle vient avec ses compagnes acheter un fard magique pour plaire à son amant. La seconde fois, touchée par la grâce, c'est pour oindre Jésus chez Simon le Pharisien qu'elle fait son emplette. Or les couplets échangés entre elle et le marchand dans cette seconde visite, sont identiques, y compris le refrain : *Heu quantus est noster dolor*, avec le dialogue du marchand et des saintes femmes qui vont acheter des aromates pour l'embaumement du Christ dans la *Résurrection* liturgique de Tours. La *Passion* de Semur va nous offrir des emprunts exactement analogues.

Marie-Madeleine n'apparaît plus ici comme une courtisane vulgaire ; c'est « une petite perle »[1], une petite maîtresse analogue à la grande coquette de J. Michel. Si elle a sacrifié à tous les Péchés capitaux, c'est en tout bien, tout honneur, et sous réserve du principal, comme elle a soin de nous le faire remarquer :

> Orgueul, Avarice (Luxure,
> Sy ne me covre ta laidure !)[2]
> Duré ont en moy et Envie.

Ces nuances et ces réserves nous mettent bien loin du mystère Sainte-Geneviève, et pourtant, le fait n'est pas douteux, c'est de ce mystère que l'épisode de Semur est sorti. L'apothicaire qui vend à la jeune Bourguignonne les parfums dont elle a besoin pour se rendre chez Simon le Pharisien, répète et résume « le boniment » du confrère Parisien qui reçoit les saintes Femmes dans la *Passion* Sainte-Geneviève ; il tient les même drogues, débite les mêmes vers :

---

1. C'est elle-même qui s'appelle ainsi : « *Mire* me tins, v. 4847, p. 99.

2. J'ai lu *lordure* : mais la correction *laidure* paraît plausible. — Comparer la tirade de Madeleine dans la *Passion* de J. Michel :

> Si a tous delits je me donne,
> Mon honneur pourtant n'abandonne
> Ne l'ordonne
> A honte ou a reproche vil.

Ces sept Péchés capitaux sont les sept demons (*Luc.*, VIII, 1), dont Madeleine fut delivrée suivant l'ancienne interprétation reproduite par N. de Lire, in *Marc.* XVI.

(*P. Ste-Geneviève*, t. II, p. 299.)   (*P. de Semur*, p. 99, v. 4877.)

J'ay poivre, gingembre et canelle,	J'ay poivre, canelle et gingembre
Poudre de saffran bien nouvelle,	Et saffrent odorent comme embre,
Nois muguettes, pomes garnates,	Anys confit et pignollet.
. . . .	Et puis du sucre viollet,
Giroffles, citonal et dates.	Noix muguettes, pommes grenates
J'ay gingembrant et pignolat,	Giroffles, cintoual et dates.
J'ay trop bon sucre violat.	. . . .
. . . .	

Le poète de Semur avait si bien conscience de son emprunt qu'il l'a payé plus loin avec les intérêts. Quand il a eu à décrire à son tour la visite des saintes Femmes pour l'embaumement, il a imaginé un nouvel apothicaire, maître Mathel, dont les drogues merveilleuses viennent en droite ligne du Paradis terrestre par le cours du Phison ou du Gange :

Veez vous icy la fleur d'ung abre	Quant elle chiet de son tisom,
Qu'an Jherusalem n'an Calabre	Elle chiet au ruisseaul Fison
Ne peult fructiffier ne estre ?	Quil est en celle mesme place,
Elle est de paradix terrestre.	Et s'en va arouser la place
Du propre arbre qu'Adam manga :	D'Evilat [1], une noble terre.
De son estat Dieu ly changa ;	(v. 8244, p. 164.)

C'est la grosse malice de Rutebuef dans le *Dit d'Erberie*, ou la bonhomie sournoise de La Monnoye.

La première imitation une fois constatée, il sera facile d'en retrouver d'autres dans des scènes essentielles, par exemple l'arrestation de Jésus au Jardin des Oliviers, sans laquelle il n'y aurait point de Passion. Il suffit encore une fois de rapprocher les textes de Sainte Geneviève et de Semur :

Passion de Sainte-Geneviève.	*Passion de Semur*, p. 126-7.
DIEU	DEUS
. . . .	. . . .
Que quérez vous que ne celez ?	Dictes moy lequel vous querez ?
PINCEGUERRE	OMNES JUDEI
.I. Homme qui est appelez	Jhesu querons de Nazareth
Jhesu de Nazareth.	Quil nous fait painne et ennuy.

1. *Genes*, II, 11. Ipse est qui circuit omnem terram *Hevilath*.

DIEU

Ce sui-je.

BAUDIN

Enchanté ay esté; ce puis-je
Bien dire, plu ne fu oncques.

MOSSÉ

Par ma loy tout ainssy doncques
Ay-je esté et pis encore.

DIEU

Biau seigneurs, que querez vous
      [ore
Qu'a ceste heure estez ensamblé?

PINCEGUERRE

De paour m'a la char tramblé
Dont j'ay forment le cuer iré,
Ce que nous quérons te diré :
Jhesu de Nazareth quérons.

DIEU

Véez me cy.

BAUDIN

Judas, que ferons ?
As tu rien oy qui te plaise ?

JUDAS

Dieu te gart, maistre, car me baise,
Et je toy en foy en la bouche.

DIEU

Ce baisier près du cuer me touche,
Amys, en baisant, m'as trahy.

MALQUIN

Jhesu, moult te voy esbahy.
    (p. 186-187.)

DEUS

Saichés de voir que Jhesu sui.

. . . .

AMALEC

Je croy que je soie enchantez.

YSACHAR

Du diable nous sommes temptés,
Je suis plus lourt que ne fux onc-
      [ques.

VIVANT

Et, par ma loy, en ce point donc-
Ai ge esté comme tu dix.   [ques

. . . .

DEUS

Que querez vous ? ne le cellés.

Omnes Judei terribiliter.

Ung homme quil est appellés
Jhesu, quil est de Nazareth.

JUDAS

Dieu te sault, je te veul baisier.

DEUS

Amis, quil veulx tu apaisier ?

. . . .

Les Juifz me héent forment,
Et en baisant tu m'as trahi.

YSACHAR

Jhesu, mout te voy esbay,
Plux meschans de toy je ne vis, etc.
    (p. 127, v. 6280.)

L'imitation est encore plus visible dans certaines scènes épiso-
diques. Nous avons déjà rencontré dans le poème de la Passion
copié par Geoffroy de Paris une des nombreuses variantes de la
légende de Véronique, et nous en trouverons d'autres au cours de

ces recherches. L'une des plus simples et des plus populaires est celle où l'on voit la Véronique transformée en marchande de toile, telle que nous l'a décrite l'*Abrégé d'Histoire sainte* [1] composé par Robert d'Argenteuil au xive siècle. Ce texte nous explique les lettres si curieuses de Charles VI qui autorise en 1382 l'institution d'une confrérie parisienne sous le patronage de la Sainte. Voici ces lettres :

> Charles..... savoir faisons..... que pluseurs habitanz de nostre ville de Paris, hommes et femmes, c'est assavoir *marchanz et marchandes de toyles ès hales de Paris* et autres nous ont fait exposer que eulx..... ont entencion et propos de creer, faire et ordonner une confrarie a l'onneur de Dieu et de la benoiste vierge Marie et en especial de *Sainte Venice* vierge, et pour ycelle faire et maintenir, eulx assembler, toutesfois que mestier sera, pour ledit fait et par especial chascun an, au jour de la feste de ladicte vierge Sainte Venice, en l'église parrochiale de Saint Eustace de Paris, en la chapelle faicte en ycelle en l'honneur de Saint Michiel l'Arcange, pour exercer pluseurs œuvres de charité et accroistre le service de Dieu.....
>
> Donné à Paris, ou mois de février, l'an de grace MCCCCIIIIxx et un (1382 n. s.) et le second de nostre regne.
>
> Arch. Nat. Reg. JJ 121, piece 117 bis.

Si les marchandes parisiennes honoraient ainsi sainte Venice, il est probable que la *Passion* Sainte-Geneviève a dû faire allusion à ce culte particulier, et que l'allusion a disparu pour une cause ou une autre dans la copie unique des environs de 1450 qui nous est parvenue. Mais l'allusion se retrouve dans la *Passion* de Semur, p. 146, v. 7232) :

VERONNA (id est saincte VERNICE).

Au marchié me covyent aler,	Et je n'ay guyere que despendre ;
Mon mesnaige est mis a point,	Ma toille y pourteray pour vendre,
Car le hault jour de Pasques vient,	Pour ung pou d'argent amasser.

---

1. Voir les extraits par M. P. Meyer dans les *Not. et Extr. des Ms. de la B. N.*, t. 33, 1re part. p. 74. — Lors passa cette sainte fame par devant lui (Jésus), qui portoit ce cuevrechief vendre au marchie, et quand ele vit nostre seignor Ihesucrist si malmener et si suer, si en ot deul et pitié, et li souvint de ce qu'il l'avoit garie ele temple de Jerusalem d'une fievre qui l'avoit tenue moult longuement ; si desvelopa cel cuevrechief et li tendi....» — On trouvera d'autres variantes de cette légende dans la *Vie de Jésus-Christ* de 1485 et dans la *Passion* d'Auvergne, p. 338, 365 de ce livre.

La suite nous indique que le poète bourguignon s'est borné à copier, avec des changements insignifiants, le texte antérieur.

Passion Sainte-Geneviève, p. 230.   *Passion de Semur*, p. 146.

DIEU

Famme que par cy voy passer,
Vueilliez .I. pou vers moy venir,
  e drap vouldroie .I. pou tenir,
Mon visage y vueil essuier.

VERONCE

Ce ne me doit pas ennuier,
Mais me doit abellir sans faille.
Tenez le drap, je le vous baille :
A mout bien emploié le tien.

DIEU

Véronce, bonne famme, tien,
Vecy ton drap, dy qu'il t'en sanble.

VERONCE

Beau très-doulz Sire, il resanble
Trestout proprement vostre face.
Regardez trestous la grant grâce,
La grant honneur, la seignorie
Que Jhésucrist, le filz Marie
Veult que je garde sa figure.
C'est cil qui de nul mal n'a cure ;
Vecy sa glorieuse ymage
De son très préciex visage.
Sire, moult bien le garderay,
Pour l'amour de vous l'ameray.

DEUS

Femme que par cy voy passer,
Veullez ung peu vers moy venir,
Ce drap me preste ung peu tenir,
Mon visage en tourcheray.

VERONNA

Sire, voluntiers le feray,
La toille te veul bien bailler,
Car je te voy cy travaillé,
Mont bien emploieré, la tien [1].

DEUS

Veronne, bonne femme, tien,
Reploie ta toille ensamble.

VERONNA

Beaul doulx sire, elle vous res-
                [samble;
Escripte y est vostre face,
Je vous en rendz honneur et grace.

Modo ostendat populo.

Bonnes gens, veez vous cy l'imaige
De son tresprecieulx visaige ?
Pour l'amour de ly l'ameray,
Il m'a baillié tresbelle amsaigne.

v. 7,254.

Il s'agit bien, comme on le voit, d'une copie, et, sans nous attarder à tous les rapprochements de détail qu'on pourrait multiplier, maintenant que l'essentiel est dit, nous croyons avoir démontré que la *Passion* de Semur est une imitation libre et amplifiée de la *Passion* Sainte-Geneviève.

---

1 Il est clair que la meilleure leçon est celle du Ms. Sainte-Geneviève, et que la leçon du copiste de Semur est altérée, mais comme cette *copie* donne à la rigueur un sens, je n'y ai rien changé. — Il est d'ailleurs facile de corriger :
    Mont (ou Mout) bien *emploiée* la tien.

La *Passion* de Semur n'est qu'un développement de la *Passion*
Sainte-Geneviève ; sur quoi donc a porté surtout ce développement et quelle est l'innovation principale ? Il n'est pas difficile de
voir que c'est le tableau de la crucifixion qui dans la *Passion*
Didot et même dans la *Passion* Sainte-Geneviève est si insignifiante, si rapidement indiquée qu'on peut se demander comment
au juste elle a été pratiquée, tandis qu'ici le dramaturge ne recule
plus devant aucun détail, même le plus atroce. Il n'est pas difficile
non plus d'établir que les idées des théologiens, des artistes, des
dramaturges et du public sur la crucifixion se sont complètement
modifiées du xiiie au xive siècle, sous l'influence de certains livres
à déterminer.

Et d'abord il est clair que les plus anciens auteurs du moyen-âge
se sont figuré le supplice du Christ, ainsi que ce supplice était pra-
tiqué chez les anciens. On commençait par dresser la croix, puis
on y clouait le condamné, ou bien il y montait et s'y adossait lui-
même, les pieds soutenus par un billot de bois à une faible distance du sol. C'est sous cet aspect que la crucifixion[1] est décrite
dans le traité attribué à saint Bernard[1], dans la Passion des Jongleurs[2] et dans les *Révélations*[3] de Sainte Brigitte de Suède, à la
fin du xive siècle. Les expressions de ces textes et d'autres ne laissent place à aucune équivoque. Au contraire, dans la *Passion* de
Semur, le Christ est cloué sur la croix couchée à terre. Les bourreaux tirent et disloquent ses membres pour les allonger et amener
les mains et les pieds jusqu'à la place des clous marqués d'avance.
D'où vient donc ce nouveau mode de supplice qui apparaît presque
en même temps dans les œuvres théologiques[4], plastiques et dra-

---

1. Patr. Migne, t. 182, p. 1135 : « Ipse videns me fuit in cruce elevatus et in ligno
durissimis clavis confixus ».

2. B. Nat. fr. 24,301, fol. 284 :

La crois au roi primes drecierent,	Isnel le pas ont Ihesu pris,
De ces sains dras le despoillerent,	Et en la croiz l'ont tot droit mis,
Entr'eux les partent li felon..	Par ces paumes fierent les clous.

3. *Rev.*, l. VII, ch. xv, encore conforme à la description de l'apocryphe de Bède.
De meditatione Passionis, P. Migne, t. 94, p. 566. Med horae VI: Deinde parata cruce
dicunt ei : « Ascende, Jesu, ascende » et de l'*Office de la Compassion* attribué à S.
Bonaventure.

4. En voici quelques exemples à peu près par ordre chronologique : Nic. de Lire,
Postilles in Psal., XXI, 18, p. 599. — Pierre Bercheur, *Repertorium*. Passio, t. I, p. 340.

matiques de toute l'Europe, dans les *York plays* [1] de 1415 comme dans la *Passion* de Semur et dans toutes les grandes Passions du xve siècle ? Ce changement et d'autres si frappants, surtout au théâtre, seraient-ils dûs uniquement à l'influence d'un apocryphe célèbre, les *Meditationes Vitae Christi*, si longtemps, mais à tort [2], attribuées à saint Bonaventure ? La *Passion* de Greban en particulier aurait-elle « pour source directe et constante lesdites Méditations, comme il résulte indubitablement de la comparaison des deux textes » ? Cela a été dit nettement [3], mais tout aussi nettement contredit par la *Romania* [4] : « Cette comparaison a donné à d'autres une impression toute contraire, et il a semblé que ni dans l'ordre des scènes, ni dans le choix des épisodes, ni dans la façon de les traiter, le mystère de Greban ne dépendait des *Meditationes*, que chacun des ouvrages avait beaucoup de choses en propre et qu'ils n'avaient en commun que ce qui remontait à des sources communes. » — Entre deux opinions aussi nettement opposées, peut-être y a-t-il place pour une solution intermédiaire motivée.

Tout d'abord si l'on se reporte au texte des *Meditationes* (chap. 78), on constate que l'auteur hésite entre les deux modes de crucifixion, qu'il décrit longuement le premier ou la croix dressée et enfoncée d'avance dans le sol, et passe rapidement sur le second. Comment donc aurait-il imposé une opinion dont il n'était pas certain et qu'il s'est contenté « d'indiquer d'un mot » en seconde ligne ? Cette opinion n'était donc pas la sienne, il tenait ou paraissait tenir pour l'autre, et c'est l'autre en effet que lui ont attribuée

— Jean de Venette, *Histoire des trois Maries*, B N. ms. fr. 12,468. . 76. — J. d'Outremeuse, *Chron.*, I, p. 412. — La *Passion* de 1398 et les deux *Passions* de Gerson — Christine de Pisan, t. III, p. 21-22, etc.

1. Ed. L. Smith, Oxford, 1885, 35e Play, p. 349-358 (ms. de 1430, texte antérieur).

2. Sur cette attribution inexacte, trop souvent reproduite, même de nos jours, voir l'étude sur les *Meditationes* dans l'édit. de saint Bonaventure, pp. les soins de Sixte V et reproduite par le chan. Peltier, Paris, Vivès, 1858, t. XII, p. XLI-XLIV.

3. Par M. Ed. Wechssler, *Die Romanischen Marienklagen*, Halle, Niemeyer, 1894. — Plus récemment M. Em. Mâle a publié dans la *Gazette des Beaux-Arts* de 1904 (de fevrier a mai) une étude qui exagère de même l'originalité et l'influence du pseudo-Bonaventure, mais qui contient des détails très intéressants sur les miniatures et les arts plastiques.

4. *Romania*, 1894, p. 490.

exclusivement les hommes d'autrefois qu'il convient sans aucun doute d'interroger sur ce point précis [1]. Mais inversement où le pseudo-Bonaventure hésite, un auteur plus ancien a déjà pris parti et décrit longuement la seconde forme du supplice.

A cet épisode près, cet auteur a d'ailleurs été copié par le pseudo-Bonaventure et lui a suggéré une grande partie de ses idées. C'est l'auteur inconnu d'un dialogue apocryphe où la Vierge est censée raconter à saint Anselme [2] la Passion et qui s'inspire lui-même, non seulement, comme on le sait, d'un traité célèbre attribué à saint Bernard [3], mais encore d'un apocryphe de Bède [4], beaucoup moins connu. Voilà donc déjà un point qu'il paraît possible de préciser. Ce ne sont pas les *Meditationes* qui ont imposé la crucifixion pratiquée dans les nouveaux mystères, c'est l'apocryphe de Saint Anselme, lequel n'a cessé d'être cité concurremment avec les *Meditationes* par la plupart des prédicateurs au moins jusqu'à la fin du xv⁰ siècle [5].

Non seulement le pseudo-Anselme a développé au long, sans hésitation, tous les détails nouveaux de la crucifixion qu'on voulait attribuer au seul Bonaventure, non seulement il se vante « d'avoir vu le premier ce qu'aucun Evangile n'a décrit », mais c'est lui encore qui a imaginé d'associer intimement la Vierge à toutes les souffrances de son fils, c'est lui en tout cas qui a répandu toutes les idées qui devaient trouver plus tard leur expression dans l'*Office* spécial *de la Compassion.*

La Vierge n'a pas voulu se séparer de son fils, elle a voulu le rejoindre à Jérusalem et elle a demandé l'hospitalité à sa sœur Salomé [6], la mère de saint Jean l'Evangéliste. C'est là que

---

1. Il suffira de citer l'érudit qui faisait jadis autorité (Jacobi Gretzeri, *De Sancta Cruce*, Ingolstadt, in-fol. 1656, lib. I, ch. 21, p. 73). Il attribue nettement la seconde opinion au pseudo-Bonaventure, et cite d'autres témoignages pour la première ou pour la croix dressée d'avance.

2. *Dialogus*, b. Mariae et Anselmi de Passione Domini (Patr. Migne, t. 159, p. 271-. 290.

3. *Liber* de Passione Christi, etc. (Patr. Migne, t. 182, p. 1133-1142. — Sur ce traité, ses diverses attributions et traductions françaises, voir le *Bulletin de la S. des Anciens textes français*, 1875, p. 61, et plus loin, p. 251 et 339 de ce livre.)

4. De *Meditatione* Passionis Christi, etc., Patr. Migne, t. 94, p. 561-568.

5. Même par les moins connus comme Guil. Pepin et Jean Clerée, *Passio*, sermo matutinus, II⁰ Pars, p. xL.

6. *Dialogus . b . Mariae et Anselmi*, p. 274.

tous les disciples éperdus viennent lui apprendre la trahison
de Judas et l'arrestation de Jésus maintenant livré à ses ennemis. Aussitôt elle court le retrouver avec Marie - Madeleine,
elle le suit chez Anne, chez Caïphe, chez Pilate, chez Hérode et de
nouveau chez Pilate, elle le voit lié à la colonne, flagellé, le front
ceint de cette couronne de joncs marins « aujourd'hui la propriété
du roi de France »[1]. Perdue dans la foule, la Vierge assiste de loin
à tous ces outrages, elle entend prononcer la condamnation et
prend avec les saintes Femmes le chemin du Calvaire. Comme la
foule l'empêche d'approcher, elle gagne sous la conduite de Marie-
Madeleine un chemin de traverse et vient attendre le cortège à
un carrefour, près d'une fontaine ; elle retrouve enfin son fils
affreusement défiguré. Déjà les bourreaux le dépouillent de ses
vêtements ; elle tombe à demi-morte. Quand elle revient à elle, elle
arrache le voile de sa tête et se précipite vers Jésus pour couvrir
sa nudité. Repoussée, elle s'obstine et s'attache aux pieds de la
croix qu'elle ne quitte plus ; son supplice se prolonge après celui
de son fils. Le coup de lance de Longin retentit dans son cœur ;
elle assiste, elle aide à la descente de croix, elle reçoit dans son
giron son enfant inanimé dont elle ne veut plus se séparer et
qu'elle rappelle en vain dans ses lamentations. Joseph d'Arimathie et Nicodemus sont obligés de le lui enlever pour l'ensevelir.
C'est à grand peine que saint Jean et les Saintes Femmes la ramènent à Jérusalem dans la nuit.

Nous sommes loin de cette Vierge silencieuse que les Evangiles
canoniques laissent à peine entrevoir debout au pied de la croix et
dominant sa douleur. Tous ces traits nouveaux, réprouvés plus
tard par une orthodoxie plus sévère[2], forment bien une Passion de
la Vierge parallèle à celle de son fils. Ils sont tous dans l'apocryphe de saint Anselme ; aucun n'a été inventé par le pseudo-Bonaventure qui s'est borné à les compléter et à les corriger sur quelques points. Ainsi dans les *Meditationes*, la Passion de la Vierge

---

1. Patr. Migne, t. 159, ch. vii, p. 280. — Ce détail suffit pour rejeter la composition
de l'apocryphe de saint Anselme après le règne de Saint-Louis et la Sainte Chapelle.

2. Voir la note de Baronius citée dans le *Dict. des Mystères* (col. Migne, p. 589, n.
233) et l'avertissement placé en tête de l'Office de la Compassion attribué à S. Bonaventure. — Cf. encore Grim. de Saint-Laurent, *Guide de l'Art chrétien*, t. I, p. 216.

commence plus tôt, elle commence lorsque Jésus fait ses adieux à
Notre Dame avant de partir pour Jérusalem et que celle-ci le supplie, mais en vain, d'éviter la mort. C'est là que la mère fait son
sacrifice, et l'idée de cette belle scène appartient bien aux *Meditationes* (ch. LXXII), mais la scène n'est pas achevée et devra subir de
nouveaux remaniments avant d'être imitée en France. Qu'à Jérusalem la Vierge descende non plus chez sa sœur, mais chez Marie-
Madeleine, la différence est insignifiante. Mais qu'au lieu de tous
les disciples saint Jean seul vienne annoncer tout ce qui s'est passé
depuis la Cène jusqu'au jugement de Pilate, la correction est heureuse ; elle amène une belle prière de la Vierge qui supplie Dieu
de lui conserver son fils et de sauver le genre humain par une
autre voie que la Passion (Ch. 75), elle permet de supprimer ou de
réduire en un seul récit une série trop longue de scènes pénibles.
La suite n'est plus guère modifiée, notamment la scène finale de la
« Pietà », mais d'une part le cadre des *Meditationes* a été agrandi
de manière à comprendre toute l'histoire de la Rédemption depuis
le procès de Justice et de Miséricorde jusqu'à l'Ascension, d'autre
part la forme même de l'exposition est modifiée. Ce n'est plus un
dialogue comme celui de saint Anselme, c'est une suite de méditations sur toute la vie de Jésus, analogues aux Méditations apocryphes de Bède, dont le nouvel auteur s'est également inspiré [1]. Ces
changements ne sont d'ailleurs pas l'essentiel. La partie principale des *Meditationes* est bien la Passion tirée de l'apocryphe de
saint Anselme, ou plutôt ces Méditations ne sont qu'une seconde
édition du Dialogue revue, augmentée et corrigée par un goût plus
délicat.

On conçoit maintenant qu'il soit malaisé de mesurer exactement
la part de tous ces apocryphes enchevêtrés dans le développement
de la Passion. Tous ces changements lentement élaborés dans les
livres sont entrés lentement dans les mystères. D'un côté le Dialogue si longtemps populaire de saint Anselme a propagé les idées
nouvelles sur la crucifixion et il a inspiré les *Meditationes* ; il a

---

1. Dans les *Meditationes* apocryphes de Bède (P. Migne, t. 94, p. 561) déjà citées,
la Passion est restreinte à 7 tableaux correspondant aux sept heures canoniques ;
le pseudo-Bonaventure a réparti ses Méditations sur les sept jours de la semaine,
mais c'est bien le même cadre amplifié.

donc influé tantôt directement, tantôt indirectement sur le théâtre.
D'autre part, si le rôle de la Vierge est devenu le meilleur du
théâtre religieux du moyen âge, comme on l'a souvent remarqué,
et s'il n'a cessé de croître en importance, c'est bien à cause des
Meditationes dont l'influence grandit pour ainsi dire d'un mystère à l'autre. La *Passion* de Semur nous en donne le premier
exemple connu, et c'est là un fait important.

Que l'auteur de cette *Passion* se soit souvenu des *Meditationes*,
le fait résulte d'une citation précise du Chapitre VII dans la scène
de la Nativité [1]. D'autres épisodes nouveaux attirent l'attention, la
rencontre de la Vierge avec Jésus sur le chemin du Calvaire [2], la
scène de Notre Dame de Pitié qui assiste jusqu'au bout à l'ensève-
lissement et qui est ramenée par les saintes Femmes à Jérusalem [3].
Est-ce encore là le souvenir des *Meditationes?* C'est possible,
mais ces développements manquent de détails précis, ils pourraient
venir tout aussi bien de l'apocryphe de saint Anselme, d'où vient
en effet la crucifixion [4].

Les souvenirs se précisent dans la *Passion* d'Arras. Si le supplice de la croix y est décrit avec de nouveaux détails d'après le
dialogue apocryphe précité [5], les emprunts aux *Méditations* sont
aussi plus nombreux et plus certains.

Dès la première journée, nombre de traits ou d'épisodes du livre
(Nativité [6], purification au temple [7], retour d'Egypte, et visite à
Elisabeth [8]) ont passé dans le mystère et y sont plus ou moins re-

---

1. *P.* de Semur, p. 5o, Joseph à genoux adore le nouveau-né, et la Vierge dit, v. 2546 :

Mon doulz filz, de vous que feray ge?   Ou couvrechief dessus ma teste,
En quoy vous envelopperai-ge ?   Et vous mectray vers ceste beste.

Même detail dans les *Médital.*, ch. vii : « Involvit eum in velo capitis sui et posuit
eum in praesepio ».

2, 3, 4. *P.* de Semur, p. 148, v. 7345. — p. 160, v. 8006. — p. 149, v. 7419 et suiv.

5. *Passion* d'Arras, éd J. M. Richard, p 187, v. 16,030 et suiv.

6. *P.* d'Arras, p. 23, v. 1991 : Marie à genoux devant l'enfant nouveau né, comme
dans les *Medit.*, ch. vii, mais addition de la légende des sages-femmes.

7. *P.* d'Arras, p. 51 a 53. — La cérémonie est littéralement calquée sur les *Medit.*,
ch. xi.

8. *P.* d'Arras, p. 66-67, v. 5710-5802. Souvenirs très précis des *Médit.*, ch. xiii, modifiés à la fin pour un seul détail. Dans les *Medit.*, la sainte famille au retour d'Egypte
trouve le petit Jean-Baptiste au désert et partage son repas de fruits sauvages ; dans
la *Passion* d'Arras, la Vierge apprend d'Elisabeth que Jean-Baptiste habite le désert.
Une légende plus ancienne (*R. des l. romanes*, 1886, p. 369), montre la sainte fa-

connaissables. L'imitation s'arrête à peu près complètement pour la vie publique de Jésus, elle reprend et s'accentue pour la *Passion* où le poète d'Arras n'a pas manqué de prendre le récit caractéristique de Saint Jean à la Vierge[1], et elle se continue par intervalles jusqu'à la fin, jusqu'au retour triomphal du Christ au Paradis. Somme toute le poète d'Arras a très souvent imité les *Meditationes* mais il n'en a pas encore tiré tout le parti possible, et nous ignorons s'il consulte le texte ou une traduction.

La question des emprunts se complique encore pour Greban. De même que l'auteur de la *Passion* de Semur a lu la *Passion* Sainte-Geneviève, ainsi Greban, le fait sera démontré plus loin, a lu la *Passion* du poète d'Arras ou de Mercadé. C'est donc auprès de lui qu'il a appris à imiter les *Meditationes* ; il profite de l'imitation de son devancier. D'autre part, il a multiplié ses emprunts, il a recueilli dans les *Meditationes* nombre de scènes ou de détails plus ou moins intéressants que ce devancier avait négligés[2]. Ces scènes elles-mêmes ou bien il se borne à les reprendre et à les résumer, ou bien au contraire il en modifie tellement les circonstances qu'elles sont transformées et qu'on ne saurait dire s'il a encore le texte sous les yeux. Ce ne sont plus des imitations, des souvenirs précis, mais des réminiscences[3] telles qu'elles abondent chez tous les prédicateurs contemporains qui avaient fini par connaître les *Meditationes* par cœur comme les Evangiles.

Ce n'est pas tout, et voici le fait le plus important. Parmi les

---

mille demeurant avec Elisabeth au château d'Urion pendant sept ans, et Jésus partageant les jeux du petit Jean-Baptiste. Cette légende a souvent inspiré les artistes italiens et autres.

1 P. d'Arras, p. 161, v. 13,812 à 13,918. — *Medit.*, ch. 75, fin.

2. En voici trois exemples précis : 1° *Medital.*, ch. 16. Jésus prenant congé de la Vierge avant d'aller au Jourdain, scène oubliée par la P. d'Arras, mais reprise par Greban, p. 134, v. 10,381 ; 2° Greban, p. 277, a imité non seulement le récit de St Jean déjà imité antérieurement par le poète d'Arras, mais encore, p. 278 v°, la prière de la Vierge qui suit et que ce prédécesseur avait négligée. Cf. *Meditationes*, ch. 75, fin ; 3° de même la *Passion* d'Arras nous montre St Jean conduisant la Vierge au Calvaire comme le *Medit.*, ch. 77, mais elle oublie le détail du chemin de traverse ou de la rue loraine : Greban le reprend p. 317, v. 24,218, mais substitue Joseph d'Arimathie à St Jean.

3. On donnera un exemple de ces réminiscences ou de ces imitations très éloignées du modèle dans la scène de l'apparition du Christ a sa mère (*Meditat*, ch. 87 ; *Greban*, p. 382). Voir p. 246 de ce livre.

nombreux ouvrages latins et français inspirés par les *Meditationes*, il en est un inédit dont il ne semble pas qu'on ait encore
signalé les sources et l'intérêt. C'est le récit de la Passion en français composé l'an 1398 pour la reine Isabeau de Bavière. L'auteur
français anonyme de cette compilation[1] a découpé dans les *Meditationes* ce qu'il y a de plus intéressant, c'est-à-dire la Passion
proprement dite depuis la résurrection du Lazare ; il en a recueilli
les scènes principales dans le même ordre, mais en les augmentant
de détails nouveaux tirés soit des Évangiles, soit des légendaires,
soit de son imagination. Ce livre très inégal, tantôt simple copie
ou traduction, tantôt transformation heureuse de l'original, est
encore tombé entre les mains de Greban. Il y a copié littéralement. comme on le verra plus loin, la scène la plus importante de
son drame, ou l'entrevue dernière de Notre-Dame et de son fils,
qui a déjà inspiré tant d'analyses littéraires, inutiles après celle
de Sainte-Beuve. Greban n'aurait pas connu la *Passion* française
de 1398 que cette scène serait peut-être restée dans son mystère ce
qu'elle est chez les Italiens qui l'ont prise directement dans les
Meditationes, et n'en ont tiré qu'un parti insignifiant ou
ridicule[2].

Si ces faits précis sont démontrés ou vont l'être, ne nous
donnent-ils pas la solution d'un problème complexe ? L'influence
contestée des *Meditationes* est certaine, puisque nous l'avons vu
grandir de mystère en mystère depuis la *Passion* de Semur, mais
cette influence n'est ni simple ni uniforme, elle s'exerce tantôt
directement, tantôt par divers intermédiaires, et cela aussi bien
au Midi qu'au Nord de la France. Les *Meditationes* ne sont donc
pas, comme on l'avait dit, la source directe et constante de la
Passion de Greban, pas plus que d'aucune autre Passion. Elles
sont une de ces sources auxquelles l'analyse en ajoute beaucoup
d'autres. De même que pour reconnaître ces *Meditationes* dans la
Passion de Semur, il a fallu d'abord éliminer les autres apports,
inversement pour les autres Passions, il conviendra d'indiquer
plus tard ce que la *Légende dorée*, la *Somme* de Saint Thomas

---

1. Sur cet ouvrage de 1398, voir plus loin, p. 252 de ce livre.

2 Voir par exemple les imitations directes de ce chap. 72 des *Meditationes* dans le
sermon de la *Passion* de Fra Paolo Roberto, Venise, 1483, p. 54, et dans la *Passion*
de Barelette citée p. 258, note 1 de ce livre.

d'Aquin, la *Glose ordinaire* et les *Postilles* de Nicolas de Lire ajoutent ou enlèvent aux dites *Méditations*. Mais il est établi dès à présent que c'est bien le traité apocryphe de Saint Bonaventure qui, avec le Dialogue apocryphe de saint Anselme, a renouvelé la Passion du moyen âge. Comme la pièce de Semur ouvre la série de ces renouvellements, il convenait de les réunir autour d'elle et de les montrer dans l'ensemble, quitte à préciser plus loin quelques détails. A ce point de vue comme à d'autres, cette pièce de Semur forme bien, comme on l'avait dit, la transition entre la *Passion* Sainte-Geneviève et les grands mystères du[1] xve siècle.

Si les scènes tragiques de la Passion se sont ainsi modifiées, l'élément grotesque se développe parallèlement, et la farce envahit le mystère avec le luxe des décors et des costumes. Sur tous ces points la *Passion* de Semur diffère encore des anciens drames et annonce les représentations tout à la fois somptueuses et grossières qui suivront. Ces changements sont d'autant plus faciles à noter qu'ils ont été successifs et qu'ils ont suivi les divers remaniements de la pièce.

Sur la vaste scène en plein air évoluaient plus de deux cents acteurs ou entreparleurs, sans compter les chœurs et les figurants muets. Le démon Orgueil[1] paradait à cheval et dame Oyseuse[2] s'était échappée du Roman de la Rose pour ouvrir le bal avec les diables ses bons amis. La mise en scène est tantôt d'une simplicité archaïque, tantôt d'une ingéniosité raffinée. Ici pour accompagner la voix caverneuse d'Abel qui crie vengeance du fond de l'abîme, un souffleur trépigne « au fond d'un muid » ou d'un tonneau[3]. Dieu sur le Sinaï entre dans une maisonnette « imbibée d'eau-de-vie », y met le feu, et fait rouler sa voix au son de la trompette[4]. Mais ailleurs « la voix de Dieu » est exprimée plus artistement par un trio dans les formes, un chant à trois voix pour mieux « signifier la Trinité » absolument comme dans la *Passion* de J. Michel[5].

1. *Passion* de Semur, p. 7, v. 255. — C'est ainsi qu'il est anciennement représenté dans les peintures des Vices personnifiés.

2. Ibid., p. 8, v. 275. — On trouve *Oysance* dans la très ancienne moralite (ou mystere) de Bien Advisé et Mal Advisé.

3 et 4. Ibid., p. 18, v. 845 et p. 28, v. 1390.

5. Ibid., p. 73, v. 3614 : A Deo patre cantetur. — Cf. la P. de Jean Michel (B. N.,

h

La Descente aux Limbes et le triomphe du Christ sont représentés avec une variété de chants et de jeux de scène[1] qui ne
seront pas dépassés dans la *Résurrection* d'Angers, la pièce la plus
complète que nous ayons sur ce sujet. Quelques chœurs de la
pièce ont dû être chantés par des enfants et des jeunes filles[2],
mais tous les rôles, même les rôles féminins. étaient encore tenus
suivant l'usage par des hommes. Le manuscrit nous a même conservé le nom réel d'une de ces robustes actrices : Marlier, *Mater
Ceci*, la Mère de l'Aveugle-Né (p. 95, v. 4624).

De même que les mystères Sainte-Geneviève la *Passion* de
Semur contient un grand nombre d'hymnes d'église en latin qui
étaient accompagnés par des ménétriers. Les portées de musique
sont même tracées dans le manuscrit, mais les notes manquent.
Aux hymnes latins sont venus s'ajouter des cantiques français, des
chansons très profanes[3]. et même pour la symétrie, des chants
de la Synagogue[4] qui ne devaient pas peu égayer un public facile.
Cet hébreu grotesque ressemble au turc de Molière et au « sar-
rasinois » de certains mystères ; il n'a offert aucun sens suivi aux
hébraïsants consultés, mais il ne semble pourtant pas entièrement
de fantaisie. Pour aider à l'illusion[5], le compositeur a ajouté de ci

---

réserve, Y 13, fol. 6, dans la même scène du baptème du Jourdain : « Et il est à noter
que la loquence de Dieu le Pere se doit prononcer entendiblement et bien a traict en
trois voix, c'est à sçavoir un hault dessus, une haulte contre, et une basse contre bien
accordées ».

1. *P.* de Semur, p. 173, v. 8742.

2. Ibid., p. 49, v. 2485 ; p. 113, v. 5567.

3. Tous ces chants sont indiqués au glossaire, p. 203 204.

4 Dans les cas analogues le Mystère de la *Vengeance* dit simplement : « Nota que
les Juifs se doivent assembler tous et... et commencent les prestres une chanterie de
ululacion en voix que on n'entende point »

5. Autant qu'on en peut juger, l'hébreu des chants indiqués au *Glossaire*, p. 204,
comprend différentes espèces de mots :

1° et c'est la majorité, des noms propres bibliques faciles à reconnaître. *Abraham*
(v. 2395), *Aser* (v. 5854) etc , et d'autres plus rares comme *Samua* (v. 5849, *Reg.* II, 5,
14), *Raguel* (v. 2398, 3261), qui est devenu un ange depuis le livre apocryphe d'Enoch,
chap xx ; (il figure egalement comme tel ici, vers 3335, et dans les Mystères Rouergats)
et le dieu *Cebiel* (v. 5855) ou plutôt *Cerciel*, le génie de David d'après les Kabbalistes.

2° des noms propres burlesques tels que *Grumataigne* (v. 5901) qui paraît une
simple déformation de *Grumaton*, la femme au grand menton employée dans le
même mystère (v. 5885 et (v. 7227).

3° quelques noms communs, mais, à part la lettre *vau* (v. 3134) et le mot *bacut*
(vers 3134), pleur, tous plus ou moins altérés. Exemples : *borim* (v. 3134) $=$ *borith*?

de là, au milieu de noms propres bibliques ou hébraïques et de vocables burlesques, quelques bribes d'hébreu réel plus ou moins défiguré par lui ou par le copiste, et probablement par les deux successivement.

Est-il besoin d'ajouter que tous les rôles comiques, les bergeries, les diableries, les scènes de soudards maintes fois remaniées, sont d'une grossièreté qui ne laisse plus grand'chose à désirer? Qu'on interroge plutôt (p. 178) les intermèdes de la *Résurrection !* La prose sainte du *Victimae Paschali* (p. 182), a reçu un étrange accompagnement. Les plaisanteries immondes des chevaliers descendus à l'auberge du Léopard[1] semblent sorties de l'imagination dévergondée de quelque joueur de farce, et il n'est pas certain qu'elles n'en soient pas sorties, en effet : cela s'est vu quelquefois. En 1418, les comptes de Philippe le Bon mentionnent à Troyes une représentation inconnue de la Résurrection. La pièce perdue était le fruit de la collaboration du chapelain du duc de Bourgogne, et de son valet de chambre, Fatras, un ex-farceur[2] qui dut servir un plat de son ancien métier. Etait-ce un de ces farceurs qui a revu et complété la pièce de Semur? C'était en tout cas un homme instruit? Le nom savant de Ganimedes[3] qu'il donne au malicieux petit garçon chargé de guider l'aveugle Longin, suffit à le prouver.

De tous ces rôles bouffons, le plus important est celui du *Ras-*

plante, *Hierem,* Vulg. II. 22; *mahol* (v. 3133) = *me'ôl,* beaucoup; *gerron* (v. 5869) = *garôn, gerôn,* gosier? — ; *gazaram* (v. 7869) = *gazâr,* couper? etc.

Tout cela n'a paru donner aucun sens suivi pas plus que le prétendu sarrazinois usité dans un certain nombre de mysteres.

1. *P.* de Semur, p. 166, v. 8,360 — Enseigne commune. Exemple dans les Reg. de l'échevinage d'Amiens, CCII, fol. 128, p. 47 « La taverne des vers Luppars (en 1402) ».

2. Archives Nation., KK 32, fol. 24 r°. Dons : Le Roy (Charles VI), pour argent donné a *Fatras* et à ses compaignons, joueurs de farces, pour ce qu'ils avoient joué devant luy lundy, xxvii° jour de février (1409) Le Roy a Saint-Pol.

Fatras a dû passer ensuite au service des ducs de Bourgogne. Cf. la Barre, *Mémoires* et Compte de Pierre Goremont, p 93, et B. N. Coll. de Bourgogne, t. CIV, fol. 194-208. Maistre Jehan Bonne, chapelain, et Jehan Fatras, varlet de chambre de Mgr le duc de Bourgogne, firent jouer et monstrer en la présence de la royne et de mondit seigneur de Bourgogne, le Mystère de la Résurrection Nostre Seigneur, à la feste de Pasques, darrenierement passée en la ville de Troyes XCCCCXVIII (1418)

3 Une des plus anciennes mentions de ce nom se trouve dans les *Règles de la Seconde Rhétorique* (avant 1432) édit. Langlois, p. 65 : « Ganimedes fu un enfant moult sage et estoit de Inde ».

ticus ou du Paysan qui défie le plus souvent toute citation.
« Ce faux villain enragiez », ce « diable d'homme [1] », comme dit sa
femme, a toujours le gros mot pour rire.

En dépit de ses grossièretés, ce rôle de Rusticus [2] n'en est pas
moins très intéressant, parce qu'il est de beaucoup le plus complet
de tous ceux qui nous sont parvenus, et que les auteurs qui l'ont
revisé à diverses reprises se sont donné la peine de le relier étroitement à l'action, ce qui est encore une singularité. Deux exemples lisibles nous permettront d'en juger et nous montreront en
même temps quelle érudition supposent souvent ces bourdes
grossières.

Ouvrons en effet le *Ci nous dit* ou la compilation d'histoires
pieuses composées avant 1364 [3], peut-être pour la reine Jeanne
d'Evreux, et qui resta populaire jusqu'aux premières années du
xvie siècle. Noé a planté ses vignes. Celle qu'il a plantée « de nuit
à la clarté de la lune, pour la froideur de la nuit » donne du vin
blanc ; celle qu'il a plantée de jour, aux chauds rayons du soleil,
donne du vin rouge, et le patriarche ne sait auquel donner la préférence ; il les préfère tous les deux, si bien que le texte poursuit
ainsi :

« *Cy nous dist* quant Noé ot planté celle vingne et il en ot beu du vin,
il fu yvre et un sien filz Chaym (*sic*) se prist a rire comme il le vit des-

---

1. Deux vers très obscurs font allusion à son caractère diabolique.

a　　　　Quant vilain naist, diables beurgent (bougent) (v. 3376, p. 68).

vers qui paraît l'écho des croyances populaires sur la tempête excitée par les diables
à la naissance des vilains. Cf. *Romania*, 1883, p. 18, le *Dit sur les Vilains* (xive s.) de
Matazone de Calignano. « A la naissance du vilain le vent et la tempête vinrent à
grand fracas, la pluie et l'eau suivirent aussitôt. Ce fut annoncement de la vie qu'il
devoit mener ». — Ce passage semble plus se rapprocher du vers cité que le proverbe donné par Littré : « Quand il dort, le diable le berce » et absolument « le diable
le berce » se dit d'un homme inquiet et agité (t. I, p. 330).

b Le second vers est encore plus obscur :

Escoutés le diable d'Aroffle (v. 3371).

Dans le *Jugement de Dieu* de Besançou un des rois s'appelle *Aroufflart* (p. 68) et un
diable Roufflart figure dans le *Jugement de Dieu* de Modane (xvie s.). C'est d'après
ces noms propres que l'on a fait de Aroffle un nom de pays. Peut-être eut-il mieux
valu conserver l'orthographe du manuscrit (daroffle), et y voir un *mot* inconnu : daroffler
= ronfler, gronder, tempêter

2. Sur les rôles de Rusticus, voir l'éd. du *Mistère de Saint-Adrien*, p. p. Em. Picot,
1895, p. xii-xiii.

3. *Romania*, 1887, p. 567, signalé par M. P. Meyer.

couvert, et Sem son autre filz le couvri debonnairement. Lors s'esveilla
Noel et loua son filz qui l'avoit couvert et li dist qu'il estoit gentilz de
cuer et que de li istroit nobile lignie, et il dist verité quar de sa lignie
fu né le debonnaire Ihesucrist, et l'autre blasma et reprist et dist que de
lui istroit pesme et vilaine generacion. Et de sa lignie issi la bonne
Cananée dont l'Evangile parle c'est à entendre que aucune fois issent
bien li mauvais des bons et li bon des mauvais, Quant Noé se fu levé de
dormir, si fist faire unes braies. Cy poons nous dire que braiest et gen-
tillesce furent trouvées tout ensemble [1] ».

Cette singulière origine des braies, de la noblesse et par suite des
trois ordres de l'état devint rapidement populaire, car on la retrouve
plus ou moins développée ou altérée dans diverses compilations [2].
Elle reparaît sous une forme assez différente dans une *Bible
en* abrégé dont le manuscrit est du commencement du xve
siècle.

« Quant Noé fu esveillé et ouy comment son filz Cam luy avoit fait
par ses deux autres freres qui lui avoient racompté..... il en fut durement courroucé contre lui. Adont lui manda Noé non mye en sa personne, mais en la personne de son filz, et dist « Maudit soit Chanaan ton
filz, que il soit en servitude et serf de ses freres. Benoit soient devant
Nostre Seigneur Sem et Japhet, et Cam soit serf et subgect à eulx.
Dieu face grant et puissant Japhet et demourisse avecque son frere.
Et Cam soit serf a luy........ [3] ».

Que l'on se reporte aux vers 1149 de la *Passion* de Semur
(p. 23) :

A Chanaam soit donnee diffame !	Chanaan plain de villenie
Sem et Jafet, Dieu vous benye !	Soit vostre serfz, car je l'ordonne.

Il est clair que l'auteur de ces vers a eu entre les mains une
Bible en abrégé analogue à celle que l'on a citée, peut-être la
même, et que, peu soucieux des généalogies, il n'a pas hésité à

---

1. Bib. Nat. ms. fr. 425, f. 32 r°, col. 2.
2. Notamment dans la *Vie de Iesu Crist de 1485* (p. xiii r° : Comment noblesse
vint) qui sera résumée p. 328 de ce livre, dans la *Mer des Histoires*, p. p. Galiot-
Dupré. La source première doit être l'*Histoire scolastique*, cap. xxxvi, Patr. Migne,
t. 198, p. 1087.
3. B. de l'Arsenal, ms. 2036, Histoires de la Bible, fol 7 r°.

confondre le père et le fils, Cham et Chanaan. Aussitôt dépossédé
de sa noblesse, Chanaan revêt un habit de paysan ou de *Rusticus*, et il prouve sur-le-champ sa rusticité en battant comme
plâtre sa femme, sa fille et son fils qui lui donneront la réplique
jusqu'à la fin de la pièce.

Nous les retrouverons tous un peu plus loin, lorsque les apôtres
Jean et Simon viennent chercher l'ânesse qui doit porter Jésus-
Christ à Jérusalem. Dans le premier état du texte, cette ânesse
était « commungne (v. 5512, p. 112) », suivant les explications de
Pierre le Mangeur [1] reproduites par l'auteur du *Ci nous dit* et par
Nicolas de Lire, c'est-à-dire qu'elle était à la disposition du public,
et que son gardien la cédait sans difficulté à la première réquisi-
tion. Dans le texte amplifié qui nous est parvenu, les propriétaires
de la bête, mari, femme, fils et fille, la disputent aux apôtres, et
cette « ânerie » se prolonge pendant une quarantaine de vers, à la
satisfaction probable du public, mais au détriment certain de la
rime qui est fausse, et qui permet de délimiter exactement les additions [2]. Au reste le réviseur et ses aides ne se mettent pas toujours
en peine d'accorder leurs flûtes. Le Rusticus ou l'ancien Chanaan
s'appelle plus loin Burom (vers 5542) ; sa femme Blancheflour
(vers 2263) est nommée ailleurs Frappenaige (vers 9045). Tous ces
changements indiquent bien que les rôles comiques ont dû être
remaniés et amplifiés autant et plus que les parties sérieuses de la
pièce.

C'est surtout dans ces rôles comiques que l'on trouverait de ci de
là des noms historiques ou légendaires, tels que Pierre du Cuignet [3],

---

1. *Hist. scolast* , in Evang. cap. cxvii, col. 1598 : « Asina haec dicitur fuisse com-
munis pauperibus, qui propria jumenta non habebant. Cumque quis in ea operatus
fuerat, pabulum dabat ei et pullo etc. » — Item. *Ci nous dit*, B. N., fr. 425, fol. 10 v°. —
N. de Lire, *Postilles*, in *Matth.*, XXI, 2, p. 343.

2. Le vers 5520 : « Ramenés la quant vous pourres » ne rime pas avec le suivant
« darnerie » et il est répété à peu près tel quel dans le vers 5556, p. 113.

3. *P. de Semur*, p. 92, v 4483.

« On connaît la singulière vengeance exercée par le clergé contre l'avocat général
Pierre de Cugnières qui sous Philippe de Valois avait défendu l'autorité royale contre
ses entreprises. Parodiant son nom et sa figure, il fit placer dans plusieurs églises
notamment à Paris, à Sens, etc , une petite statue grotesque à laquelle on donnait
le sobriquet de *Pierre du Coignet*, et qui servait à éteindre les cierges ». *Rabelais*
Livre IV, anc. Prologue, p. 28. éd. Burgaud des Marets et Rathery.

l'Amorath Bacquin ou le Grand Turc [1], Jobridam, le roy d'Esnaye [2], ou Jobelin bridé, digne parent des géants de Rabelais,
Jobridam

> Quil mectoit bien soulx sa narrie,
> Quand il pleut, cent hommes en l'onbre. (v. 3326, p. 67.)

L'une de ces allusions mérite même plus d'attention, parce
qu'elle semble indiquer la persistance en Bourgogne d'un usage
fort curieux. Dans le *Jeu de Robin et de Marion* [3], un des bergers,
Gautier, qui veut amuser ses compagnons, leur dit :

> Je sai trop bien canter de geste.
> Me volés vous oïr canter ?

et il cite un vers du roman ordurier d'Audigier, roman resté si
populaire qu'au xvᵉ siècle il inspirait encore une farce, laquelle,
pour avoir été représentée une cinquantaine de fois dans la même
ville, n'en paraît pas moins perdue. Le titre même et les représentations n'étaient pas signalés [4]. Le *Rusticus* de la *Passion* de
Semur a des plaisanteries du même goût : lui aussi veut chanter,
comme les jongleurs, les loyales amours d'Erembour qui finit par

---

1. *P* de Semur, p 147, v. 7291 :

> « Vous tuerés l'amorat Bacquin ».

L'expression est employée dans le même sens proverbial et comique en 1441 dans
un passage de la *Chronique de Charles VII*, par Jean Chartier (cité par M. Em. Picot,
Recueil général des Sotties, 1902, t I, p. 95).

> De grant languige trop avez...
> Et semble toujours que devez
> Combatre l'amoral Baquin.

Dès 1402, il y avait déjà une taverne de l'Amoural bacquin à Amiens, Reg. de
l'Echevinage, CCII, fol. 128 (p. 47).

2. Ce royaume d'Esnaye ou d'Esnoye n'est probablement pas autre chose que le
pays des grands nez.

3. Edit. E. Langlois, p. 120.

4. Les représentations de cette farce grossière qui avaient lieu d'ordinaire le jour
de Karesmel ou de Carnaval, se succèdent presque sans interruption depuis 1450.
La dernière est de 1545. Reg. de l'échevinage CC 143 fol. 104 vᵃ (p. 477). Ce qui prouve
qu'on n'y voyait pas malice, ce sont les deux mentions suivantes qui se succèdent
presque sans transition.

Année 1491, Reg. CC, 69, fol. 123 (p. 331) Le IIIIᵉ jour du dit mois de février à frère
Olivier Malart, cordelier de l'Observance. — Fol. 124. 15 février. Le dit jour 15 février
à ceulx qui jouerrent devant mesdis sieurs le jeu d'Odengier.

épouser son fidèle Tourtereau ou Turturus[1], et que Villon n'a pas
oubliée. Il chante donc, *cantat* :

> « Dame Erambour, dame Erambour,
> Quant vous fustes a vos nopces,
> On vous fist du cul tabour. »
> — Ai ge chanté de bonne geste? (v. 9052, p. 179).

Pour qu'une allusion soit comprise, il faut évidemment qu'elle
se rapporte à des personnages et à des usages connus. Si nous
étions dans le Nord de la France, nous trouverions sans peine,
même dans les grandes villes et à des dates très avancées, des jongleurs ou des « chanteurs de place »; leurs chants étaient si goûtés
qu'on faisait cercle ou même cohue autour d'eux[2]. Mais jusqu'ici
on n'a pas signalé de faits de ce genre en Bourgogne. On ne voit
nulle part que les jongleurs[3] ou ménétriers qui s'en allaient comme

---

1. Cf. Eustache Deschamps, t. I, p. 192 :

> Je puis assez comparer no labour
> A *Turturus* qui tous temps traveilla,
> .XXXVIII. ans servit dame *Erambour*
> Et pour son fait mainte griel nuit veilla.

« Ne doit-on pas identifier ce personnage avec l'Haremburges dont parle Villon,
qui tint le Maine, et était fille du comte Hélie de la Flèche ? » — Cette conjecture de
M. G. Raynaud paraît préférable à celle de la *Romania* (1901, p. 352), qui suppose que
Villon a tiré directement le nom d'Haremburges des *Gesta pontificum cenomannen-
sium* La nouvelle allusion de la *Passion* de Semur prouve que le nom et la légende
étaient populaires partout.

2. Exemple. Amiens, BB, 10, fol. 90 (Ip. 192, col. 2) Echev. du 26 mars 1466. « Messeigneurs ont accordé au chanteur en place qu'il chante ou prayel de le Malemaison ou au
Marché, se bon luy semble, et ne chantera plus en la hale, pour ce que par cy
devant on luy a souffert chanter, la hale en est mout empiree, et en ont esté les
estaux rompus et despechiez ».

Cette longue popularité des chants de geste dans le Nord de la France explique
qu'on ait tiré de ces chansons des moralités historiques, perdues comme celle-ci qui
ne paraît pas avoir été signalée :

« Aulcuns compaignons de Valenchiennes venus en Tournay, tendirent un drap
point de l'histoire de *Ourson de Beauvais* u l'ostiel du Cerf sur le grand marchiet et
del apres disner, remonstrerent ycelle istoire par personnages, quy fut le premier
jeu de parture veu en ladite ville depuis le entree de la guerre (J. Nicolay, *Kalendrier
des guerres de Tournay*, 9 août 1478).

3. *Rien* ne le prouve en tout cas pour tous les jongleurs mentionnés dans les
comptes des ducs de Bourgogne du xive siècle cités par Léon Gautier. Ce sont tous
des joueurs d'instrument.

partout faire danser les gens de la noce au son du tambour ou
d'autres instruments, aient encore « chanté de geste » dans les intermèdes. Et pourtant là aussi l'usage des « chants de geste » ou
des complaintes historiques a dû persister au moins jusque vers
1450, puisque l'allusion précitée était tirée d'un rôle de *Rusticus*,
et que, d'après tous les exemples actuellement connus, ces rôles
n'ont pas été introduits dans les mystères français avant le milieu
du xvᵉ siècle. Le *Rusticus* de la *Passion* de Semur ne paraît guère
antérieur.

Si le texte de la *Passion* de Semur a subi tant d'additions et de
retouches, et s'il ne contient aucune allusion historique précise, on
ne peut guère le dater avec précision. Mais d'autre part tous ces
remaniments ont laissé des traces dans la langue et la versification
très irrégulière de notre mystère. C'est donc à elles qu'on est réduit, faute de mieux, à demander quelques indications chronologiques plus ou moins assurées.

La première chose qui frappe dans ce texte c'est l'extrême irrégularité de la versification. Sans doute les auteurs connaissent la
règle d'usage au théâtre ; la continuité de l'action se marque par
l'enchaînement des rimes, non seulement de réplique à réplique,
mais de scène à scène. Néanmoins cette règle est plusieurs fois
violée par suite des remaniements successifs de la pièce [1]. D'autre
part, un assez grand nombre de vers restent isolés, sans rimes [2] ;
inversement il arrive que trois, quatre, cinq, six vers consécutifs
riment ensemble [3]. Ces accidents, relevés dans les notes du texte,
sont beaucoup trop nombreux pour qu'on les attribue tous aux
remanieurs ou au copiste.

Les rimes mêmes, sauf dans un morceau à effet, le monologue
de Madeleine (p. 98, v. 4812-4871), sont très souvent négligées. Si
quelques-unes de ces négligences ne sont qu'apparentes et s'expliquent par la prononciation provinciale [4], on trouve un grand nom-

---

1. Exemples : 196-197 ; 217-220 ; 1238-1241 ; 2394-2399 ; 4277-4278, etc.

2. Ex : 195, 329, 353, 948, 1695. 2806, 2912, 2998, 4207, 7366, etc.

3. Ex : 1286-1290 ; 1726-29 ; 1744-46 ; 1786-92 ; 2599-2601 ; 2066-2068 ; 3616-3618 ; 3994-96, etc.
etc.

4 En voici trois exemples dans les rimes : *jaint* ou plutôt *joint-point* 5585. Cf.
Dictionnaire français-bourguignon de J. Durandeau aux mots *faindre, joindre* ; —
l'eaute ou *l'eaue* ― *larme* 1321, prononcez *lorme* (*Dict. franç-bourg.*), à côté de la

i

bre de mots franchement estropiés pour les besoins de cette rime[1], ou bien de simples assonances[2]. Ces faits nous indiquent que la versification du texte primitif lui-même était peu soignée.

Irrégulière quant aux rimes, cette versification ne l'est pas moins quant à la mesure des vers, et sur ce point encore prêterait à de nombreuses remarques que l'on peut simplifier.

La valeur syllabique d'un grand nombre de mots (*diable*, *eau*, *esprit*, *vrai*, etc.), varie souvent à de courts intervalles.

L'*e* atone protonique est encore souvent maintenu[3] dans les mots, les participes (*veü*, *vehu*) et les formes verbales (*ve oir*, *ve oie*, etc.).

L'*e* atone final (ou suivi d's ou de *nt*) qui suit immédiatement la voyelle accentuée se prononce encore le plus souvent en syllabe[4], mais les exemples contraires sont déjà très nombreux[5].

Même irrégularité pour l'hiatus et l'élision. A côté des élisions féminines régulières, inutiles à relever, on trouve des exceptions si nombreuses qu'elles constituent presque une règle, celle du bon plaisir. Il est clair que les auteurs élident ou n'élident pas à volonté l'*e* final des polysyllabes devant un mot commençant par une voyelle[6]. Les exemples de cette licence abondent au xve siècle[7],

rime *enfermes-larmes*, 4964 prononcez *lairmes*, *lermes* (Gloss. du Morvan, par E. de Chambure). — *soiche*, prononcez *sonéche* ou *sèche* (mêmes dictionnaires) = *bouche*, v. 1046, à côté des rimes communes, *bouche-touche*, 622, etc

1. Exemples : *abel* pour (abelit) *Abel*, 827 ; *sains-tuins* (tués), 9141 : *apostumes-tume* (tuérent), 1533 ; *joiaulx-meaulx* (mieux) 9059 ; *briefment-ment* (ment), 8874 ; *Lamech-criamé* (crie) 5872, etc.

2. Exemples : *tacre-enraige*, 424 ; *hinne-mye*, 5540 ; *disciples-simples*, 5301 ; *giete-Egypte*, 3337 ; *tenebres-Ebriefz*, 4381 ; *coc* (coq)*-folx*, 6207 ; *angoisse brosse*, 3385, etc.

3. Pour les proportions, voir par exemple le mot *veoir* au Glossaire.

4. Exemples :

> Je *t'avot-e* fait par mon signe, v. 351.
> En femme me transmu-*eray*. 560.
> Qu'il *estoi-es* cy bel formé, 378.
> Nulz ne se *fu-yent*, je vous pry, 314.
> A ceulx quil *sté-ent* en tenebres. 4380, etc.

5. Exemples :

> Que je *morroie* dans la journée, 623.
> Et que tu *mectroies* hautement. 384.
> Par ta guorge ne *peuent* passer. 2798, etc., etc.

6. Exemple :

> Je suis *digne* et par droicture. v. 226, 461, etc.

7. Fait déjà noté dans la *Romania*, 1898, p. 594.

mais on peut noter en particulier qu'il s'en trouve beaucoup
dans le recueil de poésies composé par le bailli d'Auxerre, Jehan
Regnier, de 1433 à 1460, et imprimé seulement en 1526 sous le
titre de : *Les fortunes et adversitez.*

Les remarques précédentes s'appliquent naturellement à toutes
les espèces de vers employées dans la *Passion* de Semur, qui se
décomposent ainsi :

La *Passion* de Semur est écrite pour la plus grande partie en
vers de huit syllabes, presque toujours à rimes plates, très rarement à rimes croisées (5580-5597 ; 6229-6232 ; 8506-8531 ; 8881-8894),
ou entrelacées (4821-4862).

En dehors de ce rythme, on trouve des vers de diverses mesures,
diversement combinés et dont la variété indique pour ainsi dire
les étapes ou les refontes successives du texte.

Les vers de quatre syllabes apparaissent par intervalles à la fin·
des tirades en octosyllabes.

On trouve aussi des tercets monorimes composés de deux vers
de 8 syll. alternant avec un vers de 4 syll. (4674-4770 ; 7866-7872), et
des couplets de 2 décasyll. suivis d'un vers de 4 syll. (5485-5508).

Enfin les vers de 4 syllabes reparaissent encore mêlés aux vers
de 8 et de 10 syllabes dans des combinaisons très irrégulières(7784-
7797), ou bien ils forment des groupes isolés, détachés (7879-7891),
au milieu du dialogue en octosyllabes.

Les vers de 6 syllabes forment des groupes analogues (2295-
2299 ; 5075-5079 ; 6941-6947 ; 7374-7385), ainsi que les décasyllabes
(6645-6662).

Les vers de 12 syllabes sont très rarement associés soit, comme
on l'a vu, aux vers de 4 syllabes, soit aux vers de 8 syllabes (3305-
3315).

Le plus souvent ils sont employés seuls dans les tirades solen-
nelles, comme dans les discours de Dieu et de ses Filles, Espérance
et Charité (197-217 ; 2013-2036 ; 1726-1791), dans les proclamations
de l'empereur ou de ses représentants; (2190-2214 ; 2286-2295 ;
2900-2910 ; 30002-3010 ; 7077-7085). Le même mètre est employé
dans le sermon de la seconde journée (4297-4376), tandis que le
premier sermon (1-196) était en vers libres de toute mesure. Enfin
sainte Eglise débite également un long monologue en alexandrins,
divisé en quatrains monorimes (2840-2899). ·

On peut signaler encore quelques morceaux en vers libres tout
à fait irréguliers (4479-4492; 7194-7202 ; 9049-9051).

Telles sont les ressources assez pauvres de cette versification.
Au point de vue chronologique, les faits les plus instructifs sont :

1° L'absence complète de rondeaux ou triolets.

2° L'emploi fréquent de l'alexandrin, extrêmement rare dans le
théâtre du moyen âge, et qui n'y apparaît guère avant l'*Histoire de
la Destruction de Troye* par Jacques Millet vers 1450. On peut en
effet négliger le court monologue en alexandrins du *Théophile* de
Rutebuef.

3° Enfin, suivant la remarque de M. Sepet, « il convient de noter
comme une particularité importante pour déterminer l'âge de ce
texte, la présence à plusieurs endroits du petit vers de quatre syllabes venant pour ainsi dire accentuer la fin d'une tirade ou d'une
réplique en vers de huit syllabes [1] ». Cette assertion serait des
plus favorables à notre thèse, et ce trait serait en effet fort important s'il suffisait pour faire remonter ce « texte aux dernières
années du xive siècle pour le moins » ; mais le permet-il? C'est touté
la question, une question de fait qui, pour ce mystère et pour d'autres, demande quelques éclaircissements.

Le petit vers final de quatre syllabes est la règle [2] dans la collection des *Miracles de Notre-Dame* que l'on peut suivre, nous
l'avons vu, jusqu'aux environs de 1391. Il a déjà presque complètement disparu dans l'*Histoire de Griselidis* [3] (dont le manuscrit
est daté de 1395), et il ne s'y rencontre plus que trois fois sur 2608
vers. Ces deux textes approximativement datés (et les textes datés
sont les seuls qui puissent ici compter), établissent en effet que ce
procédé de versification a été employé dans la seconde moitié du
xive siècle, mais rien de plus. Car d'une part il n'apparaît pas une
seule fois dans le mystère du *Jour du Jugement* de Besançon [4] et

1. *Orig. cath. du théâtre moderne*, 1901, *l. c.* p. 290-291.
2. Sauf dans le premier Miracle, soit 1 sur 40.
3. Edit. H. Grœneveld, Marburg, 1888.
4. Il n'apparaît pas non plus dans les *Miracles du Mont-Saint-Michel* que leur
éditeur, M. E. Robillard de Beaurepaire, Avranches, Anfray, 1875 (B. N. *Ye*, 27,889)
intitule « fragment d'un mystère du xive s. », mais qui peuvent être tout aussi bien
du milieu du xve siècle comme le manuscrit. On le laissera donc de côté ainsi
que le « fragment d'un mystère du xive s. (?) » conservé sur la couverture d'un

d'autre part, il paraît s'être conservé bien avant dans le siècle suivant. Nous avons en effet conservé deux versions d'un mystère bien connu de Saint Crespin et Saint Crespinien, la première de 1443, manuscrite, (actuellement au Musée de Chantilly (N° 619), la seconde de 1458, imprimée en 1836. Cette seconde version est augmentée surtout dans la première partie de nombreuses tirades exclusivement en octosyllabes, mais, à ces additions près, elle reproduit le texte antérieur[1] où le petit vers final de quatre syllabes est la règle et qui porte ce titre :

« C'est la vie et le martire de monseigneur saint Crispin et Cri[s]pinien par personnages. Laquelle vie et martire a esté faict des deniers de l'ostel de la charité Dieu Mons[r] sainct Martin, sainct Remy, saint Crispin et Crispinien et *fut fait* du commandement et volenté des prevost et eschevin et de tous les frères serviteurs qui pour lors estoient et dont les noms ensuivent »... Et fut fait l'an mil IIII c XLIII (1443) au siege de ceste feste saint Martin ».

Dira-t-on que ce titre ne signifie rien, que le texte de 1443 a été non pas « fait », mais « refait », rejoué à la date indiquée et qu'il est lui-même le remaniement d'un texte plus ancien, lequel aurait pu servir dans les représentations antérieures de la confrérie parisienne de S. Crespin et Crespinien, puisque celle-ci a été fondée[2] sous Charles V. en 1379? C'est possible, mais il faudrait commencer par le prouver. Il faudrait expliquer encore pourquoi le petit vers final de quatre syllabes apparaît presque invariablement dans le *Saint Cristofle* anonyme à trente-quatre personnages (B. N., réserve, Yf 1607), et très souvent dans le *Saint-Andry* (B. N., réserve, Yf 121), tous deux imprimés à l'extrême-fin du quinzième siècle. Que les originaux soient antérieurs, cela est certain, puisqu'on peut corriger quelques vers faux en restituant les formes anciennes, mais antérieurs d'un siècle à leur impres-

registre de la prefecture d'Angers (*Rev. des Soc. savantes*, 1863, 2ᵉ sem., p. 2) Pour la même raison, nous ne parlerons pas de la collection des Mystères Sainte-Geneviève, dont certaines pièces ont le petit vers final dé quatre syllabes : ce serait trancher d'avance la question.

1. Du folio 47 a la fin il correspond exactement à la 4ᵉ journée de la version imprimée.

2. Du Cange, vᵒ *Festum*, et Arch. Nat., Reg. JJ. 118, nᵒ 456 — La charte de fondation ne parle pas de representations dramatiques.

sion, comment le prouver? Et, si on n'a rien prouvé, le moyen de
conclure et de tabler sur une règle qui paraît souffrir tant d'exceptions gênantes? Logiquement et à lui seul le petit vers de quatre
syllabes ne nous autorise pas, à notre grand regret, à faire remonter la *Passion* de Semur au xive siècle, il peut très bien nous conduire au commencement du siècle suivant, mais il nous donne
peut-être une autre indication précise que voici.

Il suffit d'examiner cette *Passion* pour constater que si le petit
vers final de quatre syllabes s'y rencontre « à plusieurs endroits », il
n'est pas employé partout de la même façon. Comptons. Dans la
première Journée (4295 vers), nous le rencontrons en tout trente-
cinq fois[1], tantôt isolé à d'assez longs intervalles, tantôt répété
avec une régularité si soutenue qu'elle est évidemment voulue.
Dans la seconde Journée (5287 vers), nous ne le trouvons plus que
cinq fois en tout (vers 5194, 7166, 7769 et 8072)[2]. — Ici c'est bien le
hasard qui a opéré ou, si l'on veut, le versificateur a écrit un petit
vers parce qu'il n'avait pas de quoi en faire un plus long, de même
qu'au besoin il emploie un vers final[3] de six syllabes. Ces quatre
exceptions ne prouvent donc plus rien, puisqu'on en rencontre
de pareilles jusque dans la *Passion* de J. Michel.

Notons encore que cette seconde Journée est la seule où nous
trouvions des strophes de deux vers de huit syllabes ou de dix syllabes suivies d'un vers de quatre, et d'autres curiosités métriques,
comme le monologue de la Madeleine (4812-4872). Ces différences de
la versification ne permettent-elles pas de supposer que la première
et la seconde Journée sont des œuvres ou des compilations d'œuvres
diverses, soudées plus ou moins adroitement par un compilateur?
Si cette conjecture est exacte, quelque nombreuses qu'aient pu être
les transformations et les copies successives du texte, l'examen de
la langue doit révéler dans les deux Journées des disparates analogues. Voici à ce sujet quelques observations générales qu'il sera
facile de compléter avec le Glossaire qui a été très développé.

---

1. Vers 317, 423, 431, 508, 654, 792, 939, 1275, 1281, 1330, 1813, 1817, 1823, 1829, 1837, 1842, 1860, 1874, 1979, 2004, 2933, 2959, 2943, 2963, 3316, 3588, 3661, 3760, 3915, 3990, 3995, 4002, 4023, 4058, 4105. — Les exemples 1842 et 4023 sortent un peu de la règle et sont placés non à la fin, mais au milieu d'une tirade, comme le vers 2072 de l'*Hist. de Griselidis.*

2. L'exemple 8072 est irrégulier.

3. Exemple : le vers 7683.

Les anciennes formes de l'article n'ont pas complètement disparu ou n'ont pas toutes été effacées par les copistes. On trouve
encore quatre fois l'article masculin singulier *li* (v. 5842, 6602,
7390, 9179) ; une fois le pluriel *li* (7398)[1].

Les traces de la déclinaison, attestées par la rime, sont encore
nombreuses[2], quoique confuses. Cette déclinaison s'observe même
dans les noms propres (*Mahoms*-ung des *homs* v. 3880) —(*bastons-
Grumatons*, v. 5884 ⸗ *aidans-Adans*, v. 7664).

Les adjectifs dérivés de la 3ᵉ déclinaison latine ont encore le
plus souvent la même forme au masculin et au féminin[4].

Pour les adjectifs démonstratifs on peut relever quelques emplois isolés de *cilz*[3] sujet singulier (v. 606, 4936, 9478) ; pluriel
cil (v. 8289).

Le pronom féminin *li*, elle, est très rare (v. 1984, 2177, etc.),
ainsi que les possessifs *ses* (1989, et *mes* sujets singuliers, v. 3879
et 5918 ; pluriel *mi* (v. 9498) ; féminin singulier *mi* (5181), ces deux
exemples uniques. Le féminin *moie* est plus commun (v. 1923,
1967, 4720, etc.) ainsi que *no. vo*, à côté de *nostre, vostre*.

La première personne du singulier du présent de l'indicatif
conserve encore très souvent sa forme ancienne. Les archaïsmes
sont plus rares pour le futur et le subjonctif.

Au prétérit les conjugaisons sont très rarement confondues[5].

A la 2ᵉ personne du pluriel du futur présent les désinences *oiz*
et *ez* sont également attestées par la rime[6].

·La 1ʳᵉ personne du sg. de l'imparfait se termine en *oie*[7].

La 1ʳᵉ personne du pluriel (subjonctif, imparfait et conditionnel)
se termine en *iens*[8], et plus rarement en *ions*, tous deux invaria-

1. Ces articles n'ont été conservé par le copiste que dans la 2ᵉ journée.

2. Exemples, 1ʳᵉ Journee : *despis-pis*, 678 ; *gens-gens*, 770 ; *eaulx-feaulx*, 1035, etc., etc.;
2ᵉ Journée : *corps-mors*, 4435, *tousjours-jours*, 4467, etc., etc.

3. En *realle* cité v. 2973, de la 1ʳᵉ Journée est une singularité. *Telle* est plus rare que
tel.

4. *Cil*, singulier, est commun ainsi que *cest, ceste, cestuy*, etc.

5. Ex. : *feray* (de *ferir*, v. 1514) ; *mangirent-blessirent*, 1541 ; *trovirent-demenirent*, 9353;
faillut-salut, 5569.

6 *tiendrois-drois*, 843 ; *dirois-drois*, 3056 ; *vouldrés-jamès*, 5519 ; *trés-commendez*, 2732.

7. *estouffoye-foye*, 1378 ; *veoie-joie*, 1670 ; *joie-veoie*, 8061.

8. *anciens-veilliens*, 2777 ; *apartient-departiens*, 8357 ; *paiens-paiens*, 5820 ; — *voions-
alons*, 2690, etc.

blement monosyllabes à la rime et dans le corps des vers. Il en est de même de la 2ᵉ pers. du pluriel *iés*, (v. 240, etc.).

Le verbe *estre* a conservé la 3ᵉ personne de son futur *yert*, *ert* monosyllabe, qui est d'ailleurs très rare (cinq exemples, v. 391, 551, 599, 1365, 1695, tous de la 1ʳᵉ journée). — La forme *yere* est amenée une fois par la rime *misere* (v. 449).

Le verbe *avoir* a également conservé quelques formes archaïques du préterit *ot*, *orent*, etc., mais disséminées dans les deux Journées.

Le vocabulaire et la syntaxe appellent peu de remarques.

Le vocabulaire est très riche en mots anciens; on n'a relevé que les plus curieux en renvoyant pour les autres au dictionnaire de Godefroy. Parmi ces mots beaucoup sont conservés [1], comme on s'en est assuré dans les Glossaires bourguignons les plus récents [2], un certain nombre manquent non seulement dans ces glossaires, mais même dans le supplément de Godefroy [3], et ce ne sont pas toujours des termes techniques [4].

Pour la syntaxe on peut se borner à deux faits.

Le solécisme *mon* avec un féminin paraît encore extrêmement rare, et l'exemple : *troublée mon oppinion* du vers 6930 pourrait être corrigé (cf. le vers 346) en scandant autrement le vers (*troublé-e m'oppinion*), mais la correction ne s'impose pas.

·Le fait le plus frappant est un exemple unique de *je*, pronom singulier joint à un verbe au pluriel :

Je li *avons* baillé la mitre (v. 5446, 2ᵉ j.)

Le contexte démontre (cf. vers 5439) que cette leçon est bonne. Or l'exemple le plus ancien que l'on connaisse de ce solécisme qui devait avoir une si longue et si brillante fortune, est bien posté-

---

1. Exemples de ces mots conservés en bourguignon : *bauler*, *bouranflé*, *clairer*, *râcheux* ou *rachoux*, etc

2 Le *Glossaire du Morvan* de E de Chambure, Paris, Champion, 1878, et le *Dictionnaire francais-bourguignon* de M. J. Durandeau, Dijon, 1904, qui a remplacé si avantageusement celui de Mignard.

3. Exemples : *arumaigié*, *baudée*, *beurdin*, *boocille*, *cartadie*, *craboce*, *condouffle*, *gerboiges*, *lnyteluit*, etc. — Les mots qui manquent dans Godefroy ont été imprimés dans le Glossaire en caractères gras.

4. Exemples : *clareaul*, *ruberot*, *tinplez* ou *tinplex*, etc.

rieur, même à la copie de Jehan Floichot (1488). Il se trouve dans
la grammaire de Palsgrave (*of the verbe*, fol. 125 v°), depuis
longtemps signalé par Génin (*Lexique comparé de la langue de
Molière*, p. 221).

De ces remarques, il semble bien résulter encore une fois que
les deux Journées appartiennent à des auteurs différents. L'ar-
chaïsme *yere, yert* ne se trouve (6 fois) que dans la première
Journée et en disparaît même à partir du vers 1695. Au contraire, le
néologisme *j'avons* ne se trouve (1 fois) que dans la seconde qui
conserve pourtant quelques traces de la déclinaison, et où le scribe
a respecté quelques formes anciennes de l'article *li*. Ces deux
traits indiquent que la seconde Journée ne devait pas être de beaucoup postérieure à la première. Les deux parties de la compilation
sont donc anciennes, mais celle qui paraît la plus ancienne, ou la
première, offre beaucoup moins d'archaïsmes que la compilation
Sainte-Geneviève[1] ; à plus forte raison la seconde, imitée de la
Passion Sainte-Geneviève. Dans l'ensemble, et pour prendre un
terme de comparaison daté, cette pièce bourguignonne paraît un
peu antérieure au recueil de Poésies (*Les Fortunes et Adversitez*,
etc.) composé par le bailli d'Auxerre, Jehan Regnier, entre 1433
et 1460, mais elle ne remonte pas très probablement plus haut que
le premier tiers du quinzième siècle. Si nos moyens d'information
ne nous permettent pas d'aller plus loin, il sera toujours facile de
corriger au besoin cette date approximative, à l'aide du manuscrit
qui va être publié *in extenso*.

Ce manuscrit a déjà été décrit deux fois très minutieusement
dans des catalogues connus[2] qu'il est inutile de répéter. La *Passion* de Semur remplit 269 pages grand in-4°, soit 11 cahiers, en
papier très fort sans rubriques ni miniatures. Ces cahiers sont
reliés entre eux par des réclames ou des appels tracés verticale-
ment sur le dernier verso des folios 22, 45, 69, 93, 140, 164, 188,
212, 236, 261, mais ils n'ont pas tous le même nombre de feuillets, ni

---

1. La comparaison est facile grâce a l'étude détaillée publié par un élève de
M. Suchier. (Julius Poewe, *Sprache und Verskunst* der Mystères inédits du xv° siècle
(abgedruckt von A. Jubinal, Paris, 1837). — (Inaug. Diss., Halle, 1900).

2. P. Paris. *Les Manuscrits de la B. du Roi*, t. VII, p. 212-217. — *Cat. des Ms. de la
B. N.*, t. I, p. 153, fr. 904.

les feuillets eux-mêmes le même nombre de vers, si bien qu'on ne peut évaluer au juste les lacunes. Les feuillets arrachés au commencement, au vers 1311 et au milieu du texte (v. 4448), avaient déjà disparu au xvii⁰ siècle, à en juger par l'inventaire sommaire des manuscrits de l'ancien propriétaire, Philibert de la Mare[1]. Approximativement, ils ne devaient guère comprendre plus de trois ou quatre cents vers : le texte actuel en a encore 9582. Ce texte a été reproduit intégralement, sans autres corrections que celles qui ont paru imposées par le sens ou la mesure. On s'est borné à séparer les scènes en indiquant les principaux renvois aux Evangiles et les citations, à résoudre les abréviations et à ajouter la ponctuation avec quelques signes d'accentuation, le moins possible. Les trémas notamment n'ont été employés que lorsqu'il pouvait y avoir doute sur la mesure. L'orthographe irrégulière de Jehan Floichot, notaire à Semur en 1488, a été reproduite avec d'autant plus de soin qu'elle a paru rappeler sur quelques points les graphies d'un manuscrit bien antérieur de Semur-en-Auxois décrit dans la *Romania*[2]. Les deux particularités les plus frappantes en sont le fréquent usage de l'*h* initiale aux divers temps du verbe *avoir*, et surtout la profusion des *l*. Jehan Floichot, qui ne prononçait pas cette lettre, la prodigue où elle n'a rien à faire, et en particulier il écrit presque invariablement *quil* pour le relatif *qui*, souvent *eaul* pour *eau*, *eaue*, — *peult*, *tiltre*, etc. Il prodigue un peu moins l'*r* dans les finales, mais les notations *pechier* (pechié), *malvoitier* (malvoisté), et surtout les participes passés en *er* et en *ir* ne sont pas rares sous sa plume.

Il ne reste plus qu'à vérifier si ce manuscrit peut nous donner ce que nous lui demandons et à résumer les faits acquis. Que s'agissait-il de démontrer ? D'abord et avant tout l'influence du théâtre parisien sur la province. Or voici une pièce manifestement imitée de la *Passion* Sainte-Geneviève et qui a été composée et jouée sur les bords de l'Yonne.

---

1. B. N. n. a. fr. 5702, p. 12 v⁰ ; la *Passion* de Semur y est ainsi désignée au Numero 82 = 85. « Dialogues en vers contenant l'histoire du V. et N. T, san[s] commencement ny fin, fol, non couvert (ancien n⁰ 72685) ». — Item, n. a. fr. 5703, fol. 24 v⁰.

Les mots *ny fin* s'entendent de la moralité distincte de la Croix-Faubin qui est placée après la *Passion* de Semur dans le même recueil ms., et qui est également tronquée.

2. *Romania*, 1877, p. 39-46. Notice d'un Ms. de Semur (commencement du xiv⁰ s.).

Comment aurait-on songé à imiter cette *Passion* Sainte Geneviève si elle n'avait été connue, célèbre, et quelle *Passion* pouvait être plus célèbre que celle des confrères Parisiens ? Que si d'ailleurs les indices linguistiques permettent de faire remonter l'imitation au premier tiers du xve siècle, n'y a-t-il pas de grandes chances pour que le modèle lui-même ait servi aux premiers confrères Parisiens, lors de leur installation définitive en 1402 ? Et ce modèle de 1402 est-il impossible qu'il ait subi lui-même l'influence de la *Passion* parisienne de Charles V qui figurait encore dans l'Inventaire de la Bibliothèque du Louvre en 1424 ? C'est tout ce que l'on voulait démontrer, rien de plus, rien de moins, et la *Passion* de Semur est la première et la seule pièce qui permette actuellement cette démonstration, puisque le *Jour du Jugement* de la Bibliothèque de Besançon ne la permet pas.

Inversement, il est clair que l'étude déjà faite sur les sources des *Passions* Sainte-Geneviève et de Semur va nous faciliter la même étude pour les grandes *Passions* du xve siècle. Entre les pièces déjà vues et les suivantes il y a en effet des différences non de nature, mais de développement. Un grand nombre de légendes qui vont reparaître nous sont déjà connues, ainsi que l'influence du dialogue apocryphe de Saint Anselme et des *Meditationes Vitae Christi*. Les bergeries et les épisodes comiques ou grotesques ne feront plus que croître et enlaidir. Pour développer les diableries et ces interminables conseils de démons qui rendent compte de leurs missions à Lucifer et sont aussitôt loués ou tancés et « torchonnés » suivant leurs mérites, les dramaturges n'ont plus guère qu'à s'inspirer d'une ou deux pages des *Dialogues* de Grégoire le Grand et des *Vitae Patrum*, pages d'ailleurs connues et citées dans toute l'Europe [1]. Tous ces traits sont déjà bien accentués dans la *Passion* de Semur, mais ce qu'il y a de plus instructif dans cette pièce ou plutôt cette compilation de pièces diverses, c'est sa composition même. Chaque drame est encore distinct de ceux qui le suivent, bien qu'on aperçoive les liens qui l'y rattachent et qui plus tard, en se resserrant, produiront les composi-

---

1. Cf. *Hist. littéraire de la France*, t. XXVIII, p. 201. — Pour les *noms* mêmes de ces diables et leur diffusion, voir plus loin la note du *Procès de Belial*, p. 427, note 1 de ce livre.

tions cycliques. Tôt ou tard un auteur se rencontrera pour écrire à lui seul ce qui jusqu'alors était l'œuvre de plusieurs. De même cette œuvre unique une fois composée pourra de nouveau se briser ou s'émietter en drames nouveaux, et ce sera un perpétuel recommencement. C'est ainsi qu'ont été écrites les grandes *Passions* du xvᵉ siècle. Entre elles et la *Passion* Sainte-Geneviève, la *Passion de Semur* est bien la véritable transition.

LA PASSION

NOSTRE SEIGNEUR JHESU CRIST

LA PASSION NOSTRE SEIGNEUR JHESU CRIST

Copiée à Semur [1]

LISTE DES PERSONNAGES [2]

PREMIÈRE JOURNÉE

Praedicator	vers	1	Jafet, secundus filius	vers 1081
Deus Pater		197	Chanann, tertius filius	1087
Angeli		210	dem Rusticus	1162
Lucifer		220	Uxor Rustici	1173
Baucibus, primus diabolus		237	Filius Rustici	1177
Tempest, secundus diabolus		243	Clamator	1230
Desroy, tertius diabolus		247	Abraam	1243
Orgueul		255	Ysaac	1276
Despit		262	Raphael	1312
Dame Oyseuse		275	Judei	1313
Michael angelus		305	Moise	1315
Gabriel angelus		317	Ysachar	1319
Coquus Inferni		446	Neptalim	1368
Adam		478	Amaleth	1372
Eva		524	Acquim	1376
Serpens		559	Vivant	1378
Clamator Inferni		732	Gamaliel	1380
Deesperance		760	Marque	1382
Chaim		793	Ecclesia	1436
Abel		799	Sibillia	1645
Mors Inferni		839	David	1646
Seth, filius Adae		904	Ysayas	1682
Cherubim		910	Daniel	1707
Mors Naturalis		922	Iheremias	1715
Noel		963	Esperance	1725
Uxor Noe		1061	Charité	1734
Sem, primus filius		1069	L'évesque de la loi	1792

1. L'Errata est placé à la fin du volume.

2. Ils sont donnés dans l'ordre de leur entrée en scène ; les chiffres désignent les vers où chaque rôle commence.

LISTE DES PERSONNAGES

Prima Puella (Sarrom)	vers 1810	Herodes	vers 3038
Secunda Puella (Plaisance)	1814	Symeom	3201
Virgo Maria	1818	Uriel angelus	3213
Terna Puella	1824	Primus Peregrinus	3299
Dam Godiber, prestre	1861	Primus Miles	3217
Damp Brun	1863	Secundus Milez	3223
Malferas	1869	Tercius Milez	3329
Angelus Salutis	1885	Raguel angelus	3335
Le 1er Varlet	1919	Johannes Baptista	3428
Le 2e Varlet	1923	Naasom	3441
Joseph	1927	Samuel	3445
Elisabeth	2113	Deus filius	3463
Seraphin	2172	Primus Angelus	3588
Octovianus imperator	2190	Beric	3630
Cirinet	2212	Nachor	3636
Goguery	2217	La femme Herode (Herodias)	3675
Hospes	2327	La 1re Damoiselle	3685
Sinaguogua	2350	La fille Herode (Esglantine)	3699
Innocencia	2485	Golias Dux	3747
Temperancia	2485	Gaudim Miles	3781
Primus Pastor (Josseret)	2566	Josaphas	3801
Secundus Pastor (Menecier)	2566	Pharaon	3821
Tercius Pastor (Guarin)	2576	Pinceguerre	3829
Hersem, Uxor primi Pastoris	2627	Marque	3932
Flamberge, Uxor IIe Pastoris	2631	Jaquemart	3936
Primus Rex	2928	Rifflart	4076
Secundus Rex	2934	Templator primus diabolus	4220
Tercius Rex	2940	Le Messaiger	4277
Trotim, nuncius	3028		

DEUXIÈME JOURNÉE

Praedicator	4296	Cecus Natus	4569
Deus filius	4377	Marque	4584
Petrus	4391	Acquim	4586
Andreas	4397	Pater Ceci	4620
Jacobus Major	4409	Marlier, Mater Ceci	4624
Johannes Evangelista	4413	Amalec	4658
Matheus	4427	Vivant	4664
Bartholomeus	4431	Neptalim	4691
Symon	4441	Cayphas	4749
Thadeus	4445	Symon Phariseus	4770
Judas	4449	Doucet	4784
Demoniacus	4479	Magdalena	4812
Thomas	4518	Apothicarius	4872
Impotens	4524	Beric	5016
Isachar	4541	Centurio	5056
Gamaliel	4545	Filius Centurionis	5044

Lazarus	vers 5074	Secundus Peregrinus	vers 7113
Martha	5080	Nichodemus faber	7133
Anfernus	5208	Mirofflet	7171
Barnabas	5256	Veronna	7232
Lucifert	5324	Longis	7283
Clamator Inferni	5326	Ganimedes	7291
Baucibus	5348	Secunda Maria Salome	7371
Tempest	5358	Tercia Maria Jacobi	7378
Desroy	5368	Sarrom	7386
Mors Inferni	5376	Plaisance	7392
Herodes	5398	Primus Latro	7495
Trotim	5402	Bonus Latro	7499
Annas	5408	Gonbault	7556
Rusticus (Burom)	5513	Primus Mortuus	7739
Uxor Rustici	5529	Secundus Mortuus	7749
Filia Rustici	5538	Tercius Mortuus	7760
Jodom, filius Rustici	5545	Joseph (ab) Arimathia	7929
Primus Puer Hebreorum	5567	Noblet	8213
Secundus puer Hebreorum	5569	Teriacle primus miles	8366
Tercius Puer	5573	Samigondie secundus miles	8381
Venditor fructuum	5608	Hardin tertius miles	8397
Venditor avium	5632	Satham	8425
Salubret	5695	Seraphin Angelus	8528
Infirmus	5704	Raphael Angelus	8544
Mulier adultera	5782	Anima Latronis	8552
Presbiter judeorum	5871	Cherubim	8575
Grumaton, uxor fabri	5886	Anima Christi	8584
Symon hospes	5945	Adam	8588
Mater Judae	6096	David	8590
Michiel angelus	6229	Ysaias	8590
Pillatus	6390	Iheremias	8594
Barrabam	6835	Johannes Baptista	8594
Uxor Pilati	6922	Daniel	8594
Goguery	6979	Primus peregrinus Emmaus	9333
Primus Miles	7058	Secundus peregrinus Emmaus	9357
Secundus Miles	7060	Hospes	9380
Tertius Miles	7064	Ancilla	9398

PREMIERE JOURNEE

DE LA

PASSION NOSTRE SEIGNEUR JHESU CRIST *

PRAEDICATOR.

Adjuro vos, filiae Jerusalem, si inveneritis dilectum meum,
ut nuntietis ei quia amore langueo. (Cantic. Cantic. V, 8).

. . . .	En l'Escripture	25
Et le verray. . . **	Que par la Vierge necte et pure	
Cy nous.	Quil cil pourta,	
Ve.	Quil vie donna	
. . . . .cele[ste]	Et restaura	
De la celestial	. . . . ***	
Ayde tout bien descent,	N'y est aidans,	30
Du ciel imperial	Comme dame de grace pleinne	
A tout homme honneur vient.	N'y met sa peinne,	
Cy puis conclure,	A tart peult estre.	
Et par parolle pure	Pourtant m'areste	
Dire certainnement	A declarer	35
Que labeur nullement	Comment l'orer	
Qu' homme ne femme face	Chascun la doit	
Sans l'ayde omnypotent	Et a bon droit,	
Ne peult valoir en place,	Cy comme dit saint Augustin ;	
Quia profficit absque Deo	Oez qu'il recite en latin :	40
Nullus in orbe labor.	*Ille* etc.	
Or nous fault il doncques encoir	Icelluy seullement	
Querir la maniere comment	Cesse de toy loer,	
Ceste grace pouvons avoir	Vierge tresexcellant,	
Pour venir plus ligierement	Que n'as voulu ouyr,	45
A la fin de nostre vouloir.	Qui necessairement	
Savoir ne le puis	T'a volu reclamer;	
Fors ce que je truys	Et pour ce, sans tarder,	

---

* Le premier feuillet du manuscrit manque, il contenait environ 60 vers. Le titre,
le mot *Praedicator* et le texte du sermon sont suppléés, ce texte d'après les vers 89,
100, 103 du Ms. — Au bas du feuillet 1 r°, v. 29 les anciennes cotes du Ms. — De la
Mare 283. — Reg. 7268/5.

2-4. Mots illisibles. — 14. *Que.* — 18. *il* est suppléé. — 29-30. Manquent 4 vers illisibles. — 33. *A tart,* mot douteux.

** 1 r°, — *** 1 v°.

Venons donc au surplux.

50 En cest proppos conclux,
Citant ung saint de noble part,
De grant science renommé
C'est son dit, qu'il soit escouté :
Est tibi Virgo Maria, etc.

55 O Vierge glorieuse *
Ce t'est ung doulx [   ]
Oyr *Ave* nommer
A cil quil saluer
De bon cueur te dessire.

60 *Angelus guaudet.*
L'ange y prent grant plessir,
Le monde s'an respire,
Enfert plore et soppire,
Ad ymaginem etc.

65 D'elle nous aprochons,
Tournons a son ymaige,
Les genoux flexchissons,
En reguardant sa face
Et *Ave Maria* ly disons

70 Pour impetrer sa grace
De Dieu quil tous efface
Les pechers et termine.
Ad ce que plux encline
Soit la nous impetree,

75 A genoulx sans tarder
Ung chascun ce mectra,
Et la saluera,
Recitant le salut
Quil tant a tous pechiers valut,

80 · Que l'ange ly signiffia,
En disant : *Ave Maria.*

In omnibus benedixere
Et in nullo de more (?) **

Potius divinitatis
Quam humanitatis;   85
Ab hoc, causa bre[v]itatis,
Redeo ad propositum,
Resumando theuma scriptum :
Nuntiate etc.

Pour parvenir   90
A mon desir,
Et faire la conclusion
En brief sermon,
Je veul retraire
Par bon affaire   95
Et en françois
Mon theume pris
Par bon advys,
Et dy ainsi :
Nunciate, etc.   100
Dictes, dictes, a mon amy,
Je languys pour l'amour de ly.
Je dis pour tant,
Dieu tout puissant,
Quant il ot le monde formé,   105
Cy comme leu est et trouvé
Ou livre c'on dit *Genesis*,
Et Lucifert qu'il fut jadis
Ange cy cler resplandissant,
Qu'Orgueul ala tant surmontant   110
Qu'il ce voult sur Dieu eslever,
Cy comme verrés cy jouer,
Par quoy en enfert trabucha, ***
Ou tout temps en doleur sera,
Et trestous les siens adherens   115
De gloire ont perdu tous les biens,
Et legitur Apocalipsis XII°
: *Et projectus est in terram et*
angeli ejus cum illo missi sunt ;

---

49. doneques. — 50. Et en. — 51. Recitant. — 52. renommée. — 53. — dist — qu'il est
supplée. — 56. Mot efface. — 83. mare. — 93. briefs. — 96. Et supplée. — 97. prins. —
107. Ou le... dist. — 116. tont. — 118. Le verset de l'Apoc. XII, 9, est supplee.

89. Cantic. Cantic. V, 8.

* 2 r°. — ** 2 v°. — *** 3 r°.

Et quant le doux Dieu de nature
120 Vit ses angelz ainsin verser,
Son plessir fut mectre sa cure
Humainne Nature former;
Pour tant fit ung lieu delitable
Quil fut dit paradix terrestre,
125 Lors forma homme a son ymaige
Et de ce lieu l'ordonna maistre;
Il luy bailla ayde semblable
Que de ses os il ot formee,
Mes elle fut bien peu estable,
130 Par ly nous fut la mort donnée;
Pour la transgression
Faicte ou mors de la pomme,
Perdy sa mansion,
Et obliga tout homme
135 Adam, le premier pere,
Et Eve, nostre mere,
Et cy furent hors mys
Du lieu de paradix.
Je n'an dix plus,
140 Car le surplux
Verrés jouer;
Il est conclux,
Et sans abus
Le lieu pourrez cy reguarder. *
145 Puis le peuple multiplia
Quil a peché s'abandonna
Trop follement,
Dont Dieu ce courça durement,
De sa bouche dist propprement:
150 « Je me repens pour verité
De ce que j'ay homme formé,
Mes je les feray tous perir
Et par grant deluge fenir »;
Ou sisiesme de *Genesis*
155 La est il leu, j'an suis tout fix.

Lors fist le deluge venir,
Et partout grans eaues courir
Tout le monde cy fut noyé,
Il ne demora fors Noé
160 Sem, Cham, Jaffet, ses drois enffans,
Des ames quil couroient les champs;
En l'arche Dieu les preserva,
Cy comme vous le verrés ja
Par similitude jouer;
165 Le lieu pourrés cy adviser,
Puis verrés a l'aide de Dieu,
Presentement et en ce lieu,
Commant Dieu le Pere puissant
Fut son peuple mout fort amant,
170 Comme est ou theume devisé,
Premierement avant bouté.
Demonstré sera par figure,
Qui ne sera pas trop obscure, **
Par Abraam que la veez
175 Et par Ysaac que veez delez.
Pour la beauté Abraam de son hoir
Ne se pot onc de son cueur desmou-
                              [voir
Qu'Isaac son filz ne fut sacriffié,
Cy comme Dieu luy avoit ordonné.
180 Seulement pour nostre amour
Dieu le Pere, plain de douçour,
Par Esperance et Charité,
Desquelles il fut exité,
Son seul filz sa jux envoia;
185 Pour nous tous a mort le livra,
          Ysaie quinto :
Propter scelus populi percussieum:
Par quoy conclure nous pouons
Le tesme selon mon advys
190 ·Estre vray premier mys,
In quo dicebatur : « Nunciate, etc.

---

124. *dist.* — 128. *formé.* — 157. *caulx.* — 160. *Caym.* — 165. *pourés.* — 166. *verés.* —
181. *douceur.* — 190. *veritable.*

* 3 vº. — ** 4 rº.

« Dictes, dictes a mon amy » ;
Plus ne vous en diray ge cy,
Le surplux vous demonstrera

Ce messagier que veez la   195
Quil est abille pour ce fere.
Amen.

DEUS PATER stet in paradiso in cathedra, et Angeli hinc et inde, et dicat :

. Tout ce que fait avons cy est bien ordonné,
Autre chose voulons fere a no volenté.
Or soit faicte et creee resplandissant lumiere
200 Pour tous enluminer de ma grace pleniere
Quil croiront fermement et tiendront loy entiere.
Estolatur quedam cortina que erit ante ipsam, et plene videatur a populo, et dicat : *
Or est mon vouloir fait, forment est belle et clere.
Et sedendo in throno loquatur Angelis et dicat :
Nous angelz, il nous plet que a vous il appere
Nous estre dessus tous Dieu createur et pere.
205 Nous vous avons formé par divine science,
Car nous voulons qu'il soit de nous recongnoissance,
Et loé voulons estre de vostre noble essence
Et qu'a nous comme Dieu randez obeissance.

Tunc cantant ANGELI genibus flexis :

Tibi, Pater, splendor lucis, **
210 *Vita, virtus cordum, In*
Conspectu angelorum noctis
Voce psalimus alternantes,
Concrepando melos damus vocibus.

DEUS

A terre descendrons inspirer toutes choses
215 Que dedans nous avons avant tout temps encloses.

Modo descendat DEUS in terram et, respiciendo Angelos, dicat :

N'y ait il nul de vous quil mener orgueil ose, ***
Loez Dieu de sa gloire, des cieulx estes la rose.
Recedat ab illo loco cum socio et vadat in paradisum.

193. *ge* suppléé. — 195. La « demonstration » du Messager manque. — 198. *nostre.* —
199. *cree.* — 216. *de vous angelz quil.*
197-240. GENES. I-IV.
* 8 r°. — ** 8 v°. — *** 9 r°.

[Duo ANGELI cantant genibus flexis]
in Paradiso.

Silete, sillete, sillancium habeatis
Et per Dei filium pacem faciatis !

LUCIFER parle et est en abix d'ange
le plux bel.

Entandés, toutes legions
Des celestiaulx regions ;
Mes angelz de mon consistoire,
Reguardez moy, veez ma gloire ;
Toute beauté a moy appert,
25 Reguardez moy tout en espert.
Je suis digne, et par droicture,
De sambler le Dieu de nature,
Digne suis d'estre a luy semblable,
Veez con je suis amiable,
30 De moy resplandist Paradix *
Comme il faisoit de luy jadix,
Je reluy plux que nulle estoille,
Plux resplandis qu'une estincelle,
Cy bon, cy bel, cy gracieulx,
235 Cy digne et cy precieulx
Suis com il est, sy com me samble.

BAUCIBUS, primus diabolus

Lucifer, veez nous cy ansamble
Pour conseiller ung bon affaire.
Nul de nous n'est point au contraire
240 Que ne soiez Dieu de puissance,
Nous vous rendrons obeïssance,
Car bien estes digne de l'estre.

TEMPEST, secundus diabolus.

Mon seigneur, vous serés a dextre,
En Acquillon est vostre lieu,

La y regnerés comme Dieu,   245
Car c'est raison qu'ansin ce face.

DESROY, tercius diabolus

Sire, comme avés clere face, **
Sire, com grant pouoir avez !
Mon seigneur, trop de biens sçavez;
Trestous a vous nous consentons, 250
Cy grant et cy fort vous sentons,
Chacun vostre plessir fera.

LUCIFERT

Puis qu'il vous plait, ainsin sera,
Sire seré du firmament.
Silete.

ORGUEUL a cheval

Aler fault au coronnement   255
De Lucifert, le noble archange ;
De ly ne soiez pas estrange,
Cornez, seigneurs, faictes grant
Alons veoir sa noble geste, [feste !
Car nous y arons bonne chiere ; 260
Despit, desploiez la banniere. (*bis*)

. . . .

DESPIT

Vous avez estrange maniere,
Et estes maulx homs a servir,
Je ne vous saroye abelir.   265
Votre banniere est au vent mise,
Tournés le cul devers la bise, ***
Ne faictes pas chiere piteuse.

217. *Duo Angeli*, Indication suppléée d'après les vers 453-4. — 218-219. Vers ins-
crits sur portées de musique ; les notes manquent. — 233. *Resplandist*. — 257. *Estran-*
ges. — 258 *Festes*. — 261. Vers bissé par le copiste.

244. Cf. *Isa.* XIV, 13, 14 .. *super astra Dei exaltabo solium meum, sedebo in monte*
testamenti, in lateribus Aquilonis.

* 9 v°. — ** 10 r°. — *** 10 v°.

ORGUEIL

Venez après nous, dame Oyseuse,
270 Et prenés vous abillemens,
Avant que retournés seans,
Vous serés a grant honneur mise;
Faictes que plaisent vous ser-
                              [vice,
Point ne devez estre honteuse.

DAME OYSEUSE

275 Vous avez voix bien merveilleuse,
Quant je vous oy, toute fremis.
Ce voulés estre mes amys,
Cy alés bien joieusement ;
Et me menés courtoisement ;
280 G'iray avec vous voluntiers
Tous les chemins et les santiers
Que vous irés en tel bataille
A l'enfer, mes que ge y aille,
Je diray chanson gracieuse.
                    Menestriers.
              Hic ascendant paradisum.

·ORGUEIL

285 Honneur soit a la cour joieuse !
Lucifer, tresnoble facture, *
Vous sçavez bien que cest droic-
                              [ture
Que la coronne je vous mecte.
Par moy avez fait cest amplecte,
290 Non par autre, c'en est la somme,
Et pour ce, ma gentil personne,
Nous quil sommes vostre feal,
Vous mectrons en siege real,
Aidiez moy, tous levez amont.
                    Pause.

Je vous coronne roy du mond,   295
De ceans vous doing la matrise
Et veul que tout a vostre guise
Bien obeisse, c'est raison.

LUCIFERT

Or suis en ma droicte maison.
En ce lieu je me veul desduire.   300
Et quil est cil quil me peult nuyre?
Or suis ge venu a mon droit,
Car je suis maistre orendroit
Qu'il n'en peult aler au contraire.

MICHAEL angelus.
Cy parle Michiel aux autres Angelz
et dit:

Angelz, tous cy de noble affaire,   305
Cy noblement de Dieu creez,
Tantost avecque moy venez
Contre Lucifert le dragon **
Quil est tant fier et tant felon
Qu'il ce veult sur Dieu eslever   310
Et veult sa chaire hault monter
Par orgueil et contre raison.
Hors de paradix le mectron,
Nulz ne ce fuyent, je vous pry.
Avançons nous, alons a luy,   315
        C'est bien raison.

GABRIEL angelus

Alez devant, nous vous suyvron,
Luy et toute sa legion,
Du hault en bas fault tresbuchier :
Le Createur veult surmonter   320
Quil l'avoit cy tresbel formé.

---

283. mesque gy. — 296. doint. — 309. fiert.... tant est suppléé. — 310, 311. veut.
’ II rº. — ** II vº.

MICHAEL
Cy vienne a Lucifert et le trebuche
en disant

Traicte, tu seras hors getté
De ce treshault lieu delictable,
Serpent puant et detestable,
125 Orguilleux, fier et envieulx,
Plain de doleur et malheureux,
De cy trebuchier te feré
En misere et en obscurté.
Icy trebuche Lucifert.
Ausy toute ta legion,
Icy trebuche ses consentans
130 Vous quil estes ses consentans,
Ne vous tienne heure ne temps, *
La juz descendrez en la bisme.
Hic faciant bellum, et pugnando cadunt subti-
liter extra paradisum, et, dum sunt extra, dicat

MICHAEL

Ils sont hors du beau lieu hau-
[tisme,
Leur orgueil les a aveuglez,
135 Pluz ne seront enluminez,
Ne n'aront clarté ne lumiere.
DIEU sort de son lieu ou il c'estoit mys et
dit a Michael

DEUS

Michiel, vous avrez la banniere,
Du ciel prevost serés nommé,
Vous avez mout bien exploictié
140 Quil a Satham avés luictié,
Et bouté hors de Paradix.
Cy noblement l'y aviens mys,
Il estoit cler et reluisant,
Despint est ore et puant,
145 Cy est toute sa legion
Qui tenu a s'opinion,
Venu leur est a grant contraire.
Pauset modicum, postea dicat.

Lucifer; quil t'a fait ce faire,
Quil te fait penser tel malice, **
Cy grant orgueil, cy malvoix vice? 350
Je t'avoie fait par mon signe
Plus que nul autre ange digne
Et plus cler que l'aube joieuse,
Et tu as ma court bestournee
Et t'es sur mon throne eslevez 355
Par orgueul dont tu es grevez.
Hic convertat ce ad bonos Angelos dicens:
Mes angelz, bien avés ovré,
Et pourtant vous confermeray
En grace et en charité,
Jamès ne serez desevré 360
De nostre divine presence,
Nous le dirons en audience;
Mais Lucifer et ses complices
Quil par orgueil ont esté nices,
En enfer cy habiteront, 365
Jamès sans peinne ne seront,
Cy n'aront clarté ne lumiere,
Si n'est de punaisie amere;
En feu seront et en froidures
Et cy aront laides figures, 370
Oribles et espoventables,
Diables et pecheurs doubtables
Seront, sans joie ne solas,
En tenebres, et tousjours las,
Seront, sans nul deffinement. 375
Hic iterum vertat se adversus infernum et
dicat Lucifero:
Lucifert, or nous dis comment
Tu es du ciel cy dessevré ***
Quil estoies cy bel formé
Et resplandissant au matin?
Orgueul t'a baillé ce loppin. 380
N'es tu pas celluy quil as dit
Que tu seroies sans respit

336-337. Dieu sault. — 344. or. — 346. s' suppléé. — 368. Cy. — 376. dix. — 378. estoie... formel.
379. Isa. XIV, 12. Quomodo cedisti de coelo, lucifer, qui mane oriebaris, etc.
* 12 r°. — ** 12 v°. — *** 13 r°.

A nous sanblable vraiement,
Et que tu mectroies hautement
385 Ton siege devers Acquillon ?
Or ton vouloir n'estoit pas bon,
Car il est venu autrement.

ORGUEUL

Antandez tous communement.
Je suis des pechiers la ruinne,
390 Je sçay de tous maulx le covyne
Il n'est, ne ja n'yert creature,
Que ce par aucungne avanture
Dedans mes las je ne le lasse
Et tresbuchier je ne le fasse.
395 Lucifert estoit cy jolix,
Cy precieulx et cy polyx ;
Pour tant que je ly aboly,
Toute la grant beauté de ly
Sa clarté, sa douce figure,
400 Ay tourné en toute laidure,
Ne jamais n'ara sauvement, *
Joye, douceur, n'esbatement,
Sinon punaisie et ordure.

LUCIFERT

Hault Dieu, trespuissant de nature,
405 Tu me fais souffrir painne dure
En grief doleur et grant ardure ;
Pourquoy m'avoies tu cy bel fait
Pour devenir cy vil et lait ?
A grand tort tu m'as condempné,
410 Et de ton paradix getté
En cest enfert ord et puant ;
A tousjours y seray ardant,
Et tous les autres de ma sorte.
Or sa, diables, tous vous enhorte

De faire le pis que pourrés ;   415
Jamès vous ne retournerés
Ou lieu dont sommes trebuchiés ;
Nous sommes a doleur livrés,
Dieu nous a fait certes grant tort,
Il nous a livrés a la Mort   420
D'Anfert quil point ne peult morir,
Nostre orgueul nous a fait venir
    Plux noirs que tacre.

BAUCIBUS **

Lucifer, par pou que n'anraige
Du grant grief que Dieu nous a fait,   425
Voluntiers luy menasse plaît
Et a ceulx de sa compaignye.
J'ay encontre eulx mout grant en-
Mys nous a a dempnacion,   [vye,
Par nostre orgueul contre raison,   430
    C'est mal ovré.

TEMPEST

Il ne sera jamais amé
De la grant generacion
D'Orgueul qu'anfin a reprouvee,
Ja n'an celleray ma pensée.   435
Ha, mauldicte soit sa puissance !
Il a prins cruelle vangence,
Diables nous a fait devenir.

DESROY

Jamès ne ferons que languir,
Que ne vault tant crier ne braire ;   440
Faisons du pis que pourrons faire,
Jamais autre plessir n'aray
Que fere du pis que pourray.
D'or en avant, certainnement
En enffert ferons grant torment,   445
Car autre puissance n'arons.

384. mectroie. — 386. Or est suppléé. — 391. ce ja. — 393. ne suppléé. — 399. abely. —
403. Cynom. — 404. tres est suppléc.— 406. griefs. — 407. avoye. — 411. or. — 420. livré.
— 422. devenir. — 425. griefs.
* 13 v°. — ** 14 r°.

COQUUS INFERNI

Or nous reconfortons,,
Puis qu'il nous fault estre en mi-
[sere ;
La viende tantost preste yere,
450 Le feu est ja grant alumé,
Seez vous, je vous serviray
Comme prince de treshault pris.

*Duo ANGELI cantant genibus flexis in paradiso. ***

Sillete, sillete, sillancium habeatis
Et per Dei filium pacem faciatis.

DEUS, existans in paradiso, dicat :

Lucifer vers nous de mespris,
Cler com soloil, estoit espris,
455 A no pouoir et cuida prendre ;
En bisme l'avons fait descendre,
Diables cy c'est fait lait et noir,
Qu'en ciel ne doit orgueul avoir,
Et, pour ce que par sa ruyne
460 Nostre court n'est pas enterine,
Ung homme en terre nous fault fere
A nostre forme et exemplaire
Pour raemplir la desceance
De paradix de sa semance.
465 Les paradix terrestre yrons **
Et du lymon le formerons.
Sillete.

Descendat de paradiso, et vadat juxta paradisum terrestrem, et capiat de terra, et dicat :

Ce lymon char et sang sera,
Com le voulons, il ce fera.

Or est formé et bel et gent,
Pere sera de toute gent, 470
Nous luy donrons pour son dou-
ı[haire
Grace, beaulté, sans nul desplaire,
Et science pour luy doubter,
Et force pour tout surmonter.

Modo insufflet eum dicendo

Adam le voulons appeller. 475
Or sus, Adam, sans arester,
Congnoissez vostre createur.

Hic surgat ADAM, genibus flexis ante Deum, et dicat

ADAM, genibus flexis

Formé m'avés de grant atour,
Mon Dieu, ou est toute puissance.
Formé suis a vostre sanblance, 480
Jamais ne pourray deservir,
Tant vous puisse amer ne cherir,
La grant bonté que m'avez faicte,***
O vraie Deité parfaicte
Quil m'avés formé de la terre. 485
En adorant vous veul requerre
Commant me debvray maintenir.

DEUS modo ducat eum in paradisum terrestrem.

En paradix te fault venir,
Vecy ung lieu mout delitable.
Se tu me sers de cueur estable, 490
Jamès de cy ne partiras.

Hic ponat Adam in paradiso et dicat

Escoute, Adam, scés que feras ?
Tout ce lieu t'est abandonné
Pour fere a ta volunté.
De tous les fruitz tu mangeras. 495
Fors ung seul n'an reserveras,
C'est celluy quil porte le fruit

---

447. Le *Sillete* est interverti et placé avant la tirade du *Coquus* dans le Ms. — 449.
yerre. = 452. *comment.* — 463. *amplir.*

* 14 v°. — ** 15 r°. — *** 15 v°.

De bien et de mal sans respit ;
De celluy point ne guouteras,
500 Se tu luy guoutes, tu morras
Et trestout nu te trouveras.
Quant te plaira, tu dormiras
En ce beaul paradix terrestre,
A tousjours mais y pourras estre,
505 Sans fain, sans soif et sans me-
[saise.

ADAM *

Mon createur, ne vous desplaise,
Dormir me fault, vouloir en ay
Certainnement.
Tunc dormiat et habeat juxta ipsum foveam
in qua fit Eva abscondita.

DEUS

Il n'est pas bon que longuement
510 Adam en ce lieu seul demeure.
Faire luy fault trestout en l'eure,
Tandis qu'il dort et qu'il sommoille,
A luy ungne aide pareille,
Après quant il c'esveillera,
515 Joieux sera qu'il la verra.
Or vonlons nous que ceste coste
Que de son costé destre oste
Soit en femme esdiffiée.
Tunc accipiat costam a latere.
Veez la cy belle et bien formee,
520 En ly nous fault l'ame inspirer
Pour la faire aler et parler.
Hic insufflet.
Or est l'ame ou corps enclose.
Hic levat se EVA. **
Or sus, Adam, plux ne repose.

ADAM, levando se, dicat :

Beaul sire Dieu, com belle chose
Avez formee et de moy faicte !
Certes de mon corps l'avez traicte,
Cest os de mes os cy est pris,
Ainsin l'avés vous entrepris,
Et ceste char de ma char prise ;
Pour ce la nomme a ma devise.
Virago sera appellee.
De toute creature nee
C'est ungne ovre bien enterine.

EVA, genibus flexis

O toute la vertu divine !
Par ta saincte inspiracion
Toute chose a creacion,
Et est formee par ta science.
Mon Dieu, que croy, te serviray.

DEUS

Entre vous deux je beneiray.
Croissez en generacion, ***
Je vous don dominacion
Sur bestes, sur oyseaulx vola-
[bles,
Sur poissons, sur choses mova-
[bles,
Et tout fruit et toute semence
Je la vous don a vostre usance.
Ce vergier cy vous guarderés,
De tous les fruitz vous mangerés
Fors de cestuy, g'y metz deffance,
Jusques vous en ayez licence.
Quil de cestuy fruit mangera
Mort yert, ja n'en eschappera.
Venez vous en, sans fere guerre.

500. moras.— 501. nul. — 505. soifz.— 513. ung.— 514. ce.— 515. quant il.— 522. ou suppléé.— 525. formé. — 533. ung. — 537. forme. — 540. croisez. — 543. chose. — 551. yet. —
552. guarre.

* 16 r°. — ** 16 v°. — *** 17 r°.

ADAM et EVA insimul

Sire Dieu, quil fis ciel et terre,
Bien devons a toy obeyr.
Sillete.

LUCIFERT

555 Diables, il vous fault enveir
Ceulx que Dieu fist a sa sanblance.
Serpent, de la aler t'avence
Sentir s'on les peult decevoir.

SERPENS *

(Habeat pectus femine, pedes et caudam
serpentis, et vadat totus directus, et habeat
pellem de quodam penno rubro.)
Mon chier seigneur, oyl, de voir,
560 En femme me transmueray,
Et les decevray, tant feray.
Ge voix tantost et sans demour.

LUCIFERT

Or va, je t'en pry par amour,
Car Dieu le pere les a faix
565 Pour se que nous submes meffaiz,
Qu'il en veult ramplir les ostaiges,
Qu'avons perdux par nous ou-
[traiges,
De ce tresnoble tabernacle.
Cy fault que nous mectons obs-
[tacle,
570 Comment sa les fassions venir.

SERPENS

G'y voix, c'est fait sans detenir,
Je leur manray mout male guerre,
Longuement ay esté sur terre
Que ne servy de mon office
575 Je me tiendray pour fol et nyce **

Ce je ne les sçay desvoyer.
Premier vouldray Eve tempter,
Ad ce n'aray point le cueur vain,
Je ly feray prendre a la main
Le fruit deffendu, et mangier, 530
Et son mary tant losangier
Par faiz, par diz et par parolle,
Qu'Adam sera de nostre escolle,
Et, quant j'aray ce pourchassié,
De paradix seront chassié. 585
Modo vadat ad Evam et dicat :
Ma douce seur, ne t'en fuy pas,
Je viens vers toy isnel le pas,
Pour ton grant bien, pour ton hon-
[neur.
Ma sœur, ne croy pas ton Seigneur ;
Il vous a ung fruit contredit ; 590
Savés vous pour quoy il le dit ?
Il sçayt bien, ce vous en guout-
[tés,
Les yeulz overz tantost avrez,
Et comme il est vous deux serés,
Bien et mal sarez comme il fait. 595
Cuides tu que ce soit meffait
De ly acroistre en bonté ?
Tout mal vous avrez surmonté,
Paradix yert vostre heritaige
Vous et Adam, ma dame saige, 600
Ce de ce fruit voulez mangier.

EVA ***

Pour beaul parler, pour losangier,
Pour riens quil soit, n'an mange-
[roye ;
Commandement trespasseroye,
Car mon Dieu dist a mon seigneur 605
Que cilz morra a deshonneur
Quil de cestuy fruit mangera.

553. *fist* — 559. *vcoir.* — 563 *am.* — 566. *ramplir* suppléé. — 572. *guarrc.* — 575. *par.* — 592. *scay.* — 596. *Cuide.* — 599. *yet.*

* 17 vᵒ. — ** 18 rᵒ. — *** 18 vᵒ.

SERPENS

Croy pour verité non sera,
Car s'il n'an eust heū doubtance
610 Que vous fussiés dieux de puis—
[sance,
Ne le vous eust ja deffendu.

EVA

Bien t'ay oy et antendu,
Ton dit du tout aprouveray,
Et de la pomme mangeray,
615 Dedanz mordray. He Dieu, quel
[pomme !

Hic manducat.

Ceste pourteray a mon homme,
Cy sçara tant com Dieu le pere.

Hic tradat.

Adam, Adam, nostre doux frere,
Mangiez du fruit qu'an ma main
[tien.

ADAM

620 Ma belle seur, vous savez bien, *
Dieu a deffendu de sa bouche
Que je point a ce fruit ne touche,
Que je morroie dans la journeé.

EVA

La santance sera tournee,
625 Mes avrés toute congnoissance,
Car c'est le doulx fruit de science
Mangiez, sire, mangier en ay.

ADAM

Puis qu'il te plait, j'an mangeray.

Hic comedat et, cum gustavit, aripiat
ee per gutur.

Helas, qu'ay fait? povre me truis,
630 Nu et honteux enginé suis,
He las moy ! mon pechier m'afole.
Or sui ge folz et tu es folle,

Mors sommes et a dampnement,
Passé avons commandement.
Helas, bien doix estre esbays !   635

EVA

Le faulx Serpent nous a trahys !
Lasse, quel part yrons ? **

Hic fugiant per paradisum terrestrem, et se
abscondant retro quemdam ficum, et faciant sibi
perizomata de foliis.

ADAM

De ces feuillez nous cacherons
Pour certain nostre humanité ;
Je me trouve tout effronté,   640
Honte ay trop grant quant je me voy,
Alons nous en cacher, car j'oy
Dieu qu'est venu après midy.

Hic induant vestem foliorum.

DEUS

Adam, Adam, ou es tu, dy !   (bis)
. . . .   645
Ou es tu qu'es tu devenu ?

ADAM

Helas, sire, je suis tout nu.
Cy tost que nous t'avons oy
Devant une heure après midy,
De peur m'a pris une frisson   650
Et cy grant peur, pour quel raison
Ne sçay, cy m'an suis sa venu,
Pour ce que me suis trouvé nu,
      Pour me cacher.

DEUS ***

Et quil t'a cela peu montrer   655
Fors que tu as volu mangier
Du fruit quil t'estoit deffendu ?

---

610. fussiens. — 612. oye. — 619. tiend. — 623. moroic. — 635. esbay. — 640. me suppléé.
— 644. vers bissé et laissé sans rime par le copiste. — 650. prise.

* 19 rº. — ** 19 vº. — *** 20 rº.

Tu as malvoix conseil reçeu,
Il te viendra a mal reproche,
660 Tu te condempnes de ta bouche
Quil te fait mal, fors seullement
Que passé as commendement ;
En mal pechier en es encheu.

ADAM

Sire, la femme m'a deçeu
665 Certes que tu m'avoyes donnee,
Elle a fait changier ma penssee ;
Par son comend j'an ay mangier.

DEUS

Tu as esté mal losangier ;
Dy, femme, quil te fit ce fere ?

EVA

670 Le malvoix Serpent deputaire
M'a deçeue par sa frivole. *
On me doit bien tenir a fole
D'avoir obei a sa fable.

DEUS ad Serpentem dicat :

Chetive beste miserable,
675 Pour ce que tu l'as ainsin fait,
Tu en seras pugni de fait.
Entre toutes bestes despis·
Seras, et yras sur ton pis ;
Jamès ne mangeras que terre,
680 Entre femme et toy mectray guerre,
D'elle te viendra grant meschief,
Car elle t'abatra le chief.

Hic loquitur ad Evam.

Et tu ausy, femme chetive,
Ta misere a toy estrive,
685 Car doublement pugnie seras :
A grant doleur enfanteras
Le fruit qu'an ton corps concepvras,

Et sur toy domination
Avra homme toute saison.
Des cy a homme te submetz,   690
Ta puissance a luy remetz.

Hic loquitur Ade.

Et tu, Adam, mal te chey **
Quant a ta femme as obey.
Adam, en terre habiteras,
Et a painne laboureras,   695
Avec ce trouveras espines
Et chardons et autres racines,
A peine du fruit mangeras,
Jusqu'en terre retourneras,
Poudre es et en poudre viendras. 700
(A ce cop trop offensé as)
Dont tu es prins, c'est chose voire,
A present me peulx tu bien croire.

ADAM

He las moy, j'ay perdu ma gloire,
Par toy, femme, ma joye affine,   705
Et la tienne cy ce termine.
Plux *virago* ne seras appellee,
Mais tu seras Eve nommee
Qui signiffie grief dolour.

DEUS

Comparer te fault sa foulour.   710
Or pouons veoir quelle mervoille,
Fort seroit trouver la pareille.

Modo loquitur Angelis.

Veez cy Adam, ce vaillant homme***
Quil de bien et de mal scet la somme,
Je l'avoie fait a moy sanblable   715
Et ne s'est point tenu estable ;
Il fault qu'il demeure en ce point.
Adam, tu as fait mal a point,
De ceans te fault hors aler

660. condemne. — 665. m'avoye donné. — 666. Ella. — 671. deceu.— 673. obeir. — 681-682.
meschierfz-chierfz. — 695. pesne. — 699. jusques. — 716. scet.

* 20 v°. — ** 21 r°. — *** 21 v°.

720 Pour te vivre et laborer,
    Pour ce seras et miserable
    Mys hors de ce lieu delectable.
    Cherubin, tien l'espee ardant,
    Cil lieu cy nous soies guardant
725 Tellement qu'il n'y entre rien
    D'or en avant, je te dix bien,
    Jusques il t'apporte ce signe
    Que je te baille comme digne,
    Car ce d'aventure prenoit
730 Du fruit de vie, il vivroit
    Sans faillir, pardurablement.
    Pour ce je te dix vraiement,
    S'il ne vient de misericorde,
    Jamès n'est qu'il aront l'acorde,
735 Car son meffait trop nous desplait.
        Hic exeant ante paradisum et induat eis
        mantellos federetos pellibus nigris, dicens
    Veistez cecy, car il me plait,
    D'or en avant cy vous tenés,
    Et en la terre labourés
    Pour vostre povre vie acquerre.
        Tunc ascendat DEUS in paradisum.

SERPENS recedando *

740 Or ay fait de grant paix grant
                            [guerre,
    Or ai ge tresbien besoingné,
    J'ay homme de Dieu esloingné,
    J'ay par mon dit tant pourchassé
    Qu'il sont de paradix chassé.
745 Diables, ou estes vous alez?
    Cornemusez, chantés, baulez,
    Guaigné avons l'umain lignaige.

LUCIFERT

    Certes, Serpent, tu es mout saige,
    Mande a Orgueil et a sa geste

Qu'il vienne vers moy tenir feste;   750
Or va, je t'an pry, plux ne tarde.

CLAMATOR INFERNI

Se le mal feu d'anfer ne l'arde,
G'y voix joieulx et esveilliés.

Vadat ad Orgueul:

Orgueul, or vous appareillés,
Car Lucifert, nostre grant maistre,   755
Vous mande; tantost vous fault estre
En enfert tenir court pleniere.

ORGUEIL

Deesperance yra premiere, **
Je veul qu'elle mainne la dance.

DEESPERANCE

Totes estes mon aliance,   760
Venez après moy tous par ordre,
Que ne trouve en nous que remordre
Lucifer quil nous a mandez.

ORGUEIL

Fait sera cy com commandez.
Menestriers, plux ne musez,   765
Soufflez fort et cornemusez,
Alons vers Lucifert le saige.
    Hic vadant et salutem [facere jubeat] eos

ORGUEIL

'Lucifert vive et son mesnaige!
Lucifer, mon beaul sire gens;
Je vous ay amené mes gens,   770
Pour quoy nous mandez vous,
                    [beaul sire?

LUCIFERT

Par nous mentons vous voulons dire
Comment nous avons exploictié;
Nous avons plux de la moitié

724. Cy lieu cy soie. — 734. avons. — 743. dist. — 753. esveillié. — 760. de mon. — 767.
facere jubeat est suppléé. — 769. gent.
    * 22 r°. — ** 22 v°.

775 Des ames de l'umain lignaige.
Nous avons plux grant avantaige,
Il sont tous nostres sans respit, *
Car le Serpent, plain de despit,
A tant fait qu'il sont prins a l'ouche.

ORGUEIL

780 Mon seigneur, vous manrez la
ⁱ[trouche,
Je veul dansier pour ces nouvelles,
Hay, hay, hay, hay qu'elles sont bel-
Cornez, cornez, venez danser. [les!

Hic faciant choream cum magno guaudio, et
hoc finito. dicat SUPERBIA Lucifero flexis
genibus

Mon chier seigneur, vous avancer
785 Nous vous voudrons en toute guise.

LUCIFERT

Vous nous avez fait beaul service,
Nous vous en randrons bon salaire.

DEESPERANCE

Or sus, seigneurs, or au repaire.
D'icy partir il est saison.
790 Alons chascun en sa maison,
Temps est que chascun tost s'an
Il est saison.   [aille,

Hic revertantur cum magno guaudio.
Sillete.

CHAIM

Abel, mon frere, il est raison **
Que de mes blefz je sacriffie
795 Au grant Dieu en quil je me fie ;
Pour tant que je suis laboreur,
Et tu es de brebis guardeur,
Offre de tes brebis paissans.

ABEL

Ung aignel des premiers naissans
800 A mon Createur offerray.

CHAIM

Ces blefz icy alumeray ;
Cy droit que ira la fumiere
Voit m'orison a Dieu le Pere,
Qu'elle est bien digne d'exaucier.

ABEL

Cest aignel me covyent auffrer   805
Sur cest autel en sacriffice.

Hic flectat genu.

Mon Dieu, car me soies proppice,
Et donne que ceste offerande
De mes pechiers cy soit l'amende !
Pour ce ce petit don t'ay fait,   810
Car je congnoix que j'ay meffait***
Envers toy, je m'en rendz culpable.

DEUS dicat Abel ac stet juxta altare.

Ton sacriffice est acceptable.
Toy, Caym, le tien je reffuse.
Tu es ungs homs quil ton temps use 815
En pechier et en vanité,
Car de pecheur en verité
Je n'exauce point la priere.
Pour quoy en faix tu male chiere ?
Se tu faix bien, tien il sera,   820
Et le mal fait te troublera,
Et cy aras honte grigneur,
Car Pechier sera ton seigneur
Quil te fera grant vitupere.

Hic recedat DEUS de juxta paradisi et vadat
a longe post Abel et Caym.

CHAIM

Mal m'engendra oncques mon pere. 825
Or voi ge bien que Dieu n'abel,
Qu'il me reffuse pour Abel.
Jamès ne me fera envye,

---

781. Le 4ᵉ hay suppléé. — 785. Nous suppléé. — 791. tost est suppléé.— 801. Ce blefz.
— 807. soie. — 826. label.
792-890. GENES. IV.
776. Appel dans la marge du fᵒ : Il sont. — * 23 rᵒ. — ** 23 vᵒ. — *** 24 rᵒ.

Car je ly osteray la vie,
830 Du laissier vivre suis meschans.

Dicat Abel.

Abel, frere, alons aux champs,
Vien moy compaignie tenir.

ABEL

Alons, bien en puisse venir, *
Va moy montrer ton l. louraige.

CAYM percuciando dicat.

835 Tu morras, et par ton outraige,
Et fusses encor plux preudons !
Par toy Dieu reffuse mes dons.

Tunc percutiat fratrem, et fiat tonitru.

Or sui ge bien de toy vengié,

Pause.

MORS INFERNI.

Enfert n'est a piece estanché
840 Quil est valee cy profonde.
Vous estes le premier du monde
Quil le cloistre dedans tiendrois.
Pourter vous y veul, cest bien drois,
Car telle est de Dieu la santance.

**Hic deferat in infernum; interim in loco ubi
erit Abel occisus, fit aliquis in quodam modo
[strepitus] sub terra, quamdiu fortiter clamabit :**

845 Vengence, sire Dieu, vangence,
Vengence te requier, beaul doulx
[Pere.

DEUS

Caym, ou est alé ton frere,
Ou est il, je te le demande. **

CAYM

Sire, l'ai ge donc en commande ?
850 Sui ge donc de mon frere guarde ?

DEUS

Qu'an as tu fait ? or y reguarde.
Son sang que tu as respandu
Crie vengence a grant vertu ;
Mauldit soies et en reprouche,
Car la terre a ouvert sa bouche   855
Quil a receu le sang humain
De ton frere, et par ta main.
D'or en avant, quant ovreras,
En terre riens ne trouveras ;
Elle ne te randra nul fruit,   860
Tant es mauldit et maulostouit,
Et toujours seras fugitifz,
Dolent, povre, vil et chetifz,
Toute ta vie sur la terre.

CAYM

De grant doleur le cueur me serre ;   865
Cy grant est mon iniquité
Qu'a peinne jamès ne pourré
Pour certain en avoir pardon ; ***
Doleur et tribullacion
Me donnés, et je le voy bien,   870
Plus fus mauldict que n'est ung
[chien,
Car au jour d'huy m'as degetté
Et de ta face esloingné,
Fugitifz et vague seray,
Ne sçay quel part je tourneray,   875
Bien sçay quilconques me verra
Pour certain que il m'occira.

DEUS

La chose ainsin pas ne sera.
Quil te tuera ne sera trouble,
Et par sept fois sera an double   880
Pugny celluy quil t'occira.
Or escoute c'on te fera :
Sur toy mectrons signe voiant,

835. encoire. — 843. droit. — 844-5. strepitus est suppleé. — 854. soie. — 864. nul. —
878. pas ainsin ne.

* 24 v°. — ** 25 r°. — *** 25 v°.

Car toujours tu seras tremblant,
885 Et tu seras paralitique.

CAYM

Certes, mon fait est bien inique,
Envye est tresmalvoix syom.
Quant elle est entee sur ung hom,
Plus y fait de mal que jaunice.

ADAM jacendo.

890 Certes, mon fait est mal proppice,*
Je suis veillart fable et fade,
Doloreux et toujours malade.
Loquatur filio suo.
Mon beaul filz Seth, aler te fault
En paradix terrestre en hault,
895 Et je t'enseigneré la voie.
Nulle vardeur point n'y verdoie,
En tous les pas que nous feismez
Quant ta mere et moy descendismez
De ce lieu par la Dieu deflensse
900 Pour mon peché et pour m'offensse.
Ung cherubin tu trouveras.
Pour moy tu ly demanderas
De l'uille de misericorde.

SETH filius Ade.

G'y voix, Dieu doint que ne me torde.
Tunc vadat ad Angelum et dicat.
905 Ange, en quy bien ne deffine,
En toy soit charité divine !
Pour Dieu quil est misericordz,
Baille moy santé pour le corps
Mon pere, qu'il de mal chancelle.

CHERUBIM

910 Ançois fauldra c'ungne pucelle
Concoyve dedans soy ung prince**

Lequel viendra affin qu'il rince
Le pechier ton pere et efface,
Mes de cy la a grant espace
915 Cinq milles d'ans et plux assés
Seront escourux et passés ;
Lors recovrera sa franchise
Et la mort perdra qu'a acquise.
Va t'en vers luy et le delivre,
920 Car au monde ne peult plux vivre,
Il covyent que l'ame trespasse.

MORS NATURALIS.

Adam, il fault que je te casse
Ton corps et ta char fable et
[vainne,
Car tu es chose terrienne.
925 Pourtant que n'as point bien guardé
Le commandement qu'ordonné
T'avoit Dieu le Pere puissant,
Et luy fux desobeissant,
A ordonné, cest chose clere,
930 Que je, quil suis la Mort amere,
Puisse avoir dominacion
Sur toy et sur ta nacion.
Je te doy prendre par droicture,
Paie cy le treü de nature,
935 Va hors du monde, plus n'areste.
Je te metz la main sur la teste.
Defferatur Anima in infernum.
Tu as veiscu longue saison, ***
Prandre te fault autre maison,
Tu fux bien nyce.

DEUS

Le monde est tout plain de malice, 940
Tout leur coraige ont mys en mal ;
La terre amont et aval
Toute est plaine d'iniquité.

897. fismez. — 885. tu suppléé.
* 26 r°. — ** 26 v°. — *** 27 r°.

Je me repans pour verité
945 D'avoir homme fait ne formé.
A ma sanblance l'ay creé,
De la terre je l'osteraӳ,
. . . .
Bestes, oyseaulx et autres choses
950 Vivans quil sont ou monde en-
[closes.
La terre est par eulx corrumpue,
Par peché est toute perdue ;
Toute char cy corrump sa vie
Par les pechiers de glotonnie,
955 De luxure en especial;
Ou monde n'an sçay c'ung leal,
C'est Noel quil est mon amy,
Il est parfait et sans ennuy.
Icelluy je preserveray
960 Et de peril le garderay,
Je descendray la jux vers ly.
    Hic descendat ad Noel.
Noel, or entendz ung peu cy.

NOEL

Helas, qu'esse que j'ay ouy ? *
C'est une voix plaisante et belle.

DEUS

965 Noel, c'est ton Dieu quil t'appelle.
La fin de toute char humainne
Devant moy trop fort ce demaine.
De tout mal est plainne la terre,
Je ne leur menray autre guerre,
970 Je les veulx trestous consumer
Et sur eulx deluge amener.
Faire te fault une grant arche
De bois ligier, cy que mieulx marche

Dessus l'eaue, quant temps sera.
Chambrettes la dedans ara, 975
De poil et de cyment l'oindras.
De trois cens couldes la feras,
De long et de large cinquante,
Et la hauteur sera de trente.
Ou hault feras une fenestre, 980
Et ung huis feras a senestre.
Quant ton arche fait tu avras,
De viande tu l'ampliras
Pour toy, tes enffens et leurs fem-
[mes
Et pour toutes bestes movables 985
Qu'en ton arche tu guarderas
Et point dehors ne les mectras
Tant que les eaulx soient courue z
Et en leurs drois lieux revenuez. **
Trestoute chose envers moy erre, 990
Iniquité regne sur terre,
Le mond envers moy tant meffait
Qu'il me desplait de l'avoir fait,
Mais la terre et eulx defferay,
Toy et tes filz reserveray. 995
Delivre toy activement
Et glue l'arche de cymant,
Et pardessus, ou costé dextre,
Laisseras la dicte fenestre,
Et de toutes bestes quil marche 1000
Deux et deux tu mectras en l'arche,
Et aussy des oyseaulx volaiges,
Et leur feras plusieurs estaiges,
Et cy mectras pain et viande
Pour an et plux ; je te comende, 1005
Delivre toy et plux ne tarde.
    Recedat DEUS ad propprium paradisum.

---

948. Il manque un vers pour la rime et le sens. — 953. *chart.* — 973. *aille.* — 974. *leaul.* — 982. *tu* suppléé. — 1003. *leurs.*

966. GENES. VI, 13 : *Finis universae carnis venit coram me,* etc. — 996-1050. GENES. VI, VII, VIII.

* 27 v°. — ** 28 r°.

NOE

Mon Dieu, or me deffends et guarde,
Du tout a toy obeiray,
Et tantost l'arche a point mectray.
Hic preparat archam.
Pose.

1010 Or sont faix parois, fondz et feste,
Je metz dedans oyseaulx et bestes.
Ha suz, ha j'an suis luyteluyt (?),
Je voy, le soloil plux ne luyt, *
Il veult pleuvoir, le temps ce mue,
1015 Il me covyent entrer en mue,
Ja i sont mes fiz et nous femmes.
Hic intret et dicat
Car nous saulvez et corps et ames,
Mon Dieu puissant, mon roy ce-
[lestre!
Il me fault clore la fenestre,
1020 Il pleut, j'ay sentu une guoute.
Hic claudat fenestram.
Helas! chetifz, je ne voy guoutte.
Hic clamabit per quoddam foramen, ut longius
audiatur, et incipiat in archa.
He vray Dieu et vraie lumiere,
Donne que ta grace en moy pere,
Je sans l'arche aler sur les undez,
1025 Ore est noir trestout le monde
Et je suis cy en la balance,
Or n'ay mais ou avoir fiance
Se n'est en ton non reclamer.
Las, chetifz! vecy longue mer,
1030 Et terre ne samble point estre;
Il me fault ouvrir la fenestre,
Pour reguarder c'y fera beaul.
Femme, baille moy ung courbeaul!
Or sus, va, courbeaul, sur les eaulx

Et soies messaiger feaulx, 1035
Reguarde brief et nous reporte
Tel chose qui nous reconforte.
Pause.

Le mal courbeaul point ne re-
[tourne. **
Mauldit soit il quant tant sejourne!
Un colon m'y covyent tremectre, 1040
Je le veul de seans hors mectre.
Douce colombe sans amer
Or va, adieu! Je veul clamer,
Revien tost, ne fay pas demeure.
Pause.

Le colon revient en bonne heure. 1045
Je voy bien que la terre est soche
A ce qu'il apourte en sa bouche
Ung rain vert d'ung abre d'olive.
Tunc revertatur quedam alba columba.
Sillete.

DEUS

Noel et toute chose vive
Que dedans l'arche j'ay guardez, 1050
Saillés vous hors, plus ne tardez.
L'eaue du deluge est retraicte.

NOE et omnes exeant et dicat
NOEL
(Hic edificetur quoddam altare).
Dieu quil cy grant bonté m'as
[faicte
Que moy et toute noriture

1010. pareilz. — 1012. Ms. luyt le luyt (sic) en trois mots. — 1016. il. — 1024. asler. —
1025. or. — 1028. senet. — 1034. sus suppléé. — 1036. briefment. — 1046. seiche. — 1049.
Noel toy et. — 1053. ma.

* 28 v°. — ** 29 r°.

1055 As gardee de mort obscure
Dedans ung petit esdiffice,
A toy veul faire sacriffice *
De cest aignel qu'est beste monde,
Car tu es repareur du monde,
1060 Sur cest autel que j'ediffie.

UXOR NOE

Mon Dieu puissant en quil me fie,
Quil tout le monde en toy com-
[prandz
Grace es bons fais, les maulx re-
[prans
Quil ne se veullent corrigier,
1065 A toy doi ge bien obligier
Mon cueur en grant affliction
Et par vraie contriction
L'offrir m'est ung don a louange.

SEM primus filius

Dieu puissant que servent les ange,
1070 Et toute puissance tresmys,
Devant ton reguart tout fremist
Toy par puissance tout embrasses,
Doulx Dieu, je te veul randre graces
Quant mon pere et nous tes ser-
[vants
1075 Tu as esleuz sur toutes gens.
Dieu sans lequel l'on n'a victoire,
Car nous aies en ta memoire
Et nous donne tel chose faire
Quil a ton saint non puisse plaire.**
1080 D'umble cueur je faix la priere.

JAFET, secundus filius Noel

Et je par pareille maniere
Ce requier, doulx Dieu piteable,
Que tu nous soies secourable,
Et que a nous en l'umain gendre

Tu veulles ton pardon estandre   1085
Et de concordez mectre treves.

CHANAAN, tertius filius Noel

He, beaul Dieu, largesse de feves !
Il n'est homs quil n'ait trop grant
[force
S'il en mangue atout l'escorce,
Qu'elles amplent trop bien la pence,   1090
En feves a trop grant substance.
Sans manger ne peult l'on durer
Ne les grandz labeurs endurer,
Que quant la pence est vuide et
[vague,
Le corps est toujours vuide et 1095
[vague.
Plain de douleur et de friçom.

DEUS

Je vous don ma beneiçom,
Omes. croissez et multipliez, ***
Et toute la terre ampliez.
Des cy veulx avoir aliance   1100
Avecque toy et ta semence.
Car devant moy t'ay trouvé digne
Et pour ce des cy te don signe.
Mon arc es nuez poseray
Et par ly me recorderay   1105
De la promesse que te jure,
Car je ne feray plux injure
A toy, n'a personne du monde
Par deluge quil tant habunde.
Pansez de bien fructiffier.   1110
Tunc recedat DEUS in paradisum.

NOÉ

Le monde fault resdiffier,
Nul ne fault oyseulx demorer,

1068. offrir. — 1069. angelz. — 1083. soies. — 1084. quanous. — 1085. veulle. — 1097. benedictiom. — 1101. avcc.

1054-1155. Genes. IX. — 1070. Psal. lV, 19. Sacrificium Deo spiritus contribulatus : cor contritum et humiliatum Deus non despicies.

* 29 v°. — ** 30 r°. — *** 30 v°.

Il fault semer et labourer.
Je ceste vigne planteray.

SEM, primus filius Noe

1115 Sur bestes sauvaiges seray,
Pour vray je veul estre veneur.

JAFET, secundus filius

Et je veul estre oyseleur,
Ce bel oisel vouldray pourter. *
Jouer me veul et depourter
1120 A faire des angins pour tendre.

CHANAAM, tertius filius

Et il me fault ce fient espandre.
· Car nul ne vit sans labouraige.
Quil a bon pain et bon potaige
Du demeurant pour peu se passe.

NOE

1125 Certes, mes enffens, je me lasse,
Alons mangier, plus ne tardons,
Tunc vadunt manducare.
Pause.

Mes enffans, je vous pry, gardons,
Ce vin est chose proffitable.
Jafet, apourte sur la table,
1130 Or metz seans, laisse sentir.
Hic bibat.
Comme je le sans retantir !
Dieu, quel fort vin ! ha comme il
[point !
Je suis yvre, ou est a point,
Vin est trop perilleux bruvaige,
1135 Quil peu en bura sera saige,
Oncques mais beü n'an avoie,
Pour ce sa vertu ne savoye,
Je me voix mectre sur ma couche.
Vadat.

JAFET

Suz, Chanaan, va cy le couche, **
Et le couvre par la froidure.   1140

CHANAAN

Hay, hay, hay, hay, quel grant lai-
[dure !
Par celluy Dieu quil fist les nuez
Mon pere dort, les coillez nuez,
Venez veoir quel riguolaige !

SEM

Jafet, couvrons nostre visaige,   1145
Pour aler covrir nostre pere,
Que sa verguoingne plus n'apere.
Gettons ce mantel sus ces james.

NOE, evigilando dicat :

A Chanaam soit donnee diffame !
Sem et Jafet, Dieu vous benye !   1150
Chanaan plain de villenie
Soit vostre serfz, car je l'ordonne
Mauldit[e] et serve personne ;
Sem et Jafet, Dieu vous largisse
Tout bien, tout honneur de vous 1155
[ysse,
Chanaan soit en servitute !·

CHANAAN

Plus fol suis que n'est beufz quil
[rute ***
Quant pour une coille velue
Ma gentillesse m'est tollue,
Pour quoy plux noble ne seray ;   1160
Tantost mon abit ge mectray.
Induat se vestimento rusticali.

1121. fiens. — 1148. janbes. — 1161. ge suppléé.
* 31 r°. — ** 31 v°. — *** 32 r°.

Or sui ge villain abillé,
Que je seray souvent pillé :
Avoir de villain broille moille.

1165 Mal me mocquay oncques de coille
Quant mon pere vis enyvré,
A grant tourment seray livré.
Or sa, ma femme, or sa, ma fille,
Il covyent que je vous abille.

1170 Tien, ma seur, metz ceste coiffotte.
　　　　Hie percutiat.
Et toy, fille, ceste tamplote,
Et toy, beaul filz, ceste dociere.
　　　　Hie percutiat.

UXOR RUSTICI

La malle passion te fiere !
Comment! je croy que tu te truffes

1175 Et cy ne nous sers que de buffes,
Sanglant villain, puant gerboiges.

FILIUS RUSTICI

Beaul sireul, que tu nous desloiges*
D'avecques toy quant ainsin paiez!
Il covyent que vous pourtiés braiez.

1180 Oncques, puis que les coilles vistes,
Bien ne distes ne ne feïstes,
Je doubt qu'autel ne nous avienne.
　　　　Tunc tradunt ei braguas longuas.
La fievre cartadie le prenne !
Je croy qu'il m'a trait les preunelles.

RUSTICUS

1185 Je vous veul songnier de senelles,
Après demain avrés des pois.
　　　　Sillete.

LUCIFER, magister diabolus

Haro, mon grant diable, que faix?
Va voulant en l'air comme foudre

Guarde ne fine mais de corre
Jusques ayes de diables grant 1190
　　　　　　　　　[masse,
Cent mille milliers en amasse,
Et me les fay venir le cours.

CLAMATOR INFERNI

Dïables grans et gros et cours,
Dïables qu'il gettés tempestes,
Dïables aux cornuez testes, 1195
Dïables quil en l'air voulez
Quil maintes personnes affollez, **
Diables grands et vous, diables
　　　　　　　　　[noir,
Venez tost en nostre manoir,
L'Enfer veult tenir ung chappitre. 1200

BAUCIBUS

D'exempcion n'avons pas tiltre,
Nous y alons, puis qu'il ly plait.
Lucifer quil tout bien desplait,
Pour quoy nous mandez vous,
　　　　　　　　　[beaul sire?

LUCIFERT

Pour ce que j'ay au cueur grant ire, 1205
Sanglante traicte larronnaille.
Vous ne faictes chose quil vaille.
Il n'est ame que pourchassés,
Je croy qu'aux papillons chassés ;
Par vous deust croistre ma che- 1210
　　　　　　　　　[vance.
Et je voy qu'elle desavance.
Ou est le gain que vous me faictes?

BAUCIBUS

Chier seigneur j'ay tant d'ames
　　　　　　　　　[traictes
Des corps es gens que c'est mer-
　　　　　　　　　[voille,
Tout temps a mal faire je veille. 1215

1175. serfz. — 1181. dictes.. fictes. — 1188. lart. — 1190. aye... diable. — 1192. fait. —
1200. ung suppléé.

* 32 v°. — ** 33 r°.

J'ay fait par mes malvoix malices *
Le monde encliné a tous vices,
L'ung larron et l'autre meurtrier,
Pour ce Dieu quil est droicturier
1220 Les a noiez pour leurs meffaix.

TEMPEST

Encor ai ge plux de maulx faix :
J'ay fait gessir les filz es meres,
Et les fillez avec les peres,
Et encore plus grant laidure,
1225 Car j'ay fait corrumpre nature,
Et pour ce a prins Dieu vangance.

DESROY

Et j'ay fait plux grant mescheance,
Que j'ay tant fait de pechiers faire,
Car Dieu quil est mout débonnaire
1230 A dit qu'a annuy ly tournoit
Quant oncques homme fait avoit.
N'ai ge pas bien fait mon office ?

LUCIFERT

Vous estes saiges, non pas nice,
Faictes toujours en ceste guise,
1235 Cy me ferés mout grant service,
Je ne veulz de vous autre amende
Que beaulcob d'ames cy descende.**
Verrous quil son devoir fera.
Sillete

CLAMATOR

*Sarra varit Habrae Ysaac in
[risum,*

Pro quo pater obtulit vivente occi- 1240
[*sum.*

DEUS

Habraam, dy moy, ou es tu ?
Or me respon, il est saison.

ABRAAM respondet

Mon cher seigneur, *ecce adsum.*

DEUS

Or entenz ung peu ma raison.
Prendz ton seul filz que tu tant 1245
[aymes
Ysaac pour quil tu me reclaimes,
En la terre de vision
Va en peregrinacion,
Et la ton filz tu m'offerras
Sur la montagne que verras, 1250
Laquelle je te montreray.

ABRAAM

Presentement me lieuverey ***
Pour faire de Dieu le plessir,
Faire le doix sans alantir.

Hic surgat et veniat ad asinum et ducat
eum, postea dicat

Ysaac, beaulx filz, venés a moy. 1255
Et entre nous deux par arroy
Acomplirons isnellement
De Dieu le bon commandement,
Puisque a luy est or donné
Fere de nous sa volunté 1260
Certainnement.

Illc colligat ligna, postea dicat duobus
pueris.

1221. *bien plux.* — 1224. *encor.* — 1228 *pechier.* — 1230. *dist.... annuyt.* — 1236. *autre*
suppléé — 1237. *ame.* — 1241. Ce vers n'a pas de rime.— 1245. *ayme.* — 1246. *reclaime.*
— 1259. *luy est ordonné.*

1239. GENES. XXI, 6. Sara : *Risum fecit mihi Deus, quicumque audierit, corridebit me.*
— 1246. GENES. XXII, 2. *Vade in terram visionis.*

* 33 v°. — ** 34 r°. — *** 34 v°.

De cy ne bougez nullement,
Et cest asne cy bien gardez
Jusques nous serons retournez.
1265 Mon filz et moy laissus yrons,
Incontinent cy tournerons,
Et ferons a Dieu sacriffice,
Quant arons fait, serons proppice
De retourner par devers vous :
1270 Or tenez, mon beaul filz tresdoux,
Ce fardelet cy pourterés,
Après moy bellement venrés.
Et je pourteray ce coutel
Pour sacriffier nostre aignel,
1275 Et le feu a l'autre main.

YSAAC

Mon pere !

ABRAAM

Que veulx tu ?

YSAAC

En vain, *
Se me semble, nous labourons.

ABRAAM

Pour quoy?

YSAAC

Il me semble n'avons
Avec nous sacriffice aucun;
1280 Au moings ce nous en eussions ung,
Nous fussions bien.

ABRAAM

Beaul filz, ne t'esmaie de rien,
Dieu tresbien cy nous pourvoyra,
Incontinant qu'il luy plaira,
1285 De beste pour le sacriffice,

Telle quil sçeit estre proppice.
Ung peu icy vous repossez
Jusques l'autez soit atournez.

Hic aponat altare, postea dicat suo filio

Sa, beaul filz, or vous approuchés,
Il fault que vous soiez bandez. ** 1290
Dieu veult vostre char soit occise,
Pour en faire a luy service.
Sur cest aultel vous fault poser,
Vous ne devez pas reffuser,
Puisque c'est de Dieu le vouloir. 1295
Or deviez vous estre mon hoir,
Et prenoye en vous grant plessir,
Mes certes point desobeir,
Vous et moy, a luy ne devons.

ISAAC

Mon pere, ce n'est pas raison. 1300
Mes de Dieu soit le vouloir faict,
Que puis que il lui plait
Contre vous ne veulz meurmurer
Ne ung seul petit mot sonner.
Faictes le Dieu commandement, 1305
Mon pere, a Dieu vous comand,
Faictes le sans vous coroser.

ABRAAM

Beaul sire Dieu, donne essaucier
Devant ton reguard, par ton ange,
De ce sacriffice louange 1310
De mon chier enffant que je t'offre.

Modo elevat glavidium ad percusiendum
eum et non percusiat, et RAPHAEL accipiat
glavidium et dicat.

. . . .
. . . .
. . . .

1275. Vers faux, probablement par suite d'une abréviation du texte. La tirade
devait se terminer par un vers de quatre syllabes: A l'autre main. — 1278. que
nous ne avons. — 1301. De Dieu soit la volunte jaicte. — 1302. Que puisqu'il. — 1304.
seul suppléé. — 1304. faicte. — 1310. ce supplé. — 1311. Lacune d'un folio au moins
dans le Ms.

* 33 r°. — ** 35 v°.

Omnes JUDEI insimul

Moise, cy par toy morron, .
Donne nous de l'eaul, cy bevron,
Le peuple meurt icy de soif.

MOISE

1315 Toujours vous criez contre moy.
Voulez vous nostre Dieu tempter?
Vous ne faictes que meurmeurer
Encontre moy de jour en jour.

YSACHAR

Le peuple est en grant freour
1320 Pour la grant povreté de l'eauve,
Si n'en a une seulle lorme
Dont ce puisse ressassier.
Il samble nous veulles tuer :
Tu nous as boutés hors d'Egipte
1325 A ce que trovasses praticque
De nous faire trestous morir.
Se n'avons de l'eaul sans faillir,
Nous enffans et nous sans deslay
Et nous jumens morront de soif,
1330   Tu bien le voix.

MOISE

Que pui ge faire a ceste foix ? *
Doulx Dieu quil le monde creas,
Tout pour certain je ne croy pas
Que par eulx ne soic lapidé.

DEUS

1335 Moise, entendz que te diré.
Devant le peuple tu yras
Et des plux viellars meneras,
Et va ou je te monstreray,
Et devant toy m'aresteray,
1340 En Orebe dessus la pierre

Et sur celle te covyent fierre,
Et en ta main tiendras la verge
De laquelle la mer frappas,
        (Habeat secum duos senes).
Quant ton peuple ou desert menas,
Et d'icelle fier sur la pierre,   1345
Et tu verras yssir grant erre
De l'eaue par tresgrant random.
        Silicte.

MOISE
Videndo versus Judeos in deserto
et dicat eis.

Je vouldroie savoir la raisom
Pourquoy tansez cy aprement,
Et sans cesser aucungnement,   1350
Nostre Dieu et cil quil le sert,
Pour deffault d'eaul en ce desert.
Vous faictes pecher contre luy.

YSACHAR

Or fussions nous ensevely **
En Egipte dont nous amaines !   1355
Nous ne pouons souffrir tels pain-
Com de gessir es pavillons   [nes
Es quieulx de soif nous perissons,
Et morons cy de mort orrible.

MOISE

O tresrebelle et incredible !   1360
De ceste roiche sans faillir
Je vous puis faire eaul saillir.
Hic percutiat bis petram cum virga,
egrediatur aqua, et dicat:
Veez cy de l'eaul de la roche,
Sans contredit et sans reproche,

1312. *Morron cy par toi.* — 1314 *soifz.* — 1318. *Contre.* — 1321. *Sil... larme.* — 1323. *que nous veulle.* — 1324. *bouté.* — 1325. *trovasse.* — 1329. *morrons... soifz.* — 1334. *lapidez.* — 1335. *je le.* — 1340. *Oreb.* — 1342. ce vers n'a pas de rime. — 1345. *fiert.* — 1356. *tel painnes.* — 1359. *soifz.* — 1362. *puist.*

1313-1384. Exod. XVII.

* 37 r°. — ** 37 v°.

1365 Quil toujours mais yert en me-
                 [moire.

Omnes JUDEI mirando.

Avant, avant, a boire, a boire.
Vard'arriere, varde, houle, houle.

Hic bibant.

NEPTALIM

Je veul boire a ceste soulle.
Oncques cy bonne eaul ne santy,
1370 Par mon Dieu, comme ceste cy, *
Et cy ne sens mye la bourbe.

AMALETH

Cy doucement con miel quil colle
Elle m'est avalee ou ventre.

YSACHAR

Il me sanble que lait y entre,
1375 Je ne bux oncques eaul si sainne.

ACQUIM

J'avoie cy la pence vainne,
Peu failloit que je n'estouffoye.

VIVANT

Elle me conforte le foye,
Et les boyaulx et la ratelle.

GAMALIEL

1380 Je veul boire par tel scrvelle
Que Dieu la teste crollera.

MARQUE *bibat.*

Pendux soit quil bien ne bevra ! **
Il me samble que Dieu me tienne.

Sillete.

DEUS stans in paradiso, et descendendo de Paradiso in Sinay dicat alta voce

Moyse, viendz en la montaigne,
1385 Et fay de la pierre deux tables

Dont tu voix icy les samblables,
Et je t'y escripray la loy
De ma proppre main, a mon doy ;
Monte vers moy en Sinay.

Pause.

Hic debet DEUS descendere de paradiso in montem Sinay, et introire domnm igneam subtiliter factam de aqua vite, et ibi debet oculte bucina bucinare in dicta domo ignea.

MOYSE

Fort Dieu, puissant Adonay,   1390
Clement, misericordz, benigne
Nous faix ne sont pas vers toy di-
De esperer ta saincte face.   [gne

(DEUS exeat de domo ignea).

Se j'ay envers toy mille graces
Que tu nous possedes et gardez.   1395

DEUS scribat et postquam scripsit dicat.

Moise, que ceste loy gardes ! ***
Quilconques la trespassera
De mon peuple terminera ;
Gardez la tous sans contredire.

MOISE   1400

A ton command je leur voix dire.

Pause.

Hic descendat ad Judeos, habens faciem cornutam, et dicat.

O peuple, tu que Dieu voult pran-
               ·[dre,
Entandz, se tu ne veulx mespran-
               .[dre
Ce que ton Dieu par moy demande.
Dix commandemens il te mande

1365. *yet.* — 1369. *Onc.* — 1371. *scens pas la.* — 1375. *onc.* — 1396. *je veul que.* — 1401. *tu* suppléé. — 1403. *Et que... par moy te mande.* — 1404. *par moy te mande.*

1384-1435. Exod. XIX, XX, XXIV.

* 37 v°. — ** 38 r°. — *** 38 v°.

1405 A garder, sans point trespasser ;
Garde, peuple, de les casser.
Quil contre ceste loy ira,
Cil de son peuple perira.
Voy les te cy, or les escoute
1410 Et en ton cueur les fiche et boute,
Vecy la loy en pierre escripte.

Hic legat.

« Je, Dieu, quil t'ay mis hors d'E-
|gipte :
Mon peuple, ma loy garderas.
Premier que Dieu tu ameras
1415 De tout ton cueur parfaictement
Et de pensee entierement ;
Son nom en vain ne jureras
Ne autre Dieu adoreras. *
Les festes sanctiffieras,
1420 Pere et mere honoreras.
Ton prochain conviendra amer
Autant comme toy, sans amer.
Garde que par nulle besoingne,
Nulle faulceté ne tesmoingnes.
1425 Garde nul ne face adultere,
C'est chose envers Dieu trop amere,
Et que nulz par malvoise envye
Larecin ne face en sa vie,
Ne nul ne soit quil meurtre face
1430 Ne quil le quiere ne porchasse.
Ceste loy par commandement
Dieu vous commande expresse-
[ment.
Gardez la tous, commant quil aille.

Omnes JUDEI insimul.

Cy ferons nous, vaille quil vaille,
1435 Chascun de nous bien la tiendra.

ECCLESIA

Dieu en ce siecle descendra,
Je suis et fuz, tousjours seray,
Ou siecle advenir regneray ; **
En paradix est ja mon regne,
Ou Dieu, mon espoux, vit et res-   1440
[gne ;
Cy me covyent regner sur terre
Et aux dïables prandre guerre,
Pour acquerir humain lignaige
Que dïables tiennent en guaige
Pour le pechié du premier homme,   1445
Dieu le condempna pour la pomme.
Je suis en ciecle non congneue,
Je n'y suis encor aperceue,
Pour ce je faix deul (?) des prop-
[phettes
Quil savent les choses secrettes ;   1450
Au peuple de Dieu avisance
Doyvent donner et esperance,
Il doyvent a m'entanciom
Parler de la Redempciom
Quil sera par le filz de vierge,   1455
Des propphetes sera requier je.
Mon regne encommencera
Quant la pucelle enffantera,
Et fiet omnibus notum.

MOYSE

Populc, sit tibi notum   1460
Et hoc erit veris notum.
Oy, le peuple que Dieu veult pran-
[dre, ***
Entandz, ce tu ne veulx mespran-
[dre.
Je suis Moyse, vo propphete
Quil au nom de Dieu vous repete,   1465
Ces miracles qu'avez veü
Et de par Dieu apperceü.

1410. *fiches.* — 1425. Ms. *deul,* mot altéré ?? — 1428-1429. *doyve a m'antanciom.* — 1460.
Peuple. — 1462. *veul.* — 1464. *vostre.*

* 39 rº. — ** 39 vº. — *** 40 rº.

Oy sa loy, peuple, et escoute,
Et en ton cueur la fiche et boute.
1470 Vous estiés en tresgrant misere
Et en servitute amere,
En Egipte, c'est tout de voir,
Quant Dieu vous voult d'ilec avoir
Et delivrer de celle gent
1475 Par moy qu'il commist son ser-
Faraon, le roy deputaire,   [gent.
Vous faisoit panser mal contraire ;
Les enffans males quil naissoient
Les bailles au maistre estran-
                                   [gloient,
1480 Vous femmes a bandon estoient,
Les gens du lieu les verguondoient,
Ce estoit sans nul contredire,
Car vous n'an osassiés riens dire,
Quant le grant Dieu vous visita,
1485 Par moy, son sei f, vous esquicta
Par maius miracles, par grands si-
                                   [gnes,
Combien que je ne fusse dignes.
Le Dieu puissant Adonay
Parla a moy en Sinay,
1490 Et m'anvoia par amistié *
Vers vous, dont il avoit pitié,
A tout une verge petite
Dont fut baptue toute Egipte.
Il ny ot cy fort enchanteur
1495 Que je ne randisse menteur,
Devant le roy, en sa prudence,
Par nouvelle signiffiance.
Quant je ly dix le mandement
Que j'avoie en commandement,
1500 Pharaon au felon couraige
Me respondit : « Dy ton messaige,
Et cy me bailleras enseigne

Comment certainement je tienne
Que tu es de Dieu envoié. »
Hic [se] faciat pausa longua.

De ce lieu dont fux envoié   1505
Je ly dix et montra en voire
Par la verge de Dieu la gloire,
Devant ses yeulx serpent devint,
Puis en sa samblance revint.
Le Roy d'Egipte dit briefment   1510
Que ce n'estoit qu'anchantement.
Quant j'oy cela au Roy dire,
De la verge sans contredire
Je feray dedans la riviere,
Et tantost l'eaul quil estoit clere 1515
Fut trestournee en sang crueulx."
En toute Egipte ne fut lieux
Ou il eut d'eauve une goute
Quil ne fust muee en sang toute.
Non pour tant le Roy au fort cueur 1520
Ne vous voult laissier a nul seur
Pour vostre Createur servir,
Toudix vous vouloit asservir.
Dont Dieu fist demonstrances
                                   [belles,
De raynes et de sinterelles   1525
Fut toute la terre couverte,
De bestes, de blez fut deserte ;
Puis fit tant de mouches venir
C'on ne pouoit bestes tenir ;
Cy durement les detraignoient   1530
Que gens, bestes, oyseaulx mo-
                                   [roient ;
Boces, verues et apostumes
En celle terre mains corps tume.
Puis fit Dieu par la terre corre

1470. estiens... tres suppléé. — 1473. veul. — 1479. aux maistre. Cf. Exod. I, 16 (Pharaon). — 1483. ossassiens. — 1485. Car moy mon serfz vous. — 1487. digne. — 1518. hut.
1484-1580. Exod. VII-XVII.
* 40 v°. — ** 41 r°.

1535 Tonnerre, gresle, feu et foudre.
Tout ce quil estoit hors maison
Fut tué en celle saison;
Chevrottes aux testes armees
Ne furent cel an espargnees,
1540 Trestoute la verdeur mangirent,
Abres et fruitz forment blessirent.
Après tenebres tant terribles,
Noires, espesses et horribles
Et a celles d'anfer samblables; *
1545 Puis furent desliez les diables
Quil tous les premierz nez de mere
Estoufferent de mort amere.
Lors Pharaon au fort couraige
Vous getta hors du grant servaige,
1550 Parmy la mer Rouge passates
A pied sec, oncques n'y moilastes
Pied de vous, cy vray vous sçavez,
Tous ses signes veüz avez.
Vous ennemis vous poursuïrent
1555 Quil en la bisme descendirent
Comme plon en la mer parfonde,
Car Dieu fit tourner sur eulx l'onde.
Ou desert, ou vous habitastes
Par . XL. ans, vous n'y guatastes
1560 Vous veistemens en nulle guise,
La Dieu vous fasoit tel service,
Car du pain du ciel vous viviez
Ouquel telle saveur trouviez
Conme vous vouliez desirer,
1565 Bien devez tel bien remirer.
D'ungne fort roche seiche et dure
Vous fist saillir de l'eaue pure.
Une nue vous conduisoit
Quil par nuyt dessus vous luysoit,

Et par le jour vous tenoit unbre, 1570
Et d'autres miracles sans nombre
Vous monstra le Dieu de puissange.
Dont peu avés de congnoissance.**
Tous ces grans biens faix oubliates,
Car de or ung veaul vous forgastes 1575
Et criates en audience
: « Adorons le Dieu de puissance,
Vecy le Dieu quil nous acquicte
De la servitute d'Egipte » !
O Juïfz, de vous que sera ce? 1580
Dieu vous a tant monstré de grace
Cy tresbelle et cy incredible!
Je sçay bien que c'est impossible
Que vous ne faictes males festes.
Vous contondiez vous prophettes, 1585
Point ne croiez la loy nouvelle,
Ne l'anffant de vierge pucelle;
Ce que vous avez aux yeulx veu
Vous n'avez honnoré ne creu.
O las ! Juïfz a dur couraige, 1590
J'appelle Dieu en tesmoingnaige,
Le ciel, la terre et la mer,
Car une vierge sans amer
Du ciel concepvra ung hault prince
Quil viendra, affin que il rince 1595
Nous pechiés, et mecte en espace
De tous ceulx largir de sa grace
Quil le croiront parfaictement,
Mes vous le croiez autrement.
C'est celluy dont je vous avise, 1600
Et vous annonce et prophetisse.
Ma vye doit briefment finir,
Après moy, ung temps advenir,
Saichés trestous certainement,

1562. ovez. — 1563. trouvez. — 1564. voulez. — 1567. l'eaul. — 1575. dor. — 1580. O est suppléé. — 1582. tresbelles... credible.
1604-1614. *Sermo (apocryphus) beati Augustini episcopi de* NATALE DOMINI *sive de* SYMBOLO (Patr. Migne, t. XLII, p. 1124). Moyses: *Prophetam vobis suscitabit Deus de fratribus vestris; omnis anima, quae non audierit prophetam illum, exterminabitur de populo suo.* — Cf. Vulgat. edit. DEUTERONOMII, XVIII, 15, 19. »
* 41 v°.— ** 42 r°.

1605 Car de vostre loy propprement
Naistra ung home bien taiché,
Sans falace et sans peché,
Et cy sera moult grant seigneur,
En ce monde n'ara greneur.

1610 Par luy sera l'umain lignaige
Quicte et franchy de servaige.
Cil quil a luy n'obeyra
De ce peuple icy perira :
Hoc locor voce divina.

SIBILLIA

1615 *Et hec est mea doctrina.*
·Combien que soie Sarazine,
Par revelacion divine
Je sçay et dix parfectement
Que en signe de jugement

1620 Du ciel viendra une personne
Quil sur tous pourtera coronne.
Roy des Juifz sera clamé
Et de son peuple pou amé ;
Sans menassier, sans deffier,

1625 Il le feront cruciffier
Par malvoité, par traison *,
Coutre droit et contre raison.
Au tiers jour resuscitera,
Comme Dieu aux cieulx montera,

1630 Après viendra jugier le monde
Du ciel, affin que il confonde
Ceulx quil faucement jugeront,
Et tous ceulx quil Dieu ameront

1635 Regneront avec luy sans fable
En son grant resgne perdurable.
Quant viendra son advenement,

La terre donra movement,
Le ciel par maniere pareille, **
Fera trescrueuse merveille.
En char sera juge ce juge,   1640
Et toute char fauldra qu'il juge ;
Sur les malvoix ara victoire
Les bons conduira en sa gloire.
Talis est Dei series,
Veritatem reciteo.   1645

DAVID propheta

Sic etiam non sileo.
Saichiez, Dieu descendra au monde,
Eu quil toute beaulté habonde,
Par devant tous les filz des hommes,
C'est le hault Dieu a quil nous   1650
            sommes ***.
A sa venue je puis bien dire :
Cein toy de ton glaive, beaul sire,
Sur ta cuise trespuissamment
Pour nous faire deffandement.
Par ta beaulté arons remede,   1655
Pour nous regne, pour nous pro-
            cede.
Par ta vérité les justices
Nous rendra ta dextre proppice.
De siecle en siecle est ton regne,
Ta verge de droit sur tous regne. 1660
Tu as amé par verité
Justice contre iniquité.
Pour ce, Dieu d'uille de leesse
Devant tous t'oinct par ta noblesse,
Car tu es filz du Roy celestre,   1665
Et ta mere sera a dextre

1619. Car. — 1644. Ce vers n'a pas de rime. — 1657. justice.

1615-1645. B. Augustini de *Symbolo* (Patr. Migne, XLII, p. 1126 : *Judicii signum : tellus sudore madescet.* — 1619. *E celo rex adveniet per secla futurus.* — 1657. PSAL. XLIV, 4. *Accingere gladio tuo super femur tuum, potentissime,* etc. — 1660. PSAL. I, 9 : *Reget eos in virga ferrea.* — 1663. PSAL. XLIV, 8. *Dilexisti justitiam et odisti iniquitatem : propterea unxit te Deus, Deus tuus, oleo laetitiae prae consortibus tuis.* — Ibid. 10. *Astitit regina a dextris tuis in vestitu deaurato : circumdata varietate.*

* 42 v°. — ** 43 r°. — *** 43 v°.

D'or et de vair anvironnee,
Pour ce louange t'est donnee.
Je parle com se je veoie
1670 Toy, mon Dieu, dont je faix tel joie.
Je vous dix, Dieu viendra au monde
Comment fist sur la toison l'onde
De Gedeon quil sans rosee
Fut decourant et arosee.
1675 A son temps faudra toute guerre,
Car Verité naistra sur terre
De ce jour par sa dignité.
Misericorde et Verité,*
Justice et Paix sans nul reproche
1680 Le viendront baisier en la bouche.
Ecce proffetizo vobis.

ISAŸAS propheta

Parvulus nascetur vobis.
Je fermement vous asseüre,
Car d'ungne vierge necte et pure
1685 Naistra enffant de grant noblesse,
Au monde sera grant leesse.
Son prince, sa noble excellance
Aront sur l'espaulle esperance.
Ce seigneur je nomme et appelle
1690 Nostre Dieu qu'est filz de pucelle
Et conseilleur de grant merveille,
Prince de paix quil n'a pareille,
Pere du siecle advenir.
Son regne sera sans finir.
1695 Son empire yert multiplié.
Sa vierge mere alaitera,

De feblesse chancellera
Pour cause de l'umanité
Qu'il prandra en virginité ;
En celle petite enffance, 1700
Se muera le Dieu de puissance,
Car Dieu sera entierement *
Et filz de vierge propprement ;
Le filz de Dieu homme sera
Et en terre habitera, 1705
Hoc pro vero certiffico.

DANIEL

Ecce quot vobis dico.
Quant le sire sera venu
Quil en la croix sera pendu,
C'est cil quil le monde sauvera, 1710
Le regne aux Juifz cessera,
Plux n'aront roy de leur lignaige,
Et cy perdront leur heritaige.
Vidi per celum apertum.

JHEREMIAS

Istud erit totum certum. ** 1715
Le benoist filz de Dieu le Pere
Sera conceu par grant mistere
En une vierge sans faillir
Pour nostre ennemy ussaillir.
Homs humain apperra sur terre 1720
Pour nous racheter et conquerre,
Et, pour ce faire soustenir, ***
Vouldra il homme devenir.
Talis est Dei series.

1667. *cert.* — 1693 *sieclele.* — 1687-1689. La traduction du verset d'Isaïe est obscure et
paraît altérée. -- 1695. *yet*, ce vers n'a pas de rime. — 1720. *appera.* — 1721. *acheter.*

1678. Psal. LXXXIV, 11, 12 : *Misericordia et veritas obviaverunt sibi ; justitia et pax
osculatae sunt. — Veritas de coelo orta est : et justitia de coelo prospexit.* — 1684. Isaïe,
IX, 6. *Parvulus enim natus est nobis, et filius datus est nobis, et factus est principatus
super humerum ejus, et vocabitur nomen ejus admirabilis, consiliarius, Deus fortis, pater
futuri saeculi, princeps pacis. 7 : Multiplicabitur ejus imperium et pacis non erit finis.* —
1706. Cf. B. Augustini de Symbolo (Patr. Migne, t. XLII, p. 1124).—Daniel *Cum venerit
Sanctus sanctorum, cessabit unctio* (cf. Daniel, IX, 24). — 1715-1724. note a la page suiv.

* 44 r°. — ** 44 v°. — *** 45 r°.

3

ESPERANCE

1725   *Ecce completi sunt dies.*

Je, quil suis Esperance, plux ne veul arester,
Car devant Dieu mon pere il me covyent ester ;
'Charité, douce seur, vers luy nous fault aler,
Pour le secours du monde yrons a ly parler.
1730   Alons sans plux tarder, vous savés qu'il est heure.

CHARITÉ

Esperance, m'amye, je n'y feray demeure.
Je voy bien et congnois que le monde perille,
Se par moy n'est requeux, quil suis s'aisnee fille.
Allons y, qu'il me plait, et sans nulle retraicte.
Modo vadant ad Deum et dicat ESPERANCE :

ESPERANCE

1735   Mon Dieu, Pere puissant, quil toute chose as faicte,
Se la mienne lignee c'est envers toy meffaicte, *
Pitié y doit gesir, car c'est par fraude esté.
Si supply, mon doux pere, ta digne magesté,
Je, ta petite fille, quil ay non Esperance,
1740   Qu'a ma povre requeste leur envoyes alegence
Et par ta saincte grace envers toy les racordes.
Reguardés vostre peuple par grant misericorde
Quil de faire priere ne se peult espargnier.

CHARITÉ

Reguardés, beaul pere, reguardés moy larmer,
1745   Or faictes de mon gré cy qu'en aye loyer,
Car quant je me remire en vostre doulx reguart
Quil tant est amoreux qu'a tous les siens depart
Tous biens et toutes joies, aussy toutes delices,
Le fait ne seroit point convenable et proppices

1727. *il nous.*— 1728. *Chariter.*— 1729. *seours.*— 1734-6. Ces trois vers riment ensemble.
— 1736. Item, *may.* — 1737. *il.* — 1744-6. Ces trois vers riment ensemble.— 1745. *que en.*
— 1749. — *convenables.*

1715-1724. B. Augustini, *de Symbolo* (Patr. Migne, t. XLII, p. 1123 et 1124, etc. (Jheremias. « *Hic est Deus noster et non estimabitur alius absque illo qui invenit omnem viam scientie et dedit eam Jacob puero suo et Israel dilecto suo. Post hec in terris visus est et cum hominibus conversatus est.* » — Cf. BARUCH, III, 36-38).

* 45 v°.

1750 Qu'Anfer cy eust du vostre pour certain ung tel guaige
      Qu'est l'omme qu'avés fait pareil a vostre ymaige.
      Secoru seront par moy, je vous pry, beaul pere,
      Visités les chetifz, ostés les de misere,
      Qu'il sont dampnés par l'art au diable deputaire.

                    DEUS respondet :

1755 Comment, mes bellez fillez, comment ce peult ce fere ?
      Pui je donc dire au diable que mes ames me rende ?
      Il m'est mout fort a fere s'il est nul quil l'antende.
      Combien que puisse tout despener et tout faire,
      Sy ne me pui ge pas de moy mesme deffaire.*
1760 Je, qu'il suis verité, mentir je ne pourroie,
      Ce j'estoie menteur, Dieu pas je ne seroie.
      J'ay condempné Adam et de ma propre bouche
      Pour le mors de la pomme quil luy tourne a reproche ;
      Contre ce que j'ay dit, ce je le desdisoie,
1765 Vous veez clerement que mansongier seroie.
      Montrés moy autre voie comment je le recovre.

                    CHARITÉ

      Pere, reguardés moy quil tant mon cueur descovre,
      Je te prie par douceur, Pere, vers moy reguarde,
      Que de ta grant amour sanble que mon cueur arde.
1770 Pere, tu sçeis assés que je suis Charité,
      En ton cueur suis formee par fine verité,
      De toy tien tant de biens de douceur et de grace
      Qu'il fault que l'autruy bien comme le mien porchasse,
      Car c'est ma nature formee en ta bonté.
1775 Or voi ge, par fallace homme est surmonté,
      Homme se dit deçeu, son cas est miserable ;
      Si supply ton cueur tendre qu'il leur soit piteable
      Et que par ma requeste ton salut y adresse.

                    DEUS

      Ma fille Charité, n'aiez nulle tristesse.
1780 Vo douce amour me romp le cueur et le coraige.
      Puisque l'antreprenés, il fault donc que g'y aille.**

1750. *hust.* — 1752. *je le.* — 1752-5. quatre vers rimant ensemble. — 1754. *lare.* — 1755.
peut. — 1772. *tiend... biens... douceur.* — 1775. *est* suppléé.

1758. Appel : *Sy ne.* — * 46 r°. — ** 46 v°.

Desdire ne me puis, quant ad ce fault puissance,
Mes la malane au diable vaincré par sapience,
Puis qu'il vous plait, mes filles, que le monde repaire,
1785　Je le veulz sans destruire tout de nouvel reffaire.
Ung paradix terrestre de nouvel referé,
C'est le corps de la Vierge ouquel je descendray ;
En ce bel paradix je veul estre planté,
Et pourter feulle et fruit quant g'y seray enté ;
1790　A ceulx quil me croiront le fruit abandonray
Et vie pardurable avec moy leur donray.

L EVESQUE DE LA LOY

Entendez tous que je direy.
Je suis evesque de la loy,
Vous savez qu'apartient a moy
1795　De pourveoir certainnement
Au fait et au gouvernement
Des vierges et des pucellettes
Quil seans sont pures et nectes
Noriez, en tous biens instruictes,
1800　Puis qu'en aige elles sont pro-
　　　　　　　　　　　|duictes
De mariaige consommer.
Pour ce vous toutes ordonner
Vous covyent bien et doucement
Pour vous en retourner briefment
1805　En vous maisons, cheux vous amys,
Ad ce que par leurs bons avys *
Vous puissiés estre marieez
Pour mieulx acroistre vos lignees,
Ainsin que Dieu l'a ordonné.

PRIMA PUELLA

1810　Nous ferons tout a vostre gré,
Ordonnez ce qu'il vous plaira,

Par moy ja deffault n'y ara
En bonne foy.

SECUNDA PUELLA

Ainsi ne tiendra point a moy
Que ne face vostre plessir,　　1815
Je me doy tresbien consantir
A vo vouloir.

VIRGO MARIA

Ce ne feray mye pour voir,
Pour riens ne m'y consentiroie,
Ainsy fere je ne pourroye　　1820
N'an moy cy n'est point de le fere,
Il me viendroit a grant contraire
Certainnement.

TERXA PUELLA

Avecques vous benignement **
Je suis preste de Dieu servir　　1825
Et en ce temple me tenir
Pour mener vie solitaire,
Avecques vous, Marie chiere,
D'or en avant :

1786. _reffaire._ — 1786-92. Sept vers rimant ensemble. — 1790. _abandonneray._ — 1797.
pucelles. — 1800. _elles sont en aige._ — 1807. _puissés._ — 1828. _avec.. Marie la belle._

* 47 r. — ** 47 v°.

L'EVESQUE DE LA LOY

1830 Marie, or nous dictes comment
Voulés vous estre desdaigneuse ?
Vous estes la plux gracieuse
Des autres, et contredisés
A nous dis ! Et comment osés ?
1835 Les autres pas ainsin ne font,
Mes acordees tantost ce sont
        Et a bon droit.

VIRGO MARIA

Sire, faire ne ce pourroie,
Car mes parents, avant que nee
1840 Fusse, cy m'ont a Dieu donnee
Et après service ordonnée
        Du tout en tout ;
Et cy vous en diray le bout,
Car en bonne foy j'ay voué *
1845 A Dieu de tout mon cueur et gré
Ma virginité a garder
A tousjours mais, sans varier ;
Pour ce, sire, ne ce peult fere.

L'EVESQUE

Je ne sçay que puisse retraire ;
1850 Vecy besoingne merveilleuse.
D'antente, vous pry, curieuse,
Vous tous quil cy estes presens,
Que me diez par vous seremens
Comme de ce pourray chevir,
1855 Se com vouhé on doit tenir
Et par especial a Dieu.
Vous veez qu'elle a fait le veu
De virginité maintenir.
A ce ne doit on pas faillir,
1860   Ne sçay que dire.

DAMP GODIBER prestre

Non sai ge ce, par ma loy, sire,
Vous y savés trop plus que moy.

DAMP BRUN

Esbaïs estes, mes de quoy ?
Je ne m'an saroie adviser, **
Conseil vous vouldroie demander 1865
De tel chose, se j'an avoie
A faire ; aussy cuideroie
Que bien vous m'an disiez le vray.

MALFERAS

Par le grant Dieu en quil je croy,
Je m'an raporte a vostre dit. 1870

L'EVESQUE

Je conseille que sans respit
Tous nous mectons en orisons
Et a Dieu conseil demandons
        De' cest affaire.

DAMP GODIBER

Vous ne pourriés pas mieulx re- 1875
                    [traire ;
Mectons nous a genoulx ansanble
Et nous verrons, cy comme samble,
De Dieu aucungne demonstrance.

DAMP BRUN

J'aprouve bien vostre santance
Certes, mon doulx seigneur·eves- 1880
                    [que, ***
Je sans la chose presque preste,
Vostre parole a audience.

L'EVESQUE

C'est bien dit que chascun y pense,
Je commanceray le premier.

ANGELUS SALUTIS

Evesque, tu feras crier 1885
Tous ceulx que tu pourras savoir

1830. nous supplée.— 1838. pourroie. — 1840. fusses.— 1861. ce suppleé.— 1865. vous en. — 1868. dissiez.

* 48 r°. — ** 48 v°. — *** 49 r°.

Quil de la maison et manoir
Du roy David, seront yssu,
Viennent icy trestout pourveu
1890 Chascun d'ungne verge jolye :
Celle quil deviendra jolye,
Quant sur l'autel sera posee,
La Vierge sera esposee
A celluy quil la posera
1895 Sur l'autel, quant il apperra,
Mes que sur le bout il appere
Une columbe blanche et clere,
Car c'est de Dieu la volunté.

L'EVESQUE

Dieu soit de nous tous marcié
1900 Quil nous a tresmys son messaige*
Pour fere ce beaul mariaige.
Or sus, faictes tantost venir
Ysnellement, sans alantir,
Tous ceulx quil sont a marier,
1905 Qui du lignaige et du sautier
Sont du tresnoble roy David,
Puisque la voix du Saint Esprit
Nous a volu ce demonstrer.
Sillete.

Icy va MALFERAS et DAMP BRUN
aux Prelaz.

MALFERAS

Or sa, veuillez vous avantcer,
1910 Vous quil estes de la famille
David, et quil estes abille
Au sacrement de mariage :
Vous avés cy bel avantage
D'avoir espose belle et gente.

DAMP BRUN

En cent mille, non pas en trente,　1915
Plus douce on ne trouveroit,
Quil tout le monde sercheroit ;
En douceur est tresexcellante.
Sillete

LE PREMIER VARLET

Veez cy, ma verge vous presente,
Quil est bien verde par ma loy, **　1920
Dessus l'autel je la mectray.
S'il Dieu plait, elle florira.

LE SECOND VARLET

Veez cy la moie, mectés la la,
Je l'ay prinse belle et jolye,
S'il advient qu'elle soit florie,　1925
J'en aray le cueur bien joieux.

JOSEPH

Haa, mes bonnes gens, je suis vieulx.
La Vierge seroit bien perdue
D'avoir telle barbe chenue.
Oncques a femme ne touché ;　1930
Se mariaige m'a couché,
En moy seroit labeur en vain.
Mais vecy ma verge en ma main
Quil n'a pas garde de florir,
Elle est soiche, mes sans faillir,　1935
Avec les autres la mectray
Sur l'autel, puis la retrairay
Secrettement c'on ne la voie.
Hic ponat virgam et retrahit.

L'EVESQUE

He Dieu, qu'esse cy ? je cuidoie***
Que par aucungne de ces verges　1940
Nous eussions miracles appertes,
Et je n'y voi ne fleurs ne fruiz.

1888. De David. — 1889. vienne. — 1921. mectra.— 1922. Sil plait a Dieu.— 1923. mienne.
— 1927. mes suppléé. — 1941. hussions. — 1942. voit... fruit.
* 49 v°. — ** 50 r°. — *** 50 v°.

Pour tant, tresdoux Dieu, quil tout
Je te deprie humblement   [fiz
1945 Que demonstres appertement
Lequel la Vierge doit avoir.

ANGELUS

Icelluy seul, a dire voir,
Quil la Vierge espossera,
Sur l'autel sa verge cy n'a
1950 Pas mis comment il le devoit,
Mais il a prinse de son fait,
Car il repute a folie
Ce c'on fait par grant industrie
Et par mistere merveilleux,
1955 Cy, com il plait au Dieu des dieux.
Si advise quil celluy est
Et luy fai mettre sans arest,
Cy verrés de Dieu le vouloir
Quil sur tout le monde a pouoir ;
1960 Icelluy n'est pas loing de toy.

L'EVESQUE

Damp Joseph, quesse que je voy ?
Vous voulez donc avoir mal estre ?*
Tirés vous sa, nostre beaul maistre,
Et vostre verge cy mettés,
1965 Car ce la Vierge avoir devés,
Pour nulle rien ne la perdrés,
Vostre sera et non pas moie.

JOSEPH

Helas, que ce seroit grant joie
De veoir ung cy fait valeton
1970 Avec cy belle Marion
Quil tant est douce et courtoise ;
Mes pour eviter toute noise,
Ma verge sur l'autel mettray,
Ne jamès ne la retrairay,
1975 Avienne qu'avenir pourra.

L'EVESQUE

Vous dictes bien, mettés la la,
Cy sçarons de Dieu le vouloir,
Car il a sur tous le pouoir,
        N'an fault doubter.

Tune ponat virgam, et immediate floret, et
JOSEPH vult fugere, et EPISCOPUS dicat :

Joseph, il vous fault retourner   1980
Et la saincte Vierge esposer,
Puisque c'est de Dieu le plessir.

JOSEPH

Cecy ne me peult abelir, **
Je ne ly seray point propice.
Certes je suis viel et bien nyce   1985
Pour servir une telle donselle,
De beaulté n'est point la pareille
En ce monde, par mon advis.
Certes il n'est point ses amys
Celluy quil la me veult bailler,   1990
Mais quant je n'y peux reculler,
Puisqu'ainsin est, je la prandray.

L'EVESQUE

Or sa, je vous espouseray
Et vous joindray par mariaige.
Joseph, vous dictes comme saige   1995
Que la Vierge a femme prenez ?
Sainne, enferme la garderés
Trestout le temps de vostre vie ?

JOSEPH

Voire, sire.

L'EVESQUE

        Et vous, Marie,
Vous promettez pareillement ?   2000

VIRGO MARIA

Faire ne le veulx autrement, ***
Puisque je sçay, sans nul erreur,

1950. mist. — 1951. son suppléé. — 1957. fall, — 1962. donc suppléé... mule estre.— 1972.
irie. — 1990. veul. — 1999-2000. Et vous Marie vous promettez, sur la même ligne, à la
suite.

* 51 r°. — ** 51 v°. — *** 52 r°.

Que c'est le veul du Createur.
De tout le monde.

L'EVESQUE

2005 Marie de tout peché monde,
Pour vostre consolacion,

Car je sçay bien qu'il est raison,
Ces pucellettes vous bauldré,
Quil o vous ont seans esté
Et demoré mout longuement.   2010
Compaignie tresbonnement
Vous feront, dont j'aray grant joie.

DEUS loquitur Gabrieli.

Or sus, tost, Gabriel, car te metz en la voie,
A Marie la Vierge pourteras ceste joie.
2015 Pour le salut des hommes dedans ly veul descendre,
En ses precieulx flans veul char humaine prandre,
Quant il plait a mes fillez, par vraie charité.

GABRIEL

Dieu quil siés sur le throne et juges equitté,
D'oïr ta sainte voix ton paradis fremist, *
2020 Et ta haute puissange ton archange tresmis,
Je voix, puis qu'il te plait, racompter ton messaige
A celle gentil dame, courtoise, simple et saige.

Et vadit ad virginem cantando :

Veni, creator Spiritus,
Fecunda sanctam Virginnem
2025 *Ut ejus partus inclitus*
Lapsum reparet hominem.
Qui Paraclitus diceris,
*Confuta mundum languidum, ***
Veniam confer miseris,

Letifica cor pacidum.   2030

Ante Mariam genu flexo

Ave dulcis et devota,
Semper sacrum solamen,
Ut per te gratia tota
Largiatur reis. Amen.

GUABRIEL errectus :

2035 De par Dieu suis tresmis a toy, Vierge pucelle,
Pour toy nuncier et dire une joie nouvelle.

Genu flexo :

Ave gracia plena,
Dominus tecum.

2018. *sier..,jugiez.* — 2023-2034. Portées de musique. — 2026. *reparat.* — 2037-2038.
Portées de musique.

* 52 v°. — ** 53 r°.

Je te salue, Vierge enterine,
2040 Plaine de la grace divine,
Tu es salut de corps et d'ames.
Benoite sur toute autre femme.

VIRGO MARIA

Dieu! com ma pensee est es—
                              [meue ! *
Je suis troblee a merveille,
2045 He! veray Dieu, or me conseille :
Qu'esse que ton ange m'aporte?

GABRIEL errectus:

Ne t'esmaye, mes te conforte.
Tu as trouvee toute grace
Devant Dieu et devant sa face.
2050 Je te dix que tu concepvras
Ung fils, Jhesu l'appelleras,
Quil sera grant filz du hault Pere.

VIRGO MARIA

Monstre moy donc par raison clere
Comment pucelle enfantera.
2055 Je ne sçay comment ce sera,
Car je ne congneuz oncques hom—
                              [me,
Ne ja ne feray, c'est la somme.
Je ne pourroie en nulle guise,
Car j'ay virginité promise
2060 A Dieu, et je ly garderay,
S'il luy plait, tant que je vivray,
Et ce pour voir affermer t'ose.

GABRIEL

Ne t'esmaie de cette chose, **
Lis Ysaïe le prophete ;
2065 Tu trouveras, car il repete,
Comme vierge cy concepvra,
Vierge pucelle enfant ara

Quil sera filz du Roy celestre.
Croy, car ainsin le faut il estre,
Le Saint Esprit en toy viendra,   2070
Le filz du Treshault descendra
En tes flans prandre char hu—
                              [mainne ;
De ce te veul randre certainne
Qu'il plait a la vertu divine.
Voy Elizabeth ta cosine   2075
Quil a conçeu, chose est certainne,
Et s'a esté tout son temps brainne.
Tout est a Dieu obeissant,
Il peult tout fere com puissant,
Riens n'est quant a Dieu impossi— 2080
                              [ble.

VIRGO MARIA

Icy veul ge estre tasible.
Ange, vecy la Dieu ancelle,
Or soit fait selon la nouvelle
Que tu par ly m'as apourtee.
Modo recedat Angelus.

Vray Dieu, tu m'as bien confortee. 2085
Modo vocet puellas, socias suas.
Mes compaignez, Sarron, Plai—
                              [sance, ***
Pour Dieu ne vous soit point gre—
                              [vance,
Veullés laissier toute besoingne,
Alons veoir, sans point d'esloingne,
Chez Elizabeth. ma cosine.   2090

SARROM, prima puella

Par Dieu, g'y doix bien estre en—
                              [cline.
Grant piesse a que je ne la viz.

2043. *est esmeuhe.* — 2045. *vray.* — 2048. *trouvé.*   2077. En marge *sterilis* note du copiste. — 2079. *comme.*

2047 et sq. Luc. I, 26.

* 53 v°. — ** 54 r°. — *** 54 v°.

PLAISANCE, secunda puella

Com vous avez trescler le viz,
Marie, ma tresdouce dame !
2095 Je ne me tiendroie point pour
                              [m'ame
De baisier vostre clere face,
Car je voy en vous si grant grace
Qu'il n'est nul quil la peüst dire.

SARROM

Trestout le firmament se mire
2100 En vostre grant beaulté parfaicte,
Ja ma pensee n'est retraicte
Que Dieu ne soit avecques vous.

TERCIA PUELLA

Si est il, ma seur au cueur doux,*
Nous le veons bien clerement;
2105 Celluy quil fist le firmament
Avec elle nous conduira.

VIRGO MARIA

Mes compaignes, or venés sa,
Et veullés laissier le parler ;
Je veulz activement aler
2110 Vers ma cosine, c'est raison.
                    Sillete.

Modo vadat ad Elizabeth et salutando
                dicat :
Paix soit dedans ceste maison,,
Dieu vous guart, cosine germain-
                              [ne !

ELIZABETH

Bien venez et par bonne estrainne,
Belle cosine gracieuse.
2115 Certes vous estes bien heureuse,
Benoite soiez vous, ma dame,

Par dessus toutes autres femmes,
Benoit soit le fruit de ton ventre !
           Admirando dicat :
Dont me vient ce que ma dame en-
                              [tre
En mon hostel, et vient vers moy   2120
La mere de mon Dieu, mon roy ?
Vray Dieu, et dont me peult ce
                              [estre
Que la mere du Roy celestre **
Vient a moy par humilité ?
           Amplectando dicat.
Douce cosine, en verité,   2125
Si tost que ton salut j'oy,
L'anffant en mon corps s'esjoy
Pour Dieu quil est en toy conçeus ;
Benoite soies quant tu creuz !
Car tout sera sans contredit   2130
Parfait ce que l'ange t'a dit
En ton saint corps, je n'an doubt
                              [mye.

VIRGO MARIA

Adieu, ma cosine, m'amye,
Je voix vers Joseph mon seigneur.

HELISABETH

A Dieu, qu'il vous doint grant hon- 2135
                              [neur !
Adieu Sarron, adieu Plaisance.

DUE PUELLE insimul :

A Dieu, qu'il vous gart de pesance,
Ma gentil dame gracieuse.

TERCIA PUELLA

En bonne foy je suis heureuse
D'estre venue avecque vous ***   2140
Ma douce dame au cueur doux,
De vous servir suis curieuse,

2097. cy. — 2102. avec. — 2120. viendz. — 2128. conceu. — 2130. seras.
2111 etc., Luc., I, 40.
* 55 r°. — ** 55 v°. — *** 56 r°.

VIRGO MARIA

Je veulz faire chanson joieuse,
Chanter pour Dieu et en son nom.
2145 *Magnificat anima mea Dominum.*

Modo vadat ad domum suam, et vultu humili, dicat :

Je loue mon Dieu, mon Seigneur,
Quil tant m'a fait de bien, d'on-
Quil par sa vraie charité 'neur,
A reguardé l'umilité
2150 De moy quil suis sa povre ancelle.

JOSEPH quasi indignans dicat :

Dont venés vous, Marie la belle ?
Comment vous va, ma douce amie ?
Pause.
Admirando :
He las moy, que pourai ge faire ?
En quel païs pourai ge traire,
2155 Or sai ge bien en bonne foy, *
Vous n'estes pas grosse de moy,
Que, par celluy Dieu quil ne
[ment,
Je n'oux oncques le hardiement
J'osasse vostre corps santir.

VIRGO MARIA

2160 Joseph, je vous dix sans mentir,
Je suis grosse ; c'est chose voire.
Que il a pleu au Roy de gloire ;
Mes je vous dix par verité,
C'est sans perdre virginité,
2165 N'an ayez ja le cueur estroit.

JOSEPH

Or est il fol quil ce ne croit
Que pucelle peust estre mere

Et ung enffant naisse sans pere !
Certes, il m'en covyent fouyr,
Vostre compaignie eschevir, 2170
Car estre ne peult autrement.

SERAPHIN angelus

Joseph, que je voy la dormant,
Ne te doubte point de Marie,
Qu'elle est de tous pechers guarie,
Et croy que son concepvement ** 2175
C'est le filz de Dieu propprement
Quil a voulu en ly char prendre.

JOSEPH evigilando dicat :

He Dieu, bien te doix graces ran-
[dre,
Quant ton ange tu m'as tremis,
Quil m'a tout hors de doubte mys. 2180

Modo vadat ad Mariam et dicat genu flexo :

Marry te voy, Vierge piteuse,
Mere de Dieu tresgracieuse,
J'ay heu sur toy melancolie,
Or me pardonne ma folie,
Et n'ayes envers moy point d'ire. 2185

VIRGO MARIA

Tout vous est pardonné, beaul sire,
Bienviengnez seez delès moy.

JOSEPH

Par ma foy, dame, je l'octroy ;
Seons nous, cy reposerons.
Sillete le grant.

2145. Portées de musique, les notes manquent. — 1157. *Quil* [*me fist*] barré. — 2162. *Quil.* — 2171. *autrement estre ne peult.* — 2177. Ms. *tendre* barré.
2151. et sq. MATTH. I, 19 et sq.
* 56 v°. — ** 57 r°.

OCTOVIANUS imperator

2190　Nous chevaliers, nous gens, sçavez que nous ferons ? *
Ou monde n'a cité, chateaul, ville ne homme
Qu'il ne soit tout suject a l'empire de Rome.
Nous quil tenons l'ampire, sur tous signoriant,
D'Acquillon, de Midy. d'Occident, d'Orient,
2195　Avons tant pourchassé que il n'est nulle guerre,
Et pour ce que voulons maintenir pais sur terre,
Et qu'an nostre temps resgne paix et tranquillité,
Voulons savoir quants villes, quants chasteaulx, quants cités
Et quans chiefs de personnes il a en nostre empire,
2200　Et, affin que chascun nous recongnoisse a sire.
Il paieront par chief quatre deniers de treu,
Encor ordonnons et voulons qu'il soit sceü
En quel païs citez sont, et sur quels rivierres,
Des gens et des lignaiges l'abit et les manieres,
2205　Et qu'a Rome on apporte plain pot de leur hertaige
En reputant que c'est de notre heritaige.
En chascungne cité ara ung commissaire
Quil soit saige et hardy pour cest office faire.
Cirinet, desvoiés, vous irés en Judee,
2210　Tout droit en Bethleam, la fectes l'asanblee,
Commission vous don d'acomplir nostre esdit.

CIRINET, genu flexo :

Tresnoble et puissant prince, c'est fait sans contredit.
G'y voix puis qu'il vous plait, je suis ja en la voie, **
Les dieux que vous creez vous donnent pais et joie !

Modo surgat, et signet ad Goguery, et dicat :

2215　Goguery, mon gentil messaige,
Avec moy tu feras pour certain ce |voiaige,
Delivre toy tantost, prandz ton ar-|noix.

GOGUERY

Certes vent, ne plue né noifz

Ne me tiendra que je n'y aille,
Je voix devant, vaille quil vaille.　　2220

Hic cantando dicat :

Las, quant verray la belle simple |et coye ?
Preudons, enseigne moi la voie,
Car je suis ung peu esguarés.

2199. *chiers.* — 2201. *chierfs.* — 2203. *les citez... quel.* — 2204. *languaiges* — 2209. *desvoie.* — 2210. *fecte.* — 2211. *vo.* — 2216. *la* suppléé.

2190 et sq. Luc. II, 1, 2.

* 57 v°. — ** 58 r°.

RUSTICUS

Est doncques le chemin barré ?
2225 Dy, coquibuz, es tu bien saige ?
Ne voys tu pas que ce passaige
Va toujours tant com terre dure ?
Quil donne ungne grant fressure
Parmy les jouez a ce becjaune ?

GOGUERY

2230 Mahom renoy, ce ne vous aulne, *
Sanglant villain de pute part,
Ou vous nous montrerés quel part
Est le chemin que devons traire.

RUSTICUS

Tien toy quoy, tien, laisse moy faire,
2235 Incontinent je le te nomme.
Va t'am tout droit selon Yonne,
Tout le pendant devers les fourches,
Tu verras a galin galouches.
N'est ce pas ce que tu me dix ?

GOGUERY

2240 De nous dieux soies tu mauldix,
Et moy aussy, ce plux t'escoute !

RUSTICUS

Dy, ma seur, est cuicle la joucte ?
J'ay trouvé en nostre ruelle
Voire croste de pain trop belle
2245 Que je veulx mectre en nous choux
[cuire.

Modo ponat in caulibus quoddam tortellum
nigrum de cortice taanatorum (?), in modum
stercoris.

UXOR RUSTICI

J'oy bien d'icy ton ventre bruire,**
Il n'a mais riens en ta malote.

Modo tradat et ad manducandum in quodam
vase et dicat:

Or, disne en ceste escuellotte,
Et mangue tout a requoy.

Et manducat.

RUSTICUS

Ces choux santent je ne say quoy, 2250
Tu us mise tresmalvoise herbe.

UXOR RUSTICI

Mangue. — Fort il sant la merde !
Tresmeschant villain craiche, crai-
[che.
RUSTICUS

Ah ! c'est donc merde de vaiche
Que je la voy cy petelee ? 2255

UXOR RUSTICI

Mes estron de foire jelee
Que tu as mys en nostre joute,
Et cuideies que ce fut crote,
Tresmeschant villain et aveugles,***
Es tu bien lort, es tu bien beugles ? 2260
Quel vaisseaul a dame essaier !

RUSTICUS

Faisons paix, cy me vien baisier,
Ma douce amie Blanchefflour.

UXOR RUSTICI

He Dieu, la trespute dolour !
Tu pux la merde comme ung loup. 2265

RUSTICUS

La mort Dé, je seray jaloux
Pour ce que te voy si jolie.
Reguardés quel bouche polie !
Elle n'a pas le bec vercy,
Je doix randre grace et marcy 2270
A Dieu : quant icy bien me loige,
Ton cul me vault ung droit horloge ;

2238. agalin. — 2244. voir. — — 2245-2246. cortice (?) eump ou tampnatorum mots très
douteux, devines. — 2250. sante. — 2258. cuidoie. — 2259. et supplée. — 2263. blanche
flour. — 2271. Il cy.

* 58 v°. — ** 59 r. — *** 59 v°.

Tu vesses trop bien par compas,
Au point du jour tu n'y faulx pas,
2275 Par force de vent je m'esveille,
Et puis me veist et appareille,
J'ay en ton cul grant avantaige.

Alés crier par ceste terre
Que ung chascun vienne grant erre 2280
En Betlean sans plux actandre;
Sur guangne il doute d'offendre .
　　A l'imperial majesté.

GOGUERY

Par nous dieux quil firent l'esté,
G'y voix tantost sans demorance. 2285

CIRINET

Sus, Goguery, gentil messaige *

Modo clamat :

Oez, seigneurs, oez, faictes chascun sillance,
Gentilz barons, bourgeois, trestous en une somme,
Saichés par moy vous mande le empereur de Rome
Par devant son commys, le maistre de sa chambre,
2290 Au jour xxiiiime du mois nommé Decembre,
A laquelle jornee de ly est ordonné
Que ung chascun cy voise ou lieu dont il est né.
N'y feictes nulle faulte, que c'est par son command.

Modo revertat versus Cirinet et ei dicat:

Mon chier seigneur, j'ay fait vostre commandement.

JOSEPH

2295 L'on a le mandement
De l'ampereur Cesaire **
Crié en Bethleam,
La il nous fault retraire

Pause.

Marie, se Dieu nous benie,
2300 Il nous faudra, n'en doubtés mye,
D'icy partir bien temprement
Pour aler a ce mandement.
De gesir serez tantost preste,
Pour ce nous manrons ceste beste,
2305 Et, ce Dieu par la vous delivre,
Nous la vendrons pour nostre
　　　　　　　　　　[vivre,
Car nous avons peu de finance.

VIRGO MARIA

Le tresdoux Dieu par sa puissance
Soit avec nous, or en alons.

Sillete le grant.

RUSTICUS

J'ay la fievre blanche aux talons 2310
Pour ma femme avoir malmenee.
Elle ne fut en nuyt ruee;
Il ly fault de vit trop grant bribe,
Et pour ce que je ne la ribe,
Elle est alee esbaloier. 2315
Le sang Dieu, je iray noier ***
Quelque vaissel quil ne s'an aille.

2273. vesse. — 2274. fault. — 2293. feicte... que c'est par son commandement. — 2299.
Dieu benie. — 2305. par de la. — 2306. vendre. — 2311. avoir suppléé... malmernee. —
2315. Ms. alest.

* 60 r°. — ** 60 v°. — *** 61 r°.

UXOR RUSTICI

Veez du villain comme il baille!
Toujours parlera du travers.

RUSTICUS

2320 Dis tu que j'ay ou cul les vers?
Or y reguarde, y voix tu goute?

UXOR RUSTICI

Je reni Dé, ce ne te boute
En ton peut cul ceste faucille.

JOSEPH

Dame, je voix voir en la ville.
2325 En quel hostel nous pourrons
[traire.
'Modo loquatur Hospiti:
Mon gentil seigneur debonnaire
Pourriens nous meshuy abergier?

HOSPES

Je n'ay ne chambre ne sollier *
Quil ne soient tout plain de gens.
2330 Je vous lo, mon beaul seigneur
Qu'an la salle alès logier.   [gens,
Hic revertatur JOSEPH ad Mariam.
Dame, alons nous abergier.
Le monde est trop peu charitable,
Gesir nous fault en ceste estable,
2335 Qu'il est bien tart, la nuyt aproi-
che.
Or vous couchés en ceste croiche;
Combien que vous soiez lassee
Une nuyt est tantost passee.
Nous deux bestes icy lieray
2340 Et puis après vous covrerey,
Meshui prandrés en pacience.
Sillete.

SANCTA ECCLESIA

Je say bien sans nulle grevance,
Vous savez assés, Sinagogue,
'Sans fere a vous trop long pro-
[logue
Car vous prophettes cy tesmoin-
[gnent 2345
Que vous joies forment esloingnent,
Vous savez bien, c'est veritez, **
Tost fauldront vous solempnités,
De ce ne faictes nulle doubte.

SINAGUOGUA stans in loco suo loquitur
Damp Godebert:

Damp Godebert, amys, escoute   2350
Ceste dame mout me menasse
Et dit que mon loz et ma grace
En petit de temps versera,
A regner encommansera
Ceste dame que cy veez.   2355
Beaul sire, sur ce pourveez,
Ne me donnez fable a antandre,
Que nul ne m'an puisse reprandre,
J'an feray tout a vostre guise,
Alez faire vostre service,   2360
Lisez propphettes, patriaches,
Tous leurs livres et leurs monaches,
Puis me dictes *quid faciam.*

DAMP GODEBERT

J'y voix *per Dei graciam.*
C'est bien raison que g'y antende.   2365
Sus, Malferas, que l'on te pende!
Je ne te peus huy esveiller, ***
Tu ne faix cy que sommeiller,
Delivre toy, fievre te prenne,
Il fault corner que chascun vienne
Au sacriffice appertement.   2370

2320. *Dic.* — 2330. *loz... gent.* — 2340. *covrey* barrè. — 2341. *Meshuit.* — 2347. *verité.* —
2366 *mal feras* en deux mots par minuscules.
* 61 v°. — ** 62 r°. — *** 62 v°.

DAMP BRUN

Malferas, cours ysnellement,
Va tost et fai tout a loisir ;
Se nostre loy vouloit faillir
2375 Jouer fauldroit d'austre mestier.
Delivre toy sans plux tarder,
Va vistement.

MALFERAS, primus clericus Judeorum

Il sera fait incontinent.
Par le grant Dieu, je croy trop bien
2380 Que nostre loy ne vault plux rien.
Nous avons foy l'ung envers l'autre,
Or veistés ce manteaul de fautre,
Par le grant Dieu, qu'il bien vous
|face!
Que vous faictes belle grimace !
2385 Ne cuidez pas que je riguolle.
Encor vous covyent il l'estolle
Qu'il vous fault a vostre col mectre;*
Il me fault de tout entremectre,
Et vous fault ceste chappe grise,
2390 Et je voix corner le service.

Hic bucinet.

Ouez trestous communement,
Venez, sans tarder nullement,
Sans murmurer, sans contredire,
Au grant temple oyr la loy lire.

Modo veniant omnes JUDEI insimul ad templum cum magno gaaudio.

Omnes JUDEI cantant :

2395 Abraam atarom dodarem nata-
Samuel gerrom Fanuel. |brom.
Gorgatas engrote Jasias barbotte.
Drusias marmote Raguel.

MALFERAS

Conscience ne vous remorde ! **
Vous avez voix quil bien accorde. 2400
Demonstrez, sans faire moleste ;
Tout ce qu'avons chanté de geste.
Faictes leur en françois antandre
Si qu'il n'y ait riens que reprandre
A la loange du grant Dieu. 2405

DAMP GODIBERT

Vous quil estes cy en ce lieu
Assanblés tous, et pour ouyr
Du grant Dieu le tresbon plessir,
Antandés, je vous pry, comment
Dieu par exprès commandement 2410
Bailla Moise en maudement
Dix commendemens de la loy
C'on ne les bryse en bonne foy.
Dieu commande premierement
C'on l'ayme tresperfectement 2415
De volonté et de penssee, ***
Ceste loy ne soit point cassee.
Le second que Dieu on ne jure
Ne pour corroux, ne pour injure.
Le tiers on doit autruy amer, 2420
Autant comme luy sans amer.
Le quart que l'on guart le sabbat
Sans vil peche et sans debat.
Le quint qu'on honnore son pere
Et que l'on deporte sa mere. 2425
Le sixiesme que pour besoingne
Nulz hons fauceté ne tesmoingne ;
Le septiesme nul adultere
Ne face, que c'est chose amere.
Le huitiesme par nulle envie, 2430
A autruy l'on n'oste sa vie.
Les autres deux sont cy enclox,

2373. fail. — 2395-2398. Portees et notes de musique : cet air de plain chant noté n'a pu être identifié; les paroles en hébreu sont en grande partie de fantaisie, ici et plus loin. — 2401. la bibbe barré. — 2404. Cil. — 2405. dndu. — 2408. Dieu grant Dieu. — 2417. casee. — 2421. que comme. — 2422. guarde. — 2424. que l'on. — 2431. l'on hoste.

* 63 r°. — ** 63 v°. — *** 64 r°.

Mes le vergier est sy trop clox,
Car nul le fruit de Dieu ne garde,
2435 Ne n'y vise, ne n'y prend garde,
Et pour ce nostre loy chancelle.

Sillete.

Hic vadat ad Sinagoguam et dicat :

Dame, je dix qu'une pucelle,
Comme je treuve par l'escript,
Cy doit enfanter Jhesucrist.
2440 Le propphete le me tesmoingne *
Qu'il parle de cette besoingne,
Et dit ainsin, selon m'estude :
: « Toy, Bellean, terre de Jude,
Tu n'es pas petite province,
2445 Car de toy il saudra ung prince
Quil mon peuple guouvernera »,
Pourquoy je dix que ce sera
Dedans brief temps, comme je
[croy.

SINAGOGUA

Le doux Dieu doncques je renoy ?
2450 Pour l'iniquité de mon peuple
Toute ma raison est avengle,
Ma loy demorra sans lumiere
Pour l'enfant de la Vierge mere ;
Mes gens sont tous sy aheurtés
2455 Que ils demorront en durté,
Par ignorance et par folour
Ils demorront en grief dolour.
Que dirai ge plux autre chose ?
Ils covyient que je me despose ;
2460 Je voy contre moy la bataille,
Il covyent que je rande et baille **
A saincte Eglize ma coronne.

Vadat ad Ecclesiam et dicat :

Dame, a vous je m'abandonne,
Je vous rends tables et banniere,
Et ma coronne, dame chiere. 2465

Tunc tradat tabulas cum corona.

Bien sçay qu'il fault que je la baille.
Les Juïfz, la fauce chenaille,
Ne croiront point la jeune anfance
Du nouveaul Roy ne sa naissance,
La fausse maignye maudicte. 2470
Pour tant je demorray destruicte,
Et eulx avec, *gens misera.*

ECCLESIA

Ecce quam docet litera ;
Des jours est accompli le nombre.
Le peuple quil seoit en l'ombre, 2475
En region de mort obscure,
Tresgrant clarté verront tresluyre.
Ja verront il le Filz du Pere
Proceder de sa vierge mere.
C'est mon espoux et mon Dieu vray, 2480
Pour dessir du cueur chanteray :

Veni Redemptor gentium,
Cler soloil quil tout enlumine,***
Vien t'an hors de la Vierge fine,
Ton peuple te voie *Deum.* 2485

Due DOMICELLE, scilicet INNOCENCIA et
TEMPERANCIA, repetando dicant primum
versum et sic sequendo ad alios in cantu pre-
dicto : « *Veni Redemptor,* etc. »

ECCLESIA

Non ex virili semine,
Ce n'est pas de semence humainne,
Mes de la grace souverainne
Le fruit de la Vierge florit.

DOMICELLE respondeant : *Veni,* etc.
2490

2433. *trop* suppléé. — 2452. *demora.* — 2453. *la* suppléé. — 2455. *Car il.* — 2457. *griefz.*
— 2470. *fause.* — 2471. *demoray.* — 2473. *acomplir.* — 2478. *il* suppléé.— 2482-2485. Portees
de musique.
2443-2449. MATTH. II, 5, 6. — Cf. MICHAEAE. V, 2.
* 64 v°. — ** 65 r°. — *** 65 v°.

4

ECCLESIA

A lous tumescit Virginis.
Le ventre de la Vierge mere
Est cloitre du filz Dieu le Pere,
En ce temple est tourné dans.

2495   DOMICELLE *Veni* respondeant, etc.

ECCLESIA

De thalamo suo procedans. *
De chambre vierge d'ignorance,
De joye de double substance
Procedit ut currat viam.

2500   DOMICELLE : *Veni*, etc.

ECCLESIA

Egressus ejus a Patre,
Son chemin est de Dieu le Pere
Au ventre de la Vierge mere,
Et d'enfer *ad sedem Dei.*

2505   DOMICELLE : *Veni*, etc.

ECCLESIA

Equalis eterno Patri,
En toy a pris char, chiere Vierge,
Comme la clarté art ou sierge,
Fait Dieu en ton corps *perpetuon.*

2510   DOMICELLE : *Veni.*

ECCLESIA

Presepe jam fulget tuum.
Cette nuyt de clarté nouvelle
Tresluyt par toy, Vierge pucelle,
En nous cueurs *jugiter luceat.*

2515   DOMICELLE : *Veni.*

ECCLESIA

Gloria tibi Domine, **
Doulx enffez, filz de Roy celestre,
Quil pour nous veulx de vierge
                              [naistre,
In sempiterna secula. Amen.

VIRGO MARIA jacens ostendat Jhesum
in manibus.

Mere suis de toute liësse,   2520
Car sans doleur et sans tristesse,
Nee est de mes flans m'esperance.
Or sus, Joseph, sans demeurance,
Or sus, or sus, ne vous annuyt,
Car benoiste soit cette nuyt   2525
En quil toute clarté est nee,
Ce n'est pas nuyt, mes est journee,
Car le doux Dieux misericordz,
Mon filz, est parti de mon corps,
C'est bien tresdoulx enfantement.   2530

JOSEPH

Certes, il est et bel et gent.
O dame sur toute autre dame, ***
En quil n'a blasme ne diffame,
Par qui seront peurgiez tous vices,
Vous estes jardin de delices   2535
Ouquel Dieu le Pere est planté,
Ce beaul fruit qu'avez enfanté,
Quil par sa souverainne grace
Mectra nos pechiez en espace.
Genibus flexis :
Or vous supplie en amitié   2540
Que par vous ait de moy pitié !

2493. *Du le Pere.* — 2499. *curat.* — 2507. *chierre.* — 2509. Ms. *perpetim* très lisible.
Le sens exige *perpetuum* ou *perpetuon,* compte pour trois syllabes.

2527. PSAL. CXXXVIII, 12. *Nox sicut dies illuminabitur.*

* 66 rᵒ. — ** 66 vᵒ. — *** 67 rᵒ.

He, doulx Sire, beneir te doy,
Quant est ton plessir que te voy ;
De tous biens sera le *regnom.*

VIRGO MARIA

2545
J'ay espoir que ce sera mom.
Mon doulz filz, de vous que feray ge?
En quoy vous envelopperai ge ?
Ou couvrechief dessus ma teste,
Et vous mectray vers ceste beste,
2550
Mon doulz enfant, mon Roy celestre,
En ce point vous covyent il estre,
J'an souppire en mon cueur et ris.

PRIMUS ANGELUS ad Pastores :

Pastoureaulx, antandez mes dix.*
Je vous anonce une grant joie,
C'est raison que chascun le voie.   2555
Le Sauveur du monde est né
Dedans Bethleam la cité ;
En ung destour le trouverés
De drappelès enveloppé,
En une craiche est couché,   2560
Entre deux bestes recliné,
Je vous enseigne le droit signe.
Alés y d'antante benigne,
C'est le vray Dieu d'umanité.

2565   Tunc cantant ANGELI : *Gloria in excelsis.*

PRIMUS PASTOR

Las ! depuis ma nativité,
Mes compaignons, tel chant n'ouy
Dont tout le cueur m'est resjouy,
Si en suis mout entoutillé.
2570
De celis toute nuyt angelz nous a crié
Que de la Vierge est né *Rex glorie.*

SECUNDUS PASTOR, cantando modo quo primus :

En dormant l'ay oy, si me suis resveillé, **
Si doux chant je n'ouy oncques en verité.

TERCIUS PASTOR, cantando sicut primus eodem cantu :

Non fi ge pour certain, Dieu si en soit loé.
2575
Vers luy nous fault aler pour sa grant leaulté.

PRIMUS PASTOR

D'y aler suis entallenter,
Je meneray mon chien Thoiet,
Et si pourteray mon chifflet
Pour faire l'enfançon jouer.

Je ly donray Briet mon chien,
Car par ma foy il chasse bien ;
L'autrier il print une alouette
Quil estoit si tout joliette,
Elle chantoit de grant maniere.   2585

SECUNDUS PASTOR

2580 Il ne ce fault point riguoler,

TERCIUS PASTOR

Et il ara ma panetiere,

2542. *doulx* suppléé. — 2544. *seras*. — 2548. *couvrechiefz*. — 2563. *il*. — 2567. *champ*. —
2593. *champ*. — 2572. *sil*. — 2584. *tous*.
2553 et sq., Cf. Luc. II, 9 et sq.
* 67 v°. — ** 68 r°.

Et lui donrey mon coutelet, *
Certes il est bien joliet,
Il en pelera son fromaige.

PRIMUS PASTOR

2590 Je ly donray ung autre guaige :
Certes il ara ma houllette,
Mon flagol et ma cullerette
A quoy je mangie mon caillié.

SECUNDUS PASTOR

Il sera tresbien habillié
2595 De beaulx joiaulx en bonne foy ;
Par Dieu, s'il estoit filz de roy,
N'ara il de nous autre chose.

TERCIUS PASTOR

Ce sera une belle chose
De nous veoir ansamble ariver
2600 En Bethleam, pour l'adourer.
Nous pourrions bien trop demorer,
Certes il est temps de partir.

PRIMUS PASTOR

C'est bien dit, mes premier querir**
Nous fault et ensamble poser
2605 Ce que nous ly vourrons donner,
Car quil tost donne deux fois
[donne.

SECUNDUS PASTOR

Vous estes tresbonne personne.
Mon chien Briel luy ay promis,
Veez le cy desja trestoụt pris,
2610 Je suis ja tout prest de partir.

TERTIUS PASTOR

Alés devant et sans faillir,
Ma panetiere est entour moy,
Et mon coutel que je ly ay
Promis donner, et ma cuillier.

PRIMUS PASTOR

Ma houllette est preste des yer,   2615
Cy est mon flagol, par ma foy ;
Je sçay bien c'oncques filz de roy
Si ne receut ung tel present.

SECUNDUS PASTOR

Par Dieu, il sont tous bel et gent.
Flamberge, gardez le mesnaige,***   2620
Et vous, Hersem, quil estes saige,
Entretant que veoir irons
Le Sauveur que nous desirons,
Gardez bien moutons et brebis,
Et ne soiez pas endormis   2625
Que le loup en hapast aucungne.

HERSEM

Qui que dorme, je seray l'une
Quil garderay bien les brebis,
Je seray emprès eulx toudix :
Demeurés le moings que pourrés.   2630

FLAMBERGE

Entretant que les guarderés,
Je penseray bien du mesnaige,
Mes vous n'estes ne fols ne saiges
De partir avant desjuner.

PRIMUS PASTOR

Je n'oy oncques mieulx parler.   2635
Or sus, qu'il soit tost apresté.
Je voy bien certes que burey
Autant comme autre a une main,
Je vous afferme, soir et main,
Comme ung autre feroit a deux.   2640

SECUNDUS PASTOR

Or te delivre, ce tu veulx, ****
Flamberge, fai boulir le lait,

2590. donneray. — 2592. ma suppléé. — 2599-2601. Ces trois vers riment ensemble. —
2618. sil. — 2642. fait.

2640. Appel : Secundus Pastor. — * 68 vº. — ** 69 rº. — *** 69 vº. — **** 70 rº.

Je t'an supplie, et me mect
Quatre ou cinq eufz de no geline.

FLAMBERGE

2645 C'est une bien bonne doctrine.
Alume tost le feu, Hersem,
Souffle le feu, tu as le vent,
Par la ne te fault point l'aloingne.

HERSEM

Dieu vous mecte en male sep-
[mainne !
2650 Sui ge si fort souffleleresse ?
Tu es trop grant caqueteresse,
Parle moins et fay bien besoingne,
Et me va querir sans esloingne
Ce lait, cy le feray boulir.

FLAMBERGE

2655 A cela je ne veul faillir.
Tien tost et sur le feu le met,
Et je m'an voix a nostre met,
Pour souppes faire querir pain.

HERSEM

Or apourte donc en ta main *
2660 Le tranchet pour trancher nous
[souppes,
Nous y mectrons de grosses loup-
Car tantost trampees seront. ![pes,

FLAMBERGE

Ca, Josseret, venez amont,
Menecier aussy o Guarin,
2665 Cy buvez chascun un tatin,
Et puis ferés vostre voiaige.

TERTIUS PASTOR

Vous estes femme bonne et saige.
Or nous appourtés le fromaige
Et nous servez de tous nous metz.

PRIMUS PASTOR

Comme ce lait est donc espès !   2670
On le tailleroit au coutel.

SECUNDUS PASTOR

Je n'an mangay oncques de tel,
C'est pour ce qu'il est de brebis.

HERSENT

Il n'est pas ainsin que tu dix, **
Mes il y a eufz a foison,   2675
C'est ce quil fait la liaison
Et quil l'a ainsin fait espès.

PRIMUS PASTOR

Nous avons heu assés de metz.
Assés avons siz a disner.
Josseret, sans plux sermonner.   2680
Dy graces, si nous en iron.

SECUNDUS PASTOR.

Je ne feray pas long sermon.
Le grant Dieu de ce beaul diner
Soit loé! Or sus, sans tarder,
En Bethleam alons courant,   2685
Cy verrons ce tresbel enffant
Que l'ange a dit, mon tresbeaul
[frere,
Pour moy ce est ung beaul mis-
[tere,
Il me tarde que le voions.

TERTIUS PASTOR.

Je suis prest, or nous en alons   2690
Sa, Briel, il te fault venir, ***
Il te fauldra autre servir,
Je ne te remanray jamais.

Il s'an vont vers Bethleam.

2647 *le* suppléé. — 2648. *la loingne.* — 2650. *souffleresse.* — 2664. *avec* — 2666-2668. Ces trois vers riment ensemble. — 2670. *ce* et *donc* suppleés. — 2679. *sciz.* — 2686. *verront.* — 2688. *cest.* — 2689 *la.*

* 70 vᵒ. — ** 71 rᵒ. — *** 71 vᵒ.

PRIMUS PASTOR

De Bethleam sommes bien près,
2695 Veez la la ville en bonne foy.
Joseret, entre toy et moy
Quil savons les gens saluer,
Irons devant pour adviser
Le lieu ou il fait son repaire.

SECUNDUS PASTOR

2700 Puisqu'il vous plait ainsin le fere,
J'an suis d'acort en bonne foy.
Compaignons, venés sa, je croy.
Par ma foy, vezcy le destour
Ou l'ange nous a dit avant jour
2705 Que nous le devyons trouver.

TERCIUS PASTOR

C'est mon! Or, sans plux sermonner,
Par vostre foy, dedans cntrons,
      Devotement le saluons
Ainsin c'on doit faire ung grant
                              [roy.*
L'Ange nous dist, et bien le croy,
2710 Qu'il venoit pour nous tous sauver.

PRIMUS PASTOR

Sire, je vous viendz visiter
Et aussy vostre douce mere
Quil est douce, non point amere,

Et cy vous veul faire ung present, 2715
Certes quil est et bel et gent,
C'est de mon tresbon chien Thoiet;
La moitié vault mieux que Briet
Pour grosse beste et pour menue.

SECUNDUS PASTOR

Doulx enffant, a vostre venue   2720
Je vous donne ma penetiere
Quil est tresbonne et bien entiere,
Et vous donne mon coutelet,
Tenés, (est il bien joliet?),
Pour mectre a vostre saincturette. 2725

TERCIUS PASTOR

Mon beaul filz, vecy ma houllette,
Ma cullerette et mon flageaul,
En ce monde n'a nul sy beaul,**
Je le vous donne entierement.

VIRGO MARIA

Nous le recevons doucement,   2730
Quant vous plara, vous en irés.
A Dieu soiez vous commendez
Quil todix vous tienne en sa grace.

PRIMUS PASTOR

Amen, ma dame, ainsin ce face !
Par ma foy, nous nous en alons   2735
Tous ansamble, et chanterons.

Tres PASTORES insimul cantant :

Conditor alme siderum, le sire des
Angelz est nez, le monde en est enluminez.
Compains, chantons : *Noe, Noe*. ***

Tres PASTORES insimul, eodem cantu :

2740 *Qui com dolens interitu*,   Honneur luy doit estre rendu,
Du ciel pour nous est descendu,   Compains, chantons : *Noe, Noe*.

2704. *dist.* — 2711. *vous* suppléé. — 2718. *moitez vaul.* — 2737-2739. Portées de musique qui expliquent la coupe bizarre des vers. *Angelz* d'abord ecrit après *des* a été
barre par Floichot et écrit sur la 2e ligne.
* 72 r°. — ** 72 v°. — *** 73 r°.

Ejus fortis potencie,
2745 Pour ta grant gloire deservir
Humblement te voulons servir.
Compains, chantons : *Noe, Noe.*

Te deprecamur, agie,
Doulx Dieu, puissant et droicturier,
Ayme nous tous et nous tiens
[chier.
2750 Compains, chantons : *Noe, Noe.*

Laux, honor, virtus, gloria,
Filz de Dieu de Vierge porté,
Par toy soions cy confortez !
2755 Compains, chantons : *Noe, Noe.*

Dictes *Amen* grans et menus.
Sillete.
Tunc revertant in domum suam.

HERSEM, uxor Primi Pastoris
Dont viens tu, grant *jubillemus ?* *
Je me doy bien de toy venter,
Je t'oy sy doucement chanter
2760 Comme ce c'estoit nostre chievre.
Que la sanglante male fievre
Te puisse rompre la guargette
Et ta grosse grasse millette,
Et te puist l'on es forches pendre !
2765 Tu me faix toute nuyt actendre,
Et toujours tu faix au contraire,
Et ne veulx venir au repaire.
Las, que je suis bien adoubbée
Quant a tel soin je suis vouhee !
2770 Reguardés cy, quel culleraut !
Il chante comme ung hupperaut,
Il nous a fait beau! *Sanctorum.*

PRIMUS PASTOR
Foy que doy *Beati quorum,*
C'onques plux n'apris de clargine,
Hersem, nous avons de costume,   2775
Et la tenons des anciens,
Car il covient que nous veilliens
Une foix l'an, ceste saison,
Et que veilliens dehors maison,
Car ung grant prophette jadix   2780
Anonça que de paradix **
Nous devoit ung grant pastour
[naistre,
Lequel viendroit pour ceulx repais-
[tre
Quil sont dignes d'avoir sa grace.
Hersent. il fault qu'ainsin ce face,   2785
Hic est quem expectabamus.

FLAMBERGE
Nous chantes tu de *flactamus ?*
Dy, Joseret, sa ta bouteille !
Va sus, bergier, lieuve t'oroille,
Es tu ja sy tost endormy ?   2790
Mangue et te sié icy.
A, que tu as l'eschine roide !
Mangue, la boulie s'effroide,
Josseret, mache *fortiter.*
Hic manducant.

PRIMUS PASTOR
Je veul mangier *viriliter.*   2795
Hersen, Hersen, comple ta couple.
Vous faictes morseaulx quil sont
[doubles,
Par ta guorge ne peuent passer,
Tu les as sy gros entassés
Que ung tout seul n'an passera.   2800

2773. je doy. — 2787. boutaille. — 2791. scier. — 2796. toy. — 2798. peulent.
2773. PSAL. XXXI, 1.— 2787. *Missale Romanum : In die parasceves : Flectamus genua.*
* 73 v°. — ** 74 r°.

Et par les yeulx Dieu sy fera, *
Ou tu aras de ma connoille,
Todix entans a ta besoingne.
Jardié, tu faix trop gros morseaulx,
2805 Tu riffles comme ung droit por-
                                [ceaulx.
Esgar quels lanssiers de sangler !
Quant sera plain vostre peut ventre,
Que male fievre vous y entre,
Et mal farsin et male guoute.
2810 La mangerés vous sans moy toute?
Esguar quels bergiers gracieulx,
Il sont broillez jusques aux yeulx.
Des fievres mal leur advyenne,
Et le mal d'Abraan les prenne.
2815 Or mangez vous tout a vostre aise,
Vous n'estes pas trop de mal aise,
Mangiez, crever puissés vous.
                              [Amen.

SECUNDUS PASTOR

Ce n'est pas cy *verumtamen,*

Tresderoute vielle maudicte,
Ceste boulie est tresmal cuyte,   2820
Et cy ay trouvé une plume,
Elle ne vault pas une prune.
Il pert bien que tu n'es pas saige,
Je me veul tourner au bruvaige.
Puis vous esclarciray mon cueur,**   2825
Je vous promeetz, ma belle seur,
Puis que Dieu m'a fait demons-
                              [trance
De sa mere, de sa naissance,
Je veul du tout laissier le monde;
Ce n'est que le chant de la ronde,   2830
Ce n'est fors ungne vanité ;
Quil c'y affie en verité
Il a petit soustiennement.
Le Dieu quil est nez bonnement
Nous gart du monde transitoire   2835
Et nous octroye a tous sa gloire
In secullorum secula,
Que semper sit imfinita.
Amen, Dieu le veulle ordonner!

ECCLESIA

2840   Bonnes gens, je vous pry, veullés moy remirer.
        Veullés mon doux espoux Jhesucrist adorer,
        Priez sa vierge mere qu'el nous veulle tirer
        A son tresdoux enffant ou devez soppirer.

        C'est celle douce dame sur tous bien honoree
2845   Quil en son tresdoux ventre pourta celle ventree,
        Dont la Nativité est aujourduy trouvee,
        Que par elle sera Crestïenté sauvee.

        Voire en paradix, devant Dieu et sa mere,***
        Et le saint Esperit et le glorieux Pere,
2850   Plux sera chascungne ame resplandissant et clere
        Sept foix que le soloil, quant le plux fort esclere,

2806. *lanssies...* Ce vers n'a pas de rime. — 2811. *esguardes... quel bergier.* — 2830.
champ. — 2840. *octroy.* — 2842. *quil.*

* 74 vº. — ** 75 rº. — *** 75 vº.

A celle clarté la la Deité parfaicte
Veult toute creature par sa grace atraicte.
Pour ce Cil quil tout voit, tout sçeit et tout aguaicte
2855 Veult je tienne son siege en terre sans retraicte.

Puis qu'il plait, mon doux Dieu, que je sois esposee,
Du sanc de ses amis je seray arosee,
. . . .
Car pardurablement en vie est glosee.

2860 Pour ce ai ge veistu ceste robbe vermeille
Et pourté ce calice ; il fault que l'apereille.
Pour quoy ? pour celle dame quil oncques n'ot pareille,
Car la mort de son filz me point la et esveille.

Le sang de son enffant covyent que je recueulle
2865 Et de ses saintz martirs dont Enffer sy se deulle,
Paradix en ait joie et mov, que Dieu le veulle,
Le fruit sy en soit myen et le monde ayt la feulle !

Ce doux fruit, mon Espoux, vous doint a savorer
La pucelle norrice que devons honnorer,
2870 Quil tient en son giron toute joie sans plourer,
Quil alaicte son Dieu qu'elle doit adorer.

O cueur de crestien, ung petit ymagine
Ceste douce enffance, ceste douce gesine,
En la craiche est pour toy Cil quil tout enlumine.
2875 Pour Dieu, mes douces gens, pensés y sans termine.

Celluy quil tout conprant et sy n'est pas compris
Saincte Virginité tiend en son giron pris.
Pour Dieu, mes douces gens, ne soiez pas repris *
Pour mectre en oblience cela qu'avez apris.

2880 Reguardez et veez parfaicte humilité,
Veez le filz de Dieu en nostre humanité.
Quel est la creature, a dire verité,
Quil pour l'amour de Dieu n'ardroit en charité ?

─────────────

2854. *cecil.* — 2856. Un vers sauté. — 2855. *veul* suppléé. — 2864. *recuelle.* — 2868 *doint Dieu assavorer.* — 2873. *gessine.* — 2875. *il.* — 2882. *dire la.*

* 76 r°.

La Charité, ma seur, de douceur enflamee,
2885   Tu es sy pres de Dieu et de ly tant amee,
Par toy l'a conceü sans estre entamee
Ceste petite Vierge, mere de Dieu clamee.

Quil n'ara charité, he! lasse, que sera ce?
Je dix et determine que, ainsin que la glace
2890   Font devant le soleil quil la froidure chasse,
Sy feront les pervers devant Dieu et sa face,

Et ceulx quil charité avront en leur coraige,
Et par misericorde la mectront en ovraige,
Dieu sera en leur cueur, car tout ce pour voir sai ge
2895   Paradix en la fin leur sera heritaige.

A ce bel heritaige vous veulle convoier
Ceste Vierge gisant que en ville priés, *
Ce doulx petit enffant quil est vostre loyer!
La saincte Trinité le vous vulle octroier! A*men.*
Sillete le graut.

OCTAVIANUS Imperator.

2900   Faictes nous tost venir et sans point deslaier
Une nostre sujecte c'on dist qu'elle est divine.
Par qu'ungne nous tenons de la loy Sarazine,
Nous voulons savoir d'elle ce jamès naistra homme
Quil soit signoriant sur l'ampire de Rome.
2905   Goguery, mon messaige, faictes la nous venir.

GOGUERY

Tresnoble puissant prince, c'est fait sans detenir.

Vadat quesitum Sibillam et dicat:
Sibille, belle dame, mon chier seigneur vous mande.

SIBILLA

C'est bien dit, Goguery, je suis en sa comende,
Avecques vous iray sans faire long arest,
2910   Contredire ne veul certes, puis qu'il luy plait.
Pause.

2888. *las.* — 2889. *car.* — 2894. *leurs.* — 2897. *prier.* — 2907. *demende.* — 2908. *dist.* —
2909. *avec.*
    * 76 v°.

GOGUERY

Alé et venu sans arest
Chier seigneur suis devers Sibille.
Tantost la verrés cy venir.

SIBILLE

Celluy Dieu quil fait tout venir, *
2915 Hault empereur, vous croisse hon-
                               [neur
Et vous doint santé et bon jour,
Si que de tous soyez doubtez !

IMPERATOR

Levés vous, dame, et escoutés.
Savés vous pour quoy l'on vous
                          [mande ?
2920 Nous vous faisons telle demande :
Tout le monde nous tient a sire ;
Si vous prions veullés nous dire
Ce jamais sera qu'homme naisse
Quil nostre puissance abaisse ;
2925 Dictes le nous sans fable espondre.

SIBILLA

Demain vous en saray respondre,
Et ceste nuyt g'y pensseray.
       Recedat et intret cameram suam.
               Sillete.

PRIMUS REX

Seigneurs, veullez parler a moy.
Dictes, avés vous aperçeue
2930 L'estoille qu'a present j'ay veue

Quil est clere et resplandissant ? **
Grand signe nous va demonstrant,
Je vous affye.

SECUNDUS REX

De ce, sire, ne doubtés mye.
Aperçeue l'ay voirement   2935
Et me samble qu'ou firmament
N'an y a nulle sy luisant,
Ne sy formant resplandissant
A mon advis.

TERCIUS REX

Je me conforme a vous dix,   2940
Car elle est bien enluminee
Et de grant clarté reparee
A grant endroit.

PRIMUS REX

C'est celle dont vaticinoit
Jadis Balaan, le bon prophete,   2945
Ainsin que l'ay veu en la lectre :
Exibit ex Jacob rutillans, inquit,
                          [stella.

SECUNDUS REX

Vous dictes voir et après a ***
: Et confringet ducum agmina.
Il a long temps que je le vy,   2950
Je vous prometz, c'est ceste cy.

TERCIUS REX

Je l'ay bien veu, des long temps a,
Je m'an recorde de present,
Après avoit certainnement
: Regiones Moab, maxima potentia. 2955
Avisez que fere en sera,
Je me tiendray a vostre acord.

2911. Aler. — 2912. Ce vers n'a pas de rime. — 2923. qu' suppléé. — 2930. que j'ay. —
2937. ny. — 2930. je le.

2928 et sq., Cf. Matth. II, 2.— 2947. Numbr., XXIV, 17 ; « Orietur stella ex Jacob, et con-
surget virga de Israel et percutiet duces Moab, vastabitque omnes filios Seth. »

* 77 r°. — ** 77 v°. — *** 78 r°.

PRIMUS REX

Je conseilleroie que tantost
Nous ansamble eussions advys
2960 De nous traire vers le païs
Ou le doux Roy peult estre né ;
Il est en realle cité
        Certainnement.

SECUNDUS REX

J'an seroie tresbien contant,
2965 Pour certain mieulx ne pourrons
        [fere,
Il sera de treshault affaire,
Ses amis sara pourveoir.

TERCIUS REX

De riens ne nous fault esmouvoir.*
Quant vous vouldrés, nous parti-
        [rons,
2970 En bonne foy nous le devrons
Dedans Jherusalem trouver.

PRIMUS REX

Je m'y vouldroie bien acorder,
Que c'est une realle ville,
Pour recevoir ung roy abille,
2975 Droit la nous covyent cheminer.

SECUNDUS REX

Or nous avansons sans tarder,
Il me tarde bien que g'y soie,
Veez l'estoille quil nous convoye,
Bien nous guidera tous ansamble.
        Sillete.

SIBILLA exeat ex camera et eat ad Imperatorem.

O hault empereur, il te samble,   2980
C'onque ne fut né ne peut estre
Homme né, ou quil soit a naistre,
Quil attainne a ta puissance,
Or n'aies ja en ce fiance, **
Car je te dix telle nouvelle :   2985
Par le monde a une pucelle
Quil l'autre nuyt a enffant eu,
Comme j'ay par vision veu,
Et cest enffant mout grant sera,
En ciel, en terre regnera ;   2990
Et puis savoir par raison vive,
Car fontainne d'uille d'olive
Est sordue en ceste cité
A sa saincte Nativité,
Je par verité le t'afferme.   2995

IMPERATOR

Savés vous point le terme
Ne en quel temps sera
Que l'enfant dont parlez
Icy seigneurera ?

SIBILLA

A regner encommencera   3000
Assez briefment et a ton temps.

IMPERATOR

Nous nous en tenons pour contans.***
Sy voulons que des la soient faix par le monde
Haulx chemins eslevez dont ung chascun responde
3005 De cité en cité jusques aux murs de Rome,
Et la soit converti tout l'argent et la somme

2958. je vous. — 2968. esmayer.— 2994 sa suppléé. — 2998 Ce vers n'a pas de rime —
2999. Cy. — 3006. convertir.

* 78 v°. — ** 79 r°. — *** 79 v°.

Que nous doit tout le monde, quatre deniers par teste,
Qu'il nous plait recevoir le Seigneur a grant feste.
Soit fait ysnellement et sans point retarder.

Pausa.

TERCIUS REX

3010 Ensamble nous fault reguarder
Quelz presens ferons ne quelz dons;
De sens despourveûz serions
Ce autrement le voulions fere.

PRIMUS REX

Or en alons, sans plux retraire.
3015 Quant a moy, je ly offreré
Planté de fin or esmeré,
Il y a raison naturelle.

SECUNDUS REX

Et moy en tresbelle vaisselle
Luy donray ansant odorant, *
3020 Sur tous les autres bien fleurant,
Que tel don luy est bien proppice.

TERCIUS REX

Et en lieu d'autre sacriflice
Luy donray mirre en bonne foy,
Il y a bien cause pour quoy ;
3025 Pour ce qu'il a double substance,
Sy est bien droit que je m'avence
Et a luy mon chemin adresse.

Pause.

TROTIM, nuncius ad Herodem :

Roy, Dieu vous guart d'avoir tris-
[tesse,
Et qu'il vous croisse honneur et
[joie !

J'ay fait grant chemin et grant voie 3030
Pour vous nuncier et pour vous dire
Qu'il est entré, mon tresdoux sire,
Trois Roys quil sont en vostre
·[terre,
Je ne sçay qu'il y viennent querre,
Ou ce c'est pour bien ou pour mal, 3035
Pour quoy, mon chier seigneur
[leal,
Ceste chose je vous tesmoingne.

HERODES

C'est bien merveilleuse besoingne.**
Que viennent il faire en ma terre ?
Trotim, va t'an les moy tost querre 3040
Qu'il s'ameinnent parler a moy,
Ou ce non leur dy, par ma loy.
Je les y feray admener.

TROTIM

Sire, je suis en cheminé.

Tunc vadat obviam Regibus et dicat :

Mes seigneurs, Dieu vous guart 3045
[tous trois !
Je vous dix qu'Erode le roys,
Par quel reaulme vous passés,
Est vers vous coroussé assés,
Car il ne sçeit ce c'est pour guerre
Que vous entrés dedans sa terre, 3050
Sans son congié, sans sa licence.

3022. Et suppléé. — 3023. mire. — 3025. Car. — 3029. croise. — 3031. et vous dire. —
3039 vienne. — 3040. t'an suppléé. — 3041. sameinne. — 3049. Car suppléé.
3010 et sq., Cf. Matth. II, 11.
* 80 r°. — ** 80 v°.

TERCIUS REX

Il n'an doit ja avoir pesance,
Car nous ly dirons bien la cause.

TROTIM

Or en venez tantost, sans pause, *
3055 Par devant luy, se luy dirois.

SECUNDUS REX

Nous y alons, que c'est bien drois
Que nous ly faciens reverance.
Pause.

Tunc vadant ad Herodem et dicant :
Dieu guart Herode de grevance,
Comme nostre cueur le desire !

HERODES

3060 Vous soiez bien venuz, beaul sire,
Vous et ces deux princes vaillans !
Gardez ne soiez deslaians
De moy respondre a ma demande,
Je le vous pry, non pas commande.
3065 Vous venez cy d'estranges regnes
Et si estes lassés et penes,
Je vous demande pour quel chose.

PRIMUS REX

Mon seigneur, dire je vous ose
La cause quil nous achemine : **
3070 Une estoille quil enlumine
Tout le monde de sa lumiere
Nous monstre par verité clere
Que le Roy des Roys cy est nez.

SECUNDUS REX

Mon seigneur, nous sommes penez
3075 Et sy laissons enffans et terre
Et l'alons par tous païs quarre,

Car de verité savons fine
Qu'an ly est la grace divine
Et qu'il est Dieu et homs sans
[doubte.

HERODES

Dictes moy la verité toute 3080
Et me dictes en quel cité
Le trouveray par verité,
Que par Dieu j'ay tresgrant desir
De l'adorer a son plessir,
Dictes, s'an seray mieulx contens. 3085

TERCIUS REX

Mon seigneur, il n'a pas long temps
C'ungne estoille clera vermoille,***
C'onques ne fut veue pareille
En l'air, par laquel demonstrance
Nous est aprouvee la naiscence 3090
Dieu, ce vray Dieu que nous que-
[rons,
A quil trois dons presenterons :
Ansens comme Dieu, or com roy,
Miere a homme, car tel le croy,
Mes certes point nous ne sçavons 3095
Le lieu ou trouver le devons.
Pour tant veullez le nous mons-
[trer.

HERODES

Trotim, sus tost, sans demorer,
Va dire au maistre de la loy
Qu'il se compaire devant moy, 3100
Pour moy ung petit conseillier.

TROTIM

Sire, c'est fait, sans sommeillier,
G'y voix le cours apertement.
Pause.
Tunc vadat.

3065. cy suppléé. — 3074. pene. — 3085. contant. — 3087. C'ungne estoille clere et vermoille : le verbe manque. — 3091. Ce suppléé. — 3093. Comme.

* 81 r°. — ** 81 v°. — *** 82 r°.

Dieu vous maintienne bonnement,
3105 Damp Godibert, mon vaillant mais-
[tre ;
Il vous covyent maintenant estre
Par devant Herode le roy, *
Car il est en trop grant effroy.
Venez tantost sans arrester.

DAMP GODIBERT

3110 Je ne veulz cy plux arester,
G'y voix, je suis ja en la voie.

Vadat ad Herodem et dicat genu flexo :
Je prie au grant Dieu qu'il doint joye
A nostre roy et grant liësse.

HERODES

Godebert, je suis en tristesse,
3115 Je vous demande en verité
En quel lieu. en quelle cité,
Vous trouvez en vostre escript
Que doyve naistre Jhesucrist ;
Dictes m'en la verité toute.

GODIBERT

3120 Je la vous diray bien sans doubte,
Je ne feray pas long prologue,
Je m'an voix a ma sinagogue
Estudier dedans mon livre.
Pause.
Tunc vadat ad domum suam.

Sus, Malferas, et te delivre, **
3125 Il me fault reveistir en l'eure.

MALFERAS

Je ne feray pas grant demeure.
Sire, veistés cest ornement,
Et puis chantés bien hautement,
Et lisez fort en vostre rolle.

GODIBERT

Malgré Dieu nostre autel crolle, 3130
Malferas, chante par darriere,
Et te branle et fay maniere.
Cantat :
Varbom   Lameth   mahot   Johans
[*mahin*
Vau zaat dicans borim zain bacut
[*zolande.*
Sillete.

Hic vadat versus Erodem et dicat :
J'ay trouvee vostre demande, 3135
Le prophete le nous tesmoingne
Quil parle de ceste besoingne ***
Et dit ainsin selon m'estude :
« Toy, Belleam, terre de Jude,
Tu n'es pas petite province, 3140
Car de toy il sauldra ung prince
Quil mon peuple guouvernera ».
Pour quoy je dix que ce sera
En Bethleam, a mon advys.

HERODES

Il le sembleroit a vous diz. 3145
Tunc dicat ad Reges :
Seigneurs, alés apertement
Et enquerés diligemment
Ou il est, sy l'adorerés,
Puis par moy cy retournerés,
Et me dirés en quel contree 3150,
Il est né et, sans demoree,
Je l'iray veoir, n'an doubtez mye.

SECUNDUS REX recedendo :

Adieu toute la compaignie,
L'estoille voy quil nous convoye.
Pausa.

3132. *Cantat* est suppléé. — 3133-3134. Portées de musique. — 3134. Ms. *zat.*
3139-3144. Cf. MATTH. II, 5, 6.
* 82 v°. — ** 83 r°. — *** 83 v°.

PRIMUS REX

3155 Trestout le cueur me rit de joie.*
Je pense selon ma raison
Qu'il est dedans ceste maison ;
Entrons y, que le cueur m'y tire.

TERCIUS REX

Je voy la l'anffant, mon doulx Sire,
3160 Le doux Roy quil tous nous def-
                              [fand.
Pausa.

PRIMUS REX, genu flexo :

Je vous ador, mon cher enffant,
Or vous presente comme roy,
Tel estes vous et je le croy,
D'or vous doi ge faire service.

SECUNDUS REX

3165 Vous estes le chief de prestise,
Mon Dieu que voy tant ynocent,
Et, pour ce, je vous offre encens,
Car vous estes Dieu de nature.

TERCIUS REX

Et je vous doy selon droicture
3170 Adorer comme homme mortel, **
Car volu avés estre tel
Affin qne l'on vous peust occire.
Cy vous faix ung present de mirre,
Car Dieu et homme vous confesse.
3175 Sy vous pri, Vierge enfenteresse,
Que pour ly prenez nous presens.

VIRGO MARIA

Le doux Dieu quil est cy presens
Les veulle en bon gré recevoir !

TERCIUS REX

A Dieu, dame, jusqu'au revoir !
Je lo qu'avant que departons   3180
Que ceste nuyt seans dormons,
Car je voy que la nuyt aproche.

SECUNDUS REX

Nous dormirons sur ceste couche,
Car je loe vostre proppos
Que nous trois preigniens cy repos, 3185
Car nous submes lassez forment.
Sillete.
Tunc dormiunt propter domum Dei.

URIEL ANGELUS incipit :

Seigneurs quil estes la dormans,***
Quant d'ici vous departirés,
Par Herode pas n'en irés,
Car il vous feroit peinne traire.   3190

PRIMUS REX vigillando se dicat :

Or sus, seigneurs, or au repaire
Une voix a crié forment
Qu'Erode nous fera torment,
Se nous retournons par sa terre.
Nous n'avons pas mestier de guerre, 3195
Alons nous en par autre part.

SECUNDUS REX

Chiere dame, a nostre depart,
Ayez nous en vostre commande !

VIRGO MARIA

Alés a Dieu, qu'il vous deffande
Et vous rende tous vous biens faix.   3200
Tunc recedant, vadant in domum suam.

3158. il. — 3161. adore. — 3165 chierfz. — 3179. Jusques. — 3184. loz. — 3189. Hero. —
3190. pesne.

3187 et sq., Cf. MATTH. II, 12.

* 84 r°. — ** 84 v°. — *** 85 r°.

SYMEOM

He las moy ! je porte grandz faix *
De viellesse, mon corps chancelle,
Et je say bien c'ungne pucelle
A nostre Sauveur enfanté.
3205 Helas, je suis entallanté,
Je ne puis aler ne venir,
Au moings ce je pusse tenir
Le corps du petit enffant né,
Mes yeulx fussent reluminez.
3210 Pour voir tenir ne le pourroie,
Il ne peult estre que je voie,
Car toute ma vertu est morte.

.URIEL ANGELUS

Symeon, ne te desconforte,
Car ains ta mort verras le Sire
3215 Que nuyt et jour ton cueur desire,
Le filz tiendras de Dieu le Pere.

SYMEOM

Mon Dieu en quil mon cueur es-
[pere,
Je te lo quant te plait que voie
Ton filz dont descend toute joie,
3220 Et quil est du peuple la gloire.

VIRGO MARIA

Joseph, beaul doux sire, il est
ı[hoire **
S'il vous samble que pas ne mente,
Que mon filz au temple presente,
Ansin que la loy le devise,
3225 Que nous faisons pour le service
De tourterelles et d'un sierge.

JOSEPH

Il me plait bien, ma belle Vierge,
Que fassiens selon la costume.
Plaissance, ma pucelle, alume,
Tu pourteras le luminaire ;   3230
Sarrom, pucelle debonnaire,
Tu pourteras les tourterelles.
Or alons, mes belles pucelles,
Suyvez moi, que je voix devant.

PLAISANCE

Ceste chose n'est pas grevant,   3235
Le cierge alumé pourteray
Et l'enfant acompaigneray
Avecques vous, jusques au temple.

SARROM

D'umilité montrés exemple,
Marie, ou toute bonté maint, ***   3240
Dieu pourtés a son temple saint ;
Quant tant vous plait humilier,
Les torterelles veul pourter,
S'an ferons pour ly offerande.

GODIBERT

Sus, Malferas, que l'on te pende !   3245
Tu dors trop, que mal bien te face !
Trompe tantost la prolifface,
Qu'il fault commencer le service.

MALFERAS

Or veistés ceste chappe grise
Et ne soiés ja sy hatif,   3250
Qu'il faut chanter en prelatif,
Il eovyent que je vous ordonne.

3210. Veoir. — 3218. lox. — 3250. hatifz-preparatifz.

3201. Luc. II, 25. — 3221-3229. Luc. II, 21, 24 et sq.

* 85 vº. — ** 86 rº. — *** 86 vº.

5

GODEBERT

Je suis a point, Malferas, corne,
Haro, haro, metz moy l'aumuce.

MALFERAS modo ostendat culicem.

3255 Ce n'est pas icy une puce,
Mes est ung pou de porc ou d'oye.

GODIBERT

Tay toy, chantons que chascun
[l'oye.*

Barbin gersonne Joseph merchi-
[donne
Maria las fegone Manuel zoziel
3260 *Gorgiatas Magnuel bartobas*
Fiziel autiotas Raguel.
Sillete.

SYMEOM surgat et eat obviam Virgini Marie.

Or say ge bien que cil aproche
Quil effacera le reproche
Du fait d'Adam, le premier pere ;
3265 Je le voy pourter a sa mere **
Qu'elle le vient au temple offrir.
Genu flexo :
Chiere dame, veillés souffrir
Que mon Sauveur ung peu em-
[brasse,
Pour Dieu mectés moy sur la brasse
3270 Mon Sauveur et mon jeune Roy.

VIRGO MARIA

Symeon, je le vous octroy,
Enbrassés le, je le vous baille.

SYMEOM

Or n'est il mais riens quil me faille,
Quant mon Dieu de mes bras acolle.

Des or mais, selon la parolle, 3275
Je dormiray en paix, beaul Sire,
Car en grant liesse, sans ire,
Sur l'autel vous veul presenter
Et en l'onneur de vous chanter :
Nunc dimittis seroum tuum, Do- 3280
[*mine,*
*Secundum verbum tuum in pace.****

GODIBERT et MALFERAS respondeant :

Lumen ad revelationem gentium et
levitam plebis tue, Israel.

VIRGO MARIA

Je veul offrir cy offerande,
Selom ce que la loy commande, 3285
De deux tourtres avec ung sierge.

GODIBERT

Foy que doy ma tante Franberge,
Vous estes donc bien courtoise ;
L'offerande prandray sans noise,
Et vous, vostre enfant reprenés. 3290

SYMEOM

Dame, vostre beaul filz tenés, ****
Que de sa mort grant deul sera,
Et vostre ame transpercera
Le glaive de ly en celle heure.
Pause.

HERODES admirando dicat :

Les trois roys font longue demeure, 3295
Bien deussent estre revenuz ;
Se jamais sont par moy tenus,
Je les feray mectre a martire.

PRIMUS PEREGRINUS

Mon chier seigneur, je vous veul
J'ay furni mon pelerinaige [dire, 3300

3256. *est ung pou pou.* — 3258-3261. Portées de musique. — 3263. *Virgo Marie.* — 3265.
appourte. — 3275. *des ores mais.* — 3280-3284. Portées de musique. — 3282. *Rumen.*
3282. Cf. LUC. II, 32 : *ad gloriam plebis tuae, Israel.* — 3295 et sq. MATTH. II, 16.
* 87 r°. — ** 87 v°. — *** 88 r°. — **** 88 v°.

En Bethleam et en Cartaige.
Par le grant Dieu quil sur tous
[regne,

Les trois roys sont ja en leur regne,
Alés sont par autre païs.

HERODES

3305 Que dis tu ? dea ! je suis trahys.
Las, qu'esbaïs suis ! que ferai ge ?
Bien me doit or tenir la raige.
Ou sont trestous mes hommes saigez et mes feaulx, *
Ou sont mes chevaliers leaulx ?
3310 Je faix commandement real que des ceste heure
En tout mon regne ne demeure
Enffant de trois ans en dessoulx que l'on ne face
Que par l'espee ne passe,
Affin que cil meurtry soit de quil j'oï dire ;
3315 Je le veul livrer a martire,
Quel c'on amainne.

PRIMUS MILES

Mon chier seignenr, Dieu vous
[maintienne !
Je voy trop bien qu'il vous en poise,
Ne veullez faire telle noise,
3320 Que, par le grant Dieu qn'il me fist,
Il sera par moy desconffit,
Je suis fort, adroit a merveille.

SECUNDUS MILEZ

Je copperay a ung cop la boveille
Jobridam, le roy d'Esnaye,
3325 Quil mectoit bien seulx sa narrie,
Quant il pleut, cent hommes en
[l'onbre.
Je tuerai des enffans sans nombre,
Je feray tout a mort livrer.

TERCIUS MILEZ

Or n'y a que du delivrer, **
Il fault nous soions bien armés, 3330
Et que nul ne soit espargnez,
Filz de villain ne gentilhomme,
C'on ne meurtrise et c'on n'assom-
[me.
Pansons d'aler et point d'areste.

Tunc vadant.
Pause.

RAGUEL angelus incipit :

Joseph, de par Dieu t'amoneste, 3335
Ta femme et l'enfant d'icy giete,
Et vous en alez en Egipte,
Qu'Erode vostre mort pourchasse.

3305. *dic tu.* — 3306. *Helas que je suis esbais que feraige* (sur une seule ligne). — 3314.
Affin que celluy meurtry soit de quil jou dire. — 3315. *Je le veul livrer a martire quel
con amainne* (sur une seule ligne). — 3323. *cob.* — 3424. *Jobridam et le roy :* la suppres-
sion de *et* est demandée par la mesure. — 3326. *homme.* — 3327. *nombres.*

3335. MATTH. II, 13.

* 89 r°. — ** 89 v°.

JOSEPH

Ha! mon doulx Dieu, la tienne grace,
3340 Quant ton ange me veux tremectre!
Dame, il ce fault au chemin mectre,
Prenés vostre enffent, s'an yrons
Et d'Erodes departirons,
Car mestier n'avons de tarder.

VIRGO MARIA

3345 Alons, Dieu nous veulle garder
Et nous octroye en bon lieu traire.
Tunc recedant et vadunt in Egiptum.

PRIMUS MILEZ

Dy moy, faulx villain deputaire, *
As tu nul veu passer par cy ?

RUSTICUS

Ah ! grant Dieu, la tienne marcy,
3350 Je voy bien gens d'armes me gar-
                              [dent.
A l'eaul, a l'eaul ! mes braiez ardent,
Mes braies me sont alumeez
Que mes robbes sont enffumeez.
Guaude, vecy pute avenue,
3355 Vecy une beste menue
Quil c'estoit loigiee en mon guelle.

SECUNDUS MILEZ

Passes avant, villain rebelle ;
As tu nul veu par ceste voye ?

RUSTICUS

Ma femme a du cul sy grant roye
3360 Que g'y metz tout mon labouraige.

UXOR RUSTICI

Mes ung estron sur ton visaige !
Morir puisse ce ne te roille, **

Meschant villain, de ma connoille !
Tien, tu aras ceste craboce.

RUSTICUS

Et tu aras ceste belouce,   3365
Tresorde vil vielle liarde.

UXOR RUSTICI

A que le mal feu d'anfer t'arde
Ta baulevre et ta pute gorge !

RUSTICUS

Ton cul fust bon varlet de forge,
Il sçeit trop bien comment on souf- 3370
                              [fie.

UXOR RUSTICI

Escotés le diable d'Aroffle !
La male passion te fiere !
Fuy toy d'icy, tray toy ariere,
Tresmeschant villain, plain de be-
                              [ves,
Tu es escullé en nous fevez.   3375
Quant villain naist, diables beur-
                              [gent.

RUSTICUS

Je croy mes coillons rues forgent***
En ces fevez de ce plateaul.

UXOR RUSTICI

Endroit du cul te fault la peaul.
Cent de diables, comme elle est 3380
                              [noire !

RUSTICUS

Flaire, ma seur, ceste premoire,
Metz ceste odeur a ton visaige,
Que tu es de tresbeaul charnaige,
Vert et jaune par fine angoisse,
Ta barbe ressanble une brosse.   3385
Certes tu es trop gracieuse,
Ce tu ne fusses sy raicheuse.
Bien suis a toy arumaigiez.

3339. *mon* suppléé. — 3346. *octroy.* — 3348. *nulz.* — 3349. Ms. *Haa Dieu la.* — 3350. *gend'armes me garde.* — 3356. *loigiez.* — 3371. *daroffle* par minuscule. — 3380. *Sancté deable.* — 3384. *angoise.* — 3387. *jusse.*

* 90 r°. — ** 90 v°. — *** 91 r°.

TERCIUS MILEZ

Ce faulx villain est enraigiez,
3390 Il tient tout le monde a ses fables ;
Alés gesir de par les diables !
Ce pugnoix sanglant villain courbe
Nous a donné mout grant des-
                              [tourbe
D'acomplir ce que nous commande.

PRIMUS MILEZ

3395 N'y ait femme quil ce deffende, *
A mort, a mort, nul n'an eschappe !
Cheus sont enffans en male grace,
Mors seront sans misericorde,
N'y ara nul quil en estorde,
3400 Que le roy le veult et ordonne.
            Tunc occidunt pueros.

PRIMA MULIER (Rachel).

Mon enffant, ma douce personne !
Dolente, quel mortel guerre !
Bien me deust transglotir la terre
Quant je vous voy mort soutenir.

SECUNDA MULIER (Zebel).

3405 Bien deust a moy la mort venir
Pour vous, mon cueur, que je voy
                              [mort !
Le roy quil a ce fait a mort.
Deust tuer les meres chetives
Quil ne veullent plus estre vivez,
3410 Et laissier ceulx quil n'ont meffait.

SECUNDUS MILEZ

Alons tost raconter le fait
A Herode de ce martire.
            Tunc vadant ad Herodem.
                Sillete.

TERCIUS MILEZ

Dieu guart ce noble puissant sire !**
Mon seigneur, soiez tout contens,
Nous vous disons que des le temps 3415
Que Jhesucrist vint a naissence,
Nous avons mys a descheance,
Tant autre part qu'en ceste ville,
D'anffans cent. XL. IIII. mille,
Et n'aiez point plux de remors,   3420
Que pour voir Jhesucrist est mors,
Car telle est nostre esperance.

HERODES

J'an ay au cueur grant alegence,
Pour ce est il par moy grevé
Qu'il se fust sur moy eslevé.   3425
Bons chevaliers estes et saiges,
Je vous donray grans heritaiges,
Et vous mectray a grant honneur.
            Sillete le grant.

JOHANNES BAPTISTA

Prescher me fault de mon Sei-
                              ·[gneur.

Audite, insule,   3430
Et actendite populi de longe.
Seigneurs, pour nostre sauvement
Vient Cil quil fist le firmament.***
Tous avés desiré sa face,
Ung chascun penitence face,   3435
Et l'adorés de cueur et bouche,
Car le regne des cieulx aproche.
Par luy sui ge, *in aperto*

3397. *Cheux.* — 3400-1. *Rachael.* — 3403. *transglotit.* — 3407. *la mort.* — 3408. *mere.* —
3409. *veulle.* — 3431. *antandicte.* — 3433. *cellvy.*

3430. Isai. XLIX, 1.

* 91 v°. — ** 92 r°. — *** 92 v°.

Vox clamantis in deserto;
3440 *Parate viam Domini.*

NAASOM

Que ferai ge, povre chetifz,
C'onques ne fix bien en ma vie ?
Sire, que me donnez aïe,
Je vous prie que soie baptisez.

SAMUEL

3445 Sire, a vous regeis mes pechers,
Car oncques ne fix se mal non.
Je vous prie, sire, en Dieu le non
Que vous me donnés avisance.

JOHANNES BAPTISTA

Je vous dix, faictes penitance,
3450 En eaue vous baptiseray *
Ou nom de Celluy qu'est veray.
Tunc baptisat.
C'est celluy quil est devant moy
Formé, que je vous monstre au
                                          [doy,
(Tunc ostendat.)
Quil tant ce veult humilier ;
3455 Digne ne suis de deslier
Les couroiez de ses souliers,
Il le covyendra essaucier
Et me covyent apetisier.
Je le voy venir baptisier,
3460 Je voy la nostre sauveté,
Vecy l'Aignel de deité,
C'est celluy quil point ne deffault.

DEUS FILIUS

Beaul doulx Pere quil es en hault,
Pour acomplir ta volunté,

Veul aler en autre cité,   3465
Vers le fluve Jordain tout droit
Je m'en veul aler orendroit.
Sillete le grant.

Lors s'en va vers le fluve Jordain, et presche
les dix commandemens de la loy, et dit :

Peuple d'Israel entandez, **
A mon Pere grace randez
Quil pour vous m'anvoye sa jus,   3470
Il regne en Trinité laissus.
Venu suis pour vous enseignier,
Se voulez, et les maulx peurgier
Dont chascun de vous amplix estes.
En hault dressés trestous les testes,   3475
Cy ouez dix commandemens
De ma loy, par ansaignemens
Quil a vous ames proffitables
Seront, c'est chose veritable,
Ce bien les voulez mectre a euvre ;   3480
Or est temps que je les desqueu-
                                          [vre,
Et que devant vous les desclaire,
Cy en prandrés bon exemplaire.
Sillete.
C'est le premier commandement
Que croire devés fermement   3485
Ung Dieu tout seul en Trinité,
Et que par vostre iniquité
Vous ne croiez en sorceriez,
Et ne jurés par vous foliez
Vaine parole contre Dieu   3490
Quil sa m'anvoie en son lieu.
Le second en riens ne jurés, ***
Gardez bien ne vous parjurés,

3443. *aye.* — 3450. *eaul.* — 3451. *vray.* — 3460. *sauveeté.* — 3463. *est.* — 3473. *peurgez.*
3440. Cf. Matth. III, 3 ; Marc, I, 3 ; Luc I, 4 ; Joann, I, 23. — 3463 et sq., Cf. Matth.
III, 13.
3491. Appel : *Le second.* — * 93 r°. — ** 93 v°. — *** 94 r°.

Car c'est mal fait quil ce parjure
3495 De la chose de quoy il jure,
Et desplait bien a Dieu le Pere,
Car en la fin on le compere.
Le tiers est c'on doit reguarder
Com dignement tu doix garder
3500 Les festez que l'on te commande,
Car ce ne le faix, grant amende
En paieras, ce saiche bien,
Car faire ne doix nulle rien,
Et te doix garder en tous tours
3505 De faire peché en ceulx jours,
Quelque pecher quil soit mortel.
Le quart diray quil or est tel :
Honorer doix pere et mere ;
Quil ne ce fait, il le compere
3510 A Celluy quil est en hault mys.
A tes parens charnelz, amis,
Tu doix porter obeissance,
Ou tu es plains d'outrecuidance,
Orguilleux, plains d'ingratitude.
3515 Entandz le quint, ce tu n'es rude,
Quil dit ne doix larecin faire,
Ne nulle riens a nul fortraire, *
De l'autre n'avoir nulle chose,
Ce point retiens sans mectre glose,
3520 Car quilconques ce glosera,
S'ame en enfert tout droit ira.
Le sixte dit : « N'ayes intancion
De faire de fournicacion
N'adultere a femme mariee,
3525 (Conscience en seroit trop blecee)
Et deffend religieuses femmes,
Car mains en perdent corps et
Après le VIIme veul dire   [ames.
Que l'on ne doit nully occire,
3530 Ne d'espee ne de couteaul,

Car c'est ung jeu quil n'est pas
Entandez par devocion.   [beaul.
Desclarer veul l'antancion
D'occision par ors manieres,
A antandre sont bien ligieres.   3535
Je dix que quil fiert d'ungne espee,
La plaie est plux tost resanee
Que d'ungne langue venimeuse
De quoy la personne est joieuse
Quil de son voisin mal raconte.   3540
L'autre sy est quil malvoix compte**
Rent a celluy qu'il est tenus,
Quil povrez enffans et menus
A, et n'ont pas ung boisseaul d'orge,
Mieulx ne se peut copper la gorge   3545
Que de luy tollir sa chevance.
Or est il temps que je m'avanse
Au VIIIe commandement,
Je le vous diray briefment.
Pourter ne doix faulx tesmoin-   3550
    [gnaige.
Dont aucun puist avoir dom-
    [maige.
Fay a chacun ce que vouldroiez
Que l'on te fist, ce sont les voiez
Que je veul que chacun apprenne,
Cy les tenez com les ensaigne.   3555
Le IXme te veul monstrer
Que tu doix ton prochain amer,
Ainsin que toy mesmez feroyez,
C'est a dire que riens tu n'aiez
Du sien a tort et sans raison.   3560
A la dame de sa maison
Tu ne doix villenie faire,
Ne ses gens en ton hostel traire
Par decevance ne barat,
Ne beuf, asne, ne chien, ne chat   3565

3510. *Et cil quil es.* — 3511. *telz.* — 3520. *ce point.* — 3522. *Le sixiesme.* — 3524. *point de.*
— 3526. *deffendz.* — 3534. *hors.*— 3539. *car quil.* — 3554. *appranne.*— 3563. *son host* barré.
*94 v°.— ** 95 r°.

Ne doix prandre de ton voisin, *
Ne nulle chose, c'est la fin,
Qu'il ait, se n'est de son vouloir.
Le Xme, sans te douloir,
3570 Te feray tantost assavoir,
Se tu veulx l'amour Dieu avoir,
Quil est fin et conclusion,
Guard n'aye pas temptacion
A ceulx quil ont intencion
3575 De mal faire a leur escient,
Car il yront a dampnement.
Ce que vous ay cy devisé,
Gardez soiez bien advisés
De le garder et bien tenir,
3580 Car par ces pointz pourrés venir
Laissus es cieulx en saincte gloire,
Mes que de ce ayés memoire ;
Je vous prye bien les gardez.

Sillete le grant.

JOHANNES BAPTISTA

Mes disciples, or antandez,
3585 A celluy graces vous randez, **
Il vient, c'est cil dont vous parlay,
Reguardez, je le montre au doy
Pour verité.

PRIMUS ANGELUS

Vecy le Dieu de deité,
3590 Veez cy l'Aignel de saincteté,

Quil icy vient par sa bonté,
C'est l'Aignel de la Vierge né.

DEUS FILIUS, qui est in mondo :

Les biens des cieulx vous soient
[donnez !
Jehan, ma grace en toy habonde,
Beaulx amis, [plain de grand fa- 3595
[conde],
De toy [baptisé je veul estre]
En ceste [eaue].

JOHANNES BAPTISTA

[Helas, mon doulx maistre],
[Baptisé estre tu desire]
De moy ? que dis tu, mon doulx
Je ne t'ouseroie aprochier, [Sire ? 3600
Ne ton precieulx corps toucher.
Baptisé deusse estre de toy, ***
Et tu le veux estre de moy ?
Par foy, c'est bien le fait contraire.

DEUS

Jehan, ainsin le covyent il faire, 3605
Qu'il nous fault acomplir justice.

JOHANNES BAPTISTA

Certes tout le poil me herice
De parfaire ce grant mistere,
Baptisier le filz Dieu le Pere,
Mes toutefoix je le feray, 3610
Mon Dieu, mon Roy baptiseray,

3566. ne de ton. — 3571. de Dieu. — 3583. pry. — 3586. sil.— 3587. le vous.— 3590. cy cy, le deuxième cy barré. — 3592-3. quil es in mondo. — 3599. ditu. — 3602. deuse.

3595. Ms.— J. Floichot, probablement parce qu'il ne pouvait plus lire le manuscrit qu'il copiait, a laissé incomplets les vers 3595-3597. Une autre main a complété plus tard, avec une encre plus noire, les vers inachevés — en hésitant — car avant [baptisé je veul estre], on lit encore [veul estre] mal barré. Puis cette seconde main, après avoir barré le nom de personnage et le commencement de la réplique écrits par J. Floichot (JOHANNES BAPTISTA : Helas que Dieu) a écrit JOHANNES BAPTISTA à nouveau, et intercalé la fin du vers 3597 et le vers 3598 en entier. Ces additions ont été indiquées par des [   ]. — 3598. MATTH. III, 14.

* 95 v°. — ** 96 r°. — *** 96 v°.

Puisque ainsin le covyent estre.
J'oy laissus une voix celestre.

Hic baptisat eum infundando aquam, et descendat columba super Deum filium, et iterum a Deo patre cantetur.

DEUS PATER

Veez cy mon chiers Filz bien amé*
3615 Ouquel me suis mout delité,
Celluy antandez et oez,
Et le servez et le loez.

JOHANNES BAPTISTA

De joie suis enluminés,
Car j'ay ouy le Dieu parfait
3620 Quil est present en ce sainct fait,
J'ay ouy la voix Dieu ton pere
Crier sur toy en nue clere,
Et le saint Esperit descendre
Et en toy sa mansion prandre **
3625 Et sur toy tous les cieulx ovrir.

RAPHAEL angelus.

Jesu, je te veul recovrir
De ce vestement d'ignocance,
Cy prandz l'escu de patience
Pour acquerir noble victoire.
Pause.

BERIC Johanni Baptiste :

3630 Faire nous fault autre memoire.
Par le grant Dieu, sire enbocé,
Quil vous a icy amesné
Pour ainsin le monde prescher

Et les gens ainsin baptisier,
Deffendre circoncision ?   3635

NACHOR Johanni Baptiste :

Il te fault venir en prison,
En la chartre du roy Herode,
Ne cuide pas que je te mocque.
Or sa, chetifz malheürez,
De grandz copz faiz et annoez,   3640
Tu en aras sur tes espaules, ***
Nous verrons ce manras ces baulez
Que chascun jour mener souloies,
Or passe avant parmy ces voiez.

Modo dicant verberando :

Compain Beric, par dela frappe,   3645
Et garde bien qu'il ne t'eschappe,
Je ly donray ce grant tatin.
Or verrons nous ce son latin
De nous eschapper le fera,
Ce son dieu le delivrera   3650
Quil contre nous le fait prescher.

BERIC

Je ly veulx tantost esraichier
Pluseurs des cheveux de la teste
Pour luy faire plus grant moleste.
Au roy Herode le manrons,   3655
Qu'il n'eschappe bien le tenons.
Passe avant, truant desloial,
Le roy verras en sa loial
Majesté, a luy respondras,
Ce grant loppin avant avras   3660
En lieu de mite.
Sillete.

3613-4. *iterum a Deo patre cantetur.* Le mot *iterum* parait se rapporter à une mélodie précédente, qui aura été oubliée par le copiste. — 3614-3617. Portées de musique. — 3614, *chierfz.* — 3616-3618. Ces trois vers riment ensemble. — 3619-3622. Ces quatre vers sont barrés dans le manuscrit, mais encore très lisibles. — 3621. *de Dieu.* — 3624. *maison.* — 3650. *Et ce son.* — 3658. *son.*

3601-3609. Matth. III, 13-15. — 3614-3617. Matth. III, 16; Luc, III, 22. — 3630. Marc. VI, 17; Luc. III, 19.

* 97 r°. — ** 97 v°. — *** 98 r°.

NACHOR a Herode :

Roy, vecy le truant herite, *
Personne laide et mout despite,
Quil presche autre loy que la nos-
                                    [tre.

HERODES

3665 Compains, vien sa, es tu apostre ?
Je veul oyr de ta science.

JOHANNES BAPTISTA

Ce nous eussiens bonne constence,
Tu n'eusses pas tollu la femme
Ton frere, dont as grant diffame,
3670 Quil vit et a nom Philipas,
Et la femme, Herodias.
Dy, va, et pour quoy l'as tu prise ?
C'a esté par ta convoitise,
Et contre la loy ensement.

LA FEMME HERODE a son mary :

3675 Sire, jugés le vistement
Pour ce qu'il dit contre nous deux.
De ly ne soiez point piteux,
Je vous pry faictes le tuer.

HERODE a sa femme :

Je le feray leans ruer **
3680 Jusques je face mencion
Du jour de ma nascacion,
Lors sera tenu par grant ire.

Tunc dicat Phariseis :

Mectés le leans sans plux dire
En ces chartres espoventables.

Tunc ducunt ad carceres.

LA PREMIERE DAMOISELLE

3685 Vous parolles mont charitables,
Dame, saichés certainnement,

Ne sont, ne je ne scé comment
Vous hayez ainsin ce prudomme,
Juste et saint chascun le nomme,
Car ainsin mon seigneur enhortés   3690
Que mout en est desconffortés.
Je say bien que mout l'a amé ;
Or vois que par vous diffamé
Est et sera par vostre outraige.

HERODIAS a la premiere Damoiselle :

Tay toy, tu aiez au cueur la raige !   3695
Or ne parle plux de tel chose,
Ne je ne sçay commant tu oses ***
Parler de chose que je face.

LA FILLE HERODE

A peu, guarce, que ne te fece
De ce que tu dix a ma dame !   3700
Saiches bien que s'il n'y eust ame,
Les yeulx t'otasse de la teste.
Tu doix bien faire joie et feste
De ce truant puilleux et ort !
Par Dieu, il sera mys a mort,   3705
Malgré tous ceulx a qu'il en poise ;
Garde que ne faces plux noise,
Briefment sera mis a martire.

LA PREMIERE DAMOISELLE

Hee garce tresorde, avoultire,
Bien sçay que tu feras requeste   3710
A Herode d'avoir la teste
De Jehan quil est en la prison.
Ta mere yreuse a traïson,
Car elle veult sa teste avoir.

LA FILLE HERODE a la Damoiselle :

Saiche bien, te faix assavoir,   3715
Ce meshuy tu m'an dix parolle,

3667. nous suppléé. — 3673. Sa esté. — 3680. Ms. fere barré.— 3685. sont.— 3688. Ayez.
. — 3690. Quainsin. — 3691. Car mout. — 3696. telle. _ 3703. jo barré. — 3714. veul.
3670 et sq. Marc. VI, 17, 18.
* 98 v°. — ** 99 r°. — *** 99 v°.

Tu t'an pourras tenir pour folle.*
Or t'en taix donc, ce tu m'en croix.

LA PREMIERE DAMOISELLE
a la fille Herode :

·Bien voy tu as toutes les loix,
3720 Tresorde doloreuse garce.
Je vouldroie que fusses arce
Et Jehan si fust bien delivré
Et au bon prophete livré
Quil au monde est agreable.

HERODES

3725 Je veulx parolles veritables,
Manteris dame, Herodias.
Trottemenu, plux que le pas
T'an va courant parmy ma terre,
Va tost et revyen plux grant erre,
3730 Dy de par moy a mes amys
Que j'ay a tel jour entrepris
A faire grant solempnité
Du jour de ma nativité,
Et qu'il y soient sans faillir,
3735 S'il veulent m'amour deservir.
Va tost, ne fai point de demeure.

TROTIN

Je seray couru en une heure,**
Car je voix plux tost que le vent,
Mais il me fault boire souvent,
3740 Et pour tant une foix buray
Et ma bouteille vuideray,
Elle en sera trop moings pesant,
Et puis je m'an iray fuyant
En l'ostel du duc Golias.
(Hic bibit.)
3745 Quant me verra, je ne doubt pas
Qu'il ne me face bonne chiere.

GOLIAS DUX

Ung messaige de grant maniere
Voy venir courant tout droit cy,
Mieulx alant long temps a ne vy.
Quelque nouvelle nous dira   3750
Ou en quel part tirer vouldra ;
Je luy veul aler au devant.

TROTIN

Sire, le grant Dieu Tavergant
Vous gart et vostre compaignie !

GOLIAS DUX

Messaiger, Mahon vous benie !   3755
Dont venez vous sy eschauffé ?

TROTIM

Devers Herode, en verité,***
Quil vous salue mille fois,
Car il vous ayme en tous endrois
    En bonne foy.   3760

GOLIAS DUX

Messaige, certes, je le croy,
Sy fai ge luy certainnement.
Est il sain ? nous mande il neant ?
Nous sommes bien a son plessir.

TROTIM

Ouy, saichés que il veult tenir   ·3765
De sa nativité la feste.
Certes il vous y covyent estre,
Autrement il seroit coursé.

GOLIAS DUX

A ce besoing point ne fauldré,

3722. cy.— 3732. Affaire.— 3736. fait... poult.— 3755. benyst.— 3765. ouyr... quil veul.
— 3767. il covyent.
3733. MATTH. XIV, 6 ; MARC. VI, 21.
* 100 r°. — ** 100 v°. — *** 101 r°.

3770 Pour guainnier d'argent mon pe-
Messaiger, alez en devant [sant.
Et me recommandez a luy.

TROTIM

Mon seigneur, au grant Dieu vous
[dix.
Je m'an voix par chieux Josaphas,*
3775 Son cosin, qu'il ne faille pas
A y estre, comme qu'il soit.

GOLIAS

Gaudin, il vous fault orendroit
Aprester pour veoir ceste feste,
Il y ara maint jeu de geste,
3780 Par ma loy, et mainte carolle.

GAUDIM MILLES

Sire, ce seroit chose folle
Icy ester sanz y aler,
On ce pourroit de nous mocquer.
Mout bien appareillé seray,
3785 Et avecque vous m'an iray
Pour veoir celle grant feste belle.

TROTIM

Je m'an voix fuyant a Tudelle,
Tout droit au prince Josaphas,
Qu'il vienne et qu'il ne tarde pas
3790 Au riche roy bien coronné.
Je ne suis pas trop bestourné,
Pardue n'ay pas ma saison,
J'apersoy ja bien sa maison,**
Je le voy la, ce m'est advys,
3795 Sire, Mahom, vo grans amys,

Vous gart et doint bonne santé,
Et a tout vostre paranté !
Je vous viendz querir bien penez,
Ne laissez pas que ne venez,
Herodes vous envoye querre.   3800

JOSAPHAS

Trotemenu, s'on ly fait guerre,
Il sera bien de moy aidier,
Cil seroit bien outrecuidier
Quil le Roy deffier vouldroit.
Certes mont chier le comperroit,   3805
M'espee luy feroie santir.

TROTIM

Certes point ne vous veul mantir,
Nanny, mes il veult faire feste
Plantureuse et sans moleste ;
Venir vous y fault sans arrest,   3810
Vostre presence mout ly plait,
Car c'est de sa nativité.

JOSAPHAS

Se le grant Dieu me doint santé,***
Mout de bon cueur a ly iray,
De mes chevaliers meneray   3815
Tous des meilleurs de ceste terre.
Or tost, Faraon, Pinceguerre,
Je veul qu'a la feste venez,
Et noblement vous contenez,
Guardez bien que ne faillez pas.   3820

PHARAON

De ce faire ne seray las,
Bien tost appareillé seray,
Et de bon cueur vous serviray,
Et ceulx quil seront de la feste,
Et sy vous jure par ma teste,   3825
S'aucung a quil veulle bataille,

3785. avec. — 3787. atudelle par minuscule. — 3801. guarre. — 3805. monchier le conpe-
roit. — 3808. ceul.

* 101 V°. — ** 102 r°. — *** 102 v°.

Que il ara, commant qu'il aille,
Et y deusse perdre la teste.

PINCEGUERRE

Se Dieu guart mon corps de tem—
[peste,
3830 Je ne vouldroie pas que j'eusse
Cent mars d'or et que je n'y fusse.
Oncques ne fux en Guallillee,
Mes puisqu'anfin est qu'a l'alee,
Je seray vestu noblement.

TROTIM

3835 J'ay fait cy grant sejournement, *
Tantost iray mon seigneur dire
Ce que j'ay fait par son empire.
On ne m'y a guyere donné
Et s'ay mon corps abandonné
3840 Partout et de nuyt et de jour,
Certes j'en fai peu de sejour,
Il ne m'an chault, puisque suis cy,
A mon seigneur diray cecy.
Je le voy la ou il se siet.

3845 Cil Dieu quil loing voit et hault fiert
Cy gart le noble roy Herode,
Le plus puissant et le plus noble
Certes quil soit en tout le monde !
Vostre lignaige quil habonde
3850 En honneurs et en grands richesses,
Viendront tous veoir vous grands
[noblesses.
Cy viendra le roy Josaphas
Et le riche duc Golias ;
J'ay esté partout sans faillir.

HERODES

Tu as tresbien fait mon plessir, 3855
Va boire et toy reposser.
Avant, feras tout aprester,
Et qu'il n'y ait que regallé.
Faictes qu'il n'y ait nul deffault.

GOLIAS

Gaudim, tantost aler nous fault ** 3860
A la feste ou sommes mandés.

GAUDIM

Monseigneur, a vo volunté,
Oncques mais je ne fux sy lyé,
Je suis ja tout appareillé.
Or alés devant, mon doulx sire. 3865

GOLIAS tunc vadat.

S'il plait a Mahommet mon sire,
Nous serons tantost en la terre
D'Erode quil nous tresmit querre ;
Je voy son palaix et sa tour,
On y a fait mout grant atour 3870
Pour ceste feste, sans doubter.
Premier veul les degrez monter,
Car je voy la de mon lignaige.
Le grant Dieu quil tout assouaige
Et quil tout fit et deffera, 3875
Quant sa volunté sera,
Vous gart, Herode, mon cosin !

HERODES

Et grant honneur vous doint aussy
Mes dieux Taverguant, et Ma—
[homs ! ***
Certes vous estes ung des homs 3880
De la terre que je plux ame

3827. Car. — 3833. qualalee.— 3841. fait.— 3842. chaul.— 3856-58. Ces trois vers riment ensemble.—3866. Seil.— 3876.Vers trop court.— 3878. ausy.— 3879. Mahom.— 3881.ayme.

* 103 r°. — ** 103 v°. — *** 104 r°.

Et que je plux souvant reclame.
Or vous seez cy, emprès moy.
Bien aise suis quant je vous voy,
3885 Et ce chevalier par dela,
Quil la feste reguardera,
Il me samble de bon affaire.

GOLIAS

Vostre volunté devons faire,
Et mout voluntiers la ferons,
3890 Du tout en tout vous servirons,
Vostre plessir chascun fera.

GAUDIM, chevalier

Je feray ce quil vous plaira.
Sire Herode, saichés sans doubte,
Ne point ne devez avoir doubte
3895 Qu'aucungs hons seans vous mef-
                              [face,
Qu'ansois qu'il partist, ne le face
Morir ou tenir en prison.
Bien garderay vostre maison,
Certes n'y arez nul dommaige.

JOSAPHAS

3900 Je veul bien que chascun cy saiche*
Que bien est temps de nous partir.
Pharaon, il vous fault venir,
Pinceguerre aussy en venez,
Et noblement vous aornez,
3905 Faictes tost que trop ne demeure,
Que trois jours n'a jusques a l'eure
Monseigneur nous fera grant feste;
Par celluy Dieu quil me fist naistre,
Mout me tarde nous en alons.

PHARAON

3910 Vous estes ung bien peu trop long,
Je suis ja tout appareilliés.

PINCEGUERRE

Nous ne sommes point travailliez,
Devant alés, après irons,
Voluntiers la feste verrons
    Et bien dansier.   3915

JOSAPHAS

De tost aler me veul haster,
Certes, sans mener grant desroy.
Veez vous la le palais du roy?
Il est ja tout plain de barons,**
Les premiers pas nous n'y serons, 3920
Je ne say s'il m'an blasmera.
Le grant Dieu quil tout jugera,
Vous guart, Herode, sire roys!
Vous nous avez comme courtois
Icy mandés a vostre feste,   3925
S'ay fait adouber sans arreste
Ces deux chevaliers que je mainne.

HERODES

Vous en avez heü mout painne :
Beaul cosin estes, bien le say.
Et pour ce bon grey vous en say, 3930
Saichés, beaul cosin Josaphas.
Seez vous pres de Golias :
Grant joie ay de vostre venue,
Nostre feste sera tenue
Noblement, ce saichés sans doubte; 3935
Seez vous tous en ceste route,
Pinceguerre et vous, Pharaon.

JOSAPHAS

Certes, il ont cueur de lyon,
De ce je m'ose bien vanter,
Bien scèvent combatre et jouter, 3940
Plessir vous feront et service.

PHARAON

Nous ne sommes mye sy nices*
Que ne faisions tout son vouloir.

PINCEGUERRE

Cause n'ara de ce douloir
3945 De nous en aucungne maniere,
Car nous ferons a bonne chiere
Ce que mon seigneur nous com-
[mande.

HERODES

Marque, faictes que la viande·
Soit preste, temps est de diner,
3950 Et qu'il soit fait sans atargier ;
Apourtés l'eaul, cy laverons.

MARQUE

Les tables tandix dresserons ;
Alez laver, car l'eaul est preste.
Jaquemart, fai tost, point n'areste,
3955 Aide moy a mectre les tables.

JAQUEMART

C'est une chose convenable.
Je t'aideray bien voluntiers. **
Prandz de la, compains.

MARQUE

Voluntiers.

JAQUEMART

'Or peux tu des or mais veoir
3960 Que c'est fait, il ne fault que seoir,
Et penser d'eux tresbien servir.

HERODES

Or sa, beaul cosin, venez seir.
Grant joie faictes de ma feste,

Seez vous, que nul n'y areste,
Decoste moy et la roïgne. 3965

MARQUE

Par Mahon quil tout enlumine,
Il te fault pourter, Jaquemart,
Cest oison entre ces deux plax,
Chascun servirons a planté.
Pour l'amour du grant paranté 3970
De mon seigneur quil est venus !

HERODES

A vous amer suis mout tenus.***
Vous qui estes a ceste table,
Mangez et buvez a foison.

GOLIAS

Des biens avons a grant randon, 3975
Ce seroit a nous villenye
Ce nous ne faisions chiere lie,
Puisque le sire le veult bien.

JOSAPHAS

Je la feray sur toute rien.
Pour faire plessir a la court ; 3980
Il seroit bien paillart et lourt
Quil n'aroit le cueur resjoir
Devant la regne qu'est icy,
Quil est douce, plaisant et saige.

HERODIAS

Point ne fault faire le sauvaige, 3985
Puis c'on est entre ses amys,
Et des plus haults de tout païs,
D'onneur, richesse. et de paraige.

3943. faisons. — 3948. faicte. — 3954. fait. — 3957. aide.— 3972. tenu.— 3977. faisons.—
3978. veul. — 3987. hault de tout le.
* 105 v°. — ** 106 r°. — *** 106 v°.

HERODES

Ou est Esglantine la saige, *
3990 Ma fille ? faictes la venir,
Ung peu nous fera resjoïr
    A mon advys.

MARQUE

Levés sus, la belle au cler vis.
Alez parler a nostre sire,
3995   Sans contredire.

ESGLANTINE

Sçais tu, Marque, qu'il me veult
            [dire ?
Certes mout voulontiers iray
Et de ce lieu me leveray.
    Modo levat se.

Mon seigneur, Dieu vous croisse
            [honneur
4000 Et gart la belle compaignie
De grief mal et de villenie
    Par sa douceur !

HERODES

Nous grans dieux croissent vostre
            [honneur,
Belle fille ! avant venez,
4005 Et saigement vous mainctenez,
Et nous dictes une chanson **
Pour acroistre vostre regnom,
Et puis dansez mignotement,
Et chantés joliectement
4010 Devant mes princes et barons,

Cy arés loz, et vous donrons
De nostre avoir a grant planté.

ESGLANTINE

Sire, ce Dieu me doint santé,
Devant vous tantost chanteray.

Ad placitum :

: « Celluy doit bien chappeaul porter 4015
Quil de tous a plux belle amye,
La plux coincte et la plus jolye
Or ne le veul ge plux celler ».***

Et puis après je veulz danser,
Mout bien le me pouez merir,   4020
Pour resjoir la compaignie,
Je veul bien faire chiere lie
    Joieusement,
Et puis dancer mygnotement,
Ou mond n'a cy joieuse vie.   4025
    La morisque.

HERODES

Se Mahom, fille, me benye,
Mieulx chanter ne vouldroie querir,
Et je le vous veulz bien merir.
Esglantine, ma fille chiere,
Vous estes de belle maniere,   4030
Demandez ce que vous vouldrés,
Et par ma teste vous l'arés,
Voire la moitié mon realme,
Et ne deusse plux pourter healme,
Je le vous promet, ne coronne.   4035

3994. *Alez parler a monseigneur sans contredire* (sur une seule ligne). — 3994-3996.
Ces trois vers riment ensemble. — 3998. *croise.* — 4001. *griefz.* — 4003. *croise.* — 4015-
4018. Portées de musique.— 4018. *ceu.* — 4020. Ce vers n'a pas de rime.— 4025. *monde.*
— 4033. *de mon.*

4033. MARC. VI, 23.

* 107 r°. — ** 107 v°. — *** 108 r°.

ESGLANTINE

Je voix demander, c'est la somme,
A ma mere premierement *
Quel don el veult que je demand,
Et puis a vous retourneray.

Hic vadat locutum matri sue :

4040   Ma dame, antandés que diray.
Mon seigneur m'a ung don donné,
Tel que demander luy vouldré,
Si me viens a vous conseiller
Quel don je devray demander.

HERODIAS

4045   S'a mon vouloir veulx acorder,
Autre riens ne demanderas,
Fors seullement ly requerras
Qu'il te donne de Jehan la teste
(Tu sçeis qu'il me fait grant mo-
                 [leste)
4050   Affin qu'il laisse le preschier.

ESGLANTINE

Il sera fait sans arester,
Ma dame, je le vous promet.

Revertatur ad Herodem dicens :

Mon seigneur, sans faire long plet,
La teste veul du prisonnier
4055   Quil soloit en ce païs precher,
Quil est liez en vo prison ;
Je ne vous demande autre don **
         Pour mon salaire.

HERODES

Je ne sçay que je doye faire.

Vous avez fait folle requeste,   4060
Mes point ne veul trobler la feste,
Ne je ne m'ose pas desdire.
Je la vous octroy, j'an ay ire,
Dolent en suis et corossé,
Il estoit plain de grant bonté.   4065
Marque, va ly copper la teste.

MARQUE

Vecy la haiche toute preste ;
Jamais ne finiray d'aler,
Droit a Rifflart iray parler.
Appourtés le plat après moy,   4070
Et dedans la vous poseray.
Je voix tout droit en la prison.

Et vadat ad carcerem et dicat :

Rifflart, ou est ce compaignon ?
Ovre tantost cette prison,
Il me ly fault le col copper.   4075

RIFFLART

Helas, le voulés vous tuer ? ***
Peché est de le mectre a mort,
Conscience point ne remort
Le roy, quant icy vous envoie ?

MARQUE

Delivre toy que male joie   4080
T'anvoie Tavergant nostre Dieu !
Ne cuide pas que ce soit jeu,
Fay que ces huis soient desfermés.

RIFFLART

Je suis de ly mout tormenté,
Mes je ne le puis avencer.   4085
Tu ne m'an puis riens demander,
Tu le tiendz, je suis de ly quicte.

4038. elle. — 4045. veut. — 4050. laise. — 4055. vers trop long. — 4056. vous. — 4075. Il
y fault.
4059. Marc, VI, 26.
* 108 v°. — ** 109 r°. — *** 109 v°.

6

MARQUE

Or sa, Jehan, tu seras delivre,
Present la teste tu perdras
4090 Que jamais tu ne prescheras.
Baise le col, je frapperay,
A ung cop seras decolé.

JOHANNES BAPTISTA

Beaul Pere, tu soies loué,
En tes mains recommande m'ame; *
4095 Tu sçeis, j'ay vescu sans diffame,
Mon doulx Seigneur, mon Crea-
                                [tour,
Tu voix et sçeis en quel atour
Je suis mys, et par fauce envye;
Marcy te pry et sy te prie
4100 Par ta tresgrant misericorde
De laquelle je me recorde,
Et par ta puissance divine,
Resoy moy en joie quil ne fine,
Par ta douceur quil n'a pareille.
           Tunc percuciat TORTON.

MARQUE

4105 C'est fait, or tenez, damoiselle,
Mectés cecy sous vostre esselle,
Tandez le plat, je l'y mectray,
Et cy gisant je le lairay.

ESGLANTINE

A ma dame le pourteray,
4110 La roygne grant feste en fera,
Car mout le hèt, de long temps a,
A luy m'an vois de randonnee,
Tantost ly sera presentee,
La ou elle est, a colle table.

Dame, tenés, çe n'est pas fable; ** 4115
Certes vecy de Jehan le chief,
Je doubt qu'an vyenne grant mes-
Or le recevez, belle mere.   [chief,

HERODIAS

Belle fille plaisant et chiere,
De ce coutel ara par my,   4120
Pour ce que parle a demy.
Ma volenté est assouvie,
Certes, je n'an prandroie mie
Trestout l'or de ceste contree.
Las ! je croy qu'il m'a enchantee !   4125
Certes, trestout le cueur me fault.

LUCIFERT, maistre diable

A l'assaut, diables, a l'assaut !
Yssés trestous hors de seans
Et prenez foissons des liens.
Vous me faictes tresgrant ver- 4130
                        [goinné,
Point n'antandez a ma besoingne.
Jehan est or mort sur ces esloi-
                         [gnes ;
Se nous avons sa vie perdue,
Jamès ne nous sera randue
La perte que nous arons faicte.   4135
Vous avez tuit cy bien portraicte
Sa mort, or est il descollés.
Or alés tost, ce vous voulés, ***
Appourtés moy son ame icy,
Et ce bien ne faictes cecy,   4140
Jamais seans ne retournés.

BAUCIBUS

Commant ! nous serions maulmenés
Ce celle ame nous eschappoit !
Lucifert baptre nous feroit !
Jehan est piessa mys a mort, 4145

Mes nul ne nous peult faire tord
Que nous n'aions l'ame de ly.

TEMPEST

J'avoie grant envye sur ly,
Avec toy j'iray voluntiers;
4150 Il a plux de dix ans antiers
Que je le voulsisse tenir.
Dy, Despit, y veulx tu venir?
Il nous y vault mieux tous aler.

DESPIT

Il ne m'an faudra ja parler,
4155 De mes mains ne sera ja quicte,
Il estoit ung tresfaulx hermite,
Mes chascun après ly aloit.
Modo vadant.

BAUCIBUS

Il me sovyent bien qu'il soloit *
Laver les gens ou flum Jordain,
4160 J'en ai certes tresgrant desdaing.
S'ame voy la, je la prandray,
Et a mes deux poingz la tiendray.
Tempest, or la prandz par de la.

TEMPEST

Ah, Despit, et que faix tu la?
4165 Cest hermite tous nous enchante,
Que nul mal nous ly puissions
[faire.
Ceste chose m'est mout contraire,
Je croy qu'il a d'aucung puissance.

DESPIT

Je le croy bien, mes sa puissance
4170 L'Anfer sy ly despecera,
Tantost qu'an anfer la tiendra.

BAUCIBUS

Chascun de nous ly aidera.
Modo vadant ad infernum.
Maistre Sathanas, je t'aporte **
Une ame, ovre nous la porte,
Tu en peuz ta volenté faire. 4175 '

LUCIFERT

Cest chose m'est mout contraire,
C'est ung homme trestouz veluz,
Il est mout hereux et trop plux,
Il n'a vescu que de racines,
Et toujours aloit par espines. 4180
J'amasse mieulx qu'il fut a naistre,
Seans vouldroit faire le maistre
Quil plux fort de ly ne seroit;
Mectés le la, il me desplait,
Trop est grevables. 4185

ADAM

Veez cy nouvelles agreables ;
C'est celluy que nous actendons,
Le pris de no redempcion.
Frere, tu soies le bien venu,
Seans longuement detenu 4190
Avons esté en t'atendant,
Delivre serons maintenant
Par ta douceur de ce peril.

ABRAHAM

Sire Dieu, tu nous as gueris, ***
Car, pour la clarté que j'ay veue, 4195
Cy tresgrant joie m'est venue,
Tous en sommes reconfortés.

DAVID

Sire doulx, tu as appourté
Confort a mes amis feaulx,

4200 Pour ce qu'il t'ont esté leaulx,
Tant com il ont esté en vie.

JOHANNES BAPTISTA

Beaul pere, certes ce n'est mye
Jhesucrist quil nous sauvera,
Il viendra, point ne tardera,
4205 Et sera bientost après moy,
Sy n'an soiez point en esmoy,
Pour certain je l'ay baptisé,
Et luy moy, je suis son messaige ;
Vous savez qu'il ne est si saige
4210 Ne vienne en ceste region
Jusques ad ce que nous voion
Le filz de Dieu tresamiable.

Pause.

Tunc fiat magnum torturum, et cantatur
Sillete, et hoc facto, LUCIFERT clamabit alta
voce.

LUCIFERT

Haro, haro, cent mille diables ! *
Vous qu'il en terre estes movables,
4215 Il fault tost que l'un de vous aille,
Et qu'a mon comand pas ne faille
Cil quil sera le plux expert,
Vers Jhesu quil est ou desert,
Pour luy essaier et tempter.

TEMPTATOR, primus diabolus

4220 Ne vous en devez greventer,
Je suis prest de tost bien courir,
Bien croy que le feray morir
Briefment et tost, sans point faillir.

LUCIFERT

Par trois pointz le fault assaillir
4225 Et de tous tempter le te fault,

Je say bien qu'il a grant deffault:
Il y a .XL. jours ou plux
Que ne manga, dont est conclux,
Sy le tempte de glotonnie,
De vainne gloire et d'anvie, 4230
C'a l'ung des trois ce veult su-
[mectre, **
Com mon subject le pourra mectre
Quil le soubmetra a pechier.

TEMPTATOR

De ce l'aray tost entaichié.
Sathanas, je n'y fauldray pas, 4235
Je voix a luy isnel le pas.
Sillete.

Vadat ad Jherum et dicat :

Jhesus, que faix icy tout seul,
Quil es cy longuement oiseulx ?
Tu as .XL. jours juné
Sans avoir de riens desjuné, 4240
Tu te doix bien morir de faim ;
Dy ces pierres deviennent pain,
Ce tu es celluy Dieu, vray Crist.
Ostendat multos lapides.

DEUS

Ne sçeis tu pas qu'il est escript :
« Homs en pain seullement ne vit, 4245
Mes de la parolle quil ist
De la bouche de Dieu le Pere » ?

TEMPTATOR

Il fault que autre chose apere.
Je te mectray sur ce clochier, ***
Laissus je t'y voix encrochier. 4250
Sillete.

4207. Ce vers n'a pas de rime. — 4209 nest cy. — 4212. tres amiables. — 4212-4214. Ces
trois vers riment ensemble. — 4231. veul. — 4232. pourras. — 4242. devienne. — 4250.
laisus.

4224 et sq., MATTH. IV, I-II ; MARC. I, 13 ; LUC. IV.

* 113 r°. — ** 113 v°. — *** 114 r°.

Tunc portat eum super pinnaculum templi.

Tu peux par tout d'icy veoir.
Or te laisse laval cheoir,
Se es filz de Dieu de nature,
Qu'il est escript en Escripture
4255 Que les anges te recepvront
Et de blessier te garderont
Que ton pied mectras a la pierre.

DEUS

N'est il pas escript, dy, tempterre,
Tu ne tenteras ton seigneur ?

TEMPTATOR

4260 En une montaigne greigneur
Te mectray pour toy mieulx temp-
                                    [ter,
Lors te pourras tu bien venter
Que, ce tu me veulx adorer,
Je te feray mout honnorer.

Tunc accipiat Jhesum et portet super montem.

4265 Voy tu laval, tout en la ronde, *
La gloire et tout l'avoir du monde?
Or te laisse premier cheoir,
Et quanque peux d'icy veoir
Je te donray, ce tu m'adores.

DEUS

4270 Va t'am, Sathan, en vain laboures,
Qu'escript est : Ton Dieu adorras,
Et celluy tout seul serviras.

Diabolus recedit et Deus remanet solus ; tunc veniunt ANGELI. Hic loquitur DEUS Angelis :
Mes angelz, pourtés m'an aval.

GABRIEL

Tu as souffert mout grant traval,
Tu as bien le diable vaincu   4275
A la lance et a l'escu
De painne et de victoire.

Tunc vadunt ANGELI.

LE MESSAIGER

Benoite soit la compaignie
Quil a l'onneur du fruit de vie
Est au jour d'huy cy assanblee ;   4280
De Dieu soit el remuneree !
Nous vous prions treshumblement
Qu'an gré prenez et doucement
Le mistere qu'avons joué,
Qu'avés de bon cueur escouté,   4285
Sans faire noise ne tansons,
De quoy nous vous remercions.
Demain verrés, s'il plait a Dieu,
En ce mesme et proppre lieu
Jouer de Dieu la passion,   4290
Ce nous avons temps et saison.
Chascungs au logiz s'an yra,
Et demain icy reviendra,
Et vous verrés sans fiction
Le prix de no redempcion.   4295

4261. *tu* suppléé. — 4278. *Le Messaiger* est suppléé. — 4281. *elle.*
* 114 v°. — Vers 4277 à 4295 folio 4 R°.

SECONDE JOURNEE

DE LA

PASSION NOSTRE SEIGNEUR JHESU CRIST

PREDICATOR

Magnus Dominus noster et magna virtus ejus et sapientie ejus non est numerus. (Psal. CXLVI, 5.)

La haulte sapience de Dieu quil tout governe, *
Quil tous secrès enserche, tous jugemens discerne,
Nous soit veray conseil ! Par son divin mistere
Prions devotement a la Vierge tresclere,
4300   Pucelle glorieuse, tresor de sapience,
Mere de Dieu joieuse......................
Qu'elle la nous inpetre devers la court divine,
Et, pour ce qu'a ce fere elle soit plus encline,
Par devant son ymaige nous agenoillerons,
4305   De fin cueur et humble nous la saluerons,
Le salut ly dirons qui du trosne celestre
Ly fut tremys s'aval, quant Dieu voult son filz estre,
Par Gabriel archange quil point ne varia,
Nouvel salut ly dist par *A ve Maria.*

Magnus Dominus loco etc.
Sermo pro alegatis.

4310   De Dieu la sapience sy est mout mensurable, **
Et toutes choses mue et sy n'est pas muable,
Toute chose dispose fortement a sa guise,
Oncques rien ne fit Dieu, se n'est par grant devise.

Prima distinctio.

Quatres ryez (?) eslargy par fine verité,
4315   Quant du corps de la Vierge vint a nativité.

Seconde etc. suppléé. — 4296. *Psal.* etc. suppléé. — 4296 et sq. Tous ces vers sont coupés à l'hemistiche et écrits sur deux lignes.— 4301. Hémistiche sauté par le copiste. — 4310. *cy.* — 4311. *forsment.* — 4314. *ryez* (?) mots douteux, je ne comprends pas.
     * 5 r°. — ** 5 v°.

Cest arbre, le filz Dieu, dont mesmoire avons fait,
Feulla, flurit, fit fruit en son aige parfait.
Les feuillez qu'il getta sont predicacions,
Les fleurs sont les vertus, ces operacions,

4320   Le fruit quil en sailit fut la redempcion
Quil a tous proffita, selon m'antancion,
Voire aux bons d'enfert qu'il racheta vraiment, *
Et a nous quil creons le Nouvel Testament,
Quil mangeons ce doulx fruyt, ainsin le devons croire.

4325   Comment le mangeons nous, or en faisons memoire.
Le tresdoux fruyt de vie quil nous vint visiter,
Quant il nous voult des mains du diable acquicter,
Par sa mort precieuse qu'il souffrit mout amere,
Appela ses apostres, puis il leur dist : « Mes freres,

4330   Par desir de soupper avec vous sopperé,
Creez, devant ma mort jamès n'y mangeré ».
Ce fut le grant jeudy, veille du grant divendre,
Qu'avecques eux souppa le tresdoux fin cueur tendre ;
Il leur lava les piedz, puis fist son testament,

4335   En la clause duquel leur laissa propprement
Le fruit de paradix, et leur abandonna,
Quant ou saint sacrement son corps il'leur donna ; **
Accipite et manducate, hoc est corpus meum.
Son corps nous voult laissier le tresdoux Roy celestre,

4340   Il nous voult a ly joindre et a nous le voult estre,
Il voult avecques nous en tout temps demorer,
Si l'en devons forment louer et honnorer.
Par sa mort precieuse fut Enfer desgarny,
Brisé et despoillié, et diables escharnis,

4345   De la loy de pecher fut la chartre cassee,
Et de paradix est apparant la passee.
Or peult dire le diable que il a mal ovré,
Car nous avons ariere paradix recouvré
Et si haulte noblesse que Dieu est nostre frere,

4350   Et sy est nostre seur sa glorieuse mere.

4226. *vient.* — 4332. Le 1ᵉ *grant* suppléé. — 4332. *dimanche* barré. — 4333. *avec.* — 4335. *laisa.* — 4349. *cy.*

4330 et sq. Luc., XXII, 15.

* 6 rᵒ. — ** 6 vᵒ.

Secunda distinctio.

Heredes quidem Dei, coheredes autem Christi. (Pauli ad ROMAN., VIII, 17).

Du testament Jhesu quil sont executeurs ? *
Certes ce sont les prestres, de paradix tuteurs,
Il sont les cherubins a la flambant espee
Qui les pervers enchassent et aux bons font l'antree.
4355   Leurs langues sont les clefs pour Paradix ovrir
Aux pecheurs quil leurs vices leur vouldront descovrir;
A ceux quil a eulx viennent par vraie confession
De l'auctorité Dieu donnent remission,
Paradix il leur ovrent, le fruit leur abandonnent,
4360   Quant le fruit de la Vierge au saint sacrement donnent.
S'il pensoient le jour une foix seullement
Le beaul mistere doulx et le grant sacrement,
Certes je ne creus oncques ne aussy pourroie croire
Que ja il ne perdissent de pecher la memoire. **
4365   Entre vous, seigneurs prestres, usez de pacience.
Dits estes cherubins, ce est planté de science,
Vous estes la clarté en la maison Dieu mise,
Vous estes la banniere de toute saincte Eglize,
Tels vous nomme et appelle Dieu quil vault et valut,
4370   Vous estes pour conduire au droit port de salut,
De faire saintes euvres ne vous soit pas grevant !
Vous pourtés la banniere, aler devez devant,
Vous nous devés conduire par sy droit exemplaire
Que puissés vous et tous au port de vertus traire.
4375   Le port et le passaige nous face et appareille
La dame precedant quil oncques n'out pareille.
Amen.

4350-1. *Pauli* etc. supplcé. — 4351. *executeur.* — 4355, 4361, 4362, 4364. Vers écrits sur une seule ligne, à la différence des autres. — 4355. *clerfs.* — 4366. *Dit.* — 4367. *donne.* — 4369. *tel.* — 4371. *enres.*

* 7 r°. — ** 7 v°.

SEQUITUR PASSIO

DEUS

Aler me covyent sans demoire, *
Outre la terre de Judee,
Prescher aux gens de Galillee,
4380 A ceulx quil sieent en tenebres,
Pour donner lumiere aux Ebriefz,
En la terre de Zabullon,
De Neptalin et de plux long.
  Sillete.

Lors s'en va et parle au peuple d'Israel.
Bonnes gens, faictes penitence,
4385 Le regne des cieux encommence.
Pierre quil es en celle nef,
Et André, ton frere l'aisné,
Quil des poissons estes preneurs,
Venez, je vous feray pescheurs
4390 Non pas des poissons, mais des
  [hommes.

PETRUS

Je feray ce que tu me sommes,
Je laisseray et pere et mere,
Parans, amys, et seurs et freres,
Et quanque je pourray finer,
4395 Et si vouloie aler disner ;
Si te suivray pour tout laissier.

ANDREAS

Je ne me veulx pas abaissier **
Que n'ansuyve mon Dieu, mon Roy,
Je laisseray et nefz et roiz,
Tinplez (?), ruberot et joinchee, 4400
Bouteaul, et clareaul et bohee,
Nasseron. saulnoir et filer,
Pour vous servir sans deslivrer,
Et laisseray tous mes voisins.

DEUS loquitur Johanni et Jacobo.

Que faictes vous, mes deux cosins ? 4405
Ne peschez plux, laissez ester,
Venez a moy sans arester,
Vous en avrez bon gueredon.

JACOBUS MAJOR

Il fait bon guaigner le pardon,
Il est nostre cosin germain. 4410
Jehan, prenons le plux pour le
  [mains,
Car saiges serons de l'ansuyvre.

JOHANNES EVANGELISTA

Les bons doit l'on toujours ansuy-
Je le suyvray en Galillee, *** [vre.
Mon pere lairay Zebedee, 4415
Et mes angins et mes poissons ;

4377. Le titre *Sequitur Passio* est écrit en grosses lettres au bas du folio 114 v° du Ms.,
après l'indication *Tunc vadunt Angeli.* — 4380. *scieent.* — 4381. Rime insuffisante. —
4386. *quil est... nefz.* — 4387. *le né.* — 4395. *cy.* — 4396. *laisier.* — 4398. *Que je.* — 4400.
Tinplez ou *Tiuplez*, mot douteux. — 4401. Le 1e *et* suppléé. — 4411. *moings.* — 4412.
saige. — 4416. *poisons.*

4382 et sq., Matth. IV, 13-18, etc. — 4397-4405. Matth. IV, 18-22 ; Marc, I, 16-18 ;
Joann. I, 40-41. — 4405-4467. Matth. X, 1-5 ; Marc. I, 19-20 ; II, 13 14 ; Luc. VI, 13-17 ;
Joann. I, 37-51.

* 115 r°. — ** 115 v°. — *** 116 r°.

De le servir point ne cessons
Pour faire son commandement.

DEUS
Matheo et Bartholomeo loquitur.

Vóus n'ovrés mye follement.
4420 Et toy quil reçoix les passaiges,
Ensuy moy, sy feras que saige.
Plux publicque de toy ne vy,
Tu as nom Mathé et le cry,
Suy moy, tes pechers te pardonne.
4425 Et toy qu'es vestu de sydonne,
Suy moy et laisse ta noblesse.

MATHEUS

Sire, en quil est toute prouesse,
Avec vous vivray et mourray,
Plux passaiges ne recepvray,
4430 Car ce n'est pas loial mestier.

BARTHOLOMEUS

De tel seigneur avons mestier,
Exemple veul prandre a Mathé. *
Je laisseray tout mon chastel ;
Pour m'ame sauver et mon corps,
4435 Laisseray tout que ne soie mors
De la Mort infernal obscure
Quil sans fin est et toujours dure,
Et vous suyvray, sire piteux.

DEUS loquitur Simoni et Thadeo.

Freres estes entre vous deux,
4440 De mes disciplez vous retien.

SYMON

Chier seigneur, et je le veul bien,
Et laisseray tout mon chatel,

Et pour ce vouhe chaasté
Et sy vouhe obediance.

THADEUS

Tout mon avoir et ma chevance   4445
Laisseray pour vostre vouloir,
Mais de riens ne me doit chaloir,
Puisqu'il te plait c'avec toy soie.

. . . .
. . . .

JUDAS

Ha ! sire, quil t'a cecy dit ?**
Oncques je ne fix tel contraire,   4450
Et que vault tant crier ne braire ?
A toy ne veul pas avoir plet,
Je te serviré, s'il te plait,
De moy aras trop beaul service.

DEUS

Et je te retien par tel guise,   4455
Or te gart d'icy en avant
De mal faire, je te command,
De receveur aras le nom,
Et te garde d'estre larron ;
Des or mais te doix chastier,   4460
Tu avras le Xme denier
De tout ce qu'on me donnera.

JUDAS

Et par le grant Dieu quil vouldra
Toy faire chose quil t'annuyt ?
Ansoix veilleray toute nuyt   4465
Que ne soie baptu a tous jours.

DEUS

Ovrons tandix comme il est jours,
Tandix que la clarté est clere, ***

4425. *cydonne.* — 4428. *mouray.* — 4433. *laiseray.* — 4448. Le Ms. a une lacune d'un folio au moins où Judas devait raconter à Jésus sa sinistre légende. — 4449. *dist.* — 4462. *donra.* — 4466. *Quil ne soit.*

4467-4469. JOANN. IX, 4. *Me oportet operari opera ejus qui misit me, donec dies est.*
* 116 v°. — ** 117 r°. — *** 117 v°.

Ovrer veul'z les ovres mon Pere.

4470 Aler nous fault par le païs
Pour conforter les esbaïz,
Je ne suis pas venus s'aval
Pour guarir ceulx quil n'ont pas
Mes pour les malades sener [mal,
4475 Et a vraie santé mener.
Or alez deux et deux devant,
Car vous estes mon saint couvant,
Par le païs et par la terre.

DEMONIACUS

Alas, alas !

4480 Mon cul a cy grant fain de poirre...
Et quil ne vous ayme, faucille en
[poignet,
Maistre Pierre du Cuignet?
La turtre pitoy.....
Quatre blans et mes despens.

4485 Jhesu, beaul sire,
An yre, an yre,
Aussy vraiment qu'a nul mal n'y
Quant serai ge   [pensoie.
Saige ?

4490 Jamais, nul jour.....
Elle estoit grise,
Quant je m'avise.
Jhesu, que viendz tu icy querre ?
A ! Jhesu, que viendz tu cy querre?
4495 Vray filz de Dieu je te confesse,
Sy te pry que mon torment cesse;
Pour quoy es tu venu vers moy, *

Car je ne voix mye vers toy ?
Bien sçay que tu es saintz des
[saintz
Quil du saint Esperit est plains ;   4500
Quant je te voy, trestout enraige.
Fay moy ung petit d'avantaige,
Et me laisse en ce corps seans.

DEUS

Faulx esprit, or saulx de leans,
Par ma vertu le te command.   4505

DEMONIACUS genu flexo :

Sire, je suis en ton command,
Car tu m'as donné la santé
Du diable quil m'avoit tempté;
Je t'an rendz graces et marcy.
Bonnes gens, beaul miracle a cy.   4510
Delivré m'a de l'ennemy
Dont j'ay tant plorer et gemir
Bien y doyvent tous prandre exem-
[ple.

DEUS

En Jherusalem droit au temple
Il nous covyent aler de près. **   4515
Je voix devant, venez après,
Quil m'amera avec moy vienne.

THOMAS

Cil devroit avoir grant essoine
Quil aler o toy ne pourroit,
Couars est quil ne le vouldroit.   4520
Alons tous en sa compaignie,
Seigneurs, c'est le veray Messie
Quy tous nous maulx peult es
[quicter.

4478, 4479, 4480, 4483, 4484, 4487, 4490. Tous ces vers sont laissés sans rimes. — 4482.
guignet. — 4485 et 4486, 4488 et 4489. Ces vers sont écrits sur la même ligne. — 4487.
Aussy. — 4491 et 4492. Vers réunis sur la même ligne. — 4494. icy. — 4502. davantaige.
— 4504. esperit. — 4513. doyces. — 4522. nous suppléé.

4472-4477. MATTH. IX, 12-13. — 4493-4513. MARC. I, 23-28 ; LUC. 32-38. — 4499. MARC. I, 24
scio qui sis, Sanctus Dei. — 4501-4504. En marge du Ms. Amo Deum super omnia bona
..... d'une main du XVIᵉ siècle.

* 118 rᵒ. — ** 118 vᵒ.

IMPOTENS

He ! Dieu, dainne moy visiler !
4525 Beaul sire Dieu ou chacun trait,
Reguardés ce povre contrait,
Car il a bien trante et huit ans
Que je gy cy, des cellui temps
Sy en suis dolent et marris.

DEUS

4530 Amys, veuls tu estre gueris,
Estre aussy sain comme une pom-
            ·[me ?

IMPOTENS

Mon doulx sire, cy ne voy homme *
Quil de moy veulle prandre cure
De moy mectre en l'avanture
4535 En la piscine necte et pure.
Après que l'eaue est remuee,
Plux fort de moy sans demoree
Y entre quil forment m'offent.

DEUS

Conforte toy, mon doulx enffant,
4540 Tes pechers te sont pardonnés.

YSACHAR

Gamaliel, or escoutés.
Avez ouy le grant diffame
Que cil a dit et le grant blasme
Qu'il dit qu'il quicte les pechierz ?

GAMALIEL

4545 C'est doncques ung homme en-
           [raigez,
Nul ne peult pechierz pardonner
Ce n'est Dieu quil tout peult donner ;
Je ne le puis croire a nul feur.

DEUS

Quelles penseez avez ou cueur **
4550 Entre vous, gens Pharissïens ?

Lequel chose est plux fort liens,
Ou tous les pechiers pardonner,
Ou a homme santer donner ?
. Et pour ce je feray ainsinques :
Lieuve toy sus, paralitiques,   4555
Prand ton lit, va en ta maison. ·

IMPOTENS

Or voi ge par droicte raison,
Qu'an toy est la vertu divine,
Descy ensuyvray ta doctrine,
Et feray ce que tu me dix.   4560

YSACHAR

He ! meschans, il est samedix,
Tu ne doix pas ton lit pourter.

GAMALIEL

Bon vous fist en ung sac bouter
Quant trespassés commandement.
Il euvre par enchantement,   4565
Les commandements Dieu abat ;
Quil ne fera pas le sabbat
Il n'est bonne loy que il tienne.

CECUS NATUS ·

A ! sire, de moy, te souvienne ! ***
Des que fux né, je ne vix guoute,   4570
Ne je ne sçay ou je me boute,
S'aucung ne me guide ou mainne.

ANDREAS

Maistre, s'il te plait, nous enseigne
Qu'a peché cil ne ses parans,
Quil est aveugle apparans ;   4575
Pourquoy ainsin nez a esté ?

4527, trente et six. — 4530. oeul. — 4561. Et meschans. — 4574. sil.
4524-4570. JOANN. V, 1-18. — 4569-4573. JOANN. IX.
* 119 r°. — ** 119 v°. — *** 120 r°.

DEUS

Pour ce quil soit magnifesté
En ly les ovres de mon Pere.

Tunc expuat super terram, et ponat luti super oculos CECI.

Va t'en laver en l'eaue clere
4580   Du fluve nommé Siloe
Tes yeulx quil sont par moy boué,
Et ainsin recepvras clarté.

CECUS

Incontinant, je le feray.

Tunc vadat lotum oculos et videt.
Pause.

MARQUE

Dy moy, Acquim, n'esse pas tel, *
4585   Dy moy, dy, n'esse pas l'aveugles?

ACQUIM

Le grant Dieu, ce tu n'ez bien beu-
[glez,
Saiches ja, ce ne est il mye.

MARQUE

Si est, ce le grant Dieu m'aye,
C'est cil quil ou temple seoit,
4590   Quil des le ventre ne veoit,
Que l'on tenoit en tel vité.

CECUS

Par Dieu, sire, c'est verité,
Pour ce que guoute ne veoie.

MARQUE

Or me dix, ce Dieu te doint joie,
4595   Comment t'est la clarté donnee ?

CECUS

Ungs hons a la terre estuppee,   **
Et m'a mys sur les yeulx la boe,
Et me fit laver en Siloe,
Et je reçeux clarté en l'eure.

ACQUIM

Or me dix sans longue demeure   4600
Quil est cil quil veoir t'a fait ?

CECUS

·Je croy que il est hons parfait,
Certes, et qu'il est vray propphetes.

MARQUE

Or nous dix donc a bonnes certes
Comment as recovré la veue,   4605
Et comment la chose est venue.
Croire ne le puis nullement.

CECUS

Je vous ay dit presentement,
Ung prophete a pris la boe,
Puis m'a fait laver en Siloe.   4610
Et ma veue ay recouvree, ***
La chose est tresbien aprouvee
Que du grant Dieu est bien amys.

ACQUIM

Alons par devers ses amys
Savoir de verité qu'il est,   4615
Comment la veue rendue luy est.
Preudons, venez incontinant,
Au temple, pour savoir comment
Vostre filz a reçeu la veue.

4579. Ms. *l'eaul.* — 4580-4583. Ces quatre vers riment ensemble. — 4584. Ce vers n'a pas de rime, ou rime bien difficilement avec *feray, feré.* — 4587. *nest.* — 4588. *Cy.* — 4589. *sil.* — 4591. Ms. *vitel* pour *vité.* — 4602. *quil.* — 4603. *propphetez.* — 4604. *bonne certes.* — 4611. *recovre.* — 4619. *vehue.*

* 120 v°. — ** 121 r°. — *** 121 v°.

PATER CECI

4620 Quant ma femme sera venue,
G'iray, sire, c'est bien raison ;
Vez la cy, gardez la maison,
Et je voix aux seigneurs parler.

MARLIER, mater Ceci

Or vous gardés de trop parler.
4625 Il ne veullent que enquerir
S'il orront a nuls regehir
Quil dient bien du grant prophete,
Affin que tantost on le mecte
De la sinaguogue dehors.

PATER CECI

4630 M'amie j'an suis bien racors. *

Mes seigneurs, que vous plait il
Je suis venus sans contredire [dire?
Assavoir que vous me mandez.

MARQUE

Dy nous comment ton filz est nez,
4635 Et comment a reçeu la veue.

PATER

Par le Dieu quil a fait la nue,
Je say bien que c'est cy mon filz,
Et que tout aveugle nasquit,
Mais comment on l'a fait reveoir,
4640 Je n'an say riens, saichez de voir,
Il a aige et sayt parler,
Vous ly pouez bien demander.
Je n'an sçaroie dire autre chose.

HACQUIM

Quil est ce quil t'a mys la boe
4645 Au jour d'uy, et sy est sabbat ?
Toute nostre loy il abat,
Il ne fait que gens enchanter.

CECUS

Or ai ge esté aveugle nez, **
Voulez vous dire que celluy
Quil la veue m'a randue huy, 4650
Ne soit de par Dieu envoiés ?
Vous serez de Dieu renoiez,
Si vous le croiez autrement.

GAMALIEL vadat ad Judeos.

Seigneurs, tout va malvoisement ;
Se le peuple le sçeit, je doubte 4655
Que il n'ansuyve la loy toute.
Vecy ung bien malvoix exemple.

AMALEC

Nous ly contredirons le temple.
En soit faict conspiracion
Que cil quil fera mancïon 4660
Du nom Jhesu en soit hors mys.

YSACHAR

Vous dictes tresbien, doulx amys,
Trestous ad ce nous acordons.

VIVANT

Seigneurs, tous a ly nous ordons,***
Gettons le hors, hay, hay, quil 4665
[guogue.
Tunc ejiciunt eum extra Sinagogam.

DEUS loquitur Ceco

Puisqu'es hors de la Sinagogue,
Ne croys tu Dieu plain de pitié ?

CECUS

Les faulx Juïfz m'en ont getté
Pour ce que nommay vostre non.

4625. veulle. — 4626. nul. — 4635. vehue. — 4641. say. — 4559. faicte. — 4667. croy.
* 122 r°. — ** 122 v°. — *** 123 r°.

Dicat geno flexo :

4670 Sire Dieu, plain de grant renon,
Louer vous doix et gracier
Et souventes fois mercier,
Car mout est grant vostre pouoir.

Tunc recedat.

GAMALIEL

Que nous fault il cy tant seoir ?
4675 Nostre loy, ce pouez veoir,
Va a declin
Par celluy quil fit d'eaue vin
Es nopces chieux Arcetreclin,
Quil bien resanble
4680 Ung faulx homme, comme il me
[sanble,
Sy lo que nous aions amsanble *
De ce conseil.

AMALEC

Par la loy Dieu, je le conseil,
Et ung chascun plux qu'il souloit
4685 Soit advisez
De luy nuyre et bien atisez,
Comment il soit forment brisez
Quil le tiendra,
Et cil quil plux tost le prandra
4690 Devant l'evesque le menra,
Trop a meffait.

NEPTALIM

Je sçay trop bien quanqu'il a fait :
En Gualillee il a forfait
Et mal usé,
4695 Il a le païs abusé
Et les bonnes gens abusé,
Dont j'ay grant deul.

VIVANT

Seigneurs, faisons le bien et bel,
Alons, tandix que c'est novel,
Dire a l'evesque **   4700
Et a Anne qu'est pres d'ilecque.
Pharisïen, venés avecques
Nous, s'il vous plait.

YSACHAR pharisien

Seigneur, ce pas ne vous desplait,
A ly voulons bien avoir plait,   4705
Qu'il est maux homs.

GAMALIEL

Il se boute par les maisons
Et presche malvoises raisons
Par sa folie ;
Or alons tost, je vous en prie,   4710
Sy ly compterons de sa vie
Toute la cause.

Tunc vadunt ad consilium versus Caypham.
Sillete.

VIVANT

Il nous fault icy faire pause
Cil Dieu, quil tous les sains exauce
A grant honneur,   4715
Sy guart l'evesque, mon seigneur,
Et luy doint joie cy grigneur ***
Que je vouldroie !

CAYPHAS

Seigneurs, le grant Dieu vous doint
[joie !
Vostre paix soit avec la moie !   4720
Quelles nouvelles
Dictes moy, et c'elles sont belles,

4674. faul... tan. — 4677. eaul. — 4693. il supplée. — 4694-4696. Ces trois vers ont la
même rime. — 4704. nous. — 4706. malvoix homs. — 4720. avecque... la note (sic).

* 123 v°. — ** 124 r°. — *** 124 v°.

Car je veul savoir les querelles
De vous tous huy.

AMALEC

4725 Chier seigneur, or ne vous annuyt!
Plaindre nous venons d'un grant
  Quil n'est pas court [bruyt
D'ung annemy quil par tout court.
Je croy qu'il veulle tenir court,
4730   Car il ordonne
Apostres, a quil grant don il donne,
Et disciples a qu'il pardonne
  Tous leurs pechiers.

NEPTALIN

Il leur dit : « Le monde serchés,
4735 Et les malades guarissés*
  De trestous maulx. »

VIVANT

Mon seigneur, il est costumiers
De faire mal en tous sentiers,
  Et mencion
4740 Fait de baptesme et d'onction,
Et deffend circoncision
  Par son effort.

CAYPHAS

Annas, trouvés an ce confort ?

ANNAS

Je n'y voy lors que desconfort
4745   Quant il baptise ;
Toutes voies je vous advise
Ce que ferés en vo devise,
  Qu'a jour de feste
Ne soit point prins pour la moleste
4750 De ceulx quil soient de sa geste.

Alés armés,
De bien baptre ne l'espargniez, **
Car nous serons tous diffamés
  S'il persevere.

MARQUE

N'en parlés plux, laissez moy faire, 4755
Je sçairay ou est son repaire
  Tost et briefment,
Et saichés tous certainnement
Que vostre bon commandement
  Acompliray. 4760

ACQUIM

Par le grand Dieu, grant dessir ay
De le tenir, vers ly iray
  Sans plus tarder,
Car je le vueil de pres guarder,
Et s'on ne me puisse larder, 4765
  Se je le tien,
Je le froteray sy tresbien,
Le grant Dieu, qu'il n'y faudra
  Quil qu'an desplaise. [rien,

SYMON PHARISEUS vadat obviam
Jhesum :

Mon seigneur, je seray mout aise,*** 4770
J'ay ung hostel quil est tout vostre,
S'il vous plaisoit et vous apostres
Au jour d'uy diner avec moy.

DEUS

Ouy, Symon, je le t'otroy.
Je voy bien, de bon cueur le dix, 4775
Pour ce ne t'est pas contredix
Ce que me requiers a ceste heure.

4731. dom. — 4734. dist. — 4736. Ce vers n'a pas de rime. — 4737. costumier. — 4739. mancion. — 4743. san. — 4746. toutes fois. — 4747. vous. — 4769-4770. pharisien. — 4777-8. pharisien.

4751. Au bas du f : Amo, aime, d'une écriture du xvi° siècle. — 4770 et sq Luc. VII. 39.

* 125 r°. — ** 125 v°. — *** 126 r°.

SYMON PHARISEUS *revertatur*
in domum suam.

Sus, Doucet, va tost sans demeure,
Seans viendra Jhesu, mon sire,
4780 Cy fault de l'aigue, sans plux dire,
De la fontainne soulx le pin ;
Prendz la seille, ou le tepin
T'an va querrir apertement.

DOUCET

C'est fait, g'y voix ysnellement.

Tunc vadat et redeundo dicat :
4785 Reguardez, je suis revenu.

SYMON

Doucet, bien soies tu venu,*
Met les nappes et tout apreste,
Cy ferons a Jhesu grande feste,
Appereille vin et viande,
4790 Ce que j'ay est en sa commande.
N'y a rien, tant ait chier costé.

DEUS et discipuli intrant in domum;
DEUS dicat :

Paix descende en cest hostel,
Et Dieu en son amour le tienne !

SYMON

Ceste compaignie bien vienne,
4795 Car grant joie ay de la veoir.
Pierre, ordonnés a seoir,
Je vous serviray sans deffault.

PETRUS

Andreu et Jacques, seez vous en
[hault,
Alés après, Jehan, sans plux dire.
4800 Prenez l'autre lieu, beaul doux sire,

Mathé, Bertholomé, après, **
Symon Thadee tout de près,
Thomas, Phelippe, Barnabas.
Judas, vous prandrés le lieu bas
Et j'iray le bout de la table.   4805

JUDAS

Mes me sierray com connestable
Cy devant, g'y suis ordonné,
Pas ne serez empoisonné.
Hic bibat.
Laissez moy manger et bien vivre ;
Jusques je sois saoul et yvre,   4810
De cy mes ne me lieuveray.
Tunc manducet et bibat.

MAGDALENA *primo :*

Lasse moy ! comment trouveray
Quil me puisse conseil donner,
Et en droit chemin ordonner
A faire chose quil pleûst   4815
A mon seigneur et le meûst
De moy faire misericorde ***
De ma vie quil tant est orde,
Car je ne sçay quel chemin traire,
Ni quel chose je doyve faire ?   4820
Lasse, com me va mallement !
Que deviendray je vous demand,
Bonnes gens. Las ! povre chetive,
Quil tant ay vescu laidement
Et estee cy tres longuement   4825
En pecher encline et active,
Tousjours ay estee ententyve
A estre coincte et jolive
Pour plaire es gens follement.

4780. *faul.* — 4786. *soie.* — 4787. *aprestes.*— 4813. *puist.*— 4815. *affaire.*— 4828. *Ms.* jolie.
— Ce vers n'a pas de rime. Corriger *jolice ?*

4782. MARC. XIV, 13 ; LUC. XXI, 10. — 4792. MATTH. X, 12 ; LUC. X, 5. — 4812. LUC.
VII, 37.

* 126 v°. — ** 127 r°. — *** 127 v°.

4830 Pechier n'ay doubté une cyve,
Helas, pourquoi sui ge tant vive ?
Mon temps ay usé follement.
Helas, je me suis guouvernee
Trop mal ; pour quoy fux oncques
4835 Ne faicte en figure de femme, [nee,
Pour estre si habandonnee
Aux delix du monde et donnee
Pour vivre a honte et a diffame ?
J'ay faite ma char de moy dame,
4840 Si doubt que ma chetive ame
'N'an soit en enfert compdempnee
A toujours a feu et a flame.
Que pui ge, lasse, mal clamee, *
Quil me suis si vilment menee ?
4845 Helas, trop viz, bien le puis dire,
Dire muer quant temps remire ;
Mire me tins, car follement
Ay vescu, dont suis a martire
[Tire a tire cheüe en pire] ?
4850 Pire suis qu'au commencement.
Orgueul, Avarice, (Luxure,
Sy ne me covre ta lordure !),
Duré ont en moy et Envie ;
Les autres pechers, plains d'or-
4855 Dure font ma vie et obscure, [dure,
Cuer n'ay plux d'estre en vie.
He ! Jhesu, plain de grant vaillance,
Lance moy en bonne balance,
L'ame me donne fort et bonne
4860 Pour resister a Deesperance,
Rance suis, ce ta sapience
En ce bon conffort ne me donne.
Or ne sçay que je deviendray,
Ne quel chose faire pourray

Quil a mon chier seigneur plus 4865
Affin que de moy pitié eust [pleust,
Et que print en gré mon service.
Je le serviroie a devise,
Mais je doubt que n'ait de moi
Car trop a pecher demesure [cure, ** 4870
Et trop d'iniquité sufferte.

APOTHICARIUS

Quil veult marchandise aperte
Cy en trouvera l'on planté.
Que, ce Dieu me doint grant santé,
J'ay icy telle espicerie   4875
Pour revenir de mort a vie.
J'ay poivre, canelle et gingembre,
Et saffrent odorent comme embre,
Anys confit et pignollet,
Et puis du sucre viollet,   4880
Noix muguettes, pommes grenates,
Giroffles, cintonal et dates,
Eaue rose, et cy ay fristes
De adragam, de aconistes.
Vecy oignemens precieulx   4885
Et reaulx mont delicieux,
Car oncques hons ne vit ité.

MAGDALENA

Maistre, avés dit verité,
Vous dictes choses fort a croire.

APOTICARIUS

Encore ai ge cy ung ciboire ***   4890
D'oinnement que ne vous nommay,
Qne je fix entre Avril et May,

4836. cy. — 4840. Cy. — 4844. cy villement. — 4846. dire muer quant mon temps. —
4849. Correction douteuse d'un vers obscur. Le Ms. porte : Thire atire cheux enpire.
— 4861. Rence. — 4862. ne suppléé. — 4864. pouray. — 4867. que suppléé. — 4870. Car
trop a pecher a demesure.— 4872. ceul. — 4878. sofferent.— 4883. Eaul roses.— 4883. feistes
fristes, le premier feistes barré. — 4885. diadagram diagonistes.

* 128 r°. — ** 128 v°. — *** 129 r°.

Au faire mes grandz missions,
Il y a de cent mistions,
4895 Et s'ay du grand *dei.*

MAGDALENA

A pecheresse mieulx ne cheï.
S'il est ainsin que m'avés dit,
Je vous paierai sans desdit,
Mes que me baillez ceste boite,
4900 Et me delivrés, car j'ay coite,
Dictes combien j'en bailleray.

APOTICARIUS

Trois cens deniers, tant en aray
Quil la vouldra de moy avoir.

MAGDALENA

Avant vandray tout mon avoir
4905 Que je la laissasse pour tant.
Vecy de l'argent tout contant. *
Comptés, reguardés c'il souffit.

APOTICARIUS

Oil, par le Dieu quil me fist.
Bon marchier avés par mon chief.

MAGDALENA recedat et vadat ad Jhesum in domum Simonis dicendo :

4910 Or me passeroit mon meschief,
Mes que je peüsse aler
Au doux Jhesu a ly parler,
Ses piedz de mes larmes laver
Et puis de mes cheveux painner,
4915 Et après oindre doucement
De ce precieulx oignement.
Bien sçay, quant ce me verra fere,
Tant est piteux et debonnaire,

Que ma vie chetive et orde
Lavera par misericorde.   4920
Dicat ad hostium :
Dictes, Doucet, mon ami doux !
Le doux Jhesucrist, savés vous
S'il est leans, chieux vostre maistre?

DOULCET

Par celluy Dieu quil me fist naistre, **
Il est ja assis a la table ;   4925
Il vous ara bien agreable,
Car tous ceulx c'ont affliction,
De leurs pechiers contriction,
Il ne les veult point reffuser.

MAGDALENA

Je ne m'an veulz point excuser,   4930
Devant tous mercy ly crieray,
Et son pardom ly requerray,
A ses piedz me mectray en loire.
Hic vadat ongere.

SYMON phariseus

Or ne say je quel chose croire :
En ma pensee estoit secrette   4935
Que cilz homs estoit vray prophet-
S'il le fust, il sçeust le reproche [te ;
De ceste femme qu'a ly touche,
Quil est sy forment pecheresse.

DEUS

Symon, vers moy ta teste dresse, ***   4940
Je te veul fere une demande.

SYMON

Dy moy, sire, et me commande
Quanqu'il te viendra a plessir.

4896. *cheit.* — 4909. *chierfz-meschierfz.* — 4911. *peuse.* — 4927. *com.* — 4929. *veul.* — 4937. sceut.

4933-4935. Luc. VII, 36-50.

* 129 v°. — ** 130 r°. — *** 130 v°.

DEUS

Puisqu'an avons bien le loisir,
4945 Simon, pour oster ton cueur d'ire,
Une chose je te veul dire.
Deux hommes une fois estoient
Qu'a ung riche marchant devoient,
L'ung quarante, l'autre cinquante
4950 Deniers, et n'avoient puissance
De contenter icelluy homme ;
A tous deux il quitta la somme.
Lequel des deux a ton advys
Ly doit estre plux grant amys ?
4955 Or m'an dix la relacion.

SYMON

Sire, a mon extimacion,
Celluy a qu'il fut plux quicté.

DEUS

Symon, par juste esquicté *
Tu as jugé ; or entandz cy.
4960 Vois tu ceste femme icy ?
Entré je suis en ta maison,
Eaul a mes piedz selon raison
Ne m'as donné quil suis enfermes,
Et ceste femme de ses lermes
4965 Mes piedz doucement a lavés,
Et de ses cheveux essuez.
Ne me baisas pas a l'antree
De ta maison, quant fix entree ;
Ceste femme cy tant s'abaisse
4970 Que de baisier mes piedz ne cesse,
Et sy ne m'as pas de rechief
Oint ne reserchié mon chierf,
Ainsin que de son oingnement
Mes piedz reserche doucement,
4975 Et pour ce que je ly soie doux,

Elle les m'oint devant vous tous ;
Les larmes quil sont sur sa face
Crient que pardon je ly face,
Pour tant te dix en ta personne
Que tous pechiers je ly pardonne, 4980
Car la grant amour qu'a eüe
En moy requiert que soit reçeue
A icelle misericorde,
Rayson, justice c'y accorde, **
Pour ce ly faix remission. 4985

JUDAS

Par Dieu, cy a grand desraison
De sy precieulx oignement
Guaster si outraigeussement ;
Du vendre fust mieulx ordonné,
Et aux povres l'eust l'en donné,
Mieulx feüst en eulx emploiés.

DEUS

Judas, ne vous en esmaiez,
Je sçay bien pour quoy vous le
[dictes.
Assés trouverés gens petites
Cuy bien toujours faire pourrés, 4995
Mes moy toujours pas vous n'arés.
Pour ce qu'elle a bien oint mon
[corps,
Preschee sera et ens et hors,
Et sera de ly grant memoire.

JUDAS

Grand doleur ay, ne sçay que faire 5000
De l'outraige que j'ay vehu, ***
Car grant proffit en eusse eü.
Quil l'eust vendu, selon mon esme,

4944. le suppléé. — 4948. Quil a ung. — 4960. Voita. — 4964. larmes. — 4969. quil. —
4971. rechierfz. — 4982. requier. — 4987. cy. — 4988. gaasté cy.
4986-5005. Matth. XXVI, 8, 9; Marc. XIV, 5-10; Joann. XII, 5-8.
* 131 r°. — ** 131 v°. — *** 132 r°.

J'an husse heü le disiesme,

5005 Je recovreray ceste perte.

Vadat ad Judeos et dicat :

Seigneurs, la porte soit ouverte.

DEUS

Pour la painne qu'as pour moy
[faicte,

Femme, ma grace je te donne,

Tous tes pechers je te pardonne,

5010 Tu as fait ovraige tresbon.

MAGDALENA

Sire, par bonne entancion,

Te serviray tant con vivray,

Et de mal faire me tiendray ;

Tant comme je seray vivant,

5015 Toujours je seray desirant,

A toy servir je m'abandonne.

BERIC

Haro, haro, seigneurs, oez cest
[homme !*

Quil est cil quil a tel puissance

Qu'il fait de pecher relaxence,

5020 Et qu'il tous les meffaix pardonne?

DEUS

Marie, va t'an en paix bonne,

La foy que tu as te fait sainne,

La meilleur partie et plux sainne

Doit l'en suyvre et bonne trace.

MAGDALENA

5025 Tresdoulx Dieu, je vous en rendz
[grace.

Tunc vadit MAGDALENA ad Martham sororem.
Pausa.

DEUS

Levons d'icy, se disons graces.

Hic dicat DEUS gracias et debet surgere :

Agimus tibi gratias,

(Vel potest dici prius :
Laudate Dominum omnes gentes).

*Pater, in quid (?) nos satias ***

De beneficiis tuis

Que celitus hic tribuis.

APOSTOLI simul respondent :

Deo gracias.   5040

DEUS

Symon, de tes biens te mercye.

SYMON

Sachés, sire, que grant envye

Avoie de vous ceans veoir,

De ce que j'ai avés pouoir

D'an faire vostre bon plessir.   5045

CENTURIO

Mon beaul filz, j'ay grant desples-
[sir,

En ton mal ne voy nul remede,

Que je ne t'y puis donner aide

Par nul conseil ne medicine

Se n'est par la vertu divine. ***   5040

Vers le prophete m'an iray,

Humblement luy supplieray

Qu'il te veulle donner santé.

FILIUS CENTURIONIS seu Decurionis :

Mon pere, Dieu vous doint planté

De bien, d'ouneur, et sinorie !   5045

Or alez briefment, je vous prie ;

5020. *les* suppléé. — 5025-5026. Ces trois vers riment ensemble. — 5027. Ms. *imquid* en un seul mot. — 5038. *Que* est suppléé.

5007-5010. Luc. VII, 48; Matth. XXVI, 10. *Opus enim bonum operata est in me.* — 5017-5025. Luc. VII, 49, 50... *fides tua te salvam fecit ; vade in pace.* — 5046-5047. Matth. VIII, 5-14 ; Luc. VII, 2-10.

ː * 132 v°. — ** 133 r°. *** — 133 v°.

Si le prenez en amictié
Qu'il veulle avoir de moy pitié,
Et que ma maladie amand.

Pause.

CENTURIO vadat ad Deum ; genu flexo dicat :

5050 Vray Dieu quil fis le firmament,
Mon filz ci gist paralitiques,
En maison, et a trop mal siques.
Je vous pry de ly, beaul doulx sire.

DETS

Je m'an voix vers luy sans plux dire,
5055 Sy le guariray par mes signes.

CENTURIO

Ha ! sire, je ne suis pas dignes *
Que vous entriés en ma maison,
Et ne seroit mie raison
Mes les parolles, sans plux, dictes,
5060 Bien say quil sera du mal quictes,
Et par vous trestout sain randu.

DEUS

Freres, avés vous antandu ?
Je ne treuve si bonne foy
En tout Ysrael comme en soy.
5065 Ton fils est pour certain guaris.

CENTURIO

Mon seigneur, la vostre mercy,
Ce que dictes croy de certain.

Tunc revertatur in domum suam et dicat filio suo :

Je n'ay pas labouré en vain,
Beaul fils quil Dieu tel grace a
[faicte,

Car vous avés santé parfaicte   5070
Puisqu'il vous a donné santé.
De cy avant suis apresté
De faire tousjours son vouloir.

LAZARUS

Las ! dolent, bien me doix douloir **
De pourter tel langueur   5075
Dont je pers ma vigueur.
He las moy ! que feray ?
Je croy que j'en morray,
Bien le puis esprouver.

MARTHA

Marie, il nous fault trover   5080
Ung ligier varlet preux et saige,
Que nous enverrons en messaige
Vers Jhesucrist, notre bon maistre,
Qu'il lui plaise briefment cy estre,
Pour guarir son ami Lazaire.   5085

MAGDALENA

Il ce fault delivrer du faire.

Vocat Doucet.

Doucet, nostre doux ami grant,
Vous estes preux et diligent ;
Vous plairoit il aler en guerre
Cy environ par ceste terre   5090
Ou Jhesu est pour ly pourter
Ce messaige, que conforter ***
Vienne le Ladre qu'est malades ?
Et vous ne yrés pas en bades,
Car vous en serez bien paiez.   5095

DOUCET

C'est fait, ne vous en esmaiez,
Ne fineray jusques g'y soie.

5047. *Sil.—* 5050. *fist.—* 5057. *entrés.—* 5065. *cy.—* 5078. *moray.—* 5083. *crist* est suppléé.
5074-5242. Joann. XI, 1-45.
* 134 r°. — ** 134 v°. — *** 135 r°.

Vadat ad Jhesum.

Sire Jhesu, a vous m'envoie
La Magdeleine pour vous dire
5100 Que vous ne tardez pas, beaul sire,
De venir au paix briefment.
Le Ladre est malade forment,
Sy doubte que il ne ce meure.

DEUS

Ge iray briefment sans demeure,
5105 Dans quatre jours seray a ly,
Et seray la sans contredit.

Decessit LAZARUS.

MARTHA

Ha, seur Marie, quel despit
Que au jour d'uy trouvé avons ! *
Ne sçay quel part nous tournerons.
5110 Veez nostre frere quil gist mort
Que Mort arriere ey a mort ;
Il a le visaige paly.
Le cueur vous est bien tost fally,
Haa ! beaul frere ; vo belle chiere
5115 Avez perdue ! mectre en biere
Vous covyent, dont je suis dolente.
Je n'an puis mais ce m'an des-
[mente,
Car vous m'estiez plus doulx que sucre,
Posé serés en ce sepulcre
5120 Pour actendre le darrier jour
Auquel serons tous sans sejour ;
De la Mort avés heu l'assault.

MAGDALENA

Lasse ! de deul le cueur me fault,
Quant mon chier frere ay perdu,
5125 Dont j'ay le cueur sy esperdu.
Pause.

*Tunc sepeliunt Lazarum et ponunt
in sepulcro.*

Or sà, Marthe, tresdouce seur,
Grant deul devons avoir au cueur,
En terre mectre le covyent ; **
Celluy pry de quil tout bien vient
De ses pechers pardon ly face, 5130
Et que les nostres nous efface,
Quant viendra le darrenier jour.

DEUS

Aler nous covyent sans sejour
Visiter le Ladre quil dort,
Je dix du dormir de la mort. 5135
Alons en par bonne avanture.

JACOBUS Apostolus loquitur ei.

Venir t'an pourra grant laidure,
Car les Juïfz ont entrepris
Comment tu soies briefment pris,
Sy te feront a mort livrer. 5140

BERTHOLOMEUS

Alons, Dieu nous peult delivrer,
Quil ara paour si ce couche,
C'il y a nully qui l'aproche,
Je ly bailleray tel baudee ***
Que de cest an n'est amendee, 5145
Mieulx vaudroit celluy estre a nais-
[tre.

MARTHA

Bien venés vous, mon tresdoux
[maistre !
Lasse ! quil vous a tant tenu ?
Ce vous fussiés plus tost venus
Mon frere ne fust mye mors, 5150

5104. G'. — 5121. *Ce jour.*— 5139. *soie.*—5141. *peul.*—5142. *Quil lara pour cy.*— 5145 *nest.*
* 135 v°. — ** 136 r°. — *** 136 v°.

Mais pour certain je me recordz
Et sçay de pure verité
Tout ce qu'est par toy demandé
A Dieu, il te octroiera,
5155 Ne jamès ne t'escondira,
Nous en sommes assés recordz.

DEUS

Resurrection suis de mors,
Ton frere resuscitera.

MARTHA

Je sçay de vray qu'ansin sera,
5160 Mes jusques la a tresgrant temps.
Quant je m'avise et bien y pens,*
S'il ne te plait, pas ne sera
Jusques a tant que ce sera
Resurrection generale
5165 Quil aux bons sera toute esgalle,
Quant tu tiendras ton jugement.

DEUS

Marthe, saiches certainnement,
Resurrection suis et vie,
Et cy te dix et certiffie
5170 Que s'aucung en moy bien creoit,
S'il estoit mort, il revyvroit,
Que toute personne quil vit,
S'il croit en moy, sans contredit
Point ne meurt pardurablement.
5175   Le croix tu bien ?

MARTHA

Oyl, vrament.
J'ay creu et croy en bonne foy,
N'autrement jamais ne teray,
Que tu est Crist, vray filz de Dieu,
Quil descendu es du hault lieu**
5180 En ce monde pour nous sauver.

Hic vocet Mariam.

Mi seur, il vous fault avancer,
Vecy le maistre quil le dit.

MAGDALENA

Je voix vers ly sans contredit.

Tunc vadat obviam ei.

Bien venez, filz de Dieu le Pere,
Mort est ton bon amy, mon frere ; 5185
Se tu eusses icy esté,
Quant il fut de la mort frappé,
Mort ne fut pas ne mys en terre.

DEUS

Or ostés dessus ly la pierre,
Pour vous deux vouldray braces 5190
[fere.

MARTHA

Ha ! Sire, malement il flaire.
Il put certes, je le sçay bien,
Quatre jours y a, n'en fault rien,
Qu'il est icy.

DEUS

Marthe, ne t'ai ge pas dit cy *** 5195
Que, ce tu as ferme creance,
Tu verras par clere ordonnance
De Dieu presentement la gloire
Dont toujours tu aras memoire ?

Hic dicat genu flexo :

Beaul doux Pere, en toy recours. 5200
Je te doix rendre hunbles graces,
Je te pry que je requier faces :
Par moy, ton filz, ce corps quil
Aie delivre de la mort.   [dort

Hic surgat.

Je don a Enfert en commendé 5205

5153. Ms. ce que par... est supplée. — 5174. meur. — 5179. haul. — 5181. Miseur en
un seul mot. — 5188 eusse. — 5200. Ce vers n'a pas de rime. — 5202. Le deuxième
je suppleé. — 5204. des livres.

* 137 rº. — ** 137 vº. — *** 138 rº.

Que l'ame de ly ou corps rande
Qu'il tiend liee en sa prison.

Fiat tonitru.

**Hic descendat ANIMA, et veniat per filium
suppra corpus in sepulcro.**

ANFERNUS

Diables, pour quelle mesprison
Esse que le Ladre ce part ?
5210 Je voy la terre qu'il depart, *
Après gardez bien quil n'eschappe.
Quil est cil quil ce pan nous appe ?
Oncques mais ne eschappa homme,
Des qu'Adam mordit en la pomme.
5215 Quil est ceste voix cy tresfort
Quil l'amainne par son effort ?
Je croy qu'elle vient de lassus.

**Hic faciant DIABOLI magnum tonitruum
et fumum et tempestates.**

DEUS

Amy Ladre, lieuve toy sus.
Viendz hors du tombeaul; sans
[plux dire.

LAZARUS

5220 La volonté de mon doux Sire
M'a fait saillir de grant prison.

DEUS

Tu n'as point fait de mesprison
Pour quoy doyves estre dampnés.**
Desliez le et le painnez ;
5225 Sus maintenant, en piedz té dresse !

Pause.

Tunc levat se LAZARUS in aperto et dicit:

LAZARUS genu flexo :

Com j'ay esté en grant destresse
Dont m'avez trait, doux Dieus pi-
[teux,
D'anfert quil est noir et ydeux,
Ou sont maint de l'umain lignaige
Quil sont formés a vostre ymaige ! 5230
Enfer est plains d'ames des saintz
Quil vers le ciel joignent les mains
Et quil crient : « Sire, venés.
Hors de ce lieu nous emmenés ! »
Quant hors en suis, je t'an randz 5235
[graces,
Des cy tousjours suyvray tes traces,
Bien te doix louer et servir,
Pour ta grant amour desservir.
Bien doi ge servir toy, mon Sire,
Quil m'as getté de tel martire   5240
Par ta vertu, par ton pouoir.

MARTHA ad Jhesum :

Il vous fault ung petit seoir, ***
Mon beaul maistre et tous vos
[apostres,
Cy mangera le frere nostre
En une belle compaignie.   5245

DEUS

Puisque m'amour avés guaingnie,
Vostre requeste je vous passe.

**Et sedeant et manducent.
Sillete in paradiso.**

MAGDALENA

Et que pourai ge faire, lasse,
Pour deservir ce grant bienfait
Que tu nous as au jour d'uy fait ? 5250

5213. *neschappa.* — 5225-5226. *se* suppléé. — 5229. *main.* — 5231. *ame.* — 5232. *joigne.*
— 5233. *crie.*

5107-5118. PSEUD-EVANGEL. NICODEMI, Cap. XXI. — 5242 et sq. JOANN. XII, 1-3.

* 138 v°. — ** 139. r°. — *** 139 v°.

Certes j'en suis a grant meschief,
Sur ton benoist precieulx chief
Cest oignement je poseray,
Tes cheveux en aroseray.
5255 Largir ne te puis autre bien.

BARNABAS

Lazare, vous ne mangez rien. *
Mangez, les viandez sont bonnes,
Car vous seurs et nous trestous
[sommes
Bien liez, quant estes hors des pain-
[nez.

LAZARUS

5260 Je vous veul compter les de-
[mainnes
De ceux d'enfert, quel doleur san-
[tent,
Les diables mains en tormentent,
Les bons y sont sans nul torment,
Mes en tenebres sont forment :
5265 Il n'estoient pas condempnés.
En autre lieu sont les dampnés
En feu ardant, sans nul sejour,
Quil ne leur fault ne nuyt ne jour,
Et cy sont en ce feu ardant
5270 Grands bos et grans serpens lar-
[dans.
Les ungs sont a terre estendus,
Les autres sont en plonc fondu ;
Selon ce qu'il ont plus mespris,
Sont de la chaleur plux espris,
5275 Puans, poris, malheürés,
Ayreux, laix et deffigurés
Sont tousjours et plains de gre-
[vance ;**
Pour ce qu'il n'ont fait penitance,
En ce monde. de leurs pechiers,

Seuffrent ses painnes, ces mes- 5280
[chiefz,
Quil toujours leur durent sans fin.
Sy prions a Dieu de cueur fin
Quil nous garde de celle painne,
Et en son paradix nous mainne
Et la soions toujours vivans. 5285
Sillete.

ACQUIM

La loy Dieu, nous sommes mes-
[chans.
Marque, voy quel diablerie,
Quel doleur, quel enchanterie
Ce Dieu nous met huy en malen !
Ce qu'on dist en Jherusalem 5290
Que le Ladre est resuscité,
Ce ce n'est pure verité,
Encor il y a quil plux marque,
Le grant Dieu, il boit et il mangue !
Nostre loy ne vaudra, doux frere. 5295

MARQUE

Il ne fault pas qu'il vive guierre,***
Car ceulx quil veoir le pourroient
Plux de ligier Jhesu croiroient ;
Mectre a mort le fault quil pourra.

JUDAS

Hee ! par la loy Dieu, quil vouldra 5300
Perdre et proffit et chevance,
Ce ce n'est pour amplir sa panse,
Sy serve celluy quil je sers,
Qu'autre loier je n'y desers !

5251. meschierfz. — 5252. chierfz. — 5261. sante. — 5270. et serpens. — 5265. estoie-
— 5280. seuffre. — 5281. dure. — 5282. Cy. — 5287. voy. — 5289. nous suppléé. — 5293.
il suppléé. — 5294. il suppléé. — 5294. margne. — 5303. pourés.

5256. JOANN. XII, 2.
5295. Appel : Il ne fault pas. — * 140 1°. — ** 140 v°. — *** 141 r°.

5305 Au moings de j'eüsse ma rante,
De III* deniers vint ou trante,
De ces oignements de present,
Le cueur ne m'an fust pas pesant,
Ou, s'il fust ainsin ordonné
5310 Que il fust aux povres donné,
J'an voulsisse bien estre quicte.

DEUS

Dieu sçeit bien pourquoy vous le
[dictes,
Maistre Judas; toujours pourrés
Avoir povres quil vous donrez.
5315 Pour ce qu'elle m'a le chief oinct, *
Preschié sera et pres et loing,
Et toujours en memoire mys.
Or sus, mes freres, mes amys,
Il nous fault d'icy removoir.
Dicat gracias.

MAGDALENA .

5320 Adieu, sire, jusqu'au revoir
Vous nous laissez hativement.
Vadunt in montem.
Pause.

JUDAS

La loy Dieu, g'iray bellement
Pour peur que la dance ne rompe.

LUCIFERT

Haro, haro, diable, trompe !
5325 Or va crier le mandement.
Hic debet CLAMATOR bucinare.

CLAMATOR INFERNI

Oez trestous communement, **
Diables gris, diables noirs,

En enfer, en nostre manoir
Vous fault venir vers nostre maistre
Quil veult savoir de vostre estre, . 5330
Et comment vous avés ovré.
Se vous avez riens recovré,
Il vous en faudra rendre compte,
S'avés conquis prince ne comte,
Baillis ne prevosts, ne sergens, 5335
S'il ont point pillié sur ses gens,
De dames et de damoiselles
Et de ces priveez pucelles,
De chambelieres, de norisses
Quil ont les visaiges si nices, 5340
Et de ces liardes beguynes
Quil ont tantjeu sus leurs eschines,
S'elles ont point fait mon talent,
Ne en venant, ne en alant,
En faisant ses pelerinaiges 5345
S'ou leur a point baptu les naiges.
Venés en tous, ne tardés point.
Hic vadunt DIABOLI exeuntes in
infernum ad computandum.

BAUCIBUS

Maistre, je vous diray ung point.***
Certes bien devés estre aise,
Car je viendz de la terre d'Aise, 5350
Et de la terre de Europpe
Ou je fay faire a Dieu la loppe,
Et aussy les Juifz d'Auffericque
Joueront de ly a la clicque.
Il ne le croient que sur bon guaige. 5355

LUCIFERT

Vous estes bon, vaillant et saige.
Après, Tempest, rend moy ton
[compte.

5315, chierfz. — 5321. acticement. — 5324. trompe trompe. — 5328. no. — 5335. ne suppléé... prevost. — 5334. comple. — 5339. chambeliere. — 5346. baptue. — 5355. croie.
5309-5319. MATTH. XXVI, 8-14; MARC. XIV, 5-10; JOANN XII, 4-8
* 141 v°. — ** 142 r°. — *** 142 v°.

TEMPEST

Voluntiers, mes g'y aray honte.
J'ay fait ung fait tout sans mentir
5360 Dont je me doy bien repantir.
J'estoie entré ou corps d'ung homme
Quil faisoit des maulx tresgrant
                              [somme ;
Jhesu m'en osta par miracle
Par la vertu de son sinacle,
5365 Je ne poux contre ly guauchir
Qu'il ne me convenist fleschir,*
Mout contraire nous est sans
                             [double.

DESROY

C'est celluy quil plux nous debote,
Quil nous gaste, quil nous destruit,
5370 Mais je le randray malestruit,
Car je feray tant aux Juïfz
Qu'il ly estuperont le viz,
Et ce ly osteront la vie
Par malvoitié et par envie,
5375 Sy ly manray tresgrant discorde.

MORS INFERNI

Je doubte bien qu'il ne me morde.
Je suis la Mort pour tout abatre,
Quil en ly ne me puis enbatre,
Pour sa vertu et pour sa force.
5380 Je croy nous y larons l'estorce.
C'est celluy quil nous a dempnés,
Et pour nous pechers condempnés;
Mais encor essaier l'iray,
Son corps humain ly tueray,
5385 Car grant painne mectre y vuilz.

CLAMATOR INFERNI

Maincte fois efforcé me suis **
De mectre aux Juïfz en couraige
Qu'il le tuent par leur outraige,
Et qu'il le heient com nous faisons.

LUCIFERT

C'est tout cela que nous chassons. 5390
Or va au cueur Judas bouter
Et a ses oreilles roter
Qu'il le traïsse sans tardence.

CLAMATOR INFERNI

G'y voix, foy que doix vostre pence,
Et aussy aux autres Juïfz   5395
Yray, s'il ne s'an sont fouïz,
Puis que tous le me comandez.
(Hic vadat ad temptandam Judeam.

HERODES

Trotin, mon sergent, antendés.
Les Juïfz m'amenez sans demeure,
Qu'il viennent vers moy tout en 5400
                        [l'eure ***
Pour savoir pour quoy il sont
                        [troubles.

TROTIM

Gentil roy, vostre honneur soit
                        [doble !
G'i voix tantost sans plux actandre.
Vadat ad Judeos.

Seigneurs, ce ne voulés m'espran-
Venez vers Herode le roy   [dre, 5405
Quil le vous mande a tous par moy.
De par li vous faix ce messaige.

ANNAS

Nous irons, il est bon et saige.
Vadunt JUDEI ad Herodem.

ANNAS inclinando dicat :

Dieu guart le roy et son mesnaige !
Chier prince, nous sommes venus, 5410
Tous ceulx quil y sommes tenus,

5388. tue. — 5392 tant roter. — 5400. vienne. — 5408-5409. Annas est suppleé.
* 143 r°. — ** 143 v°. — *** 144 v°.

Cy nous dictes vous volentez,
Que nous sommes entallentés
De faire tout vostre plessir.

HERODES

5415 De vous veoir avoye desir.
Saichés que j'ay au cueur grant ire,
Que d'ung truand j'ay ouy dire *
Que vostre loy va empeschant.
Or guardez bien trestous, meschans,
5420 Que en cecy vous prenez garde,
Cy fault que chascun y reguarde
Que de ce paillart sera fait.

GAMALIEL

Sire, je say bien tout le fait.
Il va preschant par tout l'empire,
5425 Et nostre loy forment empire,
Il est tout plains de malvoix art.

HERODES

De le veoir tout mon cueur art,
Grand deul ay c'onques ne le viz,
Nous arons de cecy advys,
5430 Mes qu'aions premier ordonné
De l'evesché et assigné
Celluy quil est digne de l'estre.
Veez vous cy Anne, vostre maistre,
Quil l'a esté l'annee passee ?
5435 Avisez lequel vous agree,
Car il est maintenant mestier.

AMALETH

De ce ne vous fault socier, **
Que nous y avons bien pourveu.
Pour l'office avons retenu
5440 Cayffe quil est homs d'onneur,
Courtois, saige, de grant valeur ;
Sire, nous vous en mercions.

VIVANT

Par le grant Dieu, ce faison mon,
Mes mieulx choisir l'on ne pourroit,
Sur tous autres estre le doit.   5445
Je ly avons baillé la mitre.

HERODES

J'ay bien trové en mon registre
Que Cayffas a bien le sens
De l'estre, et je m'y consens,
Que tout bien vous en adviendra.   5450
Chascun de vous c'y entendra
Comment il sera mis a mort ;
De foler la loy a grant tort,
Deffendez la sur toute rien.

CAYFFAS

Mon seigneur, c'est de vostre bien   5455
L'onneur que vous me presentez. ***
Le grant Dieu vous veulle garder
Et deffandre de tout annuy.
Hic recedunt.

ANNAS

Ca, Cayffe, c'est a meshui,
Ne parlés plux de cest affaire.   5460
Penser nous fault que pourrons
Quant la feste sera passee. [faire,

VIVANT

Il a tant de gent amassee,
Je ne sçay quil le poura prandre.

CAYFFAS

Maintenant je vous veulz reprandre.   5465
Il pert que vous ne sçavés rien.
Dictes, ne sçavés vous pas bien

5417. que j'ay ouy. — 5428. grandeul. — 5440. homme. — 5456. presentet. — 5458. annuyt. — 5459. meshuyt. — 5466 pert bien.
5427-5428. LUC. XXIII, 8. — 5459-5484. JOANN. XI, 47-52.
* 144 v°. — ** 145 r°. — *** 145 v°.

Qu'il covyent necessairement
Qu'ung homme meure pour la gent,
5470 Affin que ne perisse toute ?
Antandez vous point ceste note ?
Ung chascun la doit bien entendre.

NEPTALIM

Avant veulx m'ame au diable ran-
Se je le puis veoir a point,   [dre, *
5475 Se ne ly secoue son pourpoint
Et a ses paillars deschaussés.

MARQUE

Son haubergeon sera faussez,
Ou il sera de bien fort maille,
Par le grant Dieu, ce ne le maille.
L'ame ou corps ly feray roter.   5480

ACQUIM

Il sara beaulcob du trotter,
Se l'apersoy, se il m'eschappe,
Je ne bargnie que sa chappe,
Et vous le corps de ly pendez.
Sillete.

DEUS debet esse in montem.

5485   Mes disciples, mes amys, antandez,
Je vous pry mon Pere graces rendez,
        Sy ferés bien.
Nous descendrons dedans Jherusalem
Ou say de voir que de moy parle l'en, **
5490   N'en savez rien,
Car les Juïfz le filz Dieu bailleront
Aux precheurs, et il le condempneront
        De voir a mort,
Mais tout avant ly bailleront grands buffes,
5495   Et ly diront grands reproches et truffes
        Et tout a tord,
Et bien saichés que en la croix morra,
Et la sienne ame ceulx d'enffer secorra
        Et ses amys.
5500   Or vous command entre vous, deux disciples,
Jehan et Symon, quil estes bons et simples
        Que vous ailliez
En ce chastel, l'anesse qu'est commungne
Avec l'anon, sans fere a nul rancune,
5505   La m'amenez,

5475. se coux. — 5486. pry a. — 5491. le filz de Dieu. — 5492. pecheurs. — 5494. de
grands. — 5495. de grands. — 5500. commant.
    5488 et sq. MATTH. XX, 17-20; MARC. X, 32-35; LUC. XVIII, 31-34. — 5500 et sq.
MATTH. XXI, 1-7; MARC. XI, 1-8; LUC. XIX, 29-35.
    * 146 r°. — ** 146 v°.

Et ce nul est quil la veult contredire,
Dites que c'est pour Jhesu vostre sire,
Lors la laira.

JOHANNES EVANGELISTA

Nous ferons ce qu'il te plaira,
5510   Nous y alons sans plux tarder.

Tunc vadunt.

JOHANNES EVANGELISTA

Preudons, Dieu te veulle garder !
Esse cy l'anesse qu'est commungne?

RUSTICUS

Sire, ce Dieu santé me donne, *
C'est elle veritablement.

SYMON APOSTOLUS

5515   Nous la prandrons presentement,
Car le Seigneur en a affaire.

RUSTICUS

C'est une beste debonnaire,
Menés la luy ou vous vouldrés,
Je n'y contrediroie jamais ;
5520   Ramenés la quant vous pourrés.

JOHANNES EVANGELISTA

Preudons, laisse tel darnerie,
Ceste asnesse icy nous fault
Pour monter le roy Jhesu hault ;
Tu la rairas ysnel le pas.

RUSTICUS

5525   Je renoy Dieu se tu l'as pas,
Ce premier bien chier ne l'achettes.
Je n'ay pas peur que tu me baptes,**
Et fusses tu prestre ou moingne.

UXOR RUSTICI

Or garde bien que ne la meinnes
Que tu n'ayes sur ton oreille.   5530
C'est nostre beste quil' nous es-
[veille
Au point du jour, quant elle chante ;
Foy que je doy l'ame ma tante,
A cecy pas je ne m'acorde.
Belle fille, tire la corde,   5535
Tire bien fort, tire, ma fille,
Que nostre asnesse on ne nous
[pille.

FILIA RUSTICI

Foy que doix l'ame vostre fille,
Je tireray sy fort la hinne
Que je croy qu'il ne l'ara mye,   5540
Or le dictes bien a mon pere.

UXOR RUSTICI

Buron, or la tien fort, beaul frere,
Tien la fort par la museliere,
Beau filz Jodom, monte dessus.

Hic faciunt cadere asinam subtiliter.

JODOM, filius Rustici

Ha ! poitron Dieu, je suis ja juz,***   5545
Malgré ma vie, de ceste beste.
J'ay esservelee la teste,

5518-5520. Ces trois vers riment ensemble et le vers 5521 n'a pas de rime. — 5528.
fusse. — 5529. *tu ne meinne.* — 5537. *tire pille, tire* barré. — 5542. *tienU.* — 5542.
pour la.

* 147 r°. — ** 147 v°. — *** 148 r°.

Encore m'a il pis advenu,
Qu'il m'a entré ou trou du cul,
5550 Le poitron Dieu, une dant arche.
Je te serviray d'ungne perche,
Tresmeschant anesse beurdine.
Hic faciant aliquem bombum.
Tu m'as donné du ploy d'eschine.
Cent de diables, comme elle poit !
5555 Prenez la, au diable voit,
Ramenez la quant vous vouldrois.

JOHANNES EVANGELISTA

Sy ferons nous, que c'est bien
[drois,
Tu la raras tost, ne t'an doubte.
Hic ducunt asinam ad Deum.
Pause.

JOHANNES

Sire Dieu, ou est bonté toute,
5560 Veez l'anesse que demandez.

DEUS

Vous veistemens sus estendez,*
Et aidez moy de monter sus.

JUDAS

Tourne toy, tourne, je suis juz,
Je croy que l'eschine ly faint,
5565 Montés sus, qu'il est bien a point.
Hic ascendat.
Vous me samblés bien armerange.
Hic vadit versus pueros Israel.

PRIMUS PUER HEBREORUM

Je voy le Seigneur de loange,
En quil oncques bien ne faillut.

SECUNDUS PUER

Je voy venir nostre salut
5570 Quil vient a nous, sans grant des—
Le regne de David le roy   [roy ;
Vient a nous par sa digne grace.

TERCIUS PUER

Bien est raison que l'on ly face***
Grant honneur, chescun le doit
[faire,
5575 Car c'est le tresdoux Roy de gloire,
Et pour tant qu'il est nostre Roys,
Chanterons nous entre nous trois
A ceste venue joyeuse
Ceste chanson melodieuse.
(Hic cantant in cantu GLORIA.)
: « Bien venés vous, filz d'Ysaï, ** 5580
Vray Dieu, Adonay parfait,
La loy donnas en Synay
De quoy Moyse fut esfroy. »

PRIMUS PUER

Sire, vous estes Roy de gloire,
Pour ce mon petit veistement   5585
Estandray devant vous en loire,
Pour passer plux honnestement.
Hic sternit vestimentum suum.

SECUNDUS PUER

Et je joncheray ce passaige
De ses tresbeaulx rainsseaulx de
[palmes,
Pour vous, Sire courtois et saige, 5590
Que riens ne vous puist annoier.
Hic sternit ramos arborum in via.

TERCIUS PUER

Sire quil nous a confortez, ****
Et dedisti nobis manna,

5550. *une dan darche.* — 5554. Ms. *Sante diable.* — 5556 *couldrés.* — 5558. *tantost.* —
5559. *beaul sire.* — 5559-60. *Johannes* suppléé. — 5576. *Et* suppléé. — 5580-5583. Portées
de musique. — 5580. *de.* — 5583. *efroy.* — 5589. *tres* suppléé.

5568-5598. Matth. XXI, 8-12 ; Marc. XII, 8-11 ; Luc. XIX, 35-39 ; Joann. XII, 12-13.

* 148 v°. — ** 149 r°. — *** 149 v°. — **** 150 r°.

Pour nous es devenuz mortez,
5595 *Ut tolleres nostra dampna,*
Nous te devons honneur pourter,
Tibi cantemus Osanna.
Hic cantant.
(Dominica Ramos palmarum.)
Osanna in excelsis !
Israel, ecce rex, Davidis
5600 *Et inclita proles nomine qui*
In domum, Rex benedicte, venis ;
Osanna in excelsis !

Hic sedeat DEUS in cathedra in templo
Judeorum.

DEUS

Beaul doux Pere, ou grace ha-
[bonde,
Clariffie moy, en ce monde,
5605 De la clarté que j'oz en toy
Ains que le monde fust par moy, *
Lequel je pense a racheter.

VENDITOR FRUCTUUM

Quil vouldra bon fruit acheter
Ce vienne prandre au denier,
5610 Qu'assés cy a en mon panier
Figues, raisins et noix mout belles,
Pommes, poires, fresez nouvelles,
Et s'ay de bonnes meures franches
Que j'ay cuillies sur les branches,
5615 J'ay des meilleurs fruitz que l'on
[troisse.

UXOR RUSTICI

As tu nulles poires d'angoisses
Quil aient les queuhez bien aguez ?
J'an veul donner mainger des couez
A mon mary quil a la tous,
Quil ce mescroyt tant d'estre roux,   5620
Et si vraiment com c'est a tort.
De la sanglante pute mort
Soit il sarré et contrepris,
Car, de l'eure que je le pris,
Il m'eschinna sy durement   5625
Que je n'an puis tenir mon vent.
Or dy, as tu point de ce fruit ?

VENDITOR FRUCTUUM

Veez en cy de jour et de nuyt. **
Or maingue desquels qu'il vouldra,
Bien sçay qu'il en estranglera,   5630
S'il n'a dedans le cueur la raige.

VENDITOR AVIUM

J'ay de beaus oiseaulx en ma caige,
Lunectes, turins, millereaulx,
Rossinolz et chardonnereaux,
Pinssons, verdierres et mazenges   5635
Quil chantent ainsin que Dieu
[anges,
Corneilles, otardes et gruez,
Melles malins et estorneaulx,
Et de plusieurs autres oiseaulx,
Quil ont ceans assez vescu.   5640

RUSTICUS

Maistre, as tu point de coqu
Quil me chante chant et deschant,

5594. *mortelz.* — 5605. *je oz.* — 5614. *cuiltie.* — 5616. *nulle poires dangoisses.* — 5620. *mescroy.* — 5621. *cy.* — 5636. *Dieux.* — 5638. *melle.* — 5642. *deschamp.*

5603-5607. JOANN. XII, 27, 28. — 5608-5615 et sq. MATTH. XXI, 12-14 ; MARC. XI, 15 ; LUC. XIX, 45.

* 150 v°. — ** 151 r°.

Quant je serai venu des champs ?
Or me dix ce tu en as rien,
5645 Ma femme le norrira bien,
En autre bien n'a son delit.

VENDITOR AVIUM

Voy t'an cy ung c'il t'abelit,*
Quil chante sy fort qu'il m'es-
[lourde ;
Escoute ce je te dix bourde :
5650 Est son chant bien delicieux ?

RUSTICUS

Oncques n'oy sy gracieux.
Il chantera ou nid ma femme.
Entre ly et Richart, mon asne,
Quant il chantera la le lur,
5655 Richart chantera la tenur.
Dy moy, maistre, que t'an don-
[rai ge ?

VENDITOR AVIUM

Je ne puisse morir de raige
S'il ne vault bien ung boisseaul
[d'orge.

FILIUS RUSTICI

Mes ung estron en vostre gorge !
5660 Esse ung faucon ou ung heiron ?
Vous en avrés ung santeron,
Et je l'amporteray fuyant.

DEUS

Vous quil seans alés vendant,
L'on n'y doit nulle chose vendre,
5665 Acheter, paier, ne despendre,
Car Dieu si dit de sa maison

Ce doit estre lieu d'orison,
Et vous n'en faictes nulle rien, **
Vous y fetes plus mal que bien,
Pourtés tout hors enmy la voie.   5670
Hic percuciat mercimonias.
Gardez seans plus ne vous voie,
Telle chose est a Dieu puant.

DAMP GONDEBERT

He ! Dieu, quel est cestuy truant
Quil a nous danreez tombeez
Et se les a a mal getteez ?   5675
Le grant Dieu, vecy malvoix signe.

MALFERAS CLERICUS

Sire, fait il bien le virgine ?
Je vous dix bien, c'est le malvoix.
Haha! malvoix, malvoix, malvoix,
Tu es filz de Joseph le fevre,   5680
Et Marie la rouse, ta mere.
Se nostre sabbat eussions fait, ***
Je comptasse a toy de ton fait,
Tu es du lignaige Hely.

DAMP GODIBERT

Ha, ha, je ne congnoix que ly,   5685
Je l'ay trop autrefois congneu,
Encor ne l'avoie aperçeu.
Tunc cantant :
Abraam, Sarra, Loth, Ysaias et
[Jacob,
Esau, Roboam, Baltazar, Iesse,
Ruth et Thamar, Malahie.   5690

DEUS

Vous estes tous forment esmeu,
Vous faictes fosses de larrons ****

5650. champ. — 5652. nil. — 5658. vaul. — 5666. cy. — 5668. faicte. — 5675. ce. — 5688-5690. Portées de musique. — 5691. Ce vers rime avec le vers 5687.

5663 et sq. MATTH. XXI, 12; MARC. XI, 15-16; LUC. XIX, 45-46. — 5677-5681. MATTH. XIII, 55 : « Nonne hic est fabri filius ? Nonne mater ejus dicitur Maria »; item, MARC. VI, 3.

* 151 v°. — ** 152 r°. — *** 152 v°. — **** 153 r°.

De mes temples, de mes maisons,
Et l'on n'y doit rien besoingnier.

SALUBRET

5695 Ha! le grant Dieu, quel pauton-
[nier !
Il me trouble tant mon sabbat,
Par le grant Dieu, se ne le bat,
Tout maintenant hors le mettray,
Et la jaingle ly abatray.
5700 Va t'en, truant, va hors d'icy.
Vadant omnes JUDEI in domum pontificis :

INFIRMUS

A joinctes mains mercy te cry,
Beaul doux Jhesu en quil je croy,
Veulles avoir pitié de moy,
Je te pry que santé me donne.

DEUS

5705 Tous tes pechers je te pardonne,
Lieuve tout haitié et sain,
Garde que de pied ne de main
Ne peches plus contre ton Pere.
Hic clamet DEUS in temple :
Quil soif a vienne a l'eaul clere,
5710 Je puis ce temple despecer *
Et en trois jours resdiffier.
Et sy seroit trestous entiers.

GAMALIEL

Seigneurs, je seusse voluntiers
Ce qu'il dist qu'il despecera
5715 Le temple et le refera
En trois jours, si a brief terme,
Car l'Escripture nous afferme,

Salemon le roy quil le fist
Que .XL. ans et plus y mist.
Damp Godebert, ce que devise,   5720
En parle Aaron ne Moïse,
Est il point escript en la Bible ?

GODEBERT

Ouy, mes ce est chose orible.
Quant ceste chose adviendra,
Nostre loy mout peu se tiendra.   5725
C'est son corps, cy vous je l'ex-
[pose,
Plux desclarer ne vous en ose,
Car la chose est pesant et dure.

CAYFFAS

Il nous fault pourchasser laidure
A ce faulx truant enchanteur.   5730

ANNAS

Je le vous rendray tout menteur **.
Cayffas, vous estez mon gendre,
Vous avez ma fille la moindre.
Vous ferés a Jhesu present,
Et de ce ne serez pas lent,   5735
D'ungne garce quil vendredy
Fut prinse, et ung varlet aussy.
C'est ung cas quil est mout pesant.
Sçavez pourquoy, car il maintient
Pitié et jugement soustient.   5740
S'il nous dit qu'elle soit occise,
Plux prescher ne le nous covyent;
S'il luy fait grace, il avyent
Qu'il dit contre la loy Moïse,
Et par ces deux pointz l'arestons,   5745
Pour la loy le lapiderons ;
S'il dit qu'elle ne soit destruicte,

5706. tous. — 5709. soifz. — 5710. despener. — 5716. cy a briefz. — 5721. parle point
Araon. — 5738-5740. Ces trois vers riment ensemble. — 5744. parle.

5703-5708. Matth. XXI, 14. — 5709. Joann. VII, 37. Si quis sitit, veniat ad me, et bibat.
— 5710-5728. Joann. II, 19-21. — 5731-5791. Joann. VIII, 1-12.

* 153 v°.— ** 154 r°.

Et s'il la juge, autre ferons,
Car au temple tesmoingnerons
5750 Sa vie estre orde et mal instruicte.
Vous samble que point bien je die?

CAIFFAS

Il n'est nul qui vous contredie *.
Marque, va querir celle femme.

MARQUE

G'y voix, mon seigneur, par mon
                                    [ame.

5755 Sa, truande, venez avant,
Vous serez jugiee maintenant,
Vous estes une femme garce
Quil pour vous meffaix serez arce,
Nous vous delivrerons de près.

CAIFFAS

5760 Or en venez trestous après,
Cy verrés cest acquitement.

Tunc adveniunt JUDEI in templo
coram Deo.

CAIFFAS loquitur Deo.

Raby, fai nous un jugement
De ceste femme costumiere,
Prinse l'avons en adultere.
5765 Dy nous ce la lapiderons
Ou sa grace nous ly ferons ;
Nous voulons que chascun le sai-
                                    [che.

DEUS scribat in terra :

Cil quil n'ara peché ne taiche
Ly gette la premiere pierre.

CAYFFAS

5770 Tel jugement plux ne veul querre**.
En ce qu'il a escript au doy

J'ay veu mes pechés devant moy,
C'est ung diable trop fort escoux.

MARQUE

Aussy ai ge veu les miens tous.
Alons men, de par les maulfez,   5775
De honte suis tout eschauffez,
La face toute m'en rougeoie.

ACQUIM

Je m'en revois par ceste voie,
Ceulx sont trop folz quil icy mu-
                                    [sent?

Hic vadant JUDEI in domum pontificis
et Anne.

DEUS

Femme, ou sont ceulx quil t'acus- 5780
                                    [sent?
Nul d'eux t'a il point condempné ?

MULIER ADULTERA

Nanny, sire, mes amené
M'ont icy en vostre presence.

DEUS

Descy ayes en Dieu fiance, ***
Pas je ne te condampneray,   5785
De tous tes peches te retray,
Garde de plux faire folie.

MULIER ADULTERA

Sire, tout le cueur m'amolie,
Quant bien a mes pechés je pens,
De trestout mon cueur me repans, 5790
Quant j'ay esté sy outraigeuse.

ANNAS

Ma pensee est mout joieuse,
Car j'ay trouvé bonne maniere

5756. jugié. — 5760. en suppléé. — 5762. Caïffas suppléé. — 5762. fait.
5792-5859. Matth. XXI, 15-22 ; Marc. XII, 13-17 ; Luc. XX, 19-26.
* 154 v°. — ** 155 r°. — *** 155 v°.

Que Ihesu sierra a la chere
5795 Sera prins parmy sa parolle.

GAMALIEL

Il est de si malvoise escolle
Que nul n'ose a ly disputer.

ANNAS

Je le feray tost confuter, *
Et je vous diray par quel guise.
5800 Nous devons Cesar ung service,
Les censives, vous le savez,
Et discenscion vous avez
En disant : « Point ne devons estre
Subjectz ce n'est au Roy celestre,
5805 Et a ceulx quil tiennent sa loy,
Et Cesar est paien par foy ».
Pour ce Ihesu demanderons
Se nous le treu li paierons,
Ou que sur ce il nous conseille.

AMALEC

5810 Si l'on me puist copper l'oreille
Se je ne voix avecque vous
Pour oyr ce garceon escoux
Qu'il respondra sur ceste chose.

Tunc vadant omnes ad Jhesum dicentes :
ANNAS

Raby, entendz que je propose.
5815 Nous savons bien que tu es vray,
Et leaulté presches et paix,
Et que aussy mantir ne daignes, **
Car la voie de Dieu enseignes.
Tu sçais bien, Cesar est paiens ;
5820 Nous fault il que nous ly paiens
Le trehu de nous, que t'an samble ?

DEUS

Or me monstrés trestous ensamble
Ung seul denier de ce touaige.

Veez le cy.   ### ANNAS

DEUS

De quel est l'imaige
Et l'escripture qu'est autour ?   5825

ANNAS

Il sont de Cesar l'empereur,
Or nous respon sur ce, beaul sire.

DEUS

Escoutez tous que je veul dire :
Ce qu'est Cesar Cesar rendez, ***
Ce qu'est a Dieu a Dieu rendez,   5830
Car je le veul et le consen.

Hic recedant JUDEI et JHESUS vadat
in montem Sinay.
Sillete.

YSACHAR

De peu que ne saulx hors du sen,
De ce gars qu'ainsin nous diffame,
Trouver ne pouons sur ly blasme,
Pour chose que nous puissions fere.   5835

NEPHTALIM

Parler covyent de nostre affaire,
Aler nous covyent maintenant
Pour faire sacriffiement
Au temple appareiller l'autel.

Vadant ad templum.

Loquendo MALFERAS

Sy est il, ne veistes autel,   5840
Cy com il est acostumé.

5794. a la chiere sierra. — 5796. cy. — 5807. Pour ce a Jhesu. — 5810 Si supplé. — 5811. avec. — 5816. presche. — 5817. quil ausy... daignez. — 5832. sens. — 5840. an tel en deux mots.
* 156 r°. — ** 156 v°. — *** 157 r°.

CAIFFAS

Damp Godebert, ly enffumés, *
Chantés maintenant le service
Et nous lisez la loy Moïse,
5845 Pour antendre mieulx l'exemplaire
Quel sacriffice devons faire.
Chantés sy hault que chascun l'oe.

GODEBERT

Or tornez par de la la joue.

Tunc cantant :

Tribu Rubem, Samua genu,
5850 *Tribu Juda, ruma tenu,*
Et tribucas mellicarum,
Tribu Neptalim, godebrum
E Manasses gerodignum, **
Tribu Aser, mitar larrom.
5855 Seigneurs, par le Dieu Cerviel,
·Des douze enffans d'Israel
Avec leurs generacions
En hebreu faix les mencions
Pour mieulx faire le sacriffice.
5860 Or gardez que ne soiez nices,
Je veul tantost offrir l'aigneaul.

Hic offerat agnum.

CAIFFAS

Or reguardez bien a la peaul,***
Il faut qu'il soit blanc et sans taiche.

(MALFERAS respiciat et inspiciat pellem
agni.)

GODEBERT

Il est jeune, prins a la creiche,
5865 Chantez com l'office feray.

Hic GUODEBERT et MALFERAS occidunt
agnum, et habeant alium agnum assatum in
quodam verru.

CAIFFAS

Je le chant meneray.

Abraan octarom dodoram nata—
Gazaram gerron Manuel   [brom
Robom arnolle Aaron Mathusaley
Guorguotin tomuelle Samuel.   5870

PRESBITER JUDEORUM

Foy que doy mon pere Lamec, ****
Vous avés bien Dieu criamé,
L'aignel mangerons par tel guise,
Comme la Bible le devise.
Dy, Malferas, est il rotix?   5875

MALFERAS

La loy Dieu, bien estes haitifz!
Je ne veul avant trespasser,
Il me covyent les os casser.

Frangat ossa.

Je veul tout faire par ordom,
Prenez ung chascun son bourdon. 5880

Tunc tradat eis.

Tenez, or mangez, bien est cuyt,
Mangez briefment ains qu'il soit
[nuyt,
Appuez vous sur vous bastons.

ANNAS

Ou est alee Grumatons ?
Elle a apourté le guasteaul.   5885

GRUMATON, uxor fabri

Oil voir, veez cy ung tourteaul,
Ou il n'y a ne sel ne sauge,
Je l'ay petry dedans ung auge, *****
Damp Godebert, vous le fendrés.

5849-5854. Portées de musique. — 5855. *cebiel* par minuscule. — 5856. *Les douze.* —
5863. *tache.* — 5865. *comment.* — 5866. *champ.* — 5871. *la mec* en deux mots par minuscule. — 5872. Ms. *cya criamet.* : *cya* barré. — 5885. *Gramaton uso uxor* : *uso* barré. —
5886. *vecy.* — 5887. *scel.*

5855 et sq. EXOD., XII, 5, 8, 11.

* 157 v°. — ** 158 r°. — *** 158 v°. — **** 159 r°. — ***** 159 v°.

GODEBERT

5890 Il est bel et bien encendrez,
Vous estes femme preux et saige.
Hic spargatur libum.

GRUMATON

Vecy la laitue sauvaige,
Que j'ay mise en la fumiere
Pour ce qu'elle soit plux amere
5895 Je la cuilly hier vraiement.

MALFERAS luy donne ung morceaul.

Or mangez ce morceaul friant,
Je croy bien qu'il n'est pas sallé.

CAIFFAS

Or chantés tandix, et buulez, *
Damp prestre, que nous mange-
[rons,
5900 Vostre part vous essuyerons.

GODEBERT

Ronna fronna grumataigne
Eronna..... moncia.
Glomgotim.

ANNAS

Or tenés, mon seigneur le prestre,
5905 Pour ce qu'avez fait belle feste
Vous devez bien cecy avoir.
ANNE baille Godebert sa part, et la maingue.

GODEBERT

Seigneurs, vous devés tous savoir,
S'il y a rien de remenent,
Ardoir le covyent dignement, **
5910 L'escript le dit pour verité.

CAYFFE

Il nous fault trouver ung traictier
Que ce truant soit mys a mort.

JUDAS

Seigneurs, je vous mettray d'acort.
Je say bien que vous demandez ;
Combien me voulez vous donner,   5915
Se mon maistre Jhesu vous rendz ?

ANNE

Trente deniers, je t'en conviens,
Et sy seras mes bons amys.

JUDAS

Seigneurs, et je le vous plevis,
Je le feray pour verité.   5920
Tunc JUDEI recedant.
Sillete.

DEUS

Pierre et Jehan, en la cité ***
Alés tantost ; près de la porte
Trouverés Symon quil l'eaul porte.
Dictes ly que mon terme aproche,
Que je veul chez ly sans reproche   5925
Ma pasque o mes apostres faire ;
Il vous baillera sans contraire
Le lieu ou je feray ma cene.

PETRUS

Nous y alons en bonne e, strene.
Tunc vadunt

PETRUS

Preudons, nostre Seigneur vous   5930
[guart!
Nostre maistre par son regart
A reguardé que bon sera

5900. *estuyerons.* — 5901-5903. Portées de musique. — 5923. *trouveras.* . *de l'eaul.* —
5926. *pasques.* —5929-5930. *Petrus* suppleé.

5913-5921. MATTH. XXVI, 14-15 ; MARC. XIV, 10, 11 ; LUC. XXII, 4-6.— 5921-5961. MATTH.
XXVI, 17, 20 ; MARC. XIV, 12-17 ; LUC. XXII, 8-14.

* 160 r°. — ** 160 v°. — *** 161 r°.

Que sa pasques cheux vous fera.
Monstrés nous le lieu, beaul doux
               [sire.

SYMON HOSPES

5935 Il ne le vous covyent plus dire,
Vecy le lieu qu'est bel et gent.
Quant Jhesu venra et ses gens,
Il peult seans ce qu'il veult faire.

JOHANNES EVANGELISTA

Il nous covyent l'apareil traire *.
5940 Pierre compains, ostons nous chap-
               [pes,
Mettons les tables et les nappes,
Et ce quil est necessité.

Ponant nappam.
Pausa.

PETRUS

Symon, beaul frere, en charité
Veullez nous bailler la vaisselle.

SYMON HOSPES

5945 Veez la vous cy et bonne et belle,
Du garder ne serez pas nice.
Veez cy pour Jhesu ung calice,
Prenez tout ce qu'est necessaire.

DEUS intrando domum dicat :

Ce est seans ou devons traire.
5950 Paix soit seans en cest hostel,
Et hault, et bas, et de costé,
Et Symon nostre hoste ait joie,
Dictes amen que Dieu l'octroie
Par son plessir et par sa grace.

Omnes APOSTOLI

Amen, ainsin que Dieu le face, ** 5955
Paix avec nous seans descende !

SYMON HOSPES

Mon seigneur en vostre commende
Metz mon avoir et ma personne,
Je vous don tout et habandonne.
Tout est prest, la table est mise.   5960
Tunc sedeant mensam ; DEUS sedet in medio,
PETRUS et JOHANNES juxta Deum.

DEUS

Il est vespre, le jour se brise.
Mangez tous en paix sans yrer.
Mout ay heü grant desirer
D'estre seans a ceste Pasque
Avecque vous, Pierre et Jaque,   5965
Ansamble les autres tous dix.
Jamès n'y mangeray nul dix
Jusque j'aie la mort soufferte
Hic debeant habere hostias pulcras et rotundas,
et calices, et vinum.
Ceste chose vous soit ouverte ; ***
Avecque moy mangue et boit   5970
Celluy quil mon corps trahir doit.
Mieulx luy vausist qu'il fust a
               [naistre
Que ce qu'il traïra son maistre,
Ne qu'il eut pensé tel outraige.

PETRUS

Encor ung peu que je n'enraige   5975
Pour cecy que dit vous avez.
Certes, beaul sire, vous savez
Que ja je ne vous traïray,
Ains cruciffier me lairay,
Que ce que traïson vous face.   5980

5942. necessitez. — 5955. ainsin soit que. — 5965. avec. — 5974. hut. — 5976. dist avez.

5950. MATTH. X, 12 ; LUC. — 5963-5964. LUC. XXII, 15. — 5966-5985. MATTH. XXVI, 21-26 MARC. XIV, 18-21.

* 161 v°. — ** 162 r°. — *** 162 v°.

Omnes APOSTOLI

Cil quil tel traval te pourchasse
Puisse morir de mort subite !

JUDAS

Sui ge ce donc quil suis traïcte,
Ne quil aye de toy mesprit ?

DEUS

5985 Ha ! Judas, Judas, tu l'as dit. *
Mangez ung chascun qu'il vourra,
Je croy guere ne demorra
Qu'avenra ce que j'apersoy.

JOHANNES EVANGELISTA

J'ay sommel plus grant que n'ay
[soif.
5990 Dormir me fault, sans nul respit,
A ceste sene, sur son pis.
Je croy bien que mieulx m'en ira.

PETRUS loquendo Johanni dicat :

Demande ly quil ce sera,
Car du savoir j'ay trop grant fain.

DEUS

5995 Celluy quil je donray le pain
Que moilleray est mon contraire.

JUDAS

Il dit que suis son adversaire ;
Mout ay icy dures parolles, **
Ce ne sont que droictes femelles,
6000 Donc tel chose est nyceté.

DEUS tolat suam casulam.

Ung basin me soit apresté,
Ung drap et de l'eaue me fault.

SYMON HOSPES

Sire, veez vous cy sans deffault
De l'eaue clere d'ung rusel,
Et veez vous cy ung blanc lincel ? 6005
Vous avez ce que demandez.

DEUS

Or sa, Judas, les piedz tandez
Cy, que je vous deschausseray,
Et puis cy les vous laveray,
Car ainsin le me covyent fere.   6010

JUDAS

Cecy ne me doit pas desplaire, ***
Delivrés vous sans arester.

Hic lavat.

PETRUS

Ha ! chier seigneur, laissez ester,
Les piedz ne me laverez mye.

DEUS

Tu n'aras ja ma compaignie,   6015
Ce ne les te lave orendroit.

PETRUS

Ton plessir veul, car c'est bien
[droit,
Lave les piedz, les mains, le chief.

Hic lavat.

DEUS

Ainsinque vien ge de rechief
A vous trestous laver les piedz.   6020

Hic lavet unicuique pedes, et postea accipiat casulam, et sedeant simul in domo Simonis Pharisei.

Ce je me suis agenoillé, ****
Devant vous, par humilité,
Croiez par fine verité,
Je vous baille cest exemplaire.

5987. demora. — 5989. soifz. — 6000. Don. — 6002 et 6004. l'eaul. — 6010. me suppléé.—
6017. veulx. — 6018 chierfz. — 6019. rechierfz.

5989-5997. JOANN. XIII, 23-27. — 5991-6025. JOANN. XIII, 2-16.

163 r°. — ** 163 v°. — *** 164 r°. — **** 164 v°.

Et sedendo dicat :

6025 Beaulx tres doux Pere debonnaire,*
De ta dextre je voux descendre
En ce monde pour ame rendre.
Bien sçay que tost me fault finir,
Et ma mort bien briefment venir ;
6030 Mon testament faix en tel guise :
Ou sacrement de saincte Eglize
Je laiz mon corps a mes amis,
Pour lesquieulx tu m'as cy tresmis.

Hic accipiat hostias.

Ce pain que tenir me veez
6035 C'est mon corps, ainsin le croiez,
Et ma cher quil sera occise
Et pour les pecheurs a mort mise.

Hic accipiat in calice vinum, et dicat :

Aussy ce vin ce est mon sang,
Quil de pechier vous fera francs.
6040 Il sera pour vous respandu,
Quand en la croix seray pendu.
Ce est le Nouvel Testament **
Quil sera vostre sauvement,
Ce dignement le recevez,
6045 Ainsin tousjours fere devez.
Affin que de moy soit memoire.
Judas, fai tost ce que doix faire,
M'ame est triste jusqu'a la mort.

*Hic intingat panem in vino, et tradat Jude,
et dicat*

JUDAS

J'ay de cy tant muser grant tort.
6050 Or m'an voix, puisque j'ay mangé ;
Pendu soit quil prandra congié,
Vers les Juïfz me covyent traire,
Et parleray de mon affaire.

Seigneurs Juïfz, sa entendez,
Je vous veul tenir mon covant.   6055
Or sa, donnez moy mon argent,
Il le me fault comme qu'il soit.

GAMALIEL

Vous le recepvrés orendroit,
La marchandise n'est pas chiere.
La male passion le fiere !   6060
Judas, recepvez vous deniers,
Je les vous conteray par tiers.
Trois et trois six, trois neufz, trois
[douze,
De ly honnir trop me dolose,
Quinze, dix et huit, vingt et ung,   6065
Liez en doit estre ung chascun,
Vint et quatre, et vint et sept,
Nous penserons bien de son fait,
Et cy ung quil vint et huit font.
He las dolent. le cueur me font, ***   6070
Je croy que j'ay deniers pou deux.

NEPTALIM

Pour deux deniers ne soies hon-
'[teux,
Le jeu pas ainsin ne depart,
Je veul avoir ou marchié part.
Veez vous, j'ay quanqu'il vous   6075
'[fault.

GAMALIEL

Tu es bons compains sans deffault.
Judas, or tenés vostre argent,
Vous jurés, voiant ceste gent,
Jhesu nous bailler quelque nuit ?

JUDAS

Vous dictes voir, quel qu'il an-   6080
[nuyt ****.

6047. *fait.* — 6054. Ce vers n'a pas de rime. — 6058. *Et cous.* — 6065. *dix huit.* — 6072. *soic.* — 6074. *marchier.* — 6075. *quanquil.*

6025-6049. Matth. XXVI, 26-30 ; Marc. XIV, 22-23 ; Luc. XXII, 16-20. — 6048. Matth. XXVI, 38. — 6049. Joann. XIII, 26. — 6050 et sq. Joann. XIII, 30.

6041. Appel : *Ce est le nouvel.* — * 164 v°. — ** 165 r°. — *** 165 v°. — **** 166 r°.

Compter me covyent ma monnoye,
Que de riens mesconter ne soie.
Et ung, et deux, et trois, et quatre,
Et sept, et huit, et vint et quatre,
6085 Vint et huit, vint et neufz, et trante,
Ceste monnoie m'atallente.
Foy que je doy l'ame mon pere,
Je les port garder a ma mere.
Je reviendray sans demorer.
     Tunc vadat ad matrem.

JUDAS

6090 Mere, vous estes honnoree,
Gardez ne faictes plus la chiche ;
Certes, je vous ay faicte riche,
Et je vous diray par quel guise :
J'ay feite une marchandise,
6095 Veez vous cy l'argent que j'aporte ?

MATER JUDE

De male mort soie je morte,
Se tu n'as desrobbé ton maistre !

JUDAS

Par celluy Dieu qu'il me fist nais- [tre,
Mes je l'ay aux Juïfz vendu !
6100 Veez cy l'argent qu'an ay reçeu, *
Mon maistre c'est ung enchanteur,
Ung orguilleux et ung vanteur,
Controuveur de nouvelle loy.

MATER JUDE

He lasse dolente, je voy
6105 Clerement ce que je sungoye,
Quant en mon ventre te pourtoye.
Ung mastin sy noir me sambloit
Pourter, lequel si devoroit

Ung aigneaul blanc, j'en voy le fait,
He ! malvoix, quil as tel mal fait,   6110
Commis com de ton maistre vendre !
Comment as tu osé offendre
Contre ly qu'il est sy begnigne,
Sy trust, cy pacient, cy digne ?
Dy, larron, quil t' a fait ce faire   6115
De ly pourchassier tel contraire ?
Lorsque tu ouz tué ton pere,
Tu m'esposas, quil suis ta mere.
De nostre outraigeuse vie orde
Nous deut faire misericorde.   6120
Malvoix traictre, et larron faulx,
Il t'avoit pardonné tes maulx,
Et pareil a luy t'avoit fait.
Hee ! faulx larron, com mortel fait ! **
Comment as tu fait telle guerre ?   6125
Que ne te transglotit la terre ?
Va t'an, malvoix, va t'an d'icy ;
Quil jamais te fera mercy.
Quant tu as fait ung tel esclandre ?
Car tu as pourchassé a prendre   6130
Le Dieu puissant, le Roy des roys.

JUDAS

Je renoy Dieu ce je m'an voix
Jusques j'aye mangier ung frappon.
Qu'esse cy ? Dia ! c'est ung chap-
     [pon.
Ha ! le grant Dieu, quel grant viande ! 6135
Il vault mieulx qu'a mangier antende
Qu'a ces parolles que vous dictes.
Je sçay bien c'est ung ypocrite,
Bien croy que Dieu puissant sera,
Quant ce chappon s'anvollera,   6140
Jay ne le croiray autrement.
     Hic debet volare capo.

6084. *vint quatre*. — 6088. *porte*. — 6090. *Judas* suppléé. — 6108. *si* suppléé. — 6110.
a tel. — 6112. *ossé*. — 6117. *Quant*. — 6118. *espossas*. — 6120. *deust*. — 6132. *je ne m'an*.

* 166 v°. — ** 167 r°.

MATER JUDE

Or voys tu bien parfectement
Le miracle tout en appert.
Il est Dieu puissant, bien y pert,*

6145 Tu as veu le chapon qu'il vole.
Quil me tient que je ne t'affolle,
Larron, qu'as fait tel trayson?

JUDAS

J'ay icy malvoise saison,
Je n'y pourroie mon ventre emplir,

6150 Il me fault aler acomplir
Ce que j'ay aux Juïfz promis.
Pas ne seroie de leurs amis
Ce ils trouvoient en moy deffault.

Tunc vadat ad Judeos.

Or sus, seigneurs Juïfz, il fault

6155 Que vous soiez prests sans tarder.
Il nous covyent de pres garder
Ihesu, car il le fault avoir,
Tout vous fai ge bien assavoir.
Il fault que torches l'on allume,

6160 Car il maintient une costume
D'aler au mont de l'Olivier
Orer de nuyt pour Dieu prier,
Et je croy bien que maintenant
Il y est alant ou venant.

6165 Armés vous tous, venez ansamble,
L'ung y a quil le mout ressamble,**
Cil est appellé le grant Jaque.
Délivrés vous, Vivant et Marque,
Apourtés cordez et landons,

6170 Pourtez lanternes et brandons
Quil ne soient pas escharnis,

De glaive.mes soiés garnis.
Retenés bien ceste leçon.

Tunc debent tollere mantellos suos et se
armare comptis ANNAS et CAYPHAS.

MARQUE

Avant, avant, au faulx garson!
Maistre Judas, alez devant.   6175

JUDAS

Cest affaire ne m'est grevant,
Mais pour mieulx faire la besoin-
[gne,
De ly vous bailleray ansoigne.
Il est grant, fort, puissant et beaul,
Et va menant ung grant saubeaul,   6180
Il est pieux, hardy, merveilleux,
Devant tous va comme orgueilleux.
Ce mal ne vous veul pas laissier,***
Celly que me verrés baisier,
C'est mon maistre, cely prenez.   6185

DEUS

Agimus tibi gracias,
Pater, in quid nos satias
De benefficiis tuis
Que celitus hic tribuis.

Omnes APOSTOLI simul dicant:
Amen.

DEUS

Mes disciples, o moy venés   6190
Ou jardin qu'est d'Oliviers près,

6142. *voy.* — 6152. *de* suppléé. — 6178. *ansaigne.* — 6179. *beaulx — saubeaulx.* — 6184. *baissier.* — 6186. *in quit* en deux mots. — 6191. *quil est.*

6161. Luc. XXI, 37, XII, 39; Joann. XVIII, 2. — 6163 et sq. Joann. XVIII, 3; Matth. XXVI, 47, 48; Marc. XIV, 43, 44.

* 167 v°. — ** 168 r°. — *** 168 v°.

Je vois devant, venés après.

Hic vadant.

Mes freres, n'ayez point tristesse,
Car a mon Pere je m'adresse.
6195 Il est escript quant le pastour,
Sera feru, que sans sejour *
Son troppeau se despercera,
En ceste nuyt ainsin sera.
Saichés que tous me laiserés
6200 De la paour que vous arés,
Mes quant resuscité seray
En Guallillee o vous seray,
Et m'y verront ceulx quil me
[voient.

PETRUS

Ce tous les autres te renoient,
6205 Certe, je ne te lairay pas.

DEUS

En ceste nuyt, ne doubte pas,
Ansoix que chanté ait le cocz,
Tu me renoieras trois foix,
Pour peur que affollé ne soiez.

PETRUS

6210 Sire, quelque part que tu soies,
Je te suivray jusqu'a la mort.

DEUS

Pierre, je te dix, tu as tort. **
Suyvés moy, tu Jaques et Jehan,
Jusqu'icy en ce Gethseman.
6215 Estés vous cy et cy veillez,
Et mon Pere des cieulx priez ;
Priez par grant devocion
Que n'antriés en tamptacion,
Car la char est sy ferme et tendre,

Et se laisse toutost surprandre.   6220

Hic debet orare hic :

Beaul doux Pere, bien est credible
Que toute chose t'est possible.
Se il te plaist, je ne queïsse ***
Que par Juïfz la mort je prisse ;
Ne soit pas ma volunté faicte,   6225
Mais si la tienne, sans retraicte.
Se il te plaist, beaul tresdoulx Pere,
Bien veul souffrir la mort amere.

MICHIEL angelus (in cantu :

Vexilla regis prodeunt)

Jhesu, filz Dieu, entans ma voix !
Tu doubtes la mort angoisseuse,   6230
Souffrir la te fault en la croix.
Aux bons d'enfer sera joieusse.
Jhesu, filz Dieu, car te conforte!
Il covyent que ta cher soit morte,
Pour racheter l'umain lignaige   6235
Quil est en enfer en servaige.

DEUS

Puisque il te plaist, si ferai ge.

Dicat Discipullis :

Or sus, freres, dormés encoires,
Or sus, Judas ne dort pas oires.****
Levés vous tous, car l'eure apro-   6240
[che
Que j'aray des Juïfz reproche.
Alons en, seigneurs, levés vous.

Vadat obviam Judeis et dicat eis :

Seigneurs Juïfz, qui querés vous ?
Voulés sçavoir lequel nonça
La loy nouvelle et essauça ?   6245
Dictes moy lequel vous querez ?

6200. *pour.* — 6201. *avec.* — 6207. Ce vers d'a pas de rime et les trois suivants riment
ensemble. — 6210. *soie.* — 6211. *je te serviray jusques a la mort.* — 6212. *tord.* — 6213.
jusques. — 6223. *Sil.* — 6224. *je* suppléé. — 6226. *si* suppléé. — 6230. *doubte.* — 6229-6236.
Portées de musique. — 6232. *chert.* — 6243. *quest* ou *que* barré avant *qui.*

* 169 r°. — ** 169 v°. — *** 170 r°. — **** 170 v°.

Omnes JUDEI

Jhesu querons de Nazareth,
Quil nous fait painne et ennuy.

DEUS

Saichés de voir que Jhesu sui,
6250 Ne vous quier celer a nul feur.
Hic omnes JUDEI cadant retrorsum.

GAMALIEL

Le grant Dieu, je croy que je meur,
Je ne scay ou je suis sans doubte.

AMALEC

Par le grant Dieu, je ne voy
    [guoute,*
Je croy que je soie enchantez.

YSACHAR

6255 Du diable nous sommes temptés,
Je suis plux lourt que ne fux onc-
    [ques.

VIVANT

Et, par ma loy, en ce point donc-
Ai ge esté comme tu dix.   [ques

NEPTALIM

Dieu ! las, je suis tout eslourdys
6260 D'ungne grant clarté que j'ay veue.

MARQUE

Elle m'a eslourdy la veue
Et tous les membres m'a estors.

ACQUIM

Je ne puis mais, se me destors,
Car je suis trestout chancellés.

DEUS

6265 Que querez vous ? ne le cellés.**
Omnes JUDEI terribiliter :

Ung homme quil est appellés
Jhesu, quil est de Nazareth.

DEUS

Je vous ay dit, sans nul arest,
Jhesu suis, je le vous devys.

JUDAS

Maistre, piessa je ne te veiz, 6270
Dieu te sault, je te veul baisier.
Tunc osculatur Jhesum.
Tunc JUDEI arripiunt Jhesum.

DEUS

Amis, quil veulx tu apaisier ?
Dy moi, pourquoy es tu venu ?
Mieulx fust que ne m'eusses con-
    [gneu.
Pour ta paix me metz a tour- 6275
    [ment,***
Les Juïfz me heent forment,
Et en baisant tu m'as trahi.

YSACHAR

Jhesu, mout te voy esbay,
Plux meschans de toy je ne viz.
Et aliqui Judeorum arripiant Apostolos.

GAMALIEL

Estes vous ce guars au faulx viz 6280
Quil la nostre loy abaissez ?

DEUS

Vous me tenez, ces gens laissez,
Et par vous soient asseürés.

AMALETH

Ypocrite, malheürés,
Plux ne vous yrés deputant. 6285
Frappés, tirés, alés baptant,
Par la loy Dieu n'eschapperés,
De poings, de piedz le comparrés ;
Baptez ce larron traïdour.

6248. ennuyt. — 6249. suis. — 6250. quiert. — 6257. Et suppléé. — 6264. chancellé. —
6266. appellé. — 6279-6280. aliquid Judeorum. — 6288. pointz.

* 171 r°. — ** 171 v°. — *** 172 r°.

NEPTALIM

6290 Tu es bien cheoit de ton tour,*
Larron, traïcte, mescreant.

JACOBUS MAJOR

Je ne guainne icy neant,
Cy ne me peult croistre que deul.

VIVANT

Marque, lieuve sus, ce tu veulx,
6295 Ta lanterne, cy le verrons.

PETRUS

Fuyez d'icy, malvoix larron,
Le mien seigneur veul revancher.
Mectés juz, larrons, mon seigneur,
Ne ly ferés tel deshonneur,
6300 Ne l'arez ainsin a bandon,
Sur vous fierray de tel randon.
Tien, tu aras de ceste espee.

MARQUE

Hay, hay ! j'ay l'oreille coppee.
Véez, seigneurs, veez mervoille,
6305 Ce truant m'a coppé l'oreille.**
Veez vous, la face me saigne,
Seigné suis a la rouge enseigne,
Il m'a tout le jouaul fendu,
Doublement ly sera rendu
6310 Avant que vienne a peu de temps.

DEUS

Pierre, beaulx amys. met ans
Ton glaive, car quil en fierra
Saiches que de glaive morra.
Ne sçeis tu pas, se je vouloie

Deffendement, que je l'aroie ?   6315
Sa, amis, je te guariray.
                    Pause.
              Hic panset Marcum.

MARQUE

Jay pour ce ne te laisseray,
Se tu m'as enchantee m'oreille ;
Bien sçaras faire la dormoille,
Se je ne te faix mal bailly.   6320

DEUS

Com larrons m'avez assaillir
Atout gusarmes et lanternes, ***
Passer vous ne pouez les termes,
Vostre heure est ainsin ordonnee.
J'estoie chascungne journee   6325
Ou temple ou je vous ay presché ;
Que ne m'avez vous empesché ?
Encor n'estoit pas venue l'eure.

GAMALIEL

Marque, je te pry sans demeure,
Et toy, Acquim, qu'il soit lié   6330
Et presentement amené
Par devant Anne en sa maison,
Pour parler a ly, c'est raison,
Et puis le manrons vers l'evesque.

MARQUE

Sire, je le loe bien, mes que   6335
Nous l'arons bien forment lié.
              Tunc ligant Jhesum.

6293. *peul.* 6297. Ce vers n'a pas de rime. — 6302. *Tiend.* — 6311. *met* est suppléé. —
6316. *Hic* suppléé. Ms. : *panse.* — 6348. *lo.*

6296-6230. Matth. XXVI, 51-52 ; Marc. XIV, 47 ; Luc. XXII, 50-51 ; Joann. XVIII,
10-11. — 6321-6328. Matth. XXVI, 55 ; Marc. XIV, 48, 49 ; Luc. XXII, 52, 53. — 6329-6334.
Joann. XVIII, 13.

* 172 v°. — ** 173 r°. — *** 173 v°.

ACQUIM

Du loyer devons estre lié,
Autant que d'ung chien enraigier
Veul je de ly avoir pitié, *
6340 Ses maulx ly feray deservir.

YSACHART

Or en alons Anne servir.
Amenés le, g'iray devant,
Heurtebillés le moy souvant.

YSACAR procedat.
Pause.

YSACHAR

Sire Anne, le grant Dieu vous
[guart,
6345 Car jugerez par droit reguart
De cestuy quil nous veult honter,
Piessa l'avez ouy compter,
Faictes en vostre diligence.

ANNAS

Seigneurs, Dieu vous gart de gre—
6350 Ceste chose pas ne feray, [vance!
Mes a Cayphas le menray,
Maistre est de la Sinagogue,
Si est raison qu'il l'interrogue;
Par devant ly l'aviserons.

Tunc ducunt ad Cayffam.
Pause.

ANNAS

6355 Evesque, savez que querons,
Prins vous amenons cest herite

Quil nostre loy toujours despite,**
Et va preschant erreur et fable.

CAYFFAS

Ces euvres sont celles du diable.
N'es tu pas Jhesu quil confute   6360
Nostre loy et a nous dispute?
En trois choses te faix demande,
Bon mestier t'est c'on te deffende;
Premier te dix, tu es avoultre,
Secondement tu faix apostres,   6365
Et tiercement de ta doctrine
Que tu as dit qu'elle est divine ;
C'est fauceté, bien y apert.

DEUS

J'ay toujours presché en appert
Et n'ay nullez malvoistés dictes,   6370
Demande le a tes ministres.
Se j'ay mal dit, s'an soient tes-
[moings !

MARQUE

Et je ceste buffe te doing.
Quil te a fait ainsin respondre
A l'evesque ? on te devroit tondre,   6375
Tu es tout fol, quelque tu soies.

DEUS

Se j'ay mal dit, tesmoings en
[soies; ***
Se j'ay bien dit, pourquoy me fiers?

ANNAS

Oez com ce ribault est fiers !
Veez com fait la chiere goïffe !   6380
Il prise ainsin peu Cayffe ?
Frappez sus com sus ung pressour.

6344. Ysachar suppléé. — 6345 Car vous. — 6346. ceul. — 6351. feray, manray, [feray barré]. — 6353. Sil est. — 6355. Annas suppléé. — 6359. celle. — 6360. confutez-disputes. — 6364. je te. — Ibid. Ms. anvoultre. — 6372. dist. — 6373. doint. — 6374. te fait. — 6378. fiert.

6351. JOANN. XVIII, 13. — 6364. Pseud. Evangel. Nicodemi. Cap. II. —: 6365-6382. JOANN. XVIII, 19-24. — 6387-6390. MARC. XIV, 51, 52.

* 174 rᵒ. — ** 174 vᵒ. — *** 175 rᵒ.

MARQUE

Avant, maistre damp vavassour,
Que la male fievre vous tienne!

ACQUIM

6385 Reguardez com il fait l'araigne !
Bien fait l'armite et le piteux.

JOHANNES EVANGELISTA

Pierre, allons veoir nous deux
Qu'il feront de mon seigneur chier.

PETRUS

Je doubte forment l'aprochier *
6390 Que nous n'aions des horions,
Je te pry de loing espions,
Ou tu y ailles trestout seul.

JOHANNES EVANGELISTA

Voluntiers, ainsin m'aït Dieux,
Car de sa prinse j'ay grant deul.

NEPTALIN
(Il va a Jehan evangeliste.)

6395 Que quiert icy ce ribauldel?
Je croy qu'il veult que l'on le frappe.
Vous me laisserés ceste chappe,
Ou je vous pourray bien maillier.

JOHANNES EVANGELISTA

Je la vous ayme mieulx baillier
6400 Que je ne faix perdre la vie.

CAYFFAS

Sires, voulés vous que je die ?
Savoir veulx ce cest homme est tel

Qu'il soit digne d'estre mortel; **
Quil riens en sçeit cy le descovre !

YSACHART

Je vous diray comment il ovre.   6405
Il a dit qu'il despecera
Le temple et le reffera
En trois jours, je l'ay bien sçeu.

VIXANT

Il a deffendu le trehu
Que l'on ne paie a Cessaire.   6410

AMALETH

Quel chose esse cy a faire ?
Vous veez qu'il est plain de termes,
Or delivrés le nous vous mesmes,
Vous veez que cestuy cy propposse.

CAYFFAS

Jhesu, respon aucungne chose;   6415
Plux simple de toy je ne vy,
De par Dieu te commande et dy,
Respon moy ce tu es Ihesus ***
Quil est filz de Dieu de laissuz,
Or le me dy apertement.   6420

DEUS

Tu l'as bien dit certainnement,
Mes de vous veü ne seray
Jusques a tant que je seray
Au jugement, droit a la dextre
Mon Pere, en la gloire celestre;   6425
Lors congnoistrés vous quil ce sui
                               [ge.

CAYFFAS

Dictes, seigneurs, quel tesmoing
                          [veul ge.
Cest homs a contre Dieu mesdit,

6385. la raigne. — 6392. aille. — 6393. mayt. — 6396. veul. — 6401. Sire. — 6406. dist. —
6411. affaire. — 6413. or suppléé. — 6426. vous suppléé.
6412-6435. MATTH. XVI, 61-66; MARC. XIV, 55-65. — 6418-6453. MATTH. XXVI, 67, 68;
XXVII, 1 ; MARC. XIV, 65; XV, 1; LUC. XXII, 64-65; XXIII, 1 ; JOANN. XVIII, 28.
* 175 v°. — ** 176 r°.— *** 176 v°.

Il est filz Dieu, cy nous il dit.

6430 Avez vous ouy tout le blasme
Qu'il a dit et le grant diffame ?

Tunc dicindat vestem.

Mon mantel en desireray
Du tresgrant deul qu'au cueur en ay ;
Il est digne de mort souffrir.

NEPTALIM

6435 Je ly veul ceste buffe offrir,

(Et percutiat).

Et ly craicheray en la face. *

YSACHART

Je ly donray de ceste mace
Comme tresnonsaichant et fol.

VIVANT

Je veulz jouer au chappel fol
6440 Pour veoir s'il sara devyner.
Or ly faictes les yeulx cliner,
Et ly bouchès bien le visaige.

GAMALIEL

Par la loy Dieu, si le ferai ge.
Or devyne quil t'a feru ?

Omnes JUDEI, unus post alium

6445 Or devyne quil t'a feru.

CAYFFAS

Rien n'an sçait, bien y a paru,
Ne c'y congnoit, je vous promet. **
Il covyent que sans nul arrest
Que nous le menons a Pillate
6450 Póur ce que du jugier c'y haste,
Car trouver avons assés causes.
Or en alons, sans faire pauses,
Sy le ferons briefment jugier.

GRUMATON, uxor fabri, vadat ad Petrum.

Quil te fait icy espier ?
N'es tu pas disciple a cest homme ? 6455

PETRUS

Je te jure, s'an est la somme,
Par ma loy, je ne le congneus.

ACQUIM vadat ad Petrum.

Dy, va, que faix tu a cest huys ?
Je t'escharperay ton cotom,
Tu es a Jhesu le gloton, 6460
Par vray tu es de Guallillee.

PETRUS

Oncques ne fux en la contree, ***
Ne ne le congnoix vraiement.

Il tremble.

MARQUE vadat ad Petrum.

La loy Dieu, tu es de ces gens,
Et ne te vault riens le tranbler ; 6465
Je te viz bien a l'asanblee
Que ceste oreille me coppas.

PETRUS

Par ma foy, ce ne sai ge pas,
Oncques n'oy de ly parler.

(MARQUE s'en va.)

Il m'en vault mieulx d'icy aler, 6470
Chascun vient a cor et a cry.

Statim cantat gallus, et PETRUS lamentando dicat :

Beaul sire Dieu, mercy te pry.
Veullés moy getter de pechier
De trois foix que t'ay regnié.
Bien avant dit tu le m'avoies, 6475
Or te voy en malvoise voie.
Jamès mon cueur n'est resjoy,

6433. *queur.* — 6440. *cy.* — 6443. *le* suppléé. — 6446. *scay.*— 6446. Ces trois vers riment
ensemble. — 6465. *et* suppléé... *oaul.* — 6472. *cort.* — 6475. *dist...*. *m'anvoie.*

6454-6571. Matth. XXVI, 58, 69, 75 ; Marc. XIV, 66-72 ; Luc. XXII, 54-62 ; Joann. XVIII,
25-27.

* 177 r°. — ** 177 v°. — *** 178 r°.

Car tout maintenant j'ay oy
Le coq chanter, or say de vray *
6480 Que bien sçeis que regnié t'ay.
Las ! que feray, dolent chetifz,
Pourquoy seuffres que soie vifz ?
He las povre, he las, he las !
J'ay huy perdu tout mon solas,
6485 J'ay tout perdu ce que j'avoie,
Jamès en mon cueur n'aray joie.
Bien me doit chascun debouter ;
Tost en une fosse bouter
M'yray pour mes pechiers plorer,
6490 Quant mon seigneur deshonnorer
Voy et mener a grant laidure,
Dont mon cueur est en grant ar-
                              [dure.

Intret in foveam.

Hee ! tresdoulx Aigneaul de hault
                              [pris,
Bien voy que j'ay forment mespris
6495 Envers toy quil sy bien apris
M'avoyes. Ce bien compris
J'eusse la veraie doctrine
Quil tous les bons cueurs enlumine,
A laquelle bien me rapport,
6500 Affin de venir au vray port,
Non obstant le destroit
Du diable quil m'a sy estroit
En mon cueur tenu, sy trescourt **
Qu'il est entré en male court
6505 Et m'a mallement sy suppris
Qu'il m'a tenu, lié et pris !
J'ay esté fier et trop hardy,
Et au besoing acouardy.
L'annemy quil trop point et mort
6510 De moy tempter trop fort s'amort :
Cy me fault garder de la mort

D'anfert, pour ce que me remort
Ma conscience du pechier
Dont je suis forment entaichier.
Las ! comme ay esté sy osé   6515
D'avoir en mon cueur propposé
Dont j'ay mon seigneur relinqui ?
C'est le doux Createur en qui
Trestoute humainne creature
Doit bien croire de pensee pure.   6520
Hee ! treschetifz cueur, or regarde
Qu'as fait maintenant ! cy prends
A ta tresnice pensee folle   [garde
Quil a estee a male escolle,
Car je n'y ay pas bien apris,   6525
Sy en doix bien estre repris.
Pour ce me fault bien repantir
Pour cestuy pechier de mantir,
Mes je doubt, quelque penitance***
Et aussy quelque repantance   6530
Que je fasse, ne peult souffire
Pour bien estancher le martire
Du pecher quil est trop enorme
Que fait ay contre mon Dieu : or
Convient icy par foy entrer,   [me 6535
Ly devotement deprier
Que par sa saincte amictié
De moy tresdoulant ayt pitié.
Pour ce ly pry qu'ainsin ce face,
Affin que veoir face a face   6540
Le puisse laissus en sa gloire
Dont j'ay bien en mon cueur me-
Sy ly prie de cueur parfait [moire.
Que combien qu'anvers ly meffait
Aye de l'avoir regnyé,   6545
Pour quoy j'an suis fort esmayé,
Que pardonner il le me veulle

6478. *ton.* — 6481. *seuffre.* — 6496. *M'avoie... tres* suppléé. — 6497. *vraie.* — 6498. *enluminez.* — 6500. *que venir.* — 6502. *tenu cy estroit.* — 6507. *fiert.* — 6515. *comment.* —
6516. *corps.* — 6528. *ce pechier.* — 6529. *que.* — 6535. *icy* suppléé.

* 178 v°. — ** 179 r°. — *** 179 v°.

Et par devers ly me requeulle,
Car j'an suis en tresgrant tritesse,
6550 Et pour ce vers ly je m'adresse.
Hee! trespiteulx misericordz,
Quil aux pecheurs donnes conffors,
Sy voir com a la Magdeleine
Tous ses pechiers en bonne es—
[traine
6555 Voluntiers tu ly pardonnas *
Et de ta grace ly donnas,
Et combien que l'aie sçeü,
Je ne l'ay pas forment creü,
Sy te pry que tu m'y reffermes,
6560 Et qu'an icelle me conffermes,
Car l'annemy trop cy m'aguaicte,
Quil mainte malvoitier m'a faicte.
Le Malvoix quil est trop couvert
M'a forment pris a descouvert,
6565 Sy ay bien mestier de ta grace
Quil tous pechiers tolt et efface ;
Bien doy gemir, bien doy plorer,
Digne ne suis de l'adorer,
Quil t'ay regnié de ma bouche,
6570 Or te supply que mon reproche
Par ta grant douceur me par—
Amen.   [donnes.

ᵗCAYFFAS

Prenés ceste faulse personne,
Cy en faisons ce que dit ay.

GAMALIEL precedat et dicat ad Pilatum :
A Pilate le meneray **
6575 Malgré son visaige nercy.
Avant, maistre, passés par cy,
Boutés le après moy, boutés,

Il sanble que vous le doubtés,
De vous espees le poignés.

AMALETH

Il me sanble que vous moignez.   6580
Tenés, vous arés ce tatin ;
Je ne dormis des hier matin
Pour la painne que j'ay de vous.
Tunc vadunt ad Pilatum.
Pause.

ANNAS

Pillate prevost. amy doux,
Ung truant vous amenons pris   6585
Quil a contre nous trop mespris.
Condempner il le vous covyent,
Car le jugement de vous vient,
Si vous pry le nous delivrés.

PILLATUS

Je ne suis pas sy enyvrés   6590
Qu'il ne cognoisse devant moy ***
Ce pourquoy jugier je le doy,
Car pour ce faire y suis commys;
Combien que soiez mes amys,
Ne oserai ge cecy faire.   6595
Ja de ce ne vous doit desplaire,
Il le fault jugier par raison.
DOMINUS hic reannet (?), omnes JUDEI una
cum damp GODIBERT vadunt ad Cayffam.

JUDAS

He las moy! pour ma traïson
Est vendu l'Aignel inocens.
Or ai ge pechier de tous sens,   ᶧ6600
Chascun le traine a son martire,

6552. *donne.—* 6566. *tolz.—* 6568. *toy.—* 6571. *pardonne.—* 6587. *nous.—* 6597-98. *reannet,*
reannet ? mot douteux.

6598-6683. Matth. XXVII, 3-11 ; Act. I, 18, 19.

* 180 rᵒ. — ** 180 vᵒ. — *** 181 rᵒ.

Li ung le bat, l'autre le tire ;
Bien doix estre de tous hays.
Sire, par moy tu es trahis ;
6605 Certes vecy malvoix guerdon,
Vous m'aviez donné le pardom
De mes meffaix, de mes pechiés ;
Or estes pour moy decraichiés ;
Vous m'aviez mys a grant honneur,
6610 Je vous ay mis a deshonneur.
Plux traïcte, plux faulx suis donc-
              [ques*
Que ne fust homs quil nasquist
              [oncques,
Jamès ne puis avoir marcy.
Helas ! on le mainne par cy,.
6615 Certes ce marcy ly crioye,
Trestout outrecuidier seroie,
Ma culpe est sy grant et sy orde
Qu'el ne desert misericorde.
Honny soit quil vers ly ira,
6620 Ne quil marcy ly cryera !
Vers les Juïfz tantost iray
Et leur argent leur bailleray.
        Tunc vadat ad Judeos.

Tenés, Juïfz, que par mestraire
J'ay vendu le sang debonnaire.
6625 Dolent moy ! bien me doix haïr.

        MARQUE

Judas, quil le te fit trahir ?
Prendz ta folie, sy la boy.

        JUDAS

Trante deniers de vous en ay.
Veez les vous la, vous les ravés.
        Tunc propinat Judeis denarios.

        VIVANT

6630 Malvoix traïctre, vous sçavés **
Nul de nous ne vous en pria.

        JUDAS

Helas ! petit confort cy a.
Las ! le sers a vendu le franc.

        DAMP GODEBERT loquendo Judeis :

Cest argent cy est pris de sang,
Il ne le fault point mectre au temple, 6635
Ung champ en achetés ansamble,
Pour les pelerins mettre en terre.

        JUDAS ad Jhesum :

Sire, je ne vous sçay ou querre.
Las chetifz, com suis esperdu,
De pechier mort et comfondu !   6640
Jamais n'aray par nulle acorde
De mon pechier misericorde,
Oncques culpe ne fut pareille.

        VIRGO MARIA loquendo Jude :

Tout temps le faulx ennemis veille.
Helas ! Judas, tu as fait grief mef- 6645
              [fait, ***
Toujours as mis ton cueur en vain
              [folaige,
Tu as vendu mon filz le Dieu parfait,
Crye ly mercy en ton couraige.
Je te prometz, pardon te sera fait,
Car nous cueurs tient en amoreulx 6650
              [servaige,
Par repentance peulx avoir sauve-
              [ment.
        JUDAS

Pierre de mabre et coronne d'ay-
              [ment
Est mon faulx cueur. Que me voix
              [tu disant?
Je doix aler a male destinee,
Fuy toy d'icy, car tu m'es trop nu- 6655
              [sant.
Quant je reguard ton tresdoux viz
              [plaisant,

6607. pechiers. — 6608. decraichiers, — 6609. grant suppléé. — 6618. Qu'elle. — 6637.
pelerin. — 6645. griefz. — 6650. tiend. — 6652. et suppléé. — 6656. reguarde.
* 181 vº. — ** 182 rº. — *** 182 vº.

Ta douce face que j'ay descoloree,
Helas! Vierge, je t'ay desconfortee!
Par traison j'ay vendu ton enffant,
6660 En croix sera sa char forment na-
　　　　　　[vree,
De cloux de fer, et de glaive tran-
　　　　　　[chant
Sera son corps navré a grant mer-
　　　　　　·[veille.
Bis. Hee! diable, or me conseille,
. . . .
6665 Conseille moy sans plux actendre.

MORS INFERNI

Je te lo que tu t'ailles pendie, *
Moy et mes compains t'aiderons.

CLAMATOR INFERNI

Judas, voirement cy ferons,
Or tost passe pour ton peut heur...
6670 Va, cy te pent a ce cehur,
Car tu nous doix huy l'ame randre.

JUDAS

Je le veul mout bien, vien la prandre.
　　　Vadat suspensum.

A ceste corde me pendray,
Et moy mesme m'atacheray.
　　　Hic se suspendat cum corda.
　　　Pausa

6675 *Bis.* Tire, Diable, fort, tire, tire!
. . . .
　　Hic moritur et crepat medius, et DIABOLI
　　　　capiant animam ejus.

MORS INFERNI

Ne le nous fault pas trois fois dire.

Or es pour ton meffait pendu **
Et ton ventre par my fendu,
Et nostre est la descendue　　　　6680
De l'ame quil nous est rendue.
Compains, pourtons la en enfert,
Pour presenter a Lucifert,
Puis la mectrons en la chaudierre.
　　Tunc portant animam in infernum.

PILLATUS dicat Judeis :

Seigneurs, raison veult que je quiere . 6685
Quel chose cest hons a meffait;
Or me dictes tantost le fait
De son angin et de ses tours.

ANNAS

Prevost, s'il ne fust malfactour,
Ja ne le vous eussions baillié　　　6690
Par ly sommes trop travaillé,
Bien en pouez estre informez.

PILLATUS

Sire Anne, je croy vous dormez;
Quil est ce quil mal en racompte?

ANNAS

Du racompter j'an ay grant honte. 6695
En trois cas est trouvé en tort, ***
Du plux petit a guanné mort:
Premier le peuple a bestourné,
Secondement a destourné
De paier le trehu Cesaire,　　　　6700
Et encoire veult il pis faire,
Qu'il ce fait Roy. dont nous desplait.
Pour ce avons contre ly plait,
Il ne fait ovre quil soit bonne.

6661. *et* suppléé. — 6663. Vers bissé par le copiste. — 6666. *loz... taille.* — 6667. *compai-gnons.* — 6669. *peust.* — 6670. *cehu.* — 6672. *viend.* — 6674. *et* suppléé... *mesmes.* — 6675. Vers bissé par le copiste. — 6690. *hussions.* — 6700. *de Cesaire.*

6685-6745. Luc. XXIII, 2-7.

* 183 r°. — ** 183 v°. — *** 184 r°.

PILLATUS

6705 Jhesu, respond, a ma personne,
Or me dix, Jhesu, es tu roy?

DEUS

Tu l'as bien dit endroit de toy,
Mais mon regne n'est pas s'aval,
Et il y fust, en cestuy mal
6710 De par les Juïfz pas n'y fusse,
Car mes menistres icy eusse,
Mais pour paix suis cy envoiés
Pour avoyer les desvoiés,
Et que vérité je tesmoingne.

PILLATUS

6715 Qu'est verité?*
Dicat Judeis:
       Or Dieu me doigne
Santé et bon entendement!
Seigneurs, je ne truis nullement
Que cest homme ait fait barat.
Simple, doux et courtois sy est,
6720 Et est innocent, je le croy.

AMALEC

Hee! Pilates, nous avons loy;
Nostre loy a mort le condempne.

PILLATUS

Or le condempnés, sire Anne,
Selon vostre loy le jugez.

ANNAS

6725 Jamais nous ne serions peurgiez,
Car nous fummes cy sans sy francz,
Nous ne devons point jugié sang.
Jugés le quil estes paien.

PILLATUS

Par nous Dieux en ly ne truis rien**
6730 Pourquoy il ait mort desservie.

GAMALIEL

Tant a en ly de tricherie,
Que ou peuple de Guallillee
Il a trestoute anichilee
La loy; cuidez vous ce soit aise?

PILLATUS

Ha deal seigneurs, ne vous desplaise, 6735
Je ne le condempneray mye,
Car il n'est pas de ma baillie.
Herode est sire d'ilecques,
Vous ly menrés, sire evesques,
Je croy voluntiers vous orra.   6740

CAYFFAS

Le grant Dieu, pas ne demorra
Que je ne le mainne de cueur,
Je ne le lairay a nul feur
Tant comme il sera en vie.
Hic ducant ad Herodem.

ANNAS

Aussi ne le lairaige mye. ***   6745
Neptalin, fier ung gros cop fourbe.
Eundo ad Herodem,

NEPTALIN

Je le feray du corps tout courbe,
Après cecy ne vivra guyere.

VIVANT

De le lier veulx estre maire,
Endroit de moy faire le doy.   6750

CAYFFAS salutando Herodem :

Dieu guart ce noble roy d'annoy
Avec sa noble compaignie!

6712. envoier. — 6717. trove. — 6727. sans cy. — 6729. trouve.
6705-6716, JOANN. XVIII, 35-39. — 6735-6806. LUC. XXIII, 3-12.
* 184 v°. — ** 185 r°. — *** 185 v°.

HERODE respondendo :

Beaulx seigneurs, et Dieu vous
benye!
Or me racomptés quels nouvelles, *
6755 Veoir s'elles me seront belles,
Et ce mon cueur en sera lié.
Quel est cest homme ainsin lié
Que vous alés cy deboutant?

CAYFFAS

Congnoissés vous celly dont tant
· 6760 De maulx compter avés ouy?
Or en faictes bien l'esbay.
C'est Jhesu, vostre grace sauve,
Le malvoix a la chiere fauce,
Pillate cy le vous envoye
· 6765 Qu'il ne veult pas par nulle voie
Faire contre vostre vouloir.
Il a ouy Jhesu douloir
· Qu'il estoit de vostre contree,
Sy vous prie. sans demoree
· 6770 Qu'il soit jugé, ce guainné l'a.

HERODES

M'amenés vous Jhesu de la ?
Or est Pillate mon amys
Puisque Jhesu il m'a tremys, **
Je ly pardonne mal talent.
Loquendo ad Jhesum :
· 6775 De toy veoir avoie grant talent,
Sçais tu pour quoy? Car on veult
[dire
Qne tu tienz bien les gens de rire
Par enchantement que tu faix ;
Si te prie ungs en soit faix,
6780 Et tu trouveras en moy grace.
JHESUS nichil respondeat.

YSACHAR

Par ma loy, ou cueur vous menasse,
Il est plain de trop grant fierté...

HERODES loquitur Jhesu :

Je te prie par grant chierté
Que tu me faces ung miracle :
Fay moy d'argent ce tabernacle.   6785
Tu faix bien veoir les aveuglez,
En quoy est deçeu tout le peuplez,
Muès parler et sours ouyr,
Au moings pour nous faire esjoïr
Fay nous aucung esbatement.   6790
Nihil respondeat.
Pause.

Ne respondras tu autrement ? *
Beaulcob nous faix icy joquier,
Et il nous fault de toy mocquier.
Veistés ly ung blanc veistement,
Fol le repute vraiement,   6795
A Pillate le remenés,
Et en face ses voluntés,
C'est ung hons de chetive geste.

Tunc tollatur JUDAS et portetur in infernum.
Postea reducunt Jhesum ad Pillatum

CAYFFAS

Pillate, vecy une beste.
Il ne sçet de mal ne c'ung singe,   6800
Pour ce ly a vestu ce linge
Herode et vous prie qu'en l'eure
On l'occie tost et sans demeure,
Trop y a trouvé de meschief,

6753. et supplée. — 6754. quel. — 6760 onys. — 6772. amy. — 6776. veul. — 6792. fait.
— 6798-6699. Ms. portatur. Judas est donc resté pendu jusqu'à ce moment, bien en
vue des spectateurs. — 6802. Herodes vons. — 6803. Ont l'occie. — 6804. meschiefs.

* 186 r°. — ** 186 v°. — *** 187 r°.

6805 Et sy vous mande de rechief
Que paix est faicte entre vous deux.

PILLATUS

De ce suis mout lié par nous dieux ;
Que vous plait que de Jhesu face ? *
Je vous pry que ly face grace,
6810 Contre ly ne puis riens trouver,
Ne Herode que reprouver,
Et sy est ung prince mout fier.

Omnes JUDEI

Ostés, il le fault cruciffier.

PILLATUS

Vos voix me font trop esmaier.
6815 Tenu suis a vous appaisier.
Je tiendz en prison des l'autrier
Ung faulx guars, un larron men-
Quil est appellé Barraban.   [teur
De costume aviez ung ban
6820 Qu'il covyent qu'en ceste saison
Je vous delivre et par raison
Une personne que demandés.
Je vous pry, Barraban pendés,
Et Jhesucrist cy soit delivres.

Omnes JUDEI

6825 Ostés, ne le laisiez plus vivre, **
Nous ne voulons que Barraban.

PILLATUS

Goguery, or tost va, cy pren
Tantost les clefz de la tournelle,
Le larron Barraban appelle,
6830 Amene le par devant moy.

GOGUERY

Voluntiers, sire, par ma loy,
G'y voix tantost ysnellement,

Ipse cum alio vadat ad turrim quesitum Barrabam.

Sus, Barraban, appertement
Le prevost Pillate te mande.

BARRABAM

Las ! je doubt que l'on ne me pende, 6835
Car certes mout bien l'ay guaigné,
J'ay maint preudomme meshaigné,
Car en meurtre et en roberie ***
Ai ge toujours usé ma vie,
Et sy ay coppé mainte guorge,   6840
Enblé argent, froment et orge,
Bien croy je voix a mon martire.

GOGUERY

Prevost Pilatte, beaul doux sire,
Vecy Barraban qu'amenons.

CAYFFAS

Prevost, et nous le retenons.   6845
Va t'en et de tous maulx t'amende.

BARRABAM

Seigneurs, le grant Dieu le vous
[rende !
Pour mon fait et ma mesprison
Sui ge bien en malle prison,
Or sui de pendre recovré.   6850
Tunc fugiat.

6805. *rechiefz.* — 6812. *fiert.* — 6814 *vo* – 6824. *deliveret.* — 6834. *demande.* — 6849. *suige.* — 6850. *suige.*

6807-6852. MATTH. XXVII, 15-22 ; MARC. XV, 6-13 ; LUC. XII, 14-24. — 6852 6823. MATTH. XXVII, 26 ; MARC. XV, 15.

Appel : *Or le biens.* — * 187 v°. — ** 188 r°. — *** 188 v°.

PILLATUS

Puisque Jhesu est demoré,
Prenez le, ce le despoyllez,
A une estache soit lyé,*
Tant soit baptu, je le consans
6855 Qu'en dequeure le vermeil sanc.
Marque, Acquim, faictes en l'eure.

MARQUE

Voluntiers, se Dieu me sequeure,
Mal fait seroit en tout endroit
Quil ainsinques pas le pendroit.
Tunc spolletur.
6860 Sus, maistre, deveistés la robbe
Quil vous fait sy mignot et gogue.
Je vous feray saillir la bourre.
Pause usque Jhesu spolietur.

ACQUIM

Je croy qu'il n'a talent de corre.
Or le lions a cest ataiche,
6865 Je n'ay pas peur que il l'araiche,
Il ne s'an a pouoir de fuyre.

ANNAS

Sus, varlès, faictes vous copz
[bruire,
Et ly desrompez les correez;
De vous escourgeez noueez,
6870 Ferez bien fort, baptés, roillez,
Jusques au sang soit tout moillez.
Or sus, varlès, prouvés vous bien,**
Ne l'espargnez ne que ung chien.
Bien voy, nul ne le secourra,
6875 Par le grant Dieu, il en morra.
Ung estron ne pris son lignaige,
Il est bastart, nez en putaige.

Tunc pausent.

Or sus, varlès, prouvés vous fort !
Il est sy aise qu'il ce dort,
Faictes qu'il soit tout detranchés. 6880
Sus, varlès, estes vous lassés ?
Frappés, baptés forment sa peaul
Jusques l'on voie le ruisseaul
Decourir parmy ceste voye.

MARQUE
(Il se reprant.)

Bien le baptray, quoiqu'il le voye, 6885
Reguardez s'ai ge bien besoingne,
Vous verrés bien de pres l'ensei-
Du sang quil en desgoutera. [gne

ACQUIM

Honni soit quil l'espargnera !
Reguard comment du cueur je ovre ! 6890
La peaul de son dox se descopvre,
Tel ovrier doit on alouer.

MARQUE

Par le grant Dieu c'om doit louer,***
Il n'an ara plux maintenant,
Assés en a en ung tenant ; 6895
La malle mort le puisse abatre !
Tant le pourions ferir et baptre
Que tout mort le covyendra pendre.

ACQUIM

Nul ne nous doit de ce reprandre,
Oncques ne baptiz a nul feur 6900
Malvoix ribault de sy grant cueur
Com j'ay baptu cestuy icy.
Tunc solvetur a columna.

6853. cy soit. — 6855. Que en — 6876. prise. — 6886. saige. — 6894. nara.

6871. Au bas du folio d'une écriture du xvi° siècle : Quantin le clerc prestre.

* 189 r°. — ** 189 v°. — *** 190 r°.

' PILLATUS

Reguardés, beaulx seigneurs, veez
[ci
Comment est baptu ce povre hom—
[me ;
6905 De plaiez a ou corps grant somme,
Si vous pry que vous pourveoiez
Comment il sera renvoiez.
Corrigiez est sans nul deffault.

Omnes JUDEI

Ostés, cruciffier le fault.
Sillete.

CLAMATOR INFERNI vadat ad uxerem
Pilati et dicat :

6910 Je te veul dire tout en hault, *
Nostre amie, femme Pillate,
Va vers ton mary, sy te haste,
Et fai tant que le saint prophete,
Quil est en prison en ses mectes,
6915 Ne pranne mort aucungnement ;
Pourchasse son delivrement.
Bien sçay s'il meurt, trestout per-
[dray
Ce que ou monde conquis ay,
Sy te pry de nous te souvienne.
6920 Que s'il meurt, bien sçay, nostre
[guaigne
Et nostre proie est perdue.
(Hic debet dormire uxor Pilati.)

UXOR PILLATI

Lasse ! com je suis espardue
De ce qu'ay veu presentement !
De paour le corps me tressue
6925 De la painne que j'ay heüe

Huy, toute nuyt, en mon dormant.
J'ay veü une visïon,
Sy n'ay nulle chose santue,
Cy en suis toute esmeüe,
Et troublee mon oppinion,**   6930
Ce a esté depuis le jour.
A Pillate, mon bon seigneur,
Le voix dire certainnement.
Beaul sire, a moy antandez,
Pour Dieu que Jhesu ne pendez,   6935
Baillier vous est il par envye,
Pour ly je vous crye mercy
Faictes or mon cueur esclarcy,
Et que par vous ne perde vie.

PILLATUS

Se baillié il m'est par envie,   6940
Dame, ce poise moy,
Je ne puis mectre arroy
Contre ces Juifz faulx.

UXOR PILLATI

Bien tien, peuent venir maulx
Certes, s'il meurt par toy.   6945
Je te jure en bonne foy,
Se grace tu lui faix,
Je te dix que a toujours mais
Grant honneur m'aras faicte.

ANNAS

Ne nous faictes point de retraic—   6950
[te ; ***
Sire prevost, il n'y chiet pas,
Tous veons cler, et Cayffas.
N'alés point Jhesu estargent,
Ne n'an prenez or ne argent,
Nous veons bien du gain deleal.   6955

6906. *Sil.* — 6907. *envoiez.* — 6924. *peur.* — 6936. *il* suppléé. — 6937. *cry.* — 6938. *or* suppléé. — 6939. *que* suppléé. — 6944. *peult.* — 6948. *que* suppléé. — 6955. *guym* (sic) .. *deleal.* Ce vers n'a pas de rime.

6910-6949. MATTH. XXVII, 19. — 6950-6980. MATTH. XXVII, 20-32; MARC. XV, 12-20; LUC. XXIII, 20-26; JOANN. XIX, 1-16.

* 190 v°. — ** 191 r°. — *** 191 v°.

PILLATUS

Dy, Jhesu, es tu filz de Dieu ?

. . . .

Ne respondras tu autrement
Ne sçais-tu pas certainnement
6960 J'ay de toy condempner pouoir,
Ou delivrer, ce peux tu veoir.
Respons moy pour ta delivrance.

DEUS

En moy n'as tu point de puissance,
Se ne te fust donnee d'en hault.
6965 Plux a pechier sans nul deffault
Celluy quil m'a baillié a toy.

PILLATUS

Seigneurs, en cest homme ne voy
Pourquoy on ly doyve mal_faire.

CAYFFAS

Tu n'es pas amy de Cesaire, *
6970 S'ainsin tu l'an laisses aler,
Car il ce fait roy appeller,
Et nous n'avons roy que Cesar.

PILLATUS

Goguery, beaul amis, tout art,
Engoisse m'est de toute part,
6975 De mon estat perdray grant part,
Ce ne faix ce que ces gens dient,
Toujours l'accusent, toujours cri-
[ent.
Donne moi de l'aigue a mes mains.

GOGUERY

Je ne vous en prise pas mains.
6980 Veez cy l'aigue a vostre devise,

Herbes y a de maincte guise,
Il y a de la viollette,
Du fenoil et de la gloriette,
Bien est atrampee sans faille.

Tunc lavet PILATUS manus suas.

Or painnés a ceste touaille, **   6985
Qu'elles en seront trop plux belles,
Mes vous avez pour ces nouvelles,
Ce m'est advis, troublé le corps,
Mes mout suis lyé quant je recordz
Que point ne pourchassés sa mort. 6990

PILLATUS

Goguery, je t'ayme mout fort,
Je ne vy sy preu ne cy saige
Comme tu es, en tout mon eaige.
Seigneurs Juïfz, soiez certains
Qu'aussy nettes com sont mes 6995
[mains
Veul ge estre net de sa mort,
Car vous l'acusez a grant tort,
Bien sçay que il est inocent.

Omnes JUDEI

La sienne mort et le sien sang
Soit sur nous et sur nous enffans, 7000
A ceste heure et a toujours mais !

PILLATUS

Seigneurs, a vous veulz avoir paix.
Alons seoir en jugement.
Jhesu, sié sur ton vestement.***
Vien sa, Jhesu de Nazareth,   7005
Encontre toy a esté plet
Pour certain seans demené.
Les Juïfz cy t'ont acusé
De pluseurs crimes desloiaulx,
Propposé ont que tant de maulx   7010

6956. Ce vers est bissé par le copiste. — 6970. laise. — 6974. met. — 6981. mainctes.
— 6984-5. Pilatus suppléé. — 6985. thouaille. — 6995. nct... comme. — 7004. siert. —
7006. contre.

* 192 r°. — ** 192 v°. — *** 193 r°.

Tu as fait en cestê contree,
Tous les gens depuis Galillee
Tu as fait en erreur entrer,
Et en leur loy trop varier ;
7015 Tu n'as fait le sabbat garder
Que leur grant Dieu a ordonné,
Et sy t'ont imposé grant mal
Que tu as getté contreval,
Comme ung homme tout anraigé,
7020 Les danrees pour verité
Que les marchans quil la estoient
Par chascun jour vendre menoient,
Quil leur vient a derission
Et t'an reputent pour felon.
7025 Pour telz choses, je te promet,
Et pour cuider cesser ton plet,
Je t'avoie fait mettre en l'estaiche,
Et par mes chevaliers bien batre ;
Or t'acusent il de rechief,
7030 Dont te viendra tresgrant meschief.
A ce fort tu as contredit*
Son touaige, esse bien dit,
Et cy t'es fait appeller roy
Et filz de Dieu, raison pourquoy
7035 Contraint suis a toy condempner
A mort amere endurer.
Sy veul contre toy ma sentance
Cy profferer en audience
En la maniere cy escripte,
7040 Ad ce que ne soit contredicte :
Je, Pillate, quil suis commys
De Judee, par grant advis
De Cesar prevost ordonné,
Empereur partout renommé,
7045 Son procureur en ceste terre,
Ad ce qu'on ne mesprainne ou erre,

Condempne cy en audience,
Sans profferer autre sentence,
Jhesu, c'on dist de Nazareth, . .
A souffrir mort, comme qu'il soit, 7050
En la croix, pour ses demerites.
Or gardez que soiez proppices.
A faire crier la justice.

Omnes JUDEI

Vostre jugement est proppice,
Grand mercys par cent foix, beaul 7055
[sire !
GAMALIEL

Ihesu, talant n'avés de rire, **
Je croy vous estez pris au piege.

PRIMUS MILLES

Il vous covyent seoir en siege
En guise d'onneste personne.

SECUNDUS MILLES

Ou chief ly mectray la coronne, 7060
Pour ce que ung chascun s'ancline,
Elle point plux que nulle espine,
Car elle est de jonx de maroix.

TERCIUS MILLES

Vous estes adoubé com roys,
Ce veistement rouge affublés, 7065
Mouvez la teste et l'anfublés.
Bien est servi d'antre nous trois.

ANNAS

Trotim, mon bel amy courtois,
Va t'en tost et isnellement,
Sans faire nul sejournement, *** 7070
Crier a tous les carreffours
Que chascun, de par l'empereur,
Vienne veoir mectre a torment

7015. nas pas. — 7025. prometz. — 7029. rechierfz. — 7030. meschierfz. — 7047. condempner barré.— 7048. proffer. — 7051-54. Ces 4 vers riment ensemble par a peu près.
— 7064. Roy. — 7065. rougez. — 7069. servir.

* 193 v°. — ** 194 r°. — *** 194 v°.

Jhesu, ce tresmalvoix truant ;
7075 Le prevost le commande faire.

TROTIM

Sire, g'y voix pour vous complaire.

Oez, seigneurs, oez : de par le roy Cesaire
Et de par son prevost l'on vous fait assavoir
Que chascun cy soit prest pour la justice veoir.
7080 Venés y sans tarder, sur peine de l'amende.
Droit au mont de Calvaire
Ou l'on veult Jhesu pendre,
Ce tresmalvoix truant quil vouloit nostre loy
Destruire et abatre, et ne savoit pourquoy,
7085 Car il est condempné a souffrir mort en croix.

Omnes JUDEI, unus post alium

Dieu te sault, Dieu des Juïfz, roys !

ANNAS

Or sus, or sus, ami Ihesu,
Or vois tu bien qu'a nous es tu,*
Longuement ne peux tu pas vivre,
7090 Je te feray mectre a delivre.
De ces planches la croix ferons
En quoy nous te cruciffirons ;
Que nous chault de belle croix faire ?

NEPTALIN.
(Vadat ad terram ante Annam).

De l'ordure la doit l'on traire.

MARQUE

7095 Or sa, mon ami debonnaire,
: Ces planches icy nous prandrons,
Et une croix nous en ferons,
Que c'est ce que bien me conforte.

NEPTALIN

Or tiens, Jhesu, nostre croix porte,

Tu y aras l'eschine torte, 7100
Les fourches sont ou tu pandras,
Et tes bras fort y estandras.

ANNE

Va tost, Marque, ne tarde pas, **
Cheux le fevre Nichodemus,
Va tost et ne sejourne plux, 7105
Et ly fay trois gros clos forgier
Pour ce pautonnier clochifier,
Va tost, vien tost qu'il est besoing.

MARQUE

Ma loy renoy ce je n'y soing,
Car de ly nuyre tout je meur. 7110

ANNAS

Sa, pelerin, pourter te fault
La croix Ihesucrist qu'est affame.

7075-7. Ces trois vers riment ensemble. — 7080. il. — 7081. Ce vers n'a pas de rime.
— 7086. Roy.— 7088. voitu.— 7093-94. Indication mise à tort dans le Ms. dans la marge
du rôle d'Anne, où elle n'a pas de sens.— 7093. chaul. — 7097. Et suppléé.— 7106. fait.
— 7109. my soing. — 7110. Ce vers n'a pas de rime. — 7112. crist suppléé.
7111-7119. MATTH. XXVII, 32 ; MARC. XV, 21 ; LUC. XXIII, 26.
* 195 r. — ** 195 v°.

SECUNDUS PEREGRINUS

J'an seroie trop plus diffame,
Jamais je ne la pourteroie,
7115 Je voy que l'eschine ly ploie.
C'est ung gros faix de deux che-
[vrons,
Ou l'on pend dedans les larrons.
Foy que doy vous, querez ung autre.

NEPTALIN

Or tien sur ton chappeaul de fau-
[tre,*
7120 Sanglant villain, puant matin.
Encor arés vous ce tatin,
Par ma loy, vous le comparrés,
Malgré vous dens la pourterés.
Nous faictes vous icy les baules ?
7125 Tenés, troussés sur vous espaulles,
Delivrés vous, cy la portez.

PEREGRINUS

Sy ferai ge, m'as trop lassés,
Je suis et de trop loing venus.

MARQUE

Or tost, maistre Nichodemus,
7130 Alume du feu en ta forge,
Tantost troix cloux d'acier me
[forge
Pour Jhesuchrist crucifier.

NICHODEMUS faber

Me oserai ge en vous fier ?
Je vous dix que mal ne feray
7135 A Jhesu, tant que vifz seray,
Et sy ay en mes mains la roigne**
Que ferir ne puis sur enclume,
Sy en doix estre excusé.

MARQUE

Dia ! seray ge ainsin rusé ?
Monstrés voir ces mains que vous   7140
[dictes.

NICODEMUS

Sire, oncques telles ne vistes,
Reguardez, sui ge voir disant ?

MARQUE

Vous estes de forgier exent,
Je m'an voix cheux ung autre fevre.

GRUMATON, femme au fevre

Mal feu vous arde la baulevre !   7145
Hier tout le jour nous deux for-
[geasmes,
Et sy n'avoies ne mal ne blasme.
Tu es ung tresmalvoix villain, ***
D'ordure et de grant venin plain.
Amis Marque, venez avant ;   7150
Puisque c'est pour le mescreant,
Toute seulle ains les feray,
Et de bon cueur les forgeray.
Avant me fault ce gloton baptre
Et encontre la terre abatre.   7155
Je ly barray sur son museaul,
De par le diable, sa la peaul !
Mon varlet me fault pour souffler,
Car ce lourd villain bourranfflé
De traïson c'est entremis,   7160
Jamais n'an sera mon amys,
Nous arons tantost exploicté.

MARQUE

Vous me montrés grant amitié,
Juïfs vous doyvent bien amer,
Encor vous vauldra ce clamer   7165
Cent et dix livres.

7113. *plus* suppléé. — 7136. *cy.* — 7147. *avoie.* — 7161. *amy.* — 7164. *doyve.*
* 196 r°. — ** 196 v°. — *** 197 r°.

' GRUMATON

Marque, tantost serez delivre.
Or sa, vien avant, Mirofflet,
Prendz le manche de ce martel, *
7170 Cy frappe de bonne maniere.

MIROFFLET

Voluntiers, dame, a lie chiere,
Mes je vous pry, avant c'on souffle,
Que je boyve a ce condouffle,
Car pour certain j'ay tresgrant soif.

GRUMATON

7175 Par le grant Dieu, je le t'otroy,
Et quant bien soufflé tu aras,
De meilleur cueur tu forgeras.

MIROUFFLET

De bien boire ne seray las,
J'ay bien beü sans mangier lart,
7180 Or tenez, vecy vostre part,
Tenez, buvez ce remenant.

GRUMATON

Voluntiers et appertement,
Car je l'ay piessa bien apris.

MIROUFFLET

Je forgeray, sans faire pris. **
7185 Or avant, ma tresdouce dame,
De tresbien forgier par mon ame
Saichés, je ne me faindray pas.

GRUMATON

En forgeant, chantons hault et bas,
Ja pour ce n'arons fait plux tard.

MIROUFFLET

7190 Il soit pendu de malle hart
Quil de bien chanter ce faindra,
Car mout bien il nous adviendra.

Or la « pour ung boisseaul d'orge » !
Tunc cantet GRUMATON, MIROUFFLET-
respondeat.

GRUMATON

: « Varlet de forge doit on amer. ***
Je vouldroie qu'il m'eust costé,   7195
Varlet de forge doit on amer,
Je vouldroie qu'il m'eust costé
    Ung bichot d'orge.
Varlet de forge doit on amer
    Varlet de forge. »   7200
Je suis marechal de grant renom-
    [mee, etc. ****
L'antan tu la turelurette, l'antan
    [tu, etc.
Ce clou cy qu'ay forgier premier
Sy sera tresbon pour les piedz ;
Ces deux cy ay fait rondement   7205
Quil sont forts et durs et tran-
    [chants,
Il perceront tresbien ces paulmes,
Plus mal ly feront que fins baul-
    [mes,
Je vous dix bien, mon amy doux.

MARQUE

Vous chantés bien, foy que doys   7210
    [vous. *****

GRUMATON

Marque, or emportés les cloux
Que mon mari, le villain gloux,
Ne les a pas daigné forgier.
Alés maistre Jhesu fichier
Tant que ly saillent les boyaulx,   7215
Aux Juïfz est trop desloyaulx.
Je vous pry qu'il soit bien barré
Et contre la croix sy sarré
Qu'il ne ce puisse destrapper.

7168. vient — 7174. soifz.— 7184-7201. Portées de musique. — 7202. Ce vers ou refrain
n'a pas de rime.

* 197 v°. — ** 198 r°. — *** 198 v°. — **** 199 r°. — ***** 199 v°.

MARQUE

7220 Je le tanray bien d'eschapper.
Adieu, ma mie Grumaton.

GRUMATON

Or tiendz ce marteaul cy, Marquon,
Ce poinçon cy et ces tenailles
Pour gater toutes ces corailles,
7225 Que de malle mort l'abate on.
Adieu, mon doulx amis Marquon.

MARQUE

Adieu, ma mie au grant menton.

Messeigneurs sont il bel et bon ? *
Ai ge point fait grant diligence ?
7230 C'est pour vous mectre en la ba-
                              [lance,
Mon beaul maistre, point n'an
                              [doublés.

(VERONNA id est saincte Vernice)

Au marchié me covyent aler,
Mon mesnaige est mis a point,
Car le hault jour de Pasques vient,
7235 Et je n'ay guyere que despendre ;
Ma toille y pourteray pour vendre,
Pour ung pou d'argent amasser.

DEUS

Femme que par cy voy passer,
Veullez ung peu vers moy venir.
7240 Ce drap me preste ung peu tenir,
Mon visaige en tourcheray.

VERONNA

Sire, voluntiers le feray,
La toille te veul bien bailler,

Car je te voy cy travaillé,
Mont bien emploieré, la tien.   7245

DEUS

Veronne, bonne femme, tien,**
Reploie ta toille ensamble.

VERONNA

Beaul doulx sire, elle vous res-
                              [samble.
Escripte y est votre face,
Je vous en rendz honneur et grace. 7250
Modo ostendat populo.
Bonnes gens, veez vous cy l'imaige
De son tresprecieulx visaige ?
Pour l'amour de ly l'ameray,
Il m'a baillié tresbelle amsaigne.

CENTURION

Je ne puis cy trouver essoine,   7255
Il me fault aler, ce me samble,
Les autres sont ja tous ensemble,
C'est pour veoir le jugement
De Cil quil fit le firmament,
Quil a mon filz santé donna   7260
Et ses pechiers ly pardonna.
Armer me covyent, bien le voy.
J'ay cent chevaliers desoulx moy,
Je doubt que, s'armer les fassoie,***
Qu'il n'eussent de sa mort grant 7265
                              [joie
Et qu'il ne ly fissent traval,
De pied j'iray et sans cheval.
Tunc vadat.

Annas, bien ay crier ouy
Quil de rien ne m'a esjoï,

7225. l'abat. — 7245. emploire. — 7266. fisse. — 7268. ouys. — 7269. esjois.
* 200 r°. — ** 200 v°. — *** 201 r°.

7270 Car je croy, telle est la somme,
Qu'a tort occīez ce preudomme.
Ce poise moy, je suis venu.

ANNAS

Comme cil quil y est tenu.
Or tost alons en estannaire,
7275 Trompés pour l'asanblee faire.
Villain, pourtés la croix devant.

PEREGRINUS

C'est ung faix quil est trop grevant,
Il y a quatre trop grants cornes,
J'an seray aveugle ou borne,
7280 Il me ront du col la chevolle.

MARQUE

Je veul adieu, ce ne te dole, *
Sanglant villain, passés avant.

LONGIS

On a crié le mandement
Que l'on voise a la justice.
7285 La chose ne m'est pas proppice
Pour ce que guoule je ne voy ;
Guannimedes, convoye moy
Et met dessus mon col ma lance,
Fai diligemment et l'avence,
7290 Affin qu'y soions bien matin.

GANIMEDES

Vous tuerés l'amorat Bacquin,
Certes quil ne vous congnoistroit.
Or prenés la lance orendroit,
Sy en tuerés ung homme mort.

LONGIS

7295 Ganimedes, tu as grant tort

De moy dire telle parolle.
Quil me tient que je ne t'afolle
De m'aler ainsin respondant ?

GANIMEDES

Tenés cest homme, bonnes gens, **
S'il vous voit, il vous tuera,   7300
Mes je croy que pas ne verra,
Et pour ce de ly n'avés garde.
Vous marcherés en celle merde,
Venés de ce costé, venés,
Et reguardés que respondrés,   7305
Vela tous les seigneurs ansemble.

LONGIS

Haa! guarçon, par Dieu il me sam-
Qu'an ta vye ne feras bien,   [ble
Ne jamais tu ne vaudras rien,
Toujours ne faix que ramponner.   7310
Je vous en tireré le nez,
Et les oreilles tout amsamble,
Sanglant guarçon, ce te puis pran-
Dia l et ou t'en es tu alé ?   [dre.

GANIMEDES

Or me prenez, ce vous pouez l   7315
Mon beaul maistre, je ne vous
                          [crains,
Ne pour vous je ne feray riens.***
Or reguardés, mes bonnes gens,
Comment il fuyt aval les champs,
Alés mhectre bestes en toit,   7320
Car, certainnement, s'il les voit,
Je les tyendz toutes a parduez.
Il reguarde devers les nuez,
Je ne me tireray pas près.

LONGIS

Haa! mon enffant, Guanimedez,   7325

7289. Fait. — 7290. il. — 7291. Ms. la mort abacquin. — 7299. bonne. — 7314. et tou. — 7320. vous bestes. — 7322. aparduez. — 7325. Guamidez.

7276-7282. MATTH. XXVII, 32 ; MARC. XV, 21 ; LUC. XXIII, 26.

* 201 v°. — ** 202 r°. — *** 202 v°.

Mon enffant, revien cy vers moy,
Et je te jure par ma foy
Que meshuy ne te frapperay.

GANIMEDES

Or avant, je retourneray
7330 Quant ainsin le me promectés,
Mais il me fault tresbien guaictier
Ou je vous menray, n'an quel part.
Il y ara ung beaul reguart,
Car assanblee il a mout grande.

LONGIS

7335 Par ma loy, tout le corps me
[tremble. *
Ganimedes, que ferons nous?
Je te prie, destourne nous,
Et me metz hors a une part.

GANIMEDES

Ha! fier brigant, diable y ait part!
7340 Vous ne pouez venir avant,
Bien ressamblés ung cayment :
Venés de sa, montez laissus.
He! Dieu, quel grant *jubillemus*!
Comment il devroit estre laiche!
Tunc PILLATUS, MILITES et omnes JUDEI
vadunt cruxiffisum Deum.

VIRGO MARIA

7345 Helas, je doix bien crier lasse !
Doulente, que pourrai ge faire,
Ne en quel lieu pourrai ge traire,
Ne quel voie pourray tenir?
Je doy bien plorer et gemir
7350 Quant je voy mon filz debonnaire
Par les faulx Juïfz quis a tort,
Dont point ne ce veullent retraire;
Par leur malvoité deputaire **

Voy qu'il le veullent mectre a mort,
Dont je suis en grant desconffort. 7355

Cy parle aux Mariez.

Douces seurs, veez le meschief,
Comme Juïfz plains de pechiers
Ly ont destranché le visaige.
Chascun sçait bien que c'est ou-
[traige.
Et qu'il ne l'a pas desservi,   7360
Plux de bien ont heü de ly
Que ces faulx Juïfz ne ly font
Quil ainsi detranché ly ont
Le viz ou les angelz ce mirent.

MAGDALENA

Certes, dame, mal le baptirent.   7365
De sa douleur je meur de deul,
Quant je le voy en tel travail.
Que les Juïfz cy sont plains d'ire.
Lasse! je ne leur osse dire,
Car trop sont folz et despiteux.   7370

SECUNDA MARIA SALOME

Sire, com vous estez piteux!
L'on vous mainne a grant marti-
[re, ***
Je voy que chascun vous detire,
Et, ce vous voulssissiés,
Ne vous faulsit que dire,   7375
D'eux vous garantissiez
Sans vouloir contredire.

TERCIA MARIA JACOBI

Nous souffrons grant martire
De Juïfz plains de raige
Et de tresgrant outraige   7380
Par vostre loialté,
Et toutes voiez je croy,
Et sçay de verité

7326. cy. — 7342. faissus. — 7351. quil. — 7352. vcullc. — 7366-7. Ces deux vers ne
riment pas. — 7368. quil sont. — 7374. coulsissiens. — 7376. D'eux bien..

* 203 r°. — ** 203 v°. — *** 204 r°.

La debonnaireté
7385 Quil est en vous la face.

SARROM, prima filla Iherusalem

Bien doy plorer et gemir, lasse,
Quant voy faire tel cruaulté.
Sire, par vostre loiaulté,
Je vous voy mener a martire,
7390 Ly ungs vous boute, l'autre vous tire
De ces malvoix Juïfz felons.

PLAISANCE, secunda filha Jherusalem

*   Hee! mon doulx cueur, mon beaul
[colons, *
Or voi ge bien que c'est a certes,
Et ce n'avez nulle desserte
7395 Pourquoy morir vous fasse l'en.

DEUS

Hee! filles de Iherusalem,
Ainsin me fault estre souffrans.
Par ma mort seront ly sers francz,
Sur vous et vous enffens plorés,
7400 Le temps vient que dire pourrez
Les femmes soient beneïctes
Quil d'anffant ne seront ansinctes.
Gardez plux deul ne demenez.

CAYFFAS

Ce larron tantost me prenez,
7405 Contre la croix soit sy barrez
Et sy estroictement sarrez
Que il congnoisse sa folie,
Puis le levez a la polie
Pour le faire morir au vent.

GAMALIEL

7410 Ceste chose n'est pas grevant, **
Juz, truant, juz ces veistements,

Se sera nostre paremens.
Asseez vous sur ceste planche;
Haro, comme il a la cher blanche!
Quel confesserres de beguygnes ! 7415

YSACHAR

. Il a mangé trop de gelinez,
Oncques n'an compta a ses hostes,
On vous pourroit compter les cos-
Cy serez estandu forment. ∤[tes,

MARQUE

Il me fault cloer ce guourmant. 7420
Estandez ces bras, vil truant,
Enchanterres, larrons puant,
Quil nostre loy voulés abatre.
Et ung, et deux, et trois, et quatre !
Eschappés vous ne vous pouez. 7425
Malvoix ypocrite provez,
Nully ne vous pouvoit mater.

AMALECH

Je vous tyendray bien de grater.***
Marque a clouer la main dextre,
Et je veul clouer la senestre. · 7430
Hee ! le grant Dieu, enginé suis.

NEPTALIN

Tu as fait trop loing le pertuis,
Par le grant Dieu, le bras est court.
Sa une corde, or tost le cours !
Il covyent ce bras icy croistre, 7435
Les ners ce sont prins a descrois-
Or, tirés fort, il est a point, [tre.
Ung, deux, trois, quatre. cinq et six,
Vous estes comme roy assis;
Sus aux pieds, car les mains sont 7440
∤[bien.

7398. serons.— 7399. et sur. — 7400. vous pourrez.— 7402. ansinctes (sic). — 7406. sarré
— 7407. Car.— 7411. ses vestement.— 7415. confesseur.— 7422. enchanteurs. — 7434. court.
7386-7403. Luc. XXVII, 27, 32. — 7438. Psal. .... Dinumeraverunt ossa.   .
* 204 v°. — ** 205 r°. — *** 205 v°.

VIVANT

Comme vaillant compain te tien.
Es piedz ly feray tel fenestre,
Mieulxly vaulsist qu'il fust a nais-
              [tre
Le faulx guars quil tant sçeit de
              [guille.
7445 Frapper il fault ceste cheville,
Il le fault par estors embatre.
        Perculiant.
Et ung, et deux, et trois, et quatre.*
Hola ho, hola ho, il est assés, .
Et pieds et bois est tout passés.
7450 Or n'estes vous plux de grands
             [mocz,
Or vous abaisseront ces jouez,
Larron, ypocrite, malvoix.

GAMALIEL

Vous estes le roy des deux ais,
Faulx gloux, parjur, oultrecuidiez,
7455 Quil la loy abatre cuidiez,
Mais vous en estes bien gardez.

CAYFFAS

Avant, seigneurs, plux ne tardez,
Levez moy ce larron au vent,
Marque, Vivant, tirez devant,
7460 Tirez bien fort, assez est hault.
        Pause.

Le roy des Juïfz, Dieu te sault ! **
Se tu es filz au Dieu d'amont,
Quil es venu sauver le mond,
Descend de la croix, par ma loy,
7465 Et nous croirons trestous en toy.
Va, meschans, quil destruis ce
          [temple !

Prenne chascun en toy exemple
Quil te voient en tel hautesse.

ANNAS

Raby, le grant Dieu vous redresse !
Bien ressanblés homme de feste   7470
Au chappel dessus vostre teste.
Il sanble que danser veullés
A vous bras cy esparpillez,
Fy, Jhesu, je dix de toy fy.

DEUS

Beaul doux Pere en quil me fy,   7475
Je te supplie en amytié
Que pardonne par ta pitié
A ceulx quil m'ont pendu en croix.

CAYFFAS

En voir parle il a clere voix,
Mais il nous fault, sans plux ac-··7480
          [tendre,
Deux larrons decoste ly pendre,***
Pour le plus fort deshonorer.

ACQUIM

Ce sera fait sans demorer,
Je les voix querre apertement.
      Tunc vadat quesitum.

Passés avant, faulx guarnement,   7485
Or aux fourches, vers la justice,
Pendux serés pour vostre vice.
Priez pour eulx, qu'il en est fait.
Veez vous cy ceux quil ont meffait ?
Qu'an fera l'on ? seront il quicte ?   7490

ANNAS

Pend de costé ce ypocrite.

7448. Vers trop long. — 7454. oultrecuidiez. — 7455. cuidez. — 7463. est.
7471-7507. Matth. XXVII, 38-44 ; Marc. XV, 27-33 ; Luc. XXIII, 39.
* 206 rᵃ. — ** 206 vᵃ. — *** 207 rᶜ.

Vecy deux croix que nous avons,
Atache en chascungne un larron.

Pause.

Or est bien fait, tu es bon maistre.

PRIMUS LATRO

7495 Ce tu es filz au Roy celestre, *
Et ce tu as de Dieu puissance,
Cy sauve toy de la grevance,
Et nous quil sommes avec toy.

BONUS LATRO

Tu ne doubtes Dieu par ma loy,
7500 Tu es en temptacion grande,
Et nous recepvons digne amande
Des meffaix que commys avons,
S'il a meffait, riens n'an sçavons.
Doux filz de Dieu quil sur tous
[regne,
7505 Quant seras venu en ton regne,
Pour Dieu remembre toy de moy.

DEUS

Amen dico, je te t'otroy.
A ce jour vers moy par mes dix
T'ame sera en paradix.

GAMALIEL

7510 Nous souliens jouer jadix
Le butin qu'aviens guaignier. **
Du larron qu'avons meshaignié
Il nous covyent jouer la robbe.

VIVANT

Vous chantés une bonne note,
7515 Nulz dex avons, gettons es lox.

YSACHAR

Par la loy Dieu, et je le loz,
Bailliés moy ung chascun le sien.
Gualopim, ces quatre loz tien,
Et metz en ung sur ceste cotte.

NEPTALIM

La loy Dieu, el est mienne toute,   7520
Mès je feray en autre guise.
Il covyent que je la devise,
J'aray les pans et les girons,
Marque ara les mancherons,
Et toy, Vivant, aras les poinctes.   7525

VIVANT

Par la loy Dieu, j'en suis mout
ı[coinctes,***
Mes elle est toute d'ungne piesse,
Mal sera fait s'on la despesse,
Gardez la, j'en quicte ma part.

AMALECH

Aler me covyent autre part.   7530

Tunc vadat ad Pillatum et ACQUIM cum eo.

AMALECH

Prevost, il fault que l'on escripve
Sur celle personne chetive
De sa dampnation la cause.

PILLATUS (a latere prope crucem)

Je le feray tantost sans pause,
Baillez moy ancre et parchemin,   7535
Et je l'escripray en latin,
En grefz et en hebriefz aussy.

7497. *Cy* supplée. — 7512. *de ce larron.* — 7519. *en* supplée... *coste.* — 7520. *ellest.*

7495-7510. Luc. XXIII, 29-44. — 7510-7529. Matth. XXVII, 35; Marc. XV, 24; Joann. XIX, 23, 25. — 7531-7553. Matth. XXVII, 37; Marc. XV, 26; Luc. XXVII, 38; Joann. XIX, 19-23.

* 207 v°. — ** 208 r°. — *** 208 v°.

AMALECH

Tenez, mon seigneur, veez en cy.

Tunc scribat.

PILLATUS

Or sus, Acquim, activement *
7540 Va mectre en hault apertement
Ce tableaul cy dessus sa teste.
Quil vouldra cy en fasse feste,
Ainsin comme je l'ay escript.

ACQUIM

Il y sera sans nul desdit,
7545 Mon seigneur, tantost ly voix mec-
[tre.

Tunc vadat et affigat crucy desuper caput Dei.

CAYFFAS

Vous avez failly a la lectre,
Vous sçavez que roy ne fut oncques,
Pourquoy l'avés vous escript donc-
[ques ?
Esperiez que roy il ce fist ?

PILLATUS

7550 Je l'ay escrit et sans desdit
Je vous dix qu'ainsin demorra,
Quil vouldra s'en corrocera,
Car, par ma loy, il ne m'en chault.
Amainne mon cheval, Gombault, **
7555 Autre escripture ne feray.

GONBAULT

Tresvoluntiers je le feray,
Mon seigneur, veez le cy tout prest,
Or y montés, se il vous plait,
Car tresbien je le vous tenray.

VIRGO MARIA

7560 O des Angelz la claire ray !
Lasse dolente, que feray ?

Lasse ! de deul le cueur me fend,
Quant je voy morir mon enffant.
En la croix et painne souffrir.
Lasse ! comme peult il offrir   7565
Sa char humainne a tel doleur ;
Comment Juïfz par leur foleur
Luy font souffrir en celle croix !
Bien doix crier a haulte voix,
Plorer, gemir et moy complaindre.   7570
Nullement ne m'an doix restrain-
[dre,***
Car je doix bien estre esbaïe
Quant je voy la grant villenie
Que font orendroit faulx Juïfz
Au doux Aignel piteux de pris ;   7575
Bien en doyvent estre repris,
Quant ainsin en la crox l'ont mis.
Et pour ce, mon tresdoux enffant,
Quant je vous voy en ce tourmant,
Je me doix bien desconfforter   7580
Quant je ne vous puis conforter,
Et cy doix bien crier et braire,
Car je ne sçay ou doie traire.
Quant mon enffant laissier me fault,
A peu que le cueur ne me fault ;   7585
Bien vouldroie a present morir
Et avec mon filz diffinir.
Mort angoisseuse, trop m'esprens,
Se tu orendroit ne me prendz.
Hee ! Mort desloial, Mort amere,   7590
Ne laisse sans le filz la mere ;
Mort, je te pry, prendz la chetive,
Plux aime la mort qu'estre vive.
Vive je ne puis plux durer,
Mieux ayme morir que durer.   7595
Hee ! doulx filz, quant je vous re-
[guarde,
Me samble que tout le corps arde

7553. *chaul.* — 9558. *il.* — 7559-61. Ces trois vers riment ensemble. — 7576. *doyve.*
7560-7652. Joann. XIX, 25.

* 209 r°. — ** 209 v°. — *** 210 r°.

Du meschief et de la doleur *
Que faulx Juïfz par leur foleur
7600 Font par tout vostre corps souffrir.
Jehan, a toy je me veul offrir,
Pour moy ung petit confforter,
Car plux je ne me puis pourter.
Tu voys, chaque ung sy peut faire,
7605 Comme faulx Juïfz deputaire
Ont mon enffant ainsin navré,

Jamès aucune joie n'avré
Quant mon enffant ainsin je voy.
Je te prie, Jehan, soustiens moy,   7610
Car plux ne me puis soustenir.
Mon filz, mon Dieu, bonne personne,
Cil quil pechés a tous pardonne,
Quil vous veille mercy requerre ?
Vostre bouche mot ne me sonne,
Tant est dure celle coronne   7615

Quil prez du chef vous point et serre.
Bien me doit transglotir la terre,
Trop est mon cueur de dure serre
Quant a la mort ne s'abandonne.
7620   Beaul tresdoux filz, tenre cueur, douce bouche,
La vostre amour trop pres du cueur me touche
            Et m'y point fort.
Dolente moy, quel doloreux reproche !
Je demeure seulle comme une souche,
7625   Sans nul conffort ;
Juïfz par envie vous ont navré a mort. **

Beaul filz, comment me mantenray ?
Conseille moy, que devenray ?
Lasse chetive, que feray,
7630 A quel me reconforteray,
Car je pers mon filz et mon pere ;
J'estoie sa fille et sa mere.
Hee ! mon doulx enffes, parle a moy,
Je voulsisse bien estre o toy,
7635 S'il fust ton plessir, estre morte,
Car je n'ay plus quil me conforte.
Doulx filz, chascun sçait bien que tort
Ont Juïfz de vous mectre a mort,
Et non pas droit de cecy faire,
7640 Il sont bien faulx et deputaire
De vous ainsin cruciffier,
Il ont le cueur felon et fier.

Quant vo douce char estandue
Ils ont en hault en croix pendue,
Helas, comment ne les remort   7645
Leur faulze conscience fort ?
Comment les pouvez vous souffrir
De vous faire en croix morir,
Et moy laissier toute marrie ?
Helas ! et que fera Marie ?   7650
Elle doit bien estre esbaïe
De perdre telle compaignie ***
Et de vous esloingnier de moy.
Hee ! tresdoux filz, enseigne moy
En quel lieu je pourray tourner   7655
Pour bonne garde recovrer
Quil me gardera cy après.

7598. meschierfz. — 7604. peu. . cy. — 7616. chefz. — 7617 transglotit. — 7626. leur
envie. — 7635. Cyme. — 7642. fiert. — 7643. vostre. — 7646. faulz. — 7648. la croix.
    * 210 vᵉ. — ** 211 rᵉ. — *** 211 vᵉ.

DEUS

Vers Jehan quil est de toy près.
Entens a moy, et je t'an pry,
7660 Et de plorer laisse le cry.
Tu sçais bien que par ce passaige
Fault passer pour l'umain lignaige,
Sy veul ge bien estre aidans
Pour le peché que fit Adans,
7665 Pour ce me suis volu offrir .
En la croix, et pour mort souffrir.
Avec toy Jehan demeurera,
En lieu de moy te gardera.
Jehan, des or mais vecy ta mere,
7670 Garde la, je la te presente,
Et la sers de toute t'antante.
Je veul que tu soies son filz,
Pour ce que en toy bien me fiz,
De ce ne te doix pas douloir.

JOHANNES EVANGELISTA

7675 Sire, je feray ton vouloir, *
Mout me poise quant ne peult estre.
Tresdebonnaire Roy celestre,
Que le monde eusses racheté
Sans bailler sy digne chatel,
7680 Nous en sommes tous esguarés.

SECUNDA MARIA

Sire doux, grant meschief souffrés,
Vostre doulz corps a mort offrés,
     Quil est sy precieux.

MAGDALENA

Doux balme tresdelicieux,
7685 Bien doy avoir au cueur grevance,
Quant je te voy en la balance
Quil est entre ciel et la terre.

SECUNDA MARIA

Il a le cueur plux dur que pierre
Quil ce peult tenir de plorer.

TERCIA MARIA

Sire, ne vous puis recouvrer. **   7690
Bien devroit on ceulx devorer
Quil ces maulx vous font endurer
     En bonne foy.

DEUS

Sitio, j'ai soif.

ACQUIM

Vous arés a boire par foy,   7695
Annas, veez vous cy un bruvaige,
Merveille est s'il n'an anraige,
Destrampé est mout ordement,
Je luy en donray largement.
Tenés, Jhesu, ceste poison,   7700
De tel bruvaige arés foison,
J'ay bien vostre hanap emply.

DEUS

Or ai ge trestout acomply,
Morir veulx, car je suis humains.
Pere, je randz m'ame en tes 7705
             [mains, ***
Hely, hely lamazabathany,
Hoc est : *Deus meus, Deus meus*,
Ut quid me derelinquisti ?

ANNAS

Cayffas, escoutés celluy
Comment il a huché Hely,   7710
Il nous fault veoir et attendre
Se Helias le viendra despendre.

DEUS

Consummatum est.

7658. *Vers* suppléé. — 7663. *ge* suppléé. — 7672. *soie.* — 7676. *peul.* — 7678. *rachetés eussiez.* — 7681. *meschiefz.* — 7694. *soifz.* — 7695. *ma foy.* — 7697. *cy.*

7658-7678. JOANN. XIX, 26-27. — 7694-7713. MATTH. 46-50 ; 28-30 ; MARC. XV, 34-37 ; LUC. XXIII, 46 ; JOANN. XIX, 28-30.

7705. *Appel* : *Pere... je.* — + 212 r°. — ** 212 v°. — *** 213 r°.

*Inclinando caput emittat spiritum, et recedat
quando alba columba.*

*Tunc fiant tonitrua magna et magnus ulu-
latus in inferno, et velum et ydole templi
Judeorum cadant.*

DAMP GODEBERT

Veez, seigneurs, veez que c'est.

7715 Ha ! la loy Dieu, cecy n'est gogue,
Tranblé a nostre signaguogue, *
La voille de nostre oratoire
Est tout désiré en ceste oire,
J'ay grant double que tout ne

7720 Le soleil a la coleur perse, [verse,
Et les estoilles et la lune
Sy ne donnent clarté aucungne.
Helas ! bien doix crier et braire :
Quil a ce fait ? quil fait ce faire ?

7725 Taisez, taisez, ouez merveille.
Une voix m'a dit en l'oreille
Qu'en morant ce faulx garnement
Fait tout ce par anchantement.
Tout maintenant veoir l'iray

7730 Et le viz ly estupperay,
Je ne m'an pourroie tenir,
Vous y deussiés bien tous venir.
Veez le la celluy du milieu !
Tu fux larron, tu fux meurtrier,

7735 Tu fux de tout malvoix mestier,
Sire truant, sire tresvilz,
Je vous detrancheray le viz ;
J'an fisse plux s'il fust en vie.

PRIMUS MORTUUS

Or ai ge heü grant aïe,

7740 Loué soit le Dieu de nature **

Quil pour nous a la mort tresdure
Souffert, par quil relevez sommez ;
Tous corps humains, femmes et
[hommes,
Aujourdhui bien loer le doyvent,
Car par sa digne mort resoivent   7745
Et par sa saincte passion
De leur pechers remission,
Ainsin le voy certainnement.

SECUNDUS MORTUUS

Doux Dieu, quil fix le firmament,
Et l'eaue, la terre et la mer,   7750
De bon cueur te devons amer,
Ta passion benoiste et digne
Quil clarté donne et enlumine.
Tu nous as fait ressuciter ;
Bien voy que hors yras getter   7755
Les ames quil en enffert sont,
Dont diables grant deul manront
Quant les verront resusciter.

TERCIUS MORTUUS

De l'infernal mortalité   7760
Tu getteras hors tes amys,***
Sire Dieu, quil en croix es mys.
Or as souffert tresgrand tourment ;
Quant tu seras au jugement
Auquel seras pour tous jugier,   7765
Veulles nous de tous maulx peurger
Par tes grandz vertus et merites,
Que de nous pechiers soions
De ce te prie. [quictes,

CENTURIO

Certes, il est mort par envie.   7770
Pour voir saichés certainnement,

7715. *pas gogue.* — 7718. *oir.* — 7725. *merceillez.* — 7726. *dist.* — 7738. *cy.* — 7739. *haie.*
— 7762. *est.* — 7766. *ceulle.* — 7771. *veoir.*

7739-7768. MATTH. XXVII, 52-53. — 7768-7781. MATTH. XXVII, 54 ; MARC. XV, 39 ; LUC.
XXIII, 47.

* 213 v°. — ** 214 r°. — *** 214 v°.

Il estoit filz Dieu proprement,
Jamais je n'an seray en doubte.

GAMALIEL

Alez vous en, n'y veez guoutte,
7775 Senturio, qu'en grant viellesse
Est vostre corps et en tritesse,
Revenu estes en enffance.

CENTURIO

Vous ne avez point de constence, *
Car livré avez a martire
Le filz de Dieu, nostre droit sire. 7780
Vous en arez malvoix loier.

YSACHAR

Toujours nous vouloit guerroier,
Reçeu en a son merite.

VIRGO MARIA

Doulx Dieu cui sert toute esperite,
7785 Vostre corps est mort, bien le voy,
Se je pleure, faire le doy.
Beaul tresdoux filz, quant je vous aloitoye,
Pres moy tendrement vous couchoie
De mon pouoir,
7890 Or estes mort, mon cueur, m'amour, ma joie.
Jamès de vous nul jour je n'atendoie
Nul deul avoir.
Mors estes sans desserte,
Dont je suis bien deserte,
7795 Car je le sçay de voir.
Filz, tu estoies mon solas et ma joie, **
D'avoir telle perte ne puis, se il m'annoie.

Hellas ! quil la pourroit pourter?
Las ! mon cueur est cy enhorter
7800 De crier, plorer et gemir
De la doleur que voy souffrir
A mon filz piteux debonnaire !
Quant je voy son piteux visaige,
Le cueur m'estraint de la douleur
7805 Que luy voy souffrir en ce jour,
Et quant de ly je me remembre,
Je n'ay en mon corps sy bon
[membre

Quil de douleur ne me tressue;
Quant je le voy desoulx la nue,
Ainsin son doux corps estandu,
Et devant tous en croix pendu, 7810
Sur la terre plux soutenir,
Je ne me puis, ne retenir.
Le cueur me fault; Jehan, me sous-
Et de ton pouoir me retien, [tien,
Car m'est advis que terre tranble 7815
De ceste perte quil tant est grosse.

7772. de Dieu. — 7777. enffances.— 7778. n'avez.— 7784. quil .. toute. — 7788. Emprès. —
7794. desserte. — 7796. estoie. — 7804. m'estrain. — 7816. Ce vers n'a pas de rime. —
7817. Vers trop long.

* 215 r°. — ** 215 v°.

CAŸFFAS

Il covyent qu'en une vil fosse
On voist getter ces trois pendux.
7820 Acquim, fai qu'il soient despendux.
Ceulx quil sont vifz les cuisses brise,
Les mors laisse pendre a la bise.
La Pasque est demain qui la proche,*
Et il cryent sur ıcelle roche,
7825 Cest chose orible d'eux oyr.

ACQUIM·

Vous me faictes moult esjoïr
Quant tel fait vous me commandez,
Ces grandz cuissez que cy tendez
Vous covyent rompre et defroisser;
7830 Il covyent encor roisier.

Tunc ACQUIM et MARQUE frangunt crura
duobus latronibus et exinde mictunt eos in
lacum.

Or ens ou crot, sans retourner !

MARQUE

Il fault savoir, sans sejourner,
Se damp Jhesu fait la dormeille,
Il est soubtılz a grant mervoille.
7835 Longis, beaul sire, sa venés,
De celle lance que tenés
Perser vous fault son costé dextre.

LONGIS

Comment pourra ceste chose estre?

Chevalier suis qu'il ne voy guoute;
Ou voulez vous ma lance boute?   7840
Mectés en costé ou en ventre,
Baptu veulz estre s'elle n'y entre,
Car des membres suis fort et fiers.

Tunc ponat lanceam contra latus.

MARQUE

Maulditz soies, ce bien ne fiers !
Or boute fort, il est a point.**   7845

LONGIS

Son sang est plus doulx que nul oint.
Helas! que tien ge en ma paulme?
Ce sang flaire doux comme baulme,
Oncques ne viz telle rosee
Com celle dont est arosee   7850
Jusques a mes mains ceste lance.
Je croy que c'est Dieu de puissance
Que j'ay percier comme outraigeux,
De son sang mectray sur mes yeulx.

Tunc mittat super oculos sanguinem,
et genu flexo dicat :

Heel doulx Jhesu, filz Dieu le Pere,*** 7855
Par ton sang ay reçeu lumiere,
Mout es doulx et misericordz,
Qu'a moy qu'il t'ay percier le corps
Ta haultaine grace divine
Mon corps et m'ame renlumine,   7860
Mais tu sçais bien par ta science
Que je le fix par ygnorance,
Mercy te cry, Roy debonnaire.

VIRGO MARIA

Je ne puis faire bonne chiere,
Car certes je suis trop troblee,.   7865

7818. vilz. — 7820. fait. — 7821. cuises brises. — 7824. y. — 7843. fiert. — 7850. Comme.
— 7855. de Dieu. — 7858. Que moy. — 7860. renlumines.

7818-7826. JOANN. XIX, 31-35. — 7743-7744. JOANN. XIX, 34 ; Pseud-Evangelium Nicodemi.
Cap. X.

* 216 r°. — ** 216 v°. — *** 217 r°.

Aujourdhuy ay parfait journee
          Com mere lasse.
Filz, vostre mort le cueur me casse,
Mout voluntiers a vous parlasse
7870   Se je peüsse,
Beaul filz, au moings ce soutenisse
Vostre mal, de cueur le feïsse
          Et voluntiers,
Mon doulx colon, mon cueur entier.
7875   Hee! malvoix, Juïfz, plains d'outraige,
Au moings mon filz mort le rauraige?
          Or le me dictes.

Hee! faulx Judas, malvoix traïctes
     Bon n'es tu pas *
7880 Quant vendu as
     Mon doulx filz tendre ;
     Mal exploictas,
     Quant le livras.
     Aux faulx Juïfz
7885 ·Quil l'ont fait pendre ;
     Pour deniers trente
     Donner tel rente
     Et tel pasture,
     T'ame puante
7890 En est dolante
     En chartre obscure.
Tu l'as livré et cy l'as mys
Es mains de tous ses ennemys,
Car par eulx a esté pendu,
7895 Tu as a toujours mais perdu
Son roialme et sa compaignie,
Tu ne fis oncques tel folie,
Mais tu ne t'an peux repantir
Et, pour ce, te dix sans mentir,
7900 Dampné es par ta mesprison,
Dedans enfer es en prison.
Tu as vendu par avarice

Mon filz sans peché et sans vice
Et sans aucung villain diffame,
Dont tu en as et feu et flame,   7905
     Ainsin tous finiront
Quil contre ly mespris aront,
Se il n'ont de ly congnoissance **
Et en la fin grant repentance,
Autrement ne seras pas quictes.   7910

ANNAS

Dame vielle, il fust ypocrite,
Et vous estes femme malvoise,
Ne nous faictes plux icy noise,
Alés en vostre beguynaige,
Car il est mort par son outraige.   7915
Trestous les maistres de la loy
Ont trouvé a dire sur soy,
Pour ce l'ont il jugié a mort.
Tunc ANNAS et omnes JUDEI vadant quolibet
          in locum suum.

JOHANNES EVANGELISTA

Conscience ne vous remort
Du pecher que vous avés fait,   7920
Oncques ne fust sy grant meffait,

7899. je te dix. — 7900. est. — 7901. prisson.
* 217 v°. — ** 218. r°.

Ne le congnoistrez nullement
Jusques au jour du jugement,
Quant son grant jugement fera,*
7925 Ou point quil est vous jugera
Et vous randra vostre desserte ;
Lors vous sera la chose ouverte
Qu'a tort vous le cruciffiastes.

JOSEPH ab Arimathia

Dieu vous guart le prevost Pillate !
7930 Sire, pour voir, j'ay bien apris
Que vous n'avez de riens mespris
Envers Jhesu c'on a pendu,
Mainctes fois l'avés deffendu.
Je vous supply et en pitié,
7935 Se me ferés grant amitié,
Se le corps de ly me donnez.

PILLATUS

Il vous sera habandonné
Mes il me fault avant savoir
Se il est mort trestout de voir.
7940 Centurio, fevre et amis,
Jhesu quil est en la croix mis
Savés vous s'il est vifz ou mors,
Affin que je donne le corps
A Joseph qu'il est mon amy ?

CENTURIO

Sire, tel pitié onc ne vy, **
7945 Je viendz de la croix trestout droit ;
Saichés qu'il n'y a orendroit
Que sa mere en grant tristesse,
Et Jehan quil de plorer ne cesse ;
Saichés de vray, car il est mors.

PILLATUS

Joseph, je vous donne le corps. 7950
Je vous veul bien de tant servir.

JOSEPH

Dieu le me doint bien deservir !
Grant courtoisie m'avez faicte,
Il me fault aler sans retraicte
Querir en mon hostel suaire. 7955

NICODEMUS

Dictes, Joseph, par quel affaire
Vous effraiez vous cy forment ?

JOSEPH

Pour Jhesu quil en grant torment***
A esté en la croix pendu,
Et le corps de ly m'est randu ; 7960
Je le voix de la croix despendre.

NICODEMUS

Pour Dieu, veullez ung peu attendre,
G'iray avecque vous sans doubte.
Helas, Joseph, comme il deguoute !
Il est de sang trestout moillié, 7965
Vostre precieulx corps, beaul sire ;
Doulx Dieu ou paradix se myre,
Votre clere face est mout taincte.
Or sus, Joseph, sans nulle faincte,
Pour moy aidier montés amont, 7970
Helas, com ce clou ce tiend mont !
Soustenés bien, car il sault hors.
Or avalons aval le corps ;
Cy l'estandons sur son suaire.

7930. *veoir.* — 7940. On attendrait Annas qui, en dépit de la rime, était peut-être dans le Ms. copié par Floichot. — 7944. *oncques.* — 7955. *son suaire.* — 7963. *avec.* — 7965. Ce vers n'a pas de rime.

7929-7965. MATTH. XXVII, 57-59 ; MARC. XV, 43-46 ; LUC. XXII, 50-55 ; JOANN. XIX, 38-40.

* 218 v°. — ** 219 r°. — *** 219 v°.

VIRGO MARIA

7975 De paradix le luminaire
Veul en mon giron mort tenir.
Filz, que ne me faictes fenir?
Cy seray entre vous bras mise.
He lasse moy! quant je m'avise*
7980 De la grant joie que j'avoie
Quant jeune enffant vous alaictoie,
Quant les angelz pour vous chan-
[toient,
Et les pastours vous adoroient,
Et les trois Rois vindrent offrir ;
7985 Deussiez vous painne tel souflrir?
Mon filz, mon cueur, m'amour, ma
[joie,
Mort en mon giron vous embrasse.

JOSEPH

Chiere dame, pour Dieu, de grace,
Laissés ce deul, sy ferés bien,
7990 Car vous n'y pouez guaignier rien.
Pause.

Nicodemus, sa l'oingnement,
Cy oindrons ce corps dignement,
Car c'est raison, vous le scavés.

NICODEMUS

Voluntiers, comme dit l'avés.
7995 J'ay cent livres de confitures
Quil ne peuent souffrir poriture,
Cy en oindrons le corps de ly.
Tunc ungnant enm.
Pause.

Or le fault estre ensevely,**
Selon ce qu'avons de costume.
8000 Il est tard, il fault que j'alume,

Mectons le en ce monument
Quil est fait tout nouvellement,
Il est tout net, sans nulle ordure,
Il y sera sans porriture,
Secrettement, en ce sepulcre.   8005

VIRGO MARIA

Lasse ! l'Aignel plus doulx que
[sucre,
Toute clarté, toute lumiere
Resplandissant de Dieu le Pere,
Sera huy en terre couverte !
Terre, tu reçoys grant desserte,   8010
Tu reçoys en toy celluy Sire
En quil tout paradix se myre ;
En mon corps fust mis qu'est de
[toy,
Or est mys en toy après moy,
Tu es ma seur quant a present.   8015

JOSEPH

Ceste pierre qu'est mout pesant
Nous covyent sur ly aboucher,
Nully n'y pourra atoucher.***
Dame, pour Dieu, ne vous annoie!

VIRGO MARIA

Lasse! Gabriel, la grant joie   8020
Que m'aportas une journee
M'est au jour d'uy en deul tournee.
Beaul filz, reguardez vostre ancelle
Quil vous pourta vierge pucelle.
Ne me laissez pas estre vive.   8025
He moy lasse ! mere chetive,
Je doix bien estre doloreuse
Pour vostre grief mort angois-
[seusse.
Hee! bonnes gens, en amictié
Pour Dieu ayez de moy pitié,   8030

7977. mon filz. — 7984. vindre. — 7985. painne cy crueusse. — 7990. Car suppléé. — 7996.
peullent. — 8010. recoy. — 8028. griefz.
7980-8070. MATTH. XXVII, 60-61 ; MARC. XV, 46-47 ; LUC. XXIII, 55 ; JOANN. XIX, 39-42.
* 220 r°. — ** 220 v°. — *** 221 r°.

Car me destournez mon enffant ;
Filz, vostre mort le cueur me fant.
Lasse moy ! quant vous reverrai ge ?
Se je visse vostre visaige,
8035 De mes larmes je le lavasse.
Reconffortez la mere lasse,
Doulx Aignel, filz de Dieu le Pere,
Bien doix avoir doleur amere,
Mon Dieu, m'amour et ma fiance.
8040 Je n'an puis mais se j'ay grevance.
Modo faciat lamentationem.
Lasse dolente, que feray ? *
Lasse, que pourray devenir ?
Quant je laisse le Dieu veray
Que ciel, terre ne peut tenir,
8045 Et des angelz la claire raye
Mort angoisseuse soutenir.

JOHANNES EVANGELISTA

De ce grant deul vous fault tenir.
Pour Dieu, ma dame, cessés vous.
Alons man, ma dame au cueur
         [doulx,
8050 Vous sçavez bien qu'il nous a dit
Briefment arons joie sans respit,
Bien sçay qu'il nous conffortera.

VIRGO MARIA

Je feray ce qu'il vous plaira,
Puisqu'il vous plait, je m'an yray.
8055 Mon amy, je vous laisseray.
Joseph et vous, Nicodemus,
Je vous rendz graces et salus
De la bonté ly avés faicte.

MAGDALENA

Alons en, ma dame parfaicte.
8060 Cy nous fault laissier nostre joie.**
Mon amy, quand je vous veoie,

J'estoie toute reconfortee.
Adieu, ma tresdouce rosee.
Ma dame, nous vous condurons
Avecque Jehan, et vous ferons 8065
D'ores en avant compaignie.

SALOME, secunda Maria

Helas ! ma dame et ma mye,
Mout me fait mal de le laissier,
Mes il nous faut reconfforter,
Pour nous a paié grant amende. 8070

CENTURIO

Sire Joseph, je vous demandé,
    Avant venez ;
Jhesu quil est sy villené
Et sy durement demené
Est il encor en croix pendu ? 8075

JOSEPH AB ARIMATHIA

Nannin, sire, il m'est rendu.
A Pillate l'ay demandé, ***
Et tantost il a commandé
Qu'il me fust baillé et delivres.
Nicodemus a mis cent livres 8080
De precieuse conffiture
Quil ne peut souffrir poriture.
Oint en avons le corps de ly,
Après l'avons ensevelly
Et avons fait en roiche bise 8085
Ung monument par grant matrise
Mout noblement esdiffier,
Par nous fust descrucifié,
Et ainsi, com j'ay propposé,
Ou monument l'avons posé, 8090
Ung fort tombeaul dessus sa boche
Que d'annemy ne soit atouche.

8033. *verrai ge.* — 8043. *vray.* — 8045. *et* suppléé. — 8050. *dist.* — 8074. Ces trois vers
riment ensemble. — 8088. *Et ung cy com.* — 8090. *possé.* — 8091. *sus aboche.*

  * 221 v°. — ** 222 r°. — *** 222 v°.

Quant l'avons ainsin atourné,
Arrier nous en sommes tourner ;
8095 Je pry Dieu qu'il l'ait en com-
[mande.

CENTURIO

J'ay de ce au cueur grant pesance,
Quant ont mys a mort ung tel
[homme.
Il n'avoit d'icy jusqu'a Rome
Homme quil fust plus veritable,
8100 Ne au peuple plux proffitable *
De Jhesu, c'on en croix pendu.
Encore sera si chier vendu
Qu'avant que vienne a quarante
[ans
Tous ceulx quil en sont consen-
[tans
8105 Aront la char de glaive ouverte,
Et la terre en sera deserte,
Et destruicte ceste cité.

ANNAS

Centurion, en verité,
Vous estes ung homme muable,
8110 Vostre raison n'est pas estable,
Rassoté estes et chenu.

CENTURIO

A respondre ne suis tenu,
Car vous n'estes pas gens de bien.
Fuyez d'icy, ne dictes rien.
8115 Le propphette avés a mort mys,
Quil de par Dieu estoit tremys ;
Par malvoitier et par envie,
Vous luy avés tollu la vie
A tel martire, a tel doleur.
8120 Tolloit il riens es gens du leur ?
Avoit il nul desherité ? **

Il ne preschoit que verité.
Verité l'a fait en croix pendre,
Car maintes aiguez engendre.
Tous ceulx quil ont ce pourchassé 8125
Seront par glaive dechassé,
Et ceste cité mise en cendre.
Certes ils ont fait grant esclandre,
Pour voir il le comparront chier.

CAYFFAS

Jhesus ne finoit de sachier   8130
Tout ce païs de ville en ville,
Preschant ne sçé quelle euvangille;
Il destruisoit toute la loy
Et annonçoit nouvelle foy,
Et disoit de oultrecuidance   8135
Que il estoit Dieu de puissance.
Pour ce l'avons nous mys a mort,
Quant nous l'avions tant laissié vi-
Car il disoit conter le livre   [vre,
De la saincte loy de Moise.   8140
Pour ce ly avons fait tel service
Et pourchassé telle grevance
Que par droit et juste sentance
Pour ses faix fust jugé a pendre.
S'il fust Dieu, com donnoit an-   8145
[tendre ***
Nullement il n'eüst souffert
C'om l'eüst a tel mort offert,
Ne qu'il fust ainsin confondu.

CENTURIO

Alés, sire evesque tondu,
Que on vous puisse desglavier !   8150
Vous deussiez les gens avoier,
Et vous ne sçavès que vous dictes;
Vous estes ung faulx ypocritte

8098. *jasques.* — 8103. *trente.* — 8105. *char.* — 8106. *desserte.* — 8126. *en seront.* —
8127 *c'est* en deux mots.   8129. *vooir... comparont.* — 8145. *donnoit a.* — 8150. *Con.* —
8151. *an voier.*

* 223 r°. — ** 223 v°. — *** 224 r°.

Et se n'a en vous sens ne lectre,
8155 Et Dieu avés fait a mort mectre.
Certes ce ne feut conscïence,
J'an prinsse maintenant vangence,
Vous n'avez pas fait bien a point.

FILIUS CENTURIONIS

Mon seigneur, ne vous movez
.[point.
8160 S'il ont maintenant mal ovré
Il ne peult estre recovré,
Une autre foix seront plux saige.

CENTURION

Oncques mais ne fut tel outraige •
Des que le monde fut creé.

FILIUS CENTURIONIS

8165 Mon seigneur, ce vous m'en creez,
Vous n'an prandrés ja tel tritesse,
Qu'il n'apartient a vo hautesse
Que vous montrés melancolie.

CENTURIO

Je sçay trop bien que c'est folie,
8170 Mais il' n'an peult .estre autre
[chose.

NOBLET, filius Apothicarius

Quil ara mestier d'eaul de rose,
D'eaue de lis ou de centoire
Vouldra pour laver ou pour boire,
Seans la vent l'on pure et fine.
8175 Toutes herbes de medicines **
Trouve l'on seans a devys,
Ung mort en devroit estre vifz.
Vecy cintonal d'Alexandre,
Et vecy du fenis la cendre,

Et oinements aromatiques. 8180
....
Si de mal quil n'an soit guaris,
Et veez en cy pour les maris ;
Se leurs femmes les en oignoient,
Sur toutes riens les ameroient. 8185
Quil en vouldra, tout est a vendre.

MAGDALENA

Mes seurs, je lo, sans plux acten-
[dre,
Avant que la Pasque commence,
Que nous trois faisons diligence.
De precieuse confiture, 8190
S'yrons oindre la sepulture
Le filz Dieu quil a mort soufferte.

SECUNDA MARIA SALOME

Mes seurs, or soit chose couverte
Quil ne nous tournast a reproche,
Que la Pasque tresfort aprouche. 8195
Je vous diray que nous ferons,
Les oignemens acheterons,
Et lairons jusques l'andemain
Que nous l'irons oindre bien main,
Avant ce que le soleil lieve. 8200

TERCIA MARIA JACOBI

Mes compaignes , s'il ne vous
[grieve,
Nous irons tresactivement.***
Modo vadant.

Loquitur filio Apothicaril :
Mon bel enfant, Dieu vous avant !
Avés vous point de medecine,

8157. prinse. — 8180. Sil — Ce vers n'a pas de rime ; le copiste a sauté un vers. —
8183. marris. — 8184. oignent. — 8191. C'.
8187-8279. MARC. XVI, 1 ; LUC. XXIII, 56.
* 224 v°. — ** 225 r'. — *** 225 v°.

8205 Oignement, poudre ne recine
Quil ne peult souffrir poriture ?

NOBLET

Dieu vous doint huy bonne aven-
[ture,
Vous et ces deux gentilles dames !
Veez vous icy plus de cent drames
8210 De l'oingnement que demandez ?

SECUNDA MARIA

Bel enffant, dictes que vendés *
Ceste boite icy premiere ?

NOBLET

Je vous vois appeler mon pere
Quil courtoisement vous vendra
8215 Tout cela quil vous covyendra,
Car je me doubt d'estre enginez.

Beaul pere, il fault que venez,
Trois belles dames vous deman-
[dent
Quil pour acheter vous attendent
8220 Et dient qu'ellez ont argent prest.

APOTHICARIUS

G'y voix tantost, sans nul arrest.
Dames, vous soiez bien venues !
Avez vous mes boictes tenuez ?
Ai ge nulle rien quil vous plaise ?

TERCIA MARIA JACOBI

8225 Doux maistre, nous serions trop
[aise, **
S'il vous plaisoit courtoisement
A nous vendre vostre oignement,
Car nous y venons pour meschief.

APOTHICARIUS

Dame, foy que je doix mon chief,

Ne pour meschief ne pour affaire,   8230
Je ne me vouldroie meffaire,
Car ce ne seroit mye droix ;
Prenez tout ce que vous vouldroix.
Veez vous icy la fleur d'ung abre
Qu'an Jherusalem n'an Calabre   8235
Ne peult fructiffier ne estre ?
Elle est de paradix terrestre,
Du propre arbre qu'Adam manga,
De son estat Dieu ly changa ;
Quant elle chiet de son tisom,   8240
Elle chiet au ruisseaul Fison
Quil est en celle mesme place,
Et s'en va arouser la place
De Jullat, une noble terre.
En ce païs la va l'on querre,   8245
Sy en fait l'on la conffiture
Dont l'on n'oynt nulle creature
S'il ne sont prophetes ou roy. ***
S'il vous en plait, en bonne foy,
Je n'an veulz de vous qu'un cheptel. 8250

MAGDALENA

Cinq cens marcis, maistre Mathel !
Dictes que costeront ces trois ?

APOTHICARIUS

Par celluy quil est Roy des Rois,
N'a pas encor deux jours entiers
J'an reffussay trois cens deniers.   8255
S'il vous plait, pourtant les prenez.

MAGDALENA

Il nous plait bien, maistre, tenez,
Vecy l'argent trestout compté,
Vous nous avés faicte bonté,
Dieu vous y doint avoir proffit.   8260

APOTHICARIUS

Mes dames, s'il ne vous souffit,****

8208. *gentilz.* — 8228. *meschiefz.* — 8229. *chiefz.* — 8233. *tout* supplee. — 8238. *que Adam.* — 8240. *chiert.* — 8247. *lon oynt.* — 8248. *propphete ou roy.*

* 226 r°. — ** 226 v°. — *** 227 r°. — **** 227 v°.

Prenez tout a vostre ordonnance,
Tout mon avoir et ma chevance
Vous est toujours abandonné.

TERCIA MARIA

8265 De Dieu vous soit il guerdonné
Quil tous ces biens vous veulle
[rendre,
Il nous fault de vous congié prendre,
Car nous ne pouons plus tarder.

APOTHICARIUS

Le Dieu quil toudix peult garder
8270 Si vous guart de male achoison !
Vecy espices a foison,
Cloux de giroffles et penites,
Saffrent, gingembres, noix con—
[fictes,
J'ay de tous les biens que Dieu fist.
8275 Veez vous cy de l'annis confît,
Paste de Roy, fleur de cannelle,
Veez cy quil les colles avalle.
Quil en vouldra l'argent apport.

CENTURIO

Je suis arrivé a mal port.
8280 Par Dieu, ce me doit mout desplaire
D'avoir veu tel jugement faire.
J'ay veu les larrons delivrer,
Les preudommes a mort livrer.
De Jhesu q'ont mys a diffame,
8285 Beaul filz, alons querre la dame
Quil fait de son filz tel tormant
Que par Dieu je doubte forment
Qu'elle ne soit morte de deul,
Et sy doubte que cil hardel
8290 Ne ly fassent aucung despit.

FILIUS CENTURIONIS

Mon seigneur, or soit sans respit,
Car il me tarde que la voie.

Tunc vadant ad sepulcrum et videndum
matrem Domini.

CENTURIO

Elle n'est pas en ceste voie.
Mon beaul filz, or nous en alons, **
Car riens faire nous n'y pouons, 8295
Il est mort. le tiers jour viendra
Qu'il dist qu'il rescucitera,
Toudix a esté veritable,
Oncques ne dist mansonge ou fables, 8300
Je croy de vray qu'ainsin fera.

FILIUS CENTURIONIS

Mon pere, point n'an mantira,
Puis qu'il l'a dit, il sera fait.

ANNAS

Sus, Gamaliel et Amalec,
Ysachar, sus, sans plus tarder,
Il fault le monument garder. 8305
Alons le dire a l'evesque
Affin qu'ainsois que la nuyt naisce
Que la seürté y soit mise.

GAMALIEL

Je conseille ceste entreprise,
Alés devant, nous submez prestz. 8310

ANNAS loquitur ad Cayffam.

Le grant Dieu, quil tout ce quil est ***

8270. Sil. — 8277. avalles. — 8281. cehu. — 8299. mensonges ne. — 8302. dist.
8303-8399. MATTH. XXVII. 62-66.
* 228 rº. — ** 228 vº. — *** 229 rº.

Gouverne par grant ordonnance,
Gart nostre evesque de pesance,
Ainsin que mon cueur le desire !

CAYFFAS

8315 Vous soiez bien trouvé, beaul frere,
Et vostre belle compaignie.
Ou mesnez vous ceste mesnye ?
Il sont bien taillez de bien faire.

ANNAS

Sire, ce ne vous doit desplaire,
8320 Nous venons prendre a vous con—
Comment on face l'apareil'   [seil
Pour garder le corps de celly
Que Joseph a ensevelly,
Et l'a despendu de la croix,
8325 Car vous savés bien qu'il est voir
Qu'il a dit qu'il susciteroit
Et que en Galillee yroit,
Sy nous doubtons que l'on ne l'anble.

CAYFFAS

Venez et alons tous ensamble*
8330 Demander congier a Pillate.
Vadant ad Pillatum.

PILATUS

Seigneurs, vous venés a grant haste,
Dictes moy s'il a se bien non.

ANNAS

Chier seigneur, mes est le renon,
Et nous en sommes bien recordz,
8335 Que ce decepveur dont le corps
Vous avez fait executer,
Pour nostre loy plux confuter,

A dit que, puis que mort seroit,
Au tiers jour resusciteroit.
Sy requerons que des annuyt   8340
Que il soit garder jour et nuyt,
Jusques au terme qu'il a mys,
Qu'espoir c'aucung de ses amys
Ou de ses disciples viendroient,
Quil par nuyt le corps enbleroient,   8345
Et diroient par verité **
Que il seroit resuscité,
Et ceste erreur icy darriere
Vauldroit trop pis que la premiere,
Et sy croiroit le peuple tous.   8350

PILLATUS

Je vous respon a vous trestous,
Scribez et vous, Pharisïens,
Sa garde ne m'appartient riens.
Gardez le comme vous pourrez,
Jamès movoir ne m'an verrés,   8355
J'an ay fait ce quil m'apartient.

GAMALIEL

Sire Anne, avant que departiens,
Trois chevaliers quil aront gaiges,
Cy loigiez sont en ces estaiges,
A l'anseigne du Liepart;   8360
Veullez vous traire celle part,
Si saréz s'il le vouldroient faire.

ANNAS

G'y voix, ne vous veulle desplaire,***
Vienz avec moy, Gamaliel.
Vadant.

Le tresgrant Dieu celestiel   8365
Vous doint prouesse et vassellaige !

8326. dist. — 8332. s'il y a ce bien non. — 8338. dist. — 8339. tier. — 8340. requerrons. —
8359. Quil. — 8362. Sil. — 8364. viendz.

* 229 v°. — ** 230 r°. — *** 230 v°.

TERIACLE, primus milles

Sire, Dieu vous doint esperaige
Et a vo gentil escuier.

ANNAS

Seigneurs, ne vous veulle annuyer
8370 Se je vous dix ma volenté.
Je ne say vostre paranté,
Mes vostre estat est de noblesse,
Et grands samblés de grant proesse.
Vous plait il de nous gaige prandre ?

TERIACLE

8375 Nous sommes tous presis, sans
[offandre,
De vous servir ; dictes pour quoy.

ANNAS

C'est pour deffendre par arroy *
Le monument de l'ipocrite
Quil nostre loy a contredicte,
8380 Pour paour c'on ne le translate.

SALMIGONDIE, secundus miles

·Que dictes vous, sire Pillate ?
Avés ainsin nom ou comment ?
Nous ferons tout vostre conmant,
Mes que vous nous paiés avant.

ANNAS

8385 Va tost, Goguery, viens avant,
Tien ma clef de ma garderobbe,
Et garde c'on ne me desrobbe,
Va moy querre mon estoipuet.

GOGUERY

Foy que doy mon pere Guyuet,
8390 J'en seray tantost revenu.

Seigneurs, bien vous est advenu,**
Par le grant Dieu, faictes grant joie,

Je croy j'apourte la monnoye.
Veez vous cy ung trop pesant coffre ?

ANNAS

Tenés l'argent, je le vous offre,   8395
Vecy cent livres pour vous trois.·

HARDIN, tertius miles

Annas, vous estes mout courtois,
Baillés en a chascun sa part,
Et puis se nous monstrés quel part
Nous irons garder le vassault.   8400

ANNAS

Veez le cy, que de moi n'an fault,
Departés le vous trois anssamble.
Tunc pergant ad monumentum.

Vez le cy, gardez c'on ne l'anble,***
Guectés et devant et darriere.

TERIACLE

Annas, alés vous en ariere,   8405
Vous l'avez mis en bonne main,
Nous n'en partirons soir ne main,
Jusque le terme soit passé.
Tunc recedat ANNAS.

TERIACLE

Ile ! grant Dieu, nous sommes
[lassé !
Repossez vous ung petit d'eure.   8410
Je vous hucheray sans demeure,
Et je feray toudix le guet.

SALMIGONDIE

Par ma loy, ce sera bien fait,
Et puis vous dormirés après.

8368. vostre. — 8380. peur. — 8385. viends. — 8386. tiendz... clerfz. — 8408 9. Teriacle
est suppléé.

* 230 v°. — ** 231 r°. — *** 231 v°.

8415 Je dormiray donc cy emprès,
Nul ne viendra que ne le sante.

HARDIN

Et je seray sur ceste mante, *
Cy dormiray tout a mon aise.
Pause.

TERIACLE

Par le grant Dieu, le temps s'apaise,
8420 Je voix nul aler ne venir,
Et je ne me puis soustenir,
Sy ay de dormir tresgrant fain,
Je veilleray icy en vain,
Que je seroie le plux penez.

SATHAM

8425 Mes diables, avant venés,
Je me veul a vous conffesser.
Saichés, je viendz droit, sans ces-
De tout le païs et la terre,   [ser,
Jhesu y est quil nous fait guerre,
8430 A quil j'ay fait grande destourbe,
Car ge ay amassé la tourbe
Des Juïfz quil l'ont mis a mort,
Ou soit a droit, ou soit a tort,
L'ont pendu en ung tresgrant fust,
8435 De tel mort c'hons oncques ne
              [fust. **
De trois gros clox l'ay fait cloer,
Certes mout m'an devés louer,
Quant je sçay faire tel ovraige ;
J'ay fait destramper ung bruvaige
8440 De mirre pour ly abruver,
Pour plustost l'esprit dessirer,

Et pour luy faire l'ame rendre,
Puis ly ay fait le costé fendre
A ung fer tramchant d'ungne lance,
Et creez que sans deffaillance   8445
Nous arons tost la descendue.

BAUCIBUS

Sire, l'ame me soit rendue !
Sire, que j'en ay cy grant joie !
Je la tourneray en la roye,
Je la mectray ou puis d'enfert,   8450
Je la vous lieray de fert,
En gresle, en froidure, en tempeste
Je ly feray trop male feste,
Je la tempteray fortement,
Que trop de fois m'a fait torment,   8455
Et hors des corps des gens chassé.

DESROY

Sire, que c'est bien pourchassé !***
Baillés la moy en mon demaine,
Je ly feray souffrir tel painne,
Tant de torment, tant de martire   8460
Que langue ne le pourroit dire.
Je lo pendray de cloux ardans,
Je ly aracheray les dans,
Je le vous randray conffondu,
Je le mectray en plonc fondu,   8465
En pugnaissie et en ordure,
Je ly feray tant de laidure,
C'onques ame n'an souffrit tant.

MORS INFERNI

Ne vous alés tant debatant,
Car je suis la Mort pardurable,   8470
Ma peinne est tout temps durable,
Et par la mort nul n'an delivre.

8430. grant. — 8431. jay. — 8434. lon... tres suppléé. — 8435. honcques. — 8443. a fait.
— 8444. fert. — 8454. forment.

8435-8506. Pseud. Evangel. Nicodem. cap. XXI.

* 232 v°. — ** 233 r°. — *** 233 v°.

Mout aise feusse si fenisse,
Et par mort de moy departisse.
8475 Vous sçavés bien, je suis portiere,
Jhesu n'ira pas sy arriere
Que ne le face a moy compter, *
Je le sçarey trop bien donter.
Il preschera bien fort sa loy,
8480 Se je ne le metz en conroy,
Puis qu'il n'est pas Dieu de puis-
⁋[sance.

SATHAN

Gardés bien, n'an ayez doubtance,
Car ce n'est ungs hons quil nous
[double,
Et mout grandement nous redouble.
8485 Et tu, Enfer, saiches de voir
⁋Qu'il le te covyent recepvoir, .
Soies tout prest et t'appareille.

INFERNUS

Sathan, tu dix grande mervoille.
S'il est voir ce que t'ois compter,
8490 Il nous viendra trestous honter,
Et par ly serons tormentez.
Helas ! com suis espouventez !
Quant je le nomme, je tressaulx,
Bien sçay que par ly seront saulx
8495 Tous ceulx que j'avoie dempnez.**
Helas ! com mal fut comdemnez !
Sathan puant, ce as tu fait,
Or garde bien sa ne soit trait,
Mainne le en autre contree,
8500 Car seans n'ara point d'entree.
Mort, fai que la porte soit close,
Et ne l'ouvre pour nulle chose
Quil viendra. Je voy les anseignes.

SATHAN

Il covyent que tu le retiennes,
Que je le veul et sy l'ordonne. 8505

*Tune descendant ANGELI de paradiso et ve-
niant ad monumentum et dicat MICHAEL ad
monumentum.*

MICHAEL, genu flexo :

Sire Jhesu, digne personne
De la benoicte Trinité,
Sire, quil en la Vierge bonne
As voulu prendre humanité,
Et as souffert par charité 8510
Ton sanctifié corps en croix pendre,
Pour ton peuple oster de vilté
Et de la Mort d'enffert deffendre !

*Tune exiat ANIMA CHRISTI de quodam lacu
id est de sepulcro.*

MICHAEL revertens dicat :

Veez cy l'ame du Createur,
Quil forma toute creature, 8515
Quil fist son chastel et sa tour
De la tresdigne Vierge pure
Pour randre en verité droicture,***
Se voult en son corpz enumbrer,
Son corps en a souffert mort dure 8520
Et s'ame vous vient descombrer.
Veez cy la parolle encharnee
Par quil Dieu forma tout le monde !
Veez vous icy l'aube journee
Par quil toute clarté habonde ? 8525
Veez l'ame de pechier monde,
Pure et necte, sans nul meffait.

SERAPHIN ANGELUS

Sire Jhesu, mon doulx Seigneur,****

8473. cy. — 8474. fenissent — departissent. — 8474. Et que. — 8478 donder. — 8487. soie.
— 8488. grant. — 8489. toix. — 8490. trestout. — 8494. serons. — 8501. fait. — 8512.
hoster... oiller. — 8527. Ce vers n'a pas de rime.

8506-8847. Pseud. Evangelium Nicodemi cap. XVIII, XXVIII.

* 234 r⁰. — ** 234 v⁰. — *** 235 r⁰. — **** 235 v⁰

Quil voulz conquerrir la victoire
8530 Pour ceulx getter de deshonneur
Quil sont dignes d'estre en me-
            [moire,
Tel coronne d'onneur et gloire
A toy appartient comme roy,
    (Tunc coronetur.)
Car le lion quil tout devoire
8535 Tu comquyerras en ce tournoy.

MICHAEL, genu flexo :

Je croy tu es le vray Aigneaulx,
Quil pour ton parc as l'ame mise,
Je metz en ton doy ces aneaulx
Com vray espoux de sainte Eglise,
8540 Si sont il faix par telle guise
Qu'il sont tous rons et plux qu'or
          [fins,
La rondesse cy nous devise :
Tu n'es commencement ne fin.

RAPHAEL ANGELUS :

Pour les pecheurs es descendu
8545 De la dextre de Dieu le Pere,
Pour eulx as esté estandu *
Et as souffert la mort amere.
Ton corps, prins en la Vierge
          [mere,
Gist mort ou sepulcre posés,
8550 Et tu descens par grant mistere
Pour ceulx d'enfer, prince alosés !

ANIMA LATRONIS

Beaul doulx Jhesu, filz de pucelle,
Resplandissant plux qu'estincelle,
Ne reguarde pas mon merite,
8555 Je suis du larron l'esperite
Quil te criay marcy en croix,
Et me respondis de ta voix

Qu'au jour d'huy avec toi seroies
En grant liesse et en grant joie,
En ta gloire de paradix.   8560

ANIMA CHRISTI primo :

Cy mis ung cherubin jadix
Quil l'antree a tous deffend.
Va t'an vers ly, je te command, **
Et ce ly pourte ceste ensaigne,
    (Tunc tradat ei crucem)
Et ly dix que vers enfert vienne,   8565
Et habamdoint le fruit de vie.
Ponat crucem ad colum ejus, et hic expectat
    usque CHERUBIM veniat.

ANIMA LATRONIS

Ange, Jhesu a toy m'anvoye.
Vecy signe que je t'aporte,
Ne me contredix pas la porte,
Mes me laisse passer tes licez,   8570
Et me metz en ces grandz delices
Que je sans cy fort odorer,
Et va vers ly, sans demorer,
Vers enffert, car il le veult rompre.

CHERUBIM, tollendo glavidium :

Le Dieu quil nasquit sans corom- 8575
De sa mere virginité,   [pre
A souffert en humanité ***
Mort, pour rendre vye pleniere.
Je desploieray la banniere,
Car Jhesus roy veult faire guerre   8580
A l'ennemy, pour ceulx conquerre
Qu'il a rachetez en ce signe
    (Scilicet de cruce, eundo ad crucem.)
Ou print mort precieuse et digne.
    Modo ferat crucem ante Animam Christi, et
ante eam MICHAEL et RAPHAEL stent,
unus ad dexteram, alter ad sinistram cum

8540. Il sont faix. — 8542. quil nous. — 8544. est descendue. — 8551. princes. — 8570.
laissez. — 8583. Ont prins.

8577. Appel : A souffert. — * 236 r°. — ** 236 v°. — *** 237 r°.

torcis ardentibus, et cantant himnum : « *Ve-*
xilla Regis prodeunt » in eundo ad
infernum.

ANIMA CHRISTI

Princes d'enffert, maistres deables,
8585 Ovrés vous portes perdurables.
Cy entrera le Roy de gloire.

Omnes DIABOLI insimul

Quil est ce quil est Roy de gloire ?*

ADAM

Sus, mes enffans, chantons grant
[hoire,
Car veez vous cy nostre rançon.

Prima et secunda Anima, scilicet DAVID et YSAIAS dicat :

8590 　　*Kirie leison.*

Tercia, scilicet MOISE, respondeat :

Qui passurus advenisti propter nos,
　　Christe leison.

Prima et secunda, et MOISE iterum, dicat :

*Vita in ligno, moriteur Infernus,***
Et Mors lugens spoliateur.

JOHANNES, DANIEL, JEREMIAS :

　　Kirie leison.
　　Ut supra

ANIMA CHRISTI

8595 Princes d'enfert, maistres diables,
Ovrés vos portes pardurables,
Cy entrera le Roy de gloire.

Omnes DIABOLI insimul :

Quil est ce quil est Roy de gloire ?

ANIMA DAVID

C'est le Dieu de puissant victoire,

Ung sire en bataille fort,　　　　8600
En ly est pitié et conffort,
Je le voy bien a sa maniere,
Et le congnoix a sa banniere,
Et de ceans nous gettera,
Avec ly nous en menera　　　　8605
En sa gloire de paradix.
Il fut prophetisé jadix
Qu'ainsin seroit, je vous affie.
De tout mon cueur en ly me fye,***
Car bien sçay qu'il est secourable,　8610
Et vient faire grace aux culpables.

ANIMA CHRISTI

Prince d'Enfert, maistres diables...
Ut supra.

Modo cadant porte infernl. — MORS, scilicet quartus Diabolus, cadat ad terram ; DEUS ponat pedem suum dextrum super collum ejus, et dicat :

Mort d'Enfert, trespunaise et orde,
Il est escript que je te morde,
Et toy, Enfert, je te mordray ****　8615
Quant de toy je me resourdray.
Toy, Adam, vienz hors de servaige,
Viens a moy, toy et ton lignaige ;
Pour le peché dont fux deçeu
Voulz ge en vierge estre conçeu,　8620
Et mort souffrir com homs hu-
[mains
Pour yssir des crueusses mains
De l'annemy quil te vergonde.

ADAM, genu flexe :

Tu es cil qu'a formé le monde,
Ainsin com il est a la ronde,　　8625
Quil formé m'a a ta sanblance.
J'ay peché contre ton essance,
Quant l'annemy par son envye
Mauger me fist par glotonnye

8583-8584. *tocis.* — 8590-8595. Portées de musique. — 8618. *viendz.*
8594 et sq. Psalm., XXIII, 7 — 8626 et sq. Pseudo Evangelium Nicodemi.
* 237 v°. — ** 238 r°. — *** 238 v°. — **** 239 r°.

8630 Du fruit de l'arbre de science
De bien et de mal, et pour ce
Trespassay ton commandement,
Or m'en prendz en amendement,
Et cy me fai de peché monde.

ANIMA JOHANNIS BATISTE

8635 Je te voy, le Sauveur du monde, *
Quil es le filz de Dieu le Pere.
Tu as souffert la mort amere
Pro redemptione mundi.
Tu es venu, je t'an marcy,
8640 Nous mectre hors de ce torment
Ou esté avons longuement.
Moy, quil suis de Jehan l'espirite,
Pour verité·je vous recite :
C'est le vray Dieu Adonay.
8645 Grace te randz, *Agnus Dei,*
Quil pour nous as la mort soufferte.

ANIMA MOISY

Tu as recovré nostre perte,
Tu es cil quil tous nous enlumine,
En toy sy est vertu divine,
8650 Quil nous gettes hors de la painne
D'anffert, et nous metz en ton re-
Je, quil suis l'ame de Moïse, [gne.
Formee du tout par ta devise,
Me resjoix de ta venue.
8655 Par toy d'enfert arons yssue, **
Dont humblement je te mercie
A haute voix, et cy te prie
Que nous delivres, mon Dieu vrayx.

ANIMA YSSAIE

Sire, tu es la clere raix
8660 Du soleil quil tout enlumine.
Tu nous mectras par amour fine
Hors d'anfert ou nous fummes mys,

Racheté nous as com tes amis.
Je, quil suis l'ame d'Isaïe,
A joinctes mains je te deprie 8665
Que nous quil sommes cy en l'ombre
De painne et tenebres sans nom-
Nous veulles donner alegence [bre,
Et de ceans brief delivrance,
Car je croy qu'a ceste journee 8670
Avons tous grande clarté nee.

ANIMA DANIELIS

Après la seconde journee,
Des que tu fus cruciffiez,
Tu nous as tous puriffiez
Par ta desiree venue *** 8675
Quil resplandist dedans la nue.
Par toy d'enfert serons gettez
Et de ces torments desliez.
A haute voix je te requier,
Chascun t'an doyt bien deprier, 8680
Car tu es vray ray de soloil.

ANIMA JEREMIE

Tu es Dieu sans point de paroil,
Et nul ne comprant ta puissance,
Quil as en toy toute science
Et la donnas en Israel 8685
Quant tu fux descendu du Ciel,
Et cy viens en enfert descendre
Pour nous en getter et deffendre.
Sy te requier, mon Createur et
       [pere,
Je, quil suis Jeremie, oste nous de 8690
      [misere,
Trop grant painne avons soufferte.

SATHAN

Helas! or ai ge ma desserte
Du meffait que j'ay pourchassé ;

8630. Vers trop court.— 8634. *fait.*— 8636. *est.*— 8649. *cy est la.*— 8666. *cy* suppléé.—
8667. *et de.* — 8668. *veulle.* — 8669. *briefz.* 8671. *grant* — 8680. *doy.*— 8683. *Et* suppleé.
—8692. *helas* répété.

* 239 v°. — ** 240 r°. — 240 v°.

Certes j'ay tout a mal chassé,
8700 J'an ay au cueur mout grant despit.
Quil oncques vit tel esperit
Sy cler, sy noble, sy puissant,
Car tout luy est obeïssant?
Quil oncques vit ame sy fort
8705 Qu'il a brisé par son effort,
Malgré nous tous, d'enfert la porte,
Et la Mort tient soulx son pied
[morte,
Et met ceulx hors joieulx et lyez
Qu'an nous chartres tenions liez?
8710 Quil est ce Roy quil est sy beaulx,
Qu'a telz pourpres et telz sanbeaulx
Est venu nostre enfert destruire?
Quil est ce quil tant peut tresluire?
Quil est ce prince coronné
8715 Quil est d'anges environné?
Quant je le voy, le cueur me tramble.

Respondendo Baucibus dicat :

Certes, Baucibus, il me sanble
Que c'est Jhesu dont je veulx dire.
Par moy avoit souffert martire;
8720 Je cuidoie faire ung grand sçavoir***
Pour ce que le cuidoie avoir;
Je cuidoie s'ame apper,
Et il me fuit tout eschapper,
Dont j'ay tel deul en mon coraige
8725 Que de bien peu que je n'anraige,
Quant a ly ne peux contraictier.

ANIMA CHRISTI

Satham, il te fault cy ester
Jusques au jour du jugement,
Et des lors, pardurablement,
8730 Enfer ara sur toy puissance,
Quil te fera peinne et grevance.

J'anmanray mes sains en liesse,
Et vous demorrés en tristesse,
Sur vous tous laisse maudisson,
A mes sains don beneïcion.   8735

Modo signet.

Adam, tous tes maulx te pardonne
Et le fruit de vie t'abandonne.
Adieu, mon Pere vous racorde,
A vous tous fait misericorde.
Venez tous en salvacion, *   8740
S'arés participacion
De la joie quil toujours dure.

Modo eant in paradiso, hoc ordine : primo
CHERUBIN cum cruce, secundo ANIMA
CHRISTI, MICHAEL et RAPHAEL, unus ad
dexteram, alter ad sinistram, cum cereis ardentibus. tertio ADAM et due ANIME, prima
ANIMA una ad dexteram, altera ad sinistram,
quarto ISAIAS et due sequuntur (?), quinto
CRISTUS inter ANIMAS (?). Et sic adscendant
in paradiso terrestre, et ANIMA CHRISTI
sedeat in quadam cathedra, et alii sedeant ad
pedes ejus, exceptis ANGELIS qui stabunt
hinc et inde.

INFERNUS

Hee! Sathanas, puant ordure,
Plux que charonne et longuaingue,   8745
Esse icy la belle guaigne,
De quoy tu fasoyes si grant joie?
Va ly tost requerre sa proie,
Hee! Sathanas, tresvil, tresors,
Tu nous as mis tous au dehors   8750
De nostre grant prosperité;
Tu nous as bien le dos frotté,
Trestout chié, plux vil que boe,**
Tu nous as bien faict la baboe,
Onc nul ne te pout saouller,   8755
Tu cuidoies trestout empler,
Or as par ton contremander

8708. metz. — 8713. peux. — 8727. icy. — 8735. donne benedicion. — 8736. je te. — 8739.
taux. — 8740. Ms. en en...; tous suppléé — 8742-8743. Didascalie presque illisible. —
8746. fasoye. — 8753. faiete. — 8748. treshors. — 8753. faicte. — 8754. Oncques... poux...
— 8756. tres suppléé.— Ms. cuidoie.

* 241 r°. — ** 241 v°. — *** 242 r°. — 242 v°.

Fait nous chartres rompre et bri-
                              [sier,
Et nous demorons en tourment.

TEMPEST

Je vous voy esmaier forment,
8760 Mes je vous trouveray maniere
Commant recovreray arriere
Les ames de l'umain lignaige.
N'y ara sy fort ny sy saige,
Et fust d'aiment ou fust de fert,
8765 Que je ne trabuche en enfert !
J'ay sept chevaliers bien apris
Par lesquieulx je les randray pris
En vous chartres, gentilz personnes.

LUCIFERT

Et je te donne ma coronne.
8770 Sié toy sur mon trone reaulx,
Je comande tous mes feaulx
Obeïssent a ta puissance,
Mes garde n'y ait deffaillance. *
Fay moy briefment, sans detenir,
8775 Tes chevaliers icy venir,
Cy leur barray commectement.

TEMPEST

Ce sera sans remectement
Que briefment ne les vous presente.
Quelqu'il en pleure ou en chante,
8780 Je rempliray nostre chaudiere.

ANIMA CHRISTI

Du commandement Dieu mon Pere,
J'ay racheté ceulx du servaige
Qu'il m'a donné en heritaige.

Je les ay acquis par mon sang,
Et du lieu serf rendu au franc ;   8785
J'ay rouvert la porte du ciel,
Pour tant je dix a toy, Michiel,
Quil es mon prevost estably,
Que ne reffusses a nully
L'antree quil en sera digne ;   8790
Tu les congnoistras bien au signe
Que leurs cueurs seront en pe-
                              [sance ;
Pour tant te baille la balance,
Et les poise esguallement.
Ceulx quil aront fait mon command, 8795
Baille leur antree et passaige,
Les autres ne seront pas saiges.
Encor veul ge et te ordonne **
Que tous mes saintz ayent coronne
De roses, de lis, de florettes,   8800
De toutes autres violettes.
Coronne les avec les anges
En feste, en joye, et en louanges,
Ung chascun selon leur merite.

MICHAEL, genu flexo :

Tressaincte veraie Esperite   8805
Quil siés sur le trone real,
Je t'affirme et te recite
Que nous tous, tes angelz leal,
Serons joieulx com tes feal
Sout delivré du dampnement.   8810
Puisquil te plait, tresdoulx Aignel,
Je feray ton commandement.

Vertat se ad populum et dicat :

Chantons, chantons en melodie,***
Court de Dieu serez esbaudie,
Par toy, Dieu, serés coronnee,   8815
Et de tout honneur adournée.

8764. ou de fert. — 8770. Siez. — 8772. obeisse. — 8779. ou chante. — 8785. serfs.— 8789.
reffuse. — 8792. Que est supplée. Ms. peinne. — 8795. Ceulx.— 8797. saige.— 8799. oyens.
— 8802. angelz. — 8804. le merite. — 8805. vraie. — 8806. siert de.

* 242 v°. — ** 243 r°. — ** 243 v°. — 244 r°.

Modo cantant MICHAEL, RAPHAEL,
et CHERUBIN :

O magna, o celsa.....

Et MICHAEL coronet alios de capellis roseis.

ANIMA CHRISTI

Il me fault a terre descendre.
Je veulz arrier mon corps repren-
8820 Quil ne doit sofrir poriture, [dre,
Et ce doyt, selon l'Escripture,
A cestuy jour resusciter.
Je voix la dame visiter
Quil me conçeut, Vierge pucelle ;
8825 Je ly porte joie nouvelle,
Je porte liesse aux apostres,
Mes compaignons, aussy les vos-
ₓ[tres,
Quil de ma mort sont angoisseux*.
Demorés cy toudix joieux.

Modo surgat, et veniat ad sepulcrum, et intret
subtiliter cum multitudine Angelorum.
Sillete in Paradiso.

GABRIEL ANGELUS intret ad sepulcrum
(sub cantu : *Eterne rex altissime.*)

8830 Jhesu, filz de la Vierge mere,
Quil, pour ton peuple acquicter,
As volu souffrir mort amere
Dont tu doix huy resusciter,
La Mort as confondue et morte, **
8835 Pour tes amis de mort getter,
A ton peuple liesse apporte,
Et les veullez resusciter.

DEUS exeat de sepulcro.

Doulx Pere sainct et droicturier,
J'ay racheté l'umain lignaige,

De cuer l'ay fait et voluntier, 8840
Car c'est ta forme et ton ymaige.
L'omme quil est de tel paraige,
C'il fust perdu, ce fust outraige,
Pour ce ay fait la delivrance.
L'amour Dieu et la grant pitié 8845
Sy m'a fait char humainne prandre,
J'ay envers eulx tel amictié,
Je m'en suis laissé en croix pendre,
Pour eulx j'ay mon sang espandu,
Doulx Pere, veulles les deffandre, 8850
A toy soient il tous rendus.

Tunc vadat.

MAGDALENA

Je doix bien avoir le cueur dur, **
Douces compaignes, douces seurs,
Helas ! que ne me fault le cueur
Quant je voy l'Aignel debonnaire 8855
Que les faulx traictes deputaire
Ont cy vilment livré a mort ?
Hellas! ma joie, mon confort,
Helas ! on l'a livré a mort,
Mon Dieu, ma joie, mon confort. 8860
Dolente moy, que pourray dire ?
Bien sçayqu'iln'a méstier de mirre,
Toutes voies je l'iray oindre, ***
Sy en sera ma douleur moindre :
De cest oingnement precieux 8865
Oindrai ge son corps glorieux.
Compaignes, vous plait il y estre ?

SECUNDA MARIA

Oy, Marie, ce est mon maistre.
Pour Dieu mectons nous en la voie,

8821. *doy.* — 8837. *veulles.* — 8843. *Cy.* — 8850. *veulle.* — 8863. *toutes fois.* — 8857. *il.* —
8867. *y* supplée. — 8868. *cest.*
8852-8858. Marc. XVI, 1-11, Luc. XXIV, 1-12; Joann. XX, 1-10.
* 245 r°. — ** 245 v°. — *** 246 r°.

8870 Alons veoir m'amour, ma joie
     Que les Juïfz de mescreance
     Ont fait trepercier de la lance;
     Pour Dieu, or y alous briefment.

TERCIA MARIA

     Mes seurs, trestout le cueur me
                                [ment
88₇5 Quant me souvient de la destresse.
     Jamais n'aray aucune liesse
     Quant me sovyent de sa puissance,
     De sa doulceur, de s'innocence
     Quil onc ne fust trouvee pareille.
8880 Se j'ay douleur n'est pas merveille.

MAGDALENA (sub cantu :
Crux fidelis)

     Dolente moy, mon doux cueur ten-
                                [dre,
     Lasse ! que pourray devenir
     Quant j'ay veû vostre corps pendre
     En croix et vostre vie finir,
8885 De la lance vostre corps fendre,
     Mort angoisseuse soutenir. *

SECUNDA MARIA (sub cantu :
Summe largitor)

     Lasse moy ! chetive, espardue,
     Je n'an puis mais ce pour vous pleurs
     J'ay toute ma joye pardue,
8890 J'en ay au cueur painne et doleur.

TERCIA MARIA (sub cantu :
Audi benigne),

     Mon Dieu, m'esperance, ma joie, **
     Tout mon solas et ma liesse,
     Jusques a tant vostre corps voie,
     Je n'aray au cueur que tritesse.

MAGDALENA

8895 Doulces seurs, or vous depourtés
     Pour Dieu, et vous reconffortés, ***

     Car le plorer ne vous vault rien,
     Mais maintenant feroit grant bien
     Quil sa tombe nous lieveroit.
     Helas ! que j'ay le cueur estroit,   8900
     Car elle est mout pesant et fort.

SECUNDA MARIA

     Mes compaignes, prenés conffort,
     Car je voy la pierre levee,
     Bien y pouons avoir entree;
     Alons vers ly, ma seur, m'amie.   8905

TERCIA MARIA

     Certes je doubt qu'il ne soit mye,
     Et que les Juïfz plains de raige
     Ne l'aient osté par leur outraige
     Et par leur fauce iniquité.

SECUNDA MARIA respiciat in sepulcrum et
dicat :

     Il n'y est pas en verité,   8910
     Il n'y a mais que le suaire.

MAGDALENA

     He ! mon tresdoux Dieu debon-
                                [naire, ****
     Chetive moy, com ce m'esmaie !
     Vecy la trasse de la plaie,
     Mon tresdoulx Dieu misericords ! 8915
     Ou querrai ge plux vostre corps,
     Car je voy bien veraiement
     Qu'il n'est pas en ce monument,
     ›Or ne sçay plus quel part aler.‹

SECUNDA MARIA

     Pour Dieu, veullez plux bas parler 8920
     Pour la garde de ce sepulcre.

MAGDALENA

     Lasse ! l'Aignel plus doulx que
                                [sucre,

8879. oncques. — 8881 à 8895. Portêes de musique. — 8893 cuenr. — 8897. vault.
8915. misericorde. — 8916. quierriaige. — 8917. vraiement.

* 246 v°. — ** 247 r°. — *** 247 v°. — **** 248 r°. — 248 v°.

Quil est du monde la lumiere,
A tort a souffert mort amere;
Oncques n'ot en sa saincte bouche
8925 Barat, blasme, ne nul reproche
Le vray Dieu c'on doit adorer.

GABRIEL, ad sepulcrum :

Femmes, quil vous fait cy plorer?*
Je sçay bien pour quoy vous venés,
C'est Ihesucrist que vous querés.
8930 Je vous tesmoingne en verité
Que il est ja resuscité.
A ses disciples en irés,
Resusciter le noncerés,
Et ausy le dictes a Pierre
8935 Qu'an Galillee l'aille querre,
La le verront corporelment.

MAGDALENA

Or en allons ysnellement
Pour anoncer ceste grant joie.

SECUNDA MARIA

Seur, mout me tarde que g'y soie
8940 Pour amoindrir leur grant tritesse.

TERNA MARIA

Bien sçay qu'il aront grant liesse
Quant le sçaront certainnement.

MAGDALENA

Seigneurs, je viendz du monument,**
Et mes deux seurs avecques moy.
8945 Je vous dix que Jhesu le Roy
Est resusciter pour certain,
Et que j'ay tenu a la main

Les veistements et le suaire,
Et ung ange quil mout esclaire,
Quil du viz resanble espart,   8950
Quil ce siet sur la dextre part
De la pierre quil est levee,
Dist qu'il est ja en Gualillee,
Et la le trouverés en vie.

PETRUS

Grant marci, mille foix, Marie,   8955
Dieu soit loé de tel nouvelle !
Sillete.

TERIACLE, primus miles

Qu'esse? diables, com je chancelle !
Je suis sy tresfort esjouïz,
Oncques ne fuz sy esbaïz,
Je me tiends bien pour fol et nice   8960
D'avoir entrepris cest office. ***

Respiciat in sepulcro et dicat :

Ce faix tu par ta tricherie.
Hee ! vecy grant diablerie!
Mon chier seigneur Salmigondie,
De maulx loups soie ge fondu   8965
Se je sçay qu'il est devenu.
Les diables nous ont bien tenu ;
L'aroient bien les loups mangié?

SALMIGONDIE, jurando :

Bien avons or le sang changé,
Diables luy seroient en eüe   8970
S'il avoient ceste pierre esmeue,
Ce seroit ung trop grant miracle ;
Dormez vous, mon seigneur Te-
[riacle ?
Par le grant Dieu, je le sens cy.

8923. *as.* — 8927. *femme.* — 8936. *corporellement.* — 8951. *siert.* — 8955. *Marcts.* — 8956. *telle.* — 8962-64. Ces trois vers riment ensemble. — 8965-67. *Item.*

* 249 r°. — ** 249 v°. — *** 550 r°.

TERIACLE respiciat in sepulcro et dicat :

8975 Ja chié j'ay, c'est bien, vecy.
.Vous santés ung estron de chien, *
Par le grant Dieu, il n'y a rien
Fors seullement de ses drappeaulx.

SALMIGONDIE respiciat in sepulcro et dicat :

Bien fait cé diable ces aureaulx.
8980 Or sus tost, mon seigneur Ardin,
Reguardez parmy ce jardin,
Que je sçay bien, s'il n'est randux,
Nous en serons tous trois pendux
Ou mal du maistre de la loy.

HARDIM sedendo :

8985 Seigneurs, par le Dieu que je croy,
J'ay cy songé ung tresfort songe,
Je ne sçay se ce est manssonge.
Il me sanbloit en mon dormant
Que une voix crioit forment,
8990 En chantant ung chant mout es-
[trange,
Commé ce fust la voix d'ung ange,
Et son chant estoit mout piteux,
Et disoit : « Sire glorieux,
Tu doix ce jour resusciter**
8995 ·Et ton peuple revisiter ».
Puis viz trois dames en grant pleur,
Et celle voix par grant douceur
Leur dist, cy com me fust avys,
Que Ihesucrist estoit revis,
9000 Au jour d'uy, a l'aube journee,
Estoit alez en Galilee,
·Telle a esté ma vision.

TERIACLE

Vous dictes grant abusion.
Diables ! oez quelle frivole !
9005 Il vit ungne cher quil vole.

He ! pendu soit il quil ce croit !
Huy tout le jour il ronfle et poit,
Et puis songe tel darnerie;
Par foy, ja le grant Dieu n'an rie !
Je croy que l'oreille vous corne;   9010
Estes vous aveugle ou borne ?
Or croiez ceste prophecie,
Qu'el donne (?) d'ungne grant vecie
Parmy ces jouez et ce visaige !
Diables vous ont fait ainsin sage, 9015
Tel parolle ne soit plux dicte,
C'on vous tiendroit pour ung herite,
·Pendu soit quil onc c'y fia.

SALMIGONDIE

Mes cilz quil le cruciffia,
Car oncques puis ne prins repos.   9020

HARDIN

Je lo que nous prenons propos,
Le courtillier faisons mander,
Ou que l'on luy voist demander ***
S'il a nul seans aperçeu,
Car je sçay bien et ay sçeú   9025
Qu'il nous en covyent rendre
[compte,
Ou nous en arons tresgrant honte.
Or le faissons sans nul deffault.

TERIACLE

G'y voix tantost de sault en sault,

Preudons, preudons, viens avant, 9030
[vien,
Vien sa, preudons, c'est pour ton
. [bien.

8984-85 *ce dendo en deux mots.* — 8987. *ce cest.* — 8990. *champ.* — 9013. *quel donner.*
— 9016. *dictes.* — 9018. *oncques.* — 9021. *lox.* — 9030. *vient.* — 9031. *ton* suppléé.

* 250 v°. — ** 251 r°. — *** 251 v°.

Par le grant Dieu, com tu es lours !
Tu es bien taillé d'estre l'ours ;
Dy, preudons, le grant Dieu te
[sault !

RUSTICUS

9035 Dis tu que le coillom me sault ?
Est percer le font de mes braiez ?
Je semay hier soir cy penaiez,
Il n'y est venu qu'escherulles.
Ha! le grant Dieu, com tu me ruilles!
9040 Veux tu ovrer a ma besolle ?

TERIACLE

Preudons, entends a ma parolle,
Et me dys ce que je demande.

RUSTICUS

Je pri a Dieu que l'on me pende.
Je mangay an soir du charnaige,
9045 Moy et ma femme Frappenaige,
Mon chat n'an fust pas coroucer.
Dieu! com tu es bien escourcier !
Je sçay trop bien hoischier l'es-
·[paulle,

Cantat :

« Dame Erambour, dame Eram-
[bour, *
9050 Quant vous fustez a vos nopces,
On vous fist du cul tabour. »
Ai ge chanté de bonne geste ?

TERIACLE

Villain, Dieu vous doint male feste!
Parlés a droit, sire villain.

RUSTICUS

9055 Je entray seans huy matin.
Je trouvay ung enffant quil volle ;
Quil le peûst mectre en geolle, **

Si ce fust ung trop beaul joiaulx.
Certes, certes, il chante meaulx
Que ne fit onc ne gay ne pie ;   9060
Par le grant Dieu, se ne l'espie,
Se je le prendz, il sera miens.
Encore ai ge veu plux de biens.

TERIACLE '

Quelz ?

RUSTICUS

Une tresbonne aventure.
Huy bien matin, a l'aventure,   9065
Trois dames sont seans entrees
Quil estoient mout emploreez.
J'ouz tel peur, je coruz es champs,
Le grant Dieu, je fux tresmes-
[chans
Quant ne sçeuz qu'elles deman-   9070
[doient.

TERIACLE

Et sçeis tu quil elles estoient,
Ne c'elles furent au tombeaul ?

RUSTICUS

Le grant Dieu, tu dix bien et
[beaul. ***
Leur vouloies tu je ne sçay quoy ?

TERIACLE

Tay toy, prudome, parle a moy :   9075
Sçés tu qu'est devenu le mort ?

RUSTICUS

Le grant Dieu, il fuyoit sy fort,
Avant que les dames venissent,
Que je croy c'elles le tenissent,
Qu'elles ly otassent sa chappe.   9080
C'est de femme trop male entrape,
La moie me rolle trop bien.

9035. *dictu.* — 9042. *ce* suppléé.— 9048 et 9050. Ces vers n'ont pas de rime.—9058. *Si* suppléé. — 9060. *oncques.* — 9068. *Je ouz.* — 9069. *tres* suppléé. — 9071. *elle.* — 9074. *vouloie.* — 9080. *elle.*
* 252 v°. — ** 253 r°. — *** 253 v°.

TERIACLE

Tout ce que tu dix ne vault riens,
Tu es tout sourt, sy com je cuide.

RUSTICUS

9085 Je croy bien que la trippe est
                              [cuyte, *
T'an veulx tu venir desjuner ?
Je suis ja d'ovrer tout lasser,
Tu m'as assourdi les oreilles.

TERIACLE

Vadat ad socios et dicat :

Seigneurs, je trouve laide nouvelle,
9090 J'ay parlé a ce sot villain.
Parmy son dit, huy au matin,
Il a veu l'ange et les dames,
Ce est a nous ung grant diffame.
Ung tel sot ne sçet controuver,
9095 Or le pouons bien esprouver,
Mon seigneur Hardin, vostre son-
                              [ge,
Je croy que ce n'est pas mensonge.
Plux ne veul ce païs tenir,
Et vous que pensez devenir,
9100 Mon chier seigneur Salmigondie ?
Veullés nous sur ce respondie
Et nous dictes que vous en samble.

SALMIGONDIE

Je conseil que tous trois ansamble
Alons a nous maistres tout droit.**
9105 Il sçévent bien, force n'est droit,
Sy leur dirons la verité,
Commant il est resusciter,
Et s'il veullent donner argent,
Nous tesmoingnerons a la gent

Qu'en dormant nous a esté pris,   9110
Sy n'arons pas de tout mespris.
Vous semble il que je di bien ?

HARDIN

Pour le plus saige je vous tien
Quil vit en toute la contree.
Alons tantost sans demoree,   9115
Vous mesmes compterés le fait.

TERIACLE

Par ma loy, ce seroit bien fait,
Et le mieulx que l'on puisse dire.

MAGDALENA *veniat sola ad sepulcrum
et dicat :*

Lasse dolente ! mon doulx Sire,
Quil me fistez misericorde, ***   9120
Lasse ! quant de vous me recorde,
Se je pleure, je n'ay pas tort,
Car vous estiez tout mon couffort.

Inclinet se et respiciat in sepulcrum.

Doulx Aignel, filz Dieu debonnaire,
De paradix clere lumiere,   9125
Vostre corps fust icy posé.

Elevet se et dicat :

Dieu, commant furent sy osez
De vous occire si vilment ?

Vertat ad populum et dicat :

Pour Dieu, faictes gemissement
De plorer le Seigneur du monde.   9130
Lasse ! commant le cueur m'a-
                              [bonde !

Capiat sudarium et ostendat.

La doleur part a son suaire,
Que les felons ly firent traire.

9091. *dist.* — 9100. *chier* suppléé. — 9102. *dit.* — 9113. *tiend.* — 9123. *Car* suppléé. —
9124. *de Dieu.* — 9128. *sil.*

9110-9151. JOANN. XX, 11-19.

* 254 r°. — ** 254 v°. — *** 255 r°.

Dix mille y a et cinq cents goutes,
9135 Et plux quil les compteroit toutes,
De son sang dont il fust moillé *
Quant a l'estaiche fust lyé ;
En tant de lieux fust sa char route,
Et souffri celle doleur toute
9140 Pour son peuple le Saint des sains,
Quil en croix fut mort et tuins.

(Respiciat in sepulcre.)

Et puis en ce sepulcre mys.
Mon Dieu, mon Sire, mon ami,
Et ou vous irai ge plux querre ?

Cantat sub cantu :

Eterne rex Altissime :

9145 Que ferai ge, lasse chetive ?
Or ne veul ge plux estre vive.
Lasse ! que pourray devenir ?
He ! Mort, fai ma vie finir. **

Fine cantus dicat quod sequitur :

Lasse ! quil a anblé le corps
9150 Du Roy des roys quil est cy mors ?
Ce est grant mal et grant diffame.

DEUS

Dy moy pourquoy pleures tu, fem-
ı[me,
Que quiers tu quil te fait cy estre ?

MAGDALENA

Je quiers mon Seigneur et mon
[maistre.
9155 Or me dix, courtilier amys,
Se l'as osté, ou tu l'as mys,
Pour Dieu, frere, que m'y adresse.

DEUS

Marie, pourquoy as tu tritesse ?

MAGDALENA

Mon Seigneur, mon maistre ! ***

DEUS

Tais toy,
Garde ne touches point a moy. 9160
Mon corps quil fust crucifié
Est a present gloriffié,
Dont je randix l'ame a mon Pere,
Et depuis mon corps prins arriere,
Mes a mon Pere veul monter 9165
Pour tous vous pechiers surmon-
[ter.
A Dieu mon Pere feray priere
Qu'en sa garde soient mes freres,
Et aussy vous trois quil l'amez
Et quil pour ly me reclamés, 9170
Qu'il vous ramplisse de sa grace.

Modo eat in paradisum.

MAGDALENA

Mes compaignez, levez la face,
Faictes grant hesse et grant joie,
Car j'ay trouvé enmy ma voie ****
Le veray Dieu quil est remis. 9175

SANCTA MARIA

Marie, il me fust advis
Seur, quant la terre ot tranblé,
Que l'on ne l'avoit point enblé,
Et ly angelz dist qu'il vivoit,
Et que en Galillee aloit, 9180
C'estoient deux bien bons signez.

TERCIA MARIA

Le filz de Dieu quil tant est dignez,
Quil pour son peuple fust lié

9134. *millez.* 9139. *souffrir.* — 9140. *sain.* — 9144. Ce vers n'a pas de rime.— 9148.
fait. — 9141. *en la croix.* — 9145-9148. Portées de musique. — 9152. *pleure.* — 9153.
quier. — 9159. *et mon.* — 9160. *touche.* — 9166 *tous* suppléé. — 9169. *trois* supplée. —
Il faut suppleer *trois* en parlant des Maries, ou encore plus simplement lire : le *amés.*
— 9175 *vray.* — 9181. *biens.*

* 255 v°. — ** 256 r°. — *** 256 v°. — **** 257 r°.

Tant parfait, courtois et beni-
[gnez,
9185 Car il nous a tous desliez
Du lieu ou estiens exilliez
Par cely quil le mal atisse,

Nous a par sa mort desliez
Et randuz a nostre franchise.

SECUNDA MARIA

De tel jour ait saincte Eglize　　9190
Loange, et son peuple en soit liez !

MAGDALENA

Victime pascali laudes immolent Christiani.

SECUNDA MARIA

Agnus redemit oves Christus inocens,
Patry reconciliavit peccatores.

TERCIA MARIA

9195　　*Mors et Vita duello conflixere mirando,*
Dux vitae mortuus regnat unus.

PETRUS et JOHANNES

Dic nobis, Maria, quid vidisti in cia ? *

MAGDALENA

Sepulcrum Christi viventis et
Gloriam vidi resurgentis.

SECUNDA MARIA

9200　　*Angelicos testes, sudarium et vestes.*

TERCIA MARIA

Surrexit Christus, spes nostra, precedat **
Suos in Gualilleam.

PETRUS et JOHANNES

Credendum est magis soli Marie veracy
Quam Judeorum turbe fallaci.

MAGDALENA et alie due simul :

9205　　*Scimus Christum surrexisse a mortuis,*
Vere tu nobis victor Rex miseris. ***
Alleluya etc.

TERIACLE

Celluy grant Dieu quil tout crea
Cy vous doint bon jour, sire eves-
[ques,

Et Annas mon seigneur avecques, 9210
Ansanble sa grace et s'amour.

9192-9197. Portées de musique.
9208 et sq. Matth. XXVIII, 1-11.
* 257 v°. — ** 258 r°. — *** 258 v°.

CAIFFAS

Seigneurs, Dieu vous doint grant
[honneur !
Que dictes vous, quellez nouvelles?

SALMIGONDIE

Elles ne sont bonnes ne belles,
9215 Ainsin que le orrez compter, *
Mes que l'on ne peult surmonter
De Dieu la prophete ordonnance
Ne contraictier a sa puissance ;
Et saichés pour quoy je le dix.
9220 Ung jour apres le samedix,
Jhesu guerdoie ou monument
Par vostre bon comandement
Que l'on ne le peüst enbler ;
Nous santimes terre tranbler
9225 Qu'il sambloit qu'elle voulsist sou-
[dre,
Et ung ange, rouge com foudre,
Leva le tombeaul quil estoit sus,
A dextre part s'assit dessus.
L'eure que soleil voult lever,
9230 Nous vismes Jhesu relever,
Puis par le peril de nous ames,
Nous veismes trois belles dames
Quil oingnement luy apportoient,
Et en plorent regracioient ;
9235 L'ange quil la ce asseoit,
Doucement les reconfortoit
Et leur disoit par verité
Que il estoit resuscité,
Et qu'il estoit en Galillée.
9240 Lors nous levasmes grant alee,
Car nous estïons comme mort **
De paour et de desconffort.

Veez vous cy mon seigneur Teria-
[cle ?
Il vit comme moy le miracle,
Et veez cy mon seigneur Hardin   9245
Quil estoit les moy ou jardin ;
Il virent tout comme je fix.

CAIFFAS percuciat se in fronte et dicat :

Helas ! nous sommes desconfix,
He las moy dolent! que ferai ge ?

ANNAS

Cent de diables, vous tiend la raige?   9250
Laissez advenir quil pourra, ***
Car le grant Dieu nous secourra.
Ces chevaliers n'an diront mot,
Car il seroient tenus pour sot,
Et il en aront bon salaire.   9255

Dicat militibus :

Seigneurs, veullés vous de ce taire.
N'an dictes mot a creature,
Que l'on diroit par avanture
Que vous en avez argent pris,
Sy en pourrés estre repris,   9260
Mes deffandez bien nostre loy, ****
Et veez cy que je vous octroy
Chascun cent livres de ma bourse,
Ne reffusez pas ceste mourse,
Et gardez que chacun ce taise.   9265

TERIACLE

N'est nul de nous quil ne desplaise.
Nous vouldrons ja que ne fust fait.
Baillez les nous donc, s'il vous
[plait,
Qu'affaire avons en autre terre.

9215. orez. — 9216. que suppléé. — 9221. guerdoient. — 9223 peut. — 9226. comme. —
9227. vers trop long. — 9228. s'assis. — 9229. que le. — 9230. vismes. — 9235. ce seoit. —
9242. peur. — 9249. moy suppléé. — 9266. quil il. — 9268. dont.

9250 9290. MATTH XXVIII, 11-15.

* 259 r°. — ** 259 v° — *** 260 r°. — **** 260 v.

ANNAS

9270 Actendés moy, je les voix querre,
Et ce vous voulés, ce montés,
Car ilz sont tous prests et comptés,
Montés toudix et je revien.

HARDIN

Par ma loy, vous dictes tresbien,
9275 Nous monterons tantost en l'eure.*

ANNAS

Je n'ay pas fait longue demeure,
Tenés l'argent, je le vous baille,
Et vous pry bien, comment qu'il
[aille,
Que par vous n'ayons point de mal.

TERIACLE

9280 Foy que doix l'arme mon cheval,
Ja ne vous en covyent doubter.

SALMIGONDIT

Se ne me puisse ou feu bouter,
Par fine force de froidure,
Jamès vous n'an arés laidure
9285 Pour chosse quil puisse advenir.

HARDIN

Le grant Dieu vous puist maintenir
Cy com vous avez desservi !
Nous vous avons tresbien servi,
Et vous nous avez fait honneur.

PRIMUS PEREGRINUS dicat ad secundum :

9290 Certes, j'ay au cueur grant doleur,
Cleophas, amy debonnaire ;

Je vous pry qu'il vous veulle plaire
Que vous me tenés compaignie.**
En Jherusalem veulx aler
Pour ce que j'ay oy parler   9295
Que Jhesu est resusciter.

SECUNDUS PEREGRINUS ad primum :

Autel vous dix pour verité,
J'ay la pareille entancion
Qu'avez et la devocion
D'y aler, or y alons doncques.   9300
Car certes, saichés, je n'ous onc—
[ques
Tel fain de mangier ne de boire,
Com savoir se la chose est voire
Qu'il soit venu de mort a vie.

PRIMUS PEREGRINUS

Les faulx Juïfz par grant envie   9305
L'ont mis a mort, le bon seigneur ;
Bien sçay qu'il est huy le tiers jour
Que rescucité il doit estre.***
Plux en ce lieu ne en cest estre
Ne soions, alons droit avant.   9310

DEUS ad Peregrinos :

Actandés quil alés devant,
Beaulx seigneurs, et je vous en
[prie,
Je suis tout seul, sans compaignie,
Avec vous j'iray s'il vous plait.

SECUNDUS PEREGRINUS

Ce que tu dix ne nous desplait,   9315
Car a ton sanblant bien veons
Que tu es ung tresvrais preudons,
Bien le veons a ton maintien.

DEUS

Je vous pry, ne me cellés rien.

9279. n'ayez. — 9293. Ce vers n'a pas de rime. — 9294-96. Ces quatre vers riment
ensemble. — 9295. oyz. — 9303. vraye. — 9309. tier.

9290-9343. MARC XVI, 12-13; JOANN. XXIV, 13-36.

V. 9275. Appel: Nous monterons. — * 261 r°. — ** 261 v°. — *** 262 r°.

9320 Beaulx seigneurs ; dictes moy par
[foy
De quil vous parlez et de quoy,
Quant avecque vous m'aqueulistes,
Grant honneur et grant bien me
[feistes. *
Bien voluntiers je le sçaroie,
9325 Car je vous voy en ceste voie ;
Je vous pri, dictes m'an la fin.

PRIMUS PEREGRINUS

Commant ? tu es seul pelerin
De Jherusalem la cité,
Et n'as pas sçeu la verité
9330 Des faix com il fist en ces jours !

DEUS

Dictes moy par amour, seigneurs,
Quelle chose est ce qu'il fait ?

PRIMUS PEREGRINUS

C'est de Jhesu de Nazareth
Quil estoit ung tressaint preudom-
[me,
9335 Ung prophete, s'an est la somme,
En fait, en dit et en parolle.
Maint retiennent de son estolle,
Car il estoit doux et benigne
Au peuple et de vertus digne,
9340 Et commant les Juifz par envie
A tort luy ont tollu la vie
Par leur malvoise traison, **
Et en croix souffrit passion.
Or y avions nous esperance
9345 Qu'il rescucitast sans doubtance,
Il y a ja trois jours entiers,
Et les Maries par santiers
Vindrent a nous devant le jour,
Dont nous eûsmes grant freour,

Car, comme elles nous recomp- 9350
ₜ[toyent,
Au sepulcre alees estoient,
Mais point le corps cy ne trovirent,
Dont mout grant doleur demeny-
[rent,
Mais pour leur grant devocion
De l'ange orent la vision 9355
Que Jhesuchrist estoit revis.

SECUNDUS PEREGRINUS

Ainsin, sire, il m'est advis,
Que la chose fust demontree
Par aucungs de nostre contree
Quil alerent au monument 9360
Et raportirent vraiement
Des femmes les faix et les dix.

DEUS

O folz et a croire tardix !
Dieu si vous met en bonnes mec-
N'avez pas oy les prophettes [tes. 9365
Disant que il covyent souffrir
En la croix pour tous racheter,
Et en la gloire Dieu entrer ?
C'est ce que vous devés bien
[croire.

SECUNDUS PEREGRINUS

Sire, tu as dit chose voire. 9370
Il est temps de nous abergier
Et de prandre un soupper ligier
Pour nostre recreation.
En cest chasteaul no mansion
Ferons, que l'on appelle Emaulx, 9375
Se Dieu te doint garder de maulx ;
Vien avec nous, sy feras bien,
Et ne laisse pour nulle rien
Que ne nous tiennes compaignie.

9322. *avec....* — 9332. *esse ce.* — 9336. *dist.* — 9337. *retienne.* — 9350. *elles* suppléé.
— 9364. *sil... bonne.* — 9368. *bien* supplee. — 9379. *tienne.*

* 263 rº. — ** 263 vº.

HOSPES ad Peregrinos :

9380 Ceans a bonne hostellerie,
Et cy a bon vin et bon pain,
Vous ne vous mórrés pas de fain,
Se voulés boire ne mangier, *
Cy arés blans draps au coucher,
9385 Et cy serés bien nectement.

PRIMUS PEREGRINUS

Dieu te doint bon amendement,
Preudons, ce ainsin le nous faix,
Car ce sçavoir bien te le faix,
Pour quoy nous nous sommes es-
[meuz
9390 Et pour quoy sommes cy venus,
Tu nous feroies bonne chiere.

HOSPES ad Ancillam :

Or sa, viendz avant, chanbelliere,
Metz ces gens en la chanbre en
[hault, **
Et garde qu'il n'y ait deffault,
9395 Sy fai ce que je te comande.
S'il leur plait pain, vin ne viande,
Si leur en baille appertement.

ANCILLA

He! diable, je ne sçay comment
Vous estes devenu sy maulx.
9400 Il n'a en ce chasteaul d'Esmaulx
Si mal a servir que vous estes,
Il n'y a quarolles ne festes
Ou j'aye ja loisir d'aler.

HOSPES

Tay toy, garse, il te fault parler !
9405 Va t'an tost ta besoingne faire.

ANCILLA

Or sa, mes amis debonnaires.

Tresbonne chambre vous arés. ***
Se voulés, bien aises serés,
Mes qu'en bon gré le veullez pran-
[dre.

SECUNDUS PEREGRINUS

Il vous covyent la nappe estandre, 9410
Puis nous appourtés pain et vin.
Je pry a Dieu, le Roy divin,
Qu'il nous veulle donner sa grace.

Medo loquatur ad Jhesum :

Vous serés cy en ceste place,
Entre nous deux, sire, ou milieu. 9415

DEUS

Or so que ce soit de par Dieu !
Je feray tout vostre vouloir.

ANCILLA

Seigneurs, je vous faix assavoir,
Vecy bon pain et cy bon vin, ****
Vous me sanblés bon pelerin, 9420
Et de bon lieu par verité.

DEUS

Nous dirons benedicite.

DUO PEREGRINI

Dominus soit en cest hostel
Avec paix et beneiçon !

DEUS accipiendo panem :

De pain je ferai fraction, 9425
En faisant de la croix le signe,
Et tout par la vertu divine,
(Tunc tradat cuilibet partem suam.)
Dont chascun sa part vous arés,

9380. tresbonne. — 9382. morés. — 9390. ici. — 9391. feroie. — 9400. des maulx. — 9401.
sil. — 9409 que en — 9421-9423. Ces trois vers riment ensemble. — 9424. bencicion
9343 9414 Luc. XXIV, 36-50 ; Joann. XX, 19-26.
* 264 r°. — ** 264 v°. — *** 265 r°. — **** 265 v°.

Et ainsin bien aises serés.

Et statim evanuit ab eis, et tunc valde
stupefacti respiciunt alterutrum.
Sillete.

PRIMUS PEREGRINUS

9430 A force mout suis esperdu
Quant ce signeur avons perdu.
Je croy c'est oil certainnement
Que Juïfz ont mis a tourment,
Trop bien en mon cueur je pensoie,
9435 Quant avec nous ce mist en voie.
Que c'estoit celuy dont parliens.

SECUNDUS PEREGRINUS

Grant joye de ly nous aviens
En nostre cueur et grant ardure,
C'est celly quil la mort tresdure
9440 A souffert pour l'umain lignaige.
Or alons comme bons et saige
Le nuncer par tout le païs.

HOSPES

Seigneurs, mout vous voy esbaïs. *
Dictes moy quel chiere vous faictes.

PRIMUS PEREGRINUS

9445 Pardu avons le bon prophete
Quil esvanuy c'est de nous,
Dont nous avons au cueur coroux.
En froissant le pain c'est parti
De nous, quant le pain fust parti,
9450 Sa part a chascun a donné,
C'est celluy qu'il abandonné
Est a donner a ung chascun
Le digne pain quil est commung.
A nous yeulx nous l'avons veü ;
9455 Pour ce voulons qu'il soit sceü
Partout qu'il est rescucité,
Bien en savons la verité. **

Hic loquitur ad Hospitem :
Beaul hoste, de vous congié prandre
Voulons, car il nous fault entandre
A aler dire ces nouvelles 9460
Aux apostres, sy seront belles.
A Dieu, qu'il vous ait en sa garde !

HOSPES

Il me sanble que le cueur m'arde***
De ce que de moy departés ;
A Dieu soiez vous commandés. 9465

Tunc vadant ad Apostolos,
Sillete.

SECUNDUS PEREGRINUS

Vous quil estes amis de Dieu,
Saichés que nous venons d'ung lieu
Ou le bon prophete avons veu,
Et saichés que l'avons congneu,
Quant du pain fist la fraction, 9470
Mes nous tantost la vision
Perdismes de son corps tresdigne,
Quant de la croix ot fait le signe.
En l'eure de nous est parti
Quant il ot le pain departi, 9475
Tout en l'eure nous le perdismes,
Puis l'ung a l'autre nous deïsmes
Que c'estoit cilz quil passion
Avoit pour la redempcion
Soufferte pour l'umain lignaige, 9480
Que les faulx Juïfz par outraige
Avoient fait morir a doleur.

DEUS ad Apostolos instinul, casi januis
clausis, excepto Thomas :

Poix soit avec vous seigneuries, ****
Ne vous esmayez de nul freur.
Je vous voy mout tristes de cueur, 9485

9430. *Ha.* — 9432. *sil.* — 9454 Le 2ᵉ *nous* suppléé. — 9475. *departit.* — 9477. *dismes.* —
9483 Ce vers n'a pas de rime. — 9485. *triste*

* 266 rᵒ. — ** 266 vᵒ — *** 267 rᵒ. — **** 267 vᵒ.

Et c'est pour deffault de creance.
N'aiez en moi point d'ignorance.
Reguardés mes piedz et mes mains,
Santés mes costez et mes rains,
9490 Vous santirés et cher et os,
Sur ce aiez ferme propos,
Car je ne suis point esperite ;
Querés de la foy le merite,
Certes la verité est clere,
9495 Creez les euvres de mon Pere
Dont j'ay demonstré maint miracle
En ce monde, par mon signacle.
Je ne vous dix plux : « My sergent,
Mes mes amys sur toute gent,
9500 Pour tant que j'ay fait toutes choses,
En la divinité encloses,
Qu'elles sont veues es grans co-
Et a vous vues et apertes, [vertes,
Le Saint Esperit recepvrés,
9505 Et quant je seray eslevés
A mon Pere quil m'a tresmys
Vers vous quil estes ses amys,
Ne vous departés pas d'ung lieu, *
Car tout temps seray ou mylieu
9510 De vous, quil creez en ma foy.
Je vous envoieray l'octroy,
Le don mon Pere en vous vien-
[dra.
Le saint Esperit descendra
Et s'amour vous convertira
9515 Et de grace vous ramplira,
Et vous donra sens et science
Et mectra hors vostre ignorance.
Mes freres, je faix cy mon laix.
Entre vous, je vous doing ma paix,
9520 Non mye cy com fait le monde,
Car il n'y a rien net ne monde ;

Je m'an voix a mon Dieu, mon Pere,
Et cy remain o vous, mes freres ;
Se vous m'avez, faictes liesse,
Car a mon Pere je m'adresse   9525
Pour tant qu'il est plus hault de
[moy,
Et veul bien obeir a soy.
Je ne veul plux parler a vous,
Levés vous dessus vous genoulx,
Paix soit avec vous en toute heure! 9530
Hic ascendit in paradisum, et Angeli cantant
hynnum : *Eterne rex altissime.*
Sillete.

MATHEUS Apostolus dicat Thome :

Vous avez fait longue demeure. **
Vous n'y visez ne n'y gardez,
Sire Thomas, toujours tardés,
Dont vous devés avoir grant ire.
Nous avons veü nostre Sire,   9535
En corps tout vif cy en presence.

THOMAS Apostolus

Je n'aray ja en ce creance,
Et fust mille foix mieulx mon mais-
[tre,
Sui ge beste pour mener paistre ?
Je le veïz mort de mort dure ;   9540
Jusques je voie l'encloueure
Des cloux quil es mains ly fust
[faicte,
Ma foy sera de ly retraicte.
Et par la foy qu'a Dieu je doy,
Je bouteray avant mon doy   9545
Dedans les plaies qu'il ly firent
Et ou costé que ly ovrirent
Les Juïfz au fer de la lance,

9493 *querrés.* — 9499. *toutes.* — 9512. *de mon.* — 9524 *faicte.* — 9536. *vifz.* — 9538. *fut.*
— 9546. *partiez* en abrégé.

* 268 r°. — ** 268 v°.

Bouteray ge ma main avant ce
9550 Que je le croie aucungnement.

PETRUS

Vous avés dur antandement, *
La foy est en vostre cueur morte ;
Le hault Dieu quil tout reconfforte
Vous doint conffort par sa pitié !

DEUS

9555 Paix soit seans et amictié !
Vers vous suis entré porte close,
Car de virginité la rose
Me conçeust sans elle corompre,
Sy ne veul ge pas vous huis rompre,
9560 Ne que je fix le corps de Vierge.
Vien donc sa, toy, Thomas, toy
[quier ge,
Boute ton doy dedens mes mains,
Et san bien se je suis humains,
N'aies paour, pas ne t'esmaie,
9565 Fiche ta main dedans ma plaie.
Soies feal et non mescreant.

THOMAS

Mon Dieu, en toy je suis creant,
Mon Dieu, mon Seigneur t'ay
[prouvé.

DEUS

Tu m'as veü et aperçeu,
Et pour ce que tu m'as veü   9570
M'as tu honnoré et reçeu ;
Benoists soient ceulx quil me croi-
[ront
Et mon corps humain ne verront !
Es cieulx il aront grant merite,
Loez, loez toute esperite.   9575
Par le hault Dieu, Pere celestre,
Je vous beny de ma main dextre
Et vous octroy que puissés estre
En son hault paradix celestre.
De ce lieu ou ma passion
Dont l'on peult avoir vision.   9580

. . . .

Fratres mei, recedamus,
Chantons : *Te Deum laudamus.*

Explicit *Passio* Domini nostri Jhesu Christi
et *Resurrectio* ejus et plura alia documenta
[veteris] legis.

Sit nomen Domini benedictum
Ex hoc nunc et usque in seculum.

Amen.

9549 *ge* suppléé. — 9561. *donc* et *toy* suppléé. — 9564. *peur.* — 9566. *soie.* — 9568.
Ce vers n'a pas de rime. — 9569-71. Ces trois vers riment ensemble. — 9572, *Benoist* —
6576. *Mon Pere.* — 9581. Le verbe manque et le texte est tronqué, un ou plusieurs
vers manquent. — 9587. *documenta* [veteris] *legis, cetoris* est suppléé. — 9589. Suivent
page 270 recto les vers de J. Floichot imprimés en tête de la Notice.

9555-9569. JOANN. XX, 26-29.

* 269 r°. — ** 269 v°.

TABLE ALPHABÉTIQUE

DES

NOMS PROPRES ET DES MATIÈRES

N.-B. — Les chiffres renvoient au premier vers où les noms sont cités ; les noms précédés d'une ✦ ont été expliqués dans l'*Introduction* ; sauf quelques exceptions, on n'a pas répété dans cette table les noms qui figuraient déjà dans la longue liste des personnages ou « entre parleurs ».

AARON, 3721.

ACQUILLON, 244, Nord.

ADONAY, 1488, Dieu.

AISE, 5330, Asie.

ALEXANDRE, 8178, Alexandrie.

✦ L'AMORATH BACQUIN, 7291, le grand Turc.

L'APOCALYPSE, 117.

✦ ARCETRECLIN, 4678, Architriclin.

✦ AROFFLE (?) 3371, pays du roi Arofflart ?

ASER, 5854, nom de tribu biblique figurant dans un chant hébreu.

AUFFERICQUE, 5353, Afrique.

AUGUSTIN (saint), 39.

BALAAN, 2045, le prophète Balaam.

✦ BUROM, 5542, nom du *Rusticus*.

BALTASAR, 5689, nom biblique.

BETTHLEAM, 2210, Bethleem.

LA BIBLE, 5722.

✦ BLANCHEFLOUR, 2263, nom d'une héroïne de roman.

BRIET, 2581, nom d'un chien (de Brie).

LA CALABRE, 8235.

LE CALVAIRE, 7081.

CARTAIGE, 3301, Carthage.

✦ CERVIEL (?) 5855, génie des Cabbalistes.

CESAR, CESAIRE, 2295, l'Empereur.

LES EBRIEFS, 4381, les Hébreux.

L'EGIPTE, 1324.

✦ ERAMBOUR, 9049, héroïne de roman.

ESMAULX, 9375, bourg d'Emmaüs.

ESAU, 5689, nom biblique.

✦ ESNAYE ou ESNOYE, 3324, royaume du roi Jobridam.

L'EUROPPE, 5351.

FANUEL, 2396, nom biblique.

FARAON, Pharaon, 1475, le roi d'Egypte (distinct de l'écuyer Pharaon, 3817).

✦ FISON, Phison, 8241, fleuve du paradis terrestre identifié avec le Gange.

✦ FLAMBERGE, Franberge, 2620, 3287, nom de bergère, tante de Godibert.

✦ FRAPPENAIGE, 9043, nom de la femme du *Rusticus*.

✦ GEDEON, 1673.

GENESIS, 107, la Genese.

GERSONNE, 3258, problalt. le nom propre juif de *Gerson*, altéré.

✦ GRUMATAIGNE (?) 5901, probablement le nom altéré de Grumaton.

GETHSEMAN, 6214, Gethsemani.

GUALILLÉE (la terre de), 3832.

GUALOPIN, 7548, nom d'un valet.

GUARIN, 2664, nom de berger.

GUYUET, 8389, père du messager Goguery.

HELI, 5684, le prophète Elie.

HERSEM, 2624, 2627, nom de bergère.

✦ INLLATH et non *Jullath*, 8244, Inde.

ISRAEL, 3468.

GLOSSAIRE

N.-B. — Les mots en italiques noires manquent dans le dictionnaire de Godefroy.

Abelir, 265, etc., plaire ; *abelit*, 5647 ; *abet* (Rime *Abel*), 826.

✱ *Abonder* : le cueur *m'abonde*, 9131, j'ai le cœur gros.

Abre, 1048, 4541, 8234, arbre.

✱ *Adagram*, 4884, gomme adragante.

Affaire (masculin), 95, 237, 2966, 3887, 5460, 7956.

Affame (R. *diffame*), 7112, affamé, illustre, au sens péjoratif.

Aconiste, 4484, aconit.

Aider : *ait*, 6393.

Aigue, eau, 4780, etc , voir *Eaue*.

Aie, **aye**, 3443, 7739, aide.

Alée, 3833, 9240, action d'aller, voyage.

Aler, 719, etc. ; *vois, voix*, 562, etc., commun ; subj. 3e p., *voise*, 2292 ; *voit*, 803, 5555 ; *voist*, 7840, 9021 ; *aille*, 283, etc. ; *ailliez*, 5502.

Aloingne (R. *sepmainne*), 2648, baleine.

Alosé, 8554, illustre.

Alouer, 6892, prendre à gages.

Amander : subjonctif *amand*, 5049 (R. *firmament*).

Amollir : le cueur *m'amollie* (R. *folie*), 5788, fond.

Amer, 1042, 1593, fiel.

Amer, 482, etc , aimer.

Amplecte, 289, masculin, emplette.

Ampler, 1090, gonfler, remplir.

Amplier, 1099, remplir.

Ange, 80, 905, 2046, 3340, 5635, 8202, 8950.

Angels, cas sujet, 2570, 9179 ; pluriel, 203, 223, 305, 4273, 8045, 8807, 9226.

Annoé, 3640, noué, gourd.

Annuier : subj. *annuyt*, 2524, 4464, 6080

Annuyt (des), 8340, cette nuit.

Apparoir, **aparoir** : *apparans* 4575 ; *appert* 224, 6369 ; *apperra* 1720, 1895 ; *apere, appere*, 203, 1447, 1896.

Apper, 5212, happer.

Araigne (faire l'*araigne*), 6385, araignée : au fig , maigre et mal fait, t. injurieux.

✦ *Arche* (R. *perche*), 5550, recourbé, crochue (arche ??).

Ardoir, 5909 et *ardre* ; *ardant*, 412 ; *arce*, 3721, 5758 : *art*, 2508, 5427, 6073; *ardent*, 3351 : *ardroit*, 2833 : *arde*, 751, 9462.

Ardure, 406, 9408.

✱ *Argüe*, 8124 (3 syll.), pique, dispute ?

Armerange, 5566, vaillant.

✦ *Arumalglé*, 3388, mot inconnu. — Godefroy donne le mot *reumage* sans explication.

Atargier, 3930, tarder

Ataiche, 6864, masculin, lien

Atouche (R. *boche*) 8092, atouché, touché.

✱ *Aufrer,* ofrer (R. *exaucier*), 805, offrir.

Auge, masculin, 5888.

Aulner, 2230, battre.

✦ *Aureaux* ? 8979 : Bien fait ce diable ces *aureaux* ; pl. de *orel*, ornement, ou de *oral*, pectoral : Ce diable a mis ses linges dans un bel état ??

Autel de sacrifice, 806, etc. ; cas sujet, *autes*, 4288.

Autel, 1182, 5840, 9297, tel, pareil.

Autre, de l'autre, 3518, du bien d'autrui.

Avaler, 1373, 8277, descendre, faire descendre.

Avancer, subj. *avant* (R. *octivement*), 8203.

Avenue, 3354, aventure.

Avoir, *eu*, *heü* 609, etc , à côte de *eu* commun : *aciens* (2 syll.), 342, 9436 ; pret., 1re p *os* 5605 ; *ous, oux*, 2138, 9301 ; 2e p. *ous* 6117 ; *ot* 105, 128, 1404, 8925, 9475 ; *out* 4376 : *orent* 9355 ; *arai* 260, etc., plus commun que *avray* 335, 7607 (R. *navré*), etc. ; *eut, hut*, 1518, etc : *eusse, eusse*, et *husse*, 1750, 5004, 6690, etc.

13

Avoultire (R. *martire*), 3709, adultère.

Avoultre (R. *apostres*), 6364, enfant adultérin.

❋ **Ayreux**, 5276, sec, desséché, et *hereux* 4178, rude, âpre. Cf. *Glos. du Morvan*, p. 452, v· *ayre*.

Baboe, 8754, grimace.

Bades (en), 5094, sans profit.

Baille, 4479, sage-femme.

Bailly (mal), 6320, mal traité.

Baillir et baillier : *bailleray*, 4502, 3144, 5494, etc.; *bauldré*. 2007 : *barray*, 7156, 8776.

Balance (être en la), 7686, être suspendu.

Bargnier, 3483 (*bargenier, barguinier*?)

❋ Barré, 7403, cloué.

❋ **Baudee**, 5144, coup.

Baule, 3642, bal.

Baule (R. *espaulles*), 7124, probablement pour *bail, baul,* maître.

❋ **Bauler**, 746, 5898, crier. — *Glos du Morvan*, p. 67, se dit du mugissement prolongé du taureau.

❋ **Beati quorum**, v. 2773. Cette expression signifie que le berger sait bien boire. Elle est expliquée par H. Estienne dans l'*Apologie pour Hérodote*. Chap. xxi (édit. P. Ristelhuber, t. II, p. 7). « Il ne faloit qu'un bon prestre enluminé comme le *Boy* de Beati quorum. C'est-à-dire enluminé comme le B initial du psaume *Beati quorum* dans les livres de lutrin ». Cf. cette autre expression : « Nous sommes de pauvres rustiques qui n'entendons ni A ni Boy. « *L'Adieu et Remonstrance, etc., par six Païsans*. 1615, p. 19.

Belouce, 3365, prune, au fig. coup de poing.

Beneïçom, 4097, 8733, benédiction

Beneictes (R. *ansinctes*), 7404, benies.

Besolle (R. *parolle*), 9040, besogne.

Beugle (R. *aveugle*), 2200, bugle, stupide.

❋ **Beurdin, e**, 5552, péteur.

Beurgent (R *forgent*), 3376, bougent.

Bève (R. *fèves*), 3374, bave.

Bienviengnez, 2187, bienvenu.

❋ **Bis, bise** (roche), 8085, d'un gris brun.

Bisme, 332, 436, 4555, abime.

Blans, blancs, 4484, petite pièce de monnaie.

Boe (R. *Siloe* 2 syll.), 4597. 4609, boue.

❋ **Bohée**, 4401, bouée : faute possible du ms. pour *boichée*, engin de pêche.

Boire : *beü*, 4436, 7179 ; *bux*, 4375 ; *burey, ay*, 4435, 2637, 3740 ; *bevrai*, 4343, 4382.

Bot, 5270, crapaud.

❋ **Boué** (R. *Siloe*, 3 syll.), 4584, enduit de boue.

❋ **Bourre** (faire saillir la), 6862, au fig.: les boyaux. Cf. le mot *bourranflé*.

❋ **Bourranflé**, 7459, bouffi, obèse. Cf. *Cotgrave* et *G. du Morvan*, p. 114.

❋ **Bouteaul ?** 4400. On pourrait corriger ce vers trop court en subtituant le terme de marine *boute-lof, boutelot*. etc., mais c'est plus vraisemblablement le mot *botel, botiaus*, baril, ou un synonime de *joinchée* (voir ce mot).

❋ **Boveille** (la), 3323, gorge.

❋ **Brace** (*braces, fere*), 3490, faire des miracles. montrer la force de mon bras??

Brasse (la), 3269, les bras.

Brainne, 2077, stérile.

Bribe, 2313, morceau.

Candaulx, 8740. Voir *sanbeaulx*.

Caqueteresse, 2634, bavarde.

❋ **Cartadle** (la fièvre), 4483, quartaine.

Cayment, 7341, mendiant.

Cehür, seür (R. *heur*, prononcez *hu*), 6070, sureau.

Celestial, 3 et *celestiel*, 8365.

Cembel, cembeaulx, 8740. Voir *sanbeaulx*.

Centoire (R. *boire*), 8172, centaurée.

❋ **Certes**, *acertes*, 7393, sérieusement : *a bonnes certes*, 4604, très sérieusement.

Chaasté, 4443, chasteté.

Chancellé, 6264, anéanti.

Chappel fol, 6439, jeu de colin maillard.

Chardonnerel, eaulx, 5634, chardonneret.

Chatel, 4442, 7679, bien.

Chenaille, 2467, canaille.

Cheoir, 4232, 4263 (2 syll.); participes *cheoit* 6290 ; et *cheus* (4 syll), 3397 ; ind. 3° *chiet* commun ; 3° *chiet*, 092, 4896. — Locut. il y *chiet*, 6034, il convient.

❋ **Chevolle** du cou (R. *dole*), 7280, vertèbre, atache du cou, nuque.

❋ *Chevrotte,* 1538, locuste de l'Exode, X, 5.

Cil, 301, etc., celui, commun ; cas sujet *cilz,* 606, 4936, 9477 ; pluriel *cil,* 8280.

Chierté, 6783, charité.

Cintoual et non *cintonal,* 4882, 8178, épice (zédoaire).

❋ *Clareaul,* 4401, t. de pêche inconnu. Godefroy donne *claire-taille,* sorte de filet.

Clargine (R. *costume*), 2774, clargie, science.

❊ *Clerer,* clairer, 3087, briller, éclairer (*Dict.* de Monet) et *G. du Morvan,* p. 190.

❋ *Clicque* (jeu de la), 5354.

Cloître, 842, clôture.

❊ *Coiffotte,* 4170 ; dimin. de *coiffe* ; au figuré, coup sur la tête.

Coite, 4900, hâte.

❋ *Coincte* (R. *poinctes*), 7526, content ; 4017, sens ordin. de joli.

Colle, cole, 8277, dérangement de bile.

Compain, 7441, compagnon ; cas sujet, *compains,* 3665, 6076 ; plur. *compains,* 2743, etc., 6667, 6682.

❊ *Commectement,* 8776, commission.

Comparer, 710 et *comperer* payer; *compere.* 3497, 3509 ; *comparrés,* 6288 ; *comperroit,* 3805.

Comparoir (se) : Subj. *se compaire,* 3400.

Conclux, 4228, vaincu, épuisé.

❋ *Condouffle,* 7473, pot ou verre a boire, mot inconnu.

Congier, 8330, congé.

Consantir (se) à, 250 ; *consantans,* 330, 8105, complices.

❊ *Contrepris,* 5263, serré contre.

Contondre, 4585, meurtrir.

Convenir : *convenist,* 5366.

Coqu, 5641, coucou.

Corailles, 7224, entrailles.

Corre, 4189, 4534, 6863, courir, *courir,* 4221.

Cornemuser, 746, jouer de la cornemuse.

Corrées, corées, 6868, entrailles, côtes.

❋ *Cotom,* 6459, litter. tige à chanvre : au fig. barbe de filasse.

Couez (R. *aguez*), 5618, a côte de *queuhe,* 5617, queues.

Coulde, 977, coudée.

Couple (R. *doubles*), 2796, coupe.

Courbe, 6745, bossu.

Courcer, aer (se), 148 ; *coursé,* 3768, courroucé.

Cours (le) (Loc. *le cours* etc.), 1192, etc., en hâte.

Covant, 6055, convention.

Credible, 6224, croyable.

❋ *Craboce,* 3364, coup. — Godefroy ne donne que le verbe *crabacier.*

❋ *Criamer* (R. *Lamec*). 5872, crier.

Croller la tête (1380), remuer ; 3430, v. neutre, s'écrouler.

Crot, 7834, trou.

Crueulx, euse, 1516, 1639, 8622, etc.

Cut, 4995, cas Rég. de *Qui.*

❋ *Cullerault,* 2770, au fig. vilain oiseau ; (cul-blanc ?)

❋ *Cullerette,* 2727, petite cuiller.

❊ *Cyve,* 4830, ciboulette.

❊ *Darnerie,* 5521, 9008 (R. *n'an rie*), sotte contestation, bourde.

Dé et *Dieu* dans les jurons : *La mort De* 2266 ; *je reni Dé,* 2322 ; *par les yeulx Dieu* 2801, *le sang Dieu,* 2316, *le poitron Dieu,* 3345, 3550.

Deable et *diable,* le plus souvent de trois syllabes ; Juron : *Cent de diables,* 3380, 5554, 9250.

Decoste, 3965, près de.

Decourir, 6884 ; *decourant,* 1674 ; *dequeure,* 6855.

Decraichié, 6608, couvert de crachats.

Deffendement, 6315, défense.

Defroissier, 7820, briser.

Delès, 175, 2187, près de.

Delivre, 5204, délivrance.

Delivre, 4422 et passim, quitte.

Delivrement, 6916, délivrance.

Demesure. (R. *cure,* 4870), demesure.

Demoire (R. *victoire,* v. 4277), 4377, retard.

Demour (R. *Amour*), 562, retard.

Deroute : *tresderoute,* 2849, déchirée, t. d'injure.

Desavancer : 1244, diminuer.

Descruciffier, 8088, détacher de la croix.

Descendue (la), 6680, 8446, héritage.

Desevré, 360, 377, privé.

Desglavier, 8450, faire périr par le glaive.

Despecer, 5710, etc., mettre en pièces.

Despener, 1758, défaire.

Despint, 344, décoloré, terni.

Despis, 677 : *despit, despite*, 3663, méprisé.

Destordre, indic. 1 p. *destors* (R. *estors*) 6263.

Destour, 2558, 2703, lieu écarté.

Detraindre, 1530, tourmenter.

Deul (R. *traval*), 7366, (R. *hardel*), 8288, peine.

Devoir : Subj. *doye, doie*, 4050, 7383 : *doyre*. 6968.

Devorer, *devoirer* (Cf. *Dict. franç. bourg.*) : *devoire* (R *gloire*), 8534.

Diffame (R. *blasme*), 6431, diffamation : *diffame* (R. *affame*) 7143, diffamé.

Diffinir, 7587, mourir.

Dire. ind. *dy* 99 : *dis*, 102, etc. ; *dient* 6976, 8220 ; prét. *dist* 149 etc. ; *deïsmes*, 9477 : *distes*, 1181 : subj *dire*, 5754, 6404 : *diez*, 1853 ; *disicz*, 1868.

Dix, 5967, jours.

Docière, 1172, casaque ; au fig coup dans le dos.

Doler, doller, *dole* (R. *chevolle*), 7281, faire mal.

Dolose (R. *douze*), 6064, afflige.

Doloir, se *deulle*, 2865.

Doner : *don*, 544, 545, 1097, 2244, 5265, 5959 ; *doing*, 296, 6373 ; subj. *doint*, 904, etc. commun ; *doigne* (R. *tesmoingne*), 6715 ; *donne* (R. *commungne*), 5513.

Dormeille (faire la) (R. *mervoille*), 7833 ; s'assoupir. Godefroy ne donne que *dormerie* et *faire la dormeveille*.

Drame, 8209, drachme.

Droit, légitime, véritable, 160, 5999, 7780 : c'est *drois* (R. *tiendrois*), 843, 3056, 5537, 8232.

Eau rose, 4883, 8174, cordial pour faire revenir d'une pâmoison. Cf. *Pathelin* : Guillemette ? Un peu d'*eaue rose !* »

Eauve, yauve (R. *larmes*, prononcez *lormes*, 1320), 1548 ; *eaue*, 157 commun, à côté de *eaul, eau* ; et de *aigue*, 4780, 6978, 6980.

Effroider (s'), 2793, refroidir.

Effronté, 640, sans pudeur.

El pour *elle*, 4038, 4281, 6648, 9013

Emploré, 9067, éplore.

Enbocé, 3631, bossu : t. d'injure.

Encheminé (être), 3044, être en route.

Encheu, 663, tombé.

Encloueure, 9541, *fixura clavium*.

Encoir (R. *avoir* 18) et *encoires* (R. *oires*), 6239.

Encroichier, 4250, accrocher.

Enfanteresse, 3475, mère.

Enfermes (R. *larmes*, prononcez *lermes*, 4963), 4997. malade.

Enffes, 2017, 7633, enfant.

Enffumé, 5842, orgueilleux. fier.

Enmy, 5670, au milieu de.

Ens. ans, 4998, 6314, 7834, dans, au dedans.

Entrape, 9084, embarras, incommodité.

Entouillié, entouillie, 2569, étourdi.

Enveir, 555, attaquer.

Erreur, masculin, 2662 et féminin, 8348.

Esbaloier, 2345, au lieu de *esbanoier*, s'amuser.

Escharni, 4344, 6174, joue.

Escherulles (R. *ruilles*, 9038), escaroles (?) salades.

Eschevir (R. *fouyr*). 2469, éviter.

Esclairer, 2831, 8940, v. n. (cf. *clairer*), briller, lancer des eclairs (cf. *Dict. Franç. bourg.*, p. 144).

Escourcier, 9047, harasse de courir.

Escourgées, 6869, étrivières.

Escouru, 946, écoulé.

Escoux, 5773, 5812, agité, fou.

Escuellotte, 2248, dim. d'écuelle.

Escullé, 3373, (*escueillié ?*) lancé, entré dans.

Esme (R. *disiesme*), 5094, âme.

Esmeré, 3046, précieux.

Esparpilliés (bras), 7473, étendus.

Espart, *espert*, 9854, habile ; peut être aussi substantif, et signifier éclair. Cf. le vers 9225.

Esperaige (R. *casselaige*), 8367, espérance.

Esperite, 7784, 8555, 8643, 8805, esprit, féminin.

Espoir, 8343, ind. 1re p. de *espérer*.

Espouser, 1893, 1993, unir en mariage.

Estache, fém. 6833, 7027, poteau, colonne.

Estannaire, 7274, place ? Godefroy dans le verbe *estanner* et le mot *estaire*.

Estargent, 6953, épargnant.

✸ **Estolpuet** (R. *Guyet*), 8388, coffret, cassette.

Estordre, 3400, tordre ; participe *estors* (R *destors*), 6262.

✸ **Estors,** 7446, subst , coups, au lieu de la forme commune *estorce.*

Estrene, ainne (en bonne). 2443, 5929, 6554, chance.

Estre, *sommes*, 417, commun ; *sabmes*, *summes*, 565, 3186 ; imp. *estole*. etc. : *estiés*. 1470 (2 syll. ; *j'ay estée*, 4825, 4827 ; *c'est esté*, 1737 ; fut. 3e p *yere* (R. *misere*), 449 : *yert*, 394, 351, 599, 1365, 1695 ; *sera*, 114, 253 (R. *fera*), commun : *feûst*, 4991, et *fust* commun.

Estroit (cueur), 2465, 8900, serré.

✸ **Estupper** (*le vis*), 5372, 7730, actif, estouper, boucher, recouvrir.

Eüe (R. *esmeue*), 8970, aide.

Fable, 891, faible.

Fade, 891, languissant.

Faillir, *fally*, 5443 ; *faulx*, 2274 : *fault*, 3379, 5423, 5268, 7585, 8401, etc. ; *faillut* (R. *salut*). 5568 ; *fauldrai*, faudré, 2348, 3769, *faille*, 3273, etc.

Faindre (se), 7487, 7101, hésiter ; et *foindre* (Cf. *Dict. franç bourg.* p. 29), fléchir, céder ; *foint*, *faint* (R *point*), 5564

Faire : *fasoie*, *fassoie*, 7264, 1561 ; *feismes*, etc., 897, 1181 : *faciens*, *fassiens*, 3057 ; *feisse*, 7872

Falloir : *fault*, 18, etc., commun : *fauldra*, 1641 ; *failloit*, 1377 ; *faulsit*, 7375.

✸ **Fece** (R *face*), 3690, pour *fesse*, du v. fesser.

Femolles (R. *parolles*), 5999, femelles.

Fenestre, 7442, trou.

Fenis, 8179, phenix.

Ferir, 7437 et *fierre*, 1344 : *feru*, 6196, 6445, etc. : *fiers*, 6478 : *fiert*, 3536, 3845, etc. ; *feray*, 4544 ; *fierray*, 6901, 6312 : *fier*, 4345, 6746 ; *fiere*, 1173, etc.

Feste, 4010, faîte.

Feur (a nul), 4321, 6250, 6743, 6900, pour aucun prix, pour rien au monde.

Fevre, 3680, 7104, 7144, 7939, forgeron.

Fient, 4421, fumier.

Filer (R. *deslivrer*), 4402, filet.

Flageaul, flagol, 2646, 2727. flageolet.

Flactamus, v. 2787. « Nous chantes-tu de *flactamus* ». — Cette expression paraît signifier : Nous dis-tu de nous agenouiller ? — Sur le verset *flectamus genua* de l'office du Vendredi-Saint il devait y avoir des plaisanteries traditionnelles, comme celle qui est rapportée dans les *Exempla* de Jacques de Vitry. Un écuyer forain avait habitué son cheval à se jeter à terre dès qu'il lui disait *Flectamus genua*. Se présentait-il un acheteur, l'écuyer le priait de monter sa bête a l'essai, puis les envoyait dans une tourbière et quand il les voyait bien au mylieu : « *Flectamus genua*, criait-il.

Flum, 4459 ; fleuve.

✸ **Foiru**, 2256, dévoiement.

Foleur, foulour, 710, 2456, 7367, sottise.

Fondre. *fondu*, 8966, englouti.

✚ **Fourbe cop** (R. *courbe*), 6746, coup fourré ?

Fourches (patibulaires), 2237, 2764, 7486, etc.

Fuire (R. *bruire*), 6806 et *fouyr*, 2169 ; *fouys*, 5396 ; se *fuyent*, 314.

Frappon (ung), 6133, un coup.

Fressure, 2228 pour *froisseare*, contusion, coup.

Freour, 1319, frayeur.

Freur (R. *cueur*), 9484. Godefroy donne *freu* querelle, mais le mot *freur* paraît plutôt la contraction de *freor*.

Friçom, frisson, 650, 1096, fem., frayeur.

✸ **Fristes**, 4883, confections (de gomme adragante et d'aconit).

Frivole, 674, 9004, sornette.

Froisser, 9448, briser.

Fruit de vie, 4279, 4326, periphrase, Jésus-Christ.

Fumière, 802, 5893, fumée.

Galin, 2238, galant.

Garceon, 5842, garçon.

Gendre, 1084, race.

Gentil, 204, etc., noble.

Gentillesse, 4459, noblesse.

✸ **Gerboige** (R. *desloiges*), 1176, t. d'injure inconnu.

Gessir, Gesir, 1357 : *jeu, geu* (1 syll.), 5342; *gy*, 4328 ; *gist.* 5051.

Geste, 259, 749, 4750, race ; ungs hons *de chetive geste,* 6798 ; *jeux de geste,* 3779, tournoi ; *chanter de geste,* 2402, 9052, chanter une chanson de geste.

Giete (R. *Egipte*), 3336, jette.

Girons (d'une robe), 7523, les pans.

✵ **Glorlette,** 6983, plante verte ??

Gloux, 7212 et *glouton,* 6460, etc., coquin.

Gluer, 997, coller, joindre.

Gogue (R. *robe*), 6864, 7715, joli. Voir plus bas *guogue.*

✵ **Grand Del,** 4895, emplâtre *divin* ou emplâtre *de la main de Dieu* à base de vert-de-gris. (*Elém. de pharmacie* par Baumé, Paris, 1777, p. 828 et 830).

Goïffe (R. *Caïffe*), 6380 pour *goffe,* grossier.

Greneur, 1609 et *grigneur,* 822, 4717.

✵ **Grevanter,** 4220, peiner.

Guaingne (la), 6920, 8746, gain.

Guaingnie (R. *compaignie*), 5246, gagné, masculin.

Guanchir, gauchir, 5365, échapper, resister.

✵ **Guargette,** 2762, gorge ?

Guande, 3354, probablement orthog. vicieuse pour *gode ! bon !*

Guelle (R. *rebelle*), 3356, masculin, gueule, bouche plutôt que bourse, malgré l'exemple de du Cange III, 593, *gula,* 2.

Guogue, guoguer, 4665. On pourrait corriger la leçon du Ms. *qul guogue* en *quel gogue !* quelle bonne farce ! mais il semble possible de voir ici le subjonctif d'un verbe goguer (Cf. le verbe *gogueter*), et traduire : jettons-le dehors qu'il aille *s'amuser.*

Haïr, haï, hay, passim ; *het,* 4111 ; *hayez,* 3688 ; *heent* (2 syll.), 6276; *heient* (1 syll.), 5389.

Haitié, 5706, bien portant.

Hardel (R. *deul*), 8289, vaurien.

Hautisme, très haut.

Hereux, 4177, rude, âpre, cf. *ayreux.*

Herite, 3662, etc., hérétique, impie.

Hertaige (R. *heritaige*), 2205.

Heur, eur, prononcez *hur, hu* (R. *cehur*), 6669, chance.

Hinne (la) (R. *mye*), 5539, higne, tête grimaçante.

Hoire (R. *gloire*), 3221, heure; 8588 (R. *gloire*), succès, bonheur.

Homme, homs, 264, 815, etc., très commun ; *hons,* 2427, 3895, 4887, 6686, 6798, 8435, 8483, *hom,* 888.

Honter, 8490, déshonorer.

Houler (?) 1367 ; *houle,* pousse. pousse! Voir Godefroy. V^e *houler.*

Hupperaut, 2771, huppelot, petit de la huppe.

Incredible, 1360, mécréant ; 1532, incroyable.

Ire, yre, 3277 ; *an yre,* 4480, en colère, peut-être faut-il, lire *enire,* j'enrage, du verbe *enirer,* non mentionne par Godefroy.

Irer, yrer, 5961, v. n. s'irriter.

Ireux, yreux, 3713, furieux.

Issir, yssir, 1346, 8622; *ist,* 4246, *isse,* 1155; *issés,* 4428.

Ité, itel (R. *vité*), 4887, pareil.

Jaingle (abatre la), 5699, rabatre le caquet.

Jame, 1148, jambe.

Jardié, 2804, juron.

Jay, 6141, déjà.

Jelée, 2256, gelée.

Jocquier, attendre, 6792.

✵ **Joinchée** (R. *bohée*), 4400, cf. *jonchie* botte d'herbes dont on se sert pour prendre du poisson.

✵ **Jouaul,** 6308, joue.

Joucte (la), jote, 2242, 2257, légume en general, ici soupe aux choux.

✵ **Jubillemus,** 2757, 7343, joyeux compère, drille.

Laidure, 400, 4141, laideur ; 5137, etc., outrage.

Laisser : *laiz,* 6932, ailleurs *laisse* ; *laisseray,* 631, 999, 4445. etc., moins commun que *lairay,* 4108, 4415, 5209, 6205, etc. ; *larons,* 5380.

Lanssier de sangler, 2806, lancier de sangliers ; au figure, précipitation, avaler goulûment.

Larmes, *lermes,* 4964, *lormes,* 1324. Cf.

Gl. du Morvan, p. 485 : lairme ; et *Dict. franç. bourguignon* : On prononce quelquefois *lorme*).

Larronnaille, 1266, coquins.

Leesse, 3 syll. 1663, 1686 et *liesse* 3 syll. commun.

Les, 465, 9245, près de.

Li, article sing., 5842, 6602, 7390, 9479 : pl. 7398.

Ly, li, lui, commun ; *li*, fém. elle, 1984, 2177, rare.

Lyé, fém *lie*, joyeux, commun, à côté de *lyé*, sens ordinaire, 6853, *lié*.

Liens, 4551, *leans*, ici.

Liard, de, 3366, 5341, gris.

Lincel, 6005, drap de lin.

Loer, 43 ; *lo*, 2330, 3180, etc. ; *loz* (R *lox*, lots), 7516 ; *loc. loue*, 3184, *lone*, 2146 plus rare, conseiller.

Loire : orthographe de *loir*, provençal *glire*. Locut : se mettre *en loire*, 4993 : estendre *en loire*, 5386.

Longuaingne, 8743, excrément.

Loppe (faire la), 5352, grimace.

✳ Louppe (R. *soupe*), 2661, morceau, lopin.

✳ Lordure, 4852, poids, lourdeur, faute possible du Ms. pour *laidure*.

Lort, lours, 2260, 9033, lourd.

Los, louange, 2352, etc.

Losangier, 534, 602, flatter.

Lunectes, 5633, linottes.

✳ Luytelult (?) (R. *luyt*), 1042, mot inconnu.

Mabre, 6652, marbre.

Maignye, 2470 et *mesnye*, famille, suite.

Maillier, 7398, 5479, frapper avec un maillet.

Main, 2639, 8407, matin.

Mains (R. *germain*), 4411, it. 6979, moins.

Maindre, demeurer : *maint*, 3240.

Maire (R. *guyere*, guere), 6749, le maître, l'artisan principal

Mal, 752, 1038, etc. ; *maulx*, 264, 4706, 9399 (R. *Esmaulx*) cas sujet, mauvais.

Mal d'Abraham, 2814. Ce mal, non mentionné par du Cange, n'est autre chose qu'une perte de sang periodique dont les Juifs étaient affligés, suivant une superstition fort répandue. Dans la 2ᵉ partie de la *Vie de Iesucrist*, imprimée par Robin Foucquet en 1485, mais qui remonte au xivᵉ siècle, on lit p. viixxi : « Selon que j'ay entendu par aulcuns preudommes, les Juifs ont ung signe bien horrible chescun moys. » Suivant uné *Passion* manuscrite du xvᵉ siècle (B. de l'Arsenal, 2410, fol. 135 rᵒ), ce mal leur aurait été donné pour accomplir « la prophecie de David qui dist que [Dieu] frappa ses ennemis au fondement, Percussit inimicos ejus in posteriora dorsi ejus. — *Psal.* 77, 66. »

✳ Malane, 1783 (Myst. du *Jour du Jugement* de la B. de Besançon), v. 704, malaingne, lèpre.

Malen, malan, 5289, item. maladie.

Mal estre ou *malestre*, 1962, mauvais etat, malheur.

Malestruit, 5370 ; *maulostouit*, 861 ; malheureux ; vie *mal instruicte* pour *malestruite*, 5750, grossière.

Maltce, 1216, masculin.

✳ Malote, 2247, coffre, au fig. corps.

Malvoisté, *malvoité*, *malvoitier*, 6562, 8117, 1626, etc., méchancceté.

Mancheron, 7324, manche.

Mangier, *mangue* (R. *marque*), 5294 ; *mangay*, 2672, 9044, etc. ; *mangirent*, 1540 ; *mangue*, 2240 ; *maingue*, 3629.

Marchier, 4909, marché.

Marci, *passim*, merci.

Matrise, 296, maitrise.

Mazenge, 5635, mésange.

Maulmené, 4142, malmené.

✳ Mauteris, 3726, pour *mautris*, merctris, courtisane.

Meaulx (R. *joiaulx*), 9059, mieux.

Mecte, mette, 9364, etc., lieu, limite.

Melle, 5638, merle.

Ment (R. *briefment*), 8874, meut de *movoir*.

Merde (R. *herbe*), 2252 ; R. *garde*, 7303 ; prononcez *made* dit le *Dict, franç. bourg.*

Mes, mais, 8333, *mes* est le renon, désormais, maintenant le bruit court.

Mes que, mesque, 283, 6335, etc., lorsque tandis que.

Messaige, 2215, 4208, etc., messager.

Meurmeurer, 1317, murmurer.

✣ **Met** (R. *met*), 2657 pour *meix*, *mas*, maison.

Mi, 5181, *ma*.

Mi, 9408, pluriel, *mes*.

Mi, my, 4120, milieu.

❋ **Millereau** (R. *chardonnereaulx*), 5633, oiseau inconnu, diminutif de *milan* ??

✣ **Millette**, 2763, gorge ?

Miracle, 1941, féminin.

❋ **Mire** (me tins), 4847, je m'estimai à l'égal d'une pierre précieuse. V. l. de Sainte-Palaye. V° *Mire*, 3.

Mirre, *miere*, 3094, 3023, 3173, etc., myrrhe.

Mistere, 4284, drame religieux.

Mite (R. *herite*), 3661, mitre.

Moie (et la *moie*), 1923, 1967, 4720, mienne.

❋ **Moigner**, faire le moine, ou des moineries : *moignés* (R. *poignés*), 6580, Cf. Rabelais, *Gargant.* « Depuis que le monde *moinant* moina de moinerie. »

Monache (R. *patriaches*), 2362, monarques.

Mond, 295, 4025, 7463, monde.

Mont, 3805 et passim ; 7971 (R. *amont*), *mout*, beaucoup.

Mordre, mors, mort, 5111, 8834.

❋ **Mortel**, 6403, condamné à mort.

❋ **Mourse**, 9264 (R. *bourse*), mot inconnu, aide, soutien ?? Godefroy donne *morse*, support, tenon.

Mue (entrer en), 1015, lieu de séquestration, chambre étroite.

Muer, 1014, 1518, etc., changer.

Muer, muier, dire, 4846, crier de colère.

Naiges (les), 5346, fesses.

Narrie, naric, 3325, narine.

❋ **Nascacion** (R. *mencion*), 3681, naissance.

Nasseron, 4402, nasse.

Nercy, 6575, noirci, bleui par les coups.

Niceté, 6000, sottise.

No, notre, 198, 455, 2644, 4188, 4205, 9374.

Noifs, noif, 2248, neige.

Nonsaichant. 6438, *tresnonsaichant*, très ignorant.

Nully. 3529, 5143, 7427, 8789, personne.

Offendre, 2294, 4538, 6112, blesser.

Offrir, 7984, *offerray*, 800, 1249, *offrere*, 3043.

Oïl oyl, *oui* (2 syll.), 559, 774, 4908.

Oïr, ouir. Ind. 1re p. *oy*, 276, 642, 3643 ; *ois*, 8489 ; prét. *oy*, 1512, 2126, 2635, etc., *orra*, 6740, 4626, etc. ; *oe* (R. *joue*), 5847 ; *oye* (R. *oye*), 3257 ; Imp. *oy*, 1462, 1468 ; *oez*, *ouez*, 40, 2285, 3614, etc.

Oire (R. *oratoire*) ; 7745, heure.

Ord, orde, 410, etc. vil *tresors*, 8749.

Ordom (R. *bourdon*), 5879, ordre.

Oultrecuidier, 6616, outrecuidant.

Ovre, 533, œuvre.

Painner, 4914, 5224, etc , essuyer.

Pan, 5242, morceau.

Parenté, 3798, 3970, masculin, famille.

Paroir: *peri*, 2823, 5466, 6144 ; *perc*, 1023.

Participes passés en *er*, 627, 667, 668, 2576, 3802, 3803, 4512, 6083, 6133, 6338, 6514, 6600, 6616, 6965, 7203, 7429, 7511, 7799, 7853, 7858, 8094, 8341, 8723, 8934, 9036, 9046, 9047, 9087, 9107, 9296 ; en *ir* (2e conjug. 673, 3006 (corrigés à tort), 3932, 4512, 6321.

✣ **Penale**, 9037, panais, panax, plante potagère.

Pené, 3074, 3798, etc., fatigué.

Penes (R. *règnes*), 3066, fatigué.

Pens (R. *repans*), 3789, 3461, de penser, je pense.

Pendre : prét. *penda* (R. *vendu*), 8101.

Penistes, 8272, sucres d'orge.

Petelée, 2255, potelée.

Peut, put, e, etc., 2231, etc. ; très commun, vilain, vil,

Putaige, 6877, concubinage.

Pignollet, 4879, nougat de pignons ou d'amandes de pin (Godefroy donn *pignollat*).

Pis, 678, 5991, poitrine.

Pitoier, plaindre ; *pifoy*, 4483.

Plaire, *plara*, 2731 ; *pleast*, 4865.

Plait, plct, 425, 1452, débat, dispute.

Plevir, 5919, garantir.

❋ **Ploy** (d'échine), 5353 ??

❋ **Plux**, 4178, velu, pelu.

Poindre : piquer ; *point* (R. *vient*), 7233 (R. *foint*), 5565, 1432, 6509, etc.; *poignez*, 6579.

Poirre, 4880, peter ; *poit*, 5554, 9007.

Pou, (*pou* deux), 6071, moins deux.

Pouoir, pouons, ez 187, 714, etc., *pouvons*, ez, 20, etc., 7647, plus rare: *peuvent*.

2797, 6944, 7996, etc. ; *pouoit*, 1529 ; *poux*,
5365 ; *pot*, 177, 5549 ; *pout*, 8735 ; *pourriens*, 2327 ; *puist*, 3554, 5840, 5591, 9286 ;
puisse, 1322, 4765, 9118, 9285.

Poursuir : *poursuirent*, 1554.

Prendre : *print*, 8383 ; *pranne*, 6915 ; *preigniens*. 3185 : *prinsse*, 8157.

Prelatif (R. *hatif*), 3234, prélat.

Premoire, 3384, mot inconnu.

Pressour (R. *vavassour*), 6883, pressoir.

Prestise, 3165, prêtrise.

❋ ***Preunelles*** (les), 1184, testicules.

Prinse (de son fait), 1951. il y a sujet de
reprendre, il donne prise sur lui.

Prisier, estimer ; *pris*, 6876.

❋ ***Prollitace*** (la), jeu de mots sur *prou
li face*, 3247, préface.

Prophete, 9217, prophétique.

Proppice, 1984, 3021. propre ; 1268, prêt à.

❋ ***Publicque***, 4422. publicain.

Pucelette, 1797, 2008.

Puilleux, 3704, pouilleux.

Puir, *pux*, 2205 ; *put*, 3192, puer.

Quant, *quans*, 2198, quel, combien.

Querir, 2603 et *querre*, 3040, 3868, 9276 ;
quarre, 3076 : participe *quis*, 7351 ; *quer-
ray*, 8916 ; *quierre*, 6685 ; *queisse*, 6223.

Quieulx, 1358, 6030, 8767, quels, lesquels.

Raby, 5762, 5814, seigneur.

Racors, recors, 4630, 8334, etc., renseigne.

Raicheuse, 3387, teigneuse. — *Râcheur*,
euse, dans l'Yonne.

Rain, 1048 et *rainsseaulx*, 5589. branche,
branchette.

Raler : *recois*, 3578.

Ramponner, 7340, se moquer.

Rance, 4861, pourrie, perdue.

❋ ***Ratelle***, 1379, rate. Maladie de la rate.
V. L de Ste-Palaye. V° *Ratelle*, 2.

Ravoir : *ravés*, 6629 ; *raurai*, 7876 : *raras*,
5558 ; *rairas*, 5524.

Raye, 7360, 8045, féminin, rayon.

❋ ***Rayne***, 1525. rainette, grenouille

❋ ***Reaulx***, 4886, preparat. pharmaceu-
tique, non identifiée, se rappeler.

Recliné, 2564. couché.

Recorder (se). 1405, 2953 ; Ind. 1re p. *recordz* (R. *mors*), 5151.

Regehir, 4626 ; *regeis* (2 syll.) 3445, con-
fesser.

Regne, 3980; *roïgne*, 3965 et *roygne*, 4110.

Relaxence, 5019, rémission.

Relinqui, 6517, abandonné.

Reluminer et *renluminer*, 3209, 7860,
rendre la vue.

❋ ***Remectement***, 8777, remise.

Remaindre : rester ; *remain*, 9523 ; le remenant, 5908, 7181, le reste.

Remis, 9175, disparu, evanoui.

Repaire, 788, etc., demeure.

Repareur, 1059

Requeux, *resqueux*, *rescoux*, 1733, délivré.

Requoy, 2249, repos.

Resaner, 3537, guérir.

❋ ***Resdiffier***, 5717, réédifier.

Resourdre (se) : ressusciter ; *resourdray*,
8616.

❋ ***Respondie*** (R. *Salmigondic*), 9104,
répondre.

Ressambler, 8954, sembler, paraître.

❋ ***Revisiter***, 8995, revisiter.

Ribauldel (R. *deul*), 6395, ribaud, jeune
coquin.

Riber, 2314, cajoler.

Riffler, 2805, manger goulûment.

Riguolaige, 4144, risée.

Rincer, 942, 1595, laver.

Roigne (la), 7136, rogne, gale.

Roillé (R. *roillé*), 6871, roulé de coups,
a côté de *ruiller*.

❋ ***Roisier***, 7830, crier. V° L. de la Ste-
Palaye. V° *Roisier*.

Roiz, 4399, rets.

❋ ***Roter***, 5392, au fig. parler. V. L. de
Ste-Palaye. V° *Roter*.

Roter, *roster*, 5480, ôter, enlever.

Route, 3936, troupe.

Route, 9138, au fig. déchirée, laide.

Roye, 3359, raye.

Roye, 8449, roue.

❋ ***Ruberot***, 4400, terme de marine ou
de pêche inconnu.

Ruelle, 2243, petite rue.

Ruer, 3679 ; ruée, 2312, jeter, accabler de
coups.

Ruille (R. *escherulles*), 9039, rouler de
coups.

Rusé, 7139, *reusé*, repoussé.

Rusel, 6004, ruisseau à côté de *ruisseaul*, 6883.

❊ ***Ruter***, 1157, être en rut. V. L. de Ste-Palaye. V° *Ruter*.

Sailir, saillir: 1362, *saulx*, 5832; *sault*, 9035, etc.; *sailit*, 4320: *saudra*, 2445, 3141, *saulx*, 4504, *saillés*, 1051.

Sauter, 4553, santé.

❊**Santeron**,5661,*centeron*,mot inconnu.

Santir, santir: *santue*, 1020, 6927 (R. *esmeue*): *santy*, 1369.

Sarré, 7406, serré.

Saubeaulx, 8710, troupes. Faute très probable du Ms. pour *sendaulx*, *candaulx*, étoffes de soie.

Saublant, 9345, aspect.

Saubeaul (R. *beaul*), 6180, sabbat.

❊ ***Saulnoir***, 4402, saloir.

Sault, 9029, saut.

Sauveté, 3460, salut.

Sauver: Subj. *sault*, *saut*, 6274, 7086, 7461, 9034.

Savoir, *sçavoir*: *sçay*, 390, *scés*, *sceis*, etc.: *scévent*, 3940, 9105; *saray*, *sçaray*, 595, 617, etc., commun: *sçairay*, 4756.

Seigneurier, *signoriant*, 2193; *seigneurera*, 2999.

Seir. 3962 (1 syll.), seoir.

Sen, 5832, raison.

Senelle, 1185, cenelle, baie de houx ou d'aubépine.

Sener, 4474, guérir

Seoir, 4252, 4674, 4706, 5242, 7003, 7058. (2 syll.); 3060 (1 syll.): participe *siz*, 2679; *sicent* (2 syll.), 4380; *scoit*, 4589; *sierray*, 5794; *seons*, 2189; *sees*, 454, etc

❊ ***Servelle*** (?) 1380, diminutif de serve, réservoir d'eau ?

Sinterelle, *seinterelle*, 1525, mouches, *scinifes* de l'Exode, VIII, 16.

Ses, 1989, cas sujet: *son*.

Siques, 5052, ainsi.

❊ ***Sireul*** (beau), sire au sens ironique. Du Cange donne *siret* (v° Dominus). — Cf. L. de Ste-Palaye. V° *sire*: *beau sire*, t. d'injure.

Soohe, soiche, prononcez *souèche*. (R. *boche*), 1048. Cf. *Glos. du Morvan*, *só*, sec, *souèche*, sèche.

Soing (R. *besoing*), 7109, je soigne.

Sollier, solier, 2328, logement.

Sorcerie, 3488, sorcellerie.

Sordons, 4664, voir *sourdre*.

❊ ***Soudre***, 9225 (R. *foudre*), v. neutre, se dissoudre.

❊ ***Souffeleresse***, 2650, souffleuse.

Soulle, sole, 1368, cave, cellier.

Souloir, 4053, 4681, 4457, avoir coutume: *souliens*, 7540.

Sourdre: *sordue*, 2293; *se sourdre à*: s'élancer contre: *à ly nous sordons*, 4664, jetons-nous sur lui.

Sy, 6726, employé comme substantif; *sans cy*, sans exception, condition. Cf. *Miracles de N.-Dame*, éd. G. Paris et U. Robert, 4, 283 *sans nul si*.

Sydonne, 4425, tissu blanc.

Syom, sion, 887, pointe, petite branche.

Tacre « plus noir que *tacre*, 423. Mot inconnu: même expression dans le *Jour du Jugement* de Besançon, v. 1940.

Tatché (bien), techié, 1606, ayant de bonnes qualités.

Tamplotte, 1171, coiffe ou bandeau serrant les tempes; au fig. coup sur la tempe.

Tarin, 5633, plutôt que *turin* (Ms.), oiseau de passage.

Tasible, 2081, silencieux, gardant le secret.

Tatin, *tastin*, 2665 et passim, coup.

Te, explétif: voy les *te cy*, 4409.

Tempterre, 4238, tentateur.

Tenir, *tenray*, commun; *tenissent*, 9079.

Tenur (R. *la le lur*, 3655), teneur, correspond à la partie de taille, ou tenor.

Tepin, teupin, 4782, tupin, dans Cotgrave, pot de terre.

Termes (être plein de *termes*), 6412, avoir la réplique facile.

Terminer, 1398, v. neutre, périr.

Tire a tire, 4849, peu à peu.

Tisom, 8240, souche, arbre.

Tiuplex (?) ou ***tinplex*** (?), 4400 t. dépêche inconnu.

Tollir, 3546; *tollu*, 1459, 3668, *toll*, 6566; *tolloit*, 8120.

Tordre (se), 904, se détourner, s'égarer;

Tondre : on le devroit *tondre*, 6375 ;
evesque *tondu*, 8149, c. à d. fou. — On
coupait les cheveux courts aux fous,
voir Du Cange, *Capillorum detonsio*, II,
107, et L de Ste-Palaye, vᵒ *tondu*.

Traïcte, 6611, 7878, etc. ; *traictre*, 6630 ;
à côté de *traicte*, 322, 8856, etc., |fémin.
traicte, 1.06.

Traictier (R. *verité*), 5911, probablement
pour *traicteur*, négociateur. Voir Du
Cange, verbo *tractor*.

Traidour, 6289, traitour, traître.

Transglotir, 3403, engloutir, etc.

Translater, 8380, emporter.

Tresors, 8749, très vil

Treü, 934, *trehu*, 5821, 6409, 6700 ; *treu*,
1 syll 2201, tribut.

Tromper, 3347, 5324, sonner de la trompe.

Trover, 5080 : *truis*, 24, 629, 6717, etc.,
plus commun que *treuve*, 2438, 5063 ;
troisse (R. *angoisses*), 5645.

Trouche, 780, troche, troupe.

✳ **Trust**, 6114, mot inconnu, noble ??

Tuens (R. *sains*), 9151, tué.

Tuit, 4407, tous.

Tume (R. *apostumes*), 1533, tuèrent.

Turelurette (la), 7202, refrain comique.

Turin, 5633. faute très probable du Ms.
pour *tarin*. Voir ce mot.

Vaiche, 2234, vache.

Vair, 1668, bigarré

Valoir : *valut*, 79 ; *vaulsist*, 7443.

Vardeur, 896, verdure.

Vard'arriere, *varde*, 1367, garde à vous,
en arrière !

Vassault (R *fault*), 8400, jeune homme
noble, au sens ironique.

Vavassour, 6383, vassal.

✳ **Vecie** (donner d'une), 9013, vessie :
Voir Ant. Oudin, *Curiosités françoises*,
1640, p. 569. *Donner d'une vessie par le*

nez ; idiotisme, se mocquer, en faire à
croire, vulgaire ».

Veistir, 736, etc., vêtir ; *veist*, 2276.

Venir : *vindrent*, 7980, 9348 ; *venissent*,
9077.

Veoir, de 2 syll , 259, 711, 1144, 2089, 3959,
4234, 4208, 4601, 4673, 4795, 5297, 5427, 5171,
6540, 6786, 7073, 7711, 8871 ; *veoir*, monosyll., 1909, 2509, 2622, 3778, 3786, 3850, 5032,
6110, 6775, 7079, etc. beaucoup plus rare ;
veü, *vehu*, 5001 et *veu* plus fréquent
voiant ceste gent, 6078. en présence de...;
voy, *veons*, 2104, 2167, 6935, 9316 ; *veez*, le
plus souvent monosyll , cependant de
2 syll , 195, 223, 229, 1363, 1765, 1837, 2355,
2881, 6034, 6075, 7714, etc ; *veoie*, 1669,
4593, 8061 ; *veoit*, 4590, etc ; *veiz*, 9540 ;
veiz, 6270 ; *viz*, 6279, 6289, 7849, etc. ; *vy*,
plus rare, 2930 ; 3749, 6416, etc.

Vercy (le bec), 2269, pourri ? Cf. L. de
Ste-Palaye, vᵒ *versis* : Boir chablis et
versis.

Veul (le), 2003, désir.

Virgine (faire le), R. digne, 5677, vierge.

Vilté, 8512, *vité*, 4591, mépris.

Vis, *viz*, 2093, 3993, 6280. etc., visage.

Vivre (se), 720.

Vo. vôtre, 1464, 1780, 1817, 3795, 3862, 4747,
7642, 8467. 8368.

Voiant, 883, visible.

Volable, 542, *volaige*, 1002, qui volent.

Voloir, ind 1ᵉ p. *vueil*, 4764 et *veul* ; 94,
très commun, *veulz*, 1303, 2409 et *veulx*,
9294 rares ; item, *vuilz* (R. *suis*), 5385 ;
prét. 1ᵉʳ p. *voux*, 6026 ; *voulz*, 8620 ; 2ᵉ p.
voulz, 8529 : 3ᵉ p *voult*, *vout*, 111, 1401,
1473, 1524, 4307, 4327, 4339, 8549, etc. ;
vouldrai, *coudrai*, 577, 725, 1724. etc. et
vourrons, 2605, 5986 ; subj. *veulle* commun ; *vulle*, 2899 ; *veille*, 7643 ; *voulsisse*,
4151, 5311, 7634 ; *voulsissiés*, 7374.

Vrament, 3176, vraiment.

PROVERBES

C'est de femme trop male entrape   9081.

Force n'est droit.   9105.

Le monde
Ce n'est que *le chant de la ronde*
Ce n'est fors ungne vanité.   2831.

N. B.— La ballade la plus célèbre d'Eustache Deschamps III, p. 113. a pour refrain :
Ce monde est chose vaine.

Les parolles
Ce ne sont que droiçtes femolles   0999.

Quil a bon pain et bon potaige
Du demeurant pour peu se passe.   1122.

Quil tost donne deux fois donne.   2604.
(Cf, P. Syrus. *Bis dat qui cito dat.*).

Verité maintes argüez (piques, disputes) engendre.   8124.

Quant vilain naist, diables beurgent (bougent),   3376.

Avoir de vilain broille moille.   1165.

CHANSONS

Noël. (v. 2736-2756)

Las ! quant verray la belle simple et coye. (v. 2201).

Celluy doit bien chappeaul porter
Quil de tous a plus belle amie. (v. 4016).

Et quil ne vous ayme faucille en poignet, (v. 4481).

Varlet de forge doit-on amer (v. 7194).

Dame Erambour, dame Erambour (v. 9049).

6. — CHANTS EN HÉBREU DE FANTAISIE

1° V. 2395–2398.   4° V. 5849-5855.
2° V. 3258–3261.   5° V. 5866-5870.
3° V. 5688-5690.   6° V. 5901-5903.

II

LA THÉOLOGIE

ET LE

DÉVELOPPEMENT DU MYSTÈRE DE LA PASSION

AU XVe SIÈCLE

SOURCES DES PASSIONS DU XVᵉ SIÈCLE

C'est au xvᵉ siècle que les mystères de la Passion ont acquis tout leur développement. Aux compilations de pièces détachées succèdent les pièces d'une seule teneur et d'un seul auteur, et pour la bourgeoisie plus riche les poètes se mettent plus en frais. Nous avons dit comment ces grandes Passions dramatiques se reliaient à la *Passion* de Semur. Reste à voir en quoi elles en diffèrent et ce que les nouveaux dramaturges apportent de nouveau. Cette étude peut se ramener à deux propositions.

1° De même que la *Passion* de Semur dérive de la *Passion* Sainte-Geneviève, ainsi toutes les grandes *Passions* du Nord, sauf une, dérivent de la *Passion* d'Arras. A vrai dire, cette démonstration est surtout importante pour la *Passion* de Greban, mais elle ne donnerait aucune sécurité si elle se bornait à relever de vagues ressemblances de plans, de situations, et même d'expressions. Elle ne peut ressortir que d'épisodes particuliers, de détails précis, absolument étrangers à l'histoire sainte. Nous admettrons provisoirement que Greban a lu et imité la *Passion* d'Arras, quitte à en donner la preuve matérielle plus loin.

2° Dans toutes ces *Passions* du xvᵉ siècle ce qui domine c'est la théologie et l'érudition. Si l'on peut indiquer exactement les sources théologiques et livresques de la *Passion* d'Arras et des pièces de Greban et de J. Michel pour des épisodes déterminés, dont les origines sont actuellement reconstituées par hypothèse à l'aide de rapprochements avec « les Passions allemandes du Rhin », ces hypothèses deviendront inutiles. Or la *Passion* de Greban repose en partie sur les mêmes textes que celle d'Arras, qui est très probablement l'œuvre d'un poète connu, Eustache Mercadé, mort, au commencement de l'année 1440, doyen de la Faculté de décret de

Paris, et elle utilise par surcroît un commentaire théologique nouveau. Pour abréger on peut donc se borner à énumérer les sources de Greban, en indiquant sur quels points il se sépare de son devancier.

A ces commentaires théologiques il convient d'ajouter l'influence du dialogue apocryphe de Saint Anselme et des *Meditationes Vitae Christi* qui a déjà été déterminée par des citations précises pour toutes les Passions [1]. Nous n'y reviendrons que pour deux scènes de Greban, les plus connues de son drame et qui suffiront à rappeler la complexité de cette imitation. La première de ces scènes (l'apparition de Jésus à sa mère après la Résurrection) n'est qu'une réminiscence ou une imitation très vague, mais d'autant plus curieuse qu'elle montre comment Greban peut rester l'obligé du pseudo-Bonaventure, alors même qu'il le cite de mémoire ou indirectement. La seconde (les quatre requêtes de la Vierge) est au contraire une imitation très précise, une traduction. Elle nous donnera l'occasion de classer les traductions et imitations françaises des *Meditationes* et de relier le théâtre du Nord à celui du Midi à l'aide d'une de ces imitations, la Passion française de 1398.

Ainsi, avant toute discussion sur le développement du mystère de la Passion au xv° siècle, nous allons d'abord énumérer les sources et les textes à commenter.

1. P. 92 à 99 de ce livre.

LA

PASSION D'ARNOUL GREBAN

ET LES

POSTILLES DE NICOLAS DE LIRE

LA

PASSION D'ARNOUL GREBAN

ET LES

POSTILLES DE NICOLAS DE LIRE

La *Passion* d'Arnoul Greban n'est autre chose que la *Passion* d'Arras (éd. J.-M. Richard, Paris, Picard, 1893) refaite à l'aide :

1° Des Evangiles ;

2° Du commentaire de Nicolas de Lire sur ces Evangiles ;

3° Du récit de la *Passion* en prose, composé en 1398 pour la reine Isabeau de Bavière.

La part des emprunts faits par Greban à d'autres livres *(Somme* de saint Thomas d'Aquin, *Légende dorée*, *Histoire scholastique*, etc.) est insignifiante.

On s'est borné à indiquer les *premiers* vers des *principaux* passages de la *Passion* de Greban (éd. G. Paris et G. Raynaud, Paris, Vieweg, 1878) directement tirés du commentaire de Nicolas de Lire. Les chiffres renvoient à l'édition suivante, désignée en abrégé par *N. L.*

Biblia sacra | cum | glossa ordinaria : | et POSTILLA Nicolai Lirani Franciscani nec non | Additionibus Pauli Burgensis Episcopi | opera et studio Theologorum Duacensium | Tomus Quintus | Antverpiae apud Joannem Meursium, | anno M.DC.XXXIV. in-folio.

1. — PROCÈS DE JUSTICE ET DE MISÉRICORDE
(*Passion* d'Arras, pages 12-15.)

Greban a emprunté ce procès, p. 29-43, à la *Passion* d'Arras ; il l'a complété par deux emprunts à la *Somme* de saint Thomas d'Aquin.

1° *Summa* P. I. Q. LXIV. Art. II. éd. Migne, p. 990 : « Utrum voluntas daemonum sit obstinata in malo. »

GREBAN, p. 35 v. 2620 et sq. Comparaison de l'homme et des démons.

2ᵉ *Summa* P. III. Q. III. Art. VIII, p. 54 : « Utrum fuerit magis conveniens quod persona Filii assumeret humanam naturam quam alia persona divina. »

GREBAN, p. 40. A quelle personne est mieulx deue
Ceste incarnacion emprendre
Se le Pere ou Filz la doit prendre (v. 3100-3260).

2. — LES VŒUX DES DEUX ÉPOUX, JOSEPH ET MARIE
(*Matth.* I, 18. « De spiritu sancto. »)

Nicolas de Lire, p. 44. — « Dicendum quod modus erat justorum non perficere matrimonium per carnalem copulam nisi prius vacarent orationi per aliquod tempus implorando misericordiam divinam, ut patet Tobiae 8. Et tunc creditur revelatum esse ipsi Joseph propositum Mariae de observanda virginitate. Licet enim cogeretur ad matrimonium contrahendum secundum temporis illius modum, propter rationes praedictas, tamen habebat virginitatem in desiderio et proposito, sed votum non expressit. Contraxit igitur matrimonium committens se divinae voluntati, et tunc ex revelatione divina creditur quod Joseph cognovit propositum Mariae et tunc ex communi consensu voverunt virginitatem, quia ut creditur Joseph adhuc virgo erat. »

Greban, p. 43-46, vers 3395-3590 — ; p. 44, vers 3407. — JOSEPH :

. . . .
Or savez-vous, notable dame,
Que la loy baille par usage,
Quand deux gens viennent en mesnage
Avant qu'ils conviengnent ensemble,
Doyvent vacquer, comme il me samble,
En oroyson ung certain temps.....

3. — LE VOYAGE A BETHLÉEM
(*Luc.* II, 7. « Et reclinavit eum in praesepio. »)

N. L., p. 709. — « Joseph enim in illo itinere adduxerat secum asinum ad portandum uxorem praegnantem et bovem ad vendendum in Bethleem ubi erat congregatio populi magna, ut de precio solveret expensas in via,

et illis duobus animalibus fecit praesepium juxta se, in quo beata virgo
reclinavit filium natum, secundum quod fuerat predictum *Habacuch* 3,
secundum translationem LXX, quam sequitur officium ecclesiasticum :
« Domine, audivi auditum tuum et timui. Consideravi opera tua et expavi,
in medio duorum animalium. »

> (*Luc.* II, 7. « Quia non erat eis locus in diversorio. »)

N. L., p. 709. — « Est enim diversorium hospitalaria ad quam diver-
tunt venientes ab extra. Joseph erat de nobili genere, non tamen erat de
divitibus. »

Greban, p. 56, v. 4395 et sq — ; it v. 5421. — JOSEPH :

> Chere espeuze, puisqu'ainsi est,
> Mener nostre asne convendra
> Pour vous porter quand la vendra.....
> Et pour ce que nous n'avons pas
> Tant d'argent qu'il nous fault despendre,
> Nous prenrons ce beuf cy pour vendre.....

---

4. — LA NAISSANCE DE JÉSUS
Rejet par Greban de la légende de Salomé et Zebel suivie dans la Passion d'Arras.

> (*Luc.* II, 7 « Et pannis eum involvit. »)

N. L., p. 709 : « Per se ipsam. Ex hoc patet falsitas quae scribitur in
libro de *Infantia Salvatoris*, scilicet ipsam obstetrices habuisse in partu,
quae non requiruntur nisi propter afflictionem matris in partu, quae non
habuit locum in virgine, quia peperit sine dolore, imo cum maximo
gaudio. »

Greban, p. 64, v. 4980 et sq. — MARIE :

> Virginalment t'ay enffanté sans peine, etc.

---

5. — LA CIRCONCISION

Tout le début de la scène de la *Passion* d'Arras, p. 29, v. 2483-2539,
est traduit presque littéralement de la *Somme* de saint Thomas d'Aquin
(P. III, Q. XXXVII, éd. Migne, t. IV, p. 537).

14

Greban a supprimé ce début et développé, p. 75-76, une « opinion » qui est encore mentionnée plus tard par Suarez, *Comm.* in III. p. D. Thomae, Disp. XV, Sect. I (Paris, Vivès, t. XIX, p. 253) : « *Josephus*, ut aliqui volunt, circumcisionis etiam ipse minister fuit. »

6. — L'ÉTOILE DES MAGES
(Matth. II, 9. « Et ecce stella... »)

N. L., p. 62. — « Ex praedictis patet quod illa stella non erat de stellis existentibus in orbe, nec de stellis cometis quae aliquando apparent in suprema aeris parte, quia illae lucent tantum de nocte, ista autem de die. Item ex motu quia illae revolvuntur secundum motum mobilis primi in die naturalis, ista autem movebatur secundum quod expediebat Magorum itinerationi, unde in tredecim diebus non est mota, nisi a terra in qua habitabant Magi usque ad civitatem Bethleem. Tertio hoc apparet ex situ, quia si fuisset sita in orbe seu etiam in suprema aeris parte, ubi generantur cometae, non potuisset determinatum locum ubi erat puer ostendere, et ideo patet quod erat in propinqua aeris parte. »

Greban, p. 67, v. 5255 et sq.; item, p. 79, v. 6129 ; it., p. 83, v. 6480 et sq.; p. 67, v. 5254. — JASPAR :

> Cette estoille que j'apperçoy
> Dessoubz le cerne de la lune ;
> Ce n'est pas estoille commune,
> Car les autres de commun cour
> Luysent de nuyt non point de jour.....

7. — L'ÉTOILE DES MAGES (suite).
(Matth. II, 13. « Qui cum recessissent. — Defuncto Herode. »)

N. L., p. 64. — « Ad cujus intellectum notandum quod Herodes credidit primo Magos fuisse delusos ea apparitione stellae phantasticae, et ideo non curavit tunc de pueri inquisitione, sed postea oblato puero in templo et a Simeone justo praedicato et manifestato et similiter ab Anna prophetissa coram toto populo ut habetur Luc 2 c. Sed Matthaeus illud demittit. Tunc fama pueri crescente, voluit Herodes ipsum perdere, sed iterum portatus est per Joseph in Aegyptum. »

Greban, p. 89. *Herode-Hermogenes,* v. 6948-6967. — HERMOGENES :

> Je doubte, sire, qu'ilz ne soient
> Deceus de leur advision,
> Et n'estoit qu'une illusion
> De leur estelle et de leur compte.

Item, 7209-7280, p. 93. — HERODE, v. 7227 :

> De paour que ne feussious surpris
> De quelque folle fantaisie.

---

8. — LE RETOUR DES MAGES PAR MER
(Addition à la « Passion » d'Arras.)
(*Matth.* II, 12. « Per aliam viam. »)

N. L., p. 63. — « Peracto scilicet obsequio ; quia descenderunt ad mare, et inde per navem transfretantem in Tharsis abierunt ; propter quod Herodes iratus postea naves Tharsensium incendit, secundum quod fuerat prophetatum per David : « In spiritu vehementi conteret naves Tharsis. »

Greban, p. 87-88 ; p. 88, v. 6835. — LE MATELOT :

> Nous serons en Tharse singlés.

---

9. — LE MASSACRE DES INNOCENTS « A BIMATU »
au retour du voyage d'Hérode à Rome, voyage qui dure deux ans.
(*Matth.* II, 11. « Tunc Herodes videns. »

N. L., p. 65-66. — « Hic ponitur ipsa persecutio. Herodes videns se esse illusum a magis per famam pueri crescentem iniratus est valde, timens principatum suum perdere, et ideo tunc occasione ipsius voluit omnes pueros de Bethleem interficere ne puer sibi incognitus evaderet, sed fuit impeditus ab exequutione hujus facti quia citatus est ad curiam Romanam ad petitionem suorum filiorum ipsum accusantium, et ideo non fuit ausus tunc pueros interficere, ne cum aliis facinoribus suis accusaretur de tanta crudelitate. Eundo autem Romam, et remanendo in curia, et redeundo in Judaea apposuit annum et plus, et ideo, fere post duos annos ad regnum reversus, et in regno confirmatus, quia sententiam pro se contra filios habebat, tunc adimplevit de nece puerorum quod prius conceperat, et hoc est quod dicit. »

Greban, p. 92-94-97-98 ; p. 93, v. 7264. — HÉRODE :

> A Romme nous fault comparoir
> Pour raison et justice avoir
> De nos filz.

P. 97, v. 7530. — HÉRODE :

> Or avons confirmacion
> En nostre royalme haultain
> De par l'imperateur romain.

---

10. — LA FUITE EN ÉGYPTE,
la légende du palmier et de la chute des idoles.

Episodes tirés par la *Passion* d'Arras, p. 56-57, de la *Légende dorée* (Saints Innocents).

Greban, p. 96, rejette la première légende et conserve la deuxième qui s'appuie sur une interprétation ancienne d'un verset d'Isaïe(XIX, 1).

---

11. — UN DES FILS D'HÉRODE TUÉ PAR MÉGARDE AVEC LES SAINTS INNOCENTS.

Cet épisode de la *Passion* d'Arras, p. 57, 60-62, est emprunté à la *Légende dorée* (les Saints Innocents).

Greban, p. 101-102, s'est contenté d'abréger la version du poète d'Arras.

---

12. — LE TESTAMENT D HÉRODE.
(*Matth.* 11, 22. « Audiens autem. »)

N. L., p. 67. — Ad evidentiam hujus notandum, secundum quod refert Josephus *Antiquit.* 17. ca. 10, Herodes moriens condidit testamentum in quo ordinavit Archelaum filium regni sui successorem, ita tamen quod coronam sibi non imponeret, nisi per Romanum imperatorem ad. accipiendum igitur diadema venit Romam, sed et fratres ejus, Philippus et Herodes illuc venerunt petentes paternæ hœreditatis partem.

Greban, p. 102-103 ; p. 102, v. 7915. HÉRODE :

> Ja ne vendront a nostre regne :
> Nous le mettons en mains du jesne
> Voire, mes par condicion

Que jamès par presumpcion
Ne se face couronner d'homme
Se n'est par l'empereur de Romme.

13. — LA MORT D'HÉRODE SE TUANT D'UN COUTEAU.

Le poète d'Arras a tiré cette scène (p. 63-65) de la *Légende dorée* (les Saints Innocents).

Greban l'a complétée par un nouvel emprunt à la *Légende dorée*, ibidem, où il a pris le rôle de Salomé, p. 103, v. 7938-7970.

14. — LES FÊTES DE PAQUES :
Jésus perdu par ses parents à Jérusalem.
(*Luc.* II, 43. « Et non... »)

N. L., p. 724. — « Ad solennitatem vero Pascha viri ibant seorsum a mulieribus in uno comitatu et mulieres in alio et simititer revertebantur ut magis religiose solemnisarent festum ab uxoribus continentes, sicut et in datione legis preceptum fuit quod continerent per tres dies ab uxoribus se, prout habetur *Exo* 19. Pueri autem indifferenter poterant ire in comitatu virorum aut mulierum, et ideo Joseph quando non vidit puerum Jesum in comitatu virorum existimavit eum esse cum Maria in comitatu mulierum, et eodem modo Maria credidit eum esse in comitatu virorum. »

Greban, p. 104-129 ; p. 109, v. 8032 et sq. perte de Jésus ; p. 195, v. 8084, ELIACHIN :

Mes dames, cheminez en voye,
Tirés vous a part, s'il vous plest ;
Vous savez que la coutume est,
Et la loy fait enseignement
Que pour aller plus chastement
A ceste souveraine feste
Et mener vie plus honneste,
Les femmes par elles s'en vont
Et les hommes d'autre part sont
Sans aller en leur compaignie.

15. — DISCUSSION DE JÉSUS AVEC LES DOCTEURS DU TEMPLE A L'EFFET DE SAVOIR SI CHRISTUS EST DÉJA NÉ.

Greban, p. 109-118, 123-129.

Les principaux arguments de cette discussion sont énumérés par N. de Lire, p. 57 *in Matth.*, II, 1. « In diebus Herodis regis » ; p. 81, *in Matth.* IV, 1. « Et accedens tentator » ; et surtout p. 711, in *Luc.* II, 12. « Et hoc vobis signum ». — Aux princes nés dans l'obscurité, Moïse et Cyrus, *figures* du Christ citées par N. de Lire, Greban a substitué (p. 111) des noms plus connus, Romulus et Rémus, et Alexandre, probablement d'après le *Spec. historicum* de Vincent de Beauvais, l. II, cap. 96 et l. IV, cap. I-V, mais il a usé du même raisonnement que N. de L.

16. — L'AGE DE JÉSUS QUAND IL VA SE FAIRE BAPTISER PAR JEHAN BAPTISTE.
(*Matth.* cap. III, 1 : « In diebus autem illis.»)

N. L., p. 70. — « In diebus Christi. Nec est hoc referendum ad dies Christi prodictos immediate, scilicet ad dies pueritie, quando fuit reportatus de Ægypto, tum enim erat in quinto anno a sua nativitate, sed referendum est ad dies Christi, quando fuit aetatis perfectae. Erat enim incipiens trigesimum annum quando venit ad baptismum de quo hic agitur. »

GREBAN, *Seconde Journée*, p. 134 : JHESUS, *homme*, v. 10281 :

> Ma mere, vous entenderez,
> S'il vous plaist, mon intencion :
> J'ay attaint la perfection
> D'aage d'homme, a ce que je vois,
> Car sur mon an trentieme vois.

17. — LES CONSEILS TENUS PAR LES DIABLES AU SUJET DE LA DIVINITÉ DU CHRIST
(*Matth.* IV, 1. « Et accedens tentator. »)

N. L., p. 82. — « Ad evidentiam hujus tentationis advertendum quod diabolus sciebat praedictum per prophetas quod Christus futurus erat verus homo et verus Deus... (suivent ces prophéties), sed nesciebat cer-

titudinaliter quod Jesus Nazarenus esset ipse Christus de quo talia fue-
rant dicta. Verum tamer propter eminentiam sanctitatis ejus et propter
completionem temporis Christi adventus habebat quamdam conjecturam
quod ipse esset vere Christus, et ideo de hoc voluit experimentam acci-
pere per tentationem. »

Greban, 2ᵉ journée, p. 137-138. — SATHAN :

> Et me doubte d'une aultre somme
> Qu'il ne soit Dieu en forme d'homme,
> Veue la sainteté qu'il tient (v. 10508).

It., 3ᵉ journée, p. 305, v. 23310 et sq.

---

18. — LE JEUNE DE QUARANTE JOURS
(*Matth*. IV, 2. « Quadraginta diebus. »)

N. L., p. 81. — Non ultra transiit, ut virtus divinitatis diabolo celaretur, quia Moyses et Elias jejunaverunt tot diebus. »

Greban, p. 136. — JHESUS :

> Si jeuneray la quarantaine
> Comme fit le prophete Helie (v. 10447).

---

19. — LES VOCATIONS DES APOTRES

Réunies en un seul épisode dans la *Passion* d'Arras, p. 87-88.
Développées par Greban, p. 142-145, qui intercale dans un long monologue la légende de *Judas*, d'après la *Légende dorée*.

---

20. — HÉRODE, HÉRODIADE ET JEAN-BAPTISTE
Subterfuge de la reine et tristesse simulée du roi qui s'est entendu avec elle.
(*Matth*. XIV, 6. « Saltavit filia Herodiadis. »)

N. L., p. 252. — « Id est tripudiavit et hoc fuit ex dispositione matris
et ipsius Herodis. »

(Matth. XIV, 9. « Et contristatus est rex. »)

N. L., p. 253. — « Hoc tantum fuit secundum apparentiam ad reprimendum populi seditionem. Quod patet primo, quia voluit eum primo occidere, sed retardatus fuit tantum ex populi timore. Secundo quia si vellet eum vivere, non interfecisset eum propter juramentum, quia in promissione facta in generali etiam cum juramento non intelligitur aliquid illicitum sub obligatione cadere cujus modi erat interfectio Joannis. Tertio quia non est verisimile quod propter saltationem unius puellae promisisset sub juramento etiam medietatem regni sui dare, ut habetur Marc. 6. Et ideo credendum est quod totum fuit fictitium ut haberet occasionem apparentem interficiendi Joannem. Ita enim ardebat libidine in Herodiadem quod voluit fingere tantam malitiam. Et ideo quod sequitur. *Et contristatus est rex propter jusjur*, totum est intelligendum secundum apparentiam, ad reprimendum populi seditionem. Et eodem modo exponendum est de ista materia quod dicitur *Marc.* 6. »

(Marc. VI, 20. « Et libenter eum audiebat. »)

N. L., p. 544. — « Totum istud erat simulatorium, etc..... Hanc sententiam tenet Beda super locum istum et quod subditur. »

Le poète d'Arras avait dépeint Hérode sincèrement « attristé » ; p. 85, v. 7225 ; Greban suit la version de N. de Lire.

Greban, p. 156-160, v. 11985-1229. — HERODE :

> .... Je craings, se je traictoie
> Son mal, ou a mort le mettoye,
> Qu'il n'en sourdist sedicion. (v. 12000).

> . . . .

> HERODIADE

> Sire roy, j'avoie songé
> Ung moien assés convenable :
> Que tantost que serez a table,
> Ma fille qui est bien mobille
> Venist faire un esbatement.
> ·Et lors, quand l'esbat ara fait,
> Ainsi comme ignorant du fait,
> Vous la mettrez a l'abandon
> De vous demander quelque don... etc. (v. 12025).

21. — LA FEMME ADULTÈRE
(*Joann.* VIII, 6. « Hoc autem dicebant tentantes eum. »)

N. L., p. 1144. — « Ad capiendum ipsum ex responsione, ut possent accusare eum. Videbant enim tantam ejus mansuetudinem et misericordiam, quod probabiliter credebant eum indicare ipsam dimitti, et sic accusaretur ab eis ut trangressor legis, propter quod reduxerunt legem ad memoriam ne posset excusari per legis oblivionem. Si autem a contrario diceret eam lapidandam, videretur dicere contra alia sua dicta et facta quae erant de pietate et misericordia. »

Greban, p. 177, v. 13665. — NAASON :

> S'il dist qu'elle a mort desservye
> ·Ou doit souffrir lapidement,
> Il se desdit et se desment :
> Car en ses sermons ne recorde
> Que doulceur et misericorde.

---

22. — LA FEMME ADULTÈRE (Suite.)
(*Joann,* VIII, 10. « Erigens autem. »)

N. D., p. 1144. — « Circa primum sciendum quod suam sententiam secundum modum judicialem primo scripsit, postea protulit, hoc est quod dicitur. Jesus autem inclinans se deorsum digito scribebat illud quod postea protulit ad majorem certitudinem. »

(*Joann.* VIII, 8. « Et iterum inclinans se. »)

N. L. — « Dicunt aliqui quod scribebat idem quod prius ad ostendendum majorem firmitatem sententiae. Alii dicunt, et melius ut videtur, quod scribebat eorum peccata ut eos ostenderet ineptos ad accusationem hujus foeminae. »

Greban, p. 177 à 179, v. 13675-13756.

---

23. — LE REPAS CHEZ SIMON LE PHARISIEN ET LA FEMME PÉCHERESSE.

Dans la *Passion* d'Arras, la scène décrite dans l'*Evangile* de Saint Luc, VII, 36-50, et la scène analogue décrite par les autres évangélistes

(*Matth.* XXVI, 6-14 ; *Marc.* XIV, 3-13 ; *Joann.* XII, 1-9), sont fondues dans un épisode *unique*, p. 116-122.

Au contraire, suivant N. de Lire, il y aurait eu là *deux* scènes distinctes qui se seraient passées toutes deux à Béthanie, dans la maison du même Simon, mais à un long intervalle. N. de Lire avait noté aussi, p. 659, 795, 1187, mais sans prendre parti, les divergences des interprètes au sujet de l'identification de la femme pécheresse, et de la ou plutôt des Madeleines.

Greban a choisi dans ces opinions ; il a identifié comme le poète d'Arras la pécheresse de Saint-Luc et la sœur de Lazare, et il l'a fait paraître deux fois chez Simon, p. 179, p. 206, suivant le commentaire de N. de Lire, p. 796 et 1203.

---

24. — L'ALLÉGORIE DES DOUZE HEURES.
(*Joann.* XI, 9. « Nonne duodecim horae sunt diei ? »)

N. L., p. 1189. — « Q. d. si voluntatem habebant tunc me lapidandi, modo tamen non facient, quia mutato tempore potest voluntas mutari. Erat enim proverbium apud Judaeos, et adhuc est apud nos, quod loquendo de mutatione propositi dicitur, duodecim horae sunt diei, et ideo. Salvator usus est tali modo loquendi. Et ostendit ulterius quod deberent esse securi, dicens : *Si quis ambulaverit in die*, etc.

A cette interprétation de N. de Lire, le poète d'Arras en avait ajouté, p. 107, une seconde tirée de la *Glose ordinaire*, Patr. Migne, t. 114, p. 399 : « Illos autem dicit [Jesus] esse horas quae diem sequuntur, non dies eas......

Je suis le jour, vous les XII heures (v. 9129).

Greban ne conserve que l'interprétation de N. de Lire, p. 193. JHESUS, v. 14892 :

> N'est il pas douze heures au jour
> Qui en plusieurs lieux et parties
> Ne sont pas egalment parties ?
> S'en l'une ont aucun mal songé,
> En l'aultre ont leur vouloir changé, etc.

---

25. — LA RÉSURRECTION DE LAZARE.
(*Joann.* XI, 36. « Dixerunt ergo Judaei. »)

N. L., p. 1194. — Hic ex affectu Christi ostenditur sequens murmuratio. Jndaei enim viderunt Christum tristari et per consequens arguebant

quod mors illa contra voluntatem Christi simpliciter 'accidisset, quia
tristitia est de his quae nobis nolentibus acciderunt, ut dicit Aug. 14,
de Civ. Dei, et per consequens concludebant quod non potuisset Lazarum praeservasse a morte, et hoc est quod dicitur. *Dixerunt ergo Judæi :*
Quia videbant evidens signum, invenientes per hoc quod libenter si posset praeservasset eum a morte, et ex hoc ulterius miraculum caeco nato
illuminato volebant annihilare et in alium retorquere, dicentes : *Non*
poterat hic qui aperuit oculos.....

N. L. « Quasi dicat ex quo non potest hoc, nec illud potest, nec fecit.
Isti non expectabant sufficienter, sed indicabant ante tempus, quia Christus plus fecit. Plus enim est mortuum suscitare quam mortem infir-
mantis impedire.

Dans la *Passion* d'Arras, p. 108, la remarque désobligeante « *Non*
poterat » est prêtée à l'apôtre Saint-Bartholomieu, à contre-sens ; dans
Greban, p. 195, v. 15024, à un Juif (Tubal), suivant le comment. de N. de
Lire.

---

26. — LE REPAS A BÉTHANIE, CHEZ SIMON LE LÉPREUX.
(*Joann.* XII, 2. « Fecerunt autem ei coenam. »)

N. L., p. 1203. — « Et fuit haec coena in domo Simonis leprosi, ut
communiter tenent doctores, fuerat tamen prius a Christo curatus, sed
nomen remanserat ad memoriam miraculi. Origenes autem dicit quod
illa coena fuerat in domo Marthae, quod probat ex eo quod subditur : *Et*
Martha ministrabat. Sed potest dici quod iste Simon erat *vicinus* Marthae et propter hoc ipsa ministrabat in domo ejus, sicut homines solent
facere in domibus amicorum suorum ».

Greban, p. 204-208 ; p. 206. — Simon à Marthe :

> Voisine, la vostre mercy,
> Que pour moy tant vous occupez (v. 15887).

---

27. — LE CALCUL DE JUDAS POUR RECOUVRER LA DIME.
(*Matth.* XXVI, 15. « Et triginta argenteos. »)

N. L., p. 422.— « Argenteus nummus valebat decem nummos usuales
et per consequens triginta argentei valebant trecentos de nummis usua-
libus, ut patet manifeste si multiplicentur triginta per decem etc., sic
in venditione Christi recuperavit vaiorem predicti unguenti.

(It. *Luc.* XXII, 4. « Et abiit. »)

N. L., p. 960. — Motivum autem Judae hic tacetur, sed exprimitur
Matt. 26 et Joann. 12. a. scilicet ut recuperaret valorem unguenti
preciosi effusi super Christum a sorore Lazari.

Greban, p. 208, Judas :

> J'exploiteray
> De faire telle trahison
> Que je raray ma porcion
> Que j'ay pardu a ceste fois (v. 16016).

---

28. — LA DESCRIPTION DES PEINES DE L'ENFER.

Greban, p. 205. — Cet épisode provient d'un sermon apocryphe de
Saint-Augustin déjà cité dans l'*Histoire scholastique*, Patr. Migne, t.
198, p. cap. CXVI, col. 1597), et il est développé dans la plupart des mystères, notamment dans la *Passion* Sainte-Geneviève et dans la *Passion*
de Semur, toutes deux antérieures à celles de Greban, avec un grand
luxe de détails. A ces descriptions de l'enfer, Greban a substitué une description plus conforme aux traités de théologie scholastique (voir notamment saint Thomas d'Aquin, *Somme* passim, et du Cange, t. IV, p. 117,
vᵉ *Limbus*) c. a. d. un enfer divisé en quatre parties.

---

29. — LES DEUX ENTRÉES A JÉRUSALEM

Une *seule* entrée dans la *Passion* d'Arras, p. 124 et sq., suivant
Joann XII, 12.

Deux entrées séparées par un long intervalle dans la *Passion* de
Greban. La 1ʳᵒ, p. 149, d'après *Joann*, II, 13 (*N. L.*, p. 1050), et l'*Hist.*
scholastica, cap. XL (Patr. Migne, t. 198, p. 1560). La 2ᵉ, p. 208-211,
d'après *Joann.*, XII, 12 (N. L. p. 1206), les autres Evangélistes et l'*Hist.*
schol., cap. CXVIII, p. 1599.

---

30. — LES DEUX MALÉDICTIONS DU FIGUIER

Une *seule* malédiction dans la *Passion* d'Arras, p. 127, qui place la
scène le soir, quand Jésus et ses disciples retournent à Béthanie, vers
l'hôtel de Marthe.

Deux malédictions du figuier dans la *Passion* de Greban : la 1ʳᵉ, p. 216, le matin, quand Jésus vient de quitter l'hôtel de Marthe, à Béthanie. C'est l'explication de N. de Lire, p. 349, in *Matth.* XXI, 18 (Esuriit).— Ista autem esuries non fuit naturalis quia in sero praecedeti comederat, nec erat adhuc hora comedendi. »

La 2ᵉ, p. 223, le soir, au retour de Jérusalem, suivant N. L., p. 601 ; in *Marc*, XI, 17. Et cum vespera esset. »

---

31. — LES QUATRE REQUÊTES DE NOSTRE DAME A JÉSUS

Empruntées par Greban, p. 213-215, à la *Passion* française, composée en 1398 pour Isabeau de Bavière. (Voir plus loin.)

---

32. — JUDAS INDIQUE LA RETRAITE DE JÉSUS
AU JARDIN DES OLIVIERS

(*Luc* XXII, 39. « Ibat secundum consuetudinem in montem Olivarum. »

N. L., p. 967. — « Quia assuetus erat illuc ire de nocte causa orationis. »

Greban, p. 227. — JUDAS :

> Il a de coustume et d'usage
> De hanter sur le tardivet
> Vers la montagne d'Olivet (v. 17585.)

---

33. — LA CÈNE, LE LAVEMENT DES PIEDS

1° *De ablutione pedum* (fait partie des petits traités d'Arnold de Chartres, *De Cardinalibus operibus Christi*, imprimés parmi les apocryphes de saint Cyprien, p. 78, ed. Pearson, Amsterdam, 1700, et cités par Cornelius à Lapide, p. 445 : « Jam sacramentum corporis sui Apostolis Dominus distribuerat, jam exierat Judas, cum repente de mensa surgens linteo se praecinxit et ad genua Petri lavaturus pedes ejus ipse Dominus obtulit famulatum..... » — C'est la tradition suivie dans la *Passion* d'Arras).

2°   (*Joann.* XIII, 2. « Et coena facta. »)

N. L., p. 1220. — « Non est intelligendum quod esset totaliter completa quia postea dicitur *Et cum recubuisset ;* sed erat facta quantum ad hoc quod comederant agnum Paschalem, et tunc surrexit ad lavandum pedes discipulorum suorum, antequam daret eis sui corporis sacramentum..... »

L'opinion de N. de Lire est suivie par Greban, p. 233 : Icy menjuent tous en ung plat l'aigneau de Pasques. — Icy se lieve Jhesus de la table et se çaint d'une touaille.

34. — LA CÈNE : JÉSUS ANNONCE LA TRAHISON DE JUDAS
(*Math* XXVI, 21 « At ipse respondit. »)

N. L., p. 425. — « Per hoc non poterant perpendere quis esset determinate quia omnes comedebant in eodem vase, in quo erant carnes agni paschalis positae. »

Greban, p. 235 : « Et notez ici que tous les apostres ont main dedans le plat et menjue Jhesus et Judas aussi. »

35. — LE SOMMEIL ET LES RÉVÉLATIONS DE SAINT JEAN
PENDANT LA CÈNE

Greban, p. 236, v. 18210-18219.

Le sommeil de saint Jean et les révélations qu'il aurait eues en songe sont deux traditions originairement distinctes qui se sont facilement confondues. C'est Abdias (*Hist. apostolique*, I, 5, Dict. des Apocryphes, col. Migne, t. II, p. 327) qui semble avoir dit le premier que « à la dernière cène, lorsque le Seigneur établissait le Nouveau Testament de notre salut, (saint Jean) assis à côté du Christ, et reposant sur son sein, *s'endormit* ». L'Evangile (*Joann.* XIII) ne dit nullement qu'il s'endormit ; il fait simplement allusion à l'usage qu'avaient les anciens de prendre leur repas à demi étendus sur des lits, et il note que le disciple bien-aimé était couché, « discumbebat inclinatus ante pectus Domini », suivant la remarque de l'*Histoire scholastique* (cap. C, 41. Patr. Migne, t. 198, p. 1617). Mais, d'autre part, le sein, le cœur, ne renferme-t-il pas les plus secrètes pensées. « Per sinum quippe quid significatur aliud quam secretum ? » Cette interprétation symbolique de saint Augustin (In. *Joann.* Expositio, cap. XIII, Patr. Migne, t. 35, p. 1301) a passé dans Grégoire de Tours (*Miraculorum*, I, 30, Patr. Migne, t. 71, p. 730) : « Johannes quem Dominus plus quam caeteros dilexit apostolos..... ut super ipsum sacri corporis pectus accumbens mysteriorum cœlestium

hauriret arcana », dans Bède et dans la *Glose ordinaire* (P. Migne,
t. 114, p. 426). Elle s'est rattachée tout naturellement à la légende du sommeil, et nous la trouvons ainsi exposée dans la *Passion* romane de Clermont-Ferrand (v. 28), dans la *Bible* d'Herman de Valenciennes, et dans
la plupart des *Vies* françaises de Jésus–Christ, en vers et en prose.
Greban n'a donc fait que recueillir ici une légende des plus populaires.

36. — LA LÉGENDE DES ÉPÉES ACHETÉES PAR LES APOTRES AU « FOURBISSEUR »

Cette légende de la *Passion* d'Arras, p. 130-131, est déjà dans un ancien
poème de la Passion (B. de l'Arsenal, Ms. 5201, p. 112). Elle est rejetée
par Greban, p. 240, v. 18528 et sq., suivant le comm. de N. de Lire, in
Joann. XVIII, 10 « Simon ergo », p. 1285 : « Dicunt hic aliqui quod discipuli emerant gladios de praecepto Domini, secundum quod habetur.
Luc. 22. Sed non est verisimile quia ibidem dicitur quod Apostoli statim
responderunt. Ecce duo gladii hic, etc. »

37. — LE SIGNE DONNÉ PAR JUDAS
(*Luc*, XXII. 47. « Ut oscularetur eum. »)

N. L., p. 969. — Dederat enim Judas comprehensoribus istud signum
ne pro Jesu caperent Jacobum fratrem Domini, qui fuit ei valde similis
ut dictum fuit. *Mat.* 27. »

Greban, p. 241. — JUDAS :

> Pour ce, seigneurs
> Qu'il a des disciples plusieurs,
> Et l'ung d'iceulx qui sont ensemble
> Si tres proprement luy ressemble
> Que vous ne sçariez distinguer.

Item, p. 246, v. 19058. — JUDAS :

> Or vous souviengne donc du signe
> Que je vous baillay au partir.

38. — LE JEUNE HOMME AU MANTEAU
(*Marc*, XIV, 51. « Adolescens. »)

N. L., p. 635. — « Quia iste non nominatur hic, ideo dicunt aliqui quod
fuit Jacobus frater Domini. Alii autem quod fuit Joannes Evangelista qui

junior erat inter Apostolos. Alii autem dicunt quod fuit juvenis de illa
domo in qua comederant pascha. »

Greban, p. 249-250, v. 19305. — S. JAQUES ALPHEY :

>J'ayme mieulx a laisser la chappe
>Que mon corps y soit retenu.

>DRAGON

>Ha ! le ribaut s'en fuit tout nu.

39. — SAINT JEAN INTRODUIT SAINT PIERRE DANS LA COUR DU PONTIFE ANNE

(*Joann*, XVIII, 15. « Discipulus autem ille erat notus pontifici. »)

N. L., p. 1287. — « Dicunt aliqui quod Joannes erat peritus in lege et
propter hoc habebat noticiam cum pontifice. Sed hoc non est verisimile
quia piscator erat et de navi a Christo vocatus fuerat, ut habetur Mat. 4
d. unde dicit Hier. in epist sua ad Paulinum « Joannes rusticus piscator
indoctus etc. »; ideo alia fuit causa suae notitiae cum pontifice quia forte
missus a patre suo pluries portaverat pisces ad domum pontificis et vel
forte quia aliquis de cognatione ejus ibidem serviebat, vel aliqua alia
causa quam aliqui assignant, quia descenderat de David et sacerdotes
habebant istas genealogias. »

Greban, p. 850. — SAINT JEHAN :

>J'ay esté des fois plus de cent
>Leans pour porter du poisson :
>Anne et tous ceulx de sa maison
>Me corgnoissent par tel maniere (v. 10360.)
>Qu'il n'y a porte ne barriere
>Qu'ilz ne m'oeuvrent ysnel le pas (v. 19361.)

40. — L'INTERROGATOIRE ET LE SUPPLICE DE JÉSUS DIRIGÉS PAR LE PONTIFE ANNE

(*Matth.*, XXVI, 7. « At illi tenentes. »)

N. L., p. 437. — « Licet enim primo fuerit ductus ad Annam ut dicitur
Joann. 18 ; tamen Matthaeus de hoc non facit mentionem quia non fuit

ibi ductus nisi propter quamdam reverentiam quia erat socer Caiphe, ut ibidem dicitur. »

(Item, *Joann*, XVIII. « Erat enim. ») — *N. L.* p. 1286.
(*Joann*, XVIII, 19. « Pontifex ergo interrogavit Jesum de discipulis suis. »)

N. L., p. 1288.— « Dicitur autem Annas pontifex non quia esset actu, sed quia ante fuerat, et quia socer erat pontificis ut dictum est. »

(*Matth.* XXVII, 1. « Mane autem facto. »)

N. L., p.   . — « Quia a media nocte usque ad illam horam illuserunt eum conspuendo et palmis caedendo, ut visum est. »

C'est en suivant ce commentaire de N. de Lire que Greban a placé chez le pontife Anne, p. 250-263, toutes les scènes qui, dans la *Passion* d'Arras, p. 139-149, étaient placées chez le pontife Caiphe.

---

41. — LA COLONNE DANS LA MAISON D'ANNE.

Pseudo-Bonaventurae *Meditationes Vitae Christi*, cap. LXXV. — « Ligaverunt Jesum ad quamdam columnam lapideam, cujus pars postea comminuta est, et adhuc apparet, ut habeo ex fratre nostro qui vidit.
« Dimiserunt nihilominus aliquos armatos ad tutiorem custodiam qui eum totam noctem residuam vexaverunt.
« Et sic stetit rectus ad illam columnam ligatus usque ad mane. »
Cf. *Vie de Jesu Crist*, imprimée par Rob. Foucquet, 1485, p. IIIIxx v°; (*Passion* de 1398, B. Nat. ms. fr. 24438, fol. 35 v°), etc.

Greban, p. 254-259; p. 254, ANNE :
    Voiez ceste colompne haulte,
    Qui soustient au milieu la vaulte';
    Menez l'i tost comment qu'il soit (v. 19628).

---

42. — LES RENIEMENTS DE SAINT PIERRE.
(*Matth.*, XXVI, 69. « Et accessit ad eum una ancilla. »)

N. L., p. 440. — « De istis negationibus Petri videntur Evangelistae diversimode scribere maxime de secunda et tertia, quia de secunda dicitur hic quod fuit ad vocem ancillae, Lucas autem dicit quod fuit ad vocem

15

hominis, Joannes autem dicit quod fuit ad vocem plurium. Similiter de
tertia dicit Joannes quod fuit ad vocem unius qui erat cognatus illius
cujus Petrus abscidit auriculam. Matheus autem hic dicit quod fuit ad
vocem illorum qui astabant. Dicendum igitur quod principalis intentio
Evangelistarum erat negationem trinam Petri exprimere et in hoc con-
veniunt omnes Evangelistae. Exprimere autem personas accusantes
Petrum non erat principalis intentio eorum, sed tantum ex accidenti.
Tamen non contrariantur in hoc quia verisimile quod multi ad ista verba
concurrebant circa Petrum et consimilia verba proferebant ipsum accu-
sando, et sic unus Evangelista unam personam' nominat, alius aliam,
unam vel plures, nec est ibi falsitas ratione dicta. Videtur autem secundum veritatem historiae quod prima negatio sit facta ad vocem ostiariae
principaliter. Secunda ad vocem illorum qui stabant ad ignem, fuerunt
tamen excitati ab alia ancilla, propter quod Matheus illam exprimit hic
et de aliis tacet. Quod autem hic dicitur quod facta est Petro exeunte
janua, intelligendum se disponente ad exitum, quia adhuc erat propter
ignem, ut dicit Joannes, sed timens ne perciperetur exire. Tertia autem
negatio facta est multis eum accusantibus inter quos principalis erat
cognatus illius cujus Petrus abscidit auriculam, propter quod exprimit
illum Joannes de aliis tacendo. »

(Item, *Luc*, XXII, 34 «.Non cantabit hodie gallus. »)

N. L., p. 966.   « Post binam autem negationem Petri. »

(Item, *Joann.*, XVIII, 27.) — *N. L.*, p. 1290.

———

Greban, p. 252-255, v. 10484-19700. — Greban a suivi l'explication de
Nicolas de Lire et placé dans la cour du pontife Anne la scène qui, dans
la *Passion* d'Arras. p. 139, était placée chez le pontife Caiphe.

———

43. — LA MORT DE JUDAS.

A l'épisode de la *Passion* d'Arras, p. 153, Greban ajoute un trait tiré
de i'*Hist. scholast.* — In Actus Apost., cap. IX. (Patr. Migne, t. 198,
p. 1650.) — « Et suspensus crepuit medius. Et « diffusa sunt viscera
ejus », sed non per os ejus ut sic parceretur ori, quo Salvatorem osculatus fuerat. Non enim tam viliter debuit inquinari, quod tam gloriosum,
scilicet os Christi, contigerat. »

———

Greban (3ᵉ journée), p. 288. — DESESPERANCE :

> Il vint et son maistre baisa,
> Et par cette bouche maligne,
> Qui toucha a chose tant digne
> L'ame ne doit ne peust passer (v. 22023.)

---

44. — LE PREMIER INTERROGATOIRE DE JÉSUS PAR PILATE.

(Joann., XVIII, 33. « Introivit ergo iterum in praetorium Pilatus. »

N. L., p. 1292. — « Hic ponitur examinatio Christi in secreto. Et dividitur in tres, quia primo ponitur Pilati interrogatio, secundo Christi responsio, ibi : *Respondit Jesus*. Tertio Pilati objectio, ibi : *Dixit itaque*. Circa primum sciendum quod Judaei cum tumultu irrationabili petebant mortem Christi, propter quod Christus non respondebat, secundum illud Eccl. 32. a. *Ubi non est auditus non effundas sermonem*. Propter hoc Matthaeus et Marcus dicunt quod, cum accusaretur a principibus sacerdotum, nihil respondit, propter quod Pila'us intravit praetorium quod erat in domo sua ut ibi Christum magis pacifice examinaret extra tumultum Judaeorum qui non audebant intrare praetorium, ut dictum est, Christus autem de tribus fuerat accusatus coram eo, ut habetur Luc. 23. *Hunc invenimus subvertentem gentem nostram*. Pilatus autem de duobus primis non curavit inquirere quia de primo, scilicet de subversione observationum legalium, non curavit utrum esset verum vel falsum, quia non erat Judaeus, sed gentilis. Secundum cognovit esse falsum per famam publicam, quia audierat Christi responsionem qua Judaeis de hac materia responderat Mat. 22. C. *Reddite que sunt Caesaris Caesari*, etc. Sed de tertio quod videbatur esse contra honorem Imperatoris, inquisivit, scilicet de regno, quia Imperatores Romani omen regium a Judaeis abstulerant, ut frangerent eorum superbiam et tollerent rebellandi occasionem, et ideo quaesivit a Christo, etc. »

Greban, p. 279-281 ; p. 280 : Icy interrogue PILATE Jhesus a part au pretoire :

> Se tu presches ou pervertis
> Se tu as usé mal ou bien,
> Penser dois que je n'en sçay rien !
> Juif ne suis pas de naissance (v. 21455, etc.)

---

45. — JÉSUS ENVOYÉ A HÉRODE.

(*Luc*, XXIII, 7. « Herodes qui et ipse Jerosolimis erat his diebus. »)

N. L., p. 976. — « Scilicet Paschalibus, propter solennitatem, quia Judaeus erat. Pater enim suus fecit se circumcidi, transiens ad ritum Judaismi, secundum quod dicit Josephus. »

Greban, p. 282. — CLAQUEDENT :

Où pourrons-nous trouver Herode ?

PILATE

Il est venu en la cité
Pour voir la feste solennelle (v. 21,597.)

46. — JÉSUS RENVOYÉ PAR HÉRODE AVEC UNE ROBE DE FOU.

(*Luc*, XXIII, 11. « Sprevit autem illum Herodes. »)

·*N. L.*, p. 977. — « Reputam eum idiotam et fatuum. *Et illusit indutum veste alba.* Sic enim illudebatur tunc fatuus. *Et remisit ad Pilatum.* Ut eum honoraret sicut et Pilatus ei detulerat. »

Greban, p. 293. — HERODE :

Prends l'habillement
D'ung de mes sos le plus cornu (22,399.)

47. — RÉCONCILIATION D'HÉRODE ET DE PILATE.

(*Luc*, XXIII, 13. « Nam antea inimici. »)

N. L., p. 978. — « Propter Galilaeos quos Pilatus occiderat, miscens sanguinem eorum cum sacrificiis, ut dictum est supra. 13 C. »

(Ibid., *Luc*, XIII, 1. « Aderant autem quidam. »)

N. L., p. 869. — « De Galilaeis a Pilato interfectis, dum actu essent occupati in sacrificiis de quibus duplex est opinio. Dicit enim Cyrillus quod isti fuerunt sequaces Judae Galilaei de quo dicitur Act. 5. g. quod avertit populum in die professionis, quia dum Judaei profiterentur se esse subditos Romano imperio, ut dictum est supra 2 cap., iste Judas Galilaeus

dicebat quod hoc erat eis illicitum, scilicet recognoscere aliquem dominum praeter Deum qui eos eduxerat de Ægypto et fecerat sibi populum
peculiarem, et multi consenserunt ei in tantum quod postea prohibebant
oblationes fieri pro salute imperii Romani, de quo Pilatus indignatus repente cum multitudine Romanorum venit super eos sacrificantes secundum ritum suum et interfecit eos, ita quod sanguis interfectorum fuit
mixtus cum sanguine sacrificiorum. In Scholastica vero historia dicitur
quod fuit quidam magus de Galilaea qui dicebat se esse filium Dei, et
dum multos seduxisset, et secum duxisset in montrem Garizim, promit-
tens inde se ascensurum in caelum, et dum illi sacrificarent ei sicut filio
Dei, Pilatus superveniens eos cum armis interfecit ne major seductio
fieret. »

Greban, p. 290. — HERODES :

Non obstant la perte et dommage
Que jadis Pilate me fit
Quand mes gens destruit et occist,
Joyeulx suis pour l'heure presente
De cest homme qu'il me presente (v. 22204.)

L'explication développée de Cyrille sur les sacrifices de Judas de
Galilée a été recueillie par Jean Michel et lui a servi pour une de ses
additions à la *Passion* de Greban.

48. — LE SONGE DE LA FEMME DE PILATE.
(*Matth.* XXVII, 19. « Sedente »).

N. L., p. 451. — « Hic declaratur innocentia Christi per testimonium
uxoris Pilati. Ad cujus evidentiam sciendum quod diabolus qui captio-
nem Christi procuraverat per Judaeos, per aliqua signa perpendit quod
ipse esset vere Christus et per consequens quod per ejus mortem spo-
liaretur infernus ; hoc autem perpendit per ejus patientiam et per scrip-
turarum impletionem et forte per sanctorum patrum in lymbo existen-
tium exultationem, et ideo mortem Christi impedire volebat per uxorem
Pilati, cujus preces efficaces credebat in conspectu viri sui.

« Multa enim passa ».

N. L. — Quia diabolus apparuerat ei movens eam terroribus ad liberationem Christi. Utrum autem talis apparitio fuerit ei facta in somno
vel vigilia expresse non habetur hic, videtur tamen quod fuerit in somno
per hoc quod hic dicitur per visum. Christus enim praesentatus Pilato
valde mane ut dictum est in principio hujus cap. Et ideo probabile

est quod uxor ejus jacebat adhuc in lecto, quia dominae non solent ita mane surgere sicut viri sui ».

Passion d'Arras, p. 165. — Version adoptée par Greban, p. 306-308, comme approuvée par N. de L., p. 451.

49. — LA LÉGENDE DU BOIS DE LA CROIX ET LA LÉGENDE DES CLOUS FORGÉS PAR LA FEMME DU FORGERON.

1° Poème de la Passion (B. de l'Arsenal, ms. 5201, p. 124-125).

2° Passion d'Arras, p. 180-181.

3° Légendes empruntée à la Passion d'Arras et abrégées dans la Passion de Greban, p. 311-312.

50. — ON REMET A JÉSUS SES VÊTEMENTS POUR LE FAIRE RECONNAITRE SUR LE CHEMIN DU CALVAIRE.
(Matth. XXVII, 3). « Et induerunt eum vestimentis suis »).

N. L., p. 455. — Quibus spoliaverunt eum ut praedictum est, et hoc fecerunt ut ductus ad mortem magis cognosceretur in propria veste quam aliena ».

Greban, p. 313, Caïphe :

> Ostons luy cet abit de roy,
> Et le vestons en tel arroy
> Qu'il souloit aller par la voye,
> Affin que chacun si le voye
> En ses habis accoustumés (v. 23867).

51. — SIMON DE CYRÈNE.
(Luc. XXIII, 26. « et cum duçerent eum ».

N. L. p. 979. — « Ille autem invite portabat, tum quia hoc erat turpe, tum quia forsitan erat discipulus Iesu, occultus tamen. »

Greban, p. 319-320. — Simon, v. 24,430 et sq. ; it. :

> Car tant reproché en seroye.
> Que james jour n'aroye honneur (v. 24407).

---

52. — LES DÉTAILS DE LA CRUCIFIXION, LE VOILE, LES CORDES, ETC.

Dialogus b. Mariae et Anselmi de Passione Domini (Patr. Migne, t. 159, p. 271-290).

« Nudaverunt Jesum unicum filium meum totaliter vestibus suis et et ego exanimis facta fui ; tamen velamen capitis mei accipiens circumligavi lumbis suis... Post hoc deposuerunt crucem super terram et eum desuper extenderunt, et incutiebant primo unum clavum adeo spissum quod tunc sanguis non potuit emanare. ita vulnus clavo replebatur. Acceperunt postea funes et traxerunt aliud brachium filii mei Iesu et clavum secundum ei incusserunt. Postea pedes funibus traxerunt, et clavum acutissimum incutiebant, et adeo tensus fuit ut omnia ossa sua et membra apparent, ita ut impleretur illud Psalmi ; *Dinumeraverunt omnia ossa mea*. XXI, 18.... Post haec erexerunt eum magno labore, p. 283. »

Cf. les *Meditationes vitae Christi* (cap. LXXVIII) du pseudo-Bonaventure : la *Vita Christi* de Ludolphe le Chartreux, la *Passion* de 1398, la *Passion* de Gerson (ad Deum vadit), etc.

Passion d'Arras, p. 187-188.

Légendes empruntées à la *Passion* d'Arras et abrégées par Greban, p. 322-327.

---

53. — LA PROMESSE DE JÉSUS AU BON LARRON ET LE SENS DU MOT PARADIS D'APRÈS NICOLAS DE LIRE.
(*Luc*. XXIII, 43. « Hodie mecum eris in paradiso »).

N. L., p. 983. — « Non accipitur hic paradisus pro horto voluptatis, nec pro cœlo empireo, sed pro fruitione beata quam habuerunt sancti patres in morte Christi, qui erant in limbo detenti, statim cum ejus anima descendit ad eos, et eadem die illuc descendit anima illius latronis, facta particeps beatae fruitionis ».

Suivant l'interprétation de N. de Lire, dans la *Passion* de Greban, les âmes des Peres que Jésus arrache à l'Enfer sont mises simplement

« en quelque lieu déterminé », p. 343 ; tandis que dans la *Passion* d'Arras, p. 244, elles étaient conduites au Paradis terrestrs d'après l'Evangile de Nicodème, XXVI.

54. — SATAN GUETTANT L'AME DE JÉSUS EN CROIX.

Episode emprunté par Greban, p. 327, au poète d'Arras, p. 181, qui avait pu trouver lui-même l'idée dans l'*Historia scholastica*, cap. CLXII, p. 1630. — Vinc. Bell. *Spec. Hist.*, VII, cap. XLIII; *Passion* de Gerson, etc.

55. — L'INVENTION DU JEU DE DÉS PAR SATHAN.

Epis. emprunté par Greban, p. 335-336, à la *Passion* d'Arras, p. 191 et sq.

56. — JÉSUS APPELANT HELY.

(*Matth.* XXVII, 47. « Quidam autem illic stantes et audientes dicebant, Eliam vocat iste »).

1° Interprétation de la *Glose ordinaire* (Patrol. Migne, t. 114, p. 239 : « Sin autem Judaeos qui hoc dixerint intelligere volueris, et hoc more sibi solito faciunt, ut Dominum imbecillitate infament qui Eliae auxilium deprecetur ». — Cette interprétation est suivie dans la *Passion* d'Arras, p. 200.

2° Interpr. de Nic. de Lire, p. 460 : « Scilicet milites ipsum custodientes, qui erant gentiles, propter quod linguam Hebraicam ignorabant, dicebant.

Greban, p. 337. Le soldat romain Broyefort aux Juifs :

Ouez, seigneurs, il a huchié

Helias, ung de vos prophetes (v. 25905).

57. — LE CRI DE JÉSUS EXPIRANT.

(*Luc.* XXIII, 47. « Videns, Centurio... quod factum fuerat »).

N. L., p, 984. — « Scilicet miracula in Christi passione facta, utpote terrae motus, petrarum scissio, obscuritas solis supernaturalis. Et quod cum clamore magno expirasset quod non poterat fieri virtute naturali ».

Greban, p. 339 : Centurio :

> Esmerveillié tres fort je suis
> De ce Ihesus qui en mourant
> A gesté un cry si puissant
> Veu la foiblesse de son corps (v. 26023).

---

58. — L'ÉCLIPSE ET S. DENIS D'ATHÈNES.

Emprunté par Greban, p. 340-341 à la *Légende dorée* (Hist. de S. Denis) et à N. de Lire, p. 459 *in Matth.*, XXVII, 45. « A sexta ».
Cf. *Passion* d'Arras, p. 199-200, même source.

---

59. — SAINT MICHEL EMPORTANT L'AME DU BON LARRON ET SATAN CELLE DU MAUVAIS LARRON.

Passion d'Arras, p. 204, v. 17557-17730. — Légende abrégée par Greban, p. 347, v. 26609-26616.

---

60. — LE « MISTERE » DU SANG ET DE L'EAU.
(*Joann.*, XIX, 34. « Et continuo exivit sanguis et aqua. »)

N. L., p. 1307. — « Sanguis ad nostram redemptionem, aqua ad peccatorum ablutionem. Sciendum tamen quod ista aqua miraculose exivit, quia non fuit humor phlegmaticus, ut dicunt aliqui, sed aqua pura ad ostendendum quod corpus Christi erat ex veris elementis compositum, contra errorem eorum qui dixerunt eum habere corpus cœleste, sicut dixit Valentinus et sequaces sui, et eorum qui dixerunt eum habere corpus phantasticum, sicut Manichaei. »

Greban, p. 348. — Centurion :

> Il n'y a pas saug seulement,
> Mes avec le sang eaue clere,
> Qui signifie aucun mistere
> Dont nous n'avons pas la science (v. 26667.)

---

61. — LES APPARITIONS DE JÉSUS APRÈS LA RÉSURRECTION.

L'ordre chronologique et le détail des diverses apparitions de Jésus après la Résurrection présentent dans la *Passion* d'Arras et dans la *Passion* de Greban des différences considérables.

Ces différences tiennent à ce fait que le poète d'Arras a suivi *exactement* l'ordre des apparitions tel qu'il est donné par Honorius d'Autun (ou d'Augsbourg) dans l'*Elucidarium*, I, 24 (Patr. Migne, t. 172, p. 1127). Mais de ces *douze* apparitions il a supprimé la seconde « Secundo matri suae, ut Sedulius manifestat » et la cinquième à l'apôtre saint Jacques. Restent *dix*.

Au contraire, Greban dans sa « quarte journee » a suivi un ordre différent, celui que son guide ordinaire N. de Lire (in *Matth.*, XXVIII, 16. In montem, p. 469) avait emprunté lui-même à l'*Histoire scholastique*, Act. I. (Patr. Migne, t. 198, p. 1615.) Seulement, aux dix apparitions mentionnées par N. L., il en a ajouté trois mentionnées dans la *Légende dorée* (*De Resurrectione Domini*), les *Meditationes Vitae Christi* du pseudo-Bonaventure (ch. 87, voir plus loin) et beaucoup d'autres ouvrages.

1° Il a placé en tête une apparition à la Vierge ; 2° après l'apparition à saint Pierre (n° 3 de N. de Lire), il a intercalé les apparitions à l'apôtre saint Jacques et à Joseph d'Arimathie. Total, *treize*.

Pour le reste et dans les moindres détails, Greban a suivi scrupuleusement les Postilles de N. L. ; il suffira d'en donner quelques exemples.

---

62. — SAINT PIERRE RETOURNE AU CÉNACLE.
(Marc, XIV, 15. « Vobis demonstrabit. »)

N. L., p. 628. — « In illo coenaculo comederunt et in illo post resurrectionem latuerunt discipuli propter metum Judaeorum et in illo Spiritum Sanctum receperunt in die Pentecostes ut habetur. Act. 2. »

Greban, p. 375. — SAINT PIERRE :

> Mes chiers freres, doncques querray :
> Ne scay ou ja les trouveray,
> N'en quel lieu est leur tabernacle
> Se ce n'est au lieu de cenacle
> Auquel Jhesus sa cene fit (v. 28605.)

63. — L'APPARITION A MADELEINE.

(Joann., XX, 16. « Dicit ei Rabboni. »)

N. L., p. 1314. — « Sic enim consueverat eum appellare ante passionem quia doctores apud Judaeos vocantur *magistri.* »

(Dicit ei Jesus : Noli me tangere.)

N. L. — « Illa enim ex devotione voluit statim osculari pedes ejus, sed prohibita est secundum Augustinum, quia erat indigna propter fidei defectum, ideo subditur : « Non enim ascendi ad patrem meum. » Id est, in corde tuo non credis me pervenisse ad aequalitatem patris. Aliter exponitur secundum Chrisostomum, et melius ut videtur, ad cujus intellectum sciendum quod apparuit Mariae in consimili corpore secundum apparentiam, quale habebat ante passionem et non in illa claritate, quae est proprietas corporis gloriosi, et ideo Maria credebat ipsum resurrexisse ad vitam communem cum discipulis ducendam sicut ante, et ideo volebat eum familiariter tangere sicut prius. Hanc autem opinionem Dominus voluit ab ea removere dicens : *Noli me tangere.* Quasi dicat non credas me inter vos habitaturum sicut prius et hoc est quod dicitur. *Non enim enim ascendi ad* patrem meum. Est assignatio causae quare apparebat in simili corpore sicut et ante passionem, et non in claritate corporis gloriosi, etc..... »

Greban, p. 386-387. — MADELAINE, p. 387 :

O mon maistre, etc..... (v. 29503.)

JHESUS (v. 29507).

Cesse, Marie, ne m'atouche,
Et vueilles ton cueur appaissier
De ceste heure mes piés baisier,
Car encor n'ay pas monté
A la haultaine majesté
De la dextre de Dieu ; mon pere,
Car puisque ce divin mistere
De mon hault-ressuscitement
Ne crois pas en cueur fermement,
Foible foy te veult empescher
Que ne me peus ne dois toucher.

---

64. — L'APPARITION A L'APOTRE SAINT PIERRE.
(Luc, XXIV, 34. « Apparuit Simoni. »)

N. L., p. 993. — « Quando autem ista apparitio fuerit, non legitur expresse, sed tunc creditur fuisse facta quando Petrus cucurrerat ad monumentum, et viderat linteamina posita, abiit mirans secum quod factum fuerat, ut dictum est infra. »

(Luc, XXIV, 12. « Et abiit secum mirans. »)

N. L., p. 990. — « Id est cogitans de Christi resurrectione. »

Greban, p. 386, 388-9. — SAINT PIERRE :

> Il n'y a mes que les linsseux
> Et le suaire precieux..... (v. 29447].

(Icy s'en va S. Jehan aux apostres, S. Pierre demeure derriere.)
Ibid., p. 388, v. 29602 et sq.

65. — JÉSUS BRISE LE PAIN DEVANT LES PÈLERINS D'ÈMMAUS.
(Luc, XXIV, 3o. « Et accepit panem et fregit. »)

N. L., p. 1323. — « Id est eo modo dividebat eis et distribuebat sicut ante passionem ad declarandum suam resurrectionem. Dicunt enim aliqui doctores et satis probabiliter quod sic dividebat cibaria sola manu, sicut alii cum cultello, et hoc cognoverunt eum cum aliis signis. »

Greban, p. 408. — « Isy brise Jhesus le pain tellement qu'il semble estre coppé. »

66. — LES APOTRES REPRENNENT LEURS OCCUPATIONS :
LA PÊCHE DANS LE LAC DE TIBÉRIADE.
(Joann. XXI, 3. « Dicit eis Simon Petrus : Vado piscari »).

N. L., p. 132o. — « Erant enim pauperes et ideo ad procurandum necessaria vitae licite poterant ad exercendum negocium quod sine peccato poterat exerceri. Mathaeus autem non rediit ad tractandum negocium telonaei quia vix aut nunquam potest sine peccato fieri ».

Greban, p. 377, S. Berthelemy :

> Or, mes freres, il nous convient
> Icy secretement tenir,
> Et pour nos vies soustenir
> Ensemble nos mestiers ferons (v. 28753).

. . . .

S. MATHIEU

> En tant qu'il touche mon mestier
> Qui estoit de change et de compte,
> Quant est a moy, je n'en tien compte :
> Jamès je n'y retournerai (v. 28761).

Item, p. 415, v. 31703, etc., S. Pierre :

> J'iray pescher

S. BERTHELEMY

> A l'aventure
> Je suis tout prest de commancer,
> Car aussi nous fault il penser
> De soustenir la pauvre vie.

----

67. — S. PIERRE MARCHE SUR LE LAC DE TIBÉRIADE A LA RENCONTRE DE JÉSUS.

(*Joann.* XXI, 7. « Et misit se in mare »).

N. L., p. 1322. — Ut citius veniret ad Christum ex devotione. Hic dicit Beda quod tunc non venit ad Christum supra aquas ambulando sicut fecerat prius, sed magis *peditando* vel natando, sed rationabilius videtur contrarium. Non enim videtur quod natando venerit, quia tunc tunica succinxit se ut ad Christum veniret, quod non fecisset si natando venire vellet, nec etiam peditando per profundum aquae, quia distabat a terra quasi cubitis ducentis : . . . . propter quod magis videtur quod Petrus domini memor quem ferventer diligebat, et pristine ambulationis super aquas, quando ad Christum venerat, quod simile hoc fecerit.

Greban, p. 448, S. Pierre, v. 31859.

> Il me fault ma robe lever
> Et moy aventurer tout oultre.

Icy s'en va S. Pierre tout seul sur la mer au port ou Jhesus est.

----

68. — L'APPARITION SUR LE MONT THABOR
(manque dans la « Passion » d'Arras).
(*Matth.* XXVIII, 16. « In montem »).

N. L., p. 469. — « Scilicet Thabor in quo transfiguratus fuit coram Jacobo, Petro et Joanne, ut habitum est supra, cap. 17. Ibi enim paucis ostenderat gloriam suae resurrectionis, ut ibidem dictum est, et ideo ibi resurrectionem completam manifestavit omnibus discipulis suis. Unde probabiliter creditur quod illa fuit manifestatio de qua scribit Apostolus I, Cor. 15 : « *Deinde visus est plus quam quingentis fratribus simul*, hic tamen non exprimuntur nisi undecim Apostoli qui erant principales Christi discipuli ».

Greban, p. 420-423, S. ANDRY :

> Freres, entendez moi parler.
> Chacun ses compaignons assemble
> Et nous en allons tous ensemble
> Sur la montagne en Galillée
> Laquelle est Thabor appelée (v. 32008).

69. — LA DERNIÈRE APPARITION DE JÉSUS A JÉRUSALEM
ET L'ASCENSION SUR LE MONT D'OLIVET.
(*Matth.* XXVIII, 16. « In montem »).

N. L., p. 469. — Liste détaillée des apparitions... ·Et iterum bis apparuit in die ascensionis semel in Jerusalem ipsis convescentibus, et semel in monte Oliveti horae suae ascensionis ut habetur Marci ultimo et Lucae ultimo et Act. I.

(*Marc.* XVI, 14. « Novissime recumbentibus »).

N. L., p. 660. — « Ista apparitio facta immediate ante ascensionem suam ».

Ces deux épisodes sont à peu près semblables dans la *Passion* d'Arras et dans celle de Greban parce que le comm. de N. de Lire sur le verset de Marc, XVI, 14, coïncide avec la *Glose ordinaire* (Patr. Migne, t. 114, p. 243), suivie dans la *Passion* d'Arras. Mais le poète d'Arras (p. 276 v. 24100) fait prononcer les paroles : « Vos autem sedete in civitate, *Luc.* XXIV, 49 », par Jésus sur le mont d'Olivet, et Greban les lui fait dire

(p. 428, v. 32, 636) à Jerusalem, dans le dernier repas, suivant le commentaire de N. de Lire in *Luc.* XXIV, 49, p. 996.

---

70. — SAINT MATHIAS ÉLU AU SORT, COMME DANS L'ANCIEN TESTAMENT.

Hist. Scholast., Act. Apost., cap. XI, Patr. Migne, t. 198, p. 1651.

« Et dederunt eis sortes. Et cecidit sors super Mathiam, et annumeratus est cum undecim. Non est modo utendum sortibus, ut tradit Hieronymus pro hac auctoritate, quia privilegia pancorum non faciunt legem communem. Nondum tamen missus est Spiritus sanctus, necdum figurae legales penitus cessaverant. Ideo adhuc positae sunt sortes, sicut in Veteri Testamento saepe factum legitur ».

Greban, p. 440.

> Faisons pour estre plus seurs
> Comme nos bons predecesseurs
> En l'ancien testament faisoient (v. 33637).

LES

MEDITATIONES VITAE CHRISTI

ET

LA PASSION DE 1398

MEDITATIONES ET LA PASSION DE GREBAN

Si Greban est avant tout un théologien, il n'en a pas moins profité des légendes du pseudo-Bonaventure ou des *Meditationes
Vitae Christi* précédemment signalées. Pas plus que pour le poète
d'Arras, nous ne savons si Greban a consulté directement le texte
latin, ou une traduction française, mais nous savons qu'il a connu
l'ouvrage tout entier, et de plus une de ses imitations françaises
partielles. Il serait inutile d'étudier en détail tous les emprunts
signalés plus haut [1], toutes les réminiscences tantôt fidèles et précises, tantôt modifiées. Pour abréger, on ne donnera qu'un exemple des unes et des autres dans les deux scènes les plus connues
du mystère.

Voici d'abord une légende très ancienne que l'on a déjà rencontrée dans la Passion des Jongleurs, l'apparition de Jésus à sa mère
après la Résurrection. Si on prend la peine de suivre cette légende
depuis ses origines, on reconnaîtra qu'elle pouvait très facilement
être mise en scène sans les *Meditationes*, puisqu'en fait elle y a été
mise sans elles ; mais on reconnaîtra également qu'à cette légende
connue les *Meditationes* ont ajouté des détails nouveaux, et ce
sont précisément ces détails qui reparaissent, d'ailleurs très modifiés, dans le drame de Greban. Cette scène peut donc servir de
spécimen pour les imitations les plus éloignées des Méditations.

La légende de l'apparition de Jésus à sa mère, en opposition
avec le verset bien connu de l'Evangile de saint Marc XVI, 9, se
présente à nous sous deux formes distinctes :

1° La Vierge accompagne les Saintes Femmes au sépulcre, et

---

1. Page 97 de ce livre.

c'est là qu'elle retrouve la *première* son fils. Telle est la version adoptée par quelques Pères de l'Eglise grecque et par l'auteur du drame bysantin, *Christus patiens*. Dans l'Eglise latine, on la retrouve dans le *Carmen Paschale* de Sedulius (l. V., v. 322 et 361, Patr. Migne, t. 19, col. 738 et 743) et dans l'*Elucidarium* d'Honorius d'Autun (l. I, ch. 24, P. Migne, t. 172, col. 1127).

2° Les saintes Femmes vont seules au sépulchre, et la Vierge, qui a foi en la Résurrection, reste en prières dans sa maison. Jésus vient l'y visiter *la première* au sortir des Limbes, puis retourne consoler Madeleine. Cette version a été beaucoup plus répandue que la précédente en Terre-Sainte (d'après le *Saint Voyage en Hierusalem* de Saladin d'Anglure, 1395, éd. Bonnardot et Longnon, p. 27-28), en France et en Italie. Les représentations artistiques (vitrail de Chartres, xiiie siècle, clôture du chœur de Notre-Dame de Paris, xive siècle), etc., ont été récemment décrites par M. Emile Mâle (*L'Art religieux*, etc., p. 295). Quant aux textes des théologiens du moyen-âge, on les trouvera à peu près tous réunis par Suarès (éd. Vivès, t. 19, p. 875). Ils dérivent en majorité d'un contre-sens sur un passage célèbre de saint Ambroise, *De Virginitate* (l. I, ch. 3, Patr. Migne, t. 16, col. 283). Les textes français sont plus rares. On peut rappeler cependant la Passion des Jongleurs et le *Ci nous dit* déjà reproduit *in extenso*, et surtout le poème inédit de Jean de Venelle (1357) sur les trois Maries, dont suit un extrait largement suffisant (Bib. Nat. ms. fr. 12,468).

F. 86 v°, col. 1. « Comment nostre sire Jesu Christ s'apparu ressuscité a la Vierge Marie, sa mere doulce, et tout premierement, selon les docteurs, combien que l'evangille n'en face nulle mencion et pour cause.....

Mieulx deûst estre premeraine	Et saint Ambroise s'i acorde
Que ne feûst la Magdalaine,	Qui bien le dit et si accorde
Mais qui a droit y pensera	Qu'elle le vit premierement
Ja de ce ne se doubtera	Ressusciter nouvellement,
Qu'a li ne soit sans arester	Mais l'euvangille si s'en taist.....
Premier venu manifester :	Car tesmoignaige de la mere
Devant doit estre confortee	Envers son fils n'envers son pere
Celle qui tant desconfortee	N'est pas reçeu communement.
Fu pour son fils l'autre sepmaine,	....

87 r°, col. 2 : « Comment la Vierge prie Dieu le Pere qu'il lui doint
aucune revelacion de son fils Jesu Crist, et lors, comme en la fin de son
oroison J. Crist lui apparu resuscité a grant joie et a grant clarté, ende-
mentiers que les deux suers et la Magdeleine estoient aleez au sepulcre. »

87 v° et 88 r° : Interminable prière de la Vierge à Dieu le Père.

88 v°, col. 2 : Jesus apparait a sa mère et retourne ensuite vers la
Madeleine.

Avec le texte très connu de Saint Ambroise et surtout avec l'ouvrage extrêmement répandu de Jean de Venette on peut déjà
expliquer les mentions rapides de l'apparition chez les sermonnaires de la fin du xıv° siècle (Ex.: Gerson éd. Ellies Du Pin, t. III,
p. 1206, Sermo in Festo Paschae, *Pax vobis :* Nec etiam dubium
est quin apparuerit gloriosae Mariae. Et hoc modo dicit sanctus
Ambrosius...). La même explication vaut pour les brèves allusions à la légende de l'apparition dans la *Résurrection* de la B.
Sainte Geneviève (éd. Jubinal, t. 2, p. 378), dans la *Passion* de
Semur (v. 8825), et même pour l'apparition longuement développée, mais banale, sans citations latines, de la *Résurrection* d'Angers, 1456, (Bib. Nat. Réserve *Yf* 15, cahier *fiiii*, fol. 4 v°. — Extraits dans Frères Parfait, t. II, 512), si longtemps attribuée par
erreur à Jean Michel, et qui est probablement de Jehan de Prier,
dit le Prieur (*Romania*, 1898, p. 623)[1]. Mais on n'expliquera nullement de cette façon les détails précis de la même scène dans la *Passion* de Greban, p. 382, où la Vierge non seulement prie, mais récite
des versets des psaumes faciles à identifier : *Essurge, gloria
mea... psalterium et cithara. — Exsurgam diluculo*, v. 29,155.

Nulle part, à ma connaissance, dans aucun des commentateurs
des psaumes imprimés dans les Patrologies latine et grecque de
Migne, ces deux versets ne sont mis dans la bouche de la Vierge.
Cette adaptation je ne l'ai pas rencontrée avant les *Meditationes*
du pseudo-Bonaventure, tandis qu'il est relativement facile de la
retrouver plus tard. Je me bornerai à citer *in extenso*, en raison

---

1. On peut ajouter l'apparition du Christ à sa mère dans la *Résurrection* cornique.
(A. Norris, *The ancient cornish Drama*, Oxford, 1859, t. II, p. 35.) Il est possible et
même probable que les drames corniques sont imites plus ou moins directement des
mystères français.

de la rareté de cet imprimé, un passage d'un sermon de Saint Vincent Ferrer qui fut prononcé à. Toulouse, le jour de Pàques 1416, et qui fit grand bruit, suivant la curieuse déposition de Jean de Saxis dans le procès de canonisation — « J'assistais à ce sermon... Le soir il me prit fantaisie d'aller entendre un autre sermon prêché par un Religieux d'un autre Ordre. Il prononça d'abord son texte sur un ton plein de suffisance, puis dès le début rappelant certaines paroles dites par Maître Vincent, mais sans le nommer, il dit que ce qui avait été prêché le matin même par quelqu'un était *apocryphe* et devait s'entendre différemment, comme il se faisait fort de le démontrer sans plus tarder...». — Il sera très facile de voir que ce sermon « apocryphe » de Saint Vincent Ferrer est composé avec les chapitres 87 et 97 des *Meditationes* [1]; plus facile encore de constater que le passage correspondant du sermon de Barelette [2] sur la Résurrection est copié littéralement dans celui de saint Vincent.

Sermones R. Vincentii, etc. Estivales, etc. (Lugduni, Trechsel, 1493, in-4°, f. aa ij, r°, col. 2); sermo : « Surrexit, non est hic. *Marc* XVI, 6 ».

« Virgo... Maria certissima erat quod Filius suus resurgeret die tertia ut ipse praedixerat ; sed forte nesciebat horam suae resurrectionis, quia non legitur quod Christus dixerit horam suae resurrectionis, si hora prima, etc. Ideo Virgo Maria in nocte praesenti, quae sibi fuit longa nox, expectabat resurrectionem Filii sui ; et coepit cogitare qua hora surge-

---

1. Ch. 87. *De Resurrectione Domini et quomodo primo apparuit Matri, Dominica die.* Veniens Dominus Jesus cum honorabili multitudine Angelorum, ad monumentum, die Dominica, summo mane, et reaccipiens corpus istud sanctissimum, ex ipso monumento clauso processit, propria virtute resurgendo. Eadem autem hora, scilicet summo mane, Maria Magdalene et Jacobi et Salome, licentia petita prius a Domina coeperunt ire cum unguentis ad monumentum, Domina autem domi remansit et orabat dicens : « Pater clementissime... rogo majestatem vestram ut filium mihi reddatis... O fili mi dulcissime, quid est de te, quid agis?... Est hodie tertia dies ; *Exsurge ergo gloria mea* et omne bonum meum ».

Ch. 97 : « Et etiam forte ipsi sancti Patres, maxime Abraham et David veniebant cum [*Christo*] ad videndum illam suam excellentissimam filiam matrem Domini ».

2. Les éditions de Barelette sont nombreuses et communes, donc inutiles à reproduire. — Sermones fr. G. Barelete... tam quadragesimales quam de sanctis... Lyon, Jacques Myt:, 1524 ; *Feria*, I *Resurrectionis*... p. 195 r° col. 1: Contemplari possumus quod [Virgo] expectabat, resurrectionem sed ignorabat horam... Invenit psalmum LVI.... *Exsurge gloria mea*, etc. » — Barelette a souvent pillé S. Vincent Ferrer, après avoir prononcé son panégyrique.

ret et nescivit. Et sciens quod inter alios Prophetas David plus locutus fuit de Christi passione et resurrectione, posuit se ad legendum psalterium, ut inveniret si aliquid dixisset de hora..... Tandem legendo fuit in psalmo 56, ubi loquitur David in persona Patris ad filium dicens : *Exurge gloria mea, exurge psalterium et cithara.* Et responsio Filii ad Patrem : *Exurgam diluculo.* Nota quod Pater vocat Filium tripliciter, scilicet *gloriam, psalterium* et *citharam* propter tria quae Christus habuit in hac vita. 1ª Deus Pater vocat Christum gloriam suam, et hoc quia Christus in sua vita in omnibus quae fecit et dixit diligebat et procurabat honorem Patris. Ideo dicebat : *Ego gloriam meam non quaero, sed honorifico Patrem meum.* Joan , 8. Ideo Pater dixit : *Exurge gloria mea.* Respondit Filius Patri : *Exurgam diluculo............................*

Cogitate, quando Virgo Maria scivit horam resurrectionis, quomodo surrexit de oratione ad visendum si erat aurora et vidit quod non...... Et perfecit psalterium. Deinde voluit videre si aliquis aliorum prophetarum aliquid dixisset de hora resurrectionis ; et invenit in Osee, 6 ; qui loquitur in persona apostolorum : *Vivificabit nos post duos dies, et tertia die suscitabit nos.....* Tunc Virgo Maria surrexit dicens : sufficit mihi habere tres testes de hora resurrectionis et paravit cameram et cathedram pro Filio dicens : hic sedebit Filius meus et hic loquar ei..... Et respexit per fenestram et vidit incipere auroram et gavisa est..... Et Christus misit statim Virgini Mariae Gabrielem nuntium..... Et statim post venit ad eam Filius benedictus cum omnibus sanctis Patribus..... Christus autem dixit matri ea quae egit in inferno, quomodo ligaverunt diabolum, et ostendit sibi sanctos Patres quos inde extraxerat qui fecerunt Virgini Mariae magnam reverentiam. Cogitate quomodo Adam et Eva dixerunt Virgini Mariae : Benedicta vos estis filia nostra et Domina, etc. »

Que conclure de ces textes ? Si Saint Vincent Ferrer a certainement imité les chapitres 87 et 97 des *Meditationes*, il est beaucoup moins certain que Greban ait imité directement le seul chapitre 87, et, en tout cas, les deux imitations ne se ressemblent guère. Le grand prédicateur Valencien prodigue le merveilleux ; le dramaturge le restreint, le prépare et, à force d'art et d'ingéniosité, le rend presque vraisemblable. Dans la douleur et dans l'espérance, la Vierge attend la Résurrection de son fils en récitant des versets du Psautier :

Exsurge, gloria mea.

Et voici qu'aux premières clartés du jour, le Christ apparaît, seul ; le dialogue ne dure qu'un instant ; c'est un rêve, c'est une ombre qui brille et qui s'évanouit. Ainsi conduite la scène est très supérieure au chapitre 87 des *Meditationes*, long, traînant, et il semble bien que Greban n'ait emprunté en somme qu'une interprétation ou glose des psaumes qui paraît avoir été imaginée par le pseudo-Bonaventure. Rien ne prouve d'ailleurs que ledit Greban l'ait empruntée directement aux *Meditationes*, le contexte très différent de ces *Meditationes* et du mystère indiquerait plutôt le contraire. La glose était sans doute devenue populaire, et il a pu la recueillir dans l'enseignement de l'école. Nous allons proposer une explication analogue pour la scène suivante, qui, elle non plus, ne vient pas directement des *Meditationes* ; mais ici l'imitation plus longue et mieux caractérisée permettra d'arriver à plus de précision.

LA PASSION

COMPOSÉE POUR ISABEAU DE BAVIÈRE EN 1398

ET LA

GRANDE SCÈNE D'ARNOUL GREBAN

———————

Le texte latin des *Meditationes* n'a été utilisé directement à notre connaissance que dans le mystère de l'*Incarnacion et Nativité*, [1] joué à Rouen en 1474 ; mais deux des nombreuses imitations françaises des *Meditationes*, la *Passion* de 1398 et la *Vie de Jesus Christ* imprimée en 1485, ont influé directement ou indirectement sur la *Passion* de Greban et sur les mystères méridionaux de Rouergue.

Avant d'aborder la *Passion* de 1398 et la *Vie de Jesus Christ*, le plus simple, pour prévenir toute confusion, c'est de décrire sommairement le petit groupe d'imitations dont elles font partie. Ces imitations se distinguent très nettement : 1° des traductions pures et simples [2], complètes ou partielles des *Meditationes* dont les manuscrits sont si nombreux ; 2° des traductions [3] et des para-

---

1. L'auteur en cite des chapitres entiers dans ses notes.

2. « *Le livre doré des Méditacions..* », traduct. française de Jehan Galopes dit le Galoys, dédiée « a tres hault, tres fort et tres victorieux prince Henri quint de ce nom » roi de France et d'Angleterre (Bib. Nat. fr. 923 ; id. 921 et 922 ; n. a. fr. 6,529).

Viennent ensuite les traductions anonymes, faciles a reconnaître parce qu'elles commencent toutes par la première phrase du Prologue, où la première phrase du premier chapitre des *Meditationes* : Bibl. Nat. fr. 980 et 981 : fr. 992 ; fr. 9,589 ; fr. 17,116 fol. 70 : Mazarine, 976 ; Arsenal 2,036 f. 330 (traduction et non sermon, titre inexact) ; Rennes, 262.

Enfin l'ouvrage non identifié et intitulé « *Le Mistere de la Resurrection* » n'est encore autre chose qu'une traduction partielle des derniers chapitres des *Meditationes* à partir du chap. 84 « *Mane autem sabbati* » : Rome, Vat., Christ. 1728, f. 24 ; Paris, B. N. fr 968 f. 102 ; fr. 1918, f. 61 ; Besançon, 257 f. 187.

3. Traductions françaises anonymes : B. N. fr. 177-179 (id. Cambrai, 858) ; B. N. fr. 407-408 ; Cambrai, 813.

Traduct. signées : 1° par Jehan Aubert (Cf. *Romania* 1887, p. 169) ; 2° B. N. fr. 20,096-

phrases de la *Vita Christi* composée sur le modèle des *Meditationes*, par Lupold le Chartreux, prieur de la Chartreuse de Strasbourg, vers 1330.

Les seuls ouvrages semblables que nous ayons à classer et à discerner sont donc les suivants, du XIVᵉ au XVᵉ siècle :

Imitations françaises des « Meditationes »

1ᵉ Année 1380, — Traduction abrégée faite par l'ordre du duc de Berry. — Le manuscrit original est à la Bibliothèque de Darmstadt, n° 18 ; un autre ms. à la B. de Carpentras, n° 28.

L'ouvrage a été imprimé sous ce titre :

Cy commence une || moult belle et || moult notable || deuote matiere qui est || moult proffitable a tou || te creature hu || maine || *C'est la vie de nostre benoit sauueur ihesuscrist* ordonnee en brief langaige, etc.....

In-fol. de 63 f. non chiffrés, sig. ai-hv. Car. goth., a 2 col. — Edition imprimée d'après Brunet, avec les gros caractères de Guil. Leroy à Lyon. — Exemplaire à la B. Nat. Réserve, H 155 (1).

Cet exemplaire contient en tête une table des chapitres écrite par l'ancien propriétaire, le bibliophile de Cangé. — Le 1ᵉʳ chapitre correspond au chap. I des *Meditationes* :

Nature humaine par l'espace de cinq mille ans demoura en grand misere, tant que pour le pechié d'Adam nul ne pouoit monter en paradis, dont les benoits anges en eurent grand pitié, et si furent desirans de veoir Nature humaine emprès eulx, es sieges de Paradis.

Le récit poursuit jusqu'à la fuite en Egypte, Ch. 10, p. 43 (jolie légende du semeur). — Suivent dans le Chap. 11, p. 45 à 58, les

---

20,097, traduction de fr. Guil. Le Menand, imprimée a Lyon par J. Buyer et Mathis Husz, 1487. et souvent réimprimée.

La *Vita Christi* a inspiré deux paraphrases ou imitations libres :

1ᵉ Une traduction abrégée, intéressante, qui contient à la fin quelques légendes anciennes sur Judas, Pilate, et la destruction de Jérusalem : B. N. fr. 181, (exemplaire de Louis de Bruges, sgr., de la Gruthuyse), publié, mais écourté et rajeuni par A. Lecoy de la Marche, Paris, G. Hurtrel, 1870.

2ᵉ Une longue paraphrase par Jehan Mansel de Hesdin (cf. *Journal des Savans*, 1903, p. 17), conservée à l'Arsenal, n° 5205-5206. Ces manuscrits, aussi beaux qu'ennuyeux ne valent que par les miniatures.

Miracles de N. S., qui suivant la remarque de Cangé, sont une traduction libre de l'apocryphe *Evangelium Infantiae* (Tischendorff. *Ev. apocrypha*, 1876, p. 50 et suiv.). — Les Chap. 12 à 43, p. 118, depuis le retour de la sainte famille à Bethleem jusqu'à la Cène, sont de nouveau une imitation libre des *Meditationes*. Ce petit livre est d'une naïveté charmante comme l'original.

2º Année 1398. — La Passion translatée par ordre d'Isabeau de Bavière, qui sera étudiée plus loin avec ses trois suites :

a) La *Passion* « selon la sentence du philosophe Aristote », vers 1450.

b) La *Passion moult piteuse....*, etc. (1490).

c) La Passion « *Secundum legem debet mori* », imprimée par Denis Roce.

3º Année 1462. — Bib. Nat. fr., 9, 587 :

S'ensieult *la Vie de N. S. J. Christ* abregee et compilee par ung Religieux Celestin, l'an 1462.

Au texte des *Meditationes* le R. Célestin a ajouté divers souvenirs de ses lectures; fol. 3 rº, allusion au livre de *Planctu Naturae* du grand Alain [de Lille] ; fol. 151, une traduction en méchants vers français de la plainte connue de la Vierge au pied de la Croix (*Quis dabit capiti meo aquam*)[1]; fol. 203, résumé de la légende de Joseph d'Arimathie. — L'ouvrage médiocre se termine par un « notable dictier des louenges et privileges de Mgr. Saint Joseph » par maistre Jehan Ramesson, qui est probablement distinct du Célestin.

4º Année 1485. — *La Vie de Jesu crist*, imprimée par Robin Foucquet.

Cette compilation se compose essentiellement : 1º de l'Enfance et de la vie publique de Jésus, composées à l'aide de chapitres détachés de *Meditationes;* 2º d'une légende de Judas ; 3º d'une version en prose (XIVᵉ siècle) d'un ancien poème français tiré de l'Evangile de Nicodème, version qui a reçu ici diverses interpolations empruntées elles-mêmes à la *Passion* de 1398. Les diverses

---

1. Sur ce petit traité apocryphe, attribué tantôt à saint Augustin, tantôt à saint Anselme ou a saint Bernard, voir P. Meyer. *Bulletin de la Soc. des anc textes français*, 1875, p. 61. — Il y en a une autre traduction dans la *Passion* de 1398.

parties de cette compilation ont paru à part plus ou moins remaniées sous des titres divers, et l'ensemble a été réimprimé jusqu'au
dix-neuvième siècle. — Ce livre sera étudié à part avec les mystères rouergats auxquels il se rattache étroitement.

5° Année 1499. — Bib. Nat. n. a. fr., 4,164 :

La vraye fleur et myolle de la vie tres saincte de nostre tres doulx
sauveur Dieu Jhesucrist et de sa Virge Mere.

Compilation insipide de 691 f. qui remplace les légendes.par
d'interminables dialogues entre les personnes de la Trinité.

Toutes ces imitations des *Meditationes* classées, nous pouvons
reprendre en détail la *Passion* composée pour Isabeau de Bavière,
et montrer son influence sur les mystères du Nord et du Midi.

La scène la plus célèbre de la *Passion* de Greban (et de tout le
théâtre religieux du moyen âge) a été tirée, comme on va le voir,
d'un long récit en prose de la *Passion*, composé en 1398, qui commence ainsi :

« A la loenge de Dieu et de la Vierge souveraine et de tous sains et
et saintes de Paradis, a la requeste de tres excellente et redoubtee dame
et puissante princesse, dame Isabel de Bavière, par la grace de Dieu
royne de France, j'ay *translaté* ceste passion de Ihesu Crist nostre sauveur. de latin en français, sans y ajouster moralitez, hystoires, exemples
ou figures, l'an mil CCC. IIII^{xx} et dix-huit, prenant mon commencement de la suscitation du ladre, pour ce que icellui miracle avecques les
autres par avant faits par Ihesus, furent occasion aux Juifs de machiner
et traittier la mort et passion de Ihesu »,

et qui finit ainsi, après l'ensevelissement, quand la Vierge est
retournée avec ses amis à Jérusalem :

« Et lors restraigny ses doulleurs en esperance certaine d'estre prou-
chainement consolee de la resurrection de son filz de laquelle resurrection nous veulle faire participer le Pere et le Fils et le Saint Esperit,
ung Dieu en Trinité. *Amen.* »

L'ouvrage n'a pas été imprimé à ma connaissance, mais les manuscrits en sont extrêmement nombreux en France et à l'étranger.

B. de Besançon n° 257, f. 77-185 ; Rouen, n° 1430 ; Troyes (*Anc. Catal.
gr. in-4°*, Coll. des Doc. inédits sur l'Hist. de France, n° 1257 et 1311) ;
Bib. Mazarine, 949 ; Arsenal, 2038, 2075, 2386 ; B. Nation., 966, 978,
1917, 1918. 2454, 13095, 24438, fol. 1 à 82 r° ; n. a. fr. 10059, p. 145 r° ;

M. de Chantilly, n° 860 et 654 ; — Bruxelles, ms. de la B. de Bourgogne, 9303 ; Munich (cf. Hennin. Mon. de l'Hist. de France, 17) ; British
Museum, *Ms. addit.* 9288, etc.

L'ouvrage est attribué tantôt et par erreur à Jean Gerson, tantôt
(B. de Besançon, n° 257) au P. Henri de la Balme, cordelier, confesseur de Ste Colette, lequel en a peut-être simplement pris copie ;
le plus souvent il est anonyme et, en réalité, l'auteur en est
inconnu. Quoi qu'il en soit, cet auteur ne tient nullement les promesses de son titre, et il s'est inspiré de son imagination ou de
légendaires connus beaucoup plus que des évangiles canoniques.
Nous nous bornerons à analyser en détail la 1re partie de l'ouvrage.

Aussitôt après la « suscitation du Ladre », c'est-à-dire quinze
jours avant la Passion, Jésus se dérobe à ses ennemis et s'en va
prêcher en Galilée. Le samedi de Pâques fleuries, il est de retour
à Béthanie auprès de sa mère, et il s'assied à la table de Simon le
lépreux, où Lazare décrit longuement les peines d'enfer, au dire
de saint Augustin. Le lendemain, Jésus fait son entrée à Jérusalem,
renverse les tables des changeurs, et prêche toute la journée sans
que personne ne songe à le recevoir. Il rentre à jeun chez ses amis
de Béthanie, et à sa mère qui le conjure de ne plus retourner au
milieu d'un peuple indifférent ou ennemi, il objecte sa mission
divine et le verset d'Isaïe : *Hos filios enutrivi, ipsi autem spreve-
runt me.* Le lundi, il retourne à Jérusalem, délivre la femme
adultère et prêche au temple jusqu'à ce que les prêtres se mettent
en devoir de le lapider ; alors il disparaît, guérit sur son chemin
l'Aveugle-Né qu'il envoie à la fontaine de Siloé, et revient à Béthanie consoler sa mère qui s'étonne de le retrouver toujours
« disetteux et affamé ». Le mardi, nouvelle prédication à Jérusalem (le tribut de César, la femme aux sept maris, le plus grand
commandement, parabole du banquet de noces et des ouvriers de
la vigne, annonce la destruction de Jérusalem). Quand il repart
à la nuit, les prêtres veulent le saisir, mais il se rend invisible.
« Et veullent dire aucuns que une grant pierre apellee le saut de
David se ouvri par le milieu et se parti en pièces... » et protégea
la retraite de Jésus, « de laquelle pierre restent encore les enseing-
nes ». En revenant vers le mont d'Olivet, il annonce à ses disciples les signes de la fin du monde et du jugement dernier.
La Vierge impatiente vient à leur rencontre et « cheoit comme

morte » quand les disciples lui apprennent les dangers que son fils a courus. Celui-ci la réconforte en lui promettant que le lendemain il ne la quittera pas, et tous regagnent Béthanie où Judas, le traître futur, reçoit la place d'honneur au souper. Le lendemain, mercredi, la Vierge supplie vainement Jésus d'éviter la Passion (c'est le dialogue célèbre que nous avons reproduit *in extenso*), et le jeudi, Jésus envoie Pierre, Jacques et Jehan[1], « ses plus espéciaulx secrétaires » à Jérusalem préparer la Cène. La suite n'est plus guère que la traduction libre ou la paraphrase du récit de la Passion tel qu'il se trouve dans les *Meditationes* (chapitres 73-83), avec l'addition de quelques anecdotes, et de la traduction d'un apocryphe déjà vu (*Quis dabit capiti meo aquam*) attribué ici à Saint Augustin. Malgré ces additions, les *Meditationes* restent la source principale de la *Passion* de 1398, et cette source était si bien connue jadis que dans quelques copies de cette Passion, à la suite de l'*explicit* primitif indiqué précédemment p. 252, on a ajouté sous le titre de « Mystère de la Résurrection » la traduction d'un nouveau chapitre des *Meditationes* (chap. 84, *Mane autem*, etc.).

De ce qui précède on conclura que la *Passion* de 1398 ne ressemble que de loin au mystère de Greban ; l'ordre et le choix des épisodes y sont très différents. Le dramaturge ne s'en est pas moins souvent souvenu des entretiens de Jésus avec sa mère, plusieurs détails, en particulier la citation commune d'Isaïe : « *Hos filios enutrivi* »[2] le prouvent. Seulement, Greban a su dégager la scène principale des redites, et il lui a donné toute sa valeur. A vrai dire, cette scène principale ou cet épisode de la *Passion* de 1398 était lui-même inspiré par le 72e chapitre des *Meditationes* ; l'idée n'était pas neuve, mais le développement en est original et ajoute beaucoup au modèle. C'est, somme toute, ce qu'il y a de mieux dans le récit. Aussi Greban a-t-il reproduit le passage souvent littéralement[3].

Le récit de 1398, inspiré en grande partie par les *Meditationes Vitae Christi* a été lui-même souvent mis à contribution :

1o Dans la compilation intitulée *La Vie de Iesucrist....* impri-

1. Cf. Greban, p. 228, v. 17,613-5.
2. Cf. Greban, p. 214, v. 16,470. — 3. It. p. 214, v. 16,519.

mée par Robin Foucquet, etc., 1485 (B. Nationale Réserve H. 506
(1) qui sera décrite et « extraite » plus loin.

2° Dans une autre *Passion* en prose de la première moitié du xv°
siècle qui commence ainsi : « Selon la sentence du philosophe
Aristote en son premier livre de physique », et dont les manuscrits sont également nombreux : B. Nat. 968, 969, 973, 975, fol. 26;
B. de l'Arsenal, 2076, 6869, fol. 111 à 192; B. municip. de Lyon,
864 (exemplaire copié en 1450).

La citation d'Aristote est suivie de beaucoup d'autres du même
goût, détachées en belles lettres rondes. C'est à peu près tout ce
que le nouveau compilateur a ajouté à la compilation de 1398,
et son imitation est si servile qu'elle ne mérite pas d'être analysée
à part ; la précédente analyse peut servir pour les deux ouvrages.
Ajoutez de nouvelles citations et force anecdotes et historiettes
(par exemple, fol. *d* recto de l'imprimé, le vieux conte des *Femmes et du secret* à propos de la Cène et de la trahison de Judas!),
et vous aurez l'incunable suivant qui n'a pas encore été identifié,
à notre connaissance :

LA PASSION *de notre saulueur et redem*||*pteur ihesucrist moult piteuse
moralisee figu*||*ree et hystoriee par auctoritez et exemples,* || *laquelle
il souffrit pour l'umain lignaige* ». — Au verso du dernier feuillet :
« Cy finist la passion de nostre seigneur ihesu crit (*sic*) imprimé l'an de
grace mil. cccc.lxxxx (1490), le xvi° d'aoust, — (S. l.,) in-fol. car. goth.
de 89 ff. non chiffrés a longues lignes, au nombre de 35 sur la page.
signat. *a — o iiij*, avec fig. sur bois (B. Nat. Réserve, H 1106, exemplaire
bien complet, et B. de l'Arsenal, Théologie, 1445 A, ex. incomplet du
titre et de quelques feuillets); *Brunet* (5° édit.), t. IV, p. 423.

Même ouvrage imprimé à Lyon le vi° jour de janvier, l'an M.CCCC.
XCIX (1499), in-4° goth., fig. sur bois (*Brunet*, t. IV, p. 424).

Le troisième rédacteur ou compilateur ne cherche pas, du reste,
à donner le change, pas plus que ne l'avait fait son prédécesseur ;
la phrase finale de l'imprimé le prouve :

« Et pourtant celluy qui ceste euvre si a acomplie de divers livres
extraictz prie a ceulx qui ceste presente passion liront qu'ilz ayent memoire des choses qui dedens sont contenues a l'houneur de Dieu qui
sans fin regne et regnera *in secula seculorum, Amen. (Fin des manuscrits* conseivée). Item celluy qui ceste presente passion si a en ce point
reduicte a l'instance du noble roy de France prie a tous et a toutes qui

ceste presente passion verront et lire orront si prient Dieu pour les
ames des dictz roys et extracteurs en disant Pater noster, Ave Maria
(*ajouté par l'imprimé*).

Les manuscrits et les éditions imprimées de la *Passion* « selon
la sentence du philosophe Aristote » furent plus d'une fois mis à
contribution par les prédicateurs français du xvᵉ siècle : plus d'un,
notamment Olivier Maillard [1], vint y copier en les abrégeant les
« requêtes de Notre Dame à son fils ». Cependant le texte primitif
ou la Passion composée en 1398 pour Isabeau de Bavière ne fut
pas oublié, et les manuscrits s'en multiplièrent jusque dans la première moitié du seizième siècle (exemple : B. Nationale, ms. 1918).
Il vaut la peine de le noter dès à présent, car c'est la *Passion*
de 1398 et non la *Passion* « selon la sentence du philosophe Aristote » que nous retrouverons librement imitée (et quelquefois
copiée) dans un sermon sur la Passion, imprimé par Denis Roce [2],
lequel a inspiré lui-même un des mystères rouergats. le *Jutgamen de Jesus.*

·Pour qu'on puisse suivre la filière de tous ces emprunts, nous
allons reproduire :

1º Le chapitre LXXII des *Meditationes Vitae Christi* du pseudo-
Bonaventure. On verra combien il diffère du texte français de
1398. L'auteur français a laissé Notre Dame et son fils seuls en
présence dans cette entrevue suprême, et il a supprimé avec raison Marie-Madeleine vraiment faite pour gêner toute effusion.
Greban et plus tard Jean Michel ont fait de même.

2º Le texte des quatre requêtes de Notre Dame, dans la *Passion*
de 1398. Pour ce texte, on a suivi les manuscrits 2038, fol. 16 rº ;
2075, fol. 28 vº, et 2386, fol. 6 rº, de l'Arsenal, comparés avec les
ms. 1917, fol. 22 vº à 24 vº ; 1918, fol. 11 rº à 12 rº ; 26,438,
fol. 13 rº ; n. a. fr., 10,059, fol. 150 vº, de la Bibl. Nationale, et le
ms. 949, fol. 20 rº, de la Mazarine. Au reste les différences des

---

1. *Quadragesimale opus*, Paris, Phil. Pigouchet, juin 1526 (B. Nat , Réserve, D. 42,
606). — Feria IIII ebdomade sancte, Sermo LXI fol. CX recto : Post multos fletus bea-
tissima virgo fecit sibi tres *sic)* requestas. Prima quod si reparatio generis humani posset fieri sine morte, etc. ».

2. Ce sermon sera réimprimé plus loin comme une des sources des Mystères
Rouergats.

manuscrits pour ce passage important sont insignifiantes et ne
portent guère que sur l'orthographe.

3° Le texte différent des mêmes requêtes dans la *Passion* « selon
la sentence du philosophe Aristote », d'après les manuscrits de la
Bibl. Nationale fr. 968, fol. 10 r° ; 969, fol. 12 v° ; 973, 14 r° ; 975,
fol. 38 v°, comparés à l'imprimé : *La Passion* de notre saulueur....
moult piteuse, moralisee, figuree et hystorice (1490), (B. Nat.
Réserve, H. 1106).

Si cet imprimé est souvent différent des manuscrits et s'il y fait,
comme nous l'avons dit, de notables additions, il n'ajoute absolument *rien* au texte des requêtes et le reproduit tel quel. La citation
in extenso est assez longue pour permettre à tous de juger que
l'auteur du sermon imprimé par Denis Roce a bien copié non
cette *Passion* « selon la sentence du philosophe Aristote », mais
la *Passion* de 1398, et cette distinction a son importance.

MEDITATIONES VITAE CHRISTI

(Cap. LXXII).

Quando cominus Jesus mortem suam praedixit matri.

Hic potest interponi meditatio valde pulchra, de qua tamen scriptura
non loquitur. Coenante namque Domino Iesu die Mercurii cum discipulis suis in domo Marie et Marthe, et etiam matre ejus cum mulieribus
in alia parte domus : Magdalena ministrans rogavit Dominum, dicens :
Magister sitis memor, quod facietis pascha nobiscum, rogo vos ut hoc
non denegetis mihi. » Quo nullatenus acquiescente, sed dicente quod in
Hierusalem faceret pascha : illa recedens miro cum fletu et lacrymis,
vadit ad Dominam et his ei narratis rogat, ut ipsa eum ibi in pascha
teneat. Coena igitur facta, vadit Dominus Iesus ad matrem, et sedet
cum ea seorsum colloquens cum ea, et copiam ei suae praesentiae prae-
bens quam in brevi subtracturus erat ab ea. Conspice nunc bene ipsos
sedentes, et quomodo Domina reverenter eum suscipit, et cum eo affec-
tuose moratur, et similiter quomodo Dominus reverenter se habet ad
eam. Ipsis igitur sic colloquentibus, Magdalena vadit ad eos, et ad pedes

17

eorum sedens, dicit : Domina, ego invitabam magistrum ut hic faceret
pascha, ipse vero videtur velle ire Hierusalem ad paschandum, ut capia-
tur ibi ; rogo vos ut non permittatis eum ire. Ad quem mater : Fili mi,
rogo te ut non sic fiat, sed faciamus hic pascha. Scis enim quod insidiae
ad te capiendum ordinatae sunt. Et Dominus ad eam : Mater charissima,
voluntas patris est, ut ibi faciam pascha, quia tempus redemptionis
advenit, modo implebuntur omnia quae de me scripta sunt, et facient in
me quidquid volent ». At illae cum ingenti dolore haec audierunt, quia
bene intellexerunt quod de morte sua dicebat. Dicit igitur mater vix
valens verba formata proferre : Fili mi, tota concussa sum ad vocem
istam et cor meum dereliquit me. Provideat pater quia nescio quid
dicam. Nolo sibi contradicere, sed, si ipsi placeret, roga eum ut differat
ad praesens, et faciamus hic pascha cum istis amicis nostris. Ipse vero,
si tibi placebit, poterit de alio modo redemptionis sine morte tua provi-
dere quia omnia possibilia sunt ei ».

O si videres inter haec verba Dominam plorantem modeste tamen et
placide, et Magdalenam, tanquam ebriam, de magistro suo largiter et
magnis singultibus flentem, forte nec tu posses lacrymas continere.
Considera in quo statu esse poterant, quando haec tractabantur. Dixit
enim Dominus blande consolans eas : Nolite flere, scitis quod obedien-
tiam Patris me implere oportet, sed pro certo confidite, quia cito re-
vertar ad vos, et tertia die resurgam incolumis. In monte igitur Sion
secundum voluntatem Patris faciam pascha ». Dixit autem Magdalena :
Ex quo non possumus cum hic tenere, simus et nos in domo nostra in
Hierusalem, sed credo quod nunquam habuit pascha sic amarum ». Acquievit Dominus, quod et ipsae in dicta domo facerent pascha[1].

---

[1]. Ce chapitre du pseudo-Bonaventure a naturellement été très souvent imité en
Italie, et il est devenu un lieu commun du théâtre et de la chaire, cf. notamment
Al. d'Ancona, Sacre rappresentazione (della Cena e Passione, di Mess. Castellano Cas-
tellani, 1519, t. I, p. 306) et Barelette (Sermones fratris Gabrielis Barelete : In die paras-
sceves, Sermo de passione (dans l'edition commune, p. 180 col. 1 recto à 191, col 2 recto :
Cena facta vadit Jesus ad matrem, etc. — Les premières lignes du pseudo-Bonaventure sont copiées littéralement par Barelette, puis Jésus et sa mère argumentent en
citant le Digeste et Aristote.

PASSION FRANÇAISE DE 1398

(B. DE L'ARSENAL, 2038, fol. 16, r°, etc., voir p. 256).

Les quatre requestes de Nostre Dame a Jesus. [1]

Cf. Greban, p. 213-215, v. 16423-16638.

Mercredi demoura Jhesus en Bethanie en celle maison de Marthe avecque sa tendre mere, si comme le jour devant promis lui avoit en la consolant et reconfortant sur le mistere de sa glorieuse passion. Et croiez que celui jour ilz dirent l'un a l'autre moult de douces et piteuses paroles que l'en ne treuve pas escriptes. Touttesfois entre les autres l'en treuve escriptes aucunes parolles et requestes que la Vierge Marie dist celui jour a son tresdoulz et amé filz, disant en ceste maniere :

« Beau filz, je sçay que la fin pour quoy tu as en moy prins char humainne ce a esté pour racheter humainne lignee, et je ne vueil pas ce empescher, comme autresfois je l'ay dit et aussi tu le scés bien, qui le secret de tous cueurs congnois clerement. Mais considere que vecy le ventre qui t'a porté ; vecy la poitrine dont tu as esté alaicté. Vecy la mere quy pour toy garder, tant en l'aler et retourner d'Egipte pour le temps que l'ange me commanda de fuir la fureur de Herode comme depuis, a souffert tant de labours, de paours et de doullours qu'il te plaise de moy octroier à tout le moins l'une des quatre choses que je te vueil humblement requerre.

La premiere chose est que ce rachat qu'i[l] te plaist a faire de l'umain lignage tu le faces sans mort souffrir et endurer, consideré que tu le peulx faire. La seconde chose que je te requier si est, se autrement ne peult estre qu'il ne te conviengne mort et passion souffrir, au moins que celle mort soit sans doulleur et affliction. La tierce chose si est, se tu ne veulx ce fere, que ne seuffres mort douloureuse, fay moy ceste grace que je meure avant que je voye ta mort. La quarte si est, se tout [ce] ne me veulx octroyer, ne aucune des choses dessus dictes, a tout le moins fay pour celui temps que je soye insensible comme une pierre, et que je n'aye connaissance ne aucun sentiment de ta mort et passion. He ! mon tresdoulx enffant, je n'ay pas desservi, s'il te plest, que au moings je n'aye par ta bonne grace et pitié l'une de ces quatre choses ou demandes qui toutes te sont possibles ».

Respondit son doulx filz Jhesu tres humblement et lui dist : « Ma tres

---

1. Titre ajouté par l'éditeur.

doulce et tendre mere, il est vray que chascune des quatre demandes m'est possible, mais ne te doyt troubler se ne te les vueil octroyer, car il n'y a aucunes d'icelles qui n'enclouent[1] en leur octroy aucun inconvenient, ou, a tout le moins, ce n'est pas chose convenable. Ma doulce mere, tu scés bien que, toutes les escriptures escriptes parlans de la mort de l'Aignel et [de] autres choses qui ont esté dictes de moy, que il fault qu'elles soient en moy acomplies. C'est aussi chose convenable que moy qui suis vraye vye doye souffrir une mort, affin que humainne lignee soit de moy rachetee. Le second n'affiert[2] a octroyer, car ainssi comme depuis Adam ont tous peché, aussi appartient il que moy, qui dois porter la peine du peché pour homme saulver, soye pugnis en tous mes membres et tous mes os, et, autant comme il y a des os en mon corps d'omme, autant me convient il souffrir de playes principalles pour faire satisfacion. Le tiers ne loist[3] a octroier. car, ma tendre mere, je ne te garderoye pas l'onneur naturelle[4], car si tu mouroies avant ma mort, il fauldroit ton ame desscndre ou limbe avec les ames des patriarches et sains peres pour atendre mon asscnsion ou ciel, avant que tu peusses entrer ou royaume de paradis, ce que je ne vueil souffrir; ains, ma tresdoulce mere, quant l'eure de ton trespas sera venue, je vienderay prendre ton ame et la remecteray en ton precieux corps et, ainsy ressuscitee, je t'emporterai avec grant multitude de mes angelz laissus en mon royaume et te mecteray a ma dextre, royne pardurablement couronnee.

Ne le quart ne doy [ge] octroyer, car que toy qui es mere tant amoureuse et sur moi piteuse, ne doyes partir a mes doulleurs, ce ne seroit pas droicture de nature, mais, en ce prens reconfort, car ceste doulleur que tu avras de ma mort et passion te sera recompensce en la tienne, tu ne sentiras ne mal ne doulleur, neant plus que une personne qui s'endort paisiblement. »

Et en icelles semblables parolles occupperent celuy mercredy. car celuy mercredi Jhesu se tint avec sa mere douleureuse, comme promis lui avoit et ne ala point ou temple de Iherusalem, comme il avoit fait les autres jours de par avant. Les princes des faulx prestres doubterent que Ihesus ne s'en voulsist aller en autres contrees; par la doubte d'iceulx, Juifs s'en assemblerent celui mercredi et firent le tiers conseil qui fut moult grant et general.

1. Ne renferment.
2. convient.
3. est permis.
4. Variante. (B. Nat. fr., 1917, f. 11 v°, *maternelle*; 1918, f. 24 r°, *maternelle*.

LA PASSION

« SELON LA SENTENCE DU PHILOSOPHE ARISTOTE »

Les quatre requestes de Nostre Dame a Jesus.

(Bib. Nat. Ms. fr. 968 f. 10 r. à 11 r°; 969 f. 12 v° à 1320.— Nous reproduirons le texte de la *Passion... hystoriée*, 1490 (B. Nat. Réserve, H
1106 fol. b. iii r°) entièrement conforme pour ce passage aux manuscrits précités).

« Mon tresdoulz filz, tu scèz [1] que tu as prins chair humainne en moy
pour racheter l'umain lignaige, et ce ne vueil je pas empescher. Mais je
te prie que une petite demande me vueilles octroyer. Tu scèz que veez
cy le ventre qui t'a porté, veez cy les mamelles qui t'ont alaicté. Veez cy
la femme qui t'a en ton enfance si soigneusement gardé et a toy garder a
moult labouré. Tu scè/ que corporellement [2] avec toy m'en fuys en
Egypte. Et pour la paour du roy Herode, nous nous despartismes, et que
j'ay tousjours esté participante de ta joye et de ta tristesse. Et pourtant
doncques, je te requier, mon tres doulx enfant, que tu me octroyes l'une
de ces demandes. C'est assavoir que tu faces tant que sans mourir tu
rachetes l'umain lignaige. Ou, s'il est ainsi que tu vueilles mourir, que
ta mort ne soit si cruelle ne de si grant peine. Ou que tu me faces mourir devant que je te voye ainsi mourir. Ou, s'il est ainsi qu'il conviengne
que je te voye mourir, que je n'aye ne sens ne entendement non plus que
une pierre, affin que je ne puisse sentir ta grande et inestimable douleur, ou aultrement je mourray a grant martire. »

L'enfant en tres grande reverence respondit a sa tres doulce mere en
ceste maniere : « Mere tres chiere, ge concede tres bien que toutes ces
choses cy que tu m'as demandees, si elles m'estoyent possibles, tres
voulentiers et de bon cueur le feroye. Mais pour certain, ce ne seroit
chose convenable a moy de le te octroyer. Et tant que a la premiere demande, c'est certain que je dois souffrir mort. Car ainsi estoit ordonné
avant que je devenisse homme. Après tous les prophetes ont dit que je
devoye mort souffrir; et ce n'est pas chose raisonnable que je voyse a

1. Les Ms. et l'imprimé donnent tous : *tu seèz*, au lieu de *je scay*, comme la *Passion*
de 1398.
2. Ms. 968, fol. 10 v°, « que corporellement avec toy je fu en Egypte quand pour la
paour du roy Herode .... »

l'encontre des escriptures. Car Isaye [1] si a dit que je dois estre mené au maiseau pour estre occis et estre mis a mort comme une brebis et que je ne dois dire mot non plus que ung aignel. Et en après, tant que a la seconde demande, c'est chose convenable que je souffre mort tres angoisseuse. Car, comme qu'il soit ainsi que ung chascun par son péché aye desservi peyne et mort, moy qui vueil souffrir mort non pas pour le peché d'ung, ne de deux, mais pour le peché de tous, c'est chose convenable que ma mort pardessus toutes les aultres mors soit douloureuse et de grant peyne. En après, quant a la tierce demande, saches, dame, que ce n'est pas raison que tu meures devant moy. Mais je doy entrer le premier en ma gloire pour l'Escripture acomplir. Et, tantost que je seray venu avec mon pere, je appareilleray ton lieu a ma dextre, et seras eslevee au trosne de Dieu. Et tant comme a la quarte demande, dame, ce n'est pas raison que une si digne creature comme vous estes, que je luy oste les perfections de son ame, c'est assavoir son sens et son entendement. Mais sachez, mere, que se en ma mort vous souffrés aucune douleur et peyne, que a la vostre, elle vous sera remuneree, car vous n'y souffrerés pas douleur comme les aultres. »

Et ainsi le benoist Ihesus saulveur de tout le monde reconforta sa benoiste et doulce mere.

Comment les Juifz cuydoient que Ihesus s'en fust fouy, pour tant que il ne alla pas le mercredi a Iherusalem.

. . . .

1. Cette citation d'Isaye, LIII, 7 : *Sicut ovis ad occisionem ducetur*, manque dans le texte de 1398 et est pourtant donnée par Greban, p. 215, v. 16554, mais elle est extrêmement commune, et il a pu la trouver partout, à la différence de la première citation, *Hos filios enutrivi*, expliquée plus haut, p. 251.

LE DÉVELOPPEMENT DU MYSTÈRE DE LA PASSION

AU XVe SIÈCLE

LA PASSION D'ARRAS. — LA PASSION DE GREBAN

LA PASSION ·DE JEAN MICHEL

LES DEUX PASSIONS INÉDITES DE VALENCIENNES

ETC.

LE
DÉVELOPPEMENT DU MYSTÈRE DE LA PASSION

AU XVᵉ SIÈCLE

La Passion d'Arras. — La Passion d'Arnoul Greban. — La Passion de
Jean Michel et ses suites. — La Passion bretonne. — Les deux
Passions inédites de Valenciennes. — La Passion d'Amboise et de
Châteaudun, etc.

Les principaux textes, théologiques ou autres, utiles à cette
étude, ont été énumérés. Avant d'analyser des ouvrages aussi souvent étudiés que les *Passions* du quinzième siècle, on a essayé
d'apporter à la discussion quelques faits nouveaux. Ces faits
exposés, il faut maintenant les reprendre, les classer, et montrer
dans quelle mesure la *Passion* la plus importante, celle d'Arnoul
Greban, dépend de la tradition antérieure, de même qu'elle a
influé sur les *Passions* qui l'ont suivie.

Les Mystères Sainte-Geneviève et la *Passion* de Semur étaient,
nous l'avons vu, des compilations factices de pièces isolées ; la
première grande Passion du xvᵉ siècle ou la *Passion* d'Arras est
l'œuvre d'un auteur unique qui a représenté d'un trait toute l'histoire de la Rédemption, depuis l'Incarnation du Fils jusqu'à son
Ascension. L'unité de composition qui semblait perdue ou mor-
celée depuis le *Paaschpel* de Maestricht est donc retrouvée, mais
c'est une unité plus savante, plus complexe, et le drame a pris un
développement inusité. La *Passion* d'Arras comprend 24,945 vers,
et cette longueur est certainement une nouveauté puisque le poète
s'en excuse à diverses reprises. C'est la première fois que nous
voyons développer avec cette profusion les diableries et les bergeries, les scènes de mœurs populaires et les délibérations de la
Synagogue, les facéties des bourreaux et les interminables tor-
tures du Christ. La pièce elle-même est la paraphrase assez terne
des Evangiles canoniques et apocryphes, des hymnes liturgiques
et des légendes populaires plus ou moins anciennes. A ces sources

faciles à reconnaître, il convient d'ajouter divers commentaires
théologiques plus malaisés à discerner, parce que le dramaturge
en a suivi plusieurs et qu'il passe de l'un à l'autre capricieusement.
Mais, si complexe que soit ici l'influence des livres scolastiques,
elle nous paraît pourtant plus facile à déterminer avec précision [1]
que celle des pièces de théâtre antérieures, et elle se manifeste dès
le début.

Si le poète d'Arras a trouvé chez ses prédécesseurs le célèbre
Procès de Justice et de Miséricorde, il ne lui a certainement pas
laissé la forme simple qu'il avait jadis [2]. Il l'a modifié et amplifié
en s'inspirant de la IIIᵉ partie de la *Somme* de saint Thomas
d'Aquin, laquelle établit comme la pièce une très longue distinction entre le péché de l'homme et celui des démons, complices de
Lucifer. Les réminiscences de la *Somme* sont ici d'autant plus
faciles à identifier que d'autres dramaturges, Greban et l'auteur de
la *Nativité* de Rouen (1474) sont venus l'un après l'autre, pour
développer ce Procès, consulter le même texte latin, et nous y ont
expressément renvoyés [3]. De plus, dans la *Passion* d'Arras nous
voyons les Anges se joindre aux Vertus pour demander à Dieu la
rédemption de l'homme. Cette addition est encore si l'on veut un
lieu commun, mais elle provient probablement du sermon de saint
Bernard *De Annuntiatione*, copié dans le prologue des *Meditationes Vitae Christi* du pseudo-Bonaventure, et d'ailleurs connu
partout. Toute l'histoire de la Nativité et des Rois Mages, avec
tous les traits ajoutés aux Évangiles (proclamation de l'Empereur,
légende de Salomé et Zebel, voyage des Mages en treize jours,
présents symboliques, meurtre du fils d'Hérode enveloppé dans le
massacre des Innocents, fuite en Egypte, miracle du palmier et de
la chute des Idoles), toutes ces histoires sont prises directement
dans la *Légende dorée* de Jacques de Varaggio, comme le prouve

---

1. Les sources de la *Passion* d'Arras et ses différences avec celle de Greban ont été
indiquées en détail dans le chapitre précédent : *Les Postilles* de Nicolas de Lire, p. 207,
auquel on est prié de se reporter, une fois pour toutes. Nous ne reprendrons ici que
quelques particularités.

2. Cf. ce procès dans le *Paaschspel* de Maëstricht, éd. Haupt (1842), p. 306 à 308.

3. Les sources de la *Passion* d'Arras sont ici les mêmes que celles de Greban indi-
quees p. 207, et de l'auteur de la *Nativité* de Rouen, éd. P. Le Verdier, qui a copié, t.
I, p. 133, la *Somme, in extenso*.

la longue traduction littérale de l'édit impérial[1], le même qui a
déjà été traduit par le même procédé dans la *Passion* de Semur.
A peine si l'on peut ajouter un chiffre légendaire, bien connu, dans
l'épisode des Innocents[2], et une réminiscence très probable et
importante du commentaire classique de Bède sur l'Evangile de
saint Mathieu[3]. Quant à la longue scène de la circoncision, elle a
été tirée de la *Somme* de saint Thomas avec une naïveté qui écarte
tous les doutes ; le dramaturge s'est contenté de répartir entre ses
personnages les arguments du théologien, il n'y a fait que quelques
additions, pour la description même de la cérémonie au temple[4].

Summae Theologiae. P. III. Quaestio XXXVII (ed. Migne, t. IV, p. 337) *De legalibus circa puerum Jesum servatis :*	*Passion d'Arras,* p. 29 :
	JOSEPH
Art. I. — Ad primum sic proceditur. 1° Videtur quod Christus non debuerit circumcidi......... .... Praeterea circumcisio est	Dame de grant auctorité, Vous me dites une merveille Par laquelle je m'esmerveille, De dire que vostre enfançon Reçoive circoncision. Je ne sçay pas raison pour quoy, Car vous sçavez que nostre loy Estably ce fait general Pour le pechiet original.

1. *Passion* d'Arras, p 17, v. 1516-1571.
2 Ibid., p. 59, v. 5112 : « Cent quarante-quatre milliers [d'Innocents] ont recupt mort.

3. Beda in *Matth.* (Patr Migne, t. 92, col. 14) : *Tunc Herodes :* Verisimile est quod postquam Magi nihil renuntiaverunt Herodi, cum putasse illos, fallacis stellae visione deceptos, ad se, non invento rege nato, erubuisse revertere, et ita timore depulso, aliquod temporis quievisse de persequendo puero, etc » — Cette longue glose de Bède, dont nous ne donnons que le debut, n'a pas eté copiée dans la *Glossa Ordinaria*, elle explique tout le développement de la *Passion* d'Arras, p. 49, la place de l'épisode de Symon et d'Anne, et la réplique de Galoppin, p. 53.

Passion d'Arras, p. 49, v. 4247 : Herode :

Seigneurs, je suis tous esbahis
Que ces rois ne viennent vers moy.
Ils ne m'ont pas tenu leur foy.
Science les a abusés,
Ou ils ont tout leur temps usé,
Car ils n'ont sceu trouver cellui
Dont ils me parlerent droit cy,
Ce n'a esté qu'abusion,
De leur imagination,
Pour quoy ils n'ont osé tenir
Chemin vers moy ne revenir.

4. Dans la suite de la scène de la *Passion* d'Arras, noter l'emploi de la sage-
femme qui s'appelle *Sephora*, comme celle de l'*Exode*, et p. 32, v. 2788-2790, l'allusion à
la relique singulière conservée à Anvers et mentionnée dans l'*Hist. scholastique.*
(Patr. Migne, t. 198, p. 1541, cap. VI, *addicio* 2).

ordinata in remedium originalis
peccati.

Sed Christus non contraxit originale peccatum ut ex supra dictis
patet, quaest. 16. art. 1 et 2.

Ergo Christus non debuit circumcidi.

Respondeo dicendum quod plu-
ribus de causis Christus debuit
circumcidi.....................

Secundo ut approbaret circum-
cisionem quam olim Deus insti-
tuerat.

Tertio ut comprobaret se esse
de genere Abrahae qui circumcisionis mandatum acceperat in signum fidei quam de ipso habuerat.

Quarto ut Judaeis excusationem
tolleret, ne eum reciperent, si
esset incircumcisus.

Or est ordonné de long temps
Qu'on doit circoncire ses enfans,
Mais c'est pour estre despechié
Dudit original pechié
Qui ton fil oncques n'empecha.
Est il doncques necessité
'Que l'enfant plain de dignité
De quoy nous faisons mention
Reçoive circoncision ?
Nennil, en mon entendement,
Car il est nez tres purement.

MARIE

. . . .

Mais je respons que non obstant
Toutes les choses devant dittes,
Je dis ainsi que mon enfant,
Que sur tous humains est puis-
[sant,
N'est pas venu ça jus au monde,
Ou toute pestilence habonde,
Pour la loy Moyse amenrir,
Mais pour le du tout acomplir.
Que diroyent ja les Juys
Se mon fils n'estoit circoncis ?

(v. 2527.)

Cet emprunt bien établi permettait de supposer que le poète d'Arras consulterait assidûment un autre ouvrage de Saint Tho-mas aussi célèbre au moyen âge, la *Catena Aurea* ou le commen-taire perpétuel des quatre Evangiles. En réalité rien ne prouve qu'il ait pris cette peine ; il n'a pas même utilisé régulièrement les explications beaucoup moins longues de Bède, il en a négligé de très importantes [1] ou, ce qui revient au même, il a quelquefois

---

1. Exemples : 1° pour l'histoire d'Hérode et d'Hérodiade : 2° pour l'histoire de la femme adultère. 3° pour la Cène où le Lavement des pieds qui est placé par lui *après* et non *avant* la Communion. C'est l'ancienne tradition d'Arnould de Chartres, telle qu'on la voit encore aujourd'hui sculptée sur la clôture du chœur (xıvᵉ siecle) de Notre-Dame de Paris, et dans la *Passion* cornique (Edw. Norris, *The ancient Cornish Drama*, t. I, p. 287). 4° et principalement pour l'histoire de la Madeleine et du banquet chez

suivi des indications manifestement opposées. En général, il n'a reproduit que les gloses de Bède qui avaient déjà passé dans la *Glose ordinaire* de Walafried le Louche. Malgré ces réserves[1], c'est bien le commentaire de Bède qui semble avoir fourni directement ou indirectement nombre de détails du drame, par exemple les particularités de la tentation au désert, l'explication de la parabole des douze heures[2], et les allées et venues de Jésus qui de Jérusalem revient demander l'hospitalité à ses amis de Béthanie[3]. C'est avec Bède que le poète d'Arras nous a montré Jésus gardé et interrogé uniquement par Caiphe[4], et qu'il a placé les trois reniements de Pierre dans la cour du même pontife[5].

Pour les interrogatoires dirigés par Pilate et par Hérode et pour la suite du drame, il a de plus utilisé (certains noms propres de son texte, *Othiarius*, *Siminie* le prouvent), une ancienne traduction française de l'Evangile de Nicodème[6], et diverses légendes populaires, mais les réminiscences de Bède sont toujours visibles et se continuent jusqu'à la fin notamment dans le tableau de la mort de Jésus, l'explication des mots *Hely*, *Hely* par les soldats romains[7], les dernières paroles : *Consummatum est*[8], la résurrection caractéristi-

Simon L'explication spéciale suivie par le poète d'Arras reparaît dans les Mystères rouergats. C'est donc là que nous l'étudierons, avec quelques autres communs a la *Passion* d'Arras et a ces mystères.

1. A cause de la longue glose de Bède sur Hérode et les Mages (voir plus haut, p. 267, note 3), qui n'est pas reproduite dans la *Glose ordinaire*, et de divers détails, nous pensons que le poète d'Arras a consulté directement Bède, mais nous n'oserions rien affirmer sur ce point, et nous avons cité la *Glose ordinaire* quand il y avait lieu.

2 On a vu p. 218, n° 24, de ce livre, que le poète d'Arras avait réuni ici deux explications distinctes dont l'une est citée par N. de Lire Malheureusement elle l'est aussi par beaucoup d'autres, et cet exemple unique ne prouve pas que les *Postilles* aient été utilisées pour la *Passion* d'Arras.

3. *P. d'Arras*, p. 126, v. 10810 et suiv. Cf. *Beda in Marc*, XI, 11, p. 244; manque dans la *Glose*.

4 et 5. *P. d'Arras*, p. 139-143. Cf. *Beda in Math.*, XXVI, p. 118, 119; et surtout *in Marc*, XIV, v. 53, p 279-280 : « Summum sacerdotem Caipham significat etc. ; it. *in Luc*, p. 606. Ces détails ont passé dans la *Glose ordinaire*.— Le poète d'Arras a laissé de côté les gloses complémentaires de Bède *in Joann.*, XVIII.

6. Ces noms des membres de la Synagogue viennent d'une traduction française déterminée (B. N. ms fr 6447, fol. 117) sur laquelle on reviendra en étudiant dans le chapitre de la *Passion* d'Auvergne les diverses versions de l'Evangile de Nicodème.

7. P. 232, n° 56 de ce livre; *P. d'Arras*, p. 200. — Cf. *Beda in Marc*. (Patr. Migne, t. 92, p. 291 : it. *Glossa ordinaria*, t. 114, p. 239.

8. *P. d'Arras*, p. 201. « Or est fait l'accomplissement », v. 17,319 et suiv.— Les ver-

que des Corps Saints[1]. Pour toute cette partie la *Légende dorée*
n'a guère fourni que les scènes classiques de l'Eclipse de soleil observée par Saint Denis et le miracle de l'aveugle Longis.

De toutes les additions au texte des Evangiles canoniques et
apocryphes les plus importantes sont celles qui concernent le supplice même de la crucifixion. Le Christ dépouillé violemment de
ses vêtements et étendu sur une croix de quinze pieds, la Vierge
couvrant la nudité de son fils avec son voile et repoussée par les
soldats, le détail atroce des cordes employées pour le supplice,
enfin l'érection même de la croix que les bourreaux soulèvent à
grand'peine avec force invectives, tous ces détails qui modifient
profondément l'aspect de la Passion viennent, on le sait, d'un
livre ancien[2], le Dialogue apocryphe de Saint-Anselme *(de passione Domini)*, mais n'ont été transportés au théâtre qu'au
commencement du XVᵉ siècle. Nous en avons déjà vu un premier
exemple moins complet, moins caractéristique dans la *Passion* de
Semur, et le poète d'Arras a pu trouver ces scènes toutes faites
dans la tradition dramatique. Il est probable cependant que cet
homme instruit a relu directement le texte apocryphe de S. Anselme qui est cité sans cesse par Menot, Maillard et tous les prédicateurs du XVᵉ siècle.

C'est la quatrième journée de la *Passion* d'Arras qui offre le
plus de différences avec les Passions antérieures. L'Evangile de
Nicodème qui a déjà fourni le miracle des bannières est employé à
peu près tout entier ; outre la traduction française, le poète consulte un texte latin[3]. L'ordre des diverses apparitions du Christ
est celui du *Lucidaire*[4] d'Honorius d'Autun (ou d'Augsbourg)
avec quelques additions. Certains épisodes particulièrement soi-
gnés ont été visiblement étudiés dans les livres. C'est ainsi que la
résurrection même du Christ et les apparitions à Marie-Madeleine, puis aux saintes Femmes, qui offrent tant de divergences

sets de saint Luc, XXIII, 46, et de saint Jean, XIX, 3o, sont reunis dans cette replique
exactement comme dans Bède, in *Marc*, XV, 37, p. 291, copie dans la *Glose*, p. 239.

1. *P. d'Arras*, p. 201. Cf. *Beda in Math.*, p. 125, et *Glossa ord.*, p. 176.

2. Cite p. 231, n⁰ 52 de ce livre

3. *P. d'Arras*, p. 242, v. 21006. *Benedictus qui venit* et p. 243, v. 21092. *Advenisti
redemptor.* — Citations de l'Ev. de Nicodème, ed. Tischendorff, 1876, P. II. ch. VIII,
p. 403 et 404.

4 Voir p. 234, n⁰ 61 de ce livre.

dans les Evangiles sont exposées ici d'après un commentaire subtil, analogue à celui qui figure dans le *Miroir historique* (l. VII,
ch. LIV), de Vincent de Beauvais, sinon d'après ce commentaire[1]
lui-même. L'interprétation[2] du *Noli me tangere*, l'apparition à
l'apôtre Saint Thomas[3], les discours du matin de l'Ascension[4],
viennent encore du commentaire de Bède. Enfin la rédaction du
Credo et l'attribution de ses divers articles aux différents Apôtres, est encore une tradition fort ancienne que le dramaturge n'a
pas inventée, mais qu'il a copiée toute faite dans un manuscrit[5],
comme devait le faire encore une fois plus tard l'auteur de la *Résurrection* d'Angers (1456), inexactement attribuée à J. Michel.
En résumé les livres liturgiques, les Evangiles canoniques, deux
textes de l'Evangile de Nicodème, la *Somme* de Saint Thomas
d'Aquin, les commentaires de Bède et la *Légende dorée*, tels sont
les livres que le poète d'Arras a certainement consultés. Il en a
connu d'autres, mais rien ne nous a prouvé qu'il ait utilisé la *Catena Aurea*, pas plus que les commentaires moins connus d'Albert-le-
Grand et de Saint-Bonaventure ; les célèbres *Postilles* de Nicolas
de Lire en particulier n'ont laissé aucune trace dans son œuvre.

   A côté de ces souvenirs livresques très précis, on remarque, disséminées dans tout le cours de la pièce, un grand nombre de traditions savantes ou populaires, mais la plupart de ces légendes, notamment celles qui dérivent du vieux poème des bateleurs sur la
Passion (apparition du diable et songe de la femme de Pilate, légende du bois de la croix[6] et de la fevresse) la plupart, dis-je, ont

---

1. *P. d'Arras*, 250 et suiv. — Vinc. Bell. (ed. de Douai, p. 241). *De diversitate adventus Mulierum et numero Angelorum* ».— Ce commentaire paraît venir de saint Augustin. *De consensu Evangelistarum*, III, 24 (Patr. Migne, t. 34 p. 1195).

2. *P. d'Arras*, p. 253, v. 21,985 : Cf. *Beda in Joann*, XX, 17, p. 920 Manque dans la *Glose*.

3. *P. d'Arras*, p. 269-271. — Cf. *Beda in Luc*, XXIV, 36, p. 628. — *Glose*, p. 353.

4. Voir p. 238 de ce livre, n° 69.

5. B. Nat., n. a fr. 10,044 et fr. 13,508 f. 27. Ci enseigne que li douze Apostre firent la
Credo et combien chascun en dist de sa partie. » — Les Ms. de cette espèce ne sont
pas rares, mais l'attribution des divers articles aux divers apôtres, y varie, et je n'en
connais pas où cette attribution soit exactement la même que dans la *Passion* d'Arras
et dans la *Résurrection* d'Angers, où elle n'est d'ailleurs pas identique. — Sur les origines du Symbole des Apôtres, cf. *Revue des deux historiques*, 1899, p. 329.

6. Pour l'origine du bois de la croix, v. 13,437, l'emploi des mots latins la *probatica
piscina* indique plutôt que le poète d'Arras a dû tirer cette légende d'un texte latin
comme la *Légende dorée*.

déjà été vulgarisées par tant de récits intermédiaires qu'il paraît
impossible de dire au juste où le dramaturge les a prises. Il faut
en dire autant de l'invention du jeu de dés par le diable, qui se
trouve dans un ancien fabliau publié par Jubinal, mais avant dans
le *Cy nous dit* ou la *Composicion de Sainte Ecriture*[1], plus tard
dans les sermons de l'Italien Barelette[2] et ailleurs; autant de la
légende qui identifie Simon le Lépreux et Simon de Cyrène[3], autant
encore de la dispute du Bon et du Mauvais ange pour les âmes du
Bon et du Mauvais Larron, laquelle apparaît plus d'une fois sur
les tombeaux du xivᵉ siècle[4], et de maintes autres particularités[5].
On perdrait son temps à raisonner sur de pareils lieux communs,
et d'autres recherches sur les sources dramatiques proprement
dites ne seraient pas plus utiles. Sans doute il est évident que le
poète d'Arras a connu des pièces antérieures. D'aussi vastes compositions sont toujours en quelque sorte un travail de fusion où
beaucoup de drames ou d'épisodes particuliers sont venus se per-

1. B. Nat. fr. 425, p. 38 r°. « Cy nous dist comment uns ennemis bailla à ung chevalier de Rome deux dez d'or pour aprendre li et ses compaignons a joer, et li devisa
les pointures, le premier point en despit de Dieu... ».

2. Feria II, quarte hebdomade quadragesime, de ludis fortune, Sermo XXXIIII....
« Sicut Deus invenit xxj. literas alphabeti; alie autem postea sunt superaddite ad
componendum Bibliam ubi est omnis sapientia revelata, ita diabolus invenit Bibliam
seu datos ubi posuit xxj. puncta tanquam literas nigras... ».

3. *P. d'Arras*, p. 186, v. 15.938; même identification dans la *Passion* cornique
(Edw. Norris, *The ancient Cornish Drama*, t. I, p. 429).

4 Voir notamment la tombe en cuivre doré de Philippe Adam, chancelier des
Celestins (xivᵉ s) reproduite par A. Lenoir, *Statistique monumentale de Paris*, p. 181
et planche IX.

5. *a)* *P. d'Arras*, p. 53 : Joseph mettant « V pieches d'argent sur l'autel entre les
tourterelles » lors de la présentation au temple. Usage également cité d'après Josèphe
dans la *Vita Christi* de Ludolphe le Chartreux, I, 12.

b) *P. d'Arras*, v. 7310, Hérodiade frappant d'un coutel le chef de saint Jean-Baptiste.
Allusion à la célèbre relique d'Amiens.

c) *P. d'Arras*, p. 138. Les soldats *trois* fois renversés avant d'arrêter Jésus. Cf. la
Passion Romane de Clermont-Ferrand, p. 430, v. 34; item la *Passion de Francfort*,
1493, éd. Froning, t. II, p. 460.

d) *P. d'Arras*, p. 164, v. 14.060-65. L'usage de délivrer un prisonnier à Pâques « en
souvenir de la défaite de Pharaon et de la sortie d'Egypte ». Egalement mentionné
par l'*Hist. scholastique*, Patr. Migne, t. 198, p. 1627, cap. 166) par Vincent de Beauvais, etc.

e) *P. d'Arras*, p. 265, v. 23,035, le buisson ardent de Moïse, noté par l'éditeur p. xvi,
figure déjà appliquée à la Vierge dans Raban Maur, *De Universo* l. XXIII (Patr.
Migne, t. III, col. 113). Etc., etc.

dre et s'absorber. Mais le moyen de reconstituer ces drames ou
ces « prototypes » ignorés, et comment mesurer la part des emprunts à ce que nous ignorons? En fait, toutes les recherches sur
« les Passions allemandes du Rhin » n'ont guère éclairci les origines de la *Passion* d'Arras, et elles ne pouvaient y réussir,
parce que comparaison n'est pas raison. Ces origines, on ne les
trouvera pas davantage en imaginant une ancienne Passion française du Nord qui aurait servi de modèle commun à la *Passion*
Didot, à la *Passion* d'Arras et aux mystères Rouergats. Pour écarter cette autre hypothèse, il suffira encore de déterminer les véritables sources des mystères Rouergats.

A des théories très savantes, mais sans résultats pratiques,
nous avons préféré des recherches de détail qui n'expliquent pas
tout, il s'en faut, mais qui ne laissent pas d'expliquer quelques
faits précis. La même méthode nous aidera à déterminer les relations entre la *Passion* d'Arras et celle de Greban. Du jour où la
Passion d'Arras a été imprimée in extenso, tout le monde a reconnu sans peine que par le style et la versification elle était
antérieure à celle de Greban ; mais Greban a-t-il connu l'œuvre
de son prédécesseur, c'est toute la question que l'éditeur de la
Passion d'Arras a discutée avec soin, sans se prononcer [1]. Les
divers critiques qui ont analysé cette édition [2], les éditeurs même
de Greban qui en ont parlé à deux reprises [3] ne se sont pas prononcés davantage, et la question ne paraît pas résolue par une
affirmation isolée [4] qui d'ailleurs n'a pas donné ses preuves. Et sur
quelles preuves en effet raisonner ? Sur la ressemblance des plans
ou des cadres, des situations ou des développements ? Mais ces
ressemblances peuvent tenir à l'identité des sujets ou des sources,
et les différences sont encore plus fortes. Sur l'analogie plus ou
moins curieuse de quelques expressions, de quelques vers isolés
communs aux deux pièces ? Indice bien faible, d'autant plus trom-
peur qu'il ne trompe pas toujours, signalé et écarté avec raison

---

1 Introduction, p. XII, XIII.

2. Ex. : M. Sepet, *B. de l'Ecole des Chartes*, 1894, p. 536; W. Creizenach, *Geschichte
des Neueren Dramas*, 1893, p. 254.

3. *Romania*, 1892, p. 140 ; *Journal des Savants*, 1902, p. 784, note 3.

4 M. Stengel, *Zeitschrift für französische sprache* etc , 1895, t. XVII, 2ᵉ p., p. 219.

par l'éditeur de la *Passion* d'Arras. Admettons même que ces rapprochements soient un peu plus nombreux qu'il ne l'ait dit[1],
qu'est-ce qu'ils prouvent pour une masse de 24,945 vers d'un
côté et 34,574 de l'autre, sur le même sujet ? C'est pour d'autres
raisons apparemment qu'il faut prendre parti.

Ouvrons la *Passion* inédite de la Bibliothèque de Valenciennes.
Elle contient à la fin de la neuvième Journée une scène fort
curieuse. Trois brigands en disponibilité, Barrabas, Dismas et
Gestas se rencontrent sur le pavé de Jérusalem et font assaut de
fanfaronnades. Passe une pauvre femme qui vient offrir au temple
des pigeons, et, la tentation est trop forte, Barrabas n'y résiste
pas, il a vite fait d'arracher à la pauvresse son panier et son
argent, elle a beau crier « a gueule bee » :

> Ahors ! on m'a bien desrobé !
> Je l'iray conter à Pilate.

Le bon larron Dismas trouve les pigeons trop « maigres » et,
peut-être déjà pris de remords salutaires, il y renonce, mais Barrabas et Gestas se les disputent ; ils sont « bons pour souper ».
Pendant la dispute, le guet arrive et Emilion, le chevalier de
Pilate, emmène nos trois bandits en prison. Ils y resteront à l'ombre, à la disposition du poète qui veut évidemment justifier leur
présence dans les scènes du prétoire et de la Passion.

Cette jolie scène de la *Passion* inédite de Valenciennes n'est pas
originale, elle a été copiée textuellement[2] dans la *Passion* d'Arras
(p. 89-90, v. 7618-7712), mais pour une raison ou une autre, elle ne
figure pas dans la *Passion* de Greban. Est-ce à dire qu'elle n'a pas
attiré son attention aussi bien que l'épisode fameux du Jeu de dés,
ou bien trouvait-il lui aussi ces pigeons « trop maigres » trop indignes de la gravité de son mystère ? Il y a plus d'apparence, et

---

1. Ibidem — M. Stengel l'assure, mais il n'en cite pas de nouveaux, et il use du
même indice ou des analogies d'expressions pour conclure à « l'étroite parenté » de
la *Passion* d'Arras et de la *Passion* Didot qui n'est nullement démontrée. Cet indice
ne suffit donc pas plus dans un cas que dans l'autre, mais il convient de noter
toutes les heureuses corrections faites par M. Stengel au texte d'Arras.

2. Avec plusieurs autres, ce qui prouve que la *Passion* d'Arras a été aussi connue, aussi répandue que la *Vengeance* contenue dans le même manuscrit de la Bibliothèque d'Arras. Nous y reviendrons plus loin.

voici pourquoi. On a remarqué que le chevalier de Pilate qui arrête les voleurs de pigeons s'appelle *Emilion*, et par une coïncidence singulière un des marchands du temple de Greban s'appelle aussi *Emilius*[1] ; c'est précisément un marchand d'oiseaux ou de pigeons. Le même nom d'*Emilion* reparaît dans la *Passion* de Greban, porté par un autre personnage qui est bien cette fois chevalier de Pilate[2], et un second chevalier de Pilate dans la même *Passion* s'appelle encore *Marc Antoine*[3], comme dans la pièce d'Arras. Comment donc ces coïncidences seraient-elles fortuites et le moyen d'admettre que Greban ait retrouvé par hasard juste les mêmes noms que son prédécesseur pour des rôles aussi nettement déterminés ? Il n'y a pas ici un simple hasard, il y a une réminiscence directe qui prouve que Greban a bien connu la *Passion* d'Arras, et ce petit fait certain entraine ou confirme d'autres probabilités.

La *Passion* d'Arras n'est pas signée, et la *Vengeance* qui la suit dans le manuscrit d'Arras est seule expressément attribuée à Eustache Mercadé. Comment expliquer pourtant que dans deux pièces consécutives aussi longues, il n'y ait aucune disparate dans les rôles et les emplois de personnages si variés, et qu'on retrouve dans la seconde les noms les plus insignifiants et les plus significatifs de la première, tels que Maitre Antitus et Metelle[4] ? Si la *Passion* et la *Vengeance* n'étaient pas parties de la même main, n'y aurait-il pas entre elles des discordances analogues à celles qui ont été relevées dans la *Passion* composite de Semur ? Mais de plus et surtout pourquoi Greban aurait-il pris la peine de lire

1. Greban, p. 149, v. 11,359, *Emilius* vendeur d'oiseaux.

2 et 3. Greban, p. 314, *Marc Anthoine*, deuxieme chevalier, *Emilion*, troisieme chevalier.

4. Sur le sobriquet et le personnage grotesque de *Maitre Antitus* voir *Romania*, 1881, p. 284.

Ce sobriquet grotesque est appliqué à Jésus dans un vers altéré de la *Passion* d'Arras, p. 172, vers 14,717, qu'il faut rétablir ainsi :

> Et ravisez, *maistre Antitus* — (et non) maistre, a Titus.

Le même sobriquet est donné dans la *Vengeance* à un médecin ridicule. — Le chevalier Metelle qui gagne aux dés la robe de Jésus dans la *Passion* d'Arras, p. 193, reparait dans la *Vengeance* pour céder ladite robe à Pilate. On pourrait multiplier ces rapprochements.

cette *Passion* d'Arras plutôt que telle autre Passion de Nevers, d'Orléans, de Semur, de Metz, d'Angers ou d'ailleurs? Apparemment la pièce d'Arras était connue, attribuée à un « facteur » réputé. Et en réalité la réputation et les œuvres du « grand facteur », Eustache Mercadé, arrivèrent d'autant plus facilement à Paris que ce Mercadé ne fut pas seulement official de Corbie et de Ham, comme on le savait déjà, mais qu'il joua un rôle important dans l'Université, et qu'à sa mort, en 1440, il était doyen de la Faculté de décret de Paris, comme on l'a démontré ailleurs[1].

Quel que soit l'auteur de la *Passion* d'Arras, il est certain que Greban l'a lue. Avant de se mettre à l'œuvre, « à la requête d'aucuns de Paris » c'est-à-dire vraisemblablement des Confrères de la Passion, il a voulu consulter la pièce la plus célèbre de son temps, et il lui a emprunté son cadre qu'il a rempli autrement. Ce que le style a gagné et comment les scènes et même les journées sont à la fois mieux liées et mieux coupées, c'est ce qui n'a pas besoin de démonstration. Les changements matériels sont si nombreux qu'ils ont abouti à une refonte complète de l'œuvre primitive, et qu'il a fallu en somme démontrer l'imitation. Quels sont donc ces changements? Suffirait-il de constater que Greban rejette ou restreint certaines légendes apocryphes (mais pourquoi celles-ci plutôt que celles-là, et pourquoi en ajoute-t-il de nouvelles?)[2]. Les suppressions ou les additions matérielles de ce genre, les insertions de nouvelles scènes tirées des Évangiles[3], sont beaucoup moins intéressantes que les scènes mêmes de la *Passion* d'Arras que Greban a refaites de toutes pièces et la manière dont il les a refaites. Si l'on entre dans le détail, on s'aperçoit bien vite qu'il n'est pas seulement guidé par des raisons littéraires de vraisemblance ou

1. Voir notre édition de la *Comédie sans titre*, p cxxxiii

2. Nouveaux détails sur la mort d'Hérode, histoire d'Hérodiade, récit des peines d'enfer par le Lazare, légende du sommeil de saint Jean, Désespérance et Judas, apparition de Jésus à la Vierge, etc., etc.

3. Ces insertions ou additions sont surtout nombreuses dans la deuxième Journée de Greban : noces de Cana, entrevue de Jésus et de Nicodème, la Samaritaine, résurrections de la fille d'Ismahel (Jairus) et de l'enfant de la veuve de Naïm, nombreux sermons et paraboles, etc. En revanche il supprime nombre de scènes de la *Passion* d'Arras qui auraient gêné ou ralenti sa marche, qu'elles soient tirées ou non des Évangiles canoniques, exemples : la guérison des dix ladres, Zachée à Jéricho, etc. C'est une refonte complète.

d'intérêt. A la différence du poète d'Arras dont l'érudition capricieuse est si pénible à suivre (et elle l'est plus encore qu'on ne l'a dit), Greban n'a qu'un maître, toujours le même. Ce maître n'est autre que Nicolas de Lire, dont les réminiscences ou les traductions littérales se retrouvent chez lui à chaque page, si bien que les célèbres *Postilles* sont toutes ou presque toutes l'explication de la nouvelle *Passion*. Il suffit d'en rappeler brièvement les preuves matérielles.

Cette influence ne se montre pas encore au début. Dans son Prologue ou sa « Créacion abrégée » qui n'était pas destinée à la représentation, Greban paraît avoir résumé une de ses anciennes pièces qui nous est conservée aujourd'hui en tête du *Mystère du viel Testament* [1]. Les lamentations des Pères dans les limbes, qui ouvrent l'action proprement dite, paraissent avoir été imitées de la *Nativité* Sainte-Geneviève. Le Procès de Justice et de Miséricorde qui suit diffère encore de la *Passion* d'Arras parce que dans ce Procès, Greban, il nous le dit lui-même [2], a traduit plus longuement que son prédécesseur *la Somme* de Saint Thomas. Mais, ces prémisses une fois posées, Greban prend en main Nicolas de Lire et ne le quitte plus. Le mariage de la Vierge et le vœu de virginité des deux époux. le voyage à Bethléem et la naissance miraculeuse du Christ, les raisonnements des mages sur l'étoile mystérieuse qui n'est ni une comète ni une planète. et le retour de ces Mages par mer sur l'invitation de l'Ange, la manière dont Hérode apprend la Présentation au Temple, le voyage de cet Hérode lui-même à Rome où il reste deux ans et d'où il revient juste pour massacrer les Innocents qui auront cet âge (*a bimatu*), son testament et le règlement de sa succession, tous ces détails nouveaux ajoutés à la *Passion* d'Arras viennent non certes d'un « prototype perdu », mais des *Postilles* bien conservées. C'est avec ces *Postilles* que Greban a rejeté l'épisode apocryphe de Salomé et de Zebel et plus tard le miracle du palmier, tandis qu'il a conservé la chute des idoles, lors de l'entrée de la Sainte Famille en Egypte.

1. Fait signalé par les éditeurs de Greban. p. xxv.
2. GREBAN, p. 5, v. 184 :

    Comme saint Thomas l'a traictié
    Soubtillement en son traictié
    Sur le tiers livre de sentences.

C'est que de ces deux premiers épisodes l'un est expressément rejeté, et l'autre omis par N. de Lire, tandis que le troisième passe
pour annoncé par un verset d'Isaïe. Le même Nicolas de Lire lui
indiquera dans tous les détails comment Joseph et Marie perdent
Jésus au temple et lui fournira presque toute l'argumentation des
docteurs de la Synagogue sur la question de savoir si le Christ est
né, comme en général l'interprétation de tous les versets de l'Ecriture si souvent cités dans la pièce. Dans le cas particulier, c'est-à-
dire de l'argumentation au Temple, il a suffi à Greban de réunir
deux passages des *Postilles*, le premier, en tête, contenant toutes
les prophéties sur la naissance du Christ et l'état de la Judée au
moment de son apparition [1], le second d'un caractère encore plus
spécial. Il s'agit de savoir comment si le Christ, le roi divin, est
né, il a pu naître dans l'obscurité, des parents les plus humbles.
Comme exemple de ces naissances princières mystérieuses, N. de
Lire cite Moïse et le petit-fils d'Astyage, Cyrus. Greban remplace ces noms par d'autres qu'il trouve plus expressifs et dont il
a pu trouver l'histoire dans Vincent de Beauvais, Alexandre, Romulus et Remus, mais il conserve identiquement le raisonnement, et la juxtaposition des *Postilles* est facile à suivre.

Les réminiscences ne sont ni moins nombreuses ni moins frappantes dans la seconde journée. Après avoir fixé « avec son guide
ordinaire l'âge parfait » et l'entrée du Christ dans la vie publique,
Greban développe d'une manière très curieuse l'histoire de saint
Jean-Baptiste et celle du roi Hérode Antipas. Tandis que dans les
Evangiles et dans la *Passion* d'Arras, le roi Hérode est réellement
attristé « *contristatus* » de sacrifier sa victime, et qu'il regrette
sincèrement sa cruauté, dans la nouvelle *Passion* il joint l'hypo-
crisie à la lâcheté, et il se concerte avec sa femme pour perdre le
prophète, sans crainte des séditions populaires. C'est l'explication
compliquée empruntée par Nicolas de Lire à Bède et négligée par
le poète d'Arras, mais soigneusement reprise et développée par
Greban. Nous retrouvons encore l'influence de Nicolas de Lire
dans certains traits de la résurrection du Lazare comme dans le
tableau des deux repas offerts l'un par Simon le Pharisien, l'autre

---

1. GREBAN, p. III.— Dans ce livre, p. 214, n° 15. Il est possible que Greban ait encore
consulté, par surcroît, un ouvrage bien connu, l'*Hist. ecclésiastique* d'Eusèbe, I, 5, 6.

par Simon le Lépreux, et qui sont soigneusement séparés au lieu d'être confondus comme dans la *Passion* d'Arras. L'épisode de la femme adultère est traduit littéralement des *Postilles* [1], sans compter maints détails des épisodes suivants, les deux scènes du figuier, le Cénacle, la Cène et le Lavement des pieds, les instructions de Judas à ses complices. l'histoire de l'apôtre saint Jacques ou « du jeune homme au manteau », et celle de saint Jean reconnu par la servante du pontife, parce qu'il avait l'habitude de lui vendre du poisson.

Il suffit de noter à la fin de cette journée deux particularités bien précises. Si le premier interrogatoire de Jésus a lieu tout entier chez Anne qui le fait garder et outrager toute la nuit, si les trois reniements de Pierre sont clairement expliqués et placés tous les trois dans la cour du même pontife Anne, à la différence de la *Passion* d'Arras, c'est toujours N. de Lire que Greban a consulté.

L'histoire de la Passion est si connue dans le détail et si longuement développée dans la *Passion* d'Arras qu'on ne voit pas de prime abord la place de nouvelles additions ou modifications. Et pourtant Greban prend encore dans les *Postilles* tout le détail de l'interrogatoire chez Pilate et de la présentation à Hérode ; il explique de même leur brouille à la suite du massacre des Galiléens [2]. puis leur réconciliation. Il conserve de même les réflexions aussi justes que naïves de N. de Lire sur le songe de la femme de Pilate qui se lève tard comme une grande dame. La condamnation même, la honte de la crucifixion, les sentiments de Simon de Cyrène, l'explication de l'écriteau trilingue, le grand cri de Jésus mourant recueilli par le Centurion, le sort du bon larron que Greban n'a garde d'envoyer au Paradis terrestre comme le poète d'Arras l'avait fait d'après l'Évangile de Nicodème, tous ces détails et bien d'autres viennent toujours des *Postilles*.

Cette imitation se poursuit dans la quatrième journée qui présente tant de différences avec la *Passion* d'Arras, pour les mêmes raisons. Tout l'ordre des apparitions de Jésus est modifié suivant

1. Voir p. 217 de ce livre. L'exactitude de cette traduction est particulièrement curieuse.

2 L'explication des *Postilles* citée p. 228, n° 47 de ce livre, et résumée par Greban sera reprise à la même source et longuement développée par J. Michel

N. de Lire, et les traductions des *Postilles* se succèdent pour les moindres détails, tandis que les emprunts à l'Evangile de Nicodème[1] qui n'est pas autorisé par N. de Lire sont réduits à leur plus simple expression.

Est-ce à dire que Greban a utilisé toutes les *Postilles* sans exception et qu'il n'a jamais recueilli ailleurs tel ou tel détail de sa pièce? Evidemment non. et la *Somme* de Saint Thomas, l'*Histoire scholastique*, la *Légende dorée*, les *Distiques* de Caton, l'*Ethique* d'Aristote, les *Meditationes Vitae Christi*, les traditions populaires ou dramatiques lui ont fourni de-ci de-là plusieurs indications que nous avons relevées en partie. La *Passion* française composée en 1398 pour Isabeau de Bavière lui a même donné plus qu'une indication, puisqu'il y a trouvé, comme nous l'avons vu. la scène la plus belle de son drame, et même de tout l'ancien théâtre français, le dialogue célèbre où la Vierge supplie son fils d'éloigner d'elle et de lui les souffrances de la Passion. Mais si intéressantes que soient ces additions à la pièce d'Arras, que sont-elles en comparaison de l'influence prolongée. constante, d'un livre de chevet que le dramaturge a feuilleté page par page, et qui a réglé tous ses développements? Quand on a pris la peine, comme lui, de réunir toutes les indications dispersées dans le vieil in-folio et d'en faire la somme, on est bien tenté de dire que la *Passion* de Greban. c'est la *Passion* d'Arras refaite par Nicolas de Lire.

Si Greban a bien emprunté le cadre de la *Passion* d'Arras, il n'en a reproduit *littéralement* que quelques hémistiches, quelques vers isolés de-ci de-là et par hasard. jamais deux vers entiers consécutifs[2]. Il n'en est pas de même de Jean Michel qui dans sa nouvelle *Passion* en quatre journées jouée à Angers à la fin d'août

---

1. Il a cependant consulté de nouveau le texte latin (*Evang. Nicod*. p. II, ch. 2, 3, 5), et en a tiré, p. 342, 343, des citations latines qui ne sont pas dans la *Passion* d'Arras.

2. Voici peut-être le rapprochement le plus significatif à signaler ; il est singulier qu'il n'y en ait pas davantage, ou plutôt le fait s'explique très bien, Greban lit la *Passion* d'Arras, il ne la copie pas comme un écolier.

Passion d'Arras, p. 79, v. 6754. S. Jehan.	Greban, p. 140. v. 10.738. — *Abyas*.
Tu tiens la femme de ton frere Philippe, qui est vitupere.	La chose est clere Qu'il tient la femme de son frere.

1486, a amplifié deux journées de la *Passion* de Greban[1]. Il a conservé, lui, presque tous les vers de son prédécesseur et s'est contenté d'y interpoler les siens. Si Greban avait des scrupules d'orthodoxie et se vantait « de poursuivre l'Evangile, sans apocryphe recevoir ». J. Michel n'a pas cette prétention. Sa pièce, il nous le dit.....

> N'est seulement qu'un motif
> Non repugnant a verité,
> Qui sera escript et dicté
> Pour esmouvoir les simples gens,
> Les ignorans, les negligens.

C'est-à-dire que les développements de pure imagination et les légendes populaires reprennent chez lui la première place. Mais ces légendes, ces « addicions et corrections faictes par très eloquent et scientifique docteur maistre Jehan Michel » comme dit l'édition d'Ant. Verard en 1490, d'où viennent-elles? Des livres ou du théâtre, de traités historiques et théologiques ou de pièces antérieures? Les deux opinions ont été successivement soutenues à un long intervalle. Suivant Louis Paris[2] qui se rencontre ici avec Peignot, la source principale de J. Michel ne serait autre que la *Vie de Jesu Crist* imprimée en 1485[3] à laquelle il conviendrait d'ajouter un ouvrage très répandu au moyen âge, l'*Histoire du combat apostolique* d'Abdias, plus les commentaires de Nonnus et de quelques autres sur les Evangiles, cités d'après Toynard et dom Calmet[4]. Suivant d'autres, J. Michel n'aurait fait que repren-

---

1. Plus exactement, la *Passion* de J Michel commence avec la prédication de saint Jean-Baptiste (2e Journée de Greban, p 132), suivie d'un conseil des Juifs emprunté à la fin de la 1re Journée de Greban, p. 124 et suiv., et finit au même point que la tierce Journée de Greban, p. 358

2 L. Paris, *Toiles peintes et tapisseries de la ville de Reims*, 1843, t. I, cite tantôt, p. LXXXVI, 448, 451, la *Vita Xpristi* (qui est sous un autre titre la réimpression de la *Vie de Jesu Crist* de 1485), tantôt et plus souvent, p. 304, 370, 383, 410, 447, etc «l'Evangile apocryphe du *bon maistre Gamaliel, de Nycodemus son nepveux et du bon chevalier Joseph d'Abarimathie*, etc. » qui est inseré dans cette *Vita Xpristi*. — Peignot, (*Praedicatoriana*, 1841, p. 396 et suiv.), cite et réimprime en partie la légende de Judas qui aurait été imitée par J. Michel d'après cette même *Vita Xpristi*.

3. Le rapport du texte de J. Michel à l'œuvre d'A. Greban n'a pu être établi avec précision que par la publication du texte intégral de Greban, éd. G. Paris et G. Raynaud, 1878

Les anciens critiques tels que L. Paris et Peignot n'ont naturellement pu deviner ce

dre son bien dans les pièces antérieures et son « addition » la plus
connue en particulier, « la mondanité de la Madeleine » serait empruntée à d'anciennes *Passions* françaises déjà imitées antérieurement dans les *Passions* allemandes. L'une et l'autre de ces assertions est également gratuite. Il est facile de démontrer que J. Michel n'a consulté *aucun* des ouvrages précités, en particulier la
Vie de *Jesu Crist* signalée précédemment, mais qu'en revanche il
a relu exactement les livres déjà utilisés par Greban, à savoir
l'Evangile de Nicodème, l'*Histoire scholastique*, les *Postilles* de
N. de Lire, l'abrégé latin de Josèphe mis sous le nom d'Hége-
sippe, et la *Légende dorée*. Son seul livre vraiment nouveau est
un sermon célèbre de Jean Gerson, la Passion « *ad Deum vadit* »,
à laquelle il a ajouté quelques fables ou légendes tantôt très rares.
le plus souvent très connues. et quelques scènes nouvelles tirées
directement ou des Evangiles, ou de son imagination. Telles sont
les conclusions auxquelles on arrive forcément si l'on recherche
les sources de J. Michel en comparant son œuvre à celle de Greban, comme les éditeurs de Greban l'ont depuis longtemps demandé[1]. Si la liste des emprunts se trouve ainsi épuisée, comme
on va le voir en suivant le drame journée par journée, il est clair
qu'il sera inutile de chercher plus loin ni ailleurs.

Le premier fait qui frappe dans cette révision, c'est que J. Michel n'a guère modifié les rôles des protagonistes, de Jésus et de la
Vierge, mais qu'il s'est efforcé de compléter par tous les moyens

rapport, mais ils n'ont pas laissé de donner des indications utiles qui conduisent à la
vérité, et au surplus, leurs recherches sur les sources de J. Michel sont restées les
seules jusqu'à celles de MM G. Macon (1898), et Vilmotte (1898), lesquels ont proposé
comme mod'les de la *Passion* de 1486, le premier, une *Passion* perdue, jouée à Angers
en 1446 ; le second, d'anciens mystères français également perdus, mais qui auraient
laissé des traces dans les *Passions* allemandes

Les 13 éditions connues de la *Passion* de J. Michel étant plus rares les unes que
les autres, j'éviterai autant que possible de renvoyer à l'exemplaire dont je me suis
servi (Bib. Nat., réserve, Yf. 13) Sauf exception, tous les renvois se rapporteront à
l'excellente analyse, très detaillée, donnée par les frères Parfait (t I, p 75 a 486) et
reproduite *in extenso* dans le *Dictionnaire des Mysteres* du comte de Douhet, p. 663-
819. Pour se servir de cette analyse en toute sécurité, il suffit d'en retrancher les parties qui ne sont pas de J. Michel, c'est-à-dire p 663 a 703, le Mystère de la Conception
(auteur inconnu) suivi de la 1re journée de Greban, et p. 798 à 819, la *Resurrection* ou
la 4e Journée de Greban.

1. Introduction, p. xx.

l'histoire des personnages secondaires et qu'il a réuni sur eux une
foule de détails nouveaux, jamais assez pour la curiosité de son
auditoire. Voici dès le début un exemple de ces allongements faciles dans les scènes de la Vocation ou de l'Evocation des Apôtres.
Greban ne nous avait montré à l'œuvre que les pêcheurs avec
leurs filets [1], et s'était contenté pour les autres d'une rapide énumération. J. Michel complète le défilé [2], il les reprend tous successivement avec leurs attributs légendaires, Saint Thomas avec ses
instruments d'architecte ou de « charpentier », Saint Barthélemy
« en habit de prince », égyptien ou syrien, peu importe, Saint Jacques Alphcy, le cousin du Christ auquel il ressemble par les traits
et le costume, le publicain Saint Mathieu, d'abord à son comptoir
chargé de gros sacs d'argent [3], puis à table, offrant un grand banquet [4] à ses amis les changeurs et les marchands, lesquels seront
bientôt après terrifiés et chassés du temple par le fouet de Jésus [5].
Il n'était guère besoin de livres pour les additions de ce genre ; il
suffisait de se rappeler l'Evangile et de regarder les vitraux des
vieilles cathédrales ou les processions de la Fête-Dieu. Jusqu'à la
fin du XVIIe siècle et même bien plus tard, à Angers, à Paris [6], à
Reims, partout, les Apôtres défilaient tous les ans, en bel ordre,
avec ces attributs de leur profession. De même il n'était pas besoin
de lire l'*Histoire apostolique* d'Abdias pour connaître la légende si
répandue de l'apôtre Saint Jean devenu dans le drame l'époux des

1. Greban, p 142 et suiv.

2. *Dict. des M* , p. 721. — La *Passion* de J. Michel (B. Nat. réserve, Yf. 13, cahier
dii et suiv.).

3. *Dict. des M* , p. 721

4. *Ibid* , p. 725. Addition tirée par J. Michel de l'Evangile de saint Mathieu, IX, 9 et
suiv

5. *Ibid,*, p. 727.— Toute la scène de Greban. p. 149. est refaite et surchargée de détails
nouveaux. Les détails sur l'éclat terrifiant du visage de Jésus et sur le fouet, sont
pris aux *Postilles* de Nicolas de Lire, *in Joann*, II, 17, p. 1051... Ex oculis quidam ful-
gur exibat virtute divina cos deterrens. Solet etiam quaeri ab aliquibus quomodo
fecit flagellum de funiculis, quia non vendebantur ibi funiculi, sed solum illa quae
debebant in templo offerri. Et dicunt aliqui quod ipse Christus utebatur funiculo
pro cingulo, et illum funiculum accepit de quo erat praccinctus et ipsum duplicando
fecit quasi flagellum ». — Les mêmes *Postilles*, ont inspiré directement la *Passion* allemande de Francfort, 1493 (éd. Froning, t. II, p. 405), surtout la *Passion* d'Alsfeld
(éd. Froning, t. III. p. 662), où on lit : « Salvator vadit ad templum in quo invenit
ementes et vendentes et facit flagellum de sona, cum qua precinctus est ».

6. Sauval, *Antiquités de Paris*, t. II, p. 623.

noces de Cana. Elle est rapportée non seulement par Abdias[1], mais par Bède, par Jacques de Varaggio, par Nicolas de Lire et par vingt autres, et la citation d'Abdias repose sur un rapprochement aussi ingénieux qu'inutile. Ce n'est pas non plus la *Vie de Jesu Crist* imprimée pour la première fois par Robin Foucquet en 1485, ou la *Vita Xpristi*, qui ont fourni la légende de Judas, l'Œdipe chrétien, dont l'enfance, la jeunesse et tout le passé criminel sont longuement représentés sur la scène, au lieu d'être rappelés dans un simple monologue comme chez Greban. Un épisode suffira pour constater l'origine de tous ces développements.

Judas a été exposé dès sa naissance sur les flots par ses parents Ruben et Cyborée et. après maintes aventures, il est devenu le serviteur de Pilate. Le vieux Ruben vient de quitter sa femme, toujours triste depuis la perte de leur enfant, et se rend vers son petit jardin « où il y a un pommier fort chargé de belles pomes ». Juste à ce moment Pilate passant près de la haie, aperçoit ce beau pommier et désire en avoir des fruits. Il charge son intendant Judas d'aller lui en acheter, et s'éloigne, mais pour aller plus vite, et par un raffinement de scélératesse, Judas abat les branches de l'arbre avec son épée :

> Si je ne l'ay de ce revers,
> Si l'aurai-je de ceste tranche !

C'est un massacre. Ruben accourt.

RUBEN[2]

Et qui est ce la qui esbranche
Mon arbre, et qui le veult coupper?
Sire, c'est bien mal faict d'abatre
Mon arbre par si grant oultrage !

JUDAS

Tays toy, tays toi. S'il y a dommage,
Tu en seras desdommagé.

Vie de Jesu Crist fol. LXIIII v°.
Comment Judaz tua son père.

Pilate appella Judas et lui dist : « Judas, mon bon amy, va t'en au vergier de Ruben et m'aporte des pommes qui sont en ung bel pommier qu'il y a, car je meurs si je n'en ay. » — Et adonc Judas

1. L. Paris, p. 73, notes : « Abdias que l'auteur du mystère nous semble avoir voulu mettre en scène sous le nom d'Abias ». — Abias est tout simplement le premier Juif converti par Jehan-Baptiste dans la *Passion* de Greban, p. 133. J. Michel l'a employé dans la même scène (*Dict. des Myst.*, p. 708), et substitué plus tard à l'Agrestin de de Greban dans les noces de Cana (*Ibid.*, p. 724).

2 *Dict. des M.*. p. 719 (B. Nat. Y f. 13, cahier c.iiii, fol. 4 v°).

RUBEN

Quand vostre saoul eussiez mangé
Ou tout le fruit de l'arbre prins,
De moy n'eussiez esté reprins
Mais pensez que trop me desplait
De *rompre* l'arbre tel qu'il est,
Sans besoing qu'il en soit !

JUDAS

          Villain,
S'il fault que je mette la main
Sur ta teste, il y aura bruit.

RUBEN

Rompre l'arbre et embler le fruit
N'est pas fait d'ung homme de bien.
....

Icy s'entrebatent et enfin Judas
frappe si grand coup sur la teste
de Ruben qu'il l'abat a terre et le
tue ».

prit son espee et s'en ala au vergier de Ruben son pere, et commença de couper les branches du
pommier avecques son espee. Et
Ruben qui estoit en son hostel oyt
les cops ferir quant Judas copoit
les branches du pommier et vint
acourant celle part pour cuider
garder de gaster son pommier, et
se courrouça moult fort a Judas
pour ce qu'il *rompoit* le pommier,
car Ruben voloit bien que Judas
print des pommes. mais il estoit
mal content et fort triste de ce
qu'il copoit les branches de l'arbre.
Si se dirent de moult grans outrai-
ges l'ung a l'autre tellement que
Judas se desfendit et se batirent
moult si que Judas tua son pere de
son espee ».

Il le tue, et Pilate lui fait épouser sa veuve, la riche Cyborée[1].

Sans doute un détail précis (celui de l'arbre rompu ou des branches coupées) permet, semble-t-il, de penser que J. Michel a consulté non telle ou telle des nombreuses versions latines ou françaises de la légende de Judas, mais exactement la version française développée qui est imprimée dans les diverses éditions de la *Vie de Jesu Crist* et signalée par Peignot[2]. Mais il est clair qu'avant d'être imprimée, cette légende circulait manuscrite et,

1. Cette particularite qui est deja dans la *Légende dorée* (art. saint Mathias), ne devait pas surpendre outre mesure les spectateurs du xvᵉ siecle. L'historien J. du Clercq (ed. Michaud et Poujoulat, p. 620) nous a montré une veuve qui vient d'en-terrer son mari, fiançant et épousant le lendemain un jeune homme de vingt ans, et il rappelle que le duc de Bourgogne, Philippe le Bon, forçait souvent les riches veuves d'epouser les officiers de sa cour et de leur assurer leur fortune.

2. *Praedicatoriana*, p. 396.

La *Légende dorée* (art. saint Mathias) d'où dérivent toutes les versions en prose et en vers de cette légende de Judas (cf. G. Paris, *Revue critique*, 1869. I, 413), dit sim-plement: « In pomoerium insiliit et velocius mala carpit ». La legende en prose de Judas qui figure à la fin du manuscrit fr. 181 de la Bibl. Nat. deja decrit. p. 250, n 1, n'est elle-même qu'un abrégé de la version imprimée pour la première fois dans la *Vie de Jesu Crist* de 1485.

comme tous les autres rapprochements avec la *Vie de Jesu Crist*
vont être éliminés, il n'y a pas de raison de conserver celui-là.
Il n'y a pas à s'inquiéter non plus pourquoi ce Judas recevra plus
tard des mains du pontife Anne :

> Trente deniers d'argent
> Qui ont passé par mainte gent
> Dont Joseph fut jadis vendu...,.

La légende des trente deniers et de leurs pérégrinations est
racontée partout depuis Godefroy de Viterbe qui ne l'avait pas
inventée.

Des observations analogues s'imposent pour l'histoire du pro-
tecteur de Judas, Pilate, dont les sévices et les dissensions avec
Hérode Antipas, brièvement indiqués par Greban, sont longuement développés dans la nouvelle pièce. Le gouverneur Pilate, à
son arrivée en Judée, disserte sur le caractère des princes qui se
partagent la province, il rappelle la mauvaise « justice » de son
prédécesseur Valère qui a fait mettre aux enchères « l'évesché de
Judée », et dont l'administration a été faible[1]. La sienne sera forte.
Il commence par lancer deux édits pour obliger tous les Juifs à
venir saluer l'image de l'empereur, et pour augmenter les impôts[2].
Lorsque les Juifs se réunissent à Jérusalem pour « sacrifier des
bêtes[3] » malgré ses ordres, il les fait envelopper par ses soudards,
il les massacre, et les survivants vont se plaindre au roi Hérode
qui devient dès lors l'ennemi mortel d'un si grossier personnage
et de si basse extraction, de cet intrus :

> Fils de la fille d'ung Monnier,

comme il dit dédaigneusement. Hérode a emprunté ce trait aux
légendes populaires sur Pilate[4], et Pilate lui-même a appris

---

1 et 2. *Dict des M.*, p 712-714. Origine : l'*Histoire scholastique* (Patr. Migne, t. 198,
p. 1551) chap. 27 et 28 légèrement modifiés.

3. *Dict. des M.* (2e Journée), p. 747. Ici la version de l'*Hist. scholastique*, ch. XCIV,
p. 1585. diffère du texte de J. Michel qui a suivi une *Postille* de N. de Lire imprimée
in extenso dans ce livre n° 47, p. 228.

4. Une des nombreuses légendes latines de Pilate a été reproduite par L. Paris,
t. II, p. 765 — Ed. du Meril, *Poésies pop. latines du M. âge*, 1847, p. 359 (cf. P. Meyer,
B. de la S. des anciens textes fr., 1875, p. 52, et S. Berger, *La Bible française au Moyen*

tous les détails de son rôle dans l'*Histoire scholastique*, dans les
Postilles de N. de Lire, et dans l'abrégé latin de Josèphe mis sous
le nom d'Hégésippe, mais qui est probablement de St. Ambroise.
Il n'a certainement pas pris la peine de lire les ouvrages de
Josèphe lui-même, bien que les traductions latines et même françaises n'en fussent pas rares dès le commencement du quinzième
siècle [1].

Ce qui le prouve, ce ne sont pas seulement tous les détails qui
concordent dans les ouvrages précités et dans le drame de J. Michel, tandis qu'ils diffèrent quelque peu dans Josèphe [2], mais
encore le début de l'histoire de cet Hérode Antipas. «Fier comme
le roi Hérode » disait un vieux proverbe qui faisait allusion soit
au massacre des Innocents par le premier Hérode (*ferus, crudelis*).
soit à une étymologie fantastique des anciens commentateurs [3].
Hérode Antipas a hérité de la fierté de son homonyme, mais ce
matamore tremble devant sa maîtresse Hérodias qui l'a séduit
dans un de ses voyages à Rome et qui a évincé la femme légitime,
laquelle s'est réfugiée clandestinement dans les états de son père,
Arèthe, le roy d'Arabie. De cette histoire longuement déduite par
Hégésippe, J, Michel n'a pas manqué de tirer toute une scène
d'explications conjugales entre Hérode et Hérodias menacée par
St Jean-Baptiste :

HÉRODIADE [4]	S. Ambrosii
. . . .	*De excidio urbis Hierosol*, lib. II,
Ha! monseigneur, ne luy desplaise,	XII (Patr. Migne, t. 15, col.
Je suis aussi bonne et honneste	2157).
Que la fille du roy Arethe	
Qui fut vostre premiere femme !	. . . .
	Cujus causa necis libertas, quod

âge, p. 185), a imprimé une ancienne version française : « Si comme Pylates fu engen-
res en le fille un mannier ». — Pilate, soi-disant originaire du diocèse de *Mayence* et
gouverneur de l'île de *Pons* ou *Pontos*, n'était pas moins connu en Allemagne ; et la
Passion de Francfort (éd. Froning, t. II, p 420), n'a pas manqué de faire allusion aux
mêmes fables populaires

1. Sur ces traductions de Josèphe et les manuscrits, voir Coquillart, éd. d'Heri-
cault, Bibl. elzévirienne, t. II, p. 2,8.

2. En particulier pour l'histoire des sacrifices et du massacre des Galiléens.

3 Cornelius a Lapide *in Luc* I, p. 65 : « Hebraice Herodes idem est quod pelliceus
vel gloriosus, art. S. Isidorus lib 7 *Etymol* cap. 10 ».

4. B. N. Y f. 13, cahier fiiii, fol. 5 v°.

Et suis aussi puissante dame
Et d'aussi notable lignie
Que Arethe, le roy d'Arabie,
Dont vous espousates la fille.
Faut-il donc qu'ung fol me exille
D'un honneur qui bien m'appartient?
Je ne sçay pas dont il luy vient
D'entretenir si longue riote,
Et, si fault declarer la note
Du depart de vostre aultre femme,
Chose seroit laide et infame
A vous, de la reprendre, en somme!
Cependant que vous fustes a Rom-
                [me,
Ou vostre frere et moy estions
Et que nous ensemble traictions
De nos affaires, de par dela,
Vostre aultre femme [1] s'en alla,
Pleine de reproche et de honte,
Faignant aller en Macheronte,
Vostre chasteau, mais par cautelles
Fist escripre de ses nouvelles
A son pere Arethe qui tost
Luy envoya de [3] gens grand ost
Pour la [4] mener en Arabie;
Touttefois vous ne sçaviez mie
Sa malicieuse entreprinse.
Si doncques present m'avez prinse
Pour vivre o vous sans reproche,
Et vostre frere a qui il touche
Le tolere, que a Jehan a faire
Ne de moy, ne de vostre frere?

perpeti nequivit ab Herode fraterni
violata connubii jura, germanoque
abductam conjugem. Nam cum
idem Herodes Romam pergeret,
hospitii causa, fratris ingressus
domum, cui erat uxor Herodias,
Aristobuli filia regis, Agrippae
soror, ausus est eam, naturae im-
memor, sollicitare ut, relicto fratre,
sibi nuberet : cum de urbe Roma
revertisset, ex consensu mulieris
inita incesti pactio est. Cujus indi-
cium rei pervenit ad Aretae filiam,
in conjugio adhuc Herodis manen-
tem. Ea rivalem indigna[ta], re-
deunti marito insinuavit ut ad Macherunta [2] oppidum dirigeretur quod
erat in confinio Petraei regis et
Heris ; ille qui nihil suspicaretur,
simul quia omnem jam circa eamdem imminuerat affectum, quo
facilius Herodiadi pactionis fidem
praestaret, si ablegaret conjugem,
acquievit ejus suggestioni. At illa
ubi patris regno appropinquavit,
cognita patri Aretae prodidit, qui
per insidias omnem exercitum
Herodis bello lacessitum delevit,
proditione facta per eos, qui ex
Philippi Tetrarchae populo Herodi
sese associaverant..............
....
....

L'imitation est évidente, et si Hérodiade sait par cœur Hégésippe,
son époux ne connait pas moins bien *la Légende dorée* et l'*His-*

---

1. L'imprimé contient une erreur évidente : *frere* pour *femme.*

2. Remarquons que le texte correspondant de Josèphe (*Antiquit. judaïc*, XVIII, 5(7),
ne mentionne pas Jehan Baptiste tout au début, comme Hégésippe ; c'est donc bien
Hegésippe qui est suivi par J. Michel

3. Ip : *de ses.* — 4. Ip : *la.*

toire scholastique (chap. LXXIII). C'est là qu'ils ont appris tous deux comment ils se débarrasseront de saint Jean-Baptiste, après son exécution, et l'empêcheront bien de recommencer ses sermons. Hérode le dit :

Pour quoy, ma mye,
La teste nous separerons ·
Bien loing du corps et l'envoyrons
En terre en Hierusalem.
Quand est du corps d'iceluy Jehan.
En Macheronte demourra,
Ainsi susciter ne pourra[1].

Chronica et undecimus liber *Historiae ecclesiasticae* tradunt Joannem in castello Arabiae trans Jordannem, dicto Macherunta, vinctum et truncatum. Corpus vero in Sebaste urbe Palaestinae inter Eliseum et Abdiam sepultum, caput autem Jerusalem humatum est juxta Herodis habitaculum.

Restent dans la première journée déjà si chargée plusieurs épisodes nouveaux ou qui diffèrent entièrement de la version de Greban. J. Michel a rétabli, d'après l'Evangile de Saint Luc le nom de l'archysynagogue Jairus que Greban semble avoir mal à propos identifié avec un des anciens pontifes, Ismahel, nommé dans l'*Histoire ecclésiastique* d'Eusèbe[2], et il a développé en vers touchants la maladie, la mort, puis la résurrection de la petite fille de douze ans rendue à l'affection de son père. Si les critiques s'accordent pour louer la grâce et le naturel de cet épisode, la plupart aussi, depuis les frères Parfaict, constatent avec satisfaction que J. Michel ignorait le syriaque (si répandu de notre temps), et qu'il a fait un gros contre-sens en voyant dans le verset de l'Evangile : *Tabita cumy*, un nom de jeune fille :

1. Suivent encore (voir *Dict. des Myst.*, p. 734) des additions au texte de Greban, p. 159 : Chant des anges après la décolacion, — Descente de saint Jean-Baptiste aux enfers. — Joie des Pères ; craintes des diables. — Inhumation du corps de saint Jean-Baptiste par ses disciples — Ces banalités faciles a imaginer se retrouvent partout, notamment dans la *Passion* d'Auvergne analysée plus loin.

2. *Hist. ecclésiast* , t I, chap 3 : « Valerius Gratus ôta la grande sacrificature a Anne et la donna à Ismael, fils de Fabus qui fut bientôt après déposé pour mettre en sa place Eleazar, fils d'Anne ». — Les evangiles de saint Marc, V, 22, et de saint Luc, VIII, 41, nomment tous deux *Jairus* dans la *Vulgate* ; mais N de Lire ne lisait pas encore ce nom dans saint Marc (Cf. la Postille *in Luc*, VIII, 41, p 806 Istud nomen non exprimitur *Mat.* 9 et *Marci.* 5, et ideo hic *suppletur*) ; saint Mathieu, IX, 18. l'appelle simplement *princeps unus*.

Greban, suivant saint Mathieu, aura identifié ce prince de la synagogue de Capharnaum avec l'ancien pontife Ismahel J. Michel a fait lui même une confusion semblable en nous montrant « le maistre archisynagogue » Jairus prenant part à toutes les deliberations de la synagogue de Jerusalem ; il l'a identifie avec le Jairus qui figure dans le chap. Ier de l'Evangile de Nicodème.

19

TABITA CUMY

> Entends ma parolle diviñe,
> Tabita, fille tres benigne ;
> Je vueil que mon vouloir acheves,
> Je commande que tu te lieves[1].

La critique s'est trompée d'adresse et doit être renvoyée en réalité à Nicolas de Lire[2].

Mais les parties les plus originales de la recension de J. Michel, celles que tout le monde connaît, ce sont l'histoire de Lazare, le beau chasseur, et surtout « la mondanité de la Magdaleine », la contemporaine d'Agnès Sorel et de la « Dame des belles cousines », la grande coquette du xve siècle qui reçoit si allègrement les reproches de sa sœur, la sérieuse Marthe. — Tous ces personnages savent leur généalogie sur le bout des doigts. Ecoutons Madeleine :

> Sirus mon pere fut yssu de noblesse,
> Aussi fut bien ma mere Eucharie,
> D'eulx laissee suis en ma fleur de jeunesse,
> Descendue de regalle lignie.....
> J'ay mon chasteau de Magdelon
> Dont l'on m'appelle Magdeleine,
> Ou le plus souvent nous allon
> Guaudir en toute joye mondaine[3].

Elle y tient à son « beau chateau », elle ne cesse d'en parler :

> Le beau chasteau Magdelon je possède
> Dedans lequel nous menons gaye vie.
> Nommee je suis d'aucunes pecheresse,
> Mais peu me chault s'ils ont sur moy envie ;
> Ma sœur Marthe possède Bethanie,
> Mon frere a eu, ainsi le fault entendre,
> Pour son partage, ou rien ne veulx pretendre,

---

1. *Dict. des M*, p. 729.

2. MARC., V, 41, *Thabita cumi.* — N. L., p. 537 : Duae sunt dictiones Hebraicae : quarum prima est nomen et secunda verbum, ut patet per interpretationem. Sciendum autem quod *Thabita* non est nomen commune, sed est proprium nomen illius puellae quae fuit suscitata, et hoc patet per simile *Act* 9, ubi dicitur : « In Ioppe fuit quaedam discipula nomine *Thabita*, et ideo Marcus pro nomine proprio posuit commune interpretando scilicet puella, etc.

3. *Dict. des M.*, p. 737 (debut de la 2e Journée).

> Tout ce qu'avions en la noble cité
> Hierusalem, ou tant suis renommee.

Décidément, comme dit Molière, J. Michel connaît toute la parenté, et il n'est pas moins bien renseigné sur les faits et gestes de Lazare. — « Icy, nous dit-il, se approche Lazare devers la cité de Naïm pour veoir le miracle que Jesus fera, et commence le miracle comme Jesus ressuscita l'adolescent, seul filz de la veufve, ainsi comme il est escript en l'Evangile Saint Luc en son septieme chapitre, et y estoit Lazare present, par quoy il se convertist a Nostre Seigneur, comme nous lisons en *la légende de sainct Lazare*[1] ». — Saint Luc ne dit rien de pareil, mais a-t-il existé véritablement une légende de cette sorte qui amenait Lazare à Naïm et qui développait un de ces contrastes si chers au moyen âge, la jeunesse, la force, la beauté frappées par la vision subite de la mort? Ce n'est pas impossible et l'on conçoit très bien comment elle a pu être écrite. Les commentateurs ont si souvent rapproché les trois résurrections de la fille de Jaïrus, du fils de la veuve de Naïm et de Lazare lui-même[2] qu'un jour ou l'autre quelqu'un devait imaginer de nouveaux liens entre ces personnages similaires. Et au surplus, cette légende d'invention très récente, la voici, conservée peut-être dans un manuscrit unique[3].

« Au temps de la passion nostre saulveur et redempteur Ihesus, estoit vivant ung homme nommé Lazaron de noble et royalle extraction, frere de Marthe et Marie Magdalene, tous trois enffans de Sirus et Eucharie. Icellui Lazaron et ses deux sœurs oulrent par succession maternelle trois grandes signouries. C'est assavoir, partage entre eulx fait, Lazaron possedoit tout ce qui leur appartenoit en la cité de Iherusalem. Marie Magdalene ung chateau nommé Magdalon avec les appendences tenoit, duquel chasteau fut denommee Magdaleine, et Marthe pour sa porcion la ville de Bethanie occupoit. Et pourtant que Marthe estoit la plus active en la temporalité, toutes les seignouries dessus dictes estoient de par elle principallement maintenues. Car Marie Magdalene son temps demenoit en ambicion et delectacion corporelle, et Lazaron eu fait de chevalerie et de venacion.

---

1 *Dict. des M.*, p 731. — B. Nat. Y f. 13, cahier f iiii, fol. 2 v°, col. 1
2. Exemple : *Glossa ordinaria* (Patr. Migne, t. 114, p. 169-270).
3. Bibl. Nationale, fr. 923, fol. 114 recto. (Ms. non daté, de la fin du xv° siècle).

Et, comme ledit Lazaron alloit à la chasse, passant par emprès la porte
de la cité de Naym, advint que nostre seigneur Ihesucrist accompaigné
de ses disciples et amis rencontra a la ditte porte une vefve et pluseurs
gens de la ville, qui moult pleuroit pour le trespas de son seul filz, lequel on portoit pour ensevelir, et, meu de pitié et compassion, dist a
icelle vefve « Ne pleure plus » ; et, incontinent apres qu'il eult touché la
placette ou le corps estoit et que ceulx qui le portoient se feussent ar-
restez, dist a l'enfant mort « Enffant, lieve toy ! ». Icelluy obeïssant a la
voix de Dieu se leva et parla, et ainssi fu resuscité de mort a vie et rendu
a sa mere

Voyant ledit Lazaron la puissance et vertu de Ihesus tant en ce miracle qu'en plusieurs dont il avoit esté informé aultrefois, regardant nostre Seigneur de l'œil corporel et espirituel, il creut en luy et eult ferme
foy et esperance, moyennant la grace de Dieu, et en grande amour et
fervente devocion se getta aux piez de Nostre Seigneur, et humblement
les baisa et luy pria qu'il luy pleust venir prendre refeccion et repos a
l'ostel de Marthe sa sœur. Alors Nostre Seigneur voyant la bonne
devocion et voulenté luy accorda sa peticion et le receut a diciple et
amy.

Et de ce tres joyeulx s'en vint par devers sa sœur, qui l'attendoit es-
perant avoir de la venoison[1]. Luy dist : « Ma chiere sœur, je vous salue,
et sachiez que j'ay prinse la plus belle et precieuse venoison qui oncques
fut ne qui jamais sera, car j'ay prins en la suscitacion du seul fils d'une
vefve citoyenne de Naym, nostre saulveur et redempteur Ihesus, lequel
l'a ressuscité de mort a vie, et fait plusieurs aultres miracles, et par ce
j'ay creu et croy fermement qu'il est le vray Messias et la precieuse
venoison qui sera pour nous et pour nostre redempcion chassee jusques
a la mort[2]. Et m'a promis de venir prendre sa refection en nostre mai-

1. *Dict. des M.*, p. 732. — B. N. Y f. 13, cahier fiii, fol. 3 et suiv.

MARTHE	MARTHE
Et avez vous rien prins ?	Et que avez vous prins ?
LAZARE	LAZARE
Oui	Le lion,
Ma sœur Marthe la debonnaire,	Le lion que ses faons suscite,
J'ay prins venayson salutaire,	Le lion qui tout cuer incite :
Venayson moult delicieuse ...	Le lion qui subjuguera .
	Le dragon un jour qui viendra, etc.

2 Folio 115 r°. On reconnait ici une allegorie familière aux prédicateurs du XVe
siècle. Plusieurs, notamment le prédicateur du roi René, Pierre Marini, et un autre
plus connu, Menot, ont longuement decrit et developpe la Passion du Christ sous la
forme et dans le cadre d'une chasse au cerf.

son ». Et incontinent Marthe, ouyant les bonnes nouvelles et doulces
paroles que son frere lui disoit, toutes aultres choses delaissees, fit pre-
paracion a son ponoir pertinente a la recepcion de si grant seigneur,
priant a sa sœur Magdaleine que pour icelluy recepvoir plus dignement
elle amendast sa conscience, et, *sans dilacion*, obéissant à Marthe,
moyennant la grace de Dieu prevenante et gratifiante, icelle Magdaleine
eult de ses pechiez contricion, confessant de cœur et de bouche avoir
grandement offensé son Createur, proposant de jamais plus retourner a
son pechié et de faire satisfaccion au plaisir de Ihesu. Et en icelle foy et
bonne voulenté luy fut donnee grace par vertu de laquelle fut faite gracieuse, plaisante et amie a Ihesu Christ et finablement tresglorieuse au
reaulme de Paradis..... ».

Comment donc ? Une conversion aussi brusque, sans retard,
« sans dilacion » ? Quelle invraisemblance ! Et que deviendrait la
pièce ? J. Michel abandonne sans regret la légende qui l'a inspiré
jusqu'ici [1]. Il trouvera le reste dans son imagination et n'aura pas
de peine à nous décrire la vie brillante d'une femme à la mode,
de ses soubrettes et de son soupirant, jusqu'au jour où la parole
sainte entrera comme un trait dans cette àme mobile et légère.
Mais d'autre part, on l'a déjà reconnu, la légende française qu'il a
suivie n'était, sauf quelques additions, qu'un simple développement d'un ouvrage connu et pillé dans toute l'Europe, de la
Légende dorée de Jacques de Varaggio, lequel avait pillé lui-
mème la biographie fantaisiste de Marie-Madeleine par l'évêque
allemand, Rabanus Maurus, et y avait introduit un amusant
contre-sens [2] (d'ailleurs fidèlement reproduit par J. Michel). Cette
biographie une fois donnée, toute « la mondanité de la Madeleine »

---

1. La légende continue par un récit de la visite de Jésus chez Marthe, puis par une
intéressante description des peines d'enfer par le Lazare dans le banquet de Simon
le Lepreux (nous y reviendrons dans la *Passion* bretonne). Enfin, le narrateur poursuit l'histoire de ses personnages et les conduit tous, Lazare, ses sœurs, Madeleine,
Marthe, sa servante Marcelle et l'Aveugle ne appele Cedonius ou Celidonius, jusqu'à
Marseille — A part quelques traits, cette legende très moderne est donc une simple
compilation des recits detaches de la *Légende dorée* (Lazare, Marie-Madeleine et
Marthe)

2. *Rabanus Maurus* (Patr. Migne, t. 112, p. 112) cap. I. « Mater ejus [Magdalenae]
nobilissima nomine Eucharia, ex gentis Israeliticae regali prosapia inclytum genus
duxit. Pater ejus Theophilus, natione Syrus, non solum genere illustrem, verum
etiam titulo spectabilem et administratione clarissimam nobilitatis lineam duxit. » —
Le mot *Theophilus* étant supprime ou perdu, Syrus est devenu un nom propre dans
la *Légende dorée*, ses derives et la *Passion* de J. Michel.

s'en suit nécessairement et' peut être développée avec plus ou
moins de talent par les auteurs les plus divers, sans qu'ils soient
le moins du monde obligés de s'emprunter les uns aux autres les
moindres détails. Qu'importe en effet que la Madeleine de J.
Michel dise une chanson comme dans la *Passion* de Maestricht,
ou qu'elle ait une suivante comme dans la *Passion* de Francfort,
un miroir comme dans la *Passion* d'Alsfeld, un amant comme
dans la *Passion* de Vienne[1], qu'importe tout cela, si de tradition
elle est jeune et coquette? Aucun de ces rapprochements ne
prouve donc ce qu'on a voulu lui faire dire ; les étymologies[2] et
les expressions communes signalées sont encore plus discutables,
et l'on trouverait sans peine ailleurs des coïncidences plus curieuses. Dans la pièce de J. Michel, Madeleine, lorsqu'elle entend
parler de Jésus et de ses miracles s'informe avec curiosité de
l'apparence du prophète et de ses avantages physiques[3] : quel
visage, quel âge, quelle couleur de cheveux, quel teint? — Et les
yeux? — « Clairs comme une belle lune ». — Et les mains? —
« Belles, droites et longues »[4]. — Que si elle se décide à aller

1. WILMOTTE, *Les Passions allemandes des bords du Rhin*, p. 85, 81.

2. *Les Passions allemandes*, etc., p. 88 : *P.* de Maëstricht, v. 876-878 : Marie-Madeleine appelée Maria qui signifierait « *Mar i a,* malheur à toi » et ne pourrait s'expliquer que par une source française. — Etymologie déjà écartée avec Bède : *Maria,
amarum mare.*

P. 81. « Madeleine et la suivante (*Narcilla* déjà dans Francfort) : item, p. 92, note 1,
Narcilla, Heidelberg, 2337, etc ; Francfort, 1493, v. 1066 sq.) qui est la servante de Marthe
et qui rappelle Marcelle, la servante de Cayphe dans Greban, 19,380 ». — Aucun rapport. Le nom de *Narcilla* vient simplement de la *Légende dorée.*

P. 89 L'Invocation de Madeleine à Jésus « fontaine de grace » dans la *Passion*
d'Arras, « rivière de misericorde » dans Greban, « *brunnen aller gnad* » dans la *Passion*
de Donaueschingen. — Analogie insignifiante, car les expressions *fons misericordiae,
pietatis,* etc , reviennent à peu près invariablement dans tous les sermons sur la
Madeleine au moins depuis Grégoire-le-Grand (Patr, Migne, t. 76, p 1040. Hom VIII;
it. p. 1239, Hom. XXIII)

P. 93. Marie-Madeleine allant se lamenter sur le tombeau de son frère. La scène
prouverait absolument l'étroite parenté des *Passions* françaises et des *Passions* de
Maëstricht et Heidelberg, M. Stengel (*Zeitschrift fur franzõs. Sprache,* 1900, p 130),
adopte et confirme cette argumentation. — La scène se trouve partout, notamment
dans la *Suscitatio Lazari* de St-Benoit-sur-Loire (éd. Ed. du Meril, p. 223), dans la *Passion* d'Arras, p. 108. v 1230. dans la Rappresentazione della conversione di *S. Maria
Maddalena* (éd. A. d'Ancona, 1872, t. I, p. 290, etc , et vient tout simplement de l'Evangile de St. Jean, XI, 31 : *Qui vadit ad monumentam.*

3. J. Michel. B. N. Yf. 13 cahier i.iiii. fol. 3 verso.

4. Tous ces détails sur la personne de Jésus sont tirés d'une lettre apocryphe d'un

entendre son sermon· c'est qu'elle veut, dit-elle, « contempler sa
beaulté » et « veoir s'il la regardera de quelque regard amyable ».
C'est donc la coquetterie qui la conduit vers Jésus-Christ, et la
même situation[1] se retrouve dans diverses *Passions* françaises et
italiennes, elle se retrouve également dans un ancien sermon
français *pour le jour de sainte Madeleine*. Lorsque la grande
dame pécheresse est allée écouter Jésus par désœuvrement, elle
se dit en elle-même : « Ses regards tendres et divins m'ont mille
fois démêlée dans la foule..... il n'a, ce me semble, parlé que pour
moi seule ». Et la voilà, elle aussi à demi gagnée, sa coquetterie
même sert à sa conversion. Serait-ce donc l'ancien sermon français (cité par Sainte-Beuve) qui serait le « prototype » de toutes
les pièces précédentes? Mais il est de Massillon qui, heureusement pour lui, ne lisait pas les mystères.

Les additions que l'on vient de signaler sont les plus importantes et il n'importe guère de savoir pourquoi l'Aveugle-Né est confondu avec l'aveugle de Jéricho, Bartimée, ni encore pourquoi le
père de famille, chez lequel on célèbre la Cène à Jérusalem, est
identifié avec le publicain Zachée, qui a trouvé dans le paralytique
guéri à « la fontaine probatique[2] » un valet fort actif. Toutes ces
retouches au texte de Greban n'ont évidemment pas d'autre but que
de suppléer au silence des Evangiles et de compléter la biographie
trop sommaire de personnages inconnus. Sur deux ou trois points
seulement les modifications du texte primitif sont plus raisonnées,
partant plus instructives. Dans la *Passion* de Greban les apôtres
chargés d'amener l'ânesse et l'ânon sont trois : Saint Pierre, Saint
Jean, Saint Jacques Zebedey[3], et, lors de l'arrestation de Jésus, le
jeune homme au manteau, « *adolescens cum syndone* », est l'apôtre
Saint Jacques Alphey. Ces détails sont un peu modifiés par Jean

certain Lentulus, vice-consul romain au pays de Judée, lettre célèbre qu'on retrouve
également traduite et pillée dans les traductions françaises de la *Vita Christi* de
Lupold et encore réimprimée *in extenso* par le prédicateur Olivier Maillard (cf. *Dict.
des Apocryphes*, col. Migne, t. II, p. 454).

1. *Passion* d'Auvergne, 1477; sermon de Menot sur la Madeleine ; della conversione
di *S. Maria Maddalena* déjà citée (d'Ancona, S. R. t. I, p. 273), etc.

2 Ledit paralytique n'étant nommé ni par les Evangiles, ni par Greban, J. Michel
lui a donné le nom d'un personnage quelconque de Greban, p. 164. Tubal.

3. Ces noms viennent comme on l'a vu de la *Passion* de 1398. Ils seront expliqués
dans les Mystères rouergats.

Michel qui supprime Saint Jacques Zebedey dans la première
scène et substitue Saint Jean dans la seconde. Pourquoi? Tout sim:
plement parce qu'il vient de voir ces modifications et d'autres dans
la célèbre *Passion* de Gerson « *Ad Deum vadit*. Joann. XIII, 3 ».
C'est là qu'il les a prises[1], c'est là qu'il a vu la Vierge, au moment
du départ pour Jérusalem, recommander Jésus au traître Judas[2] ;
c'est là qu'il a vu encore Saint Jean, le disciple bien aimé, dépouillé de son manteau et accourant, transi de froid, auprès de la
Vierge, de Marthe et de Marie pour leur annoncer l'arrestation de
Jésus. Marthe toujours prévoyante le revêt d'une nouvelle « robe
de Damas », mais la Vierge éperdue ne songe qu'à aller chercher
son fils au milieu des bourreaux. Saint Jean ne parvient à l'arrêter
qu'en lui remontrant l'inutilité et l'inconvenance d'une telle dé-
marche :

> Pas n'est licite ne honneste
> A preudes femmes de renom
> D'aller de nuyt.

Marie ne se rend qu'avec peine à ces raisons, et à la seule condition que son neveu retournera voir de ses yeux ce que devient

1. Les manuscrits de la *Passion française* « ad Deum vadit », sont très communs.
(Ex. : Bib. Nat. fr. 448, 977, 990, 2433, etc.) Elle a même été imprimée, d'après un ms.
médiocre, sous le titre de : « *Contemplacions nystoriez sur la Passion*, composées
par maistre Jehan Gerson, etc. » a Paris, le 20 mars 1507, pour Antoine Verard
(B. Nat. Reserve, vélins 949). Mais le plus simple est de renvoyer a la traduction
latine publiee dans l'édition *commune* de Gerson, par Ellies-Dupin, t. III, p 1153 et
suiv. — Ce qui prouve que J. Michel s'est bien inspiré de cette *Passion*, c'est que
presque tous les détails ici signales reparaîtront dans le sermon sur la *Passion de N.
S. Jhesucrist* prêche en 1490, a Laval, par Olivier Maillard, lequel renvoie bien directement et expressément a Gerson.

Les coincidences ou concordances de Gerson dans l'*Expositio in passionem Dominicam* : *Ad deum vadit*, du theologien allemand, Nicolas de Dinkelsbuhl (*Concordantia
dominicae passionis*) et des mystères allemands sur la *Passion* ont été relevees depuis
longtemps par Keppler, *Histor. Iahrb. de Gorresgesellsch*, III, 289 et suiv.

2. Gerson, éd. Ellies-Dupin, t. III, p. 1154 « Audebas ne, [Juda], intueri ac salutare
optimam tuam fidissimam et benignissimam Magistram ! Erat ne tanta tibi audacia,
ut ei valediceres, cum tibi compertum esset quod speciali proditione tua Filii sui
amissura erat conspectum ! Eras profecto, Juda, potius commendandus diabolo, etc.».

Passion de J. Michel (B. N. Yf. 13, cahier Liii, fol. 1 r° :

JUDAS	NOSTRE-DAME
Adieu, ma maistresse et ma dame	Or adieu, Judas, mon amy,
. . . .	Sers ton maistre, etc.

Jésus et qu'il reviendra lui en rendre compte[1]. — «Icy s'en retourne
sainct Jehan en Hierusalem » dit le texte de J. Michel qui se
raccorde avec celui de Greban, mais toujours en observant les
menues différences du sermon de Gerson et de l'*Histoire scholastique* (Cap. CLVIII et CLIX). L'interrogatoire de Jésus commencé
chez le pontife Anne est repris chez Caïphe, les deux premières
négations de Pierre sont placées dans la cour du pontife Anne[2] et
la troisième seulement dans la cour de Caïphe. D'autre part la
vieille[3] servante du pontife Anne qui a ouvert en maugréant la
porte aux apôtres et provoqué le premier reniement de Pierre,
cette vieille servante Hedroit sera chargée un peu plus tard de forger les trois clous de la croix à défaut du forgeron Mascheclou[4].
Jean Michel a tenu absolument à réintroduire l'ancienne légende
populaire de la fevresse qui venait d'être consacrée par le pinceau
du grand peintre de miniatures, Jean Foucquet, et il l'a ramenée,
comme il a pu, avec une de ces identifications faciles de personnages qui abondent dans sa pièce.

C'est dans la quatrième journée ou dans le jugement de Pilate
que Jean Michel a ajouté ses plus longues additions, lesquelles
ont semblé aux anciens critiques tirées de la *Vie de Jesu Crist* de
1485, et qui ont été en réalité empruntées directement à l'Evangile de Nicodème, d'après une indication de Gerson[5]. Ces additions sont si nombreuses qu'elles recouvrent pour ainsi dire l'ancien texte de Greban, mais toutes, ou peu s'en faut, viennent de la
même source, du vieil évangile apocryphe. C'est d'abord le serviteur ou le courrier de Pilate, Barraquin, qui fait à Jésus un tapis

---

1 et 2. *Dict. des M.*, p. 769, J. Michel, B. N. Yf 13, cahier E iiii fol, 2 v° à 5.

Cf. Gerson, t. III, p 1168. *Joannes* : « .. Vos vero diem expectabitis, quoniam nec
securum est, nec decens tibi, bona Magistra et tuae societati, noctu per urbem ince-
dere.

Cf. MAILLARD, éd Peignot, Paris, Crapelet, 1828, p 36.

3 Pourquoi *vieille?* Encore une ancienne tradition populaire déjà consignée dans
un sermon apocryphe de St Augustin : *De Passione Domini* sermo CL (Patr. Migne,
t. 39, col 2037) : [Petrus] negat territus Christum : Prostravit eum anicula decrepita,
quasi gravis febricula ».

4. *Dict. des M.*, p. 787 (4e journée).

5. Gerson, t. III, p. 1182. Erant Judaei aliqui sicut Nicodemus et alii quos curaverat
Jesus qui desiderassent Jesu liberationem neque consenserant in mortem ejus, sed
major pars adeo inclamabat ut victoriam obtinerent.

de son manteau, à la grande colère de Caïphe. Le grand pontife
ne désarme ni devant le miracle des lances ou des étendards qui
par deux fois s'inclinent devant l'Homme-Dieu, ni devant les plaidoyers passionnés de Lazare et de Nicodème, et il ne cesse d'exciter contre l'accusé ses faux témoins. Mais Pilate veut interroger
les autres. Et Lazare, et l'Aveugle-né, et Simon le Lépreux, et
Jayrus, et le démoniacle, et la femme courbe, et Véronne, jadis
guérie d'un flux de sang, tous ceux que Jésus a sauvés ou comblés
de bienfaits, prennent tour à tour sa défense[1]. L'interrogatoire se
prolonge indéfiniment, et les détails prouvent qu'il est fourni à
peu près tout entier directement par l'Evangile de Nicodème que
J. Michel s'est borné à mettre en vers, et où il a trouvé un peu plus
loin le nom de la femme de Pilate, Progilla ou Procula. Il a encore
développé les remords et le supplice de Judas, multiplié les apparitions des archanges Gabriel et Michel qui viennent réconforter
la Vierge et le Christ[2], ajouté quelques intermèdes burlesques de
« tyrans », ramené sur le chemin du Calvaire tous les personnages
de la pièce qui viennent saluer une dernière fois leur maître bien
aimé, transformé de son autorité privée la veuve de Naïm en marchande de suaires ; mais toutes ces additions n'ont guère d'importance et toute la fin de cette quatrième journée est empruntée pres-

---

1. Ce défile a trompé L. Paris (*Toiles peintes*, I, p. 451) qui a cru qu'il était emprunté
à la *Vita Xpristi* ou à la *Passion selon Gamaliel*, etc. Cette *Passion* inspirée par l'Evangile de Nicodème ne donne pas de nom à la femme de Pilate, Progilla ou Procula.

L'Evangile de Nicodème a été également consulté *directement* par les dramaturges
allemands chez qui nous retrouvons les mêmes scènes (Miracle des bannières, défilé
des témoins, etc) Ce qui le prouve, c'est dans la *Passion* de Francfort (1493) éd. Froning, t. II, p. 476, la traduction littérale de cet évangile (cf éd. Tischendorff, 1876,
p. 349 cap IV).

PILATUS. — Nu sage mir, was ist die wahrheit ?

SALVATOR DICIT. — Die wahrheit ist vom himmel gegeben, etc., etc.

Les Passions françaises n'ont encore rien à faire ici.

2 Les apparitions de l'archange Gabriel à la Vierge pendant la Passion de son fils
ont été imaginées par les Contemplatifs, et sont extrèmement communes dans la littérature religieuse du xixe siècle, *Revélations de Ste Brigide*, Passion française de 1398,
Gerson, III, 1161, etc., etc.). — C'est encore un lieu commun des *Passions* françaises
et allemandes qui ne prouve rien pour la parenté des deux théâtres, pas plus que
d'autres scènes communes : détails de la crucifixion (Origine. le dialogue apocryphe
de St Anselme, *Vita Christi*, de Lupold le Chartreux, etc), l'apparition du diable
guettant l'âme de Jésus (*Histoire schol.* et *Glose ordinaire*), l'éclipse, le miracle de
Longis, et même le jeu de dés (*Passion de* Francfort, 1493).

que textuellement à Greban. Si nous ne retrouvons plus l'éclipse
de soleil observée par Saint Denys, c'est une raison de plus pour
croire que cette scène légendaire qui manque dans le meilleur
manuscrit de Greban n'était en réalité pas de sa main, et qu'elle
manquait également dans le manuscrit de J. Michel. En somme
son procédé est des plus simples : il ajoute toujours et n'efface
jamais.

Telles sont les additions et corrections principales de « très élo-
quent et scientifique docteur » J. Michel : inutile de compter au
juste combien d'anges, de diables, de truands et de soudards il a
ajoutés au personnel déjà si nombreux de son prédécesseur.
Il vaudrait mieux, si l'on en avait le loisir, noter les indications
si curieuses de la mise en scène, les essais de couleur locale et les
allusions hébraïques [1] pour la plupart empruntées aux *Postilles* de
N. de Lire, et, inversement, les anachronismes voulus, le tableau
pittoresque et incessamment renouvelé de toutes les conditions.
Les exemples abondent. Telle scène de pêche insignifiante dans le
modèle [2], est allongée du double ou du triple et hérissée de termes
techniques :

SAINT PIERRE

> Or sus, sus, André, hardiment,
> Besongnons, jectons a senestre
> Car a ce que je puis cognoistre

---

1. Bornons-nous à deux traits. Pour la Cène de Jesus (*Dict. des M.*, p. 761) « St Pierre
et St Jehan dressent la table et la touaille et des touasses dessus, avecques des lai-
tues vertes en des plats turquins, et abillent l'Aigneau Pascal. » — Comparer la
description de ces » plats turquins » dans les *Postilles*, in *Marc XI* et in *Joann*, XIV,
20 : *in catino*, p. 630 : « Vas est fictile ad refrigerandum vinum et in illo erat jus lactu-
carum agrestium cum quo carnes agni debebant comedi ut dicitur *Exodi*, 12 ».

La didascalie ou la description du prétoire « parquet tout clos en carré » n'en finit
pas, et Pilate lui-même décrit une seconde fois son siège en s'y asseyant :

> Or suis-je assis en majesté
> Au siege dit Lycostratos.
> Galbata dit en d'aultres mots.

Cf. N de Lire in *Joann.*, XIX, 13. « In loco qui dicitur Lithostratos, Hebraice autem
gabatha », p. 1299. — i. lapidum stratura et dicitur a lithos quod est lapis et stratos
quod est pavimentum sive stratura et est nomen graecum ; Hebraice autem Gabatha...
Ille locus erat ante domum Pilati... Ante enim domos magnatorum solet esse locus
de lapidibus praeparatus ».

2. Greban, p 142.

Le poisson s'approche du bort,
Et a stribort et a babort [1] !

. . . .

Quelle science, quel vocabulaire pillé à la hâte dans un *Glossaire naval* du xvᵉ siècle ! mais c'est l'auditoire qui doit être content, les bons « terriens » d'Anjou qui n'ont jamais vu la mer, et aussi le « rhétoricien » qui, dans le *Jardin de plaisance*, fait si bien la leçon aux compositeurs d' « histoires » ou de mystères :

Se mariniers viennent en jeu
Propre est a leur faire nommer
Maint pays d'eaue, aussi maint lieu,
Les ostanculet[s] renommer.

Même procédé dans la scène de la folle ou de la Chananée que sa femme de chambre, sa garde, bat comme plâtre pendant l'accès *(percutit)*. Ici le médecin J. Michel n'a eu qu'à se souvenir de sa pratique ou du traitement qu'il appliquait aux fous de sa clientèle, et l'on pourrait multiplier ces exemples. Il serait injuste d'ailleurs de trop insister sur ces détails matériels, et, ce qu'il y a de plus intéressant au point de vue littéraire, toutes les retouches de la composition et du style ne peuvent naturellement être indiquées avec cette minutie. Tel déplacement ou telle modification met mieux en relief une situation, un personnage ; telle autre rend une réplique plus nette, un dialogue plus expressif. Nulle part ce travail délicat n'apparaît mieux que dans l'entretien suprême du Christ et de sa mère qui reçoit ici sa forme définitive. Ce morceau suffirait pour prouver que J. Michel est un habile écrivain, quand il veut s'en donner la peine. Somme toute, pourtant, c'est avant tout un habile metteur en scène. La foi du peuple est toujours vivace, toujours profonde, et la seule histoire vraiment intéressante pour tous, c'est l'histoire du Christ. Mais le vieux drame tant de fois joué ne réunirait plus un tel public sans de nouvelles attractions. Ces attractions et « additions », J. Michel s'est chargé de les lui donner. Entre ses mains, le mystère de la *Passion* est devenu ce qu'il restera, un grand spectacle forain où la curiosité trouve son compte autant et plus que la piété.

1. *Dict. des M.*, p. 720. — J. Michel. B. N. Yf 13, cahier dii, v°.

Complication du décor et complication des légendes, telle est
l'impression que nous a laissée la dernière grande *Passion* du
quinzième siècle. Si singulières que nous paraissent les amplifica-
tions, les broderies de J. Michel, elles ne tranchent pas, au contraire, avec l'esprit contemporain, avec l'érudition des prédicateurs
qui devient, elle aussi, de plus en plus touffue. Tout de même au
théâtre où les commentaires théologiques se sont ajoutés les uns
aux autres, où Bède a été complété par Nicolas de Lire renforcé
lui-même par Gerson, sans compter tous les légendaires. Ce sont
là les sources, de plus en plus abondantes et plus mêlées, des
Passions dramatiques. L'érudition de Jean Michel en particulier
a été examinée d'assez près pour rendre d'autres recherches super-
flues. Si l'on ne voit pas ce qu'il aurait pu tirer de la *Passion*
perdue, jouée à Angers en 1446, *à fortiori* ne doit-il rien à des
prédécesseurs encore plus lointains et plus problématiques. Il se
rattache directement à Greban, comme celui-ci se rattachait lui-
même au poète d'Arras.

Les trois grands dramaturges du xvᵉ siècle ainsi reliés entre eux
vont inspirer à leur tour la plupart des pièces qui suivront, et la
part de Greban restera la plus forte, on le sait d'avance, dans ces
imitations partielles ou totales, libres ou serviles. Mais aussi et
jusqu'au bout, il est bon de le noter, le poète d'Arras conservera
ses fidèles au moins dans la région du Nord. C'est ce qui reste à
démontrer dans une récapitulation rapide.

Et d'abord les imitations de Greban et, en particulier, celles du
célèbre Procès de Justice et de Miséricorde, Verité, Paix et
Sapience, qui ouvre sa pièce. Non seulement la vieille allégorie
inspira jusqu'au dix-septième siècle des pièces françaises particulières, mais elle fut introduite dans le *Mistére du Viel Testament* [1]
où Justice et Misericorde sont sans cesse aux prises, à chaque faute
nouvelle que commettent les hommes. Dans les éditions imprimées du *Viel Testament*, le débat est réduit invariablement aux deux
premiers personnages, mais il est probable que l'on a représenté

---

[1] Voir la pièce bien connue, *Le procès que a fait Misericorde contre Justice,* citée et
analysée par P. de Julleville; *Les Mystères,* II, p. 425. — Pour les autres imitations,
le Mistère du Viel Testament, t. I, p. lxij, et suiv. — Le Procès est encore imité, en 1601,
dans la tragi-comédie de *l'Amour divin* par Jean Gaulché de Troyes.

des pièces où l'imitation de Greban était plus complète. La perte
complète de ces pièces donne quelque valeur aux fragments informes d'un manuscrit de la Bibliothèque Nationale qui nous a conservé par hasard un de ces procès[1]. Si l'on examine ces pages déta-

1. B. N. n. a. fr. 934, fragments retirés d'anciennes reliures.— Le Fragment fol. 33,
commence par la fin d'une tirade de *Justice* dont le nom est facile à suppléer. Suit
une tirade de *Paix*, plaignant le sort futur de Jérusalem (Le texte est fort abîmé, on
n'a reproduit que les débris de vers suffisants pour indiquer le sens géneral). Enfin
de nouvelles répliques de *Justice* (le debut manque), de *Vérité* (complète), et de *Miséricorde* (coupée par la fin du feuillet).— L'ecriture paraît de la 2ᵉ moitié du xvᵉ siècle,
comme celle des fragments qui suivent et qui sont tirés du *Chevalier délibéré* d'O.
de la Marche.

[JUSTICE]

. . . .
Bouster hors de son heritage
A tousjours en payne et ahan ?
Vous promistes a Abraham
Que toutes gens de sa servance
Aroyent des biens et finance
Et benediction ne . . . . . . , . .
Helas ! et vecy dure entree
Quant Justice a leur destourbier
Leur procure tel enconbrier !
Quant la loy premier leur donnastes,
Moult long temps vous les governastes
Sans roy qui sur eulx eust maistrise,
Pour demonstrer les grans franchises
 Ou les vouliez pous[s]er et mectre ;
 Or les veult Justice soubzmectre
 A tous leurs plus fors adversaires
 A jamais serfs et tributaires.
 Quelz crudelitez non pareilles !
 O pasteur, se sont vos oailles ;
 Les habandonrés vous aux champ[s]
 En la main des loups ravissans ?
 C'est vostre gendre bien amé,
 Vostre cher peuple renommé,
 Vostre vigne, vostre facture,
 A qui la divine Escripture
 A tribué tant de beaux noms
 Et de haulx biens en ses sermons ;
 Souffrerés vous esclandre tel
 En vostre maison d'Israel,
 Ou vous avez passé maynt jour,
 Monstré si grand signe d'amour,
 Par dilection bien empraincte ?

PAIX

O Jherusalem, cité saincte,
Cité d'onneur especiale,
Hostel de paix, chambre reial
Receptacle de prophecie
Maison de . . . . . !
Le chois du . . . . . .
Te veult-on ad ce . . . .
Que tu demeures . . . .
Et comme maison . . . . .
. . . .
O cité de Dieu visitee
Qui as fait de. . . . .
De haultes benedictions
Plus que cité qui . . . .
Jadis David de toy [chanta ?]
 Lauda Jherusalem Dominum
 Lauda Deum tuum.

. . . .
. . . .

[JUSTICE]

. . . .
En leur maulvaistie bastissent.
Pour quoy, hault juge tout puissant,
. . . . sen fin dure,
Je demende vengence dure ;
Sans remission et sans grace
Je vueil que vengence s'en face,
Car les faulx chiens au droit venir
Sont indignes de l'obtenir,
Et selon les drois costumiers,
Je requiers mes trois poins premiers,
Comme ma requeste le porte.

chées, en grande partie effacées, ou coupées par le couteau du relieur, il semblera bien difficile de les attribuer à un mystère perdu de la Passion ; au contraire elle s'expliqueront facilement si l'on place le débat dans un mystère perdu du *Viel Testament*, avant la destruction de Jérusalem et la captivité de Babylone (??).

Suivant une hypothèse extrêmement vraisemblable déjà citée [1], Greban aurait lui-même collaboré au *Viel Testament* et composé la *Creacion* ou la première pièce qui ouvre cette compilation. La *Creacion abregee* qu'il plaça plus tard en tête de sa *Passion* ne devait pas être représentée sur le théâtre : elle n'était dans sa pensée qu'un prologue ou une explication théologique de la Rédemption à l'adresse des lecteurs. Il est curieux de noter que sur ce point la province résista à l'exemple imposé par Greban aux Parisiens. L'idée de donner comme prologue au drame de la rédemption celui de la chute était si ancienne, si fortement enracinée que la plupart des *Passions* provinciales continuèrent de s'ouvrir par une Création, mais le plus souvent cette Création fut empruntée telle quelle au *Viel Testament*, c'est-à-dire à Greban.

La *Nativité* qui suit fut elle-même souvent jouée, et il nous semble bien qu'elle est encore visiblement imitée dans la jolie petite pièce [2], sur le même sujet, réimprimée de nos jours dans la collection Silvestre (n° 7).

VÉRITÉ

Misericorde s'est fait forte
Que les impugner et espondre
Sera merveille de respondre ;
Mais je la voy toute confuse :
Je croy aussi qu'elle s'abuse.
. . . . . et salvacion.

MISERICORDE

Si esse bien mon intencion
Que ces trois poins soient espons.
Et quant au premier je respons
Que trop fort les voulez pugnir
Que requerez de les bannir

De leur terre et leur nacion,
La terre de promission,
Qui est le droict milieu du monde,
Et est terre doulce et feconde
En qui tous biens humains sont mis,
Qu'ordonna Dieu pour ses amis ;
A Abraham son bon servant
La promist il long temps devant
Pour luy et toute sa lignee,
Avant qu'il yssist de Caldee,
Tant ost a luy grant amytié !
O tresbon juge, quel pitié
Seroit de si noble lignaige .. !

1. La *Passion* de Greban éd G Paris et G. Raynaud, p. xxv ; *M. du V. Testament*, t. I, p. XIV. Cette creation est en partie tirée du récit fabuleux de la *Pénitence d'Adam*. Cf. *Revue critique*, 1866, p. 233.

2. *Nativité de Nostre Seigneur Iesus Christ par personnages avec la digne accouchée*, t. I, p. XLIV, imprimée vers 1500. — Il suffit de comparer les chants des bergers :

Vers la fin du xv⁰ siècle un auteur inconnu eut encore l'idée
d'amplifier cette *Nativité* de Greban en insérant, avant le mariage
de la Vierge, celui de ses parents, Joachim et Anne. Ainsi dans
les vieilles chansons de geste, et même dans certains romans très
modernes on remonte des fils aux pères ou inversement. La première partie de la nouvelle pièce, imprimée sous le titre de *Mystère de la Conception*[1]..., est empruntée tout entière aux ouvrages
que nous avons déjà si souvent rencontrés, aux *Meditationes
Vitae Christi* (chap. I)[2], à l'abrégé d'Hégésippe et à l'*Histoire
scholastique*[3], et surtout à l'Evangile apocryphe de la Nativité de
Marie et de l'Enfance du Sauveur[4] ; la seconde est la reproduction
du texte de Greban additionné de bergeries très libres. Cette *Conception* n'est donc qu'un développement de la première Journée
de Greban, de même que la *Passion* de J. Michel est un développement des deux suivantes, et la *Résurrection* inédite d'Eloi du
Mont[5] une imitation libre de la quatrième.

Si cette quatrième Journée ou la *Résurrection* de Greban fut la
seule imprimée au xvi⁰ siècle, l'œuvre entière, depuis longtemps
divulguée, était utilisée couramment dans les régions les plus diverses. Dès 1452, un bourgeois d'Abbeville, Guillaume de Bonneuil
avait acheté à Greban lui-même, pour dix écus d'or, un texte authentique qui lui fut racheté par la ville et servit, suivant toute
apparence, aux représentations locales depuis 1455[6]. Un manuscrit analogue, conservé encore aujourd'hui dans la bibliothèque
municipale du Mans[7], la patrie des Greban, y rendit les mêmes

Greban, p. 60.	NATIVITÉ
Bergier qui ha pennetiere	Pasteur qui a six tournoys,
Bien cloant, ferme et entiere	Sa gaule a abatre nois,
C'est ung petit roy ; etc.	Et ses gros sabotz de boys
	C'est ung capitaine, etc.

1. Voir l'analyse detaillee du *Dict. des Mystères*, p. 664.

2. Imite dans la Supplicacion pour la rédemption humaine, p. 664, 665.

3 Ces livres ont fourni tous les details sur Herode Ascalonite, p. 665, 671, 676.

4. L'histoire d'Anne et de Joachin, de Marie, etc. vient de cet Evangile apocryphe du
pseudo-Mathieu qui a déjà ete imité dans la *Passion* de Semur et le sera encore dans
la *Nativité* de Rouen (1474).

5. Emprunt signale par P. de Julleville, les *Mystères*, t. II, p. 409, 605.

6. Item. *Les Mystères*, II, p. 25.

7. Ms. n⁰ 6.— Ce manuscrit oublie du xv⁰ s., qui provient de l'abbaye benedictine de
Saint-Vincent, ne comprend que la 1⁰ journee de Greban, mais avec de nombreuses

services. La ville de Troyes possède également encore le manuscrit qui lui servit pour les représentations de la *Passion* en 1490 et 1497[1]. C'est l'œuvre de Greban quelque peu modifiée et rajeunie, augmentée en tête de la Création et des premières histoires du *Viel Testament* et munie plus tard d'un rôle de fou, d'ailleurs insignifiant. Une partie au moins de ces remaniements a été attribuée avec vraisemblance à un fécond compilateur troyen, qui avait pour spécialité de rajeunir les vieilles éditions, Pierre Desrey. En 1497, il joua le rôle du *Père éternel*, et sa devise authentique « *Tout par honneur* » se lit encore à la fin du troisième volume manuscrit[2] de la *Passion* troyenne.

L'œuvre de Greban était encore jouée en province qu'elle était déjà supplantée à Paris par la *Passion* de J. Michel, jouée à Angers « moult triumphamment et sumptueusement en l'an mil quatre cens quatre vingtz et six, en la fin daoust », et attirée dans la capitale par son succès même. En réunissant le mystère de la *Conception*, la *Passion* de J. Michel et la *Résurrection* de Greban, les Confrères Parisiens fabriquèrent une volumineuse compilation qui fut imprimée dès l'an 1507, et qui servit à leurs représentations jusqu'à l'interdiction du Parlement, le 15 novembre 1548. L'histoire de cette compilation, des manuscrits et éditions séparées de J. Michel a été faite si souvent qu'il ne reste plus guère à y glaner[3]. Comme celle de Greban, la *Passion* de J. Michel fit son tour de France et fut jouée dans les villes du Nord, à

---

indications scéniques. Il a été signalé et décrit par M. H. Chardon, *Rev. hist. et archéol. du Maine*, V, 1879, p. 124.

1. GREBAN, éd. G. Paris, etc., p. xxv, xxvi. — Peut-être déjà pour celle de 1483 (cf. *Romania*, 1890, p. 261).

2. Cette remarque est de M. H. Monceaux, *Les Le Rouge de Chablis*, 1895, p. 241 (*B. de la S. des Sc. hist. de l'Yonne*).

3. M. L. Delisle a pourtant publié (*M. de la S. de l'Hist. de Paris*, t. XXIII (1896), p. 237, de curieux extraits du livre de raison d'un bourgeois parisien, Jacques Legros, dont le fils avait joué trois rôles dans les représentations de la *Passion* par les Confrères en 1539.

Un manuscrit de J. Michel, vendu à la salle Sylvestre vers 1860 (la date précise m'échappe) et intitulé « *Comedie de la Passion* », a dû passer jadis sous les yeux des frères Parfait et leur inspirer une partie de leurs réflexions sur cette expression « Comédie de la Passion » qui subsistait encore de leur temps.

Bourges [1], à Grenoble [2], à Saint-Jean-de-Maurienne [3], en Bretagne, dans les régions les plus diverses, avec plus ou moins de modifications.

La plus curieuse de ces « refaçons » est certainement le
Grand mystère de Jésus ou la *Passion* bretonne qui, bien
qu'imprimée en 1530 [4], fut longtemps attribuée au XIVe siècle, « aux
environs de l'an 1365 » pour le moins, jusqu'au jour où M. P. Meyer
démontra que la petite pièce bretonne. fort courte malgré son
titre, n'était qu'une traduction abrégée de la grande pièce de J.
Michel [5]. Ainsi déchue de son antique origine, la *Passion* bre_
tonne n'en conserve pas moins de curieuses particularités. Rappelons-nous la légende manuscrite de Lazare que, pour diverses raisons, le docteur J. Michel avait abandonnée au milieu de son récit.
S'il en avait continué la lecture, il n'aurait pas manqué d'y trouver
une nouvelle version du banquet de Simon le Lépreux, et des peines d'enfer, celle même qui est restée populaire jusqu'à nos jours.
mais dont les origines et la date étaient restées insuffisamment
éclaircies [6]. Simon doute que le Lazare. assis à sa table, soit réelle_
ment |ressuscité de l'autre monde. Sur l'ordre de Jésus, Lazare se
lève et énumère aux convives tous les tourments des damnés auxquels il vient d'assister [7]. L'idée n'est pas neuve, on le sait, les tourments ou les supplices ne le sont guère non plus. Ce qui est nouveau,
c'est le nombre même de ces supplices (sept), exactement appropriés

1. Bibl. de Bourges. — Ms. n° 328 : Table et sommaire de la représentation de la
Passation (sic) faicte à la fosse des arènes par les bourgeois de Bourges en l'an 1530,
(16e siècle, parchemin, 50 f., archiv. de Bourges ancien n° 346) — Ce Ms. que je n'ai pu
vérifier serait aussi curieux, à ce que l'on m'assure, que la relation si souvent commentée de la représentation des *Actes des Apôtres* à Bourges, en 1536.

2-3. *Romania*, 1890, p. 261, n° 5.

4. Antérieurement, la *Passion* avait été représentée à Rennes, en 1430 (cf. P. de Julleville, t. II, p. 11), et encore en 1456 et 1492. — De même à Nantes, en 1460, 1462, 1470,
1492 (Voir les *Archives communales de la V. de Nantes* par M. S. de la Nicollière-
Teyero). Les textes employés dans ces représentations étaient vraisemblablement
français.

J'ai déjà cité une confrérie de la *Passion* fondée à Nantes bien antérieurement,
en 1371, mais elle ne paraît dans aucun de ces spectacles.

5. *Revue critique*, 1866, p. 219.

6. Cf. G. Paris. *Journal des Savants*, 1888, p. 516, note 4.

7. Légende de Lazare, B. Nat. fr. 923, fol. 116 r° et suiv.

aux Sept Péchés Capitaux. La légende de Lazare paraît être le plus
ancien texte qui nous ait conservé cette description. De là elle passe
dans divers manuscrits [1], puis dans un poème bien oublié, le *Ba-
ratre Infernal* (1480) de Regnauld le Queux [2], ensuite dans le
Traité des peines d'enfer et de purgatoire [3], imprimé pour Antoine Verard en 1492, et plus tard seulement dans les diverses éditions du fameux *Calendrier des Bergers* qui la consacrent et la
popularisent à l'aide de gravures aussi naïves qu'effrayantes. Cette
nouvelle description inaugurée par la légende de Lazare, le docteur J. Michel n'avait pas jugé à propos de l'utiliser. Il ménageait
sa peine et il s'était borné à copier textuellement l'Enfer à quatre
étages des Scolastiques, tel que le théologien Greban l'avait représenté en vers excellents :

. . . .
Au plus bas est le hideux gouffre
Tout de desesperance teint,
Ou sans fin art l'eternel souffre
De feu qui jamès n'est estaint [4].
. . . .

Mais le poète breton ne fut pas de cet avis, et à la description
de Greban copiée par J. Michel, il substitua [5] le récit plus moderne
popularisé par le *Calendrier des Bergers*.

Du docteur J. Michel et du poète breton, il nous faut revenir
maintenant au poète d'Arras que nous avons essayé d'identifier
avec Eustache Mercadé. Le texte de *la Passion* et de *la Ven-*

---

1. B. Nat. n. a. fr. 10 032 (fin du xvᵉ s.) fol. 175 vᵃ (Premierement, dist le Lazare, j'ay
veu des rocs en enfér tres haultes en une montaigne, etc (Supplice des orgueilleux).
— Id. ibidem, fr. 20,107 (xviᵉ s), fol. 11 à 18, miniatures.

2. Musée de Chantilly. nᵒ 655 et B. Nat. fr. 450, fol cxxi vᵃ et suiv. « La revelation
du Ladre ». — Cette méchante compilation moitié en vers, moitié en prose, d'un poète
ami de Meschinot cite, fol. 29 vᵃ, « Dante le tusque » ce qui est très rare à cette date.

3. Texte signale et reproduit par H. Monceaux, *Les Le Rouge de Chablis* (B. de la
S. des Sc. hist. de l'Yonne, 1895, p. 150 et suiv.).

4. Greban, p. 204, v. 13,837 et p. 220, nᵃ 28 de ce livre. — Cf. la *Passion* de J. Michel,
B. N., réserve Yf. 13, cahier n.iii, recto.

5. *Le grand Mystère de Jésus*, éd. de la Villemarqué (1865), p. 10. — Il est probable
que le même *Calendrier des Bergers* a inspiré la moralité perdue « Les Paynes
d'Enfer », jouée à Andouiller dans le Maine, en 1530, suivant la chronique versifiée
du notaire Le Doyen.

geance conservé dans la Bibliothèque d'Arras et qui provient de
l'ancienne abbaye de Saint-Vaast a dû vraisemblablement servir
dans des représentations locales, mais on n'en a pas encore
signalé[1]. Peut-être serons-nous plus heureux dans d'autres villes
du Nord.

Rappelons-nous l'importante mention déjà signalée précédemment dans les Registres de l'échevinage d'Amiens au mois de
mai 1401.

« CC 19 fol. 58 (Ip. fol. 38) : « As compaignons qui avoient joué
le jeu de Dieu ».

Les compaignons qui avoient joué « le jeu de Dieu » ou la Passion étaient probablement les Confrères du Saint-Sacrement, les
mêmes qui organisèrent les représentations depuis longtemps
connues[2] de la *Passion* et *Resurrection* en 1413 et 1427 et la plupart des suivantes. Quel était le texte suivi dans ces jeux, nous
l'ignorons. Une mention nouvelle nous apprend seulement que les
jeux de 1427 étaient précédés d'une Création[3] et vraisemblablement d'un Déluge comme l'étaient encore les jeux de 1500[4], et, suivant toute vraisemblance, tous les jeux intermédiaires.

En l'an 1429, nous trouvons dans les mêmes comptes municipaux
une mention nouvelle à ajouter à la biographie d'Eustache Mercadé.

On savait déjà[5] qu'en 1427, E. Mercadé, alors official de Corbye,

---

1. Ce fait tient sans doute a ce que les comptes municipaux d'Arras ne sont pas
encore publiés in extenso : on ne possède qu'une médiocre histoire du théâtre à
Arras, par A. de Cardevacque.

2. Par les notices de Dusevel, reproduites par P. de Julleville, *les Mystères*, t. II,
p. 9 et suiv. ; mais toutes ces notices sont à compléter depuis la publication integrale
en une dizaine de gros volumes in-4° des comptes de la V. d'Amiens qui, non seulement ajoutent trois ou quatre textes nouveaux en moyenne pour les représentations
connues de la *Passion*, mais en signalent d'autres de cette même *Passion* en 1401, 1458,
1463, 1469, 1498, 1506, 1531, 1540, 1549, 1550.

3. CC 21, fol. 66 v° (p 115, col. 2). « Pour paier le pain, vin, char et autres vivres
despencés par pluiseurs dudit eschevinage, conseilliers et officiers de la dicte ville,
les lundi et mardi festes de Pentecouste deerrain passés (1427), qui furent veir es
fourbourgs d'icelle ville les misteres de la *Création du Monde*, la *Nativité* et *Passion*
de Jhesucrist. »

4. BB. 19, fol. 6 (p. 287, col. 1). Echevinage du 3 sept. « Pour achever de payer les frais
du jeu de Dieu, deliberé qu'on vendra les matères de bos et autres estaux du paradis,
infer. *le deluge* et des hours du Roy et de la ville ». — Ibid. BB. 19, fol. 61 v° et 63 v°.

5. Signalé par L. Delisle, *B. de l'Ecole des Chartes*, 1860, p 426.

fut dénoncé aux Anglais comme criminel de lèse-majesté, emprisonné au beffroi d'Amiens par ordre du bailli, et dépouillé de sa charge, qu'il finit par récupérer après un long procès. Le texte suivant prouve que les Amiénois ne lui tenaient nullement rigueur.

CC 23, fol. 74-125, col. 2 (juillet) : « A dampt Witasse Marcadé, religieux de Corbye, qui venoit de court de Rome, et qui avoit esté traveillié au dit lieu de Rome, pour prochès que le ville d'Amiens a contre Messieurs de chapitre. »

Si les services d'Eustache Mercadé étaient ainsi appréciés dans la ville d'Amiens, n'est-il pas à croire que ses œuvres y jouissaient de la même faveur et n'est-il pas permis de supposer que le texte de la *Passion* d'Arras, plus ou moins augmenté et remanié, a pu servir pour les représentations d'Amiens qui se sont succédé beaucoup plus nombreuses qu'on ne pouvait le supposer d'après les anciennes notices de Dusevel? Ce qu'il y a de certain, c'est que c'est bien *la Vengeance* de Mercadé qui fut jouée à Amiens en 1446. Pour s'en assurer, il suffit de comparer les personnages de la pièce qui figurent dans les comptes d'Amiens [1] à ceux du texte de Mercadé. La même pièce y fut encore reprise en 1501 [2], soit d'après l'ancien texte manuscrit, soit d'après le texte imprimé en 1491 par Antoine Vérard; mais cet imprimé lui-même, le fait est aujourd'hui démontré [3], n'est qu'une simple amplification de

---

1. BB. 6 fol. 5 (101 col 1). Echevinage du 2 juin 1446 :
Quant au fait des jeux de la *Vengance* qui doivent estre faix ès festes de Pentecoustes prochain venans, ung hourt sera fait des deniers de la ville, comme l'année passee que on jua la *Passion* Nostre Seigneur.... Pour le *Vengance*.... Sur ce que Thite, Néron, Othe, Vaspasien, pareillement Cayphas, Zorobabel,... generalment tous les aliez et... (lacune du texte) a intention de juer avoient presenté en l'eschevinage une supplicacion contenant que on leur voulsist donner des deniers de la ville aucune chose pour supporter les frais qu'ilz aroient au dit jeu » delibere qu'on s'entendra avec l'évêque et le chapitre.... Il leur est alloué cent livres.

2. BB. 19 fol. 22 (288, col. 1). Echev. du 12 janvier 1501. « Pour jouer *la Vengeance de N. S. J. C.* qui, dès longtemps ne fut jouée en ceste ville d'Amiens, credit pour ce de 200 l. » Les kayers des 4 journées du mistère copiés par Jehan le Tonnelier, prestre, moyennant xx escus furent ensuite mis en garde en la trésorerie de l'Hotel de ville (BB. 19 fol. 32, I, 288).

3. Par M. J. M. Richard, éditeur de la *Passion* d'Arras, p. xxi, xxii, qui énumère et complète les représentations connues de *la Vengeance*. Il est donc probable que c'est l'œuvre de Mercadé qui a servi, plus ou moins modifiée, dans toutes ces représentations. Il ne reste guère à part que la *Vengeance* jouée a Nevers en 1396. Nous y reviendrons à propos de la *Vie de Jesu Crist* de 1485.

l'œuvre de Mercadé, et reste toujours en quelque sorte sa propriété.

Si l'on a proposé, sous toutes réserves, quelques conjectures
sur les *Passions* d'Amiens, c'est en raison non seulement des faits
précités, mais d'autres analogues. Le texte de la *Passion* d'Arras
a été certainement mis à contribution, comme on va le démontrer,
dans les deux *Passions* inédites très différentes, toutes deux dites
de Valenciennes, dont l'une est conservée à la Bibliothèque de la
ville de Valenciennes et l'autre à Paris, à la Bibliothèque Nationale.

La première de ces *Passions* a été décrite dès 1816 dans une
analyse extrêmement détaillée, qui est un modèle[1]. Elle comprend
en vingt journées toute l'histoire sainte depuis la création du
monde jusqu'à l'Assomption de la Vierge. Ce n'est au fond qu'un
remaniement du mystère de la *Conception* combiné avec la *Passion* d'Arras et celle de Jean Michel, et renforcé de diverses additions dont un petit nombre est vraiment original. Ainsi la première
journée qui va de la Création au Déluge est visiblement imitée des
premières histoires du *Viel Testament*[2]. La deuxième journée,
inspirée, comme la troisième, du mystère de la Conception, a été
munie en outre d'une petite farce[3] qui d'ailleurs ne manque pas
d'esprit. Dans les journée suivantes, à côté des emprunts directs à
la *Légende dorée*, et à d'autres textes sur les Sybilles[3], la *Passion*
d'Arras fournit entre autres les scènes de la Circoncision et du
massacre des Innocents ordonné par Hérode sur le rapport de
Galoppin (5e journée)[4].

Si la longue série des journées qui suivent (6 à 15), ou des
tableaux de la Passion proprement dits est empruntée en grande
partie à la *Passion* de J. Michel[5], l'ancienne *Passion* d'Arras
n'est pourtant pas oubliée et elle a fourni en particulier (dans la

---

1. HÉCART, *Recherches sur le théâtre de Valenciennes*, 1816, p. 165. — Le résumé de
cette analyse de Hécart est beaucoup trop écourté dans les *Mystères* de P. de Julleville, t. II, p. 421, de telle sorte que les emprunts faits à la *Passion* d'Arras ont passé
complètement inaperçus.

2. Cf. *Mistere du Viel Testament*, t. I, p. lxxviij

3. Ibid., t. VI, p. lxix.

4. Cf. *Passion* d'Arras, 1re Journée, p. 53.

5. Avec des développements ou plutôt des allongements.

9ᵉ journée) la scène des voleurs de pigeons précédemment décrite [1]. La seizième journée ou la Résurrection est encore tirée presque totalement de la *Passion* d'Arras, en particulier l'interminable discussion des docteurs juifs avec Joseph d'Arimathie que le pontife Caïphe exhorte « a ne pas entrer en heresie » [2]. Le reste (ou la fin) n'est guère plus original et provient encore d'emprunts à des textes connus, qui n'appparticnnent plus à notre sujet.

Ladite « *Passion* de Jesu-Crist en rime franchoise » de la Bibliothèque de Valenciennes (n° 449, ancien 421) appartenait vers le milieu du xvıᵉ siècle à « Baudin de Vermelle. marchand demeurant en la Ricque, rue au Laingnies, en la ville de Douay », lequel Bauduin le transmit à l'abbaye de Saint-Amand, dont les livres ne furent versés dans la Bibliothèque de Valenciennes qu'à la Révolution. Si donc il a été utilisé quelque part, c'est tout d'abord à Douai, et s'il a jamais servi ailleurs, c'est à titre de prêt. Il n'est nullement certain qu'il ait jamais passé sous les yeux des trois « originateurs » de Valenciennes, lesquels se chargèrent en 1547 de compiler une nouvelle pièce, en 25 journées, très différente de la précédente, et actuellement conservée au Cabinet des manuscrits [3] de la Bibliothèque Nationale (fr. 12.536). La pièce, qui commence avec l'histoire de Joachim et Anne pour finir à la Descente du Saint-Esprit sur les Apôtres, est faite d'après les mêmes procédés que la précédente. Les deux premières journées sont tirées du Mystère de la *Conception*, les suivantes, ou la Nativité de Jésus. de ʻla *Passion* d'Arras, le corps de la pièce, depuis la sixième journée, est pris dans la *Passion* de J. Michel. Les emprunts à la *Passion* d'Arras en particulier se succèdent pendant des pages, ou des cahiers entiers, et la copie est si fidèle qu'elle aurait pu être reconnue depuis longtemps, même avant la publication intégrale du manuscrit d'Arras [4]. Ces divers emprunts sont

1. P. 274 de ce livre.
2 Cf. *Passion* d'Arras, éd. J. M. Richard, p. 225, v. 19,477.
3. Sur ce Ms. de la B. Nat., et un autre Ms. analogue d'une Bibliothèque particulière, voir P. de Julleville, t. II, p. 422, et *Romania*, 1890, p. 263, note 4.
4 Avec l'analyse detaillée, munie d'extraits, publiée par Vallet de Viriville dès 1843, *B. de l'E. des Chartes*, 1843, t. V, p. 37. — Les compilateurs du Ms. 12,536 se sont bornés à appeler l'Empereur Octovien et à ajouter la légende classique de la Sibylle; toutes les scenes suivantes, tous les noms, Bondésir, les bergers Robechon, etc., les

d'ailleurs entremêlés, capricieusement répartis, et les « originateurs » n'ont pas toujours été heureux dans leur choix. C'est ainsi, pour n'en donner qu'un exemple, qu'ils ont dédaigné la jolie scène des voleurs de pigeons du poète d'Arras, et reproduit [1] une scène analogue, très inférieure, où J. Michel a représenté l'arrestation des trois larrons Dismas, Gestas et Barraban par les « tyrans » d'Anne et de Caiphe. Il est donc probable que si l'on retrouvait d'autres manuscrits de la région du Nord [2], on y constaterait la même bigarrure, et que jusqu'au bout le poète d'Arras a dû être mis à contribution, concurremment avec ses deux successeurs plus connus. Ainsi, du xive siècle au xvie siècle, les quatre *Passions* françaises les plus connues, la Passion Sainte-Geneviève, la Passion d'Arras, la Passion de Greban et celle de J. Michel ont suffi avec plus ou moins de modifications aux représentations de toute la France. Les remaniements ou les combinaisons abondent, mais, nous l'avons vu, c'est moins une analyse littéraire qui leur convient qu'une analyse quantitative.

En a-t-il toujours été ainsi et cette règle serait-elle absolue ? Evidemment non. Sur tous les sujets énumérés on trouverait des textes indépendants, manuscrits ou imprimés, plus ou moins curieux. Ainsi la longue *Nativité* de Rouen imprimée en 1474 ne doit rien ni au mystère de la *Conception* [3] ni à celui de Greban : l'au-

---

rois mages, maistre Galien et M. Alphonse, Galoppin, Basacq, Cadoc, Sabaoth, Osanna, tout cela est copié littéralement (p. 48 a 69 du Ms.) dans la 1re journée de la *Passion* d'Arras. — La Nativité de Judas d'après J. Michel est fol. 74 vo.

1. B. N. fr. 12,536 fol. 126 ro. — Cf. J. Michel, *Dict. des Mystères*, p. 744, La Prinse des Larrons.

2. En particulier et en première ligne, le Ms. signalé par M. E. Picot, *Romania*, 1890, no 7, où la *Passion* du xve siècle en sept journées qui faisait partie en 1840 de la collection de M. Vander Cruisse de Waziers a Lille. Il serait curieux de vérifier ce qu'en a dit Le Glay trop succinctement : « Ce volume contient évidemment une notable partie du Mystère de la *Passion* en vingt journées dont il existe un manuscrit à la Bibliothèque de Valenciennes et sur lequel M. O. Leroy a donné de précieux détails dans son *Essai sur les Mystères.* »

2o Le Mystère de la *Passion* arrangé par un « rhétoricien » nommé Cuvelier et joué par la chambre de rhétorique de Bergues, concurremment avec une tragedie ou moralité *la Mort de Boèce* jusqu'à la fin du xviie siècle (B. du Comité historique 1891, p. 141).

3. Les frères Parfait en ont pensé autrement ; ils croyaient que l'auteur de la *Nativité* de Rouen avait imité l'auteur de la *Conception* à cause du Procès du Paradis ou des Vertus qu'ils ont développé tous les deux. Mais ce Procès, l'auteur de la *Nativité*

teur s'est inspiré directement des livres latins qu'il cite en notes,
notamment des *Meditationes Vitae Christi*, et des pièces locales. Les Jeux des Trois Rois ne sont pas rares[1]. En 1456, un
poète inconnu (probablement Jean du Perier ou le Prieur, valet
de chambre du roi René), fit jouer à Angers une longue *Résurrection*[2] en trois journées, copiée en grande partie dans l'Evangile de
Nicodème. Cette pièce très faible obtint jusqu'à six éditions[3],
grâce à la supercherie de l'imprimeur Antoine Verard qui la publia avant l'année 1499, sous le nom populaire de Jean Michel,
auquel d'autres libraires avisés, les Angeliers, attribuaient encore
en 1541 une édition des *Actes des Apôtres*[4]. Si nous n'avons pas
conservé une seule de ces courtes *Passions* que les « beaux Pères »
ou les prédicateurs du Carême emportaient dans leur valise et
qu'ils faisaient représenter après leur sermon, le Vendredi Saint,
par les jeunes gens de la localité[5], en revanche il nous est resté un
mystère représenté à Amboise vers la fin du xve siècle, qui diffère

de Rouen l'a pris, il le dit lui-même en note, dans les *Meditationes Vitae Christi* ; il est
même le *seul* dramaturge français qui cite directement le texte latin des *Meditationes*
(Cf. p. 249 de ce livre); les autres dramaturges, celui de la *Conception* en particulier,
peuvent connaître les *Meditationes* par des traductions françaises et des imitations,
comme on l'a déjà expliqué, ou les citer de mémoire.

1. Musée de Chantilly N° 517, xve s. : Jeu des trois rois de Neufchatel (Suisse)
xvie s. et de Dijon xvie-xviie s. tous deux imprimés, etc.

2. Déjà citée p. 245 de ce livre et longuement analysée dans le *Dict. des Mystères*,
p. 869 à 875 (20,000 vers). Le même Du Perier est probablement aussi l'auteur de la
Passion perdue, jouée à Angers, en 1446. — Sur les manuscrits de la *Résurrection* voir
l'intéressante description de M. G Macon, *Cat. du Musée de Chantilly*, t. I, n° 632,
p. 363. — Sur le texte cf. G. Paris, *Romania*, 1898, p. 623, qui a le premier signalé la
supercherie de Verard et retire définitivement la *Résurrection* à J. Michel.

L'emploi du nom latin de *Senephus* (3e chevalier) qui correspond au *Siminie* de la
Passion d'Arras semble indiquer que l'auteur de la *Résurrection* a consulté un texte
latin de l'Evangile de Nicodème.

Comme l'auteur des mystères rouergats il a inséré dans sa pièce une traduction
complète des lettres de Leucius et Carinus, et les deux traductions sont curieuses
à comparer.

3. Enumérées par M. Denais, *Bull. du Bibliophile*, 1872, p. 367-8.

4. Exemplaire de la bibliothèque d'Angers signale, ibidem, p. 363, S. 4.

5. Exemples : Arch. mun. de Bourg, BB 17 p. 32. « Le Vendredi saint 1479, la *Passion* est prêchée par le P. Chapon et ensuite jouée sur un théâtre par plusieurs jeunes
gens. »

Item. Epinal, CC 45 p. 227, an 1523. « 1 livre, 16 gros à ceux qui ont juer le mistere
de la passion le jour du grand vendredi »

complètement des textes connus[1]. Le traître Judas compte ses
trente deniers, pièce à pièce, pour ne pas être trompé, détail naïf
qui reparaît dans la *Passion* allemande d'Alsfeld, mais qui figurait
antérieurement dans le vieux poème des bateleurs d'Autun
et dans la *Passion* de Semur[2], ce qui prouve qu'il a pu être
plusieurs fois réinventé. D'autre part la scène capitale de la
crucifixion, telle que l'a connue tout le xve siècle et dont nous
avons indiqué les origines relativement modernes, cette scène est
sensiblement modifiée[3]. Jésus n'est plus couché et cloué sur la
croix posée à terre ; la croix est dressée, il y monte et s'adosse
docilement à l'instrument de son supplice, ce qui est plus conforme
à ce que les historiens anciens nous ont rapporté de la crucifixion,
à ce que savaient les plus anciens auteurs du moyen âge, et à ce
que réapprendront les auteurs de certaines *Passions* de la Renaissance.

A ces divers titres, la pièce d'Amboise est précieuse comme
œuvre de transition, et nous savons qu'elle obtint un grand succès
dans toute la région. Le duc de Longueville, François, écrivit de sa
main au bailli de la ville au mois d'octobre 1508, pour emprunter
« le livre du mistère de la passion qui a esté jouée à Amboise qui
est comme on dit le plus beau qu'on puisse trouver » ; il le fit reco-
pier et jouer à grands frais dans sa ville de Châteaudun le 26 mai
1510[4] ; et les représentations répétées se prolongèrent près d'un
mois. Le mystère en 8 journées, comprenait en effet non seulement les fragments de la Passion qui nous sont parvenus, mais
une Création et un Trébuchement des Anges qui furent corrigés
par le fatiste « Maistre Aignen » mandé spécialement d'Evreux,
une Nativité de Jésus, une Résurrection et une Ascension. Détail

---

1. Publié et identifié dans la *Romania*, 1890, p. 264-282, p. M. Em. Picot.

2. Avec une petite différence, puisque dans ces pièces, un Juif compte l'argent a
Judas, mais l'idée est la même.
Noter aussi dans la *Passion* d'Amboise un intermède déjà signalé et plus développé dans la *Passion* de Semur et les mystères rouergats, la dispute des apôtres
avec le paysan dont ils emmènent l'ânesse.

3. *Romania*, 1890, p. 275. C'est ce qui ressort du vers 575 où le bourreau Jarpin
« descend » de la croix après avoir fait son office.

4. Les comptes de Châteaudun ont été retrouvés et signalés dans le *B. de la Soc
archéol. de Touraine*, 1900 (p. 141) et 1901.

curieux et qui prouve bien la persistance des vieilles traditions, la
Création figurait encore en tête des Passions et des pièces analogues une cinquantaine d'années plus tard. Dans la *Décoration du
pays de Touraine*, Maître Thibaut Lépleigney nous apprend qu'à
l'occasion de l'Entrée du Roi et du Dauphin à Tours en novembre
1543, on joua encore « le Mystère de *la création de l'homme et de
la femme*, semblablement la Conception, Nativité, Mariage et
Annonciation de la Bienheureuse Vierge Marie ». Ces mystères·
déjà discrédités furent les derniers représentés à Tours[1], car, suivant la remarque de Lépleigney, « aucuns fous prennent plustôt plaisir a regarder les fautes ou erreurs, plustôt que goûter et
·savourer en bonne dévotion, les faits et miracles du benoît Sauveur ». L'avis de ces fous était déjà partagé par beaucoup de
sages[2], et nous touchons à la fin d'un genre : la Passion, devenue
objet de dérision et de scandale, allait quitter définitivement les
grandes villes, pour se réfugier dans les villages et les provinces
éloignées.

1. Pour les autres représentations de la *Passion* à Tours, 1406, 1457, 1485, 1486
(Résurrection), voir Guiraudet *Hist. de Tours*, et l'abbe Métais, *B. de la S. d'archéol.
de Touraine* (1889).

2. Le témoignage peu connu et peu suspect du pieux L. Vivès vaut pour la France,
comme pour l'etranger ; le voici. — Saint Augustin, *De la Cité de Dieu*, illustrée des
Comm. de Jean Loys Vivès de Valence (édit. de Gentian Hervet, 1584) livre VIII, chap.
xxvii, p. 254. *Scandale grand de representer la passion de nostre Seigneur par personnages...* C'est maintenant la coustume, au temps qu'on célèbre la sainte feste de Jésus-
Christ, qui a délivré le genre humain par sa mort, d'exhiber au peuple des jeux qui ne
diffèrent presque rien de ces vieux jeux scéniques des païens. Et quand je ne dirais
autre chose, quiconques orra qu'on fait des jeux en une chose fort sérieuse,
il estimera que c'est une chose assez laide et deshonneste. Là on se rit de Judas, qui
se vante des choses les plus ineptes du monde, cependant qu'il trahit Jésus-Christ :
là les disciples s'enfuyent les gensdarmes, les poursuyvans, non pas sans une grande
risée des joueurs, et des spectateurs. Là S. Pierre coupe l'oreille à Malchus ; le peuple
habillé de noir luy applaudissant, comme si la captivité de Jesus-Christ estoit ainsi
vangée. Et un peu après luy qui avait combattu si vaillamment, estant espouventé à
la demande d'une simple chambrière, renie son maistre, la multitude se riant de la
chambrière qui luy demande, et sifflant Sainct Pierre qui le nie. Entre tant de gens
qui jouent, entre tant de risées, tant de folies, il n'y a que Jesus-Christ seul qui soit
serieux, et qui tienne aucune sévérité ; et là où il s'efforce d'esmouvoir les passions
de douleur et de tristesse, je ne scay comment il refroidit, non pas seulement là,
mais aussi aux choses sacrées et saintes, avec une grande meschanceté et impiété,
non pas tant de ceux qui regardent ou qui jouent, comme de ceux qui font faire ces
choses. Nous parlerons par aventure de ceci en un lieu plus commode. »

Si l'on réfléchit à tous ces textes et à tous ceux qui vont suivre pour le Centre et le Midi de la France, si l'on se rappelle toutes les représentations connues par de simples mentions — dont on peut d'ailleurs augmenter indéfiniment le nombre — on se convainct facilement que les *Passions* françaises sont trop multipliées pour être réduites à une unité systématique, mais plus facilement encore que les exceptions confirment la règle. Les pièces les plus importantes sont celles qui nous étaient depuis le plus longtemps connues : *Passion* Sainte-Geneviève, *Passion* d'Arras, *Passion* de Greban, *Passion* de J. Michel. Et, comme il arrive toujours, c'est sur les pièces les plus connues et les plus étudiées qu'il restait et qu'il reste le plus à dire.

III

LES

MYSTÈRES DU CENTRE ET DU MIDI

LES

MYSTÈRES DU CENTRE ET DU MIDI

LES IMITATIONS DE L'ÉVANGILE DE NICODÈME

LA PASSION SELON GAMALIEL

ET LA VIE DE JÉSUS-CHRIST DE 1485

Entre les mystères du Nord et ceux du Midi, il y a une transition toute naturelle, les mystères du Centre. peu nombreux, de date
assez récente, et qui semblent au premier abord peu instructifs.
Le plus long et le plus soigné est un Mystère encore inédit « de la
Conception, Nativité, Mariage et Annonciation de la Vierge »[1] qui
fut représenté entre 1481 et 1496 devant la comtesse et le comte de
Montpensier, dauphin d'Auvergne, et qui, de la « librairie » de
Moulins, a passé au Musée de Chantilly. Il est divisé en trois journées et comprend environ douze mille vers. Chaque journée commence et se termine par une allocution du messager, qui se
présente d'abord pour saluer l'assemblée et annoncer le jeu :

> Messagier courtoix venu suis
> De la bone cité de Paris,
> Assize en France la jolic.....
> ..... Salut a la noblesse
> Laquelle icy est assamblée ;
> Premier, a la personne très redouptée,
> Et en noblesse haut belevée
> De Monpansier trespuissant conte

---

1. *Catal. du Musée de Chantilly*, t. I, p. 367, Man. n° 657 — 1re journée Histoire de
Joachin et d'Anne ; naissance de la Vierge ; 2e journée (la plus longue) enfance et
éducation de la Vierge au temple, son mariage ; 3e journée. « Nous voyons d'abord en
scène les personnages qui figurent au debut du *Mystère de la Passion* d'Arnoul
Greban ; Adam. Eve, Abel, Abraham, Isaac, Jacob, Sarah, Noé, David, Isaïe, Jérémie,
Dieu, Justice, Verité, Miséricorde, Paix. Là cesse la ressemblance ; le texte est entièrement différent ; aucun emprunt n'a été fait aux autres mystères connus, dit la notice
du Ms. que l'on s'est borné à résumer.

Et a Madame.....
Bel mistere ycy vous voyrrés
Et silence vous nous donrez
Afin que le jeu se parface.....
Joachin, sa, de par Dieu,
Comancez nostre saint mistere.

Ce début suffit. Ce n'est pas seulement le messager, mais le texte lui-même, qui est venu de Paris en droite ligne, et si le mystère, comme on nous le dit, diffère des « autres mystères connus », il est taillé absolument sur le même patron. D'autres pièces plus anciennes et plus intéressantes ne nous sont connues que par la simple mention de leur représentation. Nous ne savons rien par exemple de la *Passion* jouée à Saint-Flour, les 10, 11, 12 juin 1425, rien, sinon qu'elle durait trois jours [1]. Il nous reste heureusement une *Passion* française inédite, jouée en Auvergne avant 1477, qui se rattache tout naturellement au théâtre du Midi, puisque, nous le verrons, elle est prise aux mêmes sources que les mystères rouergats.

Si nous n'avons conservé qu'un très petit nombre de pièces méridionales, elles ont suffi pourtant, grâce à une ingénieuse interprétation [2], pour retracer l'évolution du genre dramatique. A ses débuts, le théâtre méridional était loin d'être asservi à celui du Nord, et il s'en distinguait notamment par une grande variété de rythmes [3] ; graduellement il s'est laissé dominer par les modèles français, si bien qu'il a fini par perdre sa versification et sa langue propres. Toutes les œuvres que nous avons à énumérer, ou peu s'en faut, se ressentent déjà plus ou moins de cette influence française, et ce n'est certainement pas dans les mystères consacrés a l'histoire du Christ que l'on trouvera grande originalité. Voici ceux qui nous sont parvenus.

1° *L'Esposalizi de Nostra Dona*, de la fin du XIIIe ou du commencement du XIVe siècle, inspirée par un poème de bateleurs

---

1. Signalée par A. Thomas, *Romania*, 1892, p. 425.

2. *Romania*, 1894, p. 525, A. Jeanroy, Observations sur le théâtre méridional du xv° siècle.

3. Il serait intéressant de comparer à la Ste Agnès provençale la pièce lorraine sur le même sujet, jouée le 21 mai 1409, et signalée par M. Jacquot dans les comptes des ducs : « Et celuy jour on fit le jeu de Madame *sainte Agnel*. »

français, le même. qui a été copié plus tard dans la *Nativité* Sainte-Geneviève. La légende d'Anastayse qui figure dans ces deux pièces reparaîtra encore dans la *Nativité* provençale perdue, jouée à Toulon en 1333, et dans un petit jeu des Trois Rois, en vers français, composé en Provence vers la fin du xve siècle [1] ; elle a complètement disparu dans le *Joieulx* [2] *mistere des Trois Rois*, rimé en 1540 par le basochien Jean d'Abondance, notaire royal à Pont-Saint-Esprit. Un « Rustique » ou un Vilain est le seul personnage de la pièce qui parle encore ou plutôt qui écorche la langue du pays. ·

2° *La Passion* gasconne ou catalane du manuscrit Didot [3] daté de 1345, qui nous offre la première réunion en une seule pièce de la Passion et de la Résurrection. La pièce, très courte et presque toujours grave de ton, s'ouvre par la guérison de l'Aveugle-Né ; elle se continue par la résurrection du Ladre, l'expulsion des Vendeurs du temple, le pardon accordé à la femme adultère. l'Entrée triomphale à Jérusalem, le Repas chez Simon où la profusion des parfums par la pécheresse Madeleine provoque la trahison de Judas, l'envoi des apôtres Pierre et Jean vers l'homme au pot d'eau ou à la canne pour préparer la Cène, l'institution de l'Eucharistie, la veillée au Jardin des Oliviers, l'arrestation du Christ et ses divers interrogatoires, la condamnation et la crucifixion (sommairement représentée), la plainte de la Vierge au pied de la croix, la guérison

---

1. Publié par M. Isnard, *Com. des trav. hist*, Hist. et phil , 1896, p. 704 à 722. — L'attribution sous réserves de ce petit mystère anonyme à un auteur connu, Jean de Perier, dit le Prieur, qui, suivant Lecoy de la Marche, (*le Roi René*, t. II, p. 144), aurait composé ou retouché au goût de son patron, le Roi René, deux mystères, *les Trois Rois* et *la Nativité*, cette attribution paraît bien douteuse. Par la facture, la langue, la versification, ces *Trois Rois* ne ressemblent guère à une œuvre authentique de J. du Périer, le mystère inédit, mais souvent et longuement analysé, avec extraits, du *Roy Advenir* (cf. P. de Julleville, *les Mystères*, p 478) On ne parle pas de la *Résurrection* anonyme d'Angers (1456) puisqu'ici l'attribution n'est que probable ou possible.

2. Bib. Nat , Ms. (réserve), n. a. fr. 4,222. — Epithète caractéristique, qui paraît mal interprétée par P. de Julleville (*Les Mystères*, t. I, p. 278) ; il y voit une « exception » unique, tardive, et l'explique par « les folies » du Vilain qui n'y sont pour rien. L'Adoration des Rois Mages a toujours été un « joieux mystero » dans les deux sens du mot *mystère*, et elle figure à ce titre dans *les Quinze joies de Notre-Dame* qui sont du xiiie siècle (6e joie).

3. Aujourd'hui Bibl. Nat. Ms. n. a. fr. 4,232. — Pour abréger, nous la désignons sous le nom de *Passion* Didot.

de Longin, la Descente aux enfers, la Résurrection du tombeau gardé par les chevaliers de Centurion, et les apparitions du Christ jusques et y compris l'incrédulité et la conviction de Thomas. Le drame finit avec les Evangiles, et tous les acteurs entonnent le *Te Deum*. La première partie de la pièce n'est guère qu'une paraphrase des Evangiles canoniques, complétée par une longue légende de Judas ; la seconde offre des rapports manifestes avec les derniers drames liturgiques de la Résurrection, notamment celui de Tours[1], mais s'inspire principalement de l'Evangile de Nicodème. Cette *Passion* si simple serait-elle originale, c'est-à-dire tirée directement des textes précités, ou bien cette simplicité même serait-elle déjà une imitation, un écho plus ou moins fidèle de *Passions* françaises perdues ? C'est très possible, mais cette question, une des plus importantes que soulève le texte méridional, ne sera résolue que par la publication intégrale du manuscrit par le savant de notre temps le plus versé dans les études romanes. Ici comme précédemment, on n'a parlé de la *Passion* Didot que pour mémoire, uniquement parce qu'il était impossible d'étudier sans elle le développement du mystère de la Passion en France, et plus spécialement les mystères rouergats. Ce qu'on se propose de démontrer, c'est que ni cette *Passion* Didot, ni ces mystères rouergats ne présentent avec la *Passion* française d'Arras les « rapports étroits de parenté » ou de dérivation qui ont été signalés.

3° De l'année 1345 au commencement du seizième siècle, nous ne rencontrerons plus que de brèves mentions de spectacles[2], et de

---

1. Rapports signalés par M. Sepet dès 1880 (art. reprod. dans les *Origines catholiques du théâtre moderne*, 1902, p. 259).

2. Parmi ces mentions qu'il est si facile de réunir et d'augmenter avec les inventaires d'archives imprimés, rappelons-en seulement deux, dont la seconde est interessante parce qu'elle montre nettement comment les prédicateurs du Midi comme ceux du Nord, fournissaient souvent les courtes *Passions* jouées le Vendredi-Saint :

a. Arch. de la Drôme, t. VI, p. 170. Compte des syndics de Livron; Année 1484. « 4 florins, 38 gros pour la despens « dou joc de la *Passion* et de la *Resurrexion* : 16 gros « per la despensa dou predicayre » — 1 gros a Escolenc « per certans abilhamens de diebles » — 1 gros « per una eyponge que se perde ». — 3 gros a Aspais « per un chapel per lo joc que fazia Nicodemus a *la Passion* ». — 5 gros a Danteville pour les rôles écrits.

Item. Drôme, t VI, Délib. consul. de Romans. Le 30 mai 1453, le prédicateur Jean Alamand, après son sermon du Vendredi saint, fait jouer la *Passion* sous les ormes du

rares fragments, tantôt français, tantôt dialectaux ; un feuillet de
la 3ᵉ journée d'une *Passion* française de la fin du xvᵉ siècle, trouvé [1]
dans les archives de Reillanc (B.-Alpes), lequel contient la fin du
rôle de l'apôtre Saint Simon et nous conduit jusqu'aux dernières
apparitions du Christ après la Résurrection ; neuf vers d'une *Passion* languedocienne jouée en 1510 à Caylux [2] (Tarn-et-Garonne) ;
entre les deux l'importante compilation des mystères rouergats,
véritable cours d'histoire sainte qui va de la Création du monde
au Jugement dernier et qui est l'objet principal de cette étude.

Les sources de cette compilation sont très variées. La première
de ces sources, signalée par M. A. Jeanroy, n'est autre que la *Passion* Didot, qui reparaît inopinément après deux siècles [3]. La seconde peut être retrouvée par voie d'induction et d'élimination.
En effet, les ouvrages ou les chapitres d'ouvrages méridionaux qui
nous sont parvenus sur la vie de Jésus-Christ paraissent peu
nombreux [4], et ils n'ont rien de commun que le sujet avec la
compilation rouergate. Celle-ci paraît inspirée en grande partie
par l'Evangile de Nicodème. C'est donc à cet Evangile, à ses
traductions et imitations qu'il faut nous attacher. Le problème
des mystères rouergats n'est qu'un cas particulier d'un problème
plus général et plus étendu.

Dans tous les poèmes de jongleurs et tous les mystères du Nord
sur la Passion, depuis les plus anciens jusqu'aux plus récents nous
avons déjà reconnu des souvenirs plus ou moins prolongés du
plus célèbre des apocryphes ou de l'Evangile de Nicodème.
Tantôt, comme on l'a vu, ces poètes du Nord consultent directement un texte latin, tantôt, c'est le cas du poète d'Arras ou d'Eus-

---

cimetière des Frères Mineurs. Nombreuses mentions analogues jusqu'au xvⁱᵉ siècle :
Ex. t. VI, 310. Don de 20 florins « aux personnages qui font le mistere que le prescheur a baillié pour faire joyer le vendredi saint, 13 avril 1530 ».

1. Par M. P. Meyer, *Romania*, 1902, p. 105-106.

2. P. de Julleville, *les Mystères*, t. II, p. 99.

3. *Mystères provençaux du quinzième siècle* publiés par A. Jeanroy et H. Teulié,
Toulouse, Privat, 1893, Introd. p. xvⱼ.

4. Exemples : Bibl. Nationale, f. espagnol, ms. 636. *Vie de Jésus* légendaire ; ibidem
11, et ms. fr. 29. *Vie de Jésus* de Fr. Eximenez, surtout théologique, — pour les fragments ou chapitres détachés, B. N. n. a. fr., 4.505, fol. 1-8, et *Hist. littéraire de la
France*, t. 32, p. 37, 38 et 107.

tache Mercadé, à ce texte latin ils joignent une ancienne traduction en prose française reconnaissable à des noms propres
déterminés [1] (*Othiarius, Simine*, etc.). Le même fait a pu se reproduire au Midi de la France et peut-être y retrouverons-nous une
double imitation analogue du texte latin et de ses traductions et
paraphrases.

Un des ouvrages méridionaux les plus populaires est justement
un *Evangile de Nicodème en vers provençaux* [2], lequel a reçu au
XIVe siècle une traduction partielle en vers français dans un poème
manuscrit [3] de la Bibliothèque de Turin qui avait pour *explicit :
Liber de morte Christi*. L'auteur français anonyme dont nous
allons parler a-t-il eu à sa disposition une traduction en vers français analogue à celle de Turin, mais plus complète et correspondant non plus seulement « aux mille premiers vers [4] », à la première moitié de l'Evangile provençal, mais à son texte tout entier? Et se serait-il contenté, suivant un usage bien connu, de lui
enlever ses rimes ? Cette hypothèse n'est pas impossible, elle séduit au premier abord, tant le style de cette composition en prose
française du XIVe siècle est poétique. Cependant la collation atten-
tive des textes et le relevé des chiffres et des contre-sens communs
nous inclinent plutôt à penser que cet arrangeur a dû travailler
sans intermédiaire, directement [5] sur l'*Evangile de Nicodème en
vers provençaux*. Au reste, il ne s'est nullement borné à le traduire en prose française ; il en a plus d'une fois interverti les cha-

---

1. *Simine* et *Othiarius*, noms qui ne se retrouvent tels quels dans aucun des Ms
latins collationnés par Tischendorff (*Evang. apocrypha*, éd. de 1876, p. 336, note du
chap. I), mais qui se retrouvent dans la *Passion* d'Arras, comme on l'a noté p. 269,
note 6 de ce livre. — Les Ms. de cette traduction française de l'Ev. de Nicodème ont
été signalés par M. P. Meyer, *B. de la S. des anciens textes fr.* 1885, p. 49. — Ajouter
Dijon, ms. n° 298, f. 178 r.

2. Imprimé en partie par Raynouard (*Lexique Roman*, t. I, p. 577, et *in extenso* par
Herm. Suchier, *Denkmäler provenzalischer Literatur*, etc. Halle, 1883, t. I, p. 1-73.
Cf. l'*Hist. littéraire de la France*, t. 32, p. 102-106.

3. L. VI. 36 du Catalogue de Pasini, t. II, p. 499. Cette traduction aujourd'hui brûlée
a été signalée par M. Herm. Suchier, *Zeitschrift. für roman. Philologie*, 1884, p. 429.

4. Fait signalé par M. Herm. Suchier, *l. c.*

5 C'est ce que l'on essaiera de démontrer en étudiant dans le détail la composition de cette *Passion selon Gamaliel* comparée à celle des Mystères rouergats, p. 395
et suiv. de ce livre.

pitres et doublé le texte en y insérant divers récits tirés des Evangiles canoniques, et diverses légendes qu'on retrouve dans des poèmes connus. C'est donc un véritable roman ou mieux encore, qu'on nous passe cette expression, un véritable poème en prose, l'auteur est un pauvre poète, mais un poète plutôt qu'un romancier. En tout cas le nouvel ouvrage a été extrêmement populaire, à en juger par le nombre des manuscrits qui nous l'ont conservé et des transformations qu'il a subies jusqu'au xix° siècle.

Le dit poème en prose française du xiv° siècle est intitulé dans les manuscrits[1] soit : *Le Procès de la Passion et de la resurrection de Iesu Crist*, soit : *Le Procès et Romain* (sic) *de la mort et Passion de Nostre Seigneur Ihesus Crist ;* soit encore : *Cy s'ensuit la Passion de Nostre Seigneur Ihesus Crist selon Nichodemus et Gamaliel son oncle.* D'autres manuscrits n'ont pas de titre particulier. Pour abréger et éviter les confusions nous appellerons l'ouvrage : *la Passion selon Gamaliel.* Cette *Passion selon Gamaliel* a été elle-même traduite vers la fin du xiv° siècle en prose provençale, comme l'a signalé M. Paul Meyer[2]. D'autre part, l'original français ou la *Passion selon Gamaliel* manuscrite a fini par être imprimée en Bretagne par Robin Foucquet, au beau milieu d'une compilation déjà plusieurs fois signalée, *la Vie de Jesu Crist* de 1485. Elle y a reçu diverses additions ou interpolations empruntées en grande partie à la Passion française composée en 1398 pour Isabeau de Bavière. Le vieux poème en prose française se présente donc à nous sous trois formes ou versions diverses, et, s'il a inspiré successivement la *Passion* d'Auvergne et les *Mystères* rouergats, c'est dans des conditions différentes qui doivent être examinées séparément.

---

1. Les principaux manuscrits ont été indiqués par M. P. Meyer (*Romania* 1898, p. 129) : Bibliothèque de Grenoble, ms 50 (xiv° siècle) ; Rome, Vat., Christ., 1728 ; Paris, Arsenai 5,366 ; Bib. Didot. Catal. des mss. vendus en juin 1881, n° 26.

Ajouter encore Besançon, ms. 588, fol. 1 a 25 v° ; Valenciennes, 541 ; Paris, B. N. fr. 979 ; ibid fr. 24.438, fol. 140 v° et suiv. ; n. a. fr. 4,085, fol. 83 à 143 v° ; Musée de Chantilly, 898.

2. B. N. fr. 24,945, f. 92 à 126, traduction signalée par M. P. Meyer (*Romania* 1898, p. 129. — Une autre traduction (B N. ms. fr. 1,919 (xv° siècle) est incomplète au commencement et à la fin, mais illustrée de curieux dessins et diffère très sensiblement de la précédente.

Le manuscrit unique de la Passion d'Auvergne est daté de 1477, mais la pièce même est antérieure. Il s'en suit que l'auteur auvergnat a connu la *Passion selon Gamaliel* par un manuscrit. Ses emprunts sont assez nombreux et assez marqués pour qu'on puisse affirmer le fait. Rien ne montre qu'il ait profité des additions et interpolations de l'imprimé, lesquelles d'ailleurs ne sont peut être pas antérieures à l'impression (1485).

Le problème est plus compliqué pour les Mystères rouergats qui, nous le savons par d'autres indices, sont au plus tôt des dernières années du xv° siècle. Où l'auteur rouergat a-t-il lu la *Passion selon Gamaliel?* Dans un manuscrit français, dans un manuscrit provençal, dans l'imprimé français de 1485 ou dans l'une de ses nombreuses réimpressions? Pour le savoir, on est d'abord obligé de mesurer exactement les interpolations faites dans la *Passion selon Gamaliel*, telle qu'elle a été imprimée en 1485. Non seulement il faut comparer cette Passion dans les manuscrits et dans l'imprimé, mais il faut examiner la *Vie de Iesu Crist* ou la compilation imprimée tout entière, parce que la première partie de cette compilation développe déjà souvent les mêmes scènes que les Mystères rouergats. C'est après cette enquête seulement qu'on pourra reconnaître le véritable modèle de l'auteur rouergat. En réalité il a suivi un manuscrit, mais qui ne ressemble exactement à aucun des deux manuscrits provençaux qui nous sont parvenus et qui devait se rapprocher du manuscrit français employé par Robin Foucquet, abstraction faite des interpolations. De plus, par un singulier hasard, il semble bien que l'auteur rouergat ait en outre consulté l'*Evangile de Nicodème en vers provençaux* lui-même.

Ces faits compliqués, mais que nous croyons certains, détermineront la marche de cette discussion. On examinera d'abord la *Vie de Iesucrist* de 1485 tout entière et dans cette compilation on analysera en particulier la *Passion selon Gamaliel*, de telle sorte qu'il soit possible de discerner les interpolations et de voir ce que l'imprimé ajoute aux manuscrits français et provençaux. Comme pièces justificatives on donnera ensuite quelques extraits textuels de cette *Vie de Iesu Crist* rapprochés des manuscrits, et qui permettront de suivre la série des emprunts signalés pour l'*Evangile de Nicodème en vers provençaux*, la *Passion d'Auvergne* et les

Mystères rouergats. Le modèle bien connu, il ne restera plus qu'à
reprendre en détail les imitations qui nous intéressent spécialement, c'est-à-dire la *Passion* d'Auvergne précitée et les Mystères
rouergats avec leurs sources diverses.

Voyons d'abord la *Vie de Jesu Crist* de 1485. L'ouvrage a été
maintes fois décrit par les bibliographes [1], au point de vue des
caractères, de la signature des cahiers, des erreurs dans la numérotation des feuillets, mais il ne semble pas qu'on en ait encore
déterminé les sources et les manuscrits. En voici d'abord le titre :

Fol 1. sign. Aii. *(o)* U nom de la benoiste et saincte trinite || Amen.
A tous bons et vraiz crestiens || ..... A la fin :) Cy finist le liure
nommé *la vie de iesucrist* ou || quel est comprinse la creation de Adam
de eue et || du mon || -de usques a la passion et resurrectiou *(sic)* || La
vie nostre dame. La vie saint iehan baptiste. La vie de iudas et pluseurs
aultres beaulx || histoires. Imprimé par Robin Foucquet || et Iehau *(sic)*
Cres. Le derrenier iour dapuril. Lan || mil iiii[c] iiiixx et cincq (1485). Deo
gratias. || Robin Foucquet. || — S.·l. [Brehant-Loudeac ?] 1485.

In-4° de 152 feuillets chiffrés, plus 1 f. préliminaire. Car. gothiques a longues lignes. (Bib. Nat. Réserve, H 506 (1) ; manque le
frontispice.)

Ce long titre donne déjà une idée du livre qui commence, en
effet, après un court prologue, par la Création des Anges et la
révolte de Lucifer, suivie de la création du monde et de nos premiers parents destinés à remplir les sièges vides du Paradis. La
chute, l'origine de la pomme d'Adam qui se serre à la gorge dès
qu'il a avalé un morceau du fruit fatal, l'expulsion du Paradis, le
labeur d'Adam et d'Eve, le meurtre d'Abel et la malédiction de
Caïn sont l'objet de récits aussi clairs que naïfs [2]. Adam meurt à
son tour non sans avoir envoyé son fils Seth demander à l'archange

1. Voir en particulier la dernière description extrèmement détaillée, p. 49 à 55, dans
l'*Imprimerie en Bretagne au* xve *siècle*, publiée [par A. de la Borderie] pour la Société
des Bibliophiles bretons, Nantes, 1878.

2 Cette « histoire sainte », entremêlée de citations latines de la Genèse et de
légendes populaires, ressemble à beaucoup d'autres, notamment au début de la *Bible
abrégée* de Robert d'Argenteuil, mais je n'ai pu l'identifier et n'en connais pas de
manuscrits

du Paradis l'huile de miséricorde, c'est-à-dire trois pépins d'un arbre merveilleux qui seront plantés sur sa tombe et donneront plus tard naissance à l'arbre de la Croix [1]. Vient ensuite l'histoire du patriarche Noé qui planta la vigne, et de ses trois fils qui fondèrent les trois ordres de l'Etat [2], de Moïse qui promulgue la loi écrite ou le Décalogue, de David qui fait le Psautier et commence le temple, de Salomon qui l'achève et fait recouvrir de lames d'argent la poutre merveilleuse destinée à la crucifixion du Christ, etc.

De ces récits merveilleux qui sont évidemment destinés à figurer le Nouveau Testament, l'auteur passe brusquement au Christ lui-même et à sa famille. Il raconte successivement l'histoire d'Anne et de Joachim [3], les parents de Marie, le mariage de la Vierge et la légende de la verge desséchée qui fleurit aux mains de Joseph, et il indique la nécessité de ce mariage, pour tromper la vigilance du diable, *ut partus diabolo celaretur* [4] ; il nous montre les anges suppliant Dieu en faveur du genre humain [5], et il se réjouit avec eux de l'Annonciation. Puis c'est le voyage à Bethléem, la détresse de Joseph et de la Vierge dans la nuit noire, le

1. Fol. ix recto (sign. Biii) et suiv., traduction abrégée de l'apocryphe déjà souvent cité de la *Pénitence d'Adam;* le fait a été signalé par l'éditeur du *Mistere du Viel Testament,* t. I, p. lxxij, lequel renvoie à l'analyse donnée par M. P. Meyer (*Revue critique*, I, 1, p. 221).

2. Fol. xiiii r°. *Comment noblesse vint.* — Légende populaire déjà étudiée dans la *Passion* de Semur.

3. Fol. xviii v° à xxvi r°. Traduction libre et abrégée du *Pseudo-Matthaei Evangelium* ou *liber de ortu B. Mariae* (éd. Tischendorff, 1876, p. 51 à 112). — L'emprunt est encore marqué p. xxv r° du texte français par la citation d'une phrase latine altérée du chap. VIII sur le mariage de la Vierge : *Ex ea virga ex qua de cacumine egreditur flos ipsi trade Mariam.* — Cf. Tischendorff, p. 67, note 2, variantes.

4. Fol. xxx. « Ut diabolo partus filii Dei occultaretur » disent les *Meditationes Vitae Christi,* ch. VI. — La phrase qui remonte à St. Jerome (in *Matth.* I, 18) a été souvent copiée et citée plus ou moins exactement.

5. Fol. xxxvi r°. « Comment les anges supplierent à Dieu qu'il rachaptast lumain lignaige », commence une traduction abrégée mais suivie des *Meditationes Vitae Christi* du pseudo-Bonaventure, et non de la *Vita Christi* de Lupold. Si, en effet, ces deux ouvrages se ressemblent fort, et si Lupold a souvent copié textuellement les *Meditationes,* la phrase latine que le compilateur français a insérée dans son texte, fol. xxxiii r° : « *Ex ubere de celo pleno [Virgo] edocta Spiritu Sancto Jesum lactauit et sub lacte per totum corpus liniuit,* cette phrase se retrouve seulement dans les *Meditationes* (ch. VII, De nativitate Christi » et non dans la *Vita Christi* de Lupold.

prodige des charbons ardents transformés en roses [1], la naissance
du Christ et la légende connue d'Anastasie qui recouvre à point
nommé ses mains [2], l'adoration des Mages, la colère d'Hérode et
le massacre des « cent quarante-quatre mille Innocents », la fuite
en Egypte et le retour en Judée, la première prédication de Jésus
au temple et son baptême dans le Jourdain par saint Jean-Baptiste
lequel sera bientôt après « décolé » sur l'ordre du fourbe Hérode
d'intelligence avec sa femme [3], la tentation au désert [4], les noces de
Cana ou de St. Jean l'Evangéliste, enfin toute la vie publique du
Christ et la suite de ses miracles depuis son entretien avec la Samaritaine jusqu'à son entrée triomphale à Jérusalem. Si l'on entre
dans le détail, on reconnaît que cette singulière histoire sainte est
une mosaïque compliquée de récits très divers : nous y retrouvons
jusqu'à des légendes du vieux poème de bateleurs qui a inspiré
l'*Esposalizi de Nostra Dona* et la *Nativité* Sainte-Geneviève. Le
fonds ou l'ouvrage le plus souvent mis à contribution, c'est le
livre des *Meditationes Vitae Christi*, dont le compilateur transcrit des chapitres entiers et qu'il complète finalement par une
longue légende connue du traître Judas, fils de Ruben et de
Cyborée [5]. Malgré quelques traits analogues, cette première partie, disons-le tout de suite, n'a rien de commun ni avec la *Passion*
d'Auvergne, ni avec les Mystères Rouergats. Il n'en sera plus de
même de la suite.

   La seconde partie de la *Vie de Jesu Crist* de 1485 est intitulée
(p, LXVII — 68 rº) :

   Cy commence la mort et la passion de Iesucrist laquelle fut faicte et
traictee par le bon maistre Gamaliel et Nycodemus son nepveu et le bon

---

1 et 2. Fol. xxxii rº. « Comment Joseph apporta le feu au diversoire et se trouverent
roses ». — Fol. xxxiii vº. « Comment Joseph alla querir Anastasie ». — Légendes
venues du *Roman de l'Annonciation Nostre-Dame*, etc., et déjà étudiées précédemment
dans le chapitre des *Mystères Sainte-Geneviève*.

   3. Fol. lii verso. C'est l'explication compliquée de Bède déjà étudiée dans la *Passion*
de Greban, p 216, nº 20 et p. 278 de ce livre. Il est possible que le compilateur l'ait
prise dans le livre populaire du *Ci nous dist* (B. N. ms fr. 425) où elle est reproduite
fol. 158 vº, col. 2.

   4. Tous ces chapitres de la vie publique de Jésus sont de nouveau abrégés des
Meditationes Vitae Christi. Cf notamment fol. xlviii rº. « Comment les anges de
paradis ministroient à Jesucrist » et fol. lxi, épisode de la Samaritaine aux chap.
XVII et XXXI des *Meditationes*.

   5. Légende citee et étudiée dans la *Passion* de J. Michel, p. 285 de ce livre.

chevalier Joseph d'Abarimathie, disciples secretz de nostre seigneur, laquelle s'ensuyt. »

Ce récit n'est pas autre chose que la version en prose de l'ancien poème français inspiré par l'Evangile de Nicodème [1]. L'auteur nous présente d'abord ses personnages « Pylate qui estoit seneschal de Hierusalem pour Julius Cesar empereur de Romme » ; puis les conseillers de Pilate, « Nicodemus, ung gentilhomme chevalier, lequel avoit cent chevaliers soubz soi qui estoient aux gages de l'empereur » ; puis l'oncle de Nicodemus « Gamaliel, un maistre a Hierusalem qui lisoit les loys de Moyse et qui estoit moult saige » ; enfin « ung prudhomme qui avoit nom Joseph Dabarimathie qui estoit né naturellement à Barimathie et estoit Juif et disciple de Ihesucrist secretement ». La noblesse, la magistrature, le tiers état, voilà des témoins sérieux, il n'y a plus qu'à leur céder la parole et à écouter ce que « racontent Gamaliel » et ses amis qui ont suivi Jésus pas à pas.

Jésus est parti de Betphagé un samedi, la veille de Pâques fleuries, pour aller « sermonner en Jerusalem ». Arrivé aux portes de la ville, il dit à ses apôtres saint Pierre et saint Philippe de lui amener une ânesse et son poulain que le propriétaire ne leur refusera pas. Les apôtres remplissent leur mission, et Jésus reçu en triomphe par les Juifs de Jerusalem se rend tout droit au temple de Salomon « ou il prêche moult amplement de la loy ». Les assistants sont émerveillés mais aucun ne lui offre l'hospitalité, si bien que Jésus est obligé d'aller loger « en la maison de Jacob, père de Marie Jacobi, et là menga et demeura celle journée ». Mais cette entrée triomphale a porté à son comble la colère de la Synagogue. Les évêques Anne et Cayphas convoquent leur conseil des « XII plus grans » prudhommes (Abderon, Neptalin, Roboan, Abraham, Benjamin, Jabes, Sentabay, Salubret, Manmilat, Letabitur, Daniazelot et Selomissabart) [2], et la perte de Jésus est déci-

---

1. Pour cette analyse, le plus court est encore de suivre *la Vie de Jésu Crist* ou l'imprimé de 1485 (B. Nat. réserve, II. 506(1), en notant chemin faisant les principales modifications et additions qu'il fait subir aux manuscrits français et provençaux. Nous renverrons donc aux folios de l'imprimé, et ne citerons les manuscrits que lorsqu'il y aura utilité, pour des variantes qui en vaillent la peine

2. *Vie de Jesu Crist* de 1485, fol. LXIX ; item, édit. de Trepperel, 1497 (B. N. réserve D, 5,692, fol. A IIII v°). — On a reproduit le passage *in extenso* dans les Extraits de la

dée. En vain Gamaliel et Nicodème tentent-ils sa défense [1]. On les injurie ; Cayphas les traite de faux excommuniés « qui ont le diable au corps » ; finalement on les expulse, et Abderon et Benjamin vont de la part de l'assemblée prier Pilate de citer l'enchanteur à son prétoire. Pilate lui fait porter en effet une citation dans la maison de Jacob par son sergent « qui avoit nom *Romain* [2] », et le lundi au matin, Jésus, prenant avec lui saint Pierre, saint Barnabé et saint Mathieu, se rend au palais du gouverneur où il attend « dans une chambre à part » qu'on l'appelle. Déjà Pilate est installé à son tribunal, entouré de ses chevaliers porte-étendards et de ses conseillers Gamaliel, Nicodemus, Joseph d'Abarimathie et « plusieurs autres saiges hommes ». Sur un ordre, le sergent Romain va chercher Jésus et jette par respect son manteau sous ses pieds ; par deux fois les étendards, les aigles impériales s'inclinent devant lui. Ce miracle, le songe de « sa femme » [3], qui bien qu'appartenant à « la loy juive », lui fait mander d'épargner ce juste, les longs plaidoyers de ses conseillers Gamaliel et Nicode-

---

Vie de Jesu Crist, plus loin. — De ces noms rébarbatifs, les cinq premiers sont les mêmes à peu près dans tous les manuscrits ; tous les autres varient suivant le ms. : Bornons-nous à citer le Ms provençal de la Bib Nat. fr. 29 945, fol. 82 r° col. 1. « Abderon, e Neptalim, Roboam, Abraam, Benjamin, Jalies, Izaepar, Salubet, Manilat, Jacoburt, Dampsel (ou Danipsel), Zeromilasbat »

L'énumeration est très differente dans le ms. provençal fr, 1,919, fol 4, ou *Zeromilasbat* a cedé la place a *Josep*.

1. *Vie de 1485*, fol. LXXII (r°).

2. Le nom propre très important de *Romain* est donné par l'imprimé de 1485 (fol. LXXIII r° bas, et LXXIIII r° milieu de la page), et par les réimpressions.

Les manuscrits français donnent presque tous *Roma* (Besançon 588 f. 5 r° ; Paris, B. N. fr. 979 f. 6 r° et v° ; f 24,438 f. 146 v° et 147 r° ; n. a. fr. 4,085 f. 87 v° et 88 r° ; Arsenal, 5,366 f. 6 r° et 7 v°, item).

La version provençale B. N. fr. 24.945, fol. 96 r°, col. 1, dit « Pilat apelet .1. servent que avia nom *Roma* » et au v° col. 1 [Pilat] sona *Romo* (*sic* pour *Roma*) lo servent ».— La version prov. du Ms. fr 1919 donne f. 9 r° bas et 10 r° (haut) *Romas*.

Quant a l'ancienne traduction française en prose de l'Evangile de Nicodème (B. N. fr. 6,447 etc), citée p. 269 n. 6 de ce livre, elle ne donne pas de nom au sergent qui est simplement un courrier, et il en est de même dans la traduction fr. de l'Evangile de Nicodème, insérée dans le sixieme livre du *Perceforest*.

De tous les Ms. latins collationnés par Tischendorff (*Ev. apocrypha*, éd. de 1876, p. 338, note 2 du ch. I), un seul, le *Florentinus* contient « cursorem *Ananiam* », mot qui, même défiguré, ne peut guère donner *Roma*. C'est donc très vraisemblablement une invention de l'auteur français de la *Passion selon Gamaliel*.

3. Cette « femme » n'est nommée ni dans l'imprimé de 1485, ni dans les Ms.

mus, ses propres sympathies, tout décide Pilate à absoudre l'accusé des crimes qu'on lui reproche, et à débouter les Juifs « croulant le chief et estraignant les dents comme forcenez ».

Sur le conseil de son juge Pilate, Jésus se hâte de rentrer chez son hôte de Jérusalem, Jacob, où il retrouve sa mère et ses apôtres ; puis le lendemain, pour plus de sûreté, tous se rendent secrètement en Béthanie dans la maison de Lazare et de ses sœurs, mais ils sont suivis par le bon Gamaliel qui s'est déguisé de robes pour tout observer : — « Et atant furent les tables mises et alerent menger. Et le ladre se assist a table, et Marthe servoit et administroit les viandes. Et Marie-Madeleine prit une boiste plaine de oignement moult precieux et en oignit les piez de Jesucrist [1] », à la grande colère de Judas Scarioth que Jésus a grand peine à calmer. Cependant les Juifs de Jérusalem sont venus en grand nombre pour voir le Ladre ressuscité ; les uns songent à le tuer pour arrêter les progrès de la nouvelle doctrine ; les autres, au contraire, bénissent Jésus qu'une voix du ciel a glorifié au milieu de ses disciples. Il annonce son jugement et sa passion prochaine, puis brusquement il disparaît, au grand regret du bon Gamaliel, lequel « s'avise pourtant qu'il s'est mussé » par crainte de ses ennemis et ne reparaîtra plus avant que, de guerre lasse, ils ne soient repartis.

Revenons donc à Jérusalem. Le départ de Jésus, absous par Pilate, a déconcerté un instant la Synagogue. Mais Annas et Caïphas envoient un message à Hérode, le fils de Archilaus [2], celui qui fit jadis égorger les Innocents. Ils le prient de faire arrêter Jésus s'il se trouve sur ses Etats et d'intervenir auprès de Pilate. Le roi Hérode renvoie le messager avec une réponse favorable et commande aussitôt « à ses sénéchaux » de se mettre en campagne. Le cercle se resserre ; « l'enchanteur » ne peut plus échapper.

Il se dérobe pourtant, le plus simplement du monde et, le terme de Pâque venu, il rentra inaperçu à Jérusalem avec sa mère, Marie-Madeleine, ses apôtres et tous ses disciples, excepté Lazare pour

---

1. Imprimé de 1485, fol. iiiiˣˣ b. (85) rᵒ.

2. Impr. de 1485, fol. iiiiˣˣ xii (92, en réalité 89 rᵒ) ; ibidem, f. iiiiˣˣ viii rᵒ. — Cet Herode dit au Messagier : « Amis, les evesques me mandent que celluy pour qui mon père fist tuer les enfans que ilz lont mené et cité devant Pilate etc. ».

lequel il a craint la vengeance des Juifs et qu'il a fait rester à
Béthanie. Tous vont prendre logis, près du palais de David, dans
la maison de Ruth, qui donne sur un petit jardin bordé par le
Cédron. Judas l'économe est envoyé au marché pour acheter un
agneau blanc et un poisson [1]. Mais, si secrète que soit cette rentrée
des proscrits, elle n'a pas échappé à l'attention de Gamaliel qui
« se deguise » encore une fois « de robes », si bien que Judas en le
rencontrant le prend pour un pauvre, le prie de l'aider à transporter ses provisions et l'emmène avec lui mettre les tables et
l'assister dans le service.

Bientôt après, Jésus laissant sa mère et Marie-Madeleine avec
Ruth son hôte, monte au palais de David, se met à table avec ses
apôtres, fait apporter l'agneau rôti pour la Cène et dit : « Mon pere
commanda a Abraham et a Moïse qu'ils fissent sacrifice d'ai-
gneaulz ; or est le temps qu'on sacrifiera le Fils de l'homme. » —
Et tous les apôtres reçoivent une part de l'agneau, excepté Judas
qui servait et qui reçoit l'ordre d'aller chercher le poisson. A ce
moment, Jésus annonce qu'il est sur le point d'être trahi par l'un
des siens. Saint Pierre le presse en vain de questions, mais à
saint Jean incliné « sur son giron », il indique un moyen de reconnaître le traître : c'est celui qui le premier recevra un morceau de
sa main et qui lui essuiera la poitrine [2]. Presque aussitôt Judas se
livre lui-même si naïvement que saint Jean propose de « le bouter » sur-le-champ de la compagnie, de peur qu'il ne surprenne

---

1. Imp. de 1485, fol. ııııˣˣ x (90 r°, en réalité 95°).

2. L'imprimé de 1485, fol. ııııˣˣ xi (en réalité 96°) écourte et modifie ce passage
important qui est une réminiscence de la *Passion* des bateleurs du xiiiᵉ s., et qui varie
egalement dans les Ms. Ainsi, dans le Ms. de l'Arsenal, 5,366, fol. 23 v°, « celui que je
apparleray, etc. » est tronqué et a peine intelligible ; la version provençale, B. N.,
24 945, fol. cv r° est claire, mais incomplète. Le texte le meilleur et le plus détaillé
parait être ici celui d'un manuscrit écrit à Autun en 1470 (B. N. n. a. fr. 4,085, p. 101 r°)
que nous reproduirons :

« Et Jesucrist luy dist : « Celuy que premier je pestray et a moy nectoyra la poitrine, celuy la me trayra. » — Et Jesu Christ appella Judas come s'il luy vouloit
donner [de] l'aignel et Judas vint et se agenoilla, et J. Christ print ung morceaulx de
poi[s]son, et ly mist en la bouche, et Judas mit la main au tailloir de Jeshucrist et luy
embla ung poisson ; et Jhesucrist prist une qouppe et fist semblant de boyre, et Judas
pris[t] un drap et luy nectoya la poitrine, et luy embla ung poisson, et puis se leva
pour administrer, etc. »

On a reconnu la *Passion* du xiiiᵉ s. (copiée par G. de Paris) déjà citée et expliquee

ses secrets, mais Jésus l'arrête en disant « qu'il est juste qu'un
homme meure pour le peuple » et rachète le peché d'Adam ; la
Cène continue. « Adonc saint Jehan s'endormit au giron de Jesus
et en son dormant Jesus lui revela les secrets du ciel » ; puis à son
réveil il institue « le sacrement de l'autel et fait nouveau testament ».

La Cène achevée, et la nuit déjà « moult obscure », tous retournent à la maison de Ruth ainsi que Judas qui, poussé par le diable,
s'en va bientôt à la Synagogue perpétrer sa trahison. Jésus
demande à son hôte « une plaine ydre d'eau et ung vaisseau » et
lave les pieds des Apôtres en commençant par saint Pierre. Et
quand il eut fini, « il vit Gamaliel ester derriere la porte. Molt
simplement il y ala et luy dist : « Es tu le mien amy ? Bien me plaist
que tu as voulu veoir et ouyr ce que j'ay faict, je te eslis de ma
partie, et saiches que, quant je transmectray et envoieray le sainct
esperit a mes apostres, je le te envoieray aussi, lequel te illumi-
nera et te fera saige et te gardera de tout mal. — « Sire, se dist
Gamaliel, soiés de moi remembrant » [1], et il en reçoit l'assurance de
son nouveau maître, lequel descend bientôt après avec ses apôtres
au verger et se retire à part en prières.

Déjà Judas a fait marché avec la Synagogue qui, sur la proposition de Benjamin, lui a donné trente deniers d'argent. Il revient
avec une bande de soldats qui fouillent en vain la maison de Ruth,
puis descendent à grand bruit au jardin. Trois fois ils veulent
arrêter Jésus, mais trois fois une force mystérieuse les renverse [2]
jusqu'à ce que la victime les laisse faire. D'un coup d'épée Pierre a
tranché l'oreille du valet Malchus, mais Jésus le guérit et se laisse
docilement emmener dans la maison d'Annas. Là les sergents le
dépouillent de ses vêtements, le lient à un pilier au milieu d'une

---

dans le chapitre I des *Mystères Sainte Geneviève* (Ms. de l'Arsenal 5021, fol. 109 v° et
110 r°, col. 1).

Judas ne s'essist pas derrier,	Totans quant li sires bevoit,
Car nostre sires moult l'amoit ;	Il li ambloit come gloton
Toz jors avoecques lui maingoit,	Le plus beau morsel du pois[s]on,
Et li traïctes que façoit ?	Ja Dex n'an feïst nul samblant ...

1. Imprimé de 1485, fol. IIIIxxXII r° (en réalité 97).

2. On a déjà relevé cette triple chute dans la *Passion* romane de Clermont-Ferrand,
v. 34 ; dans la *Passion* d'Arras et ailleurs, p. 272, note 4, c, de ce livre.

salle, et le frappent et l'outragent pendant toute la nuit ; Malcus
est le plus acharné de ses bourreaux. Au matin, l'évêque Cayphas
propose de ramener le prisonnier au gouverneur de la province
qui, cette fois, n'osera plus le sauver. Pilate se proposait justement
d'aller avec ses conseillers Gamaliel, Nicodemus et Joseph d'Abarimathie saluer le roi Hérode, arrivé de la veille à Jérusalem,
quand les Juifs lui amènent Jésus « tout lié et sanglant »[1]. — « Je
vous avoye dit et deffendu que vous ne luy feissiez nul mal ne vil-
lennie, vous en serez tous bien pugniz. » — Et il s'indigne de cet
acharnement, il repousse les faux témoins produits par Cayphas,
il les récuse tous avec l'aide de Gamaliel, il fait défiler devant son
tribunal le long cortège de ceux que l'enchanteur divin a guéris ou
qui ont vu, comme les douze prudhommes, la résurrection de
Lazare à Béthanie[2], mais il n'en finit pas moins par céder à la
foule menaçante.

Sur un ordre, Centurion conduit l'accusé au roi Hérode au temple « où il estoit venu pour adorer avecques Bardine sa femme »[3].
Mais Hérode, bien que touché de la déférence de Pilate, s'excuse
et refuse de juger l'affaire : « il ne prendroit nul honneur en la
mort de cest homme qui ne lui a de rien meffait » ; il se rappelle
combien le supplice d'un autre prophète, saint Jean-Baptiste, exécuté naguère dans son hôtel, lui a coûté cher, à lui et à sa famille.
Aussi fait-il revêtir Jésus « honorablement de pourpre », et il le
renvoie à Pilate, lequel demande encore une fois conseil à Gama-

1. Imprimé de 1485 fol. III^{xx}x b j r° (101).

2. Imprimé de 1485 fol. $\text{III}^{xx}\text{xix}$ (en réalité 104), réimprimé dans les Extraits de la
Vie de Jesu Crist.

3. « Bardine sa femme qu'il avait prinse après la mort de Herodes ».

Cette leçon de l'imprimé de 1485 (fol. ci r°), est absurde, mais elle est donnée par
divers Ms., dont quelques-uns seulement cherchent à l'expliquer par l'addition finale
du mot « son frere »

B. N. fr. 979, fol. 23 r° « Herodes, lequel estoit venuz veiller au temple avec sa
femme Gardiane, laquelle il avoit prinse après la mort de Herodes ». — Arsenal 5,366
p. 32 r° même leçon, mais Gordiane.

B. N. fr. 24,438 fol. 184 r° « Herode qui estoit venu veiller avec sa femme, gardienne
au temple qu'il avoit prinse après la mort de Herodes son frère. » — B. N. n. a. fr.
4,085 fol. 113 « Bardiane.... Herodes son frere ».

La leçon la plus simple et la meilleure est donnée ici par la version provençale.

B N. fr. 29,945 f cxi r° « Herodes que era vengut velhar al temple am sa molher
Gardian que avia preza apres la mort de Erodias. »

liel, mais de guerre lasse est bien obligé de procéder, malgré lui,
à la condamnation. Le bon Gamaliel proteste en pleurant que le
condamné est vrai fils de Dieu, et que les prophéties sont accom-
plies.

Déjà le cortège est en route. Les Juifs vont prendre « ung grant
tref qui ne pouvoit entrer en la place du temple de Salomon », le
mettent sur le cou de Jésus et lui font porter ou traîner jusqu'au
Golgotha où les deux larrons Gestas et Dismas l'ont précédé [1]. Là
les sergents l'étendent sur la croix fabriquée à la hâte, en forme
de T ou « de marteau », et il y accomplit encore des miracles. La
Véronique [2] baille à Notre Dame son « couvre-chef » ou une bande
de sa coiffure, dont elle essuie le visage défiguré de son fils, et
« après Veronique fut guerie de meselleric » ; mais Nicodemus a
grand'peine à la protéger des violences des bourreaux. Lorsque
Jésus a été élevé sur « la croix la plus haute » en forme de marteau, le bon Nicodemus s'aperçoit encore qu'il ne peut soutenir sa
tête, faute d'appui. Il retourne à Jérusalem chercher un ais [3] ou une
planchette qu'il rapporte bientôt avec une inscription en grec,
hébreu et latin, que Pilate lui a remise à son passage, et qui,
clouée au-dessus de l'ais, provoque une nouvelle colère de l'assemblée. Le lugubre supplice se prolonge interminablement : enfin
Jésus recommande sa mère à saint Jean et expire au milieu des
prodiges. Centurion le reconnaît pour le fils de Dieu et refuse aux
pontifes Annas et Cayphas de l'outrager après sa mort et de lui

1. L'imprimé de 1485 donne tantôt *Dyamas*, tantôt *Dismas* : on retrouve les mêmes
variantes d'orthographe dans certains manuscrits.

2. Imprimé de 1485, fol. cv r° (111). Identique dans les Ms ; Arsenal, 5,366 p. 34 v° :
B. N. fr. n. a. fr. 4,065 f. 116 v°. 24,438 p. 187 r°. — Ms provençal 24,945 fol.
cxii r°.

On lit dans le *Roman d'Arles* (475) [*Revue des langues romanes*, 1888, p. 492] : « Vezona,
qui aportet la benda de Nostra Dona, que s'appella verorica, de que ton torcada la
cara de Crist e esformat lo menton e tota la fazia de la profeta Jesus ». « Je ne sais,
dit M. Chabaneau, p. 517, n. 474. si un autre texte que le nôtre donne cette origine
au linge miraculeux. » — Les textes précités répondent à cette question.

3. Même trait dans la *Passion* des bateleurs d'Autun (Bib. Nat. na. fr. 4,085, v. 1014,
p. 160 r°.

Et la un prudomme il avoit	Et ilec Pilate encontrat
Qui en Hierusalem aloit,	Qui diligemment demandat
Qui une ais aloit chercher	Que de cela fere vouloit.....
Pour la teste Ihesu pouser,	

rompre les jambes [1]. Mais, à défaut de Centurion, un vieux chevalier aveugle, Longis, perce le côté du Christ d'une lance et recouvre aussitôt la vue. Joseph d'Arimathie recueille le sang précieux
dans un grand vaisseau et garde avec soin la lance [2], puis ému par
les longues plaintes de la Vierge [3], il se rend auprès de Pilate
pour lui demander le corps de son maître et l'ensevelir honorablement.

Joseph se rencontre avec le sergent Malcus qui venait se plaindre au gouverneur de ce que ses compagnons voulaient partager
en pièces « la belle gonelle » ou la tunique sans couture de Jésus,
au lieu de la tirer au sort. Pilate lui donne raison, et Malcus, favo-
risé par le sort, vend la précieuse tunique à Pilate [4], à la grande
joie de Gamaliel qui rappelle à ce propos un verset du psautier de
David.

Cependant la Vierge qui est restée seule avec saint Jean et les
saintes femmes au pied de la croix poursuit ses tristes plaintes.
Elle obtient à force de larmes et de prières que les soldats envoyés
pour briser les jambes des condamnés, et les jeter dans la fosse,
respectent le corps de son fils. La nuit s'avance et les saintes fem-

---

1. L'imprimé de 1485 dit, fol. cvii r « qu'il lui meist la lance au coté » et n'amène
les soldats chargés de rompre les jambes des condamnés que bien plus loin, après de
longues interpolations.

2. Imprimé de 1485, fol. cvii ; item Ms. : Arsenal 5,366, f. 37 v· ; B. N. n. a. fr. 4,085,
f. 118 v· ; 24,945 fol.

On reconnaît ici une variante de la célèbre légende du *Saint Graal* (éd. Fr. Michel).

Nostres sires ha treit avant	Que Joseph requeillu avoit,
Le veissel precieus et grant	Quant il jus de la crouiz l'osta
Ou li saintimes sans estoit	Et il ses plaies li lava.

3. Cette plainte est relativement courte dans les manuscrits français et dans la
version provençale 24,945 fol. cxiii v· col. 1 ; dans l'imprimé de 1485 elle est allongée
d'un « Incident » décrit plus loin ou de la requête de St Augustin.

4. Imprime de 1485 fol. cxi (117) ; item. Ms.. B. N. fr. 979, fol. 29 v· ; fr. 24,438, fol.
155 v· ; provençal. B. N. fr. 24,945 fol. cxiii r· etc.

Voila comment Pilate se procure le talisman qui le protègera plus tard contre la
colère de Tibère. Nous avons déjà cité p. 275, n. 4 de ce livre une variante de la
même legende dans la *Passion* d'Arras et la *Vengeance* de Mercadé. L'origine commune de ces légendes est l'apocryphe : *Mors Pilati* (Tischendorff, *Evang. apocrypha*,
1875, p. 457 : Pilatus autem tunicam Jesu inconsutilem secum detulit), lequel apocryphe a inspiré en partie la chanson du Vespasien ou de la *Prise de Jérusalem*,
c'est-à-dire la *Vengeance* mise au théâtre par Mercadé (cf. P. Meyer, *B. de la S. des
Anciens textes fr.* 1875, p. 52).

mes ont une nouvelle angoisse quand elles voient arriver Joseph
d'Arimathie et Nicodemus, auxquels une femme de Galilée, l'Hé-
morrohoïsse guérie, a donné gratuitement un beau suaire blanc [1]
pour ensevelir le Christ, et qui viennent remplir leur pieuse mission. Saint Jean va au devant d'eux, les reconnaît et les aide à
détacher de la croix le corps de Jésus qu'ils déposent d'abord dans
le giron de sa mère, et qu'ils vont ensuite ensevelir dans un sépulcre neuf. Puis les fidèles désolés retournent à Jérusalem, et la
Vierge suit docilement l'apôtre saint Jean [2].

Ainsi s'arrête une première fois le vieux poème français mis en
prose dont il n'était pas besoin de souligner la naïveté archaïque,
et dont on s'est borné à résumer la marche en sacrifiant le moins
de détails possible. On a dû pourtant écourter la fin, où l'imprimé
diffère le plus sensiblement des manuscrits. Si l'ancien poète français a réuni de nombreuses légendes de l'Evangile de Nicodème, de
la *Passion* romane de Clermont-Ferrand, de la *Passion* française
des bateleurs du XIIIe siècle et de la *Passion* d'Autun, du *Saint
Graal*, du *Roman d'Arles* et de *la Vengeance*, le compilateur de
1485 y a encore ajouté de nouvelles légendes qu'il a insérées et en-
chevêtrées au milieu des précédentes. Ainsi la plainte de la
Vierge au pied de la Croix [3], assez courte dans les Manuscrits

---

1. Ms. B. N. 24,438. fol. 155 r° « de Gallillée, etc. » ; provençal 24,945 f. cxiii v°. — Le
Ms. de l'Arsenal 5,366, fol. 39 v° contient une grosse faute : une femme qui estoit de
Galice (sic).

2. Toute cette fin est très allongée dans l'imprimé de 1485 à l'aide d'emprunts aux
Meditationes Vitae Christi. Les Ms. français et le Ms. provençal (B. N. fr. 24,945 fol.
cxiii v°) disent brièvement « qu'elle s'en va avec les autres dames et St Jean
l'Evangéliste en Galilée ».

3. Prenons la première « plainte » de l'imprimé de 1485, p cviii r° « Ha ! le mien cher
filz je te eu de la bouche du Saint Esperit et te enfantay a grant joye. Et je te voy
maintenant pendu et clavelé en l'arbre de la croix, etc. » Non seulement cette plainte
se retrouve dans tous les Ms. français et provençaux de la version en prose, mais
elle est très reconnaissable dans l'*Evangile de Nicodème en vers provençaux*, ed.
Suchier, p. 27, v. 913 :

Vos mi trames lo rey del cel   Del frugz santz esperitz vos aye,
Per la boca san Gabriël,   Car sol la vos de dieu mi plac, etc.

Suit dans l'imprimé de 1485 f. cviii v° et suiv. ce qui n'est naturellement plus dans
les Ms. français et provençaux : « Comment la Vierge Marie s'apparut à sainct Augustin et lui monstra toutes les grans douleurs et les grans gemissemens qu'elle eut a la
passion de son filz ».

« Comment sainct Augustin fist sa requeste ».

français et provençaux, a été doublée par « un incident » ou
une nouvelle lamentation : c'est la reproduction textuelle de
l'apocryphe attribué tantôt à saint Bernard, tantôt à saint
Augustin, et que le bon moine Jean de Venette, pour trancher la difficulté, attribuait à tous les deux [1]. De même le dernier épisode, un peu développé dans le poème français et dans les
manuscrits, était celui de la tunique gagnée par Malcus, et l'imprimé ajoute ici des pages, des chapitres entiers d'ailleurs intéressants. La descente de croix notamment et la sépulture du Christ
sont vraiment belles dans leur naïveté colorée : on dirait des fragments d'un vieux vitrail. Mais, au fait, ces pages, nous les connaissons déjà ; elles sont. empruntées telles quelles aux *Méditationes
Vitae Christi*. Non, pas même aux *Meditationes*, puisque ce livre
latin, il aurait fallu prendre la peine de le traduire. A quoi bon,
puisque le traité apocryphe de saint Augustin et les chapitres des
Meditationes visés étaient déjà traduits dans la *Passion* française
composée en 1398 pour la reine Isabeau de Bavière. C'est dans
cette *Passion* de 1398 que le compilateur de la *Vie de Jesu Crist*
de 1485 est allé les chercher [2], et ce sont à peu près les seules

1. B. N. ms. fr. 12,468, fol. 74 r° col. 1 :

Les complaintes et les hustins,	Elle depuis leur revela
Ainsi com[me] saint Augustin	Ce qu'el souffri leur recompta,
Et saint Bernard le nous recontent	Li dit en sont bien veritable
Qui le plaint (ms. complaint) de la Vierge	Et la matiere bien pitable.
[comptent.	

2 Sur la *Passion* de 1398, se reporter aux pages 252, 253 de ce volume.
Exactement, le compilateur a ajouté dans l'imprimé de 1485 tous les chapitres
depuis le fol. cxii r°. Comment la Vierge Marie estoit demourree a la croix, laquelle
ploroit etc., jusqu'a et y compris fol. cxvi v° a vixx v « Comment Joseph dabarimathie
et Nicodemus descendirent notre seigneur de la croix. — Ces chapitres correspondent
rigoureusement au chap. 79 fin, 80, 81, 82, 83 des *Meditationes*.
Pour la vérification des emprunts on n'a qu'à prendre un bon manuscrit de la
Passion de 1398, par exemple B. de l'Arsenal 2,038. La requeste de St Augustin s'y
trouve fol. 53 r° et suiv , la descente de croix, fol. 68 v° « Et lors se vont ordonner a
despendre le corps de la croix et vont drecier amont les eschelles, l'une sur le bras
destre de la croix et sur ceste cy monta Joseph atout ung marteau ». Cf. *Meditationes*,
ch. 81 : « Ponuntur duae scalae a lateribus crucis oppositae, Joseph ascendit super
scalam lateris dextri ».
Il est encore plus simple de prendre le mauvais manuscrit non identifié de la Bibliotheque Nationale fr. 24,438 qui a l'avantage de contenir dans le même volume la
Passion de 1398 en tête (incomplète des premiers feuillets) et plus loin (f. 140 v°) la *Pas-*

additions qu'il ait faites au manuscrit, mais elles sont longues ! Il
est vrai qu'il a pris moins de peine pour la suite.

Dans les manuscrits, le récit reprend immédiatement après le
retour à Jérusalem et continue sans interruption par l'histoire de
Joseph d'Arimathie. Cette partie du vieux poème français n'a
presque pas été remaniée dans l'imprimé (fol. vɪ^{xx} verso), et, pour
diverses raisons, peut être résumée beaucoup plus vite.

La Synagogue s'est réunie en grande rumeur[1]. Les princes effrayés
par les menaces de Gamaliel et de Nicodemus, ont confié la garde du
sépulchre de Jésus à Centurion, et ils ont fait mettre en prison
le traître Joseph d'Abarimathie. Ils sont fort effrayés le lendemain
matin de ne plus retrouver leur prisonnier : déjà le Christ ressuscité
l'a délivré. Centurion lui même qui a vu la résurrection du Christ
serait fort embarrassé de faire son rapport à la Synagogue, si
Gamaliel qu'il est allé consulter ne lui donnait un bon conseil :
« Centurio, saichez que annuyt, environ le point du jour. Jesucrist
vint a moy et me dist que je ne doubtasse de rien. Si les evesques
vous demandent Jesucrist, vous leur direz qu'ilz vous rendent
Joseph qu'ilz misdrent vendredi au soir en la tour[2]. »

Cet argument désarme en effet la Synagogue qui n'a plus qu'à
acheter le silence de Centurion et des gardes à prix d'argent.
Argent perdu d'ailleurs, car les témoignages se multiplient. Le
chapelain Abraham vient prévenir l'assemblée consternée que la
courtine du temple de Salomon est déchirée et qu'il a trouvé sous
ses plis les fils de Ruben morts depuis si longtemps, Carioth et
Elion[3], « avec leurs suaires blancs affublés ». Quand tous « les eves-

sion selon *Gamaliel* qui nous occupe : Requête de St Augustin f. 58 v· ; descente de
croix fol. 75 r· ; Item 156 v la descente de croix sommaire du vieux poème français,
avant les additions de l'imprimé de 1485.

1. Imprimé de 1485, fol. vɪ^{xx} (en réalité 127) v·.

2. Imprimé de 1485 f. vɪ^{xxvɪ} v·.

3. Ibidem, fol. vɪ^{xxvɪɪ} — L'orthographe de ces noms varie dans les Ms. français
et provençaux. — Arsenal 5,366 44 v· et 45 v· *Carios* : B. N. fr. 979, fol. 37 r· *Carios*
et Liscos, *Cariotz* et Lizcos ; 24,438 fol. 162 r· *Carios* et Lesios.

Version provençale : B. N. 24,945 fol. 117, *Carios* et Lezios.

Cariotz, Cariot, Carios sont des altérations anciennes du nom de Carinus dans le
texte latin de l'Evangile de Nicodeme (éd. Tischendorff, 1876, P. II, ch. I (XVII) p. 390).

L'*Histoire scholastique*, cap. cLxxvɪɪɪ (Patr. Migne), t. 198, p. 1653 dit : « Quod autem
aliqui eorum iterum mortui sunt. postquam Dominum surrexisse testificati sunt,

ques » effrayés sont venus constater avec précaution la présence
des revenants, Carioth fait signe « qu'on lui apporte de l'encre et
du papier pour escripre pourquoy il estoit venu avec Elion », tous
deux écrivent en même temps une longue déposition sur la descente de Jésus aux enfers, puis ils remettent aux assistants leurs
chartes qui se trouvent être identiques, et disparaissent. Seul alors,
Cayphas persiste encore à reconnaître dans tout ceci la main du
diable, mais les Juifs déconcertés « plorant, ferant des pieds » se
décident à envoyer un messager en Galilée pour ramener Joseph
d'Abarimathie. Quand celui-ci, de retour à Jérusalem, a raconté à
la Synagogue et à Pilate convoqués tous les détails de sa délivrance, et déclaré comment le Christ vengerait bientôt « sa mort
et passion [1] », l'assemblée se sépare, stupéfaite, et le conseil ne
reprend que le lendemain au milieu des lamentations. L'affliction
redouble quand trois pèlerins de Galilée viennent déclarer qu'ils
ont vu Jésus Christ sur un puy, « seant sur une pierre de marbre
et prêchant ses disciples ». Cette fois les Juifs chargent d'imprécations leurs évêques qui les ont trahis et qui se défendent très mal
contre Nicodème. Pourtant il est décidé qu'on enverra un dernier
messager à Jaffet, en Galilée, pour qu'il dépêche trois témoins
irrécusables et qu'on soit enfin fixé. Les témoins arrivent, Abraham, Jacob et Ruben. Abraham ne peut que confirmer l'Ascension
du Christ et la descente du Saint Esprit sur les Apôtres auxquels
il a donné le don des langues, et Gamaliel exhorte la Synagogue
confuse à la pénitence [2].

---

scimus quia corpora quorumdam adhuc quiescunt in Jerusalem et sanctus Iscarioth,
unus eorum fuisse a quibusdam perhibetur. » Ce saint *Iscarioth*, dont on a fait plus
tard un abbe, est une altération analogue du mot de *Carinus* ; il est cité comme témoin des peines d'enfer dans le Traité des peines d'enfer et de Purgatoire imprimé
pour Ant. Verard en 1492. Ch. I, fin.

1. Voici le texte exact de l'imprimé de l'imprimé de 1485 qui ajoute aux manuscrits et provençaux la dernière phrase mise entre [ ]. — « Et puis Jesu Crist me
dist que ung homme de estrange terre vengeroit sa mort et passion. Et puis il me
dist qu'il s'en aloit en Galilee à ses apostres pour les visiter et conforter, pour la
grant douleur qu'ils ont eu de ma mort et de ma passion. [Cestes choses me dist
Jesus Crist après sa résurrection et me dist qu'il aloit reconforter sa mère, laquelle
ne l'avoit veu depuis qu'elle le tenoit en son giron] — après la descente de croix.

2. Fin allongée d'une phrase dans l'imprimé de 1485, fol. vII^xx 6 verso. — Cf. la fin
des Ms. français et provençaux, *Romania* 1898, p. 130.

Ici finit la version en prose du poème français dans les manuscrits. La *Vie de Jesu Crist* de 1485, a reproduit cette fin à peu près sans changements. Elle se contente d'y ajouter deux morceaux détachés qui sont en dehors de notre sujet.

1° (fol. VII^{xx} VI r°) Un court récit de la Mort et de l'Assomption de la Vierge. Les citations latines insérées dans le texte permettent de reconnaître une traduction du petit traité de Meliton inséré dans la *Légende dorée*, qui a inspiré tous les mystères français et étrangers sur l'Assomption.

2° (fol. VII^{xx} r°) Des fragments décousus d'une légende d'ailleurs connue des miracles de l'apôtre saint Jean.

Tels sont les divers éléments de la compilation la plus compliquée et la plus populaire du xve siècle, laquelle n'a cessé d'être remaniée, corrigée, diminuée, augmentée, traduite, résumée et réimprimée sous des formes si variées qu'elles ont souvent dérouté les bibliographes. Il suffira de rappeler les principales.

a) La première partie de la *Vie de Jesu Crist* (depuis la Création jusqu'à la légende de Judas) parut à part quelque peu rajeunie et corrigée par les soins du « simple orateur natif de Troyes en Champaigne » ou de Pierre Desrey, coutumier d'opérations de ce genre [1].

---

1. Sous un titre différent : fol. 1 r° (S)'Ensuyt *la vie de Jesuchrist en fran||coys* Imprimee || a Paris nouuellement. A la verite de la sain||cte escripture. Concordee et assemblee au texte || des quatre Euangelistes Postillee et exposee || selon les gloses et concordances des excellens || et souuerains Docteurs de nostre mere saincte Eglise. || On les vend a Paris en la rue neufue nostre Dame a l'enseil||gne de l'escu de France. Par Alain Lotrian ||. .... (A la fin) Cy finist *vita Christi* || en Francoys Nouuellement Impri-mé a Paris, s. d.

In-4° de 54 f. non chiffrés, sign. Aii—Miii, Car. goth. à longues lignes, grav. sur bois. Titre en car. rouges et noirs (B. Nat., réserve II. 953).

Le même ouvrage, A Paris || chez Simon Caluarin rue Sainct Jacques... Paris, s. d. in-4° de 44 ff. non chiffrés, sign. Aii—Liii, car. goth. à 2 col ; grav sur bois (B. Nat. Réserve, H. 606).

Id. Paris, Bonfons, (B. de l'Arsenal, Théol. 307, A).

Dans d'autres éditions, notamment dans la *Vita Christi en francoys historié* etc., imprimé à Troyes chez Jehan Lecoq. S. d. (1527, in-4° goth. 35 l à la p., fig. en bois, (B. de Troyes n° 12,385) on a ajouté la légende de Judas.

Toutes ces éditions sont omises par Brunet, et dans le releve récent des publications de Pierre Desrey par H. Monceaux (*Les Le Rouge de Chablis*, 1895, p. 246).

L'identification que l'on propose est d'ailleurs assurée puisque P. Desrey a signé, dans les mêmes termes, mais plus complets, le prologue d'un ouvrage connu :

b) La seconde partie, ou « la benoiste passion et resurrection par le bon maistre Gamaliel, Nicodemus, etc. », fut également réimprimée à part sans changements par le libraire Jehan Treperel, à Paris, en 1492 et 1497 [1].

c) Cette *Passion* selon Gamaliel, version en prose d'un ancien poème, est souvent suivie dans les manuscrits [2] de la version analogue du poème de la *Vengeance de N. S.* ou de la destruction de Hierusalem [3], qui fut mis au théâtre par Mercadé. Il n'est pas impossible qu'un manuscrit de ce genre (c'est-à-dire contenant la *Passion* suivie de la *Vengeance*) ait inspiré les « compagnons » qui dès 1396 jouaient à Nevers la *Passion* et la *Vengeance* [4]. Quoi qu'il en soit, la *Vengeance* en prose ne tarda pas à être insérée dans les éditions nouvelles de la *Vie de Jesu Crist*, qui avait changé de nom et pris le titre équivoque de *Vita Christi*, dans le langage courant.

Cette *Vita Christi*, augmentée de la *Vengeance*, obtint elle-même à Paris, à Lyon, à Poitiers, à Troyes, jusqu'au XVIIIᵉ siècle, de nombreuses éditions [5] dont la nomenclature très incomplète remplit plusieurs colonnes de Brunet [6]. Au XVIᵉ siècle (1544), elle fut de nouveau traduite en languedocien « al lengaget de Tholosa » et publiée chez le libraire J. Colomiès ; au XIXᵉ siècle, elle fournit

---

Les *Postilles et expositions des Evangiles*, etc., Troyes, G. Le Rouge, 31 mars 1492 (1493 n. s. « Je, Pierre Desrey, simple orateur natifz de Troyes en Champagne et bon françoys...

1. Brunet, 5ᵉ édition, t. 3, p. 424 (*Passion de Jésus-Christ*). — La Bib. Nat. possède l'édition de 1497 : Reserve D. 5,692.

2. Besançon, 588, f. 25 v°, Paris, B. N. ms. fr. 979 f. 50 r° ; fr. 24,438 f. 202. Arsenal 5,366. f. 64.

3. Sur ce poème voir la notice de P. Meyer, *B. de la Soc. des anciens textes fr.* 1875, p. 52-55.

4. Cf. P. de Julleville, *Les Mystères*, t. II, p. 644 .
La mention dans les comptes originaux de la v. de Nevers n'est pas assez explicite pour rien décider. D'autre part, on trouve des Ms où la *Passion* des bateleurs du XIIIᵉ s. est également suivie à plus ou moins de distance de la *Vengeance* en vers. Exemples, Arsenal, N° 5201, et le Ms. de Turin actuellement détruit, mais heureusement décrit par M. Stengel. (fr. 36 (LII. 14.) Chi faut li roumans de nostre dame et la *souffranche Jhesucrist*, si commenche sa *nenganche* ».

5. Les dernières éditions populaires, notamment celle de 1705, vue et corrigée par C. Mallemans de de Sacé sont à la Bib. de Troyes.

6. Brunet, 5ᵉ edit. t. V, p. 1184 a 1188, *Vies de Jesu Crist*.

de longs extraits à plusieurs Dictionnaires de l'Encyclopédie
Migne, et l'érudit Peignot en publia un résumé dans la *Praedicatoriana* (1843). Le vieux livre n'a donc cessé d'être réimprimé jusqu'au XIXᵉ siècle, et il y a peu d'exemples d'une aussi longue
popularité ; mais malheureusement ces réimpressions sont rares,
et l'édition originale de 1485 qui peut seule entrer en ligne de
compte avec les manuscrits, est rarissime. Ce sera peut-être l'excuse de cette longue analyse, sur laquelle reposent toutes les discussions qui suivront.

Les faits établis, et la comparaison de l'imprimé de 1485 et des
manuscrits terminée, nous n'avons plus qu'à justifier brièvement
nos assertions précédentes et à démontrer par des indices très simples comment, malgré des contradictions apparentes, la *Passion*
d'Auvergne et les mystères rouergats sont tous deux tirés non
d'imprimés, mais de manuscrits que nous ne connaissons plus.

1º La *Passion* d'Auvergne est antérieure à 1477, et le courrier
de Pilate s'y appelle *Romain*. Or tous les manuscrits français et
provençaux de la version en prose du poème français que nous
avons consultés donnent *Roma*, un seul *Romas*. *Romain* n'apparaît que dans l'imprimé de 1485 et ses réimpressions. Cela prouve
simplement que le compilateur de 1485 a copié *Romain* dans un
manuscrit analogue à celui qu'avait employé le poète d'Auvergne.

2º Dans les mystères rouergats, le courrier de Pilate s'appelle
Roma comme dans les manuscrits, et il est nommé ailleurs *Roman*
(*sic*, non pas *Romain*) dans une table des matières [1]. Cela prouve :

1º Que ladite table des matières est probablement d'un autre
auteur que le reste de la compilation (??).

2º Que toute la compilation a été prise dans un manuscrit.
Ce manuscrit ressemblait d'ailleurs à celui qui a été reproduit
dans l'imprimé de 1485. En effet, le commencement de la déposition de Cariot et d'Elion, traduit dans les mystères rouergats,
contient des additions qui ne se trouvent dans aucun des manuscrits français et provençaux, et cette première phrase du texte
rouergat coïncide au contraire avec le texte de l'imprimé de 1485.
Il est d'ailleurs facile de distinguer dans cette traduction rouergate

---

1. B. N. n. a. fr. 6,252 fol. 30 vº.

textuelle un ou deux détails parasites qui ne sont ni dans l'im-
.primé, ni dans les manuscrits, et que l'auteur rouergat a ajoutés
de son chef[1]. Donc il était bon, nécessaire de comparer l'imprimé
aux manuscrits, d'autant plus que, par hasard, la première partie
de la *Vie de Jesu Crist* contient des épisodes de la vie publique du
Christ[2] qui reparaissent dans les mystères rouergats et qui auraient pu faire confusion en donnant à penser que le compilateur aurait également imité cette première partie.

Quant à ce fait qu'outre la version en prose du poème français
tiré de l'*Evangile de Nicodème*, le compilateur ou les compilateurs
rouergats ont connu par surcroît l'*Evangile de Nicodème en vers
provençaux*, il s'établira tout seul puisqu'un mystère rouergat, celui
de la *Résurrection*, contient des vers dudit *Evangile de Nicodème*
rimé qui, naturellement, ne se retrouvent pas dans les versions en
prose provençale du poème français. Si compliquée que soit la
filière des emprunts que nous avons indiquée, elle sera matériellement établie quant on aura lu les mystères d'Auvergne et de
Rouergue qui suivent. Avant, nous avons simplement placé quelques extraits de la *Vie de Jesu Crist* de 1485, à feuilleter comme
pièces justificatives, et qui sont à rapprocher du texte des mystères rouergats.

---

1. Voir plus loin cette déposition ou lettre réimprimée dans les Extraits de la *Vie
de Jésu Crist* de 1485 et noter l'expression « le limbe du sein d'Abraham », p. 352.

2 Exemple : le chapitre de la Samaritaine reproduit *in extenso* dans les Extraits de
la *Vie de Jesu Crist* de 1485.

EXTRAITS DE LA VIE DE JESU CRIST DE 1485

(B. N. Réserve H. 506).

PREMIÈRE PARTIE

VIE PUBLIQUE DE JÉSUS

FIN DE LA TABLE DES CHAPITRES

Comment nostre seigneur Iesucrist lessa Ierusalem (fol. LXI r·. —
Cf. *Mystères rouergats*, p. 12 à 19).
Relinquit Jesus Judeam et abiit in Galileam (*Johannis*, IIII·).

Jesucrist lessa Judee, c'est assavoir Jerusalem, et s'en ala en Galilee,
et passa par une cité qui s'appelle Samarie, et si avoit près de la cité une
belle fontaine, et Jesuscrist estoit las de cheminer, et se assist atouchant
de la fontaine environ l'eure de VI·, et ses disciples alerent en la cité
querir a menger. Et entretant que les disciples de Jesucrist estoient en
la cité querir a menger, une fame de la ville vint a la fontaine. Et la fame
luy dit : *Domine scio quod Messias venit qui dicitur Cristus*. Sire, j'ay
entendu que le Messias vient qui est appellé Jesucrist, et quant il sera
venu, il nous dira beaucoup de choses. Et Jesucrist lui dist : *Ego sum
qui loquor*. Je suis celui qui parle a toy. Et quant les disciples de Jesucrist eurent apresté les viandes, ilz vindrent a Jesucrist et quant ilz virent

qu'il parloit a la fame, ilz se merveillerent moult entre eulx. Et la fame laissa le pot et s'en ala en la cité et dit es gens qu'elle avoit trouvé Jesucrist : « *Venite et videte hominem qui dicit michi omnia que feci*. Venez voir ung homme lequel m'a dit tout quanque j'ay fait. » Et ceulx de la cité dirent : « Ce doit estre Jesucrist. » Et adonc tous saillirent de la cité et vindrent voir, et entretant les disciples luy disoient qu'il mengeast, et il leur disoit : « *Ego cibum habeo manducare quem vos nescitis*. » Et adonc nostre seigneur dit a ses apostres : « J'ay a menger d'une viande, laquelle vous ne scavés point. » Et les apostres dirent entre eulx que l'on luy aportast a menger, et Jesucrist nostre seigneur leur dit : « *Meus cibus est ut faciam voluntatem ejus qui misit me*. Ma viande est que je face la volenté de Dieu mon pere, lequel m'a envoié en terre. » Et après ces choses dictes veult menger avecques ses disciples sur la terre en moult grant humilité [1]. Et après qu'ilz eurent mengé, il entra dedens la cité et ala prescher, et creurent en luy plusieurs gens pour la parole de la fame qu'elle leur avoit dit quant elle eut parlé a nostre seigneur en la fontaine, et Jesucrist demeura dedens celle cité deux jours. *Pone superius ab angono dirige ut in figuribus sanctorum invenies in vita apostolorum Symonis et Jude* [2].

Comment les apostres de nostre seigneur mengoient les espies du blé.

Comment Judas le traistre fut nez. (Suit la légende, fol. LXII à LXVII r°.)

SECONDE PARTIE

Comment au partir de Betffagie Jesucrist manda Sainct Pierre et Sainct Phelippe en Jerusalem pour aler querir l'anesse et le polain [et] dessus l'anesse entra en Jerusalem [3], fol. LXVII v°. (Cf. *Myst. R.*, p. 95 96.)

Et quant ilz furent près de l'entrée de la porte de la cité de Jerusalem, Jesucrist dist a Sainct Pierre et a Sainct Phelipe qu'ilz entrassent en la

---

1. « Menger sur la terre en grant humilité », ce trait vient des *Meditationes Vitae Christi* Ch. XXXI.— Le mystère rouergat de la *Samaritaine* présente un trait analogue p. 18 : « Aras se asieto los disipols en terra, etc. », mais Jésus ne partage pas leur repas, ce n'est donc qu'une fausse analogie et le compilateur rouergat n'a pas utilisé ce chapitre.

2. Renvoi soit à la *Légende dorée*, soit aux *Vies des Saints* ou aux *Evangiles fériaux*.

3. Texte a peu près identique dans la plupart des manuscrits. Dans le manuscrit de la Bib. Nation. n. a. fr. 4.085, le texte est encore semblable, mais les *titres* et les divisions des chapitres diffèrent très légèrement.

cité, et qu'ilz luy amenassent une anesse qu'ilz trouveroient liee avecques
son polain, et Sainct Pierre dist : « Et que ferons nous si les gens la
nous ostent ? » Et Jesucrist leur dist : « Vous ne trouverez la[1] homme
qui la vous hoste. » Et Sainct Pierre et Sainct Phelippe entrerent dedens la ville, et tantost trouverent l'anesse liée avecques son polain, et
la deslierent et l'en amenerent a Jesucrist, et tantost les apostres si des-
pouillerent leurs robes et les misrent dessus l'anesse. Et puis assirent
Jesucrist dessus, et commencerent a aler droit a la porte de la cité de
Jerusalem, et quant furent pres de la porte, Jesucrist commença forment
sa coleur à muer et dist a ses apostres : « Forment s'aproche la des-
trucion de Jerusalem. » Et Sainct Jehan l'evangeliste luy demanda que il
voloit dire. Et Jesucrist luy dist que le .VIII. an après icelluy ou ilz estoient, seroit tel fain en Jerusalem que les mères y mengeroient leurs
enfants, et toute la cité seroit destruicte.

Comment le peuple de Jerusalem et les enfans receurent honorablement Jesucrist a l'entree de la ville. (Cf. *Myst. Rouergats*, p. 99.)

Et quant les Juifz sçeurent la venue de Jesucrist, tout le peuple grant
et menu et les enfans issirent hors de la cité pour faire honneur a Jesucrist. Et chantoient les enfans des Ebrieux, et disoient : « Gloire et honneur soit a nostre seigneur Jesucrist. Benoist soit le filz de David qui
vient au nom de nostre souverain seigneur Adonay * pour nous saulver
ainsi comme il est escript. » Les ungs se montoient sur les arbres et
jectoient les rames de fleurs par le chemin ou debvoit passer nostre seigneur Jesucrist. Et se despoulloient leurs robes et les estendoient par
le chemin. Et Jesucrist se entra en la cité a grant honneur, et ala tout
droit au temple de Salomon que on clame le mont d'Olivet, et la prescha,
et en son sermon parla moult amplement de la loy, et sy furent moult
esmerveillez les Juifz des motz qu'il disoit, car jamais ne les avoient ouy
itieulx. Et quant il eut presché, nul ne le [ur] parla de menger, mais
s'en tourna en la maison de Jacob, pere de Marie Jacobi, et la menga et
demeura celle journee.

Comment pour l'envie que les Juifz eurent de l'oneur qu'on avoit fait a nostre seigneur Jesucrist, Annas et Caiphas manderent les .XII. plus grans et tindrent leur conseil pour le faire citer devant Pylate.

1. Imprimé : *ja.*

LE LAZARE.

**Comme quant les Juifs eurent assez blasmé Jesus, XII bons preudom-
mes le deffendirent et comptèrent à Pilate tous les grants biens qu'il
avoit faict en Bethanie, p. III^{xx}xix r°. (Cf. *Gesta Pilati*, ed. Tischendorff, 1876, cap. VIII, p. 357)[1].**

: « Et adonc les XII prudommes se tyrerent avant qui estoient de
Bethanie, et dissirent : « Syre Pilate, escoutés que nous vous dirons.
Nous avons veuz que Jhesus a moult fréquenté en la maison de Marthe,
et sy a fait de grands miracles que nous sçavons bien et, entre les
aultres, nous veïsmes que le ladre, frere de la Marthe morut, et les
dames le sevellyrent, et quant vint au quart jor que fut sevelly, Jhesus
vint en l'ostel de la Marthe, et Marthe luy dit : « Sire, se tu fusse[s] icy,
mon frere le Ladre ne fusse pas mort, quar je croy certainement que ce
que tu recite[s] a Dieu t'est oulctroyer. » Et Jhesus luy dist : « Ton
frere resuscitera », et elle luy dit : Je sçay bien qu'i resuscitera au jour
du jugement quant nous ressusciterons », et Jhesus luy dist : « Je suis
resurrection et vie, et quy croira en moy aura vie perdurable. Croys tu
ceci ? — « Sires, dit elle, je croy que tu est (*sic*) filz de Dieu vif, qui est
venus en cestuy monde. » Et quant Jhesus vit la foy de Marthe, il luy
dit qu'il allassent avec ly et il s'en alla au monument du Ladre. Et Marthe et Marie Magdeleine et grand foyson d'autres gens allerent avec luy.
et puis il fit lever la pierre du monument, et le Ladre puoit moult fort.
Et Jhesus se pry a plorer et dist ses paroles : « Ou non de mon Pere
qui est tout puissant, lyeve toi » et incontinant le Ladre se leva, et Jesucrist luy retourna l'ame ou corps, et quant le Ladre fut dehors du monument, il se agenoilla devant Jesucrist et luy dist : « Syre, vray Dieu,
garde moy de retourner au lieu d'ou je suis parti, vrayment tu es ma
redemption. » — Et nous vouldryons veoir, sire Pilate, que vous voul-
sissiez scavoir la veritey. » Et adonc Pilate regarda Gamaliel, et luy dit:
« Dictes, Gamaliel, sçeutez vous onques de cecy rien ? — Certes, syres,
dit Gamaliel, ouyr (*sic*) encoyres plus que ne vous dient.

---

1. Episode correspondant, dans les *Mystères rouergats*, p 65-88, p. 287-288. Pour ce
chapitre, il pouvait y avoir un petit avantage à montrer, si besoin était, combien
l'imprimé de 1485 diffère peu des manuscrits. J'ai donc reproduit ici le texte d'un
manuscrit très moderne, copic a Autun en 1470. N a. fr 4085 fol 111 r°. — L'imprimé
de 1485 ne diffère guère que par l'ortographe, mais ajoute a la fin cette phrase :
« Et vouldrions bien que vous vousissiés veoir le ladre pour bien scavoir la verité de
de iesucrist et qu'il est, car si tu le cognoissoies bien, tu ne croyroyes nulles parolles
mensongiers (*sic*) contre lui ».

JOSEPH D'ARIMATHIE ; CARIOT ET ELION [1]

**Comment les evesques envoyerent guerir Gamaliel et Nicodemus et alerent
veoir la courtine du temple qui estoit rompue dont [2] pour ses choses
plorerent moult fort et menerent grant tourment.** — Cf. *Mystères
rouergats*, Joseph D'ARIMATHIE, p. 164, v. 4541 et suivants.

P. vi^xx^vi r° : « Et tantost ilz envoyerent querir Gamaliel et Nicodemus
et plusieurs aultres. Et quant tous furent venuz, ilz s'en alerent au
temple de Salomon et virent la courtine rompue et partie. Et incontinent commencerent a plorer moult fort tant que c'estoit grant pitié.
Et Joseph d'Abarimathie et Nicodemus alerent plus avant et virent les
deux creatures qui avoient nom l'un Carioth et l'autre Elion avecques
leurs suaires affublés, et eurent tous grant peur. Et Cayphas si les commença à conjurer de par le hault seigneur Adonay que, se ils estoient
bonnes choses, que ilz parlassent a eulx et si maulvaises estoient, qu'ilz
s'en alassent du temple et sans nul mal faire a homme. Et Carioth leur
fist signe qu'ilz apportasseni encre et plumes et parchemin, et il escrip-
roit tout quanqu'il leur voulolt dire. Et tantost Annas les cogneut bien,
car il s'approucha et si dist aux Juifz : Saichez que cestes creatures sont
Carioth et Elion, filz de Ruben, qui estoit moult saige homme en nostre
loy, qui mourut n'a pas troys ans. Et tous les regarderent et dirent :
« Sire Annas vous dictes vray ». Et Gamaliel dist aux Juifs ; « Pour certain ils sont de ceulx qui sont ressuscitez par la mort de Jesu Crist. —
Et Cayphas dit : « Et comment scavez vous que par la mort de celuy
homme Jesus gens ressusciteroient ? » — Et Gamaliel lui dist : « Et ne
veistes vous pas que, quant Jésus mourut en la croix, que grant tremeur
fut sur la terre, et le souleil et la lune se obscurcirent, et adonc la courtine du temple de Salomon se fendist et partit, et les mors qui estoient
es monumens ensepveliz se leverent et ressusciterent et aloient par sur
la terre ? Et aussi les tours partirent et fendirent, car la tour de David
fendit. Et puis les evesques dirent à Gamaliel : « Voyons si en nule

---

1. Titre ajouté par l'éditeur.

2. Tout ce chapitre présente de sensibles différences avec l'*Evangelium Nicodemi*
éd. Tischendorff, P. II, cap. I, p. 390, et l'*Evangile de Nicodème en vers provençaux*,
éd Suchier, p. 49, v. 1650 et suivants ; tandis qu'il est reproduit littéralement dans le
Mystère rouergat.

La correspondance entre la *Passion de Gamaliel*, dont nous avons ici la version en
prose française, et l'*Evangile de Nicodème en vers provençaux* ne s'établira guère qu'à
partir de la lettre Cariot et d'Elion, mais elle subsistera jusqu'a la fin de cette lettre,
malgré quelques interversions dans les chapitres.

maniere pourront tant faire que celles creatures parlent a nous et aussi
a vous ».

Et Cayphas s'en ala vers eulx et leur dist : Je vous commande de par
le seigneur Adonay que vous me dictes pourquoy vous estes cy venuz ».
Et Carioth lui fist signe aultrefois que on lui apportast de l'encre et du
papier pour escripre pourquoy ilz estoient la venus. Et Gamaliel ala
vers eulx et leur dist : « Se vous aultres osez parler a homme vivant,
parlez a moy. » Et ilz respondirent : « Nous osons bien parler a vous,
mais que cestes gens n'y fussent. Car Dieu nous a deffendu que nous ne
parlons a nulz d'eulx, mais vous sçavez bien que, par la revelation de
Jesucrist, il est ressuscité. Et nous sommes icy venus pour manifester
et faire assavoir a tout le peuple la vérité. Nous faictes apporter de
l'encre et du papier et nous le vous mectrons en escript ». Et tantost
Gamaliel ala aux evesques et leur dist : « Seigneurs baillons leur encre,
plume et parchemin, et verront qu'ilz veulent escrire ». Et les Juifs commencerent a estraindre les dens contre Gamaliel et le menacerent fort.
Et Carioth et Elion escriprent en leur ebreu chascun a sa partie une
chartre, et eut en l'une comme en l'autre. Et a une heure ilz commencerent et a une heure affinerent. Et quant Carioth eut escript, il la bailla à
Annas et Elion a Cayphas...
Et disoient ainsi les chartres.

**Comment Carioth qui estoit ressuscité a l'eure de la mort de nostre
seigneur Jesu Crist compta aux Jnifz de ce qu'il estoit descendu au
limbe après sa mort [1].**

Moy Carioth, ou non de Dieu Jesucrist qui fut levé en croix, crucifié,
clavellé, escopi et flagellé et de la lance son cousté percié par vous aultres Juifz, je commence a dire merveilles telles que onques mais

---

1. Comparer : 1º *Evangelium Nicodemi* (éd. Tischendorff, 1876(P. II, cap. I et II (XVII,
XVIII), p. 390.
2º *L'Evangile de Nicodème en vers provençaux*, éd. Suchier, p. 50, v. 1703 :

> Ieu Carinus e nom de dieu
> Que levero en cros Juzieu,
> Comensi a dir ma razo, etc.

3º La traduction provençale de la *Passion selon Gamaliel*, etc. Bib. Nat. ms. fr. 24.495
fol. cxvii vº. « Ieu Carios, yeu Carios (répété, *sic*) en non de Ihesu Crist que foc levat
en cros comensi a dire meravilhas..
Quant nos eram jus en iffern en .I. loc que a nom lo linbe on aviam gran dolor e
gran martir, mas non pas tant coma los autres que cram dedins nos. E. I. que era

homme ne ouyt dire telles ne si grans, et sans nulle mensonge, mais
est pure verité. Et est faict si comme les prophetes ont prophetizé. C'est
assavoir qne nous estions en enfer en ung lieu qui avoit nom limbe, ou
nous estions en grant douleur, mais non pas en si grant comme ceulx
qui estoient dessoubz nous. Si vint ung homme en enfer qui avoit esté
crucifié et si avoit nom Dymas *(sic)* et estoit larron et fut crucifié avecques Jesus et luy requist mercy. Et après vint une grant resplendeur en
enfer dessus nous de quoy les diables furent moult espouentez. Et tantost nous ouysmes la voix de Jesucrist qui disoit : « Ouvrez vos portes,
les miens ennemis, car je vueil liens entrer. »

**Comment les diables d'enfer eurent grant peur et menerent grant tour-
ment quant nostre Seigneur vint a la porte d'enfer.**

N.B. Suivent dix chapitres comprenant la querelle des diables Lucifer, Enfer, Sathan, l'entrée de Dymas ou Dyamas le bon larron, les discours

estat crucificat vent e intret en iffern, que avia nom Gestas que era layre e era estat
crucificat am Ihesu .... »

4° La 2° traduction provençale B. Nat. ms. fr. 1919, fol. 77, 78 et suiv., plus abrégée ;
une citation d'une phrase suffira : « Eran en enfern en .t. luoch que hom apelhava
limbe que .t. home que es estat crucifiat vent he entret en infer : he aquest avia a
nom Gestas........ »

5° Les manuscrits français ou versions en prose française de la *l'assion selon Gamaliel* comme les manuscrits provençaux précités, n'ajoutent qu'une seule épithète au
nom de Jésus Christ « mis en croix » « crucifié à la croix ». Exemples ; B. Nat. ms. fr.
979, fol. 36 v° ; it. fr. 24,438, fol. 162 r° etc.

La traduction du mystère rouergat *Joseph d'Arimathie*, p. 169, v. 4668 et suiv. correspond seule exactement, à ma connaissance, au manuscrit français reproduit dans
la *Vie de Jesu Crist* de 1485, réimprimée ici

Ieu Chariot, en lo nom de Ihesu Crist,	He anb una lansa lo costat ubrit,
Lo qual force mes en crotz,	Per vos autres malvatz Juzieus,
Batut, clavelat he en la cara escupit,	Ieu vos diriey grandas meravilhas.......
Plus loin :	
So es à saber que nos erem en infern	Lo linbe *de Sinu Abrae*
Ien hun loc que ha amon, — (a nom ?)	Hont nos estavem en gran dolor.

Au mot « limbe » du texte qu'il avait sous les yeux, le compilateur rouergat a
ajouté « *de sinu Abrae* », et a fabriqué ainsi une expression très bizarre, relevée par
M. Jeanroy (*Introduction*, p. xxx, note l. 3), mais qui n'est pas sans analogue dans la
littérature religieuse du xv° siècle. Comparer cette description de l'enfer dans la Vie
Nostre S. Ihesu Crist compilée par un religieux Célestin l'an 1462, B. Nat. ms. fr. 9587
fol. 165 r° : « Le quart lieu se nomme *sinus abrahe*, le sain c'est-à-dire le repos de
Abraham et a la fois se nomme le limbe combien que improprement ouquel lieu
estoient les sains peres qui oneques furent depuis Abel jusques a la Passion nostre
seigneur Ihesu Crist. »

d'Adam et de son fils Seph, puis des prophètes Zacharie, Jehan Baptiste, David, Jérémie, les exclamations joyeuses des saints, la terreur des démons qui veulent fuir, mais sont retenus prisonniers par Enfer, et l'arrivée de Jésus-Christ aux portes d'Enfer, etc.

Toute cette partie de la *Passion selon Gamaliel* est encore tirée à peu près textuellement de l'*Evangile de Nicodème en vers provençaux*. Tandis que ladite paraphrase provençale s'écarte, comme on le sait, plus d'une fois de la version latine de l'Evangile de Nicodème, au contraire la *Passion selon Gamaliel*, le roman ou poème en prose français suit pas à pas le provençal. Ailleurs, l'auteur français a fait à son modèle de notables changements ou additions, ici il ne lui ajoute rien, il le reproduit fidèlement pendant des pages entières qui ont été à leur tour imprimées sans modifications dans la *Vie de Jésus Crist* de 1485. On s'est borné à quelques extraits suffisants pour l'étude des mystères rouergats.

Ainsi l'on a réimprimé toute la fin de la lettre de Cariot et d'Elion parce que les répliques d'Adam et d'Eve contenues dans ce texte sont faciles à retrouver :

1° Dans l'*Evangile de Nicodème en vers provençaux*, page 60, vers 2015-2065.

2° Dans la scène de la Descente aux Limbes qui fait partie de la *Résurrection* rouergate conservée, p. 104-105. Les répliques d'Adam et d'Eve visées y sont insérées au milieu de développements tirés de la *Passion* du manuscrit Didot (cf. p. 404-405 de ce livre).

D'autre part, la version latine de l'Evangile de Nicodème (éd. Tischendorff, 1876, P. II, Cap. viii (XXIV), p. 403, ne contient pas la fin de la lettre de Cariot et d'Elion avec les détails sur l'Alleluya et le signe de la Croix, tels qu'on les trouve dans l'*Evangile en vers provençaux*, p. 62, v. 2068-2100. Cette fin est traduite dans la *Passion selon Gamaliel* avec une telle fidélité que ce passage suffirait, semble-t-il, pour démontrer que l'auteur français a dû travailler directement sur le texte provençal, comme on l'a déjà dit et comme on en relèvera encore d'autres indices.

Jésus aux portes de l'Enfer. (Fin des lettres de Carioth et d'Elion dans la *Vie de Jésus Crist* de 1485, fol. vi^{xx}xi verso. — Cf. *Myst. rouergats*, p. 101 à 105, répliques d'Adam et d'Eve.

Et tantost Jesucrist cria plus haultement qu'il n'avoit fait les aultres fois et dist : Ouvrés les portes, princes d'Enfer, car je le vous commande. Et Sathan dist : Qui est celluy qui veult entrer ceans ? — : « Dieu fort, Dieu tout puissant en toutes choses qui tout vostre pouvoir vous veult

oster. » — Et tantost les portes d'enfer se ouvrirent tout par elles et les
barres et les chaysnes se rompirent toutes.

Comment Jesucrist, apres qu'il eut crié la seconde fois, il entra en enfer et lya Sathan[1].

Et Jesucrist s'en entra leans ou meillieu d'enfer, et print Sathan et le
lya par sa vertu et puissance tellement qu'il n'avoit pouoir de faire mal
ne bien. Et Jesucrist dist a Sathan : « Tu es celui qui engignas Adam
et Eve. Et pour ce qu'ilz te creurent, je les jectay de paradis terrestre,
car ilz passerent mes commandemenz. Et depuis en ça, tu les a tenuz
en grandes paynes et en grans tourmens, et tous ceulx de leur nature.
Et pour ce que grant mal as faict, et grant mal en prendras, et seras en
enfer a tousjours mais, et y demoureras, sans point de mercy. » Et puis
Jesucrist dist a Enfer : « Je te commande que tu le tiegnes a tousjours
mais en tes prisons prins. » Et puis après, Jesucrist regarda Adam et
luy dist : « Adam, je te donne ma paix et a tous ceulx qui ont fait le
commandement de mon Pere. »

Comment Adam s'agenoilla aux piez de nostre Seigneur en luy rendant graces et mercy[2].

Et tantost Adam s'agenoilla et baissa (sic) les piez de Jesucrist et les
mains, et regarda les anges en plorant, et puis il leur dist : « Ce sont les
mains de celuy qui me fist et forma et aussi forma tout le monde et ordonna toutes choses. Et fist le firmament et les estoilles, le souleil et la
lune, et leur donna clarté pardurable. Et est celuy qui nous jugera au
dernier jour. Ha ! sire, roy tout puissant, humble et plain de toute doulceur et de misericorde, comment as tu peu souffrir mort et martire, tant
est le tien povoir grant? Mais sire, tu es droicturier, car si, comme je
fis le grant defaillement et trespassay ton commandement par ma grant
glotonnie, aussi, sire, il a convenu que tu soyes venu au monde pour
confondre et destruire le diable d'enfer qui longuement m'a tenu es ses
prisons pour le peché que je commis. Par arbre je [ay] peché et par
arbre tu es mort, et par ta mort je suis rachapté et mis hors de prison.

---

1. Cf. *Evang. Nicodemi* (éd. Tischendorff), Cap. XXIV, p. 403-404.
Item *Evang. de Nicodème en vers provençaux*, p. 60, v. 1995-2010.

2. *Evang. Nicodemi*. Cap. XXIV, p. 403. — *Ev. en vers provençaux*, p. 60-62, v. 2015-
2065.

Et puis Eve commença a plorer devant Jesucrist[1], et eut grant joye quant
Jesucrist lui eut pardonné le péché qu'elle avoit faict, et puis vindrent
tous les saincts et adorerent Jesucrist et chanterent ung chant de grant
doulceur, c'est assavoir alleluya, alleluia, alleluia, et vault autant a dire
comme gloire et honneur soient a nostre seigneur Dieu Jesucrist[2]. Et
tantost Jesucrist despouilla enfer et en jecta tous les siens amys.

Comment apres plusieurs murmurations Jesucrist jecta ses amys d'enfer.

Et tantost Jesucrist se commença a yssir d'enfer. Et les sainctz luy
prierent qu'il laissast en enfer le signe de la croix affin que les diables
en eussent tousjours peur, et que n'eussent pouoir de mal faire a nul
home qui veille Dieu amer et croire et qui d'icy en avant face le
signe de la croix sur soy. Et Jesucrist avecques ses amis qu'il jecta
d'enfer s'en ala en Paradis terrestre. Et illecques les mit jusques a ce
qu'il montast en la gloire de Paradis a la dextre de son pere. Et aux
aultres il commenda qu'ilz demourassent vivans ou monde pour qu'ilz
en portassent tesmoignaige. Et cy finissent tous les escriptz de Carioth
et Elion.

1. Les Ms. français et les Ms. provençaux sont ici plus développés que le Ms. fr.
reproduit dans la *Vie de Jesu Crist de 1485* que nous réimprimons, et se rapprochent
plus de l'*Evangile de Nicodème en vers provençaux*, p. 62, v. 2058 :

> So sun las mas que em paradis
> Mi formero d'un petitz hos
> Aytant leu co fero d'un gros.

Vers imités dans la *Résurrection* rouergate, p. 104, v. 2792 :

> Que me formiest en paradis
> He que me fesis de hun petit os.

Comparez par ex. le manuscrit français, B. Nat. 979, p. 39 v°. « Et atant Eve, nostre
premiere mere, vint es piés de Jhesu Crist et dist : « Ce sont les piés et les mains qui
en paradis terrestre me formarent d'une petite couste....., etc. »

2. Cf. Tout le passage correspondant dans l'*Evangile de Nicodème en vers provençaux*, p 62, v. 2070-2100 :

Un cantz cantero d'alegror,	Que es vengutz del cel d'amon
Alleluya, que dis aytan :	Per nos gitar d'ifern prion.....
Honor sia d'aqui enan	(Ces deux derniers vers copiés dans la
A nostre senhor Jhesu Cristz	*Résurrection rouergate*, p. 105, v. 2806.)
Que en ifern ayssins a vistz,	Ab tan Jhesus ifern mordet, etc.

LA

PASSION D'AUVERGNE

LA

PASSION D'AUVERGNE

B. Nat. Ms n. a. fr. 462.

La *Passion* d'Auvergne a été signalée dès les premières années
du xix⁰ siècle par l'érudit Dulaure, mais il n'en avait copié qu'un
intermède comique en patois de la Limagne. Cette copie de Dulaure
actuellement conservée à la Bibliothèque de Clermont-Ferrand
(Ms. 623, f. 360-368) a été deux fois imprimée avec traduction et
commentaire (*l'Ancienne Auvergne et le Velay* par Adolphe
Michel, Moulins, 1847, in-8, t. III, p. 52 ; *Les Patois de la Basse
Auvergne.* leur grammaire et leur littérature par H. Doniol,
Paris, Maisonneuve, 1877, in-8°, p. 73-78). Ces commentaires sont
cités dans les *Mystères*, t. II, p. 40, 644, et le *Répertoire du
théâtre comique au moyen âge*, p. 132, de M. Petit de Julleville.

Avec ces ressources il devenait facile d'étudier le manuscrit qui
porte depuis longtemps à la Bibliothèque nationale le n° 462 des
nouvelles acq. françaises. L'intermède comique précité y occupe
les feuillets 26 à 29. M. Petit de Julleville a tenu en mains ces fragments, mais il s'est contenté de résumer en trois lignes la courte
notice insérée en tête du manuscrit par un de ses anciens posses-
seurs, J. de Gaulle, lequel, après avoir examiné le manuscrit avec
Magnin et Guichard, avait constaté que ce mystère auvergnat ne
ressemblait à aucun des mystères manuscrits ou imprimés de la
Bibliothèque nationale. On jugera peut-être que la pièce vaut,
sinon une reproduction *in extenso*, du moins une analyse détaillée
avec citations. Elle constitue, en effet, la transition entre les théâtres du Nord et du Midi, et se rattache étroitement aux mystères
rouergats.

Dans son état actuel, le Manuscrit n. a. fr. 462 contient 84 feuillets en papier fort et comprend deux fragments très étendus, tous
deux sans interruption, soit environ 7,000 vers en tout, très iné-
galement répartis. Ce manuscrit est une copie souvent remaniée.

Le texte primitif du premier fragment a reçu de nombreuses interpolations de deux mains différentes. C'est la seconde de ces mains qui a écrit et daté de 1477 (fol. 30 r°) l'intermède comique mentionné plus haut. Toutes les scènes de cette première partie sont séparées par des blancs, et les indications de mise en scène contenues dans les marges ont été multipliées à diverses reprises.

Le second fragment, au contraire, n'offre aucune séparation ; il est écrit tout entier, très serré, avec une encre beaucoup plus pâle, par la main qui a tracé les premières interpolations et qui a signé (p. 13 v°) M. Phanuer ou Pharuier. Les feuillets des deux fragments sont numérotés au bas du verso, mais cette numérotation ancienne du xv° ou du xvi° siècle ne permet pas de supputer exactement les lacunes du Manuscrit. En effet, celui qui a écrit ces numéros au bas des pages comptait simplement les feuillets qu'il avait entre les mains : il a inscrit I, II, III, etc. sur ceux de la première partie, puis il a recommencé pour la seconde. C'est-à-dire qu'il avait exactement le texte que nous possédons, rien de plus, rien de moins, et dès lors nous en sommes réduits aux conjectures. Cette *Passion* était-elle précédée d'une Création, d'une Nativité, d'un Jeu des trois rois et suivie d'une Résurrection ? impossible de le savoir. Ce qui est certain c'est que la journée dont nous avons conservé le premier fragment commençait à peu près comme la seconde journée de Greban et comme la première de Jean Michel. En effet, p. 34 r°, en marge du repas de Simon le Pharisien on lit : « *Dicat sicut in nupciis Architriclini dixit gracias dicat* (sic) *Jhesus* ». La journée commençait donc vraisemblablement par le baptème de Jésus et par les noces de Cana. Si l'on en juge par le développement des épisodes conservés, cette *Passion* contenait à elle seule 30,000 vers pour le moins. En voici l'analyse détaillée :

Le premier fragment commence ainsi (fol. 3 r°) : Saint Jean-Baptiste s'entretient avec ses disciples de Jésus-Christ :

Gens le suivent en toute place
Pour ce qu'il presche plaisamment.

S. JEHAN

Or dictes asseûrement
Vouldriés vous pas croyre a luy ?

SAMUEL

Certes, nostre maistre, oy,
Et selon la loy voulons vivre.

S. JEHAN

Mes amis, il le vous fault suivre,
Mettés vous en sa companie...

Le Précurseur annonce à ses disciples qu'il sera mis à mort à la fin de la journée, et il les engage à suivre Jésus-Christ (fol. 3 v°). — Aussitôt après, le roi Hérode commande une grande fête dans son palais. Les valets Tourchefauveau et Pinselardon apprêtent les viandes et mettent la table, non sans goûter les vins. De son côté, la reine Hérodias recommande à sa fille de se parer pour danser une morisque, et celle-ci va inviter ses danseurs, l'écuyer Tropsavance et « l'amoreux Mitoart » qui se retirent à l'écart *in parte secreta*, pour changer leurs costumes de cour contre des habits moresques (fol. 4 r°).— Le roi Hérode prie « le duc » son « beau frere » et ses chevaliers de l'accompagner à table, où Torchefauveau et Pinselardon leur versent force rasades. Quand ils sont à point, les danseurs et la jeune fille font leur entrée et commencent leurs entrechats : le vieux roi est charmé (fol. 5 r°). — Aussitôt le diable Belzébuth, qui a son idée, vient exciter Hérodias contre Saint Jean-Baptiste qui l'a diffamée, puis il part se concerter avec Lucifer. — Longue diablerie où la mort du prophète est décidee. Sathan, Belzébuth et Asmodee se mettent en campagne, non sans avoir obtenu de Lucifer une mission officielle ou une « lettre procuratoire[1] » (triolets fol. 6 r°). Satan se charge du roi, Belzébuth de la reine, et le lascif Asmodée de la fille qui continue toujours sa morisque au milieu d'un cercle ébahi. Le roi, transporté d'admiration, lui promet tout ce qu'elle voudra, et la jeune fille, sur le conseil d'Hérodias exige la tête de saint Jean-Baptiste. — Aussitôt Belzébuth enchanté va porter la bonne nouvelle aux enfers (fol. 7 r°). — Hérode regrette sa promesse, mais le duc et les chevaliers lui rappellent « qu'il a juré », et, bien malgré lui, il envoie le bourreau Malferas à la prison. Dieu le Père y envoie en même temps l'archange Gabriel pour recueillir l'ame qui va partir, et la conduire aux limbes parmi les saints Pères.

Malferas demande longuement pardon au prophète de la liberté grande (addition marginale de la première main), et fait voler sa tête d'un seul coup de doloire (fol. 8 v°). Aussitôt Gabriel remplit sa mission, et les anges entonnent un chant d'allégresse, tandis que les disciples Nacor et Samuel enterrent le tronc mutilé de leur maitre et le pleurent amèrement (ad. de la 2ᵉ main, fol. 9).

La jeune fille a emporté la tête en triomphe, mais cette tête, placée au milieu de la table, coupe l'appétit de tous les convives et inspire à Hérode et au duc les réflexions les plus lugubres. Hérode finit par dire

---

1. Ces « lettres procuratoires » viennent du *Procès* de Bartole et du *Processus Belial* cités plus loin dans le jugement général rouergat ; on en retrouve une dans le mystère français de l'*Assomption*.

à **Malferas** de l'enterrer, ce qu'il fait, mais la tristesse persiste, et les
convives se lèvent l'un après l'autre (ad. de la 1re main, fol. 11 r° à 13 v°).
— Sur un autre côté de la scène, Gabriel dispute l'âme du prophète
aux griffes de Belzébuth, Asmodée, Satan [Feu Griset] [1] Lucifer, et
l'amène à grand peine aux limbes où elle réjouit les patriarches Adam,
Abraam, Zacarie, Isaac, en leur annonçant la venue prochaine du Messie (fol. 14 v°). — Cependant Samuel et Nacor sont allés annoncer la
mort de leur maître à Jésus qui leur dit qu'ils verront cette année plus
grand martire. Il les reçoit parmi ses disciples et les emmène tous au
temple de Nazareth. Déjà l'office est commencé. Le premier et le second
prêtre y chantent en latin *sicut in secunda Dominica* [*Quadragesimae?*]
Jésus demande à lire les prophètes. Après avoir feuilleté sur les rayons
de la bibliothèque « Pentathecon, Esdras, le livre des Rois, le Psaltier »,
il s'arrête à Isaïe dont il lit un long texte en latin (*Isai.* XLVI, 1, cité par
Luc, IV, 18, 19), puis après une courte méditation il s'assied en chaire
et déclare qu'il est venu réaliser toutes les promesses des prophètes ;
il donne la santé aux malades et même le pardon aux pécheurs, ajoute-t il
en se tournant vers Zéras, Lazay [2] et les autres assistants (fol. 15 v°).

Sur quoi S. Simon commence une longue diatribe sur les débauches
de la jeunesse d'Auvergne :

> Quant jeunesse a remply sa pance,
> Il n'est Godeffroy ne Hector
> Qui fist oncques si grand vaillance
> Que le jeune, tant s'est fait fort ;
> A chacun menasse la mort,
> Et s'en va courant d'uys en huys ;
> Que l'ung l'assomme comme ung porc.
> Jeune fait mal et prend du pys (fol. 16 v°).

S. Thadée censure à son tour les vices du siècle, l'avarice commune à
tous les états, et tous deux se félicitent d'avoir été appelés par Jésus
(ad. de la premiere main fol. 16 r° à 18 r°).

Lazay, de son côté, reconnaît en lui le Messie prédit par Isaïe (fol. 18
r°), mais Nacor et Béric exigent qu'il leur fasse des miracles. Jésus
refuse : nul n'est prophète dans son pays (fol. 18 v°). — Aussitôt les deux
Juifs l'entraînent hors du temple sur des rochers à pic [3], le noble

---

1. Rôle intercalé.

2. C'est évidemment Lazare qui est appelé plus loin le Lazer dans l'épisode de
Marie-Madeleine et qui reprend le nom de Lazay dans la Passion.

3. Cf. l'*Histoire scholastique* (Patr. Migne, cap. LXXII, p. 1574, adhuc ostenditur ibi
locus, qui dicitur Saltus Domini.

Alexandre le lance dans le vide d'un coup de pied (*pede percuciat*), mais Janus constate qu'il a disparu par enchantement. Devant les menaces de la foule, les apôtres S. Simon, Thadée, Jehan, Pierre, etc. s'enfuient ; ils se demandent où ils retrouveront leur Maître. — A Capharnaon, dit S. Jaques Mineur ; ce n'est pas la première fois qu'il s'est rendu invisible, remarque S. Bartholomy, et S. Philippe ajoute qu'il a fait plus grande merveille, lorsqu'il a ressuscité la fille du prince de la Synagogue, peu avant la conversion de S. Mathieu (fol. 19 vᵉ). — A la scène suivante, nous retrouvons tous les apôtres qui jettent vainement leurs filets dans la mer. Mais Jésus survient, monte auprès de Pierre, commande la manœuvre, et bientôt les apôtres ramènent deux barques pleines de poissons pour les vendre à la ville (fol. 21 rᵉ). — Arrive un serviteur Agrippe, qui prie Jésus de sauver le fils de son maître, Centurion. Jésus se rend dans la maison, admire la foi du père, et guérit l'enfant qui le bénit (fol. 22 rᵉ). — Aussitôt après, il part pour Naïm où il ressuscite le fils de la veuve, à la grande admiration des « Porteurs » et des femmes du peuple, puis il se rend à Béthanie (fol. 23 vᵉ). — La Marte et le Lazer déplorent le scandale donné par leur sœur Madeleine[1]. Tous deux décident la pécheresse à aller entendre le sermon de Jésus dont elle revient convertie. Sur le conseil de Marthe, elle ira demander son pardon au prophète qui vient d'accepter à dîner chez Simon le Pharisien. Ici la troisième main a intercalé en 1477 (fol. 30 rᵉ) l'intermède comique (fol. 26 à 30) mentionné plus haut.

Simon le Pharisien a ordonné à ses valets Maulbec et Mallegorge de se procurer « friture et venaison » pour le dîner. Ils se mettent en chasse et prennent dans leurs rets une bête étrange, Malegeype, qui se moque en patois d'Auvergne de tous ses compatriotes, des grands qui sont rapaces et des petits qui sont lâches. La scène du banquet qui suit n'est que la paraphrase ordinaire de la parabole des deux créanciers (*Luc.* VII, 39-50). — Les apôtres échangent des réflexions naïves sur la suavité des parfums répandus par la Madeleine. Jésus lui pardonne ses péchés, dit les grâces, *sicut dixit in nupciis Architriclini* (fol. 34 rᵉ), prend congé de son hôte et se retire avec ses disciples qu'il quitte peu après sur le rivage pour « orer son Père » (fol. 34 vᵉ). — Voici qu'un « sourd-muet demoniacle » s'échappe des mains de ses parents et se jette à la mer. Les apôtres l'en retirent à grand'peine et tentent vainement l'un après l'autre de l'exorciser : leur Maître, disent-ils, serait plus heureux, mais les prêtres se moquent du Maître et des disciples (fol. 36 rᵉ). — Jésus arrive cependant et se met en prières. Le démoniacle écume et

---

1. Nous avons reproduit *in extenso* cet épisode, p. 369.

tombe comme mort, à la joie des prêtres qui félicitent ironiquement les parents, mais, bientôt relevé par Jésus, il rend grâces à Dieu. En vain Nacor et Béric essaient d'attribuer ce miracle au diable Belzébut. Le peuple ne les croit pas ; une femme du peuple, Marcelle, bénit le prophète (fol. 38 r°) qui se retire au milieu des acclamations et se rend en Galilée pour visiter sa mère (fol. 38 v°). Marie reçoit son fils avec effusion. Les vers qu'elle prononce....

> Jesus mes cris il me fault taire,
>
> Jesus, amis, a vous soit cher,

étaient les derniers de cette scène comme l'indique le blanc laissé au bas de la page, mais non très probablement de cette journée.

Une longue lacune du manuscrit nous dérobe les scènes suivantes : la Résurrection du Lazer, l'entrée à Jérusalem, la Cène, le commencement de la Passion et la plus grande partie du jugement de Jésus qui suivant toute apparence, devait être développée selon l'Evangile de Nicodème et comprendre un long défilé de témoins à décharge et à charge, rappelé (fol. 43 r° du Ms.). Le second fragment du Ms. reprend fol. 40 r°, avec le songe de la femme de Pilate, Percula [1].

Effrayée par ses visions, Percula envoie son serviteur Romain conjurer son mari d'absoudre Jésus, et Pilate s'empresse d'annoncer le songe de sa femme à la foule qui entoure son tribunal (fol. 40 v°). Mais Annas attribue ce songe à la magie de l'enchanteur Jésus ; les clameurs redoublent : *tolle, tolle* ; à la croix, à la croix ! Cayphas, Annas, Alexandre, Sompna, Abderon, ne cessent de réclamer leur victime (triolets fol. 41 v°). — De guerre lasse, Pilate envoie Romain chercher les larrons Gestas, Dismas et Barraban qui quittent leur prison « sans nul refus ». Sur l'ordre du gouverneur, Barraban fait le premier sa confession publique, fort peu édifiante, mais « d'une voix trestous les Juifs » n'en réclament pas moins l'acquittement du bandit, lequel leur rend grâces ainsi qu'au grand Adonay (fol. 42 v°). — Dismas et Gestas, moins heureux, sont condamnés à être pendus au Calvaire. Reste Jesus sur qui Pilate ne trouve toujours rien à reprendre. Il dit à Romain de lui ôter doucement la pourpre qu'on lui a « bailhée » par dérision, de lui remettre ses vêtements, et il somme une dernière fois les faux témoins de confirmer par serment leurs déclarations antérieures (fol. 43 r°). — Sirus répète que Jésus s'est fait appeler « fils de Dieu et roy des Juifs » et, sur la sommation de Caïphe, Pilate prononce la sentence de mort. — Aussitôt Caiphas ordonne à Sirus d'aller avec ses compagnons fabriquer la croix, et Annas

---

1. Songe reproduit *in extenso*, p. 373.

envoie Janus chez le forgeron Grimance (fol. 43 v°). — La scène bien
connue n'offre ici que des variantes insigsifiantes. Sur le refus du forgeron, sa femme Malembouchée s'installe à la forge avec sa servante
Michaulde, et fabrique allègrement les trois clous demandés, tout en
chantant la dive bouteille et le goubelet où elle puise des forces (fol. 44 v°) :

> O goubellet, tu m'as la mort donnee,
> Tant t'ay aymé que m'en suis enyvrée, etc.

C'est fait. Janus emporte les clous que les princes paieront..... plus
tard, et va rejoindre les « tyrans » Prunelle, Cinelle, Maulbec et Sirus qui
apportent une lourde croix (fol. 44 v°). — Alexandre envoie Malque pro-
clamer la sentence de Pilate à tous les carrefours. Tous « les chefs de
maisons » ou de familles sont tenus d'assister à l'exécution sous peine
d'amende [1]. Aussitôt « les bons » et « les mauvais Juifs » se mettent en
route. Pilate s'enferme chez lui (fol. 45 r°). — L'apôtre S. Jean a entendu
la proclamation du héraut; comment l'annoncer à « sa tante Marie ? »
La Magdaleine, Maria Jacobi, Maria Salomé, la Marte, se posaient la
même question, lorsque S. Jean vient se concerter avec elles (fol. 46 v°).
— Il se présente à la Vierge et lui annonce la trahison de Judas, la dis-
persion des apôtres et la condamnation de Jésus dans un dialogue naïvement entrecoupé, et s'offre à la conduire dans la foule (fol. 48 v°). —
Voici venir en effet le triste cortège. A l'instigation d'Alexandre, les
tyrans Malque, Sirus, Prunelle, Cinelle, Malbec, Mallegorge ont accablé
Jésus de tels coups qu'il est devenu méconnaissable même pour sa mère,
dont la douleur fait pitié à la Véronique (fol. 49 r°). — Jésus apostrophe
les femmes de Jérusalem et tombe bientôt après, épuisé. Sur la demande
des tyrans, Cayphas fait arrêter un passant, Simon Sirenéen, qui leur
prêtera main forte, et dans l'intervalle, la Véronique vient essuyer la
sainte Face qui s'imprime sur sa toile (fol. 50 v°). — Enfin l'on arrive au
Calvaire ; Annas commande halte, et Sirus prend les mesures de Jésus
pour marquer la place des clous. Les tyrans redoublent de facéties (triolets). Ils font boire à Jésus du vin mirré pour « resserrer ses esprits »
et prolonger sa vie, le couchent sur la croix et l'y fixent à grands coups
de marteaux, sous les yeux de sa mère (f. 52 r°). — Puis ils se partagent
ses vêtements et jouent « à trois dés », sa robe, laquelle, après de

---

1. Sur ce vieil usage, voir la lettre de rémission accordée a Jehan David, de Limoges,
(1401) citée dans mon édition de la *Comédie sans tttre*, Paris, Bouillon, 1901, p. cxxix.
Dans les comptes municipaux de la ville d'Amiens, on voit qu'il a persisté au moins
jusque vers 1550, et qu'au retour des exécutions capitales, les magistrats ne man-
quaient pas de s'accorder une indemnité et un banquet.

longues disputes, échoit à Malbec qui a amené « six partout » (f. 55 r°).—
Sur l'ordre d'Alexandre, les larrons Dismas et Gestas sont expédiés
plus rapidement: une gorgée de vin, « deux tours de corde à chacun, et
les voilà « de pointe ». Puis Caiphas fait dresser à grand effort la croix
de Jésus, au milieu des lamentations des saintes femmes (f. 56 v°).

Le « premier prestre », le « second prestre », Cayphas, Annas, le
« tiers prestre », tous les « mauvais Juifs », Dyatam, Sompna, Janus
(sic pour Janus), Abderon, insultent à tour de rôle le « dieu Hemanuel »,
et, à l'instigation d'Alexandre, « tous les tyrans » lui « montrent leur
lune » (sic f. 67 v°). — C'est un débordement d'obscénités jusqu'à ce que
Cayphas se décide à envoyer Janus réclamer à Pilate des écriteaux pour
les croix (f. 58 1°). — Sur l'ordre de son maître, Romain rapporte lui-
même trois inscriptions qu'il doit attacher l'un au-dessus de la tête de
Jésus, les deux autres aux pieds des larrons, et il remplit sa consigne,
malgré les protestations d'Annas et Cayphas (f. 58 v°). — Jésus prie
pour ses bourreaux. — Lamentations de la Vierge, de saint Jean, des
Maries et de la Marte (f. 59 r°). — Plaintes de Gestas et de Dismas qui
disent chacun une ballade (f. 60 r°). Jésus promet à Dismas le paradis.
— Nouvelle ballade de la Vierge qui supplie son fils de ne pas l'aban-
donner. Celui-ci la donne pour mère à l'apôtre saint Jean, mais elle refuse de « changer le Roy en ung page » (f. 61 r°). — Les dernières paroles
de Jésus : Sitio. — Janus lui donne à boire du vin qu'il a goûté avec
Cinelle et Malferas (f. 61 v°). — Hely, hely, lama sabathan. — Alexandre et ses amis se moquent du « folastre » qui appelle Elie. —

> Vila, halaa hole occachey.
> Mon pere, prens mon esperit,
> Entre les mains le recommande ;
> Tout ce qu'estoit de moy escript,
> Tout est consommé, car l'esmende
> Du premier peché est payee.

Et il expire (f. 61 v°). — Douleur de Marie (f. 62 r°). — Dieu le Père,
irrité, envoie son archange saint Michel fracasser le temple « de son espee sans fausser » (f. 62 r°). — L'Archange s'acquitte de sa mission,
assiste à la résurrection des Morts, et se hâte de rejoindre Gabriel et
les autres anges qui accompagnent l'Ame de Jésus vers les Limbes en
chantant « Ung seul Dieu en trinité, etc. » (f. 62 v°). — Lucifer, averti
par Satan et par Asmodée, a fait verrouiller les portes, mais le « Roy de
gloire » les brise sans effort et pénètre dans les enfers bouleversés
(f. 63 r°). — Sur le Calvaire, Annas et Cayphas s'avisent qu'il serait temps
d'enfouir les condamnés pour ne pas souiller la grande fête du lende-

main, et ils vont demander à Pilate la permission de les achever (f. 63 v°).
— Pilate l'accorde, et Alexandre dépêche aussitôt les tyrans à la besogne. C'est d'abord le tour de Gestas auquel ils « rompent les os » à coups
de bâtons, en marquant les coups jusqu'à douze (f. 64 r°).— Puis on re-
commence pour Dismas (f. 64 v°). — Quant à Jésus, c'est peine inutile ;
mais l'aveugle Longin ne l'en frappe pas moins de sa lance, et recouvre
miraculeusement la vue (f. 65 r°). — La Vierge maudit les bourreaux qui
s'en vont boire à la taverne, et Centurion part de son côté avec ses gendarmes « Premier, Second Armé » qui disent leur *mea culpa* (f. 65 v°).—
Restent au pied de la croix les douze « bons Juifs » et Josep d'Arimathie qui voudrait bien détacher le corps de Jésus et l'ensevelir honorablement (f. 66 r°). — « Demandez d'abord congé à Pilate » dit Nicodemus,
et Josep part avec Samuel, Lazay, Finees, Zeras et Jamnès. — Nicodemus s'en va lui aussi, avec Jacob, Asteus, Accantus, Crispus, Agrippe,
acheter chez l'apothicaire cent livres de myrrhe et d'aloès pour l'ensève-
lissement (f. 66 r°). — Au sortir du palais de Pilate, Josep a rencontré
« l'Emorroïsse guarie » qui l'oblige à accepter pour rien[1] la toile du
suaire (f. 67 r°), et il rejoint bientôt avec ses compagnons Nicodemus ;
tous deux assistés d'Accantus montent aux échelles et se mettent en
devoir de « dependre » Jésus. A quelques pas la Vierge, au milieu des
saintes femmes, se lamente éperdùment et tombe évanouie (f. 68 r°).
— Quand elle se relève, elle s'aperçoit que la croix n'a plus son divin
fardeau, et Jean la conduit par la main devant le corps de son fils,
déjà enveloppé du suaire, qu'elle prend dans son giron (f. 69 r°). — A ce
moment les tyrans reviennent de la taverne et constatent qu'on a enlevé
Jésus, mais ils s'en consolent facilement et se hâtent de détacher et
d'enterrer les larrons (f. 71 r°). — D'abord Gestas, encore tout chaud.
Satan emporte son Ame aux enfers, et le grand Lucifer, Asmodée, Bel-
zebuth, Astaroth, Feu Griset lui donnent chacun un coup de dents (triolets) (f. 72 r°). — Puis les tyrans jettent dans la fosse le bon larron Dismas. Malgré tous les diables (triolets), l'ange Raphaël finit par conduire
son Ame aux Limbes, où Jésus la reçoit avec bonté et promet aux Peres
« mervelles pour demain » (f. 72 v°).— Cependant la Vierge s'abandonne
au désespoir et perd une seconde fois connaissance (f. 75 r°). — Nicodemus et Josep en profitent pour emporter le corps de Jésus au tombeau,
l'enduire d'aromates et rouler une grande pierre à l'entrée du monument; ils se hâtent, car, comme l'observe Agrippe (f. 76 r°), « il est heure
d'aler au temple ouyr complies ». — La Vierge a repris ses esprits et

1. Episode tiré, comme on l'a vu plus haut, de la *Passion* selon Gamaliel et reproduit *in extenso*, p. 375.

voudrait revoir son fils, mais sur les instances de ses compagnes et de saint Jean, elle domine sa douleur, remercie Josep et Nicodemus de leur dévouement, et s'éloigne en disant « qu'elle s'en va reculhir » (f. 77 v°). — Tous les Juifs se rendent au temple pour la prière. Cayphas demande aux tyrans si les suppliciés sont « dependus » et enterrés.— Oui, excepté Jésus que Josep a enseveli.— Comment donc a-t-il le front de se présenter ici, s'écrie Gamaliel. Mais Josep se vante hautement de son action. Une dispute éclate. Neptalin l'insulte, Cayphas ne se possède plus :

> Alexandre diligemment,
> Sompna, Diatan, vous, Janua,
> Prenés moi ce foulastre la
> Et l'alés mectre en prison (f. 78 v°).

Quand ils sont partis, Gamaliel juge la peine trop forte, car le coupable était autorisé par Pilate; Nicodemus appuie son oncle, s'indigne et finit par quitter la Synagogue avec Jacob, Lazay, Zeras, Finees, Accantus, Asteus, Samuel. Jannès, Crispe et Agrippe qui maudissent le crime de leur nation (f. 89 v°). — L'assemblée se dissout. Sur l'avis de Gamaliel, Sompna, Dyatam, Annas et Cayphas vont demander à Pilate des gardes pour entourer le tombeau de Jésus. Le gouverneur refuse, la Synagogue a les siens. — Centurion acceptera peut-être, insinue Abderon. — Non, réplique Pilate, il est « trop escandalisé » (sic, f. 80 v°). — Et Centurion de répéter tous les prodiges qui ont alarmé sa conscience, le tremblement de terre, l'éclipse, la chute du temple, la résurrection des morts. — Gamaliel essaie d'abord d'expliquer que « tout [cela] est naturel » (f. 81 r°); il réussit mieux à persuader Centurion qu'il est le premier intéressé à constater la Résurrection promise pour en avertir le peuple. Centurion se met donc en route avec ses soldats, et Cayphas et les siens rentrent chez eux. — Après leur départ (f. 81 v°), Pilate a une crise de désespoir, il ne veut plus prendre de nourriture, il repousse les consolations du fidèle Romain et celles de Percula, qui ne peut s'empêcher de rappeler qu'elle l'avait bien dit, et que conseil « de famme bien souvent — A sages gens porte profit ». — Le manuscrit (et vraisemblablement la pièce) se termine par une scène originale [1], une extase de la Vierge qui est ravie en paradis et qui demande à Dieu le Père de bénir ceux qui ont vu jouer la Passion (f. 83 v°).

---

1. Reproduite p. 375.

LA CONVERSION DE LA MADELEINE

(Extrait du premier fragment).

LA MARTE

Lazer, mon ami, mon bon frere, *
Com[1] scavés, nous devons ayder
Es grans pecheurs pour les retraire
De mal et a bien les tirer,
Fin que puissions admeriter
Le saulvement de nostre ame.
Doncques nous deussions exciter
Magdaleine qui vit en blasme.

LE LAZER

Marte, ma seur, elle est infame **
Et ostinee en ses maulx.
Oncques ne vis plus fole femme,
Elle est au plus fort de ses saulx.
Se non que par[2] lenguaiges caultz
Nous luy parlons de longue main,
Ja ne congnoistra ses deffaulx.
De cella je suis tout certain.

MARTE

Je sçey qu'elle a le cuer autain,
Et qu'elle est bien de mal affaire,
Bien sçay aussi qu'elle a grant faim
De veoir quelque miracle faire
A ce prophète debonaire
Que le cuer des gens admollist,
Et pour ce ne fault que l'atraire
   A aler ouyr ce qu'il dit.

LE LAZER

Ce n'est que bien dist, se Dieu
       [m'eïst,
Besoignons sans plus aloigner,
Le prince des cieulx qui tout fist
Nous doint grace de besoingner.

LA MAGDALEINE

Veezcy bon temps pour soy bai-
Et pour mener joieuse vie. [gner,
   Je m'en fie,
Quelqu'un me viendra appeller
    Pour y aler ;
   Je suis coinde et jolie,
    Pour sa amie
Doulcement me viendra acouler,***
De plaisance me veulx souler
   Pour consouler
Mon corps a tout son beau plaisir,
Il n'est pas temps de reculer
   Ad soy gualer,
Quand on peut plaisance choisir.

LE LAZER

Vous ne pencés pas a morir,
Ma seur, se cuide par mon arme,
Vous n'en porrés prendre loisir,
Car trop estes joyeuse femme.

LA MAGDALEINE

Mon frere, c'est tout ce que j'ame
Que de mener vie joyeuse,
   Amoreuse,
Sans faire dommage a asme
   Nul[le], ne blasme,
Je ne charche qu'estre gracieuse
   Et sans neuse.
Certes, je suis d'amour la dame,
Je sçay [tres] bien qu'on me diffame
   Et infame,
Mès [point] certes il ne m'en chault,
Pour ce, le dieu d'amours [je] clame

---

* Ms. fol. 23 v°. — ** 24 r°. — *** 24 v°.— 1. Ms. *comme*. — 2. Ms. *pour*.

           24

Et reclame
Que me doint [a]venir plus hault.

LA MARTE

Il est tart, frere, ll nous fault
[En] aler vers ce bon Jhesus.

LE LAZER

C'est ung homme qui beaucoup
[vault,
Plain de miracles et vertus

LA MAGDALEINE

On dit que ladres et bossus *
Il guarit et sussite mortz ;
    Boiteux et tors
Il adresse encorres plus,
    On lui cuert sus,
Que des pechés, tant soient ilz ors,
    Donne remors
Es pecheurs, sans estre confus,
Et qu'a nul il ne fait reffus,
    Mès, sans abus,
Il veult a [ung] chascun complaire.
Pour ce quelquez foiz vouloir heus
    Et conclus
De le veoir miracles faire.

LE LAZER

Ma seur, se vous me voulés croire,
    Vous yrés oyr son sermon.

LA MAGDALAINE

Et se j'y¹ vaiz, que dire (sic) l'on ?
Les gens se trufferont de moy.

LE LAZER

Ne faront, seur, en bonne foy
Plus tost vous nommeront curieuse.

LA MARTE

Si vous en oués nulle greuse,
Maintenant n'y retournés plus.

LA MAGDALEINE

Vous dictes bien, or sa, sans plus,
Par mon arme, je m'en y vaiz.
    Pausa cum silete.

JHESUS

Pecheurs, pecheurs, oués ma voix.
Mes pa[ra]boules ont semblance
D'un homme sement². Sa semence
Tunbent sur chemin est gatee,
Car des bestes tost est mangee, **
Sur roche n'a jamais racine,
Et se tumbe entre l'espine,
L'espine semence destruit
Qu'en bonne terre porte fruit.
Oués tous qui avés oureilhes.

S. MATHIEU

Nostre maistre, tu dy[s] merveilhes,
Fay moi la parabole entendre.

JHESUS

Vous advés grace de comprendre
    Le reaulme de paradis.
J'ay alheurs pa[ra]boles mis
Lesqueulx voyans aveugles font,
Et en ouyant sourtz deviendront.
La semence est la parole Dieu³
Qui es durs cueurs n'a point de lieu,
Si peu que semence sur piarre,
Mes le doulx cuer s'est bonne terre,
    Laboree par devocion,
    Arosee par contriction,
Le doulx cuer en m'oyant fructiffie,
Et de ses pechés mercy crie.
A cely mon Pere pardonne
Et d'abondant grace luy donne.
O pecheurs, laissés vanités
Et voz puans charnalités

_____

* 25 r°. — ** 25 v°. 1. Ms. : je y. — 2. Ms. semenent. — 3. Vers trop longs.

Qu'empeschent fruit de penitence.
Mectés en Dieu vostre esperance,
Car tant plus sera grant pecheur,
Si de tes péchés ayes doleur,
Tant plus tost auras de Dieu grace.

LA MAGDALEINE

Helas, que farey de moy, lasse ! *
Palharde, infame pecharresse,
Comment puis mes yeulx ne ma
                              [face
Lever es cieulx, n'avoir liesse ?
Je deusse morir de destresse,
Veu les grans pechés ou je suis.
Marthe, ma sœur. a vous m'a-
                        [dresse,
Conseillés moy, donnés m'advis.

LA MARTE

Loué soit Dieu que vous a pris !
Ma sœur, se a moy voulés croire,
Vous muarés tous voz abis.

LA MAGDALEINE

Et puis ?

LA MARTE

Sçavés vous qu'il fault faire¹ ?
Au prophete vous fault atraire,
Pour demander grace et pardon,
Car il est bien de si bon aire,
Pas ne vous reffusera ce don.

LA MAGDALEINE

Or alons donc a no² maison
Et tous mes abis muarey :
Vadant et mutet Magdalena
Habitum jocunditatis in habitu
Pausa cum silete   [*fletûs.*
Hic est addicio (1477) *de Maulbec*
Malegorge et Malegeppe
*Et tali signo ante monstratur.***

SIMON PHARISEUS

Ave Raby.

JHESUS

Amys, *vale.*

SIMON PHARISEUS

Voulentiers a manger vous donrey³,
A ma maison se venir vous plait⁴,
Et ung tresgrant plaisir avrey
Si par vous celle honneur m'est
                              [fait,
Car tous mes biens certes sont
                        ↑[vostres.

JHESUS

Alons.***

SIMON

Or sus, a peu de plait,
Menés avant tous voz apostres.
                Vadant.

JUDAS

Puisque tes biens, Simon, sont
                        [nostres,
Trestous nous t'en devons louer

SIMON

Venés tous, je vaiz aprester,
La maison est cy près de nous.
                Pausa.
Maulbec, Malgorge, advancés vous
Aprestés tout, veez cy Jhesus.

MAULBEC

Ja, n'y ferons, sire, reffus.
Malegorge mectons la table.

MALEGORGE

Ce mestier m'est tresbien agreable,
Maintenent remplirons la pance
·Il n'est or, argent, ne chevance,
Que ne laissasse pour gualer.

* 3o rᵛ.— ** 26 rᵛ.— *** 26 vᵛ.— 1. Ms. *vous fault.* — 2. Ms. *nostre.*— 3-4. Vers trop longs.

SIMON

Raby, vous plairoit il aler
Vous mectre a table maintenent ?

JHESUS

Je le veulx bien.

SIMON

        Diligemment,
Maulbec, accop de l'eau ès mains.
        (Tradat aquam.)
Je croy que vous estes bien vains
De tant juner, mes bons amis.
        Pausa.
Je vouldroyz que fussiés assis.
        Pausa.
Raby, seés vous en bonne heure.
        Pausa (Ponantur panes).
Malegorge, sa la friture,
Et puis balhés la venaizon.

MALEGORGE

Veezcy de quoy.

SIMON

        Quel vin boit-on ?
Sus, Malbec, accop mect a boire.
        Pausa cum silete.

LA MAGDALEINE

Je n'ay pas perdu ma memoire,   *
Encore suis en bon propoux,
Jamay *(sic)* plus n'arey sur mon
Vestimente si precieuse.   [dos
O palharde cher venimeuse,
Vous m'avés[1] trop en voz aneaulx.
Laisés vous atours et aneaulx,
Chaines, camailz, bagues, tourés,
Veloux et soyes osterés,   . .
Pour faire de vous pechés deul.
Plus n'accomplirey vostre veul,
Palharde cher pugnaise et orde,

Puisque Dieu m'a pris en s'acorde,
Je veux servir a l'esperit
Lequel, mon Dieu, estoit perit
Se ne m'eussiés ad vous tiree.
Las ! mon Dieu, j'estoye dampnee,
Se ne fust vostre bonne grace.
Corps pugnais, il fault muer plasse,
Va t'an chercher le bon prophete.

LA MARTE

Ma seur, vous n'estes pas hon-
Pour aler ainsi toute nue.   [neste

LA MAGDALEINE

J[e] ay trop estee vestue
Jusques cy, la pouvre dolente.

LA MARTE

Ma seur, puis qu'avés telle en-
                        [tente **
D'aler au prophete Jhesus,
Vestés vous, et n'actendés plus,
De draps humbles en penitence.

LA MAGDALEINE

Je le veulx, il faut que m'advance.
Or me balhés ces draps de brun.
        Pausa (vestiatur).
Avec moy je ne veulx nès ung,
Seule veulx aler mon chemin.

LE LAZER

Je croy qu'estes yvre de vin,
Ma seur et que devenés vous ?

LA MAGDALEINE

A ! mon frere, mon amy doulx,
Je vaiz a Jhesus le saulveur,
Ses beaulx ditz m'ont navré le cueur,
Je suis du tout de s'amour prise,
En penitence me suis mise
Affin qu'aye plus tost sa grace.

* 31 rᵒ. — ** 31 vᵒ. — 1. Ms. *advés.*

LE LAZER

Vous fetes bien

LE MADALEINE

Las ! en quelle plasse
Frere, le porrey [ge] trover ?

LE LAZER

Ma seur, je l'en ay veu aler
Droit chez Simon le pharisien.

LA MAGDALEINE

Mon frere, adieu,
Droit en ce lieu
Je vaiz chercher,
J'en ay le veu, *
Car par son feu
Ma fait lacher
M'a meschant cher,
Que trabucher
En mal m'a fait;
Mon amy cher
Vouldroiz toucher,
Tant est parfait
Puisqu'il lui plait
Que soit deffait
Le mal de m'ame
Qui est tant lait,
Tant contrefait,

Dont j'ay grant blasme.
Je suis infame
Plus qu'autre femme
Devant le monde,
Chacun me clame
Et me reclame
Putain immonde,
Tant suis parfonde
En toute onte
Que riens ne vaulx,
Pour estre monde
Vaiz rendre compte
De tous mes maulx;
De mes deffaulx
Laiz, desleaux,
Vaiz querre grace.
Donnés des eaulx,
Yeux, en seaulx!
En toute place
Il fault que j'abaisse ma face
Puisque je voy mon bon Seigneur,
Celluy qui les pechés efface
Je croy que c'est mon Redempteur.
Desoubz la table, mon Saulveur,
Ad voz piés gecter je me vaiz.
Helas ! je vous donne mon cuer,
Pardonnés moy tous mes meffaiz.
   Vadat ad pedes. — Pausa.

LE SONGE DE PERCULA

(Extraits du second fragment).

PERCULA, femme de Pilate.

Helas, Adonay, helas ! **
Romain, viens t'en a moy parler,
Car je n'ay plus jambes ne bras
De quoy je me puisse ayder.
De peur je ne faiz que trambler

Pour les choses que j'ay songé,
Car on m'est venu menasser
Que Pilate sera dampné
Tantost qu'il ara condempné
Jesus a mort, com il veult faire ;
Il sera aprés accusé

* 32 rº. — ** 4o rº.

Es empereurs pour le deffaire ;
Lors arey de doleur amere,
Je ne pourroye avoir pis,
Je ne sçay a qui me retraire,
Mauldiz soyent les palhars Juifz !

ROMAIN
Qu'avez vous veu ?

PERCULA
       Onc ne vis pis.
En songe je veis liompars.
Chiens, [et] chatz, [et] loups et re-
                    [nars
Ourshons, colovres, [et] sanglers,
Noirs hommes et fort estrangiers,
Trestous a l'environ d'un jucge
Qui disoyent : se Pilate jucge
Jhesus le prophete tresgrand,
A tous vous faiz commandement
Que l'estranglés luy et sa femme,
Car Jhesus est homme sans blasme,
Tres parfait, et juste personne.
Las ! se la sentence se donne
Contre Jhesus par mon marit,
Il en sera premier marrit,
Et je serey femme deffaicte.

ROMAIN
Il n'y fault que remede mectre
Ma dame, fectes le advertir[1]
Fin qu'il ne jucge a morir *
Le tresbon[2] prophete Jhesus.

PERCULA
Va t'en, Romain, n'arreste plus,
Va t'en parler a mon mary
       Sire Pilate, et lui dy
Mon songe que t'ay raconté.

ROMAIN
Voulentiers, dame, en verité,
Dieu me doint faire bon messaige !

Vadat (Pausa).
Seigneur, devant qu'alliés au siege,
Il fault qu'ad vous je parle a part.

PILATE
Sur quoy ?

ROMAIN
       Mès qu'en escart
Nous soyons, je le vous direy.
Pausa.
Percula ma dame a songé[3]. . . . . . .
. . . .

---

* 40 v°. — 1. Ms. : l'adverti. — 2. Ms. bon.

3. Cf. le livre cité précédemment p. 255, la Passion... moralisée, figurée etc. : « Selon la sentence du philosophe Aristote... » 1490, (B. Nat. Reserve H. 1106) cahier m. n. fol. 1, r°.

Hystoire. — Nous lisons en ung livre de la supplicacion des evangilles que en celle nuyt la femme de Pylate fut ravye et vit en sa vision en l'appareil du palays ou devoit estre jugé le doulx saulveur Jhesucrist une ymage pendue en croix. Et de la bouche d'icelle ymage partoit une telle escripture : « Juge, si tu ne faitz selon verité, pardurablement tu seras tourmenté en enfer. » Et a l'environ d'icelle ymage estoyent grant multitude de gens qui faisoient reverance a l'ymage et la saluoyent d'une voix moult joyeuse en disant : « Dieu te sault, divine majesté, pour toy servir sommes nous tous aprestez : Et au dessoulz de l'ymage estoit ung dragon, lequel disoit en telle maniere : Celluy qui en ta mort se consentira en enfer pardurablement dampne sera ». Quant doneques elle eut veu celle vision, elle pensa qu'il signifioit la mort de Jhesucrist. Et ceey l'ennemy lui mist en vision en son dormant, et dient les docteurs que c'estoit pour empescher l'œuvre de la redemption et par ainsi la femme Pilate luy manda qu'il se gardast bien de condempner Jhesucrist. »

L'EMORROISSE DONNE LE SUAIRE A JOSEPH D'ARIMATHIA

JOSEP

Adieu, seigneur, estre songnheux *
Me fault pour avoir de la telle
Qui soit blanche, doulcete et belle;
J'en vaiz querre je ne sçay ou.

L'EMORROISSE GARIE

J'ay cy de toile a foison
Pour vendre, se venoit marchant.
Bon marché farey, c'est raison,
Pour ce que j'ay besoin d'argent.

JOSEP

Ma mie, tu as trouvé marchant
Qui ta toile veult achapter
Pour faire l'enseveliment
De Jhesus que vaiz destacher.

L'EMOROISSE GARIE

Pour luy, seigneur, rien ne m'est
[cher **.

JOSEP

De bon cuer certes la luy donne,
Voir tout le mien luy habandonne,
Car tresfort luy suis obligee,
Pour luy santé me fut donnee
Du flux de sang.

JOSEP

Prend cel argent,
Aultrement ne prendrey la toele.

L'EMORROISSE

Mon seigneur, je suis son ancelle
Et sa servante a le servir ;
Pour ce amaroys mieulx morir
Que si en prenoye ung denier,
Et, si ne l'en voulés porter,
Je l'apporteray après vous.

SAMUEL

Or sa, doncques balhe la nous,
Dieu te veulhe remunerer ! !

EXTASE DE LA VIERGE

MARIA

Tres hault Dieu, bonté souve—
[rainne,***
Ou j'ay mon cuer et ma fiance,
Car tu es la doulce fontaine
De amoreuse joyssance,
Veulhe moy donner alegeance,

Esleve ung peu mes esperis,
Donne moy fruer de ton essence,
Et varrey avec toy mon filz.

Tres Hault, bonté de gloire plaine,
Ou j'ay mis toute m'esperance,
Ta charité a toy m'amaine.

---

1. Cf. la *Passion* selon Gamaliel, etc. B. de l'Arsenal Ms. 5,366 fol. 39 v°; B. Nat. 24,438 f. 130 r° : « Adoncques Joseph et Nicodemus se partirent de là et trouvèrent une femme qui estoit de Galillée, et leur demanda ou ilz alloient, et ilz lui dirent qu'ilz alloient ensevelir ensevelir ensemble le corps de Jhesu Crist. — Tenez ce drap d'avecque quoy vous le ensepvelirez, car il me guérit d'une maladie dont moult estoie honteuse entre les autres dames tant seullement de toucher a sa robbe. »

* 66 v°. — ** 67 r°. — *** 83 r°.

Veulhe avoir de moy souvenance.
A la deité ce jour pence
Pour avoir de joye le pris.
Se en toy, Pere, plus fort pence,
Je varrey avec toy mon filz.

Tres Hault, charité, doulceur saine,
Qui sur tous advés excellence,
Eslevés ma vertut humaine,
Que je voye votre substance ;
C'est tout mon bien et ma che-
Avec les anges mes amis, ⸗[vance
Vous veoir en divine assistance :
Je varray avec vous mon filz.

Prince, qui a fort doulce alaine,

Baiser te veulx par ung doulz vis,
Embrasse moy pour bonne es-
                           |trainne,
Et varrey avec toy mon filz.
Elevetur Maria in haltum.

DIEU LE PERE

M'amour, Marie, mon doulx lis,
Ma beauté, colombe amoreuse,
Remplés de moy voz esperis,
Eslevés vous, ma gracieuse !
Vo[1] pascience precieuse
Me plait fort, ma doulcete amie.
Or sus, companie glorieuse,
Resjoyssés un peu Marie.
Cantent Angeli :
« Glorieuse Marie. »

MARIA

En ceste joyeuse estampie
Et en ce chant melodieux,
Doleurs pers, plus ne suis marrie,
Pour ce que voy Dieu glorieux,
Je voy aussi mon amoreux
Jhesus en ame et deité,
Qui es limbes fait tant joyeux
Ceulx qu'en ce monde ont Dieu amé.

O essenciale unité,
Ung dieu, une essence et subtance,
Requer vous voy[e] en trinité,
Pere, Filz, sainct Esperit, en se
Veyent, je prens plaisance
Si tres grant que plus ne veux mie.

Maintenent, Dieu, j'ay suffisance,
Doleur en joye est convertie.

Souverain Dieu de cuer vous prie
Pour ceulx qui sont mes amoreux,
Qu'i vous plaise garder leur vie
De perilz et maulx dangereux,
Et les faictes si [2] vertueux
Qu'ilz admeritent paradis,
Et especielment tous ceulx
Qu'ont veu la passion vostre fils.

Prince qui es ès cieulx assis, *
Tous nous jours te remercions,
Et ceulx qu'ont regardé ; prions
Qu'il soit tout jour noz bons amis.

* 84 v⁰. — 1. Ms. costre. — 2. Ms. si tres.

Nous avons analysé minutieusement scène par scène la *Passion* d'Auvergne. En dépit de son méchant style, elle est fort instructive puisqu'elle permet de relier le théâtre du Nord à celui du Midi, et qu'elle est la véritable transition si longtemps cherchée des mystères français aux mystères rouergats.

La versification (triolets, ballades, etc.) suffirait à prouver que l'auteur auvergnat a connu des pièces françaises actuellement perdues ou inconnues. Outre ces pièces et les Evangiles canoniques, cet auteur a connu un ouvrage intitulé la *Supplicacion* (supplément) des *Evangiles* dont nous n'avons retrouvé la trace et la mention que dans la *Passion moralisée*[1]. « Selon la sentence du philosophe Aristote », imprimée en 1490. Le nom de Marcelle, donné à la femme du peuple qui bénit Jésus, suivant l'Evangile de S. Luc, XI, 27. « *Beatus venter qui te portavit*, etc. », vient, soit des *Postilles* de Nicolas de Lire, soit d'une légende de la Madeleine signalée par M. P. Meyer, (*Notes et Extr. des Ms. de la B. Nat.*, t. XXXV, 2ᵉ p., p. 492). D'autres noms (Alexandre, Phinees, Sampna, Diatan, etc.) prouvent que le dramaturge a mis à contribution l'*Evangile de Nicodème* latin (ou de ses traductions françaises), autant et plus que celui de S. Luc. Cet *Evangile de Nicodème* est d'ailleurs le seul texte qui donne le nom de la femme de Pilate, Percula ou Procula[2]. Est-ce tout ? pas encore, car l'épisode de l'Hémorroïsse devenue marchande de toile, le nom d'Abdéron et surtout celui de Romain, le fidèle serviteur de Pilate, et bien d'autres détails n'ont pu être pris que dans la *Passion selon Gamaliel*, qui nous a si longuement occupé. L'imitation de cet ouvrage est donc ici certaine, mais elle est moins fidèle et moins suivie que dans les *Mystères rouergats*, comme on va le voir. Là, cette imitation deviendra souvent une véritable copie.

---

1. Voir page 255 de ce livre.

2. Elle n'est pas nommée dans l'*Evangile de Nicodème en vers provençaux* et dans la *Passion selon Gamaliel*, qui disent simplement « la femme » de Pilate, comme on l'a noté plus haut.

LES

MYSTERES ROUERGATS ET LEURS SOURCES

LES

MYSTÈRES ROUERGATS ET LEURS SOURCES

LA PASSION DIDOT

L'ÉVANGILE DE NICODÈME EN VERS PROVENÇAUX

LA PASSION SELON GAMALIEL

Les Mystères rouergats, déjà si souvent étudiés par la critique [1], forment, comme on l'a dit, un drame cyclique ou un véritable cours d'histoire sainte allant de la Création au Jugement dernier. On a représenté très anciennement des mystères cycliques dans le Midi à la Fête-Dieu [2]; mais nous savons peu de choses sur ces représentations, et il n'est pas certain que les mystères rouergats se rattachent à cette fête. C'est plutôt une collection de pièces détachées qui pouvaient se réunir ou se séparer à volonté. Cette histoire dramatique de la Rédemption était certainement très longue et disposée suivant un certain plan, mais ce plan n'avait pas été arrêté d'avance, dans tous ses détails, le compilateur rouergat travaillait très irrégulièrement et, grâce à sa méthode ou à son absence de méthode, nous n'avons conservé de son œuvre qu'une série d'épisodes plus ou moins décousus. En

---

1. Notice de M. A. Thomas, *Annales du Midi*, 1890, p. 38. Ed. complète p. p M. A. Jeanroy et H. Teulié sous le titre de *Mystères provençaux du quinzième siècle*, 1893.

Mentions, analyses et comptes rendus critiques : M. Creizenach, *Gesch. d. n. Dramas*, 1893, I, p. 174; Groeber, *Grundriss*, etc., 1897, II, p. 58; A. d'Ancona, *Origini del Teatro ital.*, t. I, p. 667.

Revue des langues romanes, 1894 (A. Chabaneau), p. 478. — *R. d'Hist. litt. de la France*, 1894 (P. de Julleville), p. 369. — *Revue de Provence*, 1896 (L. Constans), p. 94. — *Zeitschrift für roman. Phil.* 1894 (A. Stimming), p. 547. — *Zeitsch. für franz Sprache*, etc. 1895 (E. Stengel), p. 210, etc., etc.

2. A. Draguignan, dès 1437.

effet, comme l'a démontré M. Jeanroy [1], ce compilateur écrivait ses mystères dans deux volumes, en passant de l'un à l'autre alternativement, ou en compilant deux recueils simultanément, et un seul de ces volumes nous est parvenu. Dans ce volume conservé, il a écrit ses pièces non dans l'ordre que paraît indiquer celui où nous les trouvons, mais « au fur et à mesure que se présentaient les originaux qu'il entendait reproduire ou imiter ; il en commençait alors la transcription à tel ou tel endroit de son volume, selon la place que leur assignaient les événements mis en scène, se réservant l'espace qu'il jugeait nécessaire pour les morceaux qui devaient précéder ». Plusieurs fois ses calculs l'ont trompé, et des feuillets sont restés blancs dans les intervalles. Il a utilisé ces blancs en y insérant des morceaux détachés et deux tables qui permettent de deviner les lacunes et l'ensemble. Ces deux tables contiennent en effet avec de légères différences les titres et l'ordre des mystères contenus dans les *deux* volumes, et la première ajoute aux titres la liste des personnages. Le manuscrit a été exécuté en Rouergue vers le troisième tiers du quinzième siècle, mais la date même des textes qu'il contient n'a pu encore être déterminée exactement. Une première fois, ils ont été jugés antérieurs à 1440 ; puis, ils ont été reportés, avec plus de vraisemblance, à la date approximative du manuscrit qui serait, d'après certains indices, la minute de l'auteur. Ainsi une compilation non datée et dont la moitié la plus importante ou la Passion proprement dite est perdue, une série d'œuvres disparates, rédigées au petit bonheur, et dont il faut retrouver les originaux très divers, tour à tour très simples ou très compliqués, tel est le problème qui reste à résoudre en partie. Comment reconstituer la bibliothèque ou les sources du compilateur rouergat ?

Dans une enquête compliquée, l'essentiel est d'abord de ne laisser place à aucune équivoque, même au prix de redites. Rappelons donc que trois de ces sources nous sont déjà en partie connues : la *Passion* Didot signalée par M. Jeanroy, et d'autre part, l'*Evan-*

---

1. Toute cette description du manuscrit est empruntée à l'*Introduction* de M. A. Jeanroy qui a le premier signalé les emprunts faits par le dramaturge rouergat à la *Passion* Didot, et dont les indications aussi ingénieuses que précises vont nous aider à retrouver les autres sources de la compilation.

gile de Nicodème en vers provençaux ainsi que le vieux roman ou
poème *en prose*, inspiré par cet Evangile provençal, la *Passion
selon Gamaliel*. Il n'y aura qu'à montrer par des citations précises
comment ces trois textes sont associés et combinés l'un avec
l'autre dans les mystères rouergats. Des citations précises et détaill-
lées, car les relations de tous ces textes entre eux sont complexes
et multiples. Pour les emprunts directs faits par le compilateur
rouergat à l'*Evangile de Nicodème en vers provençaux*, ils s'éta-
bliront, comme on l'a dit, sans difficulté. Ce sont des emprunts
presque textuels ou même textuels, analogues à ceux qui ont été
faits à la *Passion* Didot[1]. Pour la *Passion selon Gamaliel*, il nous
est déjà prouvé par certains indices[1] que le compilateur rouergat,
a consulté, comme le poète d'Auvergne, cette Passion dans un
manuscrit. Reste à voir comment il a transformé ce texte en le
transportant au théâtre. En somme, pour tirer de cette Passion un
drame, l'auteur rouergat va la remanier et l'amplifier exactement
comme l'auteur de la *Passion selon Gamaliel* avait remanié
l'*Evangile de Nicodème en vers provençaux* pour en tirer son
roman. C'est ce qu'il sera possible d'établir en nous appuyant sur
l'analyse précédemment donnée de la *Passion selon Gamaliel*,
sur les longs extraits de la *Vie de Iesu Crist* de 1485[3], et sur les
citations partielles qui suivront. Ainsi les origines d'une bonne
partie de la compilation rouergate seront déjà déterminées.

Viennent ensuite un assez grand nombre de mystères rouergats
qui ne dérivent pas des sources précitées. D'où viennent-ils?
D'une ancienne *Passion* du Nord, laquelle aurait inspiré la *Passion* Didot et plus tard la *Passion* d'Arras, et par surcroît n'aurait
pas laissé d'inspirer d'anciens mystères allemands[4]? C'est l'hy-

1. Et par surcroît, ils sont enchevêtrés, comme on le verra à la fin de ce chapitre,
dans les emprunts faits à cette *Passion* Didot.

2. Se rappeler les remarques faites p. 344 de ce livre sur l'emploi des noms *Roma*
et *Roman* dans les mystères rouergats. Pour ne pas multiplier les difficultés, nous
admettrons par hypothèse, comme M Jeanroy, que toute la compilation rouergate
est d'un même auteur, bien que le fait ne soit pas absolument certain.

3. On ne reviendra plus naturellement aux manuscrits et, pour la facilité des véri-
fications, on renverra directement a l'imprimé de 1485. Les citations choisies seront
d'ailleurs conformes au texte des manuscrits.

4. Wilmotte, *Les Passions allemandes du Rhin*, p. 91, 98, note 3, 105, note 3, 110,
note 1.

pothèse que nous avons déjà si souvent rencontrée et qui se représente ici une dernière fois avec des tables de concordances extrêmement minutieuses entre les passages imprimés de la *Passion* Didot et les passages correspondants de la *Passion* d'Arras et des mystères rouergats[1]. Quand les fragments imprimés de la *Passion* Didot, les mystères rouergats et la *Passion* d'Arras s'accordent, l'existence du modèle commun ou de la *Passion* française du Nord semble s'imposer ; quand la *Passion* Didot manque, parce qu'elle reste en partie inédite, rien de plus simple que de suppléer à ses lacunes à l'aide des mystères rouergats et de la *Passion* d'Arras, et le modèle commun s'impose encore avec la même facilité. Pour répondre à cette argumentation très précise, mais peut-être trop aventureuse, il n'y a évidemment qu'un moyen, interroger la *Passion* Didot elle-même, montrer que le manuscrit dans son intégralité ne dit nullement ce qu'on a voulu lui faire dire d'après des extraits tronqués, et d'autre part indiquer les véritables sources des mystères rouergats. Ainsi les rapprochements de passages « presque identiques » qui ont été relevés se réduiront à de simples analogies, inévitables dans un pareil sujet, et susceptibles d'explications très différentes. Ces analogies plus ou moins spécieuses auront l'inconvénient de retarder de ci de là la solution du problème, mais en définitive ne l'empêcheront pas.

Resteront enfin un certain nombre de mystères rouergats d'origines très diverses qui ne rentrent dans aucune des catégories précédentes, et qui nécessitent encore d'autres explications. Les derniers en date et aussi les plus compliqués seront analysés à part et nous donneront, à peu de chose près, la date extrême de la compilation rouergate tout entière. Ils sont en effet tirés d'ouvrages français, imprimés pour la première fois à des dates déterminées, ou peu s'en faut. Cette expression n'a rien qui doive surprendre, puisqu'il s'agit d'incunables dont l'histoire n'est pas encore faite, et ne peut être tentée qu'avec une approximation relative.

Pour la commodité de ces recherches, nous allons donc examiner tous les mystères rouergats dans l'ordre même où le compila-

---

1. E. Stengel, *Zeitschrift für französische sprache und Litteratur*, t. XVII, 1895, 2ᵉ partie, p. 210, note 1.

teur rouergat les a placés, à peu de chose près, et nous réserverons pour la fin les plus modernes.

1° Mystères placés au frontispice de la collection et lui servant de prologues : *Creatio, Abraham* [1].

2° Mystères placés avant la Passion proprement dite : *la Samaritaine, la Femme Adultère, Miracles, Vendeurs, Résurrection de Lazare, Repas chez Simon le lépreux.*

3° Groupe de la Passion et de la Résurrection : *Entrée à Jérusalem, Cène, Passion* proprement dite, *Résurrection des Morts, Résurrection du Christ, Pèlerins d'Emmaüs, la Juiverie* ou *Joseph d'Arimathie.* [2]

4° Mystères divers, *Ascension, Jugement général* ou *dernier, Jugement de Jésus.*

La compilation rouergate s'ouvre par une *Création*, et cette *Créa-*

---

1. Cf. les deux tables du Ms. reproduites par A Jeanroy, *Introduction*, p. VIII :

Fol. 29 du ms.	Fol. 35.
1 Creatio.	Creatio.
2 Abram.	Sinagoga.
3 Synagoga.	Abram.
4 Samaritana.	Samaritana.
5 Addulteyrix.	Adulterix.
6 Miracles.	Miracles.
7 Vendedors.	Vendedos.
8 Jutgamen de Jesus.	Jutgamen de Jesus.
9 Laze.	Lazer.
10 Covit de Simon Leprosus.	—
11 Intrada de Jerusalem.	Intrada de Jerusalem.
12 —	Sena.
13 Passio.	Passio.
14 Jusataria.	—
16 —	—
17 —	Limbes.
18 —	Resurectio.
19 —	Emaus.
19 —	Assentio.

2. Ces deux titres paraissent bien désigner la même pièce. Quant à la *Synagogue*, ce devait être, suivant la conjecture de M. Jeanroy, une délibération de la Synagogue sur les moyens de perdre Jésus. Cette scène était facile a imaginer, et la *Passion* selon Gamaliel offre, dès le début, de nombreux exemples de conseils analogues Le *Jugement general* absent de ces deux listes se relie, comme on le verra, à l'*Assentio*.

tion n'est « que la mise en œuvre d'une légende d'après laquelle le
nom du premier homme aurait été formé des initiales du nom des
quatre étoiles correspondant aux quatre points cardinaux »[1]. Cette
légende n'est pas d'origine hébraïque, comme on l'a pensé, elle
paraît même complètement impossible en hébreu, où les diverses
combinaisons des lettres constituant le nom d'Adam produisent des
légendes très différentes[2]; elle n'est en réalité possible qu'avec les
lettres de l'alphabet grec, et ce sont en effet les Grecs qui l'ont inventée, puis donnée aux Pères de l'Eglise latine, notamment à
Saint Augustin[4], lequel l'a enseignée à son tour à toutes les ency-
clopédies du moyen âge. Nous la retrouvons au xiiie siècle dans le
roman populaire d'Adam et d'Eve :

> .... Par grant signorie
> Nostres sires le nom li mist,
> Car des .IIII. parties prist
> Du monde la premiere latre,
> Et qui les sét ensamble matre,
> Le non savra legierement
> Queles sont a mien esclent ;
> *Artos, dysis, anastolé,*
> *Missibuon* en greu nommé ;
> Qui bien essembler les sevrai
> Cest non tot droit Adam avrai[4].

La légende reparaît au xive siècle dans les histoires universelles
comme celles de Jean d'Outremeuse[5] : au xve et au xvie siècle, on

1. A. Jeanroy, *Introdaction*, p. x.

2 Voir Bartolocci, *Bibliotheca rabbinica* citée dans le *Dict. des Apocryphes*, col.
Migne, t. II, p. 46: Kabbalistae insulsi dicunt *tres* litteras in Adam significare Adam,
David, Messiam, etc.

3. *In Joann.* tract. X, c. 2 (Patr. Migne, t. 36, col. 1463)· De illo [Adam] exortae sunt
omnes gentes et in ejus vocabulo quatuor litteris quatuor orbis terrarum partes per
graecas appellationes demonstrantur. Si enim graece dicantur Oriens, Occidens,
Aquilo, Meridies... in capitibus verborum invenies Adam... »; item t 37, col. 1236.
Liber de duobus montibus (Patr. Migne, t. 4, col. 993) cité par Vinc. de Beauvais
Spec. Natur. lib. XXX, cap. xv, p. 2224. — Amalaire, (Patr. Migne, t 105, col. 1004),
cité par A. Jeanroy. — Hon. d'Autun, *Elucidar.* t. 172, col. 1117, etc.

4 B. de l'Arsenal, ms. 5201, p. 68 v° col. 2, et B. Nat. fr. 24,301 fol. 522, col. 1.

5. *Coll. des Chroniques belges*, in-4°, t. I, p. 309.

la retrouve souvent soit dans les recueils factices [1], soit dans les traités d'astrologie, notamment dans le « sottisier » manuscrit de l'astrologue bourguignon, Jean Tabourot [2], l'oncle de Et. des Accords. Il est donc bien probable que le compilateur rouergat l'a prise lui-même, non dans un mystère. mais plutôt dans un almanach, dans une compilation d'histoire sainte, et les deux pièces suivantes ont peut-être une origine analogue.

A la Création succédait un second Prologue aujourd'hui perdu. Le sacrifice du Fils de Dieu était précédé et annoncé par le sacrifice d'Isaac lequel apparait si souvent associé à la Passion dans les mystères mimés [3] ou dramatiques, les spectacles de la Fête-Dieu, les livrets de théologie. Ce sacrifice ou cette « figure » de la Passion devait, il est vrai, être rappelé plus loin dans l'épisode allégorique du *Jugement de Jésus* qui explique la nécessité de la Passion, mais, ou bien quand il rédigeait son petit mystère d'Abraham. l'auteur rouergat n'avait pas encore en mains le modèle du *Jugement de Jésus*. ou, ce qui est plus probable, il n'était pas homme à reculer devant un double emploi. Il aura cru bon de développer à part « la figure » la plus ancienne et la plus importante, ce sacrifice d'Isaac auquel le Christ devait son surnom mystique d'*Innocent* [4], comme on le voit dans divers textes théologiques, et encore par les curieuses représentations consécutives de Laval en 1507 :

> D'Abraham le sacrifice
> Fut joué, qui fut mout propice,
> Sur le grand pavé de Laval

1. Rome, Val., Ottob. 2523 (xvᵉ siècle), fᵒ 5o, cité par E. Langlois.

2. B. Mazarine, ms. 3636 (xvıᵉ siècle), fol. 265.

3. Exemple : cette sorte de diptyque qui résumait tout l'enseignement des Confrères de la Passion, a l'entrée de Louis XII a Paris, le 2 juillet 1498, d'après Godefroy, *Ceremonial françois*. t I, 238. « Devant l'église de la Trinité avoient fait les gouverneurs et confrères de la C. de la Passion un eschaffaut ou estoit Abraham qui sacrifioit a Dieu le pere son fils Isaac, et a l'autre costé de l'eschaffaut le crucifiement de Jesus-Christ ». — Le sacrifice d'Isaac figure encore aujourd'hui dans la *Passion* d'Oberammergau.

4. St Thomas d'Aquin, *Somme*, P. III, Q. 47, art. 3. Ad tertium sic proceditur. 1. Videtur quod Deus Pater non tradiderit Christum passioni. Iniquum enim et crudele videtur esse quod *innocens* passioni et morti tradatur.... It. Q. 46. art. 6.

Le surnom d'*Innocent* reparaîtra dans la Moralité *Secundum legem debet mori*, tirée, comme on le verra plus loin, du même texte que le *Jugement de Jesus rouergat*.

Par le clergé de Saint Thugal ;
Aussi fut joué l'Ignoscent
Celluy an, qui est moult décent [1].

Quant au développement succinct de son petit mystère d'Abraham, où l'auteur rouergat l'a-t-il pris ? Il est difficile de le dire. Peut-être dans quelque histoire sainte, la même qui lui aura fourni la *Création* et plus tard la pièce de la *Samaritaine* qui commence la vie publique de Jésus. L'abondance des noms propres ou des souvenirs historiques au début de cette *Samaritaine* semble bien indiquer que la pièce est tirée de quelque compilation d'histoire [2]. D'autre part les théologiens associent volontiers la Samaritaine et la Femme adultère, les deux femmes auxquelles Jésus a pardonné ; elles se font quelquefois vis-à-vis sur les vitraux [3] ou les œuvres d'art. Il est donc possible qu'entre ces deux pièces de *la Samaritaine* et de *la Femme adultère* qui se suivent sans transition l'auteur rouergat ait voulu mettre un certain lien, et que cette partie de la compilation était en réalité moins décousue qu'elle ne nous le paraît.

Des courtes scènes qui suivent (*Femme adultère*, *Miracles* (le Boiteux, l'Aveugle, le Paralytique), *Expulsion des vendeurs*), nous ne connaissons également que les titres et les personnages. Les sources qui nous échappent encore, paraissent avoir été diverses. Pour les *Miracles*, l'auteur rouergat s'est probablement inspiré d'un verset de l'Evangile [4] de saint Mathieu. XXI, 14 ; mais où a-t-il pris ses développements ? Bien que l'ordre de ces scènes et diverses particularités diffèrent dans la *Passion* Didot [5], il ne serait pas impossible qu'elle ait été mise à contribution au moins en partie pour le Miracle de l'Aveugle. Cette *Passion* donne, il est vrai, un assez long rôle au Père et à la Mère de l'Aveugle, et dans la compilation rouergate, ils ne reparaissent ni sur la liste des per-

1. Chronique rimée de G. le Doyen, (B de l'É. des Chartes, 1852, p. 389). On a proposé diverses explications pour cette pièce perdue de l'*Innocent* (cf. P. de Julleville, *Rép. du théâtre comique*, p. 359), mais le sens nous paraît maintenant bien fixé.
2. *La Samaritaine*, p. 12, v. 303-324.
3. Notamment sur un vitrail de l'église de Caudebec (xvie siècle), signalé par M. Em. Mâle.
4. « Et accesserunt ad eum caeci et claudi in templo et sanavit eos ».
5. Noté par A. Jeanroy, *Introduction*, p. xvii.

sonnages de la Passion, ni avant, sur celle des *Miracles*[1]. Mais il est remarquable que l'auteur rouergat a fait reparaître « l'Orb, son payre, sa mayre » dans un passage du *Jugement general* ou dernier (le Réquisitoire contre les Rois)[2], alors que le modèle copié dans ce *Jugement général* ne fournissait pas cette indication, et que tous ces personnages ont dû être ajoutés après coup. Cette addition nous donne à penser que le compilateur se rappelait bien la scène de l'Aveugle dans la *Passion* Didot, et qu'il avait pu en imiter au moins la première partie, tandis que nous sommes certains qu'il a remanié complètement l'épisode de la Femme adultère, tel qu'il est traité dans cette même *Passion* (fol. 25 r°), et qu'il lui avait donné un développement très différent.

En effet, dans l'épisode rouergat, à côté de la femme adultère, on voyait figurer son « companho » ou son complice, et nous savons que les sermonnaires du xvᵉ siècle avaient imaginé cette ingénieuse addition, avec beaucoup d'autres dont se moque Henri Estienne[3].

Voici enfin intacts des épisodes plus longs où la critique a plus de prise, la *Résurrection de Lazare* et le *Repas chez Simon*. Dans une première rédaction très courte qui nous est parvenue, le compilateur rouergat s'était borné à imiter l'épisode correspondant de la *Passion Didot*, aujourd'hui tronqué dans le manuscrit[4] ; puis il s'est ravisé, il a voulu faire œuvre personnelle, et il a développé assez longuement la maladie, la mort, l'enterrement et la résur-

---

1. Voici cette liste qui peut d'ailleurs être incomplète : *Ensec se la estoria dels Miracles :* lo boytos, lo paralatic. *lo orb.* — Le paralytique était peut-être celui qui figure dans la *Passion selon Gamaliel* (voir plus loin, la Résurrection du Lazare, p. 391 de ce livre, note 2), mais cela n'est pas certain.

2. *Le jagement general,* p. 221. v. 6178-6200.— Cf. la note à la fin de la table des chapitres du *Procès de Belial* reproduite plus loin dans ce livre p. 426.

3 *Apologie p. Hérodote,* éd. Ristelhuber, t. II, chap. xxxv, p. 225 : « Mais S. Jean leur a bien taillé de la besongue quand il ne leur a point voulu dire qu'escrivit nostre Seigneur alors qu'on lay eut amené la femme qui avoit esté surprise en adultère. Or de plusieurs opinions touchant cela, Menot en amène quelques-unes au fueillet 138, col. 4. ou est dit aussi que l'homme avec lequel elle avoit este surprise se cachoit derrière les autres ». Le passage allegué se trouve en effet dans Menot, *Serm. Quadrag.,* Paris, Chevallon, 1526, goth. in-8° : Sabbato post III. Dominica. xi. fol 138 v° col. 2. « Sicut dicit Chrysostomus, adulter enim cum quo inventa fuerat retro alios se cacholt, quando Domino praesentaverunt eam. »

4. Signale par A. Jeanroy, *Introduction,* p. xv, n. 3 et p. 285.

rection de Lazare qui ne manque pas de raconter ce qu'il a vu dans
l'autre monde. Cette seconde rédaction a paru des plus importantes en raison des ressemblances qu'elle présente avec l'épisode
correspondant de la *Passion* d'Arras. Partant de là, on supplée la
lacune du manuscrit Didot à l'aide de la *Passion* d'Arras, puis l'on
conclut à l'existence d'une Passion française du Nord qui aurait
été imitée successivement par les auteurs de la *Passion* Didot et
de la *Passion* d'Arras, auxquels les mystères rouergats serviraient
de trait d'union [1]. Il est vrai qu'à un autre critique le même épisode rouergat rappelle de plus près encore la scène correspon-
dante de la *Passion* allemande de Donaueschingen, et là encore
les analogies ont paru significatives [2]. Il n'y a, ce semble, qu'à rapprocher l'une de l'autre ces deux hypothèses pour qu'elles se
détruisent l'une par l'autre.

Relisons en effet tous les textes allégués, la *Résurrection de
Lazare* tronquée de la *Passion* Didot, la *Passion* d'Arras et celle
de Donaueschingen [3] et le mystère rouergat ; comparons un à
un dans toutes ces versions similaires les noms des interlocuteurs,
l'ordre et les détails de l'exposition, le style, nous n'aurons pas de
peine à voir que cet ordre et ces interlocuteurs diffèrent sensiblement et que les coïncidences (envoi d'un messager par Marthe et
Marie à Jésus, consolations de circonstance prodiguées aux sœurs
de Lazare par les amis de la famille, ou les Juifs qui accompagnent
ensuite Marie-Madeleine toute en pleurs au tombeau de son frère,
remercîments de Lazare ressuscité à son Sauveur), que ces coïncidences sont ou bien de celles que suggère naturellement la lecture
de l'Évangile aux écrivains les plus divers, ou bien purement fortuites. La meilleure preuve en est que la plupart de ces développements sont déjà dans les drames scolastiques de Lazare [4] et dans

---

1. Stengel. *Zeitschrift für franzôs. Sprache*, etc., 1895, table de concordance citée
plus haut.

2. Wilmotte. *Les Passions allemandes des bords du Rhin*, p. 91 et suiv,, deja citée
p. 294 de ce livre, note 2.

3. Mone, *Schauspiele des Mittelalters*, t. II, p. 154 et suiv.

4. Reproduits dans Ed. du Méril, *Origines latines du théâtre moderne*, 1849, p. 213
et suiv. : Mystère anonyme d'Orléans et drame d'Hilarius ; voir notamment, p. 223,
l'épisode des Juifs suivant Marie-Madeleine au tombeau.

Que si dans la *Passion* de Donaueschingen, comme dans le mystère rouergat, ces

la *Passion* française de Semur qui n'ont pas le moindre rapport.

Mais, dira-t-on, comment expliquer dans la *Passion* d'Arras et
dans le mystère rouergat du Lazare les concordances ou les iden-
tités d'expressions ? Sur quoi portent-elles en réalité ? Toujours
sur des versets traduits à peu près littéralement de l'Evangile de
saint Jean. Tantôt les deux traductions (française et rouergate)
du même verset latin se valent ; tantôt même le compilateur rouergat serre de plus près le texte latin que son devancier. Donc ce
compilateur n'a dû avoir affaire qu'à l'Evangile de saint Jean, à la
Passion Didot et, nous y venons, à l'*Evangile de Nicodème* qu'il
connaissait surabondamment puisqu'il avait à sa disposition très
probablement le texte latin de cet Evangile, certainement la traduction en vers provençaux et par surcroît et surtout la *Passion
selon Gamaliel*.

Qu'on jette les yeux en effet sur le récit de la résurrection de
Lazare fait dans cette *Passion selon Gamaliel* par les « douze pru-
d'hommes de Béthanie » devant le tribunal de Pilate [1]. Avec ce
récit [2] et les textes précités l'imagination la plus faible, la plus
vulgaire retrouvera sans peine tous les détails du mystère rouer-

---

rôles de Juifs sont remplis par Centurion, Nicodemus et Joseph d'Arimathie, c'est
simplement, dans les deux cas, pour ne pas multiplier les acteurs, rien de plus.

1. Il suffira de citer un seul de ces passages qui ont paru à M. Stengel, « fast vortlich
identisch » dans la *Passion* d'Arras et le mystère rouergat, et de le comparer avec le
verset de l'Ev. de St Jean XI 32, Maria dicit ci : « Domine, si fuissses hic, non esset
mortuus frater meus ».

Passion d'Arras, p. 108	Myst. rouergat de *Lazare*, p. 79.
Sire, se t'eusses ey este,	He se vos fosetz aysy estat,
Mon frère ne fust trespasse v. 9201-2	El no fora pas trespassat v. 2107-8.

Tout le contexte diffère et la coïncidence des rimes n'est qu'un accident isolé.

2. On l'a transcrit en entier dans les Extraits de la *Vie Jesu Crist*, p. 349.

Il est facile de voir que l'auteur de la *Passion selon Gamaliel* a simplement développé l'*Evangile de Nicodème en vers provençaux*, p. 20, v. 680, à l'aide de l'*Evangile de
St Jean*. XI. Si au lieu de l'expression vague de l'Evangile provençal (*alcus dizia*, qui
correspond au latin : *alii autem dixerunt*) il a mis le chiffre de douze, c'est simplement
parce qu'il a vu ce chiffre XII un peu plus loin, vers 686 : « los XII guirens sonatz. »
D'autres chiffres vont confirmer cette assertion dans la même scène. Le paralytique
qui parle le premier était, d'après l'*Evangile de Nicodème* latin, couché depuis 35 ans
(cap. VI, p. 354).

Cf l'*Evangile provençal*, p. 18, v. 623 :	et la *Passion selon Gamaliel* ou la *Vie de Iesu Crist* de 1485, p. IIII^{xx}VII r°.
XVIII ans avia estat/	
Malautes d'una efermetatz,	« Sire Pilate, dix-huit ans avoye esté malade sans mouvoir de mon lit ne lever etc. »
Non podia de liegz yssir, etc.	

gat, même les plus singuliers, le grand cri poussé par Jésus qui
arrache à l'Enfer sa proie [1], la prière de Lazare suppliant son Sauveur de ne « plus le laisser retourner dans l'autre monde [2] », mais
d'y aller lui-même en personne, comme nous le savons par la
lettre de Carioth et d'Elion, et de délivrer les âmes des Pères qui
l'attendent, avec « saint Jean-Baptiste et les Innocens » que la
Passion selon Gamaliel rappelle et réunit dans un autre épisode [3].
Que maintenant ce Lazare, au sortir de l'Enfer, ait l'idée de raconter ce qu'il a vu aux assistants, et de conclure la pièce par une
sorte de sermon sur ce thème, c'est encore là un développement
banal, un lieu commun du théâtre, mais aussi de la chaire, comme
nous l'avons vu ailleurs [4]. Les éléments de cette description d'Enfer
traînent partout, notamment dans le *Miroir moral* de Vincent de
Beauvais, lequel était connu, nous le verrons, par le compilateur
rouergat et ses amis [5]. A-t-on noté d'ailleurs que ni cette description des peines d'Enfer, ni les détails immédiatement précédents
ne figurent ni dans la *Passion* d'Arras, ni dans celle de Donaueschingen ? Donc ces pièces n'ont rien à voir avec le mystère rouergat, tandis que les sources que l'on a indiquées sont nécessaires et
suffisantes.

Que le mystère suivant, le *Repas chez Simon*, soit emprunté en
partie à la *Passion* Didot comme l'a signalé M. Jeanroy, le fait est
certain. En est-il de même des additions proposées par la critique?

Dans la *Passion* Didot, modèle du mystère rouergat, et dans la
Passion d'Arras, le repas chez Simon le Pharisien est identifié
avec le repas chez Simon le Lépreux à Béthanie, ou, si l'on préfère, il y a « contamination » des Evangiles de saint Luc (VII, 37),
de saint Matthieu (XXVI, 7), et de saint Jean (XII, 1-10). Dans les
deux pièces, lorsque la Madeleine a répandu sur les pieds de Jésus

---

1. *Lazare* rouergat, p. 85, v. 2300 et 2318. — L'auteur de la *Passion* de Semur,
v. 5215, p. 106, en s'inspirant de l'*Evangile de Nicodème* latin, a eu la même idée.

2. *Lazare*, p. 85, v. 2323. — Cf. la fin du récit de la *Passion selon Gamaliel.*

3. *Lazare* rouergat, p. 86, v. 2325 et suiv. — Cf. *Passion selon Gamaliel* et *Vie de
Jésu Crist* de 1485, p. c verso = 106. « Comment Pilate envoya Jesucrist à Hérodes » et
le chap. suivant, p. 106.

4. Chapitre des *Mystères Sainte-Geneviève*, et p. 307 de ce livre.

5. Voir dans le *Jugement général* rouergat, p. 282, note de vers 8024, la légende de
l'usurier et de son fils qui est prise dans ce *Miroir moral*, comme on le constatera
plus loin.

un parfum précieux, que l'on aurait pu vendre trois cents deniers,
Simon s'indigne de l'audace de la pécheresse, et Jésus raconte la
parabole des deux débiteurs ; Judas, l'économe de Jésus, s'indigne
surtout de cette profusion, où il perd ce qu'il n'a pas gagné, c'est-
à-dire la dîme de trente deniers qui lui serait revenue sur la vente.
A ce propos il rappelle son histoire légendaire et celle de sa
famille, et il court s'indemniser de sa perte en allant vendre son
son Maître à la synagogue. De ces rapprochements l'on conclut
encore une fois à l'emploi d'un modèle commun ou d'une même
Passion du Nord qui aurait inspiré la *Passion* Didot d'abord, et
plus tard, la *Passion* d'Arras [1]. En réalité, qui le prouve ?

L'identification des scènes racontées par les Evangélistes a été
proposée couramment par les théologiens d'autrefois, au moins
jusqu'au xvie siècle et plus tard [2]. *A fortiori* a-t-elle pu tenter les
dramaturges du moyen-âge toujours disposés à réunir des scènes
analogues. Elle les a tentés, en effet, puisqu'on trouve des confusions du même genre dans la *Passion* cornique [3]. dans la *Passion
Sainte-Geneviève*, dans la *Passion* de Semur [4] et probablement
ailleurs.

Le petit calcul de Judas sur les trente deniers ou sur le juste
prix auquel il vendra son maître Jésus pour retrouver son compte,
ce calcul reparaît dans la *Légende dorée*, dans les *Postilles* de
Nicolas de Lire [5], dans la *Vita Christi* de Lupold le Chartreux,
dans vingt drames analogues, partout ; donc, en l'espèce, il ne

---

1. Stengel, *l. c.*, p. 210, note 1.

2. On ne citera qu'un seul texte donnant à la fois l'exemple et la réfutation, et on
le prendra chez un auteur relativement moderne, Jean Clerée, qui prêcha le Carême
à Saint-Eustache de Paris, en 1494.— *Sermones. Quadragesimales*, Paris. Fr. Regnault,
1524, in-8o (B. Nat. réserve D. 15,447). *Sabbato in Passione :* Loci passionis appropin-
quatis : in Bethania ejus benigna receptio, Joann. XII.

Hystoria hujus evangelii videlicet quando fuerit facta sunt diverse opiniones quia
quidam dicunt eam esse eamdem cum illa quae habetur Luc. 7. in qua habetur de
Magdalena quae effundit unguentum in domo Simonis leprosi.

Alii autem, ut magister Hugo cardinalis volunt quia ista hystoria facta sit in hac
die, vel heri, sero, nec est eadem cum predicta, immo sunt differentes, ut patet per
verba in eis posita. Et haec opinio verior mihi videtur, et est eadem historia quae
habetur Matthaeo. 26, ut dicit idem Hugo ».

3 et 4. *The ancient cornish Drama.* éd. Norris, t. I, p. 259 ; *Passion* de Semur, v. 5000,
p. 101 et p. 268, note 1 de ce livre.

5. P. 219, note 27 de ce livre.

prouve absolument rien. Ce qui prouverait quelque chose c'est l'histoire ou la légende de Judas et, par malheur, cette légende diffère très sensiblement par les détails, dans la *Passion* Didot et dans celle d'Arras. Si le Judas de la *Passion* Didot a été, comme il nous le raconte, « marqué d'un fer chaud [1] » par sa mère, dans son enfance. c'était apparemment pour qu'on pût le reconnaître à ce signe particulier et éviter les confusions dans le genre de celles qu'on nous propose. Avec ces nouveaux rapprochements on n'a donc rien expliqué de nouveau et, en particulier, on n'a pas expliqué pourquoi le dénoûment du banquet chez Simon varie dans les pièces précitées, *Passion* d'Arras, *Passion* Didot, et dans le mystère rouergat.

C'est ici que nous allons profiter de la longue analyse qui a été faite précédemment de la *Passion selon Gamaliel*, inspirée par l'*Evangile de Nicodème en vers provençaux*. Cette *Passion selon Gamaliel* va nous permettre de constater une série d'emprunts aussi manifestes que prolongés, lesquels achèveront de nous renseigner tout à la fois sur sa propre structure et sur celle de la compilation rouergate. Si, en effet, comme nous l'avons annoncé, la *Passion selon Gamaliel* a été composée exactement de la même manière que cette compilation, si les procédés de fabrication et d'amplification du romancier et du dramaturge sont les mêmes, ils gagneront évidemment à être rapprochés et se prêteront une mutuelle lumière. Et c'est uniquement pour cette raison que nous avons préféré réunir et grouper des explications détaillées dont une partie seulement aurait déjà pu trouver sa place ailleurs.

La première scène que le romancier français avait trouvée bonne à prendre dans l'*Evangile de Nicodème provençal*, c'était l'entrée de Jésus à Jérusalem décrite par le courrier de Pilate [2]. Il s'est

---

1. *Passion* Didot (B. Nat. n. a. fr. 4,232, fol. 3o et suiv. C'est avant de l'exposer sur les flots pour le soustraire au massacre des Innocents, que la mère de Judas lui fait cette marque, à laquelle elle le reconnaît plus tard.

2. *Ev. de Nicod. en vers provençaux*, p. 6, v. 190-206.

> Tota la gen de la ciutatz,
> e li menor e li annatz,
> li fazian motz gran honor, etc.

Ces expressions sont encore reconnaissables dans le récit de la *Passion selon Gamaliel* et de la *Vie de Iesu Crist*, reproduit *in extenso* dans les Extraits, p. 348 de

contenté de paraphraser ce texte à l'aide des Evangiles canoniques
qui ajoutent les préliminaires, c'est-à-dire la mission des apôtres
chargés d'amener l'ânesse et son poulain. Mais les évangélistes
qui font mention de la scène n'en nomment point les acteurs. Les
théologiens se sont chargés de ce soin et, pour des raisons déterminées, ils ont proposé divers noms, Pierre et Philippe, ou Pierre
et Jean, ou d'autres[1]. Notre romancier n'avait qu'à choisir, il choisit Pierre et Philippe, et voilà les deux premiers épisodes de son
ouvrage faits. Toute la suite a été arrangée de la même façon.
Avec le jugement unique de Pilate il a fait *deux* longs jugements
différents, séparés par de longues additions telles que le voyage
de Jésus à Béthanie et la Cène. Tantôt il ne prend pas la peine de
nommer des personnages qui n'ont pas de nom dans le texte provençal (et qui en ont un dans le texte latin), ainsi pour la femme
de Pilate ;[2] tantôt, suivant un autre procédé déjà vu, il donne un
nom (*Roma*) au sergent anonyme de ce même Pilate, et il complète
la liste des conseillers de la Synagogue[3]. Ici, il a amplifié, avec

ce livre : « Tout le peuple grant et menu et les enfants issirent hors de la cité pour
faire honneur à Jesucrist, etc. »

1. D'un apocryphe de St Chrysostôme (hom. 37 *Op. imperf*) ces noms ont passé
dans le Comm. de Bède, dans la Glose ordinaire (*in Math.*, XXI. 1, p. 254), dans l'*Hist.*
scolast. (Patr. Migne, t. 198, p. 1599, ch. 117: Ili autem duo missi fuisse creduntur
Petrus et Philippus, ad significandum, quia ipsi primum adduxerunt gentes ad
Jesum, Petrus Cornelium et domum ejus, Philippus Samariam ». — Item, *Vitae*
Christi, de Lupold, P. II, cap XXVI. — Comme on lit dans *Math.* IV, 18 : « Simonem
qui vocatur Petrus », on a confondu facilement St Pierre et St Simon, si bien que les
deux disciples chargés de cette mission dans la *Passion* d'Arras, p. 123, v. 10,521, 2,
sont S. Simon et S. Philippe.

Ailleurs, c'est Pierre et S. Jean Cf. Cornelius à Lapide, *in Matth*, XXI : « Verisi-
similius Jansenius opinatur hos duos fuisse Petrum et Joannem quia paulo post hos
praemisit Christus ad parandum agnum Paschalem (*Luc.*, XXII, 8) : nil tamen certi
hic definiri potest ».

Inutile de continuer. Ces textes suffisent pour écarter le raisonnement de M. Wilmotte qui n'est pas plus juste ici pour les apôtres que précédemment pour les prophètes : *Les Passions allemandes*, p. 37, note 1 « Maestricht a Pierre et Jean ; Alsfeld
et Heidelberg ont Pierre et Philippe, legs du livret de Francfort conservé dans le
texte de 1493 (1797 sq.). Au contraire, Donaueschingen a Pierre et Jean qu'on retrouve
dans les *Passions françaises* (Greban et fragment d'Amboise, *Romania*, XIX, 264, et
qui était vraisemblablement *dans l'original commun de tous ces textes* ».

2. *Evangile de Nicodème en vers provençaux*, p. 8, v. 269 : Mandal sa molher. —
Passion selon Gamaliel et *Vie de Iesucrist* de 1485, item, p. LXXVI r°.

3. *Ev. de Nicod. en v. prov*, p. 4, v. 101-102. — *Passion selon Gamaliel* et *Vie de Iesu*
Crist de 1485, p. LXVIII v° et p. 330 de ce livre : Abderon, Neptalin, etc.

de nouvelles légendes le rôle des personnages secondaires, tels que l'Hémorroïsse[1] identifiée avec la Véronique ; là, il a créé des rôles entiers pour des personnages simplement mentionnés comme le roi Hérode[2] ; il a même introduit force personnages nouveaux tels que Malcus, le gagnant de la « gonelle » ou tunique sans couture. En un mot, c'est un développement, une amplification prolongée de l'original, telle pourtant qu'en comparant de près les textes on retrouve toujours les traits primitifs de l'*Evangile de Nicodème en vers provençaux*, et non ceux de l'*Evangile de Nicodème* latin. Les expressions mêmes et les détails abondent que ce texte latin serait incapable d'expliquer. et qui ne peuvent pourtant « se réduire à néant. comme la fumée devant le vent », pour employer une de ces expressions du texte provençal[3] et du développement français, qui ne figurent pas dans le latin.

La méthode du dramaturge rouergat est sensiblement la même. Lui aussi il copie, il paraphrase, il développe, il intervertit, il ajoute des noms nouveaux et même des rôles nouveaux, mais dans la copie ou dans le développement on reconnaîtra toujours ou presque toujours la *Passion selon Gamaliel*.

Elle ne sera pas difficile à reconnaître en tout cas cette *Passion* dès la fin du Repas chez Simon, où Jésus envoie les apôtres Pierre et Philippe à Jérusalem. La traduction du roman est littérale dans le mystère rouergat[4]. Si chemin faisant, les apôtres se disputent avec « le Rustique » ou le paysan qui refuse de livrer sa bête, c'est un incident. une « ânerie » facile à ajouter ou simplement à reproduire, puisque nous l'avons déjà rencontrée dans les mystères français à Semur et à Amboise[5]. L'*Entrée à Jérusalem* a dû être

---

1. *Ev de Nicod. en v. prov.*, p. 20, v. 665.

2. *Ev. de Nicod. en v. prov.*, p. 23, v. 778.   *Passion selon Gamaliel* et *Vie de Iesucrist* de 1485, p C. v°.

Es doncs so cell, per quels efans Auci Hero em Besleem ?   « Et Jésus est-il celui pour qui Herodes fist tuer les enfans » ?

3. *Ev. de Nicod en c. prov.*, p. 17, v. 591.   *Passion selon Gamaliel* et *Vie de Iesucrist* de 1485, p. LXXI r°.

si so que fa non es de dieu, totz tornara en dreg nieu co fay lo fum davan lo ven,   « Et s'il est de mal, tout s'en ira comme la fumee devant le vent ».

4. Dans *Le Repas chez Simon*, voir surtout la p 99 et la note du vers 2668, et comparer les deux premiers chapitres de la *Passion selon Gamaliel* reproduits dans les Extraits de la *Vie de Jésus Crist* (1485).

5. P. 112 et p. 314 de ce livre.

développée ou amplifiée avec les mêmes procédés, nous pouvons en être certains, malgré la perte du manuscrit qui la renfermait. En effet, la *Passion selon Gamaliel* nous avertit qu'à son arrivée à Jérusalem Jésus prononce « un sermon sur la loi », et la phrase se retrouve textuellement dans l'épilogue du mystère rouergat qui précédait l'*Entrée à Jérusalem* perdue, c'est-à-dire toujours à la fin du *Repas chez Simon*. Le dramaturge rouergat avait donc simplement développé ce sermon dans son manuscrit, et la perte de cette homélie n'est certes pas regrettable, au contraire. Plus regrettable serait la disparition de « la partie la plus importante de la compilation », c'est-à-dire de la Cène et de la Passion proprement· dite, si la *Passion selon Gamaliel* ne venait encore une fois à notre aide.

La Cène et la Passion rouergates sont entièrement perdues, mais n'avons-nous pas conservé la liste des personnages[1], et tous ces personnages ne les avons-nous pas vus à l'œuvre dans la *Passion selon Gamaliel*, ne connaissons-nous pas toutes leurs attributions ? Dès lors nous nous expliquons facilement toutes les particularités de cette ·liste singulière, ·et nous n'avons pas grand mérite à deviner quel était le rôle des étendards, de Pilate et de sa femme, du sénéchal et du roi Hérode. très différent de son homonyme dans la *Passion* Didot, lequel n'avait lui-même rien de commun, quoiqu'on ait dit, avec le roi Hérode de la *Passion* d'Arras. Tous ces rôles nous sont connus en détail ainsi que ceux de Gamaliel et de ses amis. de Longis, de Centurion, de la Véronique,

---

1. Liste publiée par M. A Thomas, *Annales du Midi*, 1890, p. 389. « Ensec se la Passio : Jesus, Nostra Dama, Judas. Sant Peyre, et totz los apostols, la Martha, la Magdalena, lo Lazer, las Marias, la Veronica. Annas, Caiphas, Pilat, sa molher, son seqretari, lo notari, Melea, *Roman*, Abderon, Oliffart, Piquausel, Talhafer. Barissaut, Malcus, *Boladieu*, Corbet, la tro[m]peta, son estendart ; Herodes rey, son filh, son senesquale, la trompeta, son estendart. Centurio he son estendart, sa trompeta, Galiot, Perseval, Gamaliel, Nicodemus, Joseph Abarimathia ».

2. *Passion* Didot (fragment imprimé dans la *R. des l. romanes*, 1888, p. 343. — *Passion* d'Arras, p. 160, v. 13,705-13,780, cités par M. Stengel, *l. c.*

Les deux textes n'ont guère de commun qu'une expression banale. Au début, dans la *P* Didot, Herode constate que Pilate lui « a facha gran honor » en lui envoyant Jesus a juger, et il dit dans la *P*. d'Arras, p. 160, v. 13.710 « [Pilate] m'a porté honneur ». — Cette banalité se retrouve partout même dans les *Passions allemandes*. Cf. *Hist. scolast*, P. Migne, t. 198, p. 1626 : Pilatus volens deferri ci honorem ». — It. Die Francfurter Dirigierrolle (1350) éd. Froning, t. II, p. 359 : « Herodes videns honorem a Pylato sibi impensum ».

de Malcus, d'Abderon et de bien d'autres. Si le moindre doute pouvait subsister, il serait levé par la présence dans cette liste du sergent de Pilate, *Roma* ou *Roman*, qui reparaîtra dans une autre pièce de la collection rouergate[1].

Comme nous connaissons les noms, nous connaissons aussi les modifications ou suppressions que le compilateur rouergat a fait subir à son texte. Des deux Jugements de la *Passion de Gamaliel*, il n'a gardé que le second avec la Cène. Dans ce Jugement conservé, le roi Hérode a perdu sa femme pour retrouver « un filh ». Les « douze prud'hommes de Béthanie » avaient disparu, mais Lazare devait venir en personne raconter à Pilate sa résurrection et témoigner en faveur de son Sauveur. Les cavaliers ou les gendarmes de Centurion avaient reçu des noms de romans français, Galiot, Perseval, Talhafer. Enfin le compilateur rouergat avait ajouté de toutes pièces le rôle de *Botadieu* ou du Juif errant dont la mention a paru à bon droit si curieuse, et qui ne figure ni dans les manuscrits de la *Passion selon Gamaliel*, ni dans l'imprimé ou la seconde partie de la *Vie de Jesu Crist* de 1485. La légende de Botadieu si populaire en Espagne et en Italie ne s'est-elle donc répandue en France qu'après la fameuse complainte ? Il est certain que non, et il est extrêmement probable que longtemps avant il s'était trouvé des Français pour l'exploiter, de même, nous l'avons vu, qu'on exploitait la légende de Malcus le maudit[2]. Dans les comptes municipaux de la ville de Mâcon[3], on lit en 1514 la mention suivante qui semble avoir passé inaperçue et qui est en tout cas bien singulière :

« Donné vingt sols en aumône à « l'homme qui, par pugnicion divine, comme il dit, ne se peut tenir ferme sur terre, et, quant il faut qu'il aille par terre, il court, à cause que la terre ne le peust soustenir. — 1514. »

La *Passion selon Gamaliel* a inspiré en très grande partie comme on vient de le voir le mystère de la *Passion* rouergate et

---

1. La Moralité ou le Jugement allégorique de Jésus, p. 26, v. 629.

2. Voir en tête de ce livre la légende de Malcus dans la *Passion Sainte-Geneviève*, et le Malcus inventé par le renégat bourguignon de Mâcon.

3 Archives communales de Mâcon, [Registre CC 55, p. 17 de l'imprimé, comptes de 1506 à 1514.

inspirera encore la plupart des mystères suivants. Mais ici l'auteur rouergat a hésité entre divers modèles, et le manuscrit qui nous est parvenu porte encore la trace de ses hésitations et corrections, comme on le verra plus loin. Commençons d'abord par noter la disposition du manuscrit conservé, et voyons comment et pourquoi le compilateur a imité alternativement ou simultanément la *Passion* Didot, la *Passion selon Gamaliel* et enfin l'*Evangile de Nicodème en vers provençaux*, le modèle en même temps que l'imitation.

Les mystères rouergats se succèdent dans cet ordre : *Passion, Résurrection des Morts, Résurrection de Jésus, Joseph d'Arimathie, Ascension.* Toutes ces pièces se rattachent à la *Passion selon Gamaliel* par des liens plus ou moins compliqués. Tout d'abord il est clair que le dialogue des Morts « qui se réveillent quand Jésus a expiré sur la croix [1] » n'est que le résumé de chapitres détachés de la *Passion selon Gamaliel*, laquelle diffère d'ailleurs radicalement sur ce point de la *Passion* d'Arras qui a encore une fois trompé ses critiques. Les Morts rouergats sont en marche, les uns s'en vont en Galilée, les autres au temple de Salomon [2] ; les Morts de la *Passion* d'Arras [3] se dressent dans leur poussière et se hâtent d'y rentrer, comme le leur impose la théologie de Bède et de la *Glose ordinaire*. Ils ne sortiront pas de leurs monuments, avant que la résurrection du Christ ne soit accomplie. Entre la scène de la *Passion* d'Arras et celle du mystère rouergat, il n'y a donc aucune analogie, et elles ne viennent nullement, comme on le croyait, d'une source commune.

Voici maintenant la longue pièce de Joseph d'Arimathie et de

1-2. *La Résurrection des Morts.* p. 20. — Comparer la *Passion selon Gamaliel* et la *Vie de Jesu Crist* de 1485, p. cvi verso, vixxv verso, et surtout viixxxi recto, récit d'Abraham. « Nous alions par la rive du Jourdain et si encontrasmes une grant compaignie de gens... et entre les aultres y estoient Carioth et Helion noz voisins et les baisasmes sains et vifs... Et puis leur demandasmes comment ils estoient illecques venus et qui estoient celles gens qui estoient tous ressuscitez de mort a vie avec Jesucrist, etc. » Ce long passage est la traduction fidèle de l'*Evangile de Nicodème en vers provençaux*, p. 45, v. 1550 et suiv.

3. *Passion* d'Arras, p. 201, v. 17,353-4. Le 11° corps. Je m'en revois incontinent. — En ma crevace remucier.— Cf. Bède, in *Matth.*, XXI, 52 (Pat. Migne, t. 94, p. 125).— *Glossa ordinaria* it. Patr. Migne, t 114, p, 176 : « Et tamen, cum monumenta aperta sunt, non ante surrexerunt, quam Dominus resurgeret, ut esset primogenitus ex multis fratribus ». It., N. de Lire, *Postilles*, p. 461.

ses démêlés avec la Synagogue qui, dans la compilation rouergate
compte près de deux mille vers. C'est ce texte surtout qui nous
permettrait de constater, non plus sur des extraits détachés, mais
sur des séries de pages entières, consécutives, la filière des emprunts, et de démontrer comment la *Passion selon Gamaliel* a
refondu l'*Evangile de Nicodème en vers provençaux*[1], puis a
été remaniée à son tour par le compilateur rouergat. Prenons
au hasard une seule de ces scènes si souvent remaniées, la première réunion de la Synagogue après l'ensevelissement du Christ.

« Quant ilz furent en la sinagogue devant les evesques, Nicodemus
leur dist : « Et comment estes vous entre vous aultres si hardiz de entrer
en la Sinagogue ? — Pourquoy, dist Annas, le dictes vous ? » — « Car
vous estez excommuniez, dist Nicodemus, pour ce que vous avez livré à

---

1. Cf. *Evang. Nicodemi*, éd Tischendorff, 1876, cap. xii, p. 365. Et [Nicodemus] dicit
eis: Quomodo ingressi estis Synagogam? Dicunt ci Judaei : Et tu quomodo ingressus
es synagogam quia consentiens illi es. Pars illius sit tecum in futuro seculo. Dixit
Nicodemus Amen amen amen, etc.

Ev. de Nicodème en vers provençaux, p 29.	*Joseph d'Arimathie*, p. 139.
	NICODEMUS
Donc Nicodemus pres a dir :	
Baros, vos co ausetz intrar	Messenhors, ieu vos dic en veritat
a sinagoga per horar?	Que totses vos autres excumengatz etz
Que vos tugz es escumergatz,	Per so que avetz fach morir
que aves Cristz crucificatz.	Jhesus de Nazareth
E tu co say estz doncs intratz	Ha gran pecat he a gran tort.
que sos decipol yestz proatz?	Falsamen l'avetz lieurat a mort,
La tua partz el tieu gazanh	De que que gran mal vou venra
ajas ab ell co bos companh	He a la fi tot lo mon ho conoisera.
. . . .	. . . .
Josep parla com pahoros:	
Ves mi per que es tugz iratz ?	CAYPHAS
Car sol Jhesum ay soterratz?	Nicodemus, Nicodemus vos parlatz tot-
Se yeu l'ay mes ei monimen,	[jorn mal
a vos que costa, mala gen ?	He cresi que seretz de la upiniou
Si yeu ay fag be, e vos fays mal,	D'aquel malvat truan,
don aures tugz pena mortal'	Sertas de vostre oncle
. . . .	De Joseph d'Arimathia,
Ar lo prendo a menassar	Que Dieu lo meta en mal an.
. . . .	He per so, Nicodemus, se vos no vos
Non yest dignes de sebelir,	[qualatz,
ta carn darem sencs falhir	Nos vos farem mangar
a lops, a cas o ad aucels	Sertas tot vieu als cas,
Co s'eras feda o anhels.　　v. 1006.	Vesen de tota la gen.　　v. 3793.

mort Jesucrist de Nazareth. » — Se, dist Cayphas, moult vous l'avez
soustenu, vous et votre oncle, et tout ce que vous avez peu faire ne luy a
riens valu, et tout ce que vous y gaignerés soit vostre, car bien sçavons
que vous estez de ses disciples, vous et Joseph dabarimathie. » —: « Sire,
se dit Joseph tout courtoisement, que me voulez vous? » —: « Se, dirent les
evesques, tu te forfais, et encore te viendra mal, car sans nostre conseil
tu as osté et despendu le corps de cest homme Jesucrist de la croix, et si
l'as ensepveli en ton sepulcre. » —: « Seigneurs, et que vous en doit chaloir, car Pilate le me donna a qui il estoit a donner, et, se j'ay bien faict,
vous autres avés mal faict ; vous me blasmez, males gens vous estes'
encores vous en viendra mal. » Et tous commencerent a le regarder et
le menasserent fort, et Annas luy dist : « Scez tu que nous ferons ? Tu
as fait contre la loy, porquoy tu doibz mourir, tu ne seras pas ensepveli,
mais nous te ferons menger aux chiens et aulx pourceaulx et aux
oiseaulx, ainsi comme se te fusses beste. »

Inutile de prolonger la citation ni d'insister sur toutes les pages
suivantes, sur la longue déposition de Joseph d'Arimathie après
sa délivrance[1], sur la 'lettre plus longue encore de Carioth et
d'Élion[2] et toute la suite. Pour toute cette partie, l'auteur de la
Passion selon Gamaliel n'a fait que développer l'Evangile provençal. en intervertissant de ci de là l'ordre des chapitres, en changeant les interlocuteurs, mais non les discours et les faits. Le compilateur rouergat a recommencé exactement la même opération
sur la *Passion selon Gamaliel*. Pour un seul épisode, une prière
de Joseph d'Arimathie dans sa prison, il paraît avoir consulté
directement (comme son confrère d'Auvergne) l'*Evangile de Nicodème* latin. En effet, ce texte latin contient (chapitre XII, p. 366)
une menace de Joseph d'Arimathie à la Synagogue, qui n'est pas
reproduite dans l'*Evangile de Nicodème en vers provençaux* ni
par suite dans la *Passion selon Gamaliel*. Voici le verset :

« Iste sermo superbi Goliae est qui improperavit deo vivo adversus
sanctum David ».

---

1. *Evangile de Nicodème en vers provençaux*, p. 39, v. 1351 et suivants. — Cf. *Passion
selon Gamaliel* ou *Vie de Jesu Crist* de 1485, p. vi^{xx}xvi r°.

2 *Ev. de Nic. provenç*, p. 50, v. 1703, etc. — *Passion selon Gamaliel* et *Vie de Iesu
Crist*, p. vi^{xx}vii v°, Moi Carioth, etc., je commence à dire merveilles », texte reproduit dans les *Extraits de la Vie de Iesu Crist*.

Il est donc probable que le compilateur rouergat se souvient de ce verset latin quand il nous montre Joseph d'Arimathie invoquant le Dieu qui délivra :

> Davit, lo sant propheta,
> De las mas del gean Golias   (p. 142, v. 3,863).

Partout ailleurs ce compilateur a copié directement la *Passion selon Gamaliel*, en dérangeant l'ordre des faits, mais en les reproduisant presque tous, sauf des raccords d'une amusante simplicité. Ainsi l'interrogatoire de Carioth et d'Elion, les fils de Ruben, dans le temple de Jérusalem est reproduit à peu près textuellement [1]. La longue lettre de Carioth [2], au contraire, est coupée dès le début [3], parce que la descente aux Limbes qu'elle raconte a déjà été mise en scène précédemment dans la première partie du mystère de la *Résurrection* copiée ailleurs. Les derniers chapitres de la *Passion selon Gamaliel* ont de même été écourtés ou supprimés de telle sorte que la pièce rouergate finisse par une scène à effet, les imprécations des Juifs convaincus par le rapport de Joseph d'Arimathie, et maudissant « les évêques » qui les ont trompés. Dans la *Passion* ces imprécations n'éclataient que plus tard après un autre rapport, celui des trois pèlerins de Galilée, Addas, Gestas et Finces lesquels avaient vu à l'Ascension Jésus-Christ « prêcher sur une pierre de marbre » suivant le contresens de l'Évangile provençal [4] recueilli par les textes français. Le compilateur rouergat a fondu les deux scènes en une seule, il n'a gardé que le rap-

---

1. Ce morceau trop long pour être cité ici a été transcrit dans les *Extraits de la Vie de Iesu Crist*.

2-3. Egalement transcrite dans les *Extraits de la Vie de Iesu Crist*, avec les variantes des manuscrits et l'examen détaillé du texte.

4. *Evangile latin*, ch. xiv, p. 372 : « Jesum sedentem et discipulos ejus cum eo in monte oliveti qui vocatur Mambre sive Malech ».

Evangile provençal, p. 33, v. 1127 :

> Nos, so dizo, lo vim ezer
> am los apostols ben e ver
> sobre un marme............

Ce *marme* devient « un *albre* » dans la compilation d'histoire sainte catalane ou est recueilli un abrégé en prose de l'*Evangile provençal* (Note de M. Suchier, t. I, p 512). La *Passion selon Gamaliel* et la *Vie de Iesu Crist* de 1485 (p. vi-xviii verso) donnent : Nous l'avons veu en un ung puy avecques ses apostres et se seoit sur une pierre de marbre où il leur preschoit, etc.

port le plus important, celui de Joseph d'Arimathie[1], et il y a joint
tout bonnement les malédictions qui suivaient[2]. Ainsi le récit assez
bref de l'Ascension a disparu, mais le compilateur rouergat reviendra plus tard à ce sujet, et lui consacrera une pièce particulière
quand il en aura trouvé un modèle plus développé.

La composition de la *Résurrection* qui *précède* la pièce de
Joseph d'Arimathie s'explique d'une manière analogue. Primitivement, suivant la remarque de M. Jeanroy[3], la *Passion* rouergate
était suivie d'un récit de la Résurrection, ou du moins de la Descente aux Limbes, qui était transcrit sur le volume perdu et faisait
double emploi avec la Résurrection du volume conservé. Nous
retrouverons tout à l'heure cette première version de la Résurrection, ou du moins nous constaterons qu'elle était tirée de l'*Evangile de Nicodème en vers provençaux* et non pas du texte latin ou
d'ailleurs. Mais avant d'arriver à ce fait si curieux, il faut expliquer d'abord pourquoi le compilateur rouergat a recommencé son
travail. C'est que l'*Evangile de Nicodème en vers provençaux* et
la *Passion selon Gamaliel* elle-même ne décrivent guère en détail
que la Descente aux Limbes ; dans l'un et dans l'autre texte la
résurrection du Christ n'est rappelée qu'incidemment par le récit
de témoins, des gardes d'une part[4] et de Centurion de l'autre[5] ;
toute la suite de l'histoire de Jésus et de ses disciples, le dialogue
des trois Maries avec le marchand de parfums, leur visite au tombeau où les anges leur apprennent la résurrection, l'apparition à
Madeleine et le récit de celle-ci à la Vierge et aux Apôtres, enfin
l'apparition à l'apôtre Thomas et le contexte, tous ces épisodes

1. *Vie de Jesucrist* de 1485, p. vi{{xx}}xvi recto. — *Joseph d'Arimathie*, p. 186, v. 5166 et
suiv.

2 *Vie de Jesucrist* de 1485, p. vi{{xx}}xix verso. — *Joseph d'Arimathie*, p. 188, surtout
v. 5277 et suiv.

3. *Introduction*, p. xviii, note 3.

4. *Evangile de Nicodème en vers provençaux*, p. 3o, v 1047 et suiv.

5. *Passion selon Gamaliel* et *Vie de Jesu Crist* de 1485, p. vi{{xx}}xvi verso : J'ay veu ung
ange qui disoit aux dames ». — Le récit de Centurion a été reproduit dans *Joseph
d'Arimathie*, p. 156. Le dramaturge s'est borné à introduire deux anges ou « dos
jovencels », v. 43oo. Il n'a pas supprimé non plus, p 16o, v. 443o. une allusion
aux disciples d'Emmaüs, que Centurion fait dans la *Passion selon Gamaliel* et la
Vie de Jesu Crist de 1485, p. vi{{xx}}iiii verso: « deux des disciples de Jesucrist le lundi
quand ilz aloyent en ung chateau qui a nom Emaulx, etc. » Ce trait manque dans
l'*Evangile de Nicodème en vers provençaux.*

manquent également dans les deux ouvrages. Le compilateur
rouergat qui voulait développer tous ces épisodes et qui aimait la
besogne toute faite, a donc été obligé de s'adresser ailleurs. Il n'a
pas été bien loin, il a trouvé son bien dans la *Passion* Didot et il
y a copié une nouvelle Résurrection et Descente aux Limbes qu'il
a rattachées tant bien que mal, plutôt mal que bien à ses mystères
de la *Passion* et de *Joseph d'Arimathie*, sans trop s'inquiéter des
contradictions et redites[1]. Les corrections du manuscrit nous
montrent qu'après coup il avait été médiocrement satisfait de ces
raccords, et qu'il avait essayé de les dissimuler dans la mesure du
possible. L'une de ces corrections ou ratures nous indique de plus
que même dans cette nouvelle *Résurrection* copiée dans la *Passion*
Didot, il avait cherché à utiliser son travail précédent ou du
moins à ne pas le perdre complètement. Cette rature va suffire
avec quelques vers isolés que nous détacherons à démontrer tous
les faits avancés et en particulier l'emploi direct de l'*Evangile de
Nicodème en vers provençaux*.

Soit donc dans la *Résurrection* rouergate conservée la nouvelle
Descente aux Limbes ou le dialogue de Jésus et des diables aux
portes de l'Enfer; tout ce dialogue tiré à peu près textuellement
de la *Passion* Didot (fol. 59 v°-61 r°) a été couvert de lignes trans-
versales du vers 2729 au vers 2767. En marge on lit l'indication
suivante :

VAQUAT. — Diga so que es al libre, quant sera dava [n] t infern, quar
aquesta materia no sembla pas l'autra[2]. »

En effet « cette matière » ou ce dialogue ne se ressemble pas
dans la *Passion* Didot et dans l'*Evangile de Nicodème en vers
provençaux*. Le compilateur rouergat avait donc l'intention de
reprendre tout ce développement dans sa première version ou
dans sa Descente aux Limbes tirée de l'Evangile de Nicodème,
comme il nous le laisse entendre une seconde fois par une nouvelle note[3] placée au vers 2766 :

---

1. L'une des plus maladroites est l'apparition aux disciples d'Emmaus racontée une
première fois par Aniquet dans *Joseph d'Arimathie*, p 160, v. 4330 et suiv., d'après le
récit de Centurion dans la *Passion de Gamaliel* cité précédemment p. 403, note 5 de ce
livre, et mise en scène dans la *Résurrection rouergate*, p. 117, d'après la *Passion* Didot.
2 et 3. *Résurrection rouergate*, p. 102, note des vers 2729, et p. 103, note du v. 2766.

« Aisi torn al loc d'aquest libre quant tot lo libre sera aquabat, he di-
gua Jhesus als payros quant los tray de infern so que s'enseque :

> « *Amicz, venetz vos en an mi.* »

Ce vers imprimé en italiques est pris littéralement dans la *Passion* Didot (folio 61 recto), et les trois vers suivants ou la fin de la
tirade de Jésus interpellant « les Pères » viennent du même texte
avec des changements insignifiants. Au commencement de la réplique suivante, les vers 2771 à 2774 :

> *Ay, senher, tu sias lausat,* etc.

sont encore une fois copiés textuellement dans la *Passion* Didot,
où ils étaient prononcés par « les Pères » ou les prophètes remerciant Jésus. Le compilateur rouergat a simplement changé l'attribution de ces vers, et les a prêtés a « un Père » déterminé, Adam.
La suite de cette tirade d'Adam depuis le vers 2779 :

> *So so las mas mas que me formero*

il l'a prise dans l'*Evangile de Nicodème en vers provençaux*
(vers 2021, page 61), ainsi que la réplique d'Eve qui joint ses re-
merciements à ceux de son mari. Suit une apostrophe de Jésus
à « ses amis » qu'il emmène en Paradis (v. 2798 à 2803) :

> *Aras me seguets, bonas gens,* etc.

Elle est de nouveau copiée dans la *Passion* Didot (fol. 62 recto),
mais, pour ne pas faire de jaloux, la réponse d'Adam (v. 2804-
2807) est à moitié copiée dans l'*Evangile de Nicodème en vers
provençaux* (v. 2075-2076) :

> ADAM. — Lausem totz Dieu Jhesu Crist !
> He lo vulham grandaman grasir,
> *Que es vengut del cel d'amon*
> *Per nos gitar de infern pruon* [1].

Puis l'imitation de la *Passion* Didot reprend à peu près sans
interruption depuis le dialogue des trois Maries avec le marchand

---

1. *Résurrection rouergate,* p. 105. — Pour le contexte des citations, voir la fin de la
lettre de Carioth dans les *Extraits de la Vie de Iesu Crist,* p. 355 de ce livre.

de parfums jusqu'à et y compris le Voyage à Emmaüs ; les sou-
dures ont pu être exactement marquées. Que conclure de ces faits ?

D'une part, la *Passion* Didot ne contient pas les rôles d'Adam
et d'Eve, et, dans ces rôles, le compilateur rouergat qui fait si volontiers des vers faux pour son propre compte a reproduit plusieurs vers justes de l'Evangile de Nicodème provençal. Il s'ensuit donc matériellement qu'il a dû les prendre dans cet Evangile
en vers et non dans son abrégé en prose[1], pas plus que dans la
Passion selon Gamaliel en prose provençale ou française qui lui
aurait offert d'ailleurs les mêmes développements. Que si des vers
de cet Evangile provençal subsistent dans la *Résurrection* rouergate qui nous est conservée, *a fortiori*, comme nous l'avons supposé, devait-il y en avoir davantage dans la Descente aux Limbes
ou' dans la première version de la *Résurrection* rouergate actuellement perdue. C'est le moyen le plus simple d'expliquer la phrase
du compilateur rouergat où, comparant le dialogue de Jésus avec
les diables aux portes de l'Enfer dans ses deux versions, celle qui
est empruntée à la *Passion* Didot et qui nous reste, et l'autre perdue, il constatait les différences du développement : « *aquesta
materia no sembla pas l'autra* ».

Mais d'autre part, si nos souvenirs sont exacts, les détails et les
expressions mêmes de ces rôles d'Adam et d'Eve pris dans l'*Evangile de Nicodème en vers provençaux*, on avait cru les retrouver
dans la *Passion* d'Arras[2], et, par suite, on attribuait tout ce développement à la *Passion* primitive du Nord, « prototype » de la
Passion Didot. On voit maintenant combien il est difficile de
tabler sur des concordances d'idées et d'expressions dans les mystères de la Passion : elles y sont aussi inévitables que trompeuses,
puisqu'elles ne trompent pas toujours. Dans l'espèce elles étaient
simplement trompeuses ; partant tous les raisonnements, toutes les
hypothèses ou affirmations qu'elles ont dictées sur la parenté ou
les relations étroites d'une *Passion* du Nord hypothétique, de la
Passion Didot, de la *Passion* d'Arras, des mystères rouergats
et des mystères allemands, tous ces raisonnements tombent.

---

1. Il s'agit de l'abrégé signalé par M. H. Suchier (I, p. 495 et 575) et inséré dans la
compilation d'histoire sacrée dont on a des versions en catalan, provençal, etc.

2. *Passion* d'Arras, p. 243, v. 21,030-55 ; item, 21,078-91, cités par M. Stengel, *l. c.*

Si la discussion qui précède a été laborieuse, en raison même de toutes ces hypothèses, la conclusion sera très simple. Les sources principales des mystères rouergats sont bien, comme on l'avait annoncé, la *Passion* Didot, l'*Evangile de Nicodème en vers provençaux* et le roman ou poème en prose tiré de cet Evangile provençal, la *Passion selon Gamaliel.* De plus, quel qu'ait été le manuscrit ou le texte utilisé, il est certain que cette *Passion selon Gamaliel* en prose est de beaucoup la source la plus importante, ou la plus souvent consultée. Non seulement elle nous a expliqué la plus grande partie des pièces conservées, mais elle a permis de reconstituer le volume manuscrit perdu et nous a indiqué le plan général de la compilation rouergate tout entière. C'est à cette *Passion selon Gamaliel* que le compilateur s'est sans cesse reporté, elle était comme le centre de sa composition, le nœud autour duquel il disposait sa trame. Toutes les suppressions, additions ou modifications de son manuscrit s'expliquent par le développement ou les lacunes de ce modèle principal, et ce n'est nullement le hasard qui a présidé à son choix. A quelques indices, tels que le récit des peines d'Enfer par le Lazare et la dispute des apôtres avec le Rusticus, on voit bien ou plutôt on entrevoit que ce dramaturge devait connaître quelques traditions dramatiques, mais cette connaissance était chez lui des plus vagues. Quelques années plus tard, en 1534, quelques habitants d'Auriol près de Marseille se distribuaient entre eux par contrat devant notaire les rôles du « bon juec » qu'ils devaient représenter prochainement, la Conversion de Marie-Madeleine[1]. Le titre d'un de ces rôles, Pasiphaé, suivante de Marie-Madeleine, suffit pour nous indiquer que la pièce provençale n'était qu'un épisode détaché de la *Passion* de Jean Michel, et qu'on recourait à un mystère français pour célébrer la sainte la plus populaire du pays. Si le compilateur rouergat avait eu à sa disposition quelque mystère français de ce genre, il est certain, étant données ses habitudes, qu'il l'aurait copié avec plaisir. N'en ayant pas, il a fait

---

[1]. Aux fêtes de la Pentecôte 1534. Cette représentation d'Auriol, signalée dès 1846 à l'Académie de Marseille (cf. *Revue des Soc. savantes,* 1874, p. 506), a été longtemps la plus ancienne représentation méridionale connue. Le contrat en langue provençale a été publié par M. Sabatier, *Mémorial d'Aix* (1869, n° 36).

de nécessité vertu et il a copié ce qu'il avait, la *Passion selon Gamaliel*.

Ce n'est pas tout, et cette Passion nous explique encore la manière d'écrire et de versifier du compilateur qui a prêté à tant d'hypothèses. Ni l'exemple de *Galien*, ni « l'ystoire... » de Saint Genis, ni l'hypothèse si ingénieuse et surtout si commode des mystères français sténographiés à la représentation et traduits plus tard d'après des notes informes, ni la tradition méridionale elle-même n'avaient pu expliquer la versification bizarre du texte rouergat. C'est qu'en réalité, en fait d'exemples et de traditions, il n'y avait ici, comme l'avait très bien supposé M. Jeanroy, que la paresse. Le compilateur rouergat allait de la *Passion* Didot à la *Passion selon Gamaliel* et improvisait ses pièces au courant de la plume. Si donc, ayant le choix entre la prose et les vers, il a trouvé le moyen d'écrire ce qui n'est ni vers ni prose, c'est tout bonnement parce que son modèle principal, la *Passion selon Gamaliel* était en prose, aussi bien d'ailleurs que tous les modèles suivants qui achèveront de confirmer cette démonstration.

LES

SOURCES DIVERSES DES MYSTÈRES ROUERGATS

LE PROCÈS DE BÉLIAL

LE

PROCESSUS BELIAL, L'ASSENTIO

LE JUTGAMEN GENERAL ROUERGAT

ET

LE JUGEMENT DE DIEU DE MODANE

La *Passion* racontée par Gamaliel, Nicodème, etc. est, nous l'avons vu, la source principale des mystères rouergats perdus ou conservés ; mais, comme l'auteur de la *Passion* d'Auvergne (1477), l'auteur rouergat a lu cette *Passion selon Gamaliel* dans un manuscrit ; nous ignorons donc la date de sa compilation. Cette date, il faut la demander à deux pièces détachées de la même collection : le *Jugement général* et le *Jugement de Jésus*.

1° La Bibliothèque Nationale possède un mystère français manuscrit, (fr. 15.063) le *Jugement de Dieu* attribué par M. Petit de Julleville (*les Mystères*, t. II, p. 460) au quinzième siècle, mais en réalité plus récent d'une centaine d'années. Ce mystère nous offre exactement le même cadre que le Jugement rouergat. Si ce cadre très particulier (Jugement des démons, des Juifs, des païens, des mauvais chrétiens) se retrouve dans une pièce de l'extrême fin du XVIᵉ siècle, dans un canton perdu de la Savoie, et si, après une longue enquête sur toutes les pièces analogues [1], il n'a pu être retrouvé

---

1. A la liste de ces pièces énumérées dans mon édition du mystère de la Bibl. de Besançon, *le Jour du Jugement*, Paris, Bouillon, 1902, je ne puis ajouter que trois mentions :

La première, curieuse à cause de la présence de Charles d'Orléans, est donnée par Jean Cleréc, confesseur de Louis XII, *Sermones quadragesimales*, Paris, Fr. Regnault, 1524 (B. Nat. D. 15,447) p. XL. « Nota de *ludo judicii* luso Aurelianis, quem audiebat dux Aurelianensis senior, in quo magister Joannes de Cenomanis, Trecensis, proferebat verba Christi : Discedite a me maledicti, etc. Ad que verba dux de cathedra

que là, c'est évidemment qu'il provient d'un drame ou d'un livre à déterminer.

Ce livre existe en effet, et s'il n'a pas été reconnu plus tôt, ne serait-ce pas peut-être parce qu'il a été cité et analysé déjà trop souvent, lui et ses congénères, d'après d'autres analyses ?

Que de fois, en effet, n'a-t-on pas résumé les explications de Magnin[1] sur ces curieux procès allégoriques d'autrefois qui mettaient aux prises d'une part Dieu, la Vierge, les Anges, de l'autre, le Diable, l'éternel « accusateur[2] du genre humain » ! Que de fois n'a-t-on pas expliqué par l'influence de cette littérature juridique si cultivée et si appréciée jadis, les débats qui remplissent nos anciennes pièces de théâtre comme les *Miracles de Nostre Dame* et le *Mystère de l'Assomption* ? Cette influence allait même plus loin qu'on ne l'a dit, et la tentation était trop forte pour les compilateurs du moyen-âge, d'utiliser à peu près tels quels les plus célèbres de ces *Procès* allégoriques, tels que le *Procès* attribué à Bartole, et l'*Avocacie Nostre-Dame*[3], tous deux dérivés d'un même débat latin encore plus ancien. Les dialogues n'y étaient-ils pas tout faits et les rôles déjà distribués d'avance pour le théâtre ? C'est ainsi qu'en 1406, les habitants de la petite ville de Mantes jouèrent « sur eschaffauds » l'*Avocacie Nostre Dame*[4]. Les mys-

corruit semivivus et postea ad se reversus dixit : « O si vox hominis tantum me terruit, quid erit in die judicii de vera voce Christi ? »

2° Bibliothèque de la ville d'Angers, Ms. 572, ancien 536, fragments tronqués, 4 feuillets d'un Jugement dernier du xve siècle, Dialogue entre les demons.

3° La 3e pièce qui m'a été indiquée par M. Marius Sépet, montre la persistance des mystères en province : B. Nat fr. 25,444, Recueil des poésies du P. Ch. François Barge, religieux de Grandmont, de Thiers en Auvergne M.DCC. Parabole des vierges de l'Évangile représentée en tragédie, en trois actes en vers, précédée d'un prologue en prose adressé à des religieuses, fol. 25.

Quant au fragment (xve s.) du Ms fr. 15,103, fol. 140 à 141 v[e] : Les Sept vertus qui parlent es sept Pechiés mortels, Interlocuteurs : S. Michiel, Humilité, Orgueil, Antecrist, ce n'est pas, malgré les apparences le débris d'un mystère, mais d'un de ces debats des Vices et des Vertus, très communs surtout depuis le *Livre du Roy Modus et de Ratio.*

1. *Journal des Savants*, 1858, p. 270.

2. *Apocalypse*, XII, 10.

3. Débat retrouvé et signalé par Hauréau, *Not. et Extr. des Ms. latins de la Bib. Nat.*, t. VI, p. 105. C'est le fait le plus curieux qui ait été signalé sur cette littérature si souvent décrite ; il avait encore échappé à Roediger, *Contrasti antichi*, 1887, et à A. de Montaiglon, éd. de l'*Avocacie Nostre-Dame*, 1896.

4. Signalé par M. Grave. *Bull. du Com. des trav. hist.*, 1896, p. 312.

tères du midi, objet de ces recherches, ont une origine analogue.
Ils dérivent tous deux d'une imitation du livret de Bartole,
le *Procès de Belial*, achevé à Aversa, près de Naples, « l'avant
dernier jour de octobre 1382 » par l'archidiacre Jacques Palladini,
dit de Teramo[1]. Ce nom qui ne nous dit plus rien était celui d'un
des hommes « les plus ingénieux » et « les plus instruits » de son
temps, et ce fut ce livre si bizarre qui établit sa réputation. Entre
les mains de l'archidiacre d'Aversa la mince plaquette originale de
Bartole était devenue une véritable encyclopédie, un manuel de
droit et de piété, un guide du parfait notaire et une « Consolation
des pécheurs », un recueil de prophéties et un discours sur l'Histoire universelle, depuis la création du monde jusques et y compris l'Ascension et le Jugement dernier. Peu de livres ont eu une
vogue aussi grande, aussi longue et aussi étendue, car, comme le
remarque très bien un éditeur allemand du dix-septième siècle[2], il
n'y a pas de pays de l'Europe où ce traité n'ait été vulgarisé par
de nombreuses éditions et traductions. En Allemagne notamment
les éditions se succédèrent précédées d'éloges de plus en plus
hyperboliques, et les imitations dramatiques du *Procès de Belial*
furent si nombreuses qu'on réimprimait encore les principales il y
a quelques années dans une collection classique élémentaire, la
collection Tittmann (1868). De ces imitations il y en eut également en France, et les bibliographes ont déjà signalé une
traduction partielle du *Procès de Belial* insérée dans une édition du mystère des *Actes des Apôtres* imprimée par Nicolas
Couteau, en 1537[3]. Il conviendra d'y joindre par ordre de dates
les deux mystères (rouergat et savoyard) indiqués précédemment. Si l'imitation du poète savoyard est plus ou moins discrète,

---

1. J. Palladini le dédia au pape Urbain VI, et a son ancien maître, l'archevêque de
la ville de Padoue où il avait fait ses études de droit (Bib. Nat. ms. lat. 12,433, dernière
page r°).

2. C'est ce que dit l'avocat de Nuremberg, Jacques Ayrer, dans le *Processus Juris
Joco-serius*, Hanoviae, 1611, in-8° qui reunit le *Procès* de Bartole, les *Arrêts d'Amour* de
Martial d'Auvergne, et le *Procès de Belial*, p. 3 : « Nulla quippe Natio est, nulla Lin-
gua Europaea, in cujus idiomate non hic Processus lectitetur. Germani, Galli, Itali
Hispani, Angli, Dani, Belgae, Hungari, Poloni commodum atque idoneum judicave-
runt quem Popularibus suis vernaculo sermone propinarent. »

3. Catalogue de Soleinne, t. I, p 9%, n° 548 signalé par l'édit. du *Mistere du Viel
Testament*, t. I, p. LX, note 1.

c

celle du Rouergat est encore une fois un simple plagiat. Le compilateur s'est borné à transcrire des pages entières d'un épisode du
Procès de Belial en abrégeant quelquefois, mais sans rien changer, en conservant toutes les citations, tous les épisodes comme le
débat deux fois traité de Justice et Miséricorde[1], sans compter
d'autres discussions encore plus fastidieuses. Il y a copié avec des
additions insignifiantes, non seulement son *Jutgamen general in
extenso*, mais encore son mystère de l'*Assentio* en partie.

3° Où et comment ce Rouergat a-t-il lu l'œuvre de Palladini,
dans le texte latin ou dans une traduction, dans un manuscrit ou
dans un imprimé? La collation d'un passage pris au hasard suffit
pour prouver qu'il a copié la traduction française du P. Ferget,
laquelle n'a paru pour la première fois qu'en novembre 1481, suivant Brunet, 5ᵉ édit. t. V, p. 81 :

> « *Le proces de belial a lencontre de ihesus :* au rᵉ du dernier feuillet.
> Cy finit le liure nomme la consolacion des pouures pecheurs nouuelle-
> ment translaté de latin en francoys par... frere *pierre jerget,* docteur en
> theologie de l'ordre des Augustins. Auquel liure est co[n]tenu ung pro-
> ces esmeu p. une maniere de conte[m]placion entre Moyse procureur de
> ihucrist d'une part, et belial procureur de[n]fer de l'autre part.... L'an de
> grace mil cccc. lxxxi (1481)... Et au VIIIᵉ jour de novembre a este fine ce
> present liure. » — In folio gothique de 164 f. à longues lignes, — proba-
> blement imprimé à Lyon.

Partant, les mystères rouergats sont postérieurs à 1481, et le
Jugement de Jésus nous obligera à descendre probablement beaucoup plus bas. Suit la démonstration.

LE JUGEMENT DE DIEU DE MODANE

Le Jugement dernier a été représenté à Modane (Savoie) en 1572,
1574 et 1580 (cf. F. Mugnier, *le Théâtre en Savoie*, Paris, Champion, 1887, in-8° p. 5). Le manuscrit autographe qui a servi à la

---

1. Le debat rouergat ne venait donc pas d'un mystère, comme le pensait M. Wilmotte, *Les Passions allemandes du Rhin,* page 98, note 3.

représentation de 1580 et une copie mise au net de ce brouillon,
ont été succinctement analysés ainsi par M. de Costa (*Mémoires
de l'Académie de Savoie*, 2ᵉ série, t. V (1862), p. cxxvi-cxxvii).

« Dans cette étrange composition figurent 123 personnages. On
y fait intervenir Dieu lui-même et la Sainte Vierge, Satan, l'Antechrist, Proserpine, les Péchés capitaux, la Mort et les Vertus
théologales, Balaam, Holoferne, les rois Gog et Magog, des ouvriers, des cardinaux, des moines, des nonnains égarées. Après
l'invocation suivante : *Jesus et Maria huic adsint principio*, suit
le programme du spectacle exposé par un acteur qui prend le titre
de Messagier. Voici les derniers vers de ce préambule :

> Tout premier, Dieu fera haussier
> La mer bien hault, et puis baysser,
> Et les bestes de plusieurs sortes
> Tumberont sur la terre mortes,
> La mer fera grands mouvements
> Et les poissons grands hurlements.

.... Enfin, après avoit fait pressentir au dévot et noble auditoire
« *qui illec* était congregié » toutes les merveilles qu'il lui seroit
donné de voir et d'entendre, le messagier s'arrête en réclamant
l'ordre et le silence :

> Et je vous prie, grands et petits,
> Jeunes et vieux, pleins de prudence,
> Que vous ayez tous patience
> Et puis en paix soyez assis. »

Ces indications suffisent pour comparer les textes perdus de
Modane (1580) au manuscrit 15,063 de la B. N. dont l'analyse reste
entièrement à faire.

Si l'on ouvre ce manuscrit, on constate d'abord que par la faute
du relieur, les feuillets ont été réunis dans le plus grand désor-
dre. Le Ms. contient non seulement la troisième journée du Jugement, mais des fragments étendus de la seconde qui se trouvent
actuellement à la fin du volume, *après* la 3ᵉ journée, f. 68 rᵒ à 91 vᵒ.

Ce Manuscrit lui-même est un original d'une abominable
écriture de la fin du xvıᵉ siècle, le premier brouillon de l'auteur qui, après avoir griffonné son texte, y a intercalé en marge

de nombreuses additions ou corrections. Puis, non content de cette double rédaction, il y a incorporé des feuillets séparés avec des renvois, triangles, croix, losanges, rectangles, étoiles, grâce auxquels on finit par rétablir la correspondance des rimes. Ceci fait, on constate que le Ms. ne contient pas les vers du prologue cités par M. de Costa, mais rigoureusement *tous* les personnages de son énumération et bien d'autres. sauf les cardinaux et les nonnes égarées qu'il a été facile d'ajouter à une des reprises de la pièce. Il en résulte que le Ms. est bien un des brouillons du mystère joué à Modane en 1580, et qu'il n'est guère antérieur à cette date puisqu'il contient de longues attaques contre la Réforme « et la Bible en notre langage ». Les trois journées du mystère devaient comprendre environ vingt mille vers. Les cinq à six mille vers conservés (environ 70 vers par feuillet r° et v° sans compter les surcharges) se répartissent ainsi :

La première journée, qui devait exposer la naissance miraculeuse et les conquêtes rapides de l'Antechrist, a complètement disparu. L'auteur y avait vraisemblablement suivi soit le traité connu d'Adson, soit le *Traité de l'avènement de l'Antechrist* imprimé par Antoine Verard en 1492, ou quelque autre livre populaire ; ils pullulent.

La seconde journée, en partie conservée, représentait la persécution de l'Antechrist et les fameux quinze signes de la fin du monde. — Fragments conservés, fol. 68 r° à 91 v°. « Les gendarmes des rois Gog et Magog, vassaux d'Antecrist, ravagent l'univers, suivant la prédiction d'Ezechiel (XXXVIII, 14, et XXXIX, 1-6). Soudain Dieu les extermine dans un déluge de feu (f. 68 r° — 71 r°) et les diables s'empressent de recueillir leurs âmes (f. 72 v°). — Un trompette vient rapporter le désastre à l'Antecrist qui s'exaspère et repousse les avertissements des prophètes Enoc et Hélie. Il les ferait arrêter sur-le-champ, s'il n'était plus urgent d'enterrer les cadavres dévorés par les bêtes et les oiseaux de proie. Une bande de « coquins » procède à cette opération [1] « pendant plus de sept mois » (f. 75 r°). — Ce premier signe n'ayant pas suffi, Dieu le Père « pour finer » décide de changer la couleur du soleil et de la lune et de faire tomber les astres du ciel (f. 75 v°). — Les païens, c'est-à-dire Alchoran, Japhet, Ismael, un « philosophe », dissertent à ce sujet sur les éclipses ; quelques « chevaliers » plus sages les exhortent à faire pénitence, et le

---

1. Ces scènes de croque-morts et de fossoyeurs paraissent avoir été mises à la mode par le *Mistère du ciel Testament*.

philosophe s'y résout, car il attend la fin du monde (f. 77 r°). — De leur
côté les Juifs, Manassès, Pharès, les charpentiers, les massons et leurs
serviteurs, les « bourgeois » et les « citoyens » se réfugient dans les ca-
vernes des montagnes (f. 79 r°) où Enoch et Elie viennent leur prêcher
le christianisme (f. 79 v°). — Beaucoup se convertissent, malgré Balaan
qui leur reproche leur apostasie (f. 86 r°), et sont recueillis par « les
bons prélats » (f. 85 v°). — Un enseigne et Anagoras viennent prévenir
l'Antecrist qui envoie aussitôt le farouche Holofernès massacrer les
convertis dont les âmes sont recueillies, suivant l'usage, par les Anges, et
les corps enterrés par une nouvelle bande « de coquins » (f. 89 r°). —
Holofernès ramène cependant prisonniers Enoch et Elie, lesquels demandent à l'Antechrist de réunir devant lui tous les chrétiens survivants,
et recommencent une longue prédication entremêlée de miracles, qui
sont coupés court heureusement par la fin du manuscrit (f. 91 v°).

La troisième journée ou le Jugement dernier est intacte. Elle s'ouvre
par un nouveau prologue du Messager et continue par une diablerie
(f. 3 v°). — Sathan dit à Lucifer que maintenant que la terre est détruite
par le feu, le jugement ne tardera guère et tous deux se promettent d'estre « sur ce fait attentifs ». — Dieu le Père charge le Fils d'aller juger
la Création ; Jésus descend du ciel avec la Vierge Marie et la Justice, et
envoie les quatre Anges réveiller les morts qui surgissent de leurs tombeaux, les bons déjà transformés, glorieux, les mauvais horribles, dif-
formes [1] (f. 6 r°).

Mais c'est aux démons d'ouvrir le feu. Lucifer, Satan, Beric, Belial,
Mammona, la trompette d'enfer, Rouflard, l'Enseigne d'Enfer, Belzébuth, Astarot, Malcaron, toute l'armée infernale tient conseil. Satan exprime l'espoir que le jugement dernier va finir leurs peines et les ramener tous en Paradis [2], mais la Mère des diables [3] n'en croit rien (f. 8 r°).
— La suite de cette longue diablerie a été remaniée. Dans la première
rédaction, les diables se rendaient immédiatement au jugement et étaient
condamnés séance tenante. — Dans la seconde rédaction (f. 8 r° rac-

1. Trait emprunté a la *Vita Christi* de Lupold le Chartreux, Part. II, cap. 87 : «Nam
mali surgent deformes, etc. »

2. Lieu commun déjà developpé dans le poème franco-italien de 1251 (B. de l'Arse-
nal. Ms. 3,645 — Il vient de la *Cité de Dieu* de S. Augustin l. XXI, cap. 17 (Patr.
Migne, t. XLI, col. 731. « Origenes qui et ipsum diabolum atque angelos ejus post
graviora pro meritis supplicia ex illis cruciatibus eruendos atque sociandos sanctis
Angelis credidit... » et a été souvent repris par les hérésiarques du moyen âge (cf.
Baluze, *Miscellanea*, t. II, 288), et d'Argentré.

3. La Mère des diables est identique à la *Farfara mater* des *Myst.* alpins, expliquée
par A. Jeanroy, *Romania* 1894, p. 554, et à *Mallefin*, mère des petits diables dans le
Mystère de *Bien advisé* et *Maladvisé*. Voir l'analyse des Fr. Parfait.

cordé à f. 25 r° et f. intermédiaires), Satan et Proserpine entraînent avec
eux les « sept Pechés dits malheureux », Orgueil, Avarice, Gourman-
dise, Luxure, Ire, Envie. Paresse, qui se lamentent l'un après l'autre, et
sont accablés de reproches par les Vertus correspondantes. Jésus met
fin à ces invectives traditionnelles [1] en invitant les sept Vertus à monter
auprès de lui sur son tribunal « sans séjourner », ce qui prend encore
deux bonnes pages, et le lugubre défilé commence.

C'est d'abord Judas qui se promenait depuis quelque temps au pied de
l'estrade, en enviant le sort des Apôtres, ses anciens compagnons. In-
terpellé par le Souverain Juge sur sa trahison, il se défend fort mal et
est emmené par Sathan (f. 18 v°). — La même scène se répète pour
l'Antechrist, qui après son interrogatoire est emmené par Belial
(f. 20 v°) [2]. — Un double rectangle marginal nous invite à chercher *in
fine libri* le Mauvais Riche, Nabal [3], que nous trouvons f. 66 r°, et qui
comparait avec Caïn [4]. Tous les deux condamnés sont entraînés par les
diables Astaroth et Roufflard (f. 67 r°). — En revanche, Jésus fait monter au Paradis Adam, Eve (f. 25 v°), Sarra, Rebecca et Zathel qu'un
triangle nous oblige à aller chercher f. 67 v°, et qui reçoivent les félicitations de l'archange saint Michel (f. 26 r°).

Aussitôt après, le premier Ange mande les Juifs représentés par

1. Ces invectives devaient être la conclusion ordinaire de la *Bataille des Vertus et
des Vices* qui fut si souvent représentée dans les mysteres mimés et autres (Tours,
juillet 1390 : Paris, devant S. Ladre, à l'entrée de Charles VII, 12 nov. 1437 : it. Paris,
2 juillet 1468, entrée de Louis XI). — Il est à noter que ces moralités subsistèrent
dans le midi de la France quand le Nord les avait déjà abandonnées. En 1586, le Dau-
phinois Benoît Voiron faisait encore jouer la rarissime « Comédie françoyse » intitulée *l'enfer poétique*, sur les sept pechez mortels, et sur les sept vertus contraires...
Lyon, Ben. Rigaud, 1588, in-8° bas. (B. de Besançon, B. L. 3,541). Dans les mystères
mimés pour le 3° centenaire de S. Vincent Ferrer à Valence (Espagne) 1762, et dont la
description remplit près de 450 p. in-4°, le char des menuisiers portait encore les sept
Vertus tenant les Vices enchaînés.

2. Judas et l'Antechrist sont réunis au jugement dernier d'après Hincmar de Reims
(Patr. Migne, t. 125, p. 280-281).

3. Nabal est celui qui refusa des vivres à David affamé (*Reg.* I, cap. 25 v. 4,711).

4. Pour ce nom et beaucoup d'autres suivants, comparer le curieux jugement imprimé par Ant. Verard dans *l'Art de bien vivre*, etc., 1492 (B. Nat. Rés. D. 857) f. n. iii
r° et v°: « La premierement viendra Adam avecques tous ses enfants, postérité et
lignée, lesquelz auront creu en Dieu et qui l'auront servi et honnoré. Abraham
viendra avec tous les saincts patriarches, Ysaie avecques tous les sainctz prophètes.
David avecques tous les bons rois... Et Lucifer, Sathanas, Asmodeus, Beelzebuth et
autres capitaines de Enfer vieddront avecques tout l'exercice de enfer .. Viendra
Cayn, avec lesditz Dyables, lequel occist son frère Abel avecques les homicides, et
Judas avecques tous les traistres, Pilate avec tous les faulx juges injustes, Herodes
avecques tous les roys et princes iniques oppresseurs des innocens, Barrabas viendra

Manassés, qui implore en vain la justice divine (f. 26 r°). Moïse[1], saint Simon, saint Judas Thadée le confondent en lui rappelant les anciennes prophéties. Jésus (f. 27 v°) lui reproche son obstination à lui et à Pharès, un autre savant ou docteur.

Manassés réplique que rien ne prouvait la mission divine du Christ :

> Deceuz certes avons esté ;
> Vouz voyant boire et manger,
> Avec les pecheurs converser ;
> Nous vous pensions estre pecheur,
> Et de quelque secte semeur (f. 27 v°).

Les « pauvres gens », c'est-à-dire les charpentiers et les massons, se divisent sur cette objection. Saint Paul, saint Jean-Baptiste, saint André, saint Jacques le Majeur, la Vierge, saint Jean Evangéliste la résolvent à grand renfort de textes théologiques (f. 29 v°) : le Christ fait placer « les meschans Juifs » à sa gauche, et « les bons » à sa droite (f. 30 r°). — Tandis que saint Michel renouvelle ses félicitations aux élus, les diables Belzebuz, Malcharon, Belial, Astaroth, Satan redoublent de sarcasmes (f. 31 r°),

Le deuxième Ange va chercher ensuite « Payens, turcz et tous mescreans ». Alchoran et Japhet protestent d'avance contre leur condamnation imméritée. Ismahel et « le philosophe » (f. 32 r°) les réfutent, saint Thomas et saint Philippe les accablent. Le Christ fait de nouveau séparer les bons et les mauvais païens. Nouveaux compliments de saint Michel aux Elus, et menaces des diables Béric, Sathan et Mammona (f. 34 r°) aux damnés.

Sur l'ordre du troisième Ange, les bons pasteurs s'avancent avec « les bons sujets » ou les ouailles fidèles à qui saint Michel promet le Paradis (f. 35 v°). — Le quatrième Ange leur fait succéder « les mauvais prélats » qui sont rétorqués par saint Jacques Mineur, saint Philippe, saint Bartholome, saint Mathieu, saint Symon, saint Jude Thadée, la Vierge, dont le rôle a été définitivement effacé et rendu à saint Mathieu (f. 37 v°), et

---

aussi avecques tous les larrons, Lameth avecques tous les adultères, Nembroth avecques tous les usuriers, Giesy avec tous les injustes et faulx marchands, Symon Magus avec tous les simoniacles, Athalia la meurtrière avec toutes les meurtrières des enfans, Iesabel avec toutes les ribauldes... »

[1]. « Est qui vos accusat Moyses in quo speratis. *Joann.*, V. v. 45). Texte souvent développé, notamment dans l'apocryphe de Sulpice Sévère sur le Jugement dernier (Patr. Migne, XX, p. 223). et dans la pièce du Jugement dernier de Hans Sachs (éd. Ad. von Keller, 1878, t. XI) où Moïse, accusateur public, ne consacre pas moins de 310 vers à commenter le Décalogue.

par les fidèles, laboureurs et autres, qu'ils ont peu ou mal enseignés. C'est
en vain que l'un de ces mauvais prélats s'excuse sur l'exemple d'Eve et
d'Adam qui ont péri en·la garde de Dieu lui-même, et un autre sur la
Réforme :

> Et quant à moi certes je pense
> Que la Bible en nostre langage
> Nous a porté fort grant dommage
> Car nous n'avons peu bien comprendre
> Le vray sens que debvions entendre (f. 37 r°).

Les prélats, les moines apostats qu'il faut aller chercher f. 14 v°, les
esprits forts comme Anagoras, les hérétiques et schismatiques sont con-
damnés·en masse, et amèrement raillés par Roufflard, l'Enseigne et le
Trompette infernal. Seul, saint Pierre a quelque pitié des pauvres gens
qui ont pensé que la foi pouvait justifier sans les œuvres, mais Belzébuz,
Malcharon et Astaroth n'en ont aucune (f. 40 v°).

Le premier ange appelle « en avant les rois, empereurs, princes et
gouverneurs ». Les bons rois remercient Dieu par la bouche du « 2° Roi
des Europpéens » (f. 40 v°) ; mais les mauvais rois qui leur succèdent avec
les faux juges sont accablés par les Apôtres et livrés aux insultes des
diables (f. 44 v°).

Viennent ensuite les confessions très peu édifiantes d'Athalia et de Jesabel, auxquelles saint Mathias, saint Thomas, saint Jude, saint Thadée
imposent à grand'peine silence. Malcharon, la Mere d'Enfer, Belial les
entraînent (f. 47 v°), et Jésus annonce la condamnation des sept Péchés
maudits, qui prononcent chacun leur couplet de lamentations (f. 50 r°).
— Il ne reste plus qu'à décider du sort des petits enfants enfermés à jamais dans les limbes[1] que Justice proscrit et que Miséridorde console.
Suit sncore la delivrance des âmes du Purgatoire auxquelles les Evangélistes et les Docteurs rappellent les textes qui ont promis leur salut,
bientôt confirmé par Jésus et célébré par saint Michel (f. 55 v°). — Justice, armée du glaive et de la balance, invite alors Jésus à prononcer la
sentence définitive. Il appelle à lui les élus qui s'élèvent avec lui dans les
airs, dit la didascalie, au milieu des malédictions des damnés et des
chœurs célestes (f. 56 v°). « Hic ascendant omnes electi ad Christum in
aera, id est in theatrum medium, maneant in theatro infimo daemones

---

1. Question souvent reprise par les théologiens du xvi° siècle. Cf. : Exactissima
infantium in limbo clausorum querela adversus divinum judicium... Autore Antonio
Cornelio juris utriusque Licenciato doctus... Paris, Chrest. Wechel, 1531, in-4° B. Nat.
Invent, D. 3-83. — C'est encore un de ces procès analogues à celui de *Belial* et qui
prouvent la persistance du genre.

cum damnatis, canant angeli. » — Du haut du ciel les Anges montrent les instruments de la Passion (f. 58 v°). — Judas, l'Antechrist, Athalia, Jesabel, tous les damnés et tous les démons de la pièce exhalent une dernière fois leurs malédictions (f. 62 v°). — Enfin Jésus remonte au Paradis, avec le cortège des bienheureux qu'il amène à son Père (f. 63 r°). — Les Apôtres célèbrent longuement la gloire des cieux (f. 63 v° — 65 r°), et le Messagier conclut en souhaitant le Paradis à l'assistance ou à la « compagnie benedicte » (f. 66 r°).

Tel est le Jugement de Modane, un des derniers et des plus faibles spécimens des mystères qui résistaient à tous les arrêts des Parlements et des conciles provinciaux. Si faible qu'il soit, il nous a été utile puisqu'il nous a mis sur la voie du modèle consulté par l'auteur du *Jutgamen general* rouergat. Que l'on compare les deux pièces, on constatera d'abord que les noms des chefs de file ou des personnages qui constituent les divers groupes amenés au jugement y sont très différents. C'est que l'auteur rouergat s'est contenté d'employer dans son *Jugement* les divers acteurs qui avaient figuré dans les pièces précédentes de sa collection, notamment ce mystérieux Dalphinas venu en droite ligne de la *Passion* Didot. Au contraire, l'auteur savoyard a emprunté en grande partie ses noms aux traditions populaires sur le jugement dernier ; la plupart se retrouvent soit disséminés dans la Patrologie latine de Migne et ailleurs, soit même réunis comme dans l'énumération si curieuse imprimée par Ant. Verard en 1492[1]. Ce ne sont pas seulement les noms, mais les développements qui diffèrent. Les discours de Modane sont infiniment plus longs et plus hérissés de citations théologiques ; à ce détail près, la procédure suivie est identique, et les quatre groupes de damnés et d'élus défilent rigoureusement dans le même ordre que chez l'auteur rouergat. Qu'est-ce à dire sinon que les deux pièces ont un modèle commun qui est, nous l'avons dit, un épisode du long *Procès de Belial?* Seulement à ce modèle l'auteur savoyard n'a guère pris qu'un cadre, et ce cadre, il l'a rempli à sa façon ; tandis que le Rouergat s'était borné à copier *servilement* la traduction française du P. Ferget. Il n'y avait guère ajouté que quelques détails sur le supplice des Péchés capitaux simplement annoncé par son modèle, et

1. Voir précédemment, p. 418, note 4.

une historiette sur le châtiment d'un usurier empruntée à Vincent
de Beauvais [1]. C'est peu et c'est tout. Il n'y a plus qu'à donner
les preuves matérielles de ces assertions.

Le très long *Processus Belial* est assez bien résumé dans
l'*Avant-Propos* (reproduit) d'une des premières éditions allemandes (1475), et dans un ouvrage plus commun, le *Dictionnaire historique* de Prosper Marchand, t. II, p. 117 ; les innombrables éditions et traductions dans toutes les langues de l'Europe sont indiquées par Panzer, *passim*, notamment t. V, p. 258-259, et, pour les éditions françaises, Brunet (5ᵉ édit. t. V, p. 81 et suiv.) suffit.

Nous nous bornerons donc à donner : 1° un fragment quelconque
du *Processus Belial* latin de 1382 ; 2° le fragment correspondant de
la traduction française du P. Ferget (1481) ; 3° les *titres* des chapitres de cette trad. du P. Ferget que l'auteur rouergat a copiés *in extenso* dans le *Jutgamen general* et en partie dans son mystère
de l'Ascension.

---

1. *Speculum morale*, l. III, part. 3, p. 818 « De suppliciis reproborum : Quidam vidisse refertur quemdam usurariam sepultum in inferno. Cum autem anima filii defuncti descenderet illuc, pater hoc videns ejulando clamabat, maledicta sit hora, filii, in qua te genui, etc... » Cf. Mystères provençaux (rouergats) p. 282, note : « He, mon payre, maudit sias tu ! » etc. Le passage semble avoir été ajouté par un réviseur.

PROCESSUS BELIAL

Jacobi de Theramo (alias de Ancharano) liber qui CONSOLATIO PECCATO-
RUM, et vulgo BELIAL appellatur. (Coloniae, Is. Veldener. circo 1475),
in-fol. m. r. goth.), (catalogue La Vallière, I, 226, n° 645).

Geruinus CRUSE *Johanni* VELDENER, *artis impressoriae magistro,
salutem.* « Cum tibi suasum esset a nonnullis ut pro tua ac ementium
utilitate librum qui *consolatio peccatorum* et vulgo *belial* nuncupatus
imprimeres, edoceri a me quid in se haberet postulasti. Noveris ergo,
carissime mi, in illo totum iudiciarii processus practicam cum allegatio-
nibus jurium, in quibus hec fundatur in materia devota, puta redemptionis humani generis, compendiose relucere, duas si quidem continet ins-
tantias. In prima agit Belial procurator infernalis contra Moysen, Jhesu
Salvatoris nostri procuratorem, coram Salomone judice, supra spolio.
In secunda Joseph, filius Jacob patriarchae, vicarius regni Egipti a sancta
sede divina delegatur, et causa pendente, partes ad requestum regis
David in arbitros, puta in Octavianum, Jeremiam et Ysaiam conpromit-
tunt et fertur sententia arbitralis. Sane qui processus hunc diligenter
noverit uberrimum inde fructum reportabit : non enim solum quid in
singulis cujuslibet processus partibus fieri debeat, sed qualiter id ipsum
fiat per formulam autenticam apertissime cognoscet. Aude ergo, colen-
dissime mi, ·et suasum tibi opus forti animo aggredere. Vale. Scriptum
Colonie, mensis Augusti die septima, anno lxxiiij ».

Processus Belial (Lugduni ? in-4° (Cat. des Incunables de la V. de Besançon, p. 672, n° 911. *Supplicatio pro salvatione Luciferi* [1] (fol. iiii r°).

Que audiens Lucifer, incepit diffidere de misericordia Dei, cum nemo
esset qui pro eo intercederet ad Dominum. Illico quemdam angelorum·
suorum misit ad Mariam virginem, matrem judicis, ut ipsa intercederet
pro eo ad judicem filium suum. Quo nuntio accersito, judicium filii sui
nunciavit eidem, et inter cetera eam rogavit ut dignaretur apud filium
ejus judicem pro Lucifero intercedere et pro tota ruina angelorum preces effundere dignaretur. Ait Virgo : Multum libenter, et pro eo, et tota

---

[1]. Comparer le texte français reproduit plus loin. « *Comment se fera supplication
pour Lucifer et la Congrégation infernalle.* »

ruina, necnon et peccatoribus altis exorabo ». Et petitis virgineis vestibus, mox in comitiva multorum angelorum ad ejus filium iter arripuit, cantando : *Ave regina celorum, ave Domina angelorum*, et antequam ibi
venisset, Virtutes ad hec altercantabantur (*sic*) et dicebat Justitia :
« Tam circumsisi quam baptisati peccaverunt contra legem meam, et
jure jurando a Deo confirmatam ; ergo non habitabunt in tabernaculo
Dei », et dicebat Misericordia : « Si peccaverunt, puniti fuerunt, ut
supra dictum est ».

His dictis, nuntiatum fuit Judici quod mater sua veniebat. Illico assur-
gens rex et judex ivit in occursum ejus, adoravitque eam, et sedet
super thronum suum, positusque est tronus matris ejus que sedet ad
dexteram ejus, dixitque ei mater : « Petitionem unam parvulam deprecor
a te ; ne confundas faciem meam ». Dixit ei Rex : « Pete, mater mea,
neque enim phas est ut advertas faciem meam. » Que ait : « Fili mi, te
Deum et hominem. ego servula, pavi lacte meo, ubere de celo pleno [1],
et crescens in mundo nunquam, fili, faciem tuam a peccatoribus
avertisti ; comedens et bibens cum eis dixisti hec tibi improperantibus :
« Non veni vocare justos, sed peccatores. » Confitebor tibi, Domine celi
et terre, quod hi Christiani peccatores pessimi fuerunt et longe in te
peccaverunt, sed tamen, Domine, longius Judei, fratres tui, peccaverunt
qui crucifixerunt. et blasphemaverunt te, et pendens in cruce eis peper-
cisti, dicens : « Pater, ignosce eis quod nesciunt quid faciunt ; quanto
magis parcere debes christianis tuis qui semper de tua passione dolue-
runt, et matrem tuam semper honoraverunt in jejunio, elemosinis (*sic*),
et orationibus. Grandes fuerunt misericordie in terris, sicut placeat et
nunc in celo. Item, Domine, si placeat, restituatur gratia patris tui, Dei
vivi, Lucifero et ruine angelorum, quoniam predictam gratiam ductus
penitencia multum affectat. » Respondebit Rex et dicet matri : « Quare
mater, postulas gratiam patris mei Lucifero et ruine angelorum? Postu-
la sibi et regnum. Ipse quesivit patrem meum de regno ex sua superbia expoliare, querit et ipse nunc humiliter et me de meo expellere
regno..

1. Souvenir des *Meditationes Vitae Christi*, ch. VII.

TRADUCTION FRANÇAISE
du Frère Pierre Ferget, docteur en théologie de l'ordre
des Augustins du couvent de Lyon.

Cy commence le procès Bellia (sic), etc. : fin. p. 364 rº. — Imprimé a
Lyon sur le Rosne par honnorable Mathis Husz l'an de grace mil
cccclxxxiiii (1484), et le XXᵉ jour de Mars a esté finy ce present livre.
— (B. de l'Arsenal, B. 4. 18, 260 in-fol., p. 331, dernière ligne.) —
(Autre édition, B. Nat. Réserve, Y² 277.) — Comment la Vierge Marie
prie pour tous pécheurs.

Comparez le texte du *Jutgamen general* rouergat, f. 233.

La glorieuse Vierge Marie toute droicte se leva en faisant honneur a
celuy qui est son pere et son filz, son Dieu et son createur, et lui dist :
« Mon filz, je te veulx demander une petite requeste, en toy priant que
tu ne faces confusion en moy refusant devant ceste grande compagnie. »
— Respondit le roy : « Ma mere, demandés ce qu'il vous plaira, car il
n'est pas licite que je destourne ma face de devers vous. » — Adoncques,
doulcement elle luy dist : « Mon chier filz, toy qui es Dieu et homme, je,
ta povre servante, t'ay alecté de ma mamelle pleine de lait celestial, et
ay conversé avecques toy croissant au monde, j'ay veu que jamais tu ne
as destourné ta face des pecheurs, mais as beu, mengé et conversé avecques eulx, laquelle chose les Juifz te ont improperé, et tu leur as respondu que tu n'es pas venu appeller les justes, mais les pecheurs, c'est
a dire que tu ne es pas venu au monde pour les justes, mais pour les
pecheurs. Et iceulx mauvais crestiens grandement contre toy ont
peché, mais encores plus grandement ont peché tes freres. les Juifz, lesquels te ont crucifié et blasphemé. Toutesfois, tu estant en l'arbre de la
croix, tu leur pardonnas et si prias ton pere en disant : « *Pater ignosce
eis quia nesciunt quid faciunt.* » Par plus forte raison, tu dois pardonner a tes povres crestiens, lesquels tousjours ont eu douleur de ta passion, et si me ont honnoré pour honneur de toy, et sy ont accompli les
œuvres de misericorde en faisant jeusnes, aulmosnes et oraisons ; et
ainsi comme ilz ont fait misericorde en terre, je te prye que tu leur faces
misericorde au ciel. Item, je te prie que, s'il te plaist, tu retournes Lucifer et toute la ruyne des anges en la grace de ton pere, car le povre
Lucifer et ses compaignons grandement desirent avoir grace et misericorde. » — Respondra le roy et dira a sa mere : « Pourquoy, mere,
demandez vous pour Lucifer et la ruyne des anges la grace de mon
pere, lequel ilz ont voulu defrauder et usurper de son royaulme par leur

orgueil et maintenant quierent semblablement de me expellir de mon regne et seigneurie ? »

TITRES DES CHAPITRES DU JUGEMENT DERNIER

dans *le Procès de Belial* (trad. FARGET).

Comparer le *Jutgamen general*, p. 193 à 284, vers 5376 à 8106.

Cy en apres respond Ysaie a Jheremie, p. 273, fol. s. i. à page 339.

Comme Jhesucrist fera la disposition du jugement et avra Lucifer et le saint Michiel a la dextre, et a senestre seront deux anges tenans chescun une trompete.

Comment roys et aultres gens accusent Lucifer (p. 279).

Comment les maulvais religieux seront jugez de Dieu.

Comment le jugement sera fait contre les empereurs roys, ducz et princes. [1]

Comment devant le juge viendront les Juifz pour en faire jugement.

Comment les payens sont appellez au jugement devant Dieu (p. 286).

Comment seront jugez les maulvais crestiens et premierement les pasteurs.

Comme jugement sera fait contre les juges, advocatz et procureurs et autres grans pecheurs.

Comme tous ces gens responderont au souverain juge.

Comment le juge respondra aux pecheurs.

Comme les povres pecheurs mis à la senestre de Dieu griefvement se lamenteront (p. 313).

Comment se fera supplication pour Lucifer et la congregation infernalle.

Comment la vierge Marie prie pour tous pecheurs (p. 331).

Misericorde et Justice. p. 335 ; Débat de la Mort et de la Vie (p. 336).

Fin. — Et en telle manière [le Juge] reprendra tous les Vices mortels, et ensemble les dampnera, et les Vertus exaulcera sur les cuers des anges (p. 339).

Comment la sentence des arbitres sera gectée pour Jhesus à l'encontre de Belial (p. 339).

---

1. A noter que les reproches de Dieu aux rois dans le *Procès de Belial* p. 300, sont résumés et mis dans la bouche de ces sujets eux-mêmes, dans le *Jutgamen general* rouergat p. 221, et que l'auteur rouergat emploie ici les acteurs qui ont figure dans ses pièces précédentes (lo paralitic, lo boytos, l'orb, son payre, sa mayre).

L'ASCENSION ROUERGATE

Les gravures et le texte du *Belial* nous représentent toute une légion de diables aux noms bibliques, habillés en sergents, procureurs et avoués de la Cour de Lucifer. Le compilateur rouergat n'aurait donc pas eu grand peine à recruter son personnel d'enfer, si d'ailleurs tous ces noms diaboliques n'avaient été depuis longtemps répandus par la prédication[1] dans tous les pays, ou plutôt si tous ces diables n'étaient les plus anciens et les plus mobiles des cosmopolites. Dans le cas particulier il est donc bien difficile de dire au juste d'où viennent les diables qui figurent dans le *Jugement dernier* rouergat, mais il est relativement aisé de montrer que l'*Ascension* qui précède a été inspirée en partie par le même *Procès de Belial*. Si le compilateur rouergat a eu l'idée d'ajouter

---

[1]. Voici déjà tous ces noms de diables avec leurs attributions ingénieusement expliquées dans un sermon de S. Vincent Ferrer. Les attributions pourront varier, comme l'explique très bien A. Jeanroy, *Romania*, 1894, p. 556, parce que sauf pour *Mammona*, et un peu pour *Asmodeus*, il ne peut « y avoir en cette matière qu'une tradition extrêmement flottante » mais les noms sont les mêmes dans les théâtres de tous les pays.

« ..... *Dominica, XV, post trinitatis*. Sermo I. « Querite primum regnum Dei, *Math.* VI. — Nos invenicmus in sacra Scriptura septem demones qui temptant de septem peccatis mortalibus et hoc solum nominat Christus Mamonam. Primus est Leviathan qui temptat de superbia de quo *Job* xll. « Ipse est rex super omnes filios superbiae ». Secundus et Asmodeus qui temptat de luxuria de quo *Thob.* III. « Demonium nomine Asmodeus occiderat eos mox ut ingressi fuissent ad eam » scilicet concupinam. Tertius qui temptat de invidia dicitur Beelzebub de quo *Luc.* XI. « In Beelzebub principe demoniorum ejicit demonia ». Hoc dixerunt invidi. Quartus qui temptat de gula dicitur Beelfegor... de quo dicitur: Inficiati sunt Beelfegor et comederunt sacrificia mortuorum *Ps* C.V. Quintus qui temptat de ira et facit durare corda; dicitur Baalberith de quo *Judicum* IX. « De fano Baalberith conduxit sibi viros ». Sextus qui temptat de accidia dicitur Astaroth de quo in I *Regum,* 7 « Auferte deos alienos de medio vestri Baalim et Astaroth, et praeparate corda vestra Domino... » Septimus qni temptat de avaricia dicitur Mammona, et de isto loquitur Christus hodie.

une Ascension à son Jugement dernier, c'est tout simplement
parce qu'il avait vu cette suite d'épisodes dans son modèle ordinaire la traduction du P. Farget.

Dans le mystère de l'Ascension[1] Jésus vient partager le repas
de ses apôtres, leur donne ses dernières instructions dans un long
sermon, et s'élève au ciel. Les Chérubins placés à la porte du Paradis s'étonnent de voir apparaître le vainqueur de la Mort et de
l'Enfer avec les stigmates de la croix, et lui refusent d'abord l'entrée.

> Or sa, mesenhors, qui est aquest
> Que monta an vos autres tant prest?
> Senbla que de Eddon el vengua[2],
> Tant es roga sa vestimenta (p. 91).

Mais Dieu le Père accueille son fils avec transports et lui promet
d'envoyer le Saint-Esprit aux Apôtres, tandis que la cour céleste
entonne des hymnes de triomphe. Aussitôt après la descente du
Saint-Esprit, Saint Pierre se met à prêcher sur ce texte de Saint
Luc, VII, « *Qui habet aures audiendi audiat* », et après qu'il en a
expliqué le sens en roman, les anges commencent à chanter :

> Revelha te, revelha, fin cuer jolhy[3],
> So que mon cuer desira no es pas aisy!

---

1. Publié à part, *Revue de philologie française et provençale*, 1895, p. 80 a 116

2. Versets liturgiques commentés par Pierre de Blois, cap. xx, Testimonia de resurrectione Christi (Patr. Migne, t. 207, col 848): Resurrectionem Christi Isaias insinuat
dicens : Quis est iste qui venit de Edom etc. Angelicae potestates resurrectionis
Christi gloriam admirantes aliis angelis dicunt *Attollite portas*, etc. . Item in Isaia (63)
Quare ergo indumentum tuum rubrum est ? — Hieronymus super hunc locum ubi
dicitur nunc rubrum : in Hebraico legitur Edom, non loci vocabulum est, sed sanguinis ». — Item, Pierre Bercuire, *Repertorium morale*, t. II, p. 343, Christi ascensio.

Tous ces versets appliqués tantôt à la Résurrection, tantôt a l'Ascension au Paradis,
étaient déjà connus de l'auteur de la *Passion* Didot copiée dans la *Résurrection* rouergate, p. 105, v. 2812.

CHERUBIN
> Ay! bel senhor, he don venetz,
> Cubert de sanc................

3. Cf. le *Dialogue nouveau fort joyeulx*, composé par Clément Marot vers 1541 :
> Mon cueur est tout endormy,
> Resveille moy belle,
> Mon cueur est tout endormy,
> Resveille le my.

Saint Pierre, appliquant cette chanson française à son auditoire,
l'exhorte à se réveiller de l'état de péché et à appeler le « grand
médecin » qui seul peut le guérir et qui prescrira d'abord un bon
Jolep, puis une bonne *medesina*, et enfin une bonne *diète* ou un
bon régime. Quand il a développé ces trois points, Melchisedech
au nom des Romains admire sa science, et les assistants des diverses nationalités, dans un jargon grotesque qui est censé représenter l'égyptien, le crétois, l'arabe, etc., s'étonnent d'avoir si bien
compris un sermon rouergat.

Reprenons un à un ces divers épisodes. Pour remplir son cadre,
le compilateur rouergat n'a eu qu'à développer les indications de
trois chapitres [1] du *Procès de Belial* auxquels il a emprunté les
citations et le plan du discours de Jésus et les réponses des apôtres. — L'Ascension elle-même et l'entrée au Paradis ont été tirés
moitié du *Procès de Belial*, moitié des versets de la liturgie de
l'Ascension si souvent commentés dans l'Ecole. Le sermon de
Saint Pierre lui-même, ou cette comparaison prolongée entre les
formules de la vieille médecine et la guérison du pécheur, provient
suivant toute vraisemblance du même enseignement. En effet ce
sermon semi-médical, semi-théologique n'a rien d'original ; depuis
saint Augustin [2], il a été refait vingt fois par les prédicateurs du
moyen âge [3]. Saint Vincent Ferrer [4] en particulier a plusieurs fois
développé ce thème avec un luxe de métaphores qui ressemblent

1. P. 346 v° à 364 r° de la traduction citée du P. Farget : Comme Moyse presente les
lectres de l'arbitrage a son seigneur. Comment Ihesucrist monta es cieulx en la presence de ses apostres, etc

2. S. Augustin, sermo CLXXV (Patr. Migne, t. 38, col. 945) : « Si venit de coelo
magnus medicus, magnus per totum orbem terrae jacebat aegrotus. Ipse aegrotus
genus humanum est etc. ».

3. *Hist. litt. de la France*, t. XXVI, p. 409, J. de Provins ; p. 462, Gilles de Liège ;
Sermones *Dormi secure*, n° 59 de sancto Luca ; it. 69 ; it. Menot, Feria IV post ramos
palmarum... Sanavit nos hic medicus per dietam, Sudorem, Fleubotomiam, potio-
nem

4. Sermones. S. Vincentii (p. hyemalis) Lyon, J. Moylin 1527. Feria V post diem
cinerum.... Cum Christus sit medicus proprius et immediatus, ipsius anime peccatri-
cis, videamus quomodo curet animam infirmam. Ista materia est multum subtilis.
Ideo declarabo vobis per similitudinem medici corporis qui in curatione corporis
facit septem... primo facies [infirmi inspicitur... quarto dieta praecipitur, quinto
syrupus immittitur, sexto purgatio tribuitur, etc. etc.

fort à celles du mystère rouergat, et il a fait école, il a eu des disciples partout.

On croirait donc volontiers que le dramaturge a traduit librement un sermon authentique provisoirement perdu. Ainsi dans le
mystère de *l'Ascension*, l'invention serait encore une fois à peu
près nulle, et la compilation tout entière ne serait qu'une série de
plagiats. En tout cas, c'est encore un plagiat, ou une imitation servile, qu'il nous reste à constater, une dernière fois, dans le *Jugement de Jésus*.

LE

JUGEMENT DE JÉSUS

CONCLUSION

LE

JUGEMENT DE JÉSUS ROUERGAT

ET LE

PUITS DE MOÏSE DE DIJON

Les Sermonnaires du xvᵉ siècle ; le Sermon de Saint Vincent Ferrer sur la Passion, et son influence. — La Passion française du Cordelier J. de Lenda et le mystère italien de la Passion de Revello composé par le Frère Simon, 1490. — Le Sermon français « Secundum legem debet mori », et le Sermon joyeux de « Nemo » recueilli par Pierre Bercheur. — Les diverses éditions du Sermon français : « Secundum legem debet mori » et les imitations au théâtre : « La Licentia Christi a Matre » d'Aversa, le Jugement de Jésus rouergat et la Moralité nommée « Secundum legem debet mori », de Jehan d'Abundance. — La date extrême des mystères rouergats.

CONCLUSION

Le *Jugement de Jésus* est de beaucoup le plus compliqué des mystères que nous avons examinés jusqu'ici, et celui qui soulève le plus de problèmes chronologiques, biographiques et bibliographiques. Ces difficultés tiennent à ce fait que, malgré son apparente singularité, ce mystère rouergat n'est nullement une œuvre unique, particulière, mais au contraire un résumé de toute une série d'œuvres analogues, un anneau détaché dans une longue chaîne de pièces disparates dont il s'agit de retrouver le lien et l'inspiration commune. Pour le faire, nous serons obligés non seulement de rappeler des textes signalés précédemment comme la *Passion* française composée en 1398 pour Isabeau de Bavière, mais encore de tenter de nouvelles recherches et de donner l'analyse

28

d'œuvres théologiques et dramatiques mal connues ou inconnues. Ce sera heureusement notre dernière étape.

Et d'abord quel est le sujet du mystère rouergat, et quelle place occupe-t-il dans la compilation ?

Le *Jugement de Jésus* sert de prologue et d'explication aux scènes de la Passion annoncée par les prophètes. C'est, si l'on veut, une variante de l'ancien Procès de Justice et de Miséricorde, mais une variante très compliquée où sont réunies toutes les « figures » de la Passion dans l'ancien Testament.

Nature humaine, représentée par un « vieil homme » accablé d'infirmités, vient se plaindre à Dieu le Père de ce qu'il ne remplit pas assez vite les prophéties et de ce que le Christ envoyé sur la terre tarde trop à accomplir la Rédemption. Dieu proteste de ses bonnes intentions, mais « ne peut faire plus ». Nature humaine fait alors citer « le fils de Marie » devant les juges de la Loi de Nature par le sergent Roma. Au reçu de l'assignation, Jésus se rend devant le tribunal en compagnie de sa Mère et de ·Résignation ou Bonne Patience. Charité plaide pour Nature humaine, Innocence pour Jésus ; Adam qui préside, sur l'avis conforme des patriarches Joseph, Abraham. Noé. conclut à la mort du Christ. La Vierge fait appel et cite à son tour Nature humaine devant les juges de la Loi écrite, c'est-à-dire Moïse, Zacharie. Jérémie, Salomon, David. Nouveaux plaidoyers de Fidélité au nom de Jésus et de Vérité pour Nature humaine, nouvelle condamnation de Jésus. Il ne reste à la Vierge que la juridiction de la Loi de Grâce, composée des Apôtres et des Évangélistes. Le plaidoyer de l'avocat divin, Humilité, est réfuté par Nécessité ; la sentence de mort est confirmée et la Vierge s'évanouit. Quand elle revient à elle. c'est pour rappeler à son fils tous les soins qu'elle a pris de lui dans son enfance et le supplier de lui épargner la vue de sa Passion. Bonne Patience et Jésus la réconfortent, puis tous trois se rendent à Béthanie pour la résurrection de Lazare. Cette dernière phrase n'est évidemment faite que pour relier la pièce à la suivante et la rattacher à l'ensemble.

Tel est le curieux Procès rouergat dont l'idée, les allégories ou les personnages allégoriques figurent également dans d'anciens spectacles parisiens du xv⁰ siècle, et plus tard dans deux moralités françaises du xvi⁰ siècle, une moralité anonyme intiulée : *Secun-*

dum legem debet mori et une moralité de Pierre du Val [1]. N'y aurait-il pas là un thème traditionnel transmis par les Confrères de la Passion à la province?

« Le sujet traité dans le *Jugement de Jésus* et le *Jugement général* se retrouve dans des mystères mimés représentés à Paris dès 1437 ; or ceux-ci avaient dû être précédés eux-mêmes d'œuvres écrites, le sujet du *Jugement de Jésus* notamment eût été inintelligible aux spectateurs dans le cas contraire. » — Telle est l'explication la plus simple qui ait été proposée [2], et qui nous met sur la voie de la vérité, mais à condition d'être restreinte et précisée. Relisons en effet le texte principal, la description donnée par Monstrelet des fêtes célébrées à Paris pour l'entrée solennelle de Charles VII, le 12 novembre 1437. Dans la longue suite des échafauds dressés depuis le Poncelet jusqu'au Grand Pont, un seul, celui du Châtelet, nous intéresse :

« Item devant le Châtelet estoit l'Annonciation faite par l'angle aux pastoureaux chantant *gloria in excelsis Deo*. Et au dessoubz de la porte estoit le Lit de justice, la Loy divine, la Loy de nature et la Loy humaine. Et à l'austre costé contre la Boucherie estoient le Jugement, Paradis et Enfer. Et ou milieu estoit saint Michiel, l'Angle qui pesoit les ames [1]. »

Voilà bien il est vrai *une* des allégories qui figureront plus tard dans le mystère rouergat, *Loy de Nature* ; mais les autres, les personnages principaux, les juges, la demanderesse, l'accusé, où sont-ils ? Dès lors le texte de Monstrelet n'a plus le sens qu'on lui a prêté, il ne représente plus un *Jugement de Jésus*. Dans l'espèce, ces allégories judiciaires empruntées à la *Somme* de saint Thomas d'Aquin [4]. *Loi divine, Loi de Nature, Loi humaine*, n'ont été placées au Châtelet que parce que le Châtelet était le siège de la justice royale, et que sous une forme ou une autre la décoration

---

1. Et même dans des moralités étrangères. Ward (*History of English dramatic Literature*, t. I, p. 96) en cite une de Bâle (1503-1563) intitulée : The three Laws of Nature, Moses and Christ.

2. *Romania*, 1894, p. 528.

3. Monstrelet, *Chronique*, l. II, ch. cxix, éd. Douët d'Arcq, t. V, p. 303.

4. P. prima secundae, Q. XCI: *De legum diversitate* (édition Migne, t. II, p. 699 à 707.

de l'édifice dans les Entrées rappelait le plus souvent cette desti-
nation [1].

Les mystères mimés de 1437 et la moralité de Pierre du Val
éliminés pour des raisons analogues, restent des analogies ou
mieux des ressemblances prolongées entre le mystère rouergat et
la moralité : *Secundum legem debet mori*, et ces ressemblances
sont telles qu'elles supposent forcément un modèle commun. On
est seulement tenté de le chercher un peu plus haut ou plus loin.

S'il ne s'agit en effet que de retrouver le Jugement de Jésus dans
les anciens mystères mimés, n'y a-t-il pas un de ces mystères qui
subsiste encore aujourd'hui, un mytère mimé en pierre. le célèbre
« Puits de Moïse » exécuté sur l'ordre de Philippe le Hardy par
Claus Sluter [2] et son neveu, Claus de Werve, de 1395 à 1404 ? Ce
monument a été souvent décrit par les artistes et les critiques
d'art [3]. A droite, aux pieds de la Croix où le Christ venait d'expirer, se tenait debout la Vierge. à gauche saint Jean l'Evangéliste,
en avant la Madeleine embrassant l'arbre sacré. Le Calvaire a été
abattu en 1793, mais le piédestal subsiste, et les moindres détails
de ce chef-d'œuvre mutilé nous semblent bien avoir été réglés par
un théologien. L'emplacement même choisi pour ce Calvaire, élevé
au-dessus d'un puits d'eau vive. paraît symbolique et doit traduire aux yeux la régénération de l'humanité lavée dans le sang
du Christ [4]. Les six anges aux ailes d'or entrecroisées qui bordent la

---

1 Ainsi en parlant de ces mystères mimés de novembre 1437, Jean Chartier dit
(*Ceremonial françois* de Godefroy, I, 658) : « le Jugement qui seoit tres bien, car il se
jouoit devant le Chastelet ou est la Justice du Roi ». Cf encore (*Cerémonial françois*
de Godefroy, p. 733-5) l'entrée de Marie d'Angleterre, femme de Louis XII, le lundi 6
nov. 1514 : « Item, au Chastelet de Paris avoit un grand Eschaffaut. au milieu duquel
estoient Dames *Justice* et *Vérité*, montans et descendans du trone celeste sur la terre,
et a dextre et a senestre estoient les douze pairs de France ; et au milieu dudit
Eschaffaut estoit escrit ce qui s'ensuit : *Veritas de terra orta est et Justitia de caelo
prospexit*, etc.

2. Notre collègue, M. Kleinclausz, prepare un livre spécial sur le grand sculpteur
Claus Sluter.

3. A. Michiels. *l'Art flamand dans l'Est et le Midi de la France*, Paris, 1877 ; Chabeuf,
Dijon, *Monuments et Souvenirs*.

4. Comparer les allégories théologiques citees par Cornelius a Lapide, *Comment. in
Joannem*, V, p. 318, col. 2, et les curieuses peintures murales (2ᵉ moitié du xvᵉ siècle)
de l'eglise de Saint-Mesme près Chinon : le Christ en croix placé entre Marie Magdeleine et Marie l'Egyptienne Le rocher du Golgotha est devenu un bassin rectangu-
laire dans lequel le pied de la croix baigne dans le sang du Christ s'échappant de

frise et soutiennent le piédestal, pleurent, suivant le verset d'Isaïe
(xxxiii, 7) souvent cité par les sermonnaires et les dramaturges de
la Passion « *Angeli pacis amare flebunt* [1] ». Six prophètes plus
grands que nature se dressent contre les parois. Ils ne sont pas
muets, immobiles, ils parlent ou ils viennent de parler. Les traits
durs de Moïse expriment une résolution farouche, implacable ;
Jérémie est accablé par la douleur, Zacharie médite, Daniel inspiré se tourne vers Isaïe qui se penche pour l'écouter ; tous, y
compris David, tiennent à la main des banderolles contenant des
sentences empruntées à leurs œuvres, les mêmes qui reparaîtront
dans le mystère rouergat et la moralité française [2]. Ce sont bien
des juges qui viennent de prononcer un arrêt, l'arrêt qui s'exécute
au-dessus de leurs têtes, et ce groupement paraît significatif comme
le choix de ces sentences de mort : c'est bien une scène de justice
qui a été inspirée au grand sculpteur par un théologien. Voilà
donc bien réalisée dès la fin du quatorzième siècle par un artiste
de génie l'idée que les dramaturges devaient reprendre plus tard
avec tant de subtilités ; mais, si curieuse que soit l'analogie, elle
n'est pas non plus décisive, elle ne nous explique pas les ressemblances matérielles des textes des deux drames. C'est ailleurs déci-

chacune des plaies par quatre jets continus. Un second bassin plus grand reçoit le
sang contenu dans le premier par quatre mascarons qui représentent les attributs des
quatre évangelistes (le lion, l'aigle, etc.) dont les têtes appliquées sur la face du premier bassin complètent le symbole. Les deux inscriptions en vers qui accompagnaient
les personnages (Marie-Madeleine et Marie Egiptiace) ont été reproduites dans les
Mémoires de la Soc. d'archéologie de Touraine, 1855 : la troisième effacée et « indéchif-
frable » se retrouve heureusement avec les deux autres dans un manuscrit de la
Bibliotheque Nationale, fr., 3,939, fol. 127, r⁰ et complète ce symbolisme.

FONTAYNE DE MISERICORDE

> Fontayne suis qui pour l'humain linaige
> Grant source fait (*sic*) de sang a habondance,
> Ad ce qu'homme qu'ay fait a mon ymage
> Y puisse avoir parfaicte congnoissance,
> Et les vices dont il est entachés
> Nectoyés tous par vraye repentance,
> Si vienne icy pour laver ses pêches.

1. Cf. Greban, p. 341, v. 26,155.

2 Exactement les versets de David, Jerémie, Zacharie, Daniel, Isaïe : quant au
verset du Moïse de Dijon : « Immolabit agnum multitudo filiorum Israel, *Exod.*, XII,
v. 6 » on le retrouve dans la Moralite nommée *Secundum legem debet mori* qui sera
analysée plus loin et dont on trouvera des extraits à l'*Appendice*.

dément qu'il nous faut chercher l'explication, dans le développement d'un genre littéraire qui a été souvent rapproché du théâtre, la predication. On connaît le mot de Henri Estienne sur les sermonnaires du xv⁰ siècle : « Voilà comment ce gentil prescheur deschiffre cette histoire, s'accordant si bien avec les joueurs de passion qu'il n'est aisé à deviner s'il a emprunté d'eux ou s'ils ont emprunté de luy [1]. » Les emprunts qui nous occupent seront plus aisés à discerner, et nous n'avons plus qu'à rapprocher nos deux pièces des *Passions* réellement prêchées au quinzième siècle.

Si l'on parcourt les nombreux sermonnaires du xv⁰ siècle, on ne tarde pas à se convaincre que le plus original et le plus souvent imité avec Gerson, dans tous les pays, c'est saint Vincent Ferrer. Le sermon sur la Passion qu'il prononça à Toulouse, le Vendredi saint de l'année 1416. n'est pas le plus caractéristique de son œuvre, mais c'est celui dont nous devons indiquer le plan[2] et constater l'influence. Le texte emprunté à l'Evangile du jour : *Nos legem habemus et secundum legem debet mori* (Joann. xix) est fort simple. A peine quelque recherche dans le développement ou plutôt dans la prétérition de l'*Ave*. Le prédicateur s'excuse en ce jour de deuil de ne pas saluer suivant l'usage la mère du Christ ; on ne félicite pas les personnes affligées du bonheur qu'elles n'ont plus. Il semble que cet exorde soit une innovation qui d'ailleurs fit fortune et fut reproduite à satiété[3]. Puis vient « le thème » ou « la question[4] » théologique, divisée en deux « conclusions ». La Passion était-elle indispensable pour racheter le genre humain ? Indispensable, non, mais nécessaire pour donner pleine satisfaction à la Justice et pour accomplir les prophéties[5]. C'est tout sim-

---

1. *Apologie pour Hérodote*, éd. Ristelhuber, 1879, t. II, ch. xxxi, p. 159.

2. Cette analyse est faite d'après le sermon imprimé en latin La redaction présente d'assez grandes différences dans le manuscrit de l'Université d'Oxford signale et analysé par M. P. Meyer, *Archives des Missions*, Q, III (1868), p. 167 et 266 (ct *Romania*, 1881, p. 226), mais ces différences ne portent pas sur le plan, et les deux textes contiennent egalement le développement sur la nécessite de la *Passion*. « La sanhta theologia fay una questio se la passio, etc. »

3. Le prédicateur Guil. Pépin le dit, *Expositio Evangel. Quadrag.*, In die parasceves.

4. A. Thomas d'Aquin, *Samma* Pars tertia. Quaestio XLVI, de *Passione Christi* (éd. Migne, t. IV, p. 413)

5. S. Vinc. Ferrer. In die parasceves, *Sermo unicus*. fin de la 2⁰ conclusion, avant la division : « Propter ergo quod absolute non erat necessarium Christum

plement la thèse et l'antithèse de la *Somme*, auxquelles succède le
récit de la Passion depuis la Cène jusqu'à l'ensevelissement du
Christ.

Le plan de ce sermon paraît si simple qu'on le dirait facile à
inventer ou à réinventer. Que l'on parcoure cependant les sermonnaires antérieurs [1] à saint Vincent Ferrer, ou même de son
voisinage immédiat [2], que l'on feuillette les nombreuses Passions
anonymes ou signées du xive ou du commencement du xve siècle,
même quand le texte est identique, le développement est tout
autre, tandis que les sermons composés sur le même plan, avec la
même « question », abondent plus tard [3]. Il paraît donc assez
naturel d'expliquer ce fait par l'influence du grand prédicateur
valencien.

C'est dans un sermon de cette espèce, ou dans une *Passion* d'un
Cordelier français à peu près inconnu, Jacques de Lenda (ou de
Lens) [4] que nous rencontrons pour la première fois les scènes du

---

mori, ut dicit prima conclusio quam et dat beatus Thomas in .III. parte, q. xlvi,
articulo .1. ponit quod homines alio modo liberasset. Sed secundum suam prae-
destinationem, quam per prophetas expressit et in lege antiqua praemonstraverat,
necesse erat Christum mori ut scripturae implerentur. Et hoc est quod dicit
Lucas, XXII capitulo: « Filius hominis secundum quod diffinitum est, vadit ». Et
Lucas, XXIV. « Haec sunt verba que locutus sum ad vos, cum adhuc essem vobiscum,
quoniam necesse est impleri omnia quae scripta sunt in lege Moysi et prophetis et
psalmis de me et quoniam scriptum est quod oportebat Christum pati et resurgere
a mortuis ». — Haec Thomas ibidem. Et ergo thema istud proponit non in persona
Judeorum mortem Christi procurantium injuste, sed proponit in persona *omnium
prophetarum* qui dicunt « *Nos legem habemus* » etc.

1 Exemple : Sermones *Dormi Secure*: De Passione Domini sermo XXV.

2. Ex. la *Passion* de St Bernardin de Sienne. (Paris, Denys Moreau, 1636, in-folio),
p. 305.

3 Voici quelques-unes de ces imitations dans divers pays. La plus fidèle est celle
de Barelette qui prona le panegyrique de St. Vincent de Forrer et le copia souvent ;
la plus compliquée, celle de Fr. Léon de Utino qui raffine sur toutes les espèces de
lois, pour se conformer au titre de son recueil.

Fr. Leonardi de Utino, *Sermones quadrages. de legibus*, Venetiis, 1473, Fer. VI in
Parasceve. (B. de Besançon, Incun. n° 927).

Fra Paolo Roberto Licio, *Sermones*, Venetiae, 1483 (B. Mazarine, n° 343, feria sexta
in Passione. fol. 55 r°.

Barelete, *In die parasceves*, sermo de passione domini, fol. 175 v° a 191 r° (éd. de
Lyon, Jacob. Myt. 1524).

Maillard, Paris, Ph. Pigouchet, 1506, Feria VI *de passione*, fol. cxv.

4. Sermon réimprimé à l'appendice.

On ne sait à peu près rien de ce prédicateur français, Jacobus de Lenda, qui a prê-

Jugement de Jésus qui nous occupent ou du moins leurs équiva-
lents. La première partie du sermon est la thèse ordinaire sur la
nécessité de la *Passion*. Cette thèse est reproduite sous une autre
forme plus loin, dans le récit de la *Passion* proprement dite. Les
docteurs Juifs consultés par Pilate sur le sort de Jésus décident
tous qu'il doit mourir, bien qu'innocent, sous prétexte que sa mort
a été prédite ou figurée dans diverses histoires de l'ancien et du
nouveau Testament, et qu'il faut accomplir les prophéties. C'est
bien là une véritable scène de théâtre et, la meilleure preuve, c'est
qu'elle a en effet été mise au théâtre. Dès 1490 elle a été jouée, à
peu près telle quelle à Revello, en Piémont, dans une *Passion* italienne composée par un religieux, frère Simon[1], Cette pièce a paru
d'ailleurs fortement empreinte de l'esprit français et inspirée plus
ou moins directement par l'exemple de nos grands mystères. Entre la scène de la *Passion* de Revello analysée dans le *Journal des
Savants*[2] (1888) et celle du sermon français de J. de Lenda, qui n'a
jamais été signalée, il y a un rapport certain, une source commune
qui sera découverte un jour ou l'autre par les bibliographes.
Quelle que soit cette source, dès 1490 ce Jugement de Jésus était

che en diverses provinces et à Paris vers la fin du xvᵉ siècle. Son nom ne paraît pas
figurer pas dans les Registres de la Faculté de décret de l'Université de Paris p. p.
Fournier et Dorez, ni dans le Chartulaire de l'U. de Paris, éd. Châtelain ou l'appellation *de Lenda* n'est pourtant pas rare.

Ses premiers sermons imprimés se trouvent dans un recueil qu'a bien voulu m'indiquer M. Em. Picot :

Sermones breces et perutiles (amici dicti) diversis ex doctoribus...

Exaratum Basileae per Nic. Kesler, 1495, in-4ᵉ, Bib de Douai, Th. 1785.

Viennent ensuite les sermons de l'Avent et du Carême imprimés à Paris par Felix
Balligault (5 fevrier 1500 n. st.) et réimprimes par Jean Petit en 1501. Cette edition de
1501 nous apprend que l'Avent a été prêché à Paris et recueilli de vive voix. Quant au
Carême, une allusion aux guerres de Picardie (ed. F. Balligault, fol. xiii vᵒ, col. 2 et
d'autres détails (f. xxviii vᵉ, col. 2) prouvent qu'il contient des sermons de diverses
dates Par suite, il est difficile de déterminer a quelle date a été prononcé le sermon
de la Passion qui nous interesse. L'essentiel est de constater : 1ᵉ que le jugement de
Jésus qu'il contient est analogue a la scène du mystère de Revello de 1490; 2ᵉ qu'il diffère, malgré les analogies, de la même scène dans le Sermon anonyme : *Secandum
legem debet mori*.

1. Pour cette piece italienne, la *Passione di Gesu Cristo*, voir l'appendice. Le sermon
initial du prêcheur, en tête du mystère, roule sur la necessite de la *Passion*, p. 23 :
Dice sancto Luca : *Oportuit Christum pati*, etc.

2. *Journal des Savants*, 1888, p. 517, Analyse de G. Paris.

un lieu commun de la chaire et du sermon, voilà le fait à retenir, et ce lieu commun allait subir de nouvelles transformations.

Reprenons en effet notre sermon de J. de Lenda. Le vice de composition est évident puisque la même idée théologique est répétée
sous deux formes différentes, une thèse, puis un récit ou scène dramatique. N'y aurait-il pas moyen de supprimer cette redite et de
mieux détacher la scène principale embarrassée de détails parasites
et de citations? La théologie n'intéresse que les clercs, les citations fatiguent, mais que tous ces docteurs qui réclamaient tout à
l'heure la mort du Christ, que tous ces prophètes du puits de
Moïse s'animent et descendent de leur piédestal, qu'ils se constituent en cours souveraines ressortissant l'une de l'autre et qu'ils
viennent, juges et parties, prononcer l'arrêt de mort qui doit sauver l'humanité, ainsi toute la théologie sera réduite en tableaux,
la thèse même ou la proposition pourra intéresser comme la *Passion* proprement dite, et le sermon sera tout entier drame et récit,
c'est-à-dire partout accessible à tous même aux « bonnes gents »
ad bonas gentes, comme dit notre sermon. Telle est l'œuvre du
prédicateur anonyme et inconnu qui a composé la nouvelle Passion : *Secundum legem debet mori*[1], imprimée par Denis Roce.
à Paris, dans les dernières années du xvᵉ siècle. Le seul talent ou
la seule innovation de ce prédicateur anonyme c'est l'ordre ou la
clarté, il n'a littéralement rien inventé. L'exorde de son sermon,
la thèse est constituée par la scène de la *Passion* de Revello et
du sermon de J. de Lenda légèrement modifié. Pour la seconde
partie, c'est encore plus simple. Il a tout bonnement copié et
abrégé le récit de la *Passion* composé en 1398 pour la reine
Isabeau de Bavière[2] et déjà mis à contribution par Greban et le
compilateur de la *Vie de Jesu Crist* de 1485 : tout coïncide dans
les moindres détails. Ce double emprunt une fois noté, il n'y a
plus qu'à suivre la fortune et les diverses imitations du nouveau
sermon, mais tout d'abord il convient de constater l'origine française et les nombreuses éditions de cet incunable oublié par Hain
et Panzer, et d'autres bibliographes connus.

1. Réimprimée comme pièce justificative plus loin.
2. Sur ce texte cf. p. 248 de ce livre

On sait les transformations fréquentes[1] des sermons d'autrefois. Ces sermons étaient composés en latin, prononcés en langue vulgaire, puis de nouveau rédigés en latin par « des rapporteurs » pour l'impression, quand on ne retrouvait pas les notes latines du prédicateur lui-même. Ce latin est tel qu'il est souvent malaisé de discerner la nationalité française, italienne, ou allemande des prédicateurs anonymes sous cet uniforme badigeon, mais cette première difficulté nous est épargnée dans le cas présent. L'emploi des mots français « He! lasse », « Or, etc. » qui se détachent dans ce texte latin, la citation d'un vieux proverbe français connu sous diverses formes :

La pire roo de la charrette fait greigner noyse[2]

et d'autres détails permettent d'affirmer que nous avons sous les yeux le sermon d'un Français, très probablement écourté à l'impression. Mais où et à quelle date ce sermon a-t-il été prononcé, puis imprimé pour la première fois, cette question est plus difficile à résoudre.

Constatons d'abord que malgré d'assez longues recherches ce sermon anonyme n'a pu être retrouvé dans aucun des nombreux recueils de sermonnaires français signés et datés du xv⁰ siècle et du commencement du xvi⁰ siècle qu'on a pu consulter[3]. La première fois que nous l'avons rencontrée c'est dans une mince plaquette gothique imprimée et vendue à Paris par le libraire écossais, Denis Roce, et qui ne saurait guère être antérieure à 1495, puisqu'elle porte la seconde devise « A l'Aventure »[4], adoptée par

---

1. Fréquentes, non pas constantes, invariables. Voir la discussion de M. A. Piaget dans l'*Hist. de la langue et de la Litt. françaises*, 1896, p. 222 La question est n' résoudre dans tous les cas particuliers. Il nous paraît bien difficile que le sermon *Secundum legem debet mori* adressé aux bonnes gens, *ad bonas gentes*, n'ait pas été prononcé en français

2. Sermon *Secundum legem*, etc., p. 8 r⁰. « Judas... murmurabat :

Nam a pejori rota semper sunt jurgia mota.

Cf. Le Roux de Lincy, *Le Livre des Proverbes français*, 1842, t II, p. 390 et p. 194.

3. Je ne connais pas *tous* ces recueils, mais j'en ai feuilleté un tres grand nombre en allant immédiatement a la *Passion*.

4. Cf. Claudin, *Hist. de l'Imprimerie*, t. II, p. 530 et suiv. Le 15 juillet 1495 Poulhac imprimait pour lui (Roce) l'*Antidotarius animae* de Nicolas de Salicet... Sur le titre la deuxieme devise : *a l'Aventure*.

ce libraire juste à ce moment. La seconde édition imprimée par le même libraire porte sa troisième devise : *A l'Avanture tout vient qui peut attendre*, et est attribuée avec quelque vraisemblance par le *Catalogue des Incunables de la Bibliothèque Mazarine* à l'année 1499. Suivent encore deux éditions lyonnaises de 1504 et de 1511, et une édition sans lieu ni date, qui ont été collationnées avec la première [1], mais qui malheureusement la reproduisent textuellement, sauf d'autres fautes d'impression, et ne peuvent guère donner d'indications utiles. Il est probable, comme on le verra, qu'il y a eu encore au moins une édition actuellement perdue. En tout cas, le nombre des éditions connues à partir de 1495 suffit pour attester la vogue prolongée du sermon, et les imitations qu'on en a faites au théâtre conduisent à la même conclusion.

Au commencement du xvie siècle, il y avait à Aversa, dans la ville où fut composé le *Procès de Belial*, une société d'amateurs de théâtre, qui écrivaient à l'envi des pièces destinées à être représentées dans la cathédrale pendant la semaine sainte. Le plus célèbre de ces poètes, le docteur médecin Luca de Calderio, dit Ciarafello, nous a laissé un mystère intitulé *La Licentia Christi a Matre* [2], qui rappelle déjà singulièrement le sermon : *Secundum legem debet mori*. Ciarafello l'a-t-il connu ? On ne saurait le dire, malgré les analogies. Il a peut-être tout simplement développé de son côté un thème vulgarisé en Italie par le mystère de Revello. Mais, en tout cas, l'hésitation n'est plus permise pour le *Jugement de Jésus* du compilateur rouergat.

Ouvrons en effet ce *Jutgamen de Jesus* rouergat, nous constaterons dès les premières pages que le compilateur a traduit la première partie du sermon : *Secundum legem debet mori*, avec sa servilité ordinaire. Il n'a guère ajouté qu'un personnage nouveau, mais déjà employé ailleurs, et bien facile à reconnaître : le sergent

---

1 Pour ces éditions, voir l'*Appendice*. Je dois à l'extrême obligeance de M. Em. Picot, l'indication de l'édition de 1504 conservée au *British Museum*; cette édition, la seule que je n'ai pas eue en mains, est longuement décrite et analysée dans le *Bulletin du Bibliophile* et conforme aux autres d'après cette description.

2. Réimprimée à l'*Appendice*, d'après l'étude de M. Torraca. L'épitaphe du docteur Ciarafello dans l'église St Paul d'Aversa, est datée de 1511 ; mais ses pièces ont continué à être jouées à Aversa, longtemps après sa mort.

Roma, chargé ici de porter les assignations de Nature humaine, vient tout bonnement de la *Passion selon Gamaliel.*

La seconde partie du sermon ou le récit de la Passion proprement dite ne pouvait entrer dans le cadre du mystère rouergat ; le compilateur l'a donc supprimée, mais il n'a pas laissé d'y copier encore les requêtes de Notre Dame à son fils jadis utilisées par Greban[1]. L'imitation ou la copie est donc certaine, mais il subsiste quelques difficultés, car cette imitation a porté sur un texte qui n'est pas exactement celui des éditions imprimées du sermon, les seules que nous connaissions.

Dans ces éditions, le procès de Jésus s'ouvre brusquement et nous ne voyons pas Nature humaine ou le « vieil homme » accablé d'infirmités par le péché implorer Dieu pour sa guérison. Toutes ces allégories sont très anciennes, si l'on veut[2], mais force est bien de constater qu'elles manquent dans le sermon imprimé.

De plus certaines citations latines de l'Ecriture ou de la Vulgate ne coïncident pas rigoureusement dans les deux textes, du sermon et du mystère rouergat[3].

Enfin, deux discours ou plaidoyers des avocats Nécessité et Humilité. sont simplement indiqués ou amorcés dans les diverses éditions de ce sermon ; ils sont tous deux développés dans le mystère rouergat et munis de citations latines.

---

1. Cf. p. 259 de ce livre et les notes du sermon à l'*Appendice* ; item le *Jugement de Jésus* rouergat, p. 58-60, v. 1528, 1570.

2 Cf. Vincent de Beauvais, *Spec. Naturale*, lib. XXX, cap. xxiii, col. 2415 à 2416 de l'ed. de Douai *De tribus saeculi temporibus* : « Sunt autem humano generi tria tempora secundum triplicem statum ejus distincta, videlicet ante legem, et sub lege, et sub gratia. Primo enim post lapsum dimissus est homo sibi usque ad tempora Moysis et utebatur tantummodo lege naturali. Postea vero per Moysen data est lex scripta qua humana illuminaretur ignorantia. . Qua data etiam *morbus* invaluit et infirmitas est aucta, non legis sed naturae vitio et diaboli instantia. ., » — Même développement dans Hildebert du Mans, sermon de la Circoncision, *Hist. littér. de la France*, t. XI, p. 315

Quant à la personnification de *Nature humaine*, elle est bien antérieure à Greban puisque nous l'avons déjà signalée, p. 250 de ce livre, en 1380, dans la *Vie de Jésus Christ* écrite pour le duc de Berry, et qu'à partir de cette date les exemples abondent jusqu'au xvie siècle. Exemple : Bib. Nat. ms. fr 14,983 : Noels de Jehan de Vilgontier ; fol. 65 vo. Noel ou Dialogue entre *Nature humaine* et Adam.

3. Pour ces citations voir les notes de la *Passion* de Denis Roce réimprimée plus loin *in extenso* à l'*Appendice.*

Ces différences ou ces particularités retiendront d'autant plus notre attention que nous retrouverons les principales (notamment la requête initiale de Nature humaine) dans une moralité française très mal connue, dont il ne subsiste plus que deux exemplaires, un manuscrit et un imprimé, et dont il faut d'abord établir et analyser le texte, puis déterminer la date et l'auteur.

La Bibliothèque Nationale possède un beau manuscrit de la seconde moitié du seizième siècle, ainsi désigné dans le Catalogue imprimé de 1902, page 605 :

Fr. 25,466. — « Moralité et figure sur la Passion de Nostre Seigneur Jhésu-Crist, par personnaiges, bien dévote », par *Hughenin de Bregilles*.
(Cf. Catalogue de La Vallière, t. II, p. 419, n° 3365). — xvi⁰ siècle. Parchemin. 31 feuillets à 2 col. 265 sur 190 millimètres. Rel. maroquin vert. (La Vallière 70).

D'autre part, la même Bibliothèque Nationale possède le même ouvrage anonyme, ainsi désigné dans le Catalogue des imprimés de 1897, tome I, p. 124 :

Moralité, mystere et figure de la Passion de Nostre Seigneur Jésus-Christ.....
Lyon, par Benoist Rigaud (s. d.). In-fol. (Réserve Yf. 14.) Attribué à Jean d'Abundance. — L'ouvrage est in-8°, chaque feuillet encadré dans un cartouche gravé de format in-fol.

Entre les deux attributions (Hughenin de Brégilles et Jean d'Abundance), il faut choisir, et d'abord rejeter la première qui provient d'une confusion.

Dans le manuscrit fr. 25,466, la moralité *anonyme* est suivie (fol. 30) d'une pièce de vers sur la Sainte Hostie ou l'hostie miraculeuse, donnée par le pape Eugène IV au feu duc de Bourgogne, Philippe le Bon, et jadis vénérée dans la Sainte Chapelle de Dijon : elle protégera les chrétiens dans la croisade contre les Turcs :

> Soyes nous escu et large et avant garde
> Contre les Turcs de l'infernale garde !
> Sans la grace nous sommes trop debiles,
> Mesmement moy, Hughenin de Bregilles,
> Ils ne doubtent fortune ne perils. (Fol. 31 v°.)

Hughenin de Brégilles, complètement inconnu, est en réalité un officier de Philippe le Bon qui figure dans les comptes en compagnie d'un Claude Bossuet depuis 1446 [1]. Ce personnage du xvᵉ siècle a donc bien composé la pièce de la Sainte Hostie, mais matériellement il ne peut être l'auteur de la Moralité qui ouvre le volume. La langue et la versification de cette Moralité dénotent le seizième siècle. Retournon-nous donc vers le basochien Jean d'Abondance, auquel le bibliographe lyonnais du Verdier a depuis longtemps attribué la moralité anonyme : *Secundum legem debet mori*, imprimée par Benoit Rigaud, et voyons si le peu que nous savons de ce poète confirme cette attribution.

Jehan d'Abondance « basochien et notaire royal à Pont-Saint-Esprit » a fait imprimer la plupart de ses œuvres entre 1540 et 1550 dans la ville de Lyon [2]. C'est là qu'il a pu connaître le sermon anonyme : *Secundum legem debet mori*, et l'imiter à son tour : ces adaptations rentraient tout à fait dans ses goûts. Nous savons qu'il s'était déjà exercé à traduire un sermon joyeux de *Nemo* connu dès le haut moyen âge, et dont on a signalé de nombreuses versions et imitations [1] auxquelles on pourra joindre celle du grave Pierre Bercheur [4]. La Moralité sur la Passion [1] est une œuvre analogue dans un genre différent, la mise au théâtre d'un sermon sérieux. Comme l'auteur rouergat qui l'avait précédé, Jehan d'Abondance a suivi de très près son modèle : ce sont les mêmes

1. Arch. de la Côte-d'Or, B. 1696. Compte de Jean de Visen receveur general de Bourgogne 1445-1446. Huguenin de Bregilles achète du vin en detail pour le porter à Messieurs des Comptes.

Archives Nationales, Registre KK 278 bis : Hughenin de Bregilles a Bruxelles avec le duc, le dimanche 20ᵉ jour d'avril 1466, après Pasques ».

2. Fait établi par M. Em. Picot, *Catal. de la Bibliothèque J. de Rothschild*, t. I, p. 377.

3. *Anc. poésies franç. du xvᵉ et du xviᵉ siècle* (Bib. elzevir), t. XI p. 313-342. Le plus ancien sermon de *Nemo* (xiiiᵉ s) a ete signale par M. P. Meyer d'apres un manuscrit de la Bibl. Bodléienne.

4. *Repertorium morale*, t. I, p 689-690 : *Nemo* .. Nota quod nemo est nomen negativum, sicut nullus. Nam quicquid homo signat et ponit, nemo tolht et deponit.

Unde nemo idem est quod non homo...

Quia tamen quamdam truffam semel de *nemine* recolo me vidisse ubi scilicet *Nemo* fuisse quidam valens homo supponebatur, ubi de ipso sicut de quodam solenni martyre legenda notabilis tractabatur, hinc est quod truffatorie de *nemine* possumus multa loqui. Notemus igitur quod dominus *Nemo* fuit quidam Nobilissimus imperator... etc. »

5. Analysée *in extenso* avec extraits à l'*Appendice*.

personnages, les mêmes noms, sauf celui de Jésus qui a reçu ici le
surnom mystique ou théologique de « l'Innocent »[1] qu'il portait
d'ailleurs, comme nous l'avons vu, dans d'autres moralités perdues, et qui était une allusion au sacrifice d'Isaac. L'ancienne
allégorie de Nature humaine, serve de l'Enfer et accablée d'infirmités par le péché a été également un peu modifiée. Ici, quand elle
vient adresser sa requête à Dieu le Père, Nature est « habillée en
femme comme lépreuse ». Le reste des développements coïncide.
Jehan d'Abundance s'est contenté de multiplier les termes de procédure et d'introduire dans ses vers une longue page de prose, un
acte en bonne et due forme, afin que nul n'ignorât sa qualité de
parfait notaire. C'est un autre talent qu'il a exhibé dans la conclusion de sa pièce, sa connaissance de l'argot des soudards ou des
« tyrans ». Le compilateur rouergat n'avait traduit *in extenso* que
la première partie du sermon ou la discussion juridique. Jehan
d'Abundance est allé jusqu'au bout, et il a également traduit en
l'abrégeant la Passion proprement dite où l'on voyait Jésus livré
à la mort par « l'envie » de la Synagogue et « la haine » des
Gentils. Ces abstractions du sermon ont été personnifiées dans la
Moralité qui a été augmentée en outre d'un rôle de Fou ou de Sot,
lequel n'était pas écrit, mais improvisé. Si choquantes[2] qu'aient
paru ces passées de Sot mêlées aux scènes les plus pathétiques,
elles n'en sont pas moins motivées, même la dernière, au moment
où « l'Innocent » le Christ vient d'expirer sur la croix. Ici la
passée du Sot symbolise soit l'indifférence ou la joie stupide de la
foule, soit l'allégresse de Nature humaine délivrée ; l'inspiration
de la pièce n'en reste pas moins religieuse comme celle d'autres
moralités perdues sur la Passion[3]. C'est « Dévotion » qui ouvre le
spectacle et qui l'achève.

La pièce de Jean d'Abundance a d'autres singularités dont il
faut donner au moins une idée. En parlant des moralités, le théo-

---

1. Expliqué precedemment p. 387 de ce livre, note 4.

2 P. de Julleville. *Répert. du théâtre comique*, etc , p. 3.

3. A celles qu'on a citees ajouter encore celle-ci qui a passé inaperçue : Archives
de la mairie d'Angers p. p. Cel. Port, 1861, BB 13, fol, 137, année 1502. Don de 10 l t.
et de poudre a canon a M⁰ Loys Mignon « pour servir et ayder au *Mistère de la
Redempcion de Nature humaine* que l'on vieult jouer en ceste ville, pourveu que l'on
ne prendra riens du peuple a l'entrée dud jeu ne autrement.

ricien du xvi⁰ siècle, Thomas Sibillet, s'exprime ainsi dans son
Art Poétique de 1548 : « Toutes sortes de vers y sont receues en
meslange et variété, même tu y trouveras Balades, Triolets, ·Ron-
deaux doubles et parfais, Lays, Virelais tous amassés comme morceaux en fricassée. » — Telle est bien la versification de la Moralité
qui nous occupe, mais elle se recommande par des refrains très
particuliers. On a dit souvent que les anciens poètes français du
xiv⁰ et du xv⁰ siècle avaient été complètement oubliés au lendemain de leur mort, ou même qu'ils étaient morts tout entiers,
apparemment pour donner aux modernes le plaisir de les ressusciter. Si cette opinion [1] conservait encore des partisans, la « Moralité nommée *Secundum legem debet mori* » suffirait pour démontrer le contraire ; ces anciens poètes n'ont cessé d'être pillés
jusqu'au seizième siècle, et Jean d'Abondance en particulier les
connaissait fort bien. Comme un artiste expérimenté qui s'amuse
à des variations sur des airs connus, il s'est amusé à introduire
dans son œuvre des vers célèbres, dont il change le sens ou la des-
tination. Ici il met dans la bouche de Nature humaine le refrain
mis au concours par Charles d'Orléans :

> Je meurs de soif auprès de la fontaine,

ailleurs il pille le *Jardin de Plaisance* ou d'autres recueils du xv⁰
siècle, et il remonte même plus haut. On n'a pas signalé à notre connaissance de citations de Froissart au xvi⁰ siècle, avant les *Recherches* d'Estienne Pasquier qui prit la peine d'aller lire le vieux poète
« en la Bibliothèque du grand Roy François à Fontainebleau [2] ».
Avant lui Jehan « d'Abundance a transposé les refrains des « Rondelés amoureux » de Froissart et les a employés à nous dépeindre
les adieux de la Mère et du Fils, de la Vierge et de l'Innocent :

> Le corps s'en va, mais le cœur vous demeure.

Mais ce beau vers est beaucoup plus ancien que les *Rondelés*
de Froissart, puisqu'il vient des *Congés* de Jean Bodel [3], le

---

1. Ce n'était pas celle de l'abbe Goujet (*Bibl. franç*, t. X, p. 277, 278), et diverses
études publiées par M. Em. Picot et M. Piaget dans la *Romania* lui ont donné raison.
2. *Recherches*, VII, 5, éd. d'Amsterdam in-folio, t. I, col. 699.
3. *Romania*, IX, 1880, p. 242. Les *Congés* de J. Bodel :

> Li corps s'en va, l'ame demeure.

lépreux d'Arras. Par quels intermédiaires a-t-il bien pu arriver jusqu'à Froissart [1], puis continuer sa route après lui? Si la moralité de Jehan d'Abundance nous oblige à poser incidemment ces questions, c'est assez pour démontrer que malgré la subtilité du sujet, elle n'est pas sans intérêt pour l'histoire littéraire.

Récapitulons les faits acquis et les faits douteux. Il est matériellement démontré que la moralité rouergate non datée, et la moralité française écrite par Jehan d'Abundance entre 1540 et 1550 sont toutes deux imitées d'un sermon français célèbre, dont les origines, les sources et le succès prolongé ont été exactement déterminés. Ces deux imitations très fidèles présentent au début une particularité commune (requête de Nature humaine) laquelle ne se retrouve pas dans l'édition incunable du sermon de Denis Roce, d'où dérivent certainement les quatre autres éditions parisiennes et lyonnaises que nous avons pu collationner. Suivant toute vraisemblance il subsiste donc encore un autre texte ou une édition plus développée du sermon en litige, qui permettrait seule de résoudre toutes les difficultés, mais ces difficultés sont assez étroitement délimitées.

En effet : 1° le *Jugement de Jésus* rouergat est placé en tête de la compilation sous le numéro 8 dans les deux tables de matières, après l'Expulsion des vendeurs du Temple (n° 7), avant la Résurrection du Lazare (n° 9). Malgré sa place actuelle et son numéro d'ordre, ledit *Jugement de Jésus* n'a été rédigé qu'après la *Résurrection de Lazare* et inséré postérieurement dans la série, puisque son insertion oblige pour la représentation à supprimer la moitié de la *Résurrection du Lazare*, les raccords et les indications de

1. Froissart, *Poésies*, éd. Aug. Scheler, t. II, p, 413 :

Le corps s'en va, mès le coer vous demeure,
Tres chiere dame, adieu jusqu'au retour !
Mon doulc ami, adieu jusqu'au revoir.

Le premier refrain emprunté par Froissart a dû rester populaire, M. Emile Picot veut bien me le signaler sous une forme légèrement différente :

Mon corps s'en va et mon cueur vous demeure.

dans un recueil de poésies du xvie siècle, *L'Esperit trouble*, fol. Evij v°.

La même pensée devait être retrouvée plus tard par Métastase, comme l'a noté la *Bibliothèque du théâtre français* (des sécretaires du duc de la Vallière), t. I, p 118.

Partosi ma colte, resta il mio cor.

29

mise en scène le disent expressément [1]. D'autre part ce *Jugement
de Jésus* est tiré, comme nous l'avons vu, d'un sermon célèbre,
resté très longtemps populaire, et la première édition connue de
ce sermon : *Secundum legem debet mori*, avec la devise de Denis
Roce, *à l'Aventure*, se place aux environs de 1495. Le sermon lui-
même si souvent réimprimé serait-il de beaucoup antérieur à la
première impression connue? Cela n'est pas *impossible*, mais assez
peu vraisemblable. En tout cas la date que l'on choisira influera
forcément sur celle de la compilation rouergate tout entière.
Essayons de concilier cette indication avec celle de la paléogra-
phie. Si d'un commun accord l'écriture du manuscrit a été fixée
« aux environs de 1470 », et si matériellement nous avons déjà pu
la reporter après 1481, il est clair que ce déplacement ne saurait
être indéfiniment reculé.

2° En tout état de cause [2], la compilation rouergate n'a pu être
achevée qu'après 1481, après la publication de la traduction française du *Belial* si souvent réimprimée à Paris, à Lyon et ailleurs.
Cette date de 1481 n'est elle-même qu'une simple indication.
Le compilateur rouergat a pu lire la traduction de 1481 en l'une ou
l'autre des années suivantes, il a pu en lire une édition quelconque
puisque les réimpressions françaises ne diffèrent que par les fautes
d'orthographe et qu'il est impossible de choisir entre elles.

3° Ceci posé, la seule allusion historique de la compilation
rouergate prête à diverses interprétations. mais, comme on va le
voir, ces interprétations sont maintenant restreintes à une période
d'une trentaine d'années au maximum. Voici cette allusion historique dans la proclamation finale [3] par laquelle le compilateur
rouergat prend congé de son auditoire, p. 191 :

---

1. *Le Jugement de Jésus*, p. 60 v. 1571 (cf. p. 79, v. 2.107), fait deja note par M. Stengel.

2. Abstraction faite du sermon *Secundum legem debet mori*. Cf. le *Procès de Belial*,
p. 414 de ce livre.

3. Il convient de rappeler la note de M. Jeanroy, *Introd* , p. XXII, note 1. « Dans
la pensée de l'auteur, *Joseph d'Arimathie* devait primitivement clore le cycle, car il se
termine par une tirade de la *crida* qui devait marquer la fin de la representation ».
Les mystères de l'*Ascension* et du *Jugement général* qui dérivent, comme nous
l'avons vu, du même *Procès de Belial*, ont dû être composés après les autres morceaux, quand le compilateur rouergat a eu sous la main une des nombreuses éditions
françaises de la traduction française de ce *Procès*.

Dieu he la verges Maria
Guarde de mal la companiha
He ausi lo noble rey de Fransa,
La regina he tota sa poysansa,
Hoc, he *mossenhor lo dalphy*
Que puesqua mantener la flor del ly
He los vuelha gardar de trayso (v. 5327).

Quel est le dauphin ici désigné. Est-ce le fils de Louis XI et de
Charlotte de Savoie[1], le futur Charles VIII ? Est-ce le fils de
Charles VIII, Orland ou Roland pour lequel son père rêvait de si
hautes destinées et auquel il avait donné une « ystoire du tres
sainct Charlemagne »?[2] Ce dauphin là était mort à l'âge de trois
ans le 6 décembre 1495, et son frère Charles, le nouveau dauphin,
mourut âgé de vingt-cinq jours, le 20 octobre 1496. S'agit-il de l'un
ou de l'autre des deux fils de Louis XII qui moururent également
au berceau et « qui firent si peu de bruit qu'on ignore la date
exacte de leur naissance »[3] ? S'agit-il enfin du duc d'Angoulême,
le futur François I⁻ʳ, dont la situation resta si longtemps équivoque
puisque, au lieu d'être fils du roi, il n'était que son cousin avec
droit immédiat, il est vrai, à l'héritage de la couronne, mais droit
bien précaire, risquant toujours de lui être enlevé par une naissance imprévue? Par suite, ni les amis les plus intimes du jeune
prince, comme Fleurange, ni sa mère elle-même[4], malgré toute son
envie, ne l'appelèrent jamais le Dauphin, mais cette appellation
impropre ne tarda pas à lui être donnée par la voix publique, et
elle devint naturellement plus fréquente au fur et à mesure que ses
chances d'arriver au trône augmentaient. Dès 1503, dit-on, Louis
XII paraît lui avoir donné ce titre de Dauphin dans une correspondance officielle[5], il le porte encore, suivant toute vraisem-

---

1. Louis XI est mort le 30 août 1483 ; Charlotte de Savoie, le 1ʳ dec. 1483.
2. Conservée par la Bibliothèque Nationale, ms. fr. 4,970.
3. *Romania*, 1890, p. 117.
4. En 1502, après la mort d'un fils d'Anne de Bretagne, Louise de Savoie écrivait
encore dans son *Journal*: « Il ne pouvoit retarder l'exaltation de *mon Cesar*, car il
avoit faute de vie. » — Ce texte m'a été indiqué par mon collègue, M Hauser, qui
prepare une édition critique du *Journal*.
5. « En 1503, Louis XII offrit au choix du duc de Calabre... ou sa propre nièce, Mlle
de Foix, ou Marguerite d'Angoulême qu'il décorait du nom de *sœur du Dauphin*
Il echoua contre la candidature de Catherine d'Aragon. — *Sanuto*, V, 590, Lyon, 11

blance, la même année, dans le prologue du mystère briançon-
nois de Saint Anthoine de Viennès « achevé de copier le 9 février
1503 »[1] et c'est certainement lui que nous retrouvons en 1504 dans
une poésie allégorique du Normand Pierre Tasserye, *le Pelerin
passant*[2]. Sous prétexte de chercher un gite, notre pèlerin passe
en revue toutes les grandes maisons de France, à commencer par
celles du Roi et de la Reine, en leur donnant pour enseigne les
armoiries vraies ou fictives qui les illustrent :

> De là m'en alay au *Daulphin*
> En une hôtèllerie fort belle.
> Y entrai bauldement afin
> Que quelc'un doulcement appelle ;
> Mais le maistre estoyt en tutelle,
> Ainsy que je fus adverty.
>
> . . . .
>
> Arriver vins au *Chapeau Rouge*[3]. . . . .
>
> . . . .

A partir de 1504, les mentions deviennent plus explicites, témoin
celle-ci qui est insérée dans le « rondeau pour finable envoy » du
Contreblason[4] *de faulses amours* écrit en 1512 :

---

décembre 1503 ; cf. Sandret, *R. des Questions hist.*, 1873, p. 206 ». Cite par M. de Maulde
de la Clavière, *Louise de Savoie et François I*, Paris, 1895, p. 151. Je n'ai pu contrôler
la référence de Sanuto.

1. Ed. par l'abbé P. Guillaume, Paris, Maisonneuve, 1884, p. 2.

Car nous nos en someten a la ordenanso	Plaso a Diou, per sa marci,
Dal noble ecelent Rey de Franso,	Que li donc longe vio
Y a nostre segnor lo Dalphin.	E li mantegno sa segnorio.

Ce texte est équivoque, et l'on peut se demander si le mot *copiata* désigne la mise
au net d'un mystère nouveau, ou la copie d'un texte antérieur. La première hypothèse nous paraît la plus plausible, mais en tout cas, il n'y a point de doutes pour le
Pèlerin passant.

2. *Le Pèlerin Passant*, réimprimé par Ed. Fournier dans le *Théâtre Jrançais avant
la Renaissance*, p. 275. Le *Pèlerin* fait allusion a la mort récente de Pierre II, duc de
Bourbon, décédé le 8 octobre 1503 ; sa fille Suzanne de Bourbon n'est pas encore
mariée au futur connétable, Charles III, duc de Bourbon, qu'elle devait épouser le
10 mai 1505. Le *Pèlerin Passant* est donc très vraisemblablement de l'année 1504.

3. Le cardinal Georges d'Amboise qui fut preposé à la tutèle du jeune duc d'Angoulème, ou du « dauphin » ici désigné et qui mourut en 1510.

4. Signalé par M. Em. Picot, *Romania*, 1890, p. 117, et dans son édition de Guill.
Alexis, 1896, t. I, p. 276.

Le dernier fils d'Anne de Bretagne et de Louis XII est mort-né aux environs du 21

Vive Loys de Vallois, roy de France,
Vive la reyne et vive le daulphin !
Vive Claude, seule daulphine en France,
Vive Loys de Valoys, roy de France.

Dès lors les textes analogues deviendront plus communs jusqu'au jour où la reine Anne de Bretagne meurt (9 janvier 1514), et où François Ier, roi de France, devient lui-même père d'un nouveau dauphin, lequel, fiancé peu après sa naissance (28 février 1517), ne prête plus aux confusions. Voici d'ailleurs à son sujet un dernier texte utile à rapprocher du mystère rouergat, puisqu'il contient les mêmes formules :

Dieu doint bonne vie au bon roy François,
A la bonne royne, a son bon conseil,
A la compaignie qui estes icy,
Et aux trespassez Dieu face mercy !
Alleluya, alleluya, alleluya, Kyrieleyson,
Christe eleyson, Kyrieleyson, Christe audi nos.

A nostre daulphin, a tous bons francoys,
A son accordee, dame des Angloys,
Que Dieu par sa grace leur doint tant regner
Que les voye en F[r]ance tous deux couronnez. etc.

On le voit d'après cette énumération, les probabilités pour le dauphin désigné dans le mystère rouergat de *Joseph d'Arimathie* sont à peu près égales pour le fils de Charles VIII, Orland (1493), et pour le duc de Valois ou le futur François Ier, mais les noms extrêmes ou les intermédiaires de la liste ne sont pas radicalement éliminés. La date extrême des mystères rouergats ne sera plus exactement déterminée que si l'on retrouve soit le sermon anonyme

---

janvier 1512, et désormais la situation du duc d'Angoulème, François, est assurée. Il est probable qu'une traduction de *Saint Jérôme* (B. Nat. fr. 421) a été dédiée à sa mère Louise de Savoie vers ce temps. On lit dans la dédicace : « A monseigneur vostre filz qui est aujourd'hui *le daulfin de France*, très beau, jeune et vertueux prince ». Cité par M. de Maulde.

1. S'ensuyt une tres belle salutation faicte sur les sept festes de Notre-Dame... avec l'*Alleluya*, du jour de Pasques et avec ce les Graces à Dieu en francois (Bib. Nat. Réserve Ye 301), signalé par L. Delisle (*B. de l'Ecole des Chartes*, 1900, p. 598).

Secundum legem debet mori imprimé dans un recueil de sermons signé et daté, soit, ce qui est peut-être plus facile, si l'on retrouve l'édition perdue de ce sermon qui paraît avoir été copiée successivement par le compilateur rouergat et le basochien Jehan d'Abundance. Il s'agissait « de reconstituer la physionomie et de retrouver les sources du livre rouergat »[1] ; c'est fait ; d'en fixer rigoureusement la date ; ce n'est pas encore fait. Notre enquête se terminera donc par un point d'interrogation. et c'est le cas de répéter la devise du libraire Denys Roce : « *Tout vient à point qui peut attendre.* »

1. Mystères rouergats. *Introduction*, p. IX.

CONCLUSION

Quelques mots suffiront pour résumer le petit nombre de faits qui ont pu être ajoutés à la masse commune. Ce livre n'est qu'un essai de classement des mystères de la Passion, un effort en vue de substituer l'ordre logique à celui des notices détachées ou des groupements artificiels. Pour établir cet ordre, il a fallu discuter des méthodes adverses qui supposaient le problème résolu, et proposer d'autres moyens de classement. De là l'étude des sources légendaires et théologiques, l'analyse détaillée des mystères connus, la recherche de documents nouveaux dont on s'est bien gardé d'exagérer l'intérêt.

La dernière histoire complète des mystères français[1] disait en 1880 : « Les textes dramatiques sont en grande partie connus ; la liste n'en saurait être beaucoup grossie désormais : la plupart des bibliothèques ont été explorées avec soin ; il n'est pas probable qu'elles cachent encore beaucoup de pièces inconnues appartenant à notre vieux répertoire. » — Rien de plus juste, et comment ne serait-on pas tenté d'ajouter : « Quelques mystères inédits de plus ou de moins que peuvent-ils bien faire à l'affaire ? » — En fait pourtant, n'étaient-ce pas précisément ces mystères inédits ou analysés trop vite qui permettaient de relier entre elles les pièces connues ? Et pour expliquer ces mystères eux-mêmes ne fallait-il pas recourir bon gré, mal gré, aux légendes et aux commentaires théologiques très longs, très ennuyeux, qui n'ont le plus souvent d'autre utilité apparente que d'interpréter telle ou telle œuvre d'art, mais qui en réalité ont supporté toute la Passion du moyen-âge ? Le moyen d'écarter ou de restreindre des hypothèses gênantes comme celles de MM. Wilmotte et Stengel, sinon par des textes ? C'est toute l'explication des documents qu'on a essayé d'ajouter à tous ceux qui ont été publiés depuis 1880.

1. P. de Julleville, *Les Mystères*, t. I, p. 15.

Grâce à eux, dans cette masse confuse et uniforme des mystères de la Passion si loin de nous (guère plus que les tragédies du seizième ou du dix-huitième siècle), quelques groupes rationnels se sont dessinés. La *Résurrection* française de la fin du XIIIᵉ ou du commencement du XIVᵉ siècle a été réunie à la *Passion* d'Autun ; elle recevra peut-être une autre désignation ; mais en tout cas elle est complétée et sera publiée *in extenso*. Avant les mystères Sainte-Geneviève est venue se placer cette *Passion* de la bibliothèque de Charles V que tous les historiens des mystères avaient oubliée et qui se retrouvera peut-être quelque jour. La *Passion* Sainte-Geneviève elle-même n'est plus restée isolée ; elle a bien été imitée en province, comme on l'avait conjecturé, et, ce qu'une première tentative n'avait pu établir, une seconde l'a fait. La *Passion* bourguignonne de Semur, imitée de la *Passion* Sainte-Geneviève, nous a montré sur le fait comment s'étaient formées les grandes Passions du quinzième siècle qui succèdent aux compilations de pièces détachées, et qui dérivent toutes au premier ou au second degré, sauf celle d'Amboise, de la *Passion* d'Arras. La *Passion* d'Auvergne à son tour est venue s'ajouter à la *Passion* Didot signalée par M. Jeanroy, pour relier le théâtre du Nord à celui du Midi et expliquer les mystères rouergats. Il s'est trouvé enfin que les sources de ces mystères méridionaux cherchées dans divers pays étaient justement des œuvres connues, admirées et imprimées jadis dans tous les pays de l'Europe. Le principal de ces textes n'a cessé d'être réimprimé jusqu'au dix-neuvième siècle inclusivement. Ainsi l'abondance stérile des mystères de la *Passion* a pu être réduite à un petit nombre de types qui dérivent eux-mêmes d'un petit nombre de sources.

Ces faits démontrent que, même sur un sujet rebattu en tous sens comme le théâtre du moyen-âge, il conviendra longtemps encore de chercher des textes, au risque des erreurs et des pertes de temps. Le classement proposé aurait été plus complet si l'on avait pu y faire entrer un mystère daté du quatorzième siècle se rattachant directement aux mystères Sainte-Geneviève. Ce mystère du XIVᵉ siècle, le *Jour du Jugement* de la Bibliothèque de Besançon, a été publié, mais avec une interprétation historique erronée sur laquelle on s'est expliqué. Cette erreur réparée dans la mesure qui m'est possible, il subsiste entre le *Jour du Jugement* et les mystères Sainte-Geneviève des ressemblances générales qui dénotent combien le genre des mystères était déjà développé au xiv⁰ siècle, et ce développement. a dû laisser d'autres traces, d'autres textes. Leur recherche pourra tenter ceux qui reprendront ce sujet et qui essaieront encore une fois de compléter l'histoire de la Passion et celle de la Confrérie de la Passion avec des documents nouveaux.

TEXTES

LA PASSION DE J. DE LENDA

LA *LICENTIA CHRISTI A MATRE*

LA PASSION *SECUNDUM LEGEM DEBET MORI*
imprimée par Denis Roce

LA MORALITÉ NOMMÉE
SECUNDUM LEGEM DEBET MORI

PASSION DE J. DE LENDA

Q. preclari profundissimiqz || sacre pagine interp[re]tis necno[n] diuini verbi preconis || viuacissimi Magistri *Jacobi de Lenda* ex ordine mi || norum *sermones quadragesimales* miris et specula || bilibus praticisqz materiis qz luculenter inserti p[re]di || catoribus o|mn]ibus non mediocriter utiles et necessarii || claro et ornatissimo stillo qz feliciter exordiuntur.

Impressi *Parisius* per magistrii Felizez *balligault* e diuerso Collegii remensis comorantem. Anno dni quadringentesimo nonagesimo nono supra mille die vero quinta mensis februarii (1499-500 n. st.) in-4°. (B. de Besançon. Cat. des Incunables, p. 487, n° 636; item, Dijon, 2375; Douai, 1786 ; Paris. Bib. Nat. Réserve, D. 8, 422 (Edit. de Jean Petit, 1501).

Sermo. Feria sexta in die passionis Christi [1].

(Folio lxiij, verso, col. 1 a fol. lxxij r, col. 2).

Propter scelus populi mei percussi eum, *Ysa.* lii : ad laudem sanctissimae ac piissimae passionis recitantur haec verba....................

Primo quaeritur quaestio theologalis, quae est in Tertio *Sententiarum* [2], distinctione secunda : « Utrum necessarium fuerit naturam humanam reparari per passionem Jhesu Christi ».

Sequuntur quatuor conclusiones.

Pro declaratione causae formalis passionis Jesu Cristi qua terminatur praesens sermo qui dividetur in septem partes secundum quod dicimus septem horas canonicas (fol. lxiiii v°, col. I).

Primo incipiemus in coena. — Secundo in[h]orto. *Tertio in domo judicum.* — Quarto in monte Calvariae.

[*Tertio in domo judicum*].

(Folio lxviii verso)

Quatuor facta sunt in domo Pylati.

Primum est quod electio de duobus assignatur.

---

1. Ci-joint un extrait du sermon très suffisant, pour qu'on puisse apprecier le sens et la place de l'épisode principal et le contexte. Le jugement chez Pilate occupe bien ici la même place que dans la *Passion* de Revello.

2. Pet. Lombard et S. Thomas d'Aquin, *Somme,* P. III, Q. 46, ed. Migne, t. IV, p. 415.

Secundum est quod secundum legem debere mori judicatur.

Tertium est quod corona spinea capiti apponitur.

Quartum est quod a Judaeis illuditur et cum arundine flagellatur et deinde Judaeis sic ostenditur.

Quantum ad primum, dicit Pylatus magna interrogando, quamvis bene sciret quod Judaei eum tradiderant ex invidia; quaesivit Cristo : « Unde es tu? esne rex Judaeorum ». Cristus non respondit ei verbum [1]. Tunc dicit ei Pylatus : « Nescis quia potestatem habeo dimittere te ? » Tunc respondit Cristus : « Non haberes potestatem adversum me ullam, nisi datum esset tibi desuper [2] ». Nota quod omnis potestas a Domino Deo est. O qualis dignitas justitiae! Illi enim servatur jus Dei et hominum. et propterea dicit Cristus : « Qui me tradidit tibi majus peccatum habet [3] », et exinde quaerebat Pylatus dimittere eum. sed Judaei infestabant eum, dicentes : «Si dimittis hunc, non eris amicus Caesaris, quod omnis qui se regem facit, contradicit Caesari » [4]. O quale peccatum assignabant sibi ! Sed tunc Pylatus voluit inquirere de causa. Sed multi faciunt sicut equus Alexandri, qui dictus est Bucifal. Vide hystoriam supra ; credunt tales habere auctoritatem a se ipsis et sunt ita superbi quod nullus audet eis dicere verbum, sed, cum depositi sunt de officio, quilibet loquitur cum eis ; unde Pylatus volens eum eripere de manibus Judaeorum et remittere eum, dicit eis. « Est consuetudo quod unus dimittatur vobis in pascha ut liberetur. Vultis ergo ut dimittam vobis regem Judaeorum ? » Dixerunt : « Non hunc, sed Barraham [5] ». — Erat autem Barrabas latro. O ! innocens petitur pro morte sustinendo (sic) et reus dimittitur ! Nec mirandum est si hodie sint multi tales qui sic faciant in omnibus curiis.

Dixerunt Judaei : « Nos legem habemus et secundum legem debet mori[6] ». Nota[7] quod triplex est lex, scilicet naturae, scripturae et gratiae, et secundum omnes istas leges debet mori, et primo in lege naturae, quamvis divina Innocentia excuset eum a morte, tamen Caritas dominatur, et in ista curia qui dicunt quod debet mori ; ideo tres judices magni eum condempnant. Primus judex est Adam dicens : « ego condemno eum ut moriatur in ligno crucis, ut reparatio fiat quod in ligno fuit facta offensa ; ideo in ligno debet reparari ». Secundus judex, scilicet Noe, dicit : « Ego judico eum mori in cruce et, cum hoc, volo quod sit nudus, quia ego dormivi nudus, et fui derisus a filiis ; hoc erat figura quod Christus sic nudus debebat illudi et deridi » (sic). Tertius judex est Abraham

---

1. MARC., XV, 4, 5.

2, 3, 4. JOANN., XIX, 9, 10, 11, 12.

5. MATTH., XXVII, 15-17.

6. JOANN., XIX, 7.

7. En manchette : Tres sunt leges et secundum quamlibet Cristus judicatur mori.

qui dicit : « Judico eum ad portandum crucem in qua morietur usque ad montem, ut fecit filius meus qui portavit ligna, ex quibus debebat fieri sacrificium de eo Deo, ut patet *Genesis* vigesimo secundo. Quartus judex est Joseph, filius Jacob, qui judicat eum mori, cum traditur et venditur a fratribus suis. — Et tunc videns Judas quod judicatus jam esset, quia in ore duorum vel trium stat omne verbum, videns igitur quod lex naturae condemnat Cristum in cruce poni et nudum, et vendi a discipulis, et tradi Pylato a fratribus suis et cognatis [1]...........................

Secundo [2] lex scripturae adjudicat eum mori, unde judices fide dignos dabimus sibi, et primus est David. Dicit David : « Ego condemno eum ut alii fecerunt, et, cum hoc ad plus, scilicet quod sit crucifixus, et manus et pedes sint perforati in cruce quia scriptum est : « *Joderunt munus meas et pedes meos et dinumeraverunt omnia ossa mea* [3] ». Secundus judex in lege scripturae est sapientissimus Salomon : *Sapientiae* secundo, « *morte turpissima condempnemus eum* [4] » ; mors enim Christi fuit turpissima inter omnes. Tertius judex fuit Jeremias, sanctificatus in utero matris : ait enim : « *Et cum sceleratis deputatus (sic) est* [5], non a dextris nec sinistris, sed in medio ». denotando quod est pejor istis duobus qui sunt latrones mali.

Tertio [6] lex gratiae condemnat eum ut quattuor Evangelistae, nam.... euntes in Hierusalem dicit Matheus [7] : « Filius hominis tradetur et crucifigetur, et conspuetur, et flagellabitur ». Sed dicit Pylatus : « Non curo de illis legibus, quae condempnant ad mortem ; corripiam eum et dimittam eum [8] ». Unde Augustinus ; « Quare si justus es[t] corripis eum ? Si injustus est, quare dimittis eum ? » Dicit Pylatus suis servitoribus : « Exuatis ei tunicam ». Tunc denudaverunt corpus sanctissimum Jesu Christi et ceperunt funiculos valde acres qui erant de scorpionibus, et sex magni ribaldi fatigaverunt se in verberando eum, in tantum quod sanguis exibat ab omni parte corporis sui, et fuerunt sibi datae plagae tot quot continentur in isto versu :

> Quindecies quinque bis centum milia quinque,
> Tanta fuit passus pro nobis vulnera Cristus.

---

1. La phrase est inachevée dans l'imprimé.
2. En manchette : *Lex scripture*.
3. *Psal.*, XXI, 18
4. *Sap.*, II. 4 Vulg.
5 En réalité ce texte n'est pas de Jeremie : les mots en italiques sont d'Isaie, LIII, 12, et encore cites inexactement d'apres MARC, XV, 27 : « Et impleta est scriptura quae dicit : *Et cum iniquis reputatus est.*
6. En manchette *Lex gratie.*
7. MATTH., XXVI, 2. — Phrase tronquée et inachevée dans l'imprimé.
8. LUC., XXIII, 22.

PASSION DE REVELLO (1490)

Au débat que l'on vient de lire, comparer la discussion analogue, presque identique, des docteurs juifs devant Pilate dans la *Passion* italienne de *Revello* (1490).

Texte. *La Passione di Gesù Cristo*, rappresentazione sacra in Piemonte nel secolo XV, edita da Vincenzo *Promis*, Torino, Bocca, 1888, in-4° — (p. 387, v.' 1810 et sq. (Et dica *Jonathan*).

Paris. (B. Nat. Réserve Yd 5).

La dite scène est : 1° analysée avec de longs *extraits* par M. Alessandro d'Ancona, *Origini del Teatro Italiano*, 2ᵉ edizione, Torino, Loescher, 1891, t. I, p. 325-327.

2° Commentée par G. Paris, *Journal des Savants*, 1888, p. 517.

LICENTIA CHRISTI A MATRE

Analyse de M. Francesco Torraca, *Studi di Storia Letterana Napoletana* (In Livorno, coi tipi di Franc. Vigo, editore, 1884, in-8°).

Id. *Sacre Rappresentazioni del Napoletano*, pp, 39-41.

Cf. l'analyse des *Origini del Teatro italiano*, t. I. p. 351, 353.

Assai curiosa è la *Licentia Christi a Madre*, del Ciarrafello. La Carità e l'Innocenza disputano fra loro, perchè quella vuole Cristo compia la sua missione, e l'altra nega possa morire un giusto senza colpa. A decidere chiamano la Natura. Essa. prima di sentenziare, vuole aver tempo, domanda consigli da Adamo, da Noè, da Abramo. Adamo chiede che le proprie pene cessino una buona volta ; muoia, quindi, il Messia. Noè soggiunge ch'egli piantò la vigna solo come figura del Messia ; per Abramo, il sacrificio del figliuolo fu, anch'esso, figura della morte di Cristo ; Giaccobbe afferma che la scala vista da lui

vuol notare
La Croce ch'al morir devea portare.

Doppo tutto ciò, la Natura giudica che, per dimostrare veridiche le Sacre Carte, Cristo debba morire. L'Innocenza si oppone, ma i suoi argomenti sono confutati dalla Carità. La Natura, impicciata, si rivolge a Cristo medesimo, il quale afferma dover morire per *pietà* e per frenare il crudo inferno. In tal caso, salta su Giuseppe, sarà verificata la figura mia che fui venduto dai fratelli miei.

La Natura sentenzia :

Tu non morirrai Signor per colpa alcuna
ma morrirai per noi salvar....

Maria Vergine si lagna della sentenza : sorda alle persuasioni del figliuolo, cerca altro giudice, e proprio la *Scrittura*. Costei vuole rispettate le forme :

Giudicarrò, ma per sententiar bene
io mi protesto avante a questa gente
ch' ad noi procurator aver convene
actal le parte siano ben contente
habbi per te Maria Fidelitate
la qual procura contro a Charitate.
Tu Charita che cerchi il tuo dovere
habi procuratrice Veritate
noi altri per servir et ben volere
quest' anime daremo examinate
lasciando molte e d'infinite schiere
chiamerrem quelli posti in sanctitate
Salomone David et Esaia
Et faccia lo processo Hieremia.

Anche questa volta la sentenza è sfavorevole alla Vergine, che se ne appella al Tribunale della Grazia.

Le ragioni sono sostemute, pro' e contro, da due altri avvocati, Equità

30

e Giustizia. La Grazia conchiude : — Cristo deve morire. Ed egli, ora-
mai, vorrebbe accommiatarsi ; ma la Madre lo trattiene, finchè non fugge
spaventata all' appressarsi' della Morte. Questa pur chiedendo scusa,
annunzia a Cristo che la fine di lui è prossima. Egli le consiglia di non
esser poi tanto fiera, le rimprovera di aver fatto paura a Maria. La Morte
si allontana cantando :

> . . . .
> Jo paio secca scorza
> corpo squallido e macro
> horrendo e simulacro
>   spaventoso
> Ma pur giamai riposo
> scorrendo il stato humano
> con questa falce in mano
>   aspra e adoncha
> Da me ciascun si tronca
> prencipi e gran Signori
> Monarcha e Imperadori,
>   ogni persona
> Popul l'orecchie dona
> a questo parlar mio
> manco al figliuol de Dio
>   io la perdono.

Cristo manda Giovanni a consolare la Madre, la quale ritorna afflittis-
sima ; il figliuolo le chiede il permesso di lasciarsi uccidere. Due fan-
ciulli gridano a Maria ; *Miserere*, lascia che ci salvi ! Ed ella, facendo
forza a sè stessa, benedice Gesù e cade tramortita. Giunge la turba de
Giudei, e lo menano via. La Madre rinviene ; vedendosi sola, s'abban-
dona al suo dolore.

PASSIO SECUNDUM LEGEM

Editions.

1° Passio secundum legem, Parisiis, Denis Roce, s. d. — In-8°.
F. 1 r°. *Titre* : Secundum legem debet mori io‖hannis decimo-
nono. ‖

Marque typograph. de « Denis Roce » *A l'aventure* (Silvestre
343).

(Id. v°). Secundum legem debet mori ...
Cum considero statum universu[m].

(F. 16, v°, l. 15). Explicit passio secundum legem. ‖
Caract. goth. pet. 16 ff., 33 ll. i., s. ch. n. r. Sign. a-b.
Filigr. : Main ouverte.

Bibl. de Besançon, Incunables p. 573, n° 752; Lyon, n° 463; Paris,
B. Nat. Réserve, D, 51, 849.

2° Secundum legem debet mori (Saint-Jean; XIX, 7). Paris,
Denis Roce (1499). In-8.

(F. 1. ‖ Titre, gros texte). *Secundum legem debet mori* ‖
Iohannis decimo nono. ‖ 3ᵉ Marque de Denis Roce : *A l'avanture
Tout vient a point qui peut atendre.*

(Verso). *Secundum legem debet mori.* ‖ *Iohannis decimo nono.*
‖ (Petit texte). *Cum considero statum universum reperio.*

‖ Fin. *Explicit passio secundum legem.* ‖

Un volume in-8° sur papier, caractères gothiques, 27 lignes
longues par page, sans rubriques, 16 folios, reliure du XVIᵉ siècle
en vélin blanc. Provenance de Sorbonne.

Bibliothèque Mazarine, Incunables, p. 592-3, n° 1041 ²ᵉ ᵖ· (924 ²ᵒ ᵖ·).
Le catalogue attribue cette édition non datée à l'année 1499.

3° Secundum legem debet mori : Johannis decimo nono (In
fine : Explicit Passio secundum legem. Impressum est hoc opuscu-

lum Lugduni per Iohannem Galli anno d[omi]ni ᴍᴄᴄᴄᴄɪɪɪ (*sic*) die
vero xvɪɪɪ januarii (1504).

« Un volume in-24 de 16 feuillets à 2 col. pet. car. goth. (grav.
sur bois représentant Jésus-Christ crucifié et entouré des Saintes-
Femmes).

Cette édition est longuement décrite dans le *Bulletin du Bibliophile*, 1860, p. 1494; le *British Museum* en possède un exemplaire
sous la cote 3833 *aa*.

4° *S c d m legez dz* || *mori Iohannis decimo nono.* || A la tin :
E[x]plicit passio Scdz lege[m]. *Impress* = || *sum Lugduni per* ·
Petru[m] Marechal : || *E[t] Barnabam Chaussard. Anno d[omi]ni*
|| *Millesimo q[uin]gentesimo undecimo* || *tertia die Decem-bris.*
[1511].

Un volume in-8° sur papier, caractères gothiques. 27 lignes
longues par page, sans rubriques, 24 feuillets non chiffrés. —
Folio 1, bois représentant le Christ en croix entouré d'un côté de
la Vierge et de saint Jean. de l'autre, de soldats.

Bibl. Nationale, Réserve, D. 57,882.

5° Sᴇᴄᴜɴᴅᴜᴍ ʟᴇɢᴇᴍ ᴅᴇʙᴇᴛ ᴍᴏʀɪ (S. Jean, XIX, 7). S. l. n. d.
In-4°.

(F° 1) || (gros texte) *Secundum legem·debet mori.* Iohannis
XIX. || Cum considero statu[m] universu[m] reperio q[uod]
totu[m] t[em]p[u]s a principio mu[n]di p[er] totu[m] t[em]p[u]s... ||
(*Fin.*) est p[ro] nobis salvandis. Explicit passio s[ecundu]m
legem. ||·

Un volume in-4° sur papier, caract, gothiques, 29 lignes longues,
sans rubriques, 7 folios, reliure du xvɪᵉ siècle en vélin blanc.

Bib. Mazarine, Incunables, catal. p. 741, n° 243 ɪɪ° ᴘ. (252 ɪɪ° ᴘ.).

PASSIO SECUNDUM LEGEM [1]

DEBET MORI (IHOANNIS DECIMO NONO)

---

[1]Cum considero statum universum, reperio quod totum tempus a 1 vᵒ. principio mundi per totum tempus usque modo fuit servatum et rectum per tres leges [2], scilicet primo per legem Naturae ; et ista lex duravit usque ad Noe et Moysen ; secundo per legem Scripturae, et duravit usque ad adventum Domini nostri Iesu Christi ; tertio per legem Gratiae, et ista durabit ab adventu Domini usque ad judicium generale. Unde, et si consideremus quae et qualia fuerunt facta tempore istarum legum, poterimus clare videre qualiter in qualibus istarum trium legum facta est mentio de morte Christi et Passione ejus. Et ideo secundum quamlibet potest dici quod *secundum legem debet mori* :

Primo, Naturae, mors Christi fuit praefigurata.

Secundo, In lege scripta mors Christi fuit prophetisata.

Tertio, Gratiae, mors Christi fuit finita.

Dico primo quod mors Christi et passio ejus fuit in lege Naturae figurata et ideo secundum legem debet mori. Et quod hoc sit verum apparet ex eo quod, quum aliquis secundum legem humanam et naturalem adjudicatus est ad mortem, in sua defensione est assignatus judex et advocatus pro utraque parte. Modo sunt hic plures viri sapientes ut cognoscant [3] si talis debeat mori secundum rec-

---

1. Pour la réimpression de cet incunable, on a suivi naturellement la plus ancienne édition, c'est-à-dire la *Passion* in-8ᵒ imprimée par Denis Roce, sans date, avec la devise *A l'Aventure*, et on l'a comparée aux éditions suivantes qui malheureusement la reproduisent sans changements. On a resolu les abréviations gothiques, très penibles dans ce petit livret si serre, et de plus, on a quelquefois corrigé l'orthographe defectueuse, suppléé les mots absents entre [ ], enfin indiqué les sources et les citations très nombreuses quand on l'a pu. Les citations à peu près exactes ont été seules imprimées en italiques. Il était inutile d'en faire autant pour tous les versets plus ou moins tronques des quatre Evangiles canoniques, faciles à reconnaître.

2 Sur ces trois lois, voir la citation précedemment donnée, p. 444, n. 2, de Vincent de Beauvais, *Spec. Natur.*, lib. XXX, cap. xxiii, col. 2415-2416.

3 Imprime : *cognoscunt.*

tam justitiam, ut sententia detur licita. Simili modo possumus videre quod secundum legem Ihesus debet mori. Assignemus ergo judicem in sua causa, et advocatum in parte sua, et ex alia parte, scilicet humani generis, assignemus sibi iudicem et advocatum, et insuper assignemus consiliarios et advocatos et peritos. Nunc autem ordinemus sic judices in causa ista. Sunt quattuor patriarchae in lege naturae, scilicet Adam, Noe, Abraham et Iacob. Consiliarii autem sunt quatuor filii Israel et filii Iacob, et loquitur Ioseph pro omnibus fratribus suis. Item advocatus ex parte Christi est pura Innocentia ; ex parte generis humani est Caritas [1].

2 r°.   His sic ordinatis, interrogentur iudices et prior Adam : « Adam, quid dicis de Iesus ? » — Respondet : « In ligno debet mori. » Secundo, Noe : « Quid dicis de Iesus ? » — Respondet : « Nudus debet mori. » — Tertio, Abraham : « Quid dicis de Christo ? » — Respondet : « Quod in cruce debet mori. » — Quarto, Jacob : « Quid dicis de Christo ? » — Respondet : « Quod in monte Calvariae debet mori. »

Primo igitur respondet Adam quod in ligno debet mori et probat sic : « Ego peccavi, et in ligno offendi Deum Patrem in ligno vitae per unicum peccatum. Ergo debet fieri satisfactio in ligno ut melius respondeat culpae. Unde Gregorius in *Praefatione* [2] « Qui in ligno vincebat, per lignum quoque vincetur per Christum Dominum nostrum ».

Noe autem respondit : « Pro toto mundo debet mori, et ideo est hujus figura quod ego fui figura Christi, tempore quo plantavi vineam primam, et bibi de eodem vino, et propter ardorem vini fui nudatus, et spoliatus [3], et derisus a filio meo majori. Cum ergo Christus, cujus ego sum figura, sit ille qui nimio ardore cordis et caritatis quam habet ad genus humanum sit complementum hujus figurae, certe debet mori nudus et in cruce positus.

Tertio respondit Abraham : « Christus debet portare crucem in collo ad montem et sic probat per illud *Genesis* [XII, 2] capitulo :

---

1. *Le Jugement de Jesus* rouergat, p. 28, v. 690, place en tête un long discours de Charite, v. 690 à 753 qui manque dans le Sermon, tout le reste est semblable dans les deux textes.

2. Ip : *Prefactione*.

3. Ip : *Vinceretur*. — Cf. le *Jugement de Jesus* rouergat, p. 34, v. 859, [o]ù l'origine de la citation n'est pas donnée.

« *Temptavit Deus Abraham et dicit illi* : « *Tolle filiam tuam quem diligis, Isaac.* » Concludit Abraham dicens : « Sic nolui filio meo parcere, propter nimium amorem quem habeo cum genere humano, immo potius tradere eum ad mortem, et portare crucem suam poenitentialem pro humano genere, et hoc est quod beatus Paulus dicit quod « proprio filio suo non pepercit, sed pro nobis omnibus tradidit illum » [1].

Quarto respondit Jacob quod in monte Calvariae debet mori, cujus ratio est : « Quum fugiebam persecutionem illius reginae Iesabelis, uxoris Agab, regis Samariae, veni ad montem Syon circa montem Calvariae et ibi posui unum lapidem capiti meo [2] et vidi scalam, cujus sommitas (*sic*) caelos tangebat et ibi ego prophetisavi de templo, et ibi edificavi altare Domino Deo. Haec enim scala quam vidi nihil est nisi crux Christi ubi debet mori propter genus humanum, quod, sicut per quamdam scalam ascendimus alte, ita peccatores omnes ascendunt ad gaudia · Paradisi, quando ascen- 2 v°. dunt scalam penitentiae ». et ista est ratio de Iacob. Ex istis quattuor rationibus concludunt isti quattuor judices dicentes quod Christus debet mori.

Nunc restat videre quid dicat advocatus [3], Christus debeat mori vel non. Et dicit quod non, nec debet tantam injuriam pati, assignans rationem. Ille qui natus est innocens et sine peccato non debet mori, nec ad mortem adiudicari. Christus est hujus modi. Ergo, etc. [non debet mori]. Patet per Petrum, I. Petri (epistola), secundo capitulo : « *Qui peccatum non fecit, nec inventus est dolus in ore ejus.* »

Nunc autem respondet secundus advocatus, scilicet Caritas, ex parte generis humani ad istam rationem, sic dicens : « Certe Christus debet mori, probatur sic, et hoc secundum legem charitatis. « Quilibet debet facere proximo suo quod vellet sibi fieri. Sequitur si Christus esset peccator, quod est impossibile, vellet subveniri et juvari et redimi, ergo alteri, scilicet humano generi, debet subve-

---

[1] *Rom*., VIII, 32

[2] *Genesis*, XXVIII, 12 La réponse de Jacob, mal conservee dans le Mystère rouergat, p. 35, est ici complète. Mais j'ignore comment Jezabel a été mêlee au songe de la Genèse.

[3]. Cet avocat est l'*Innocence*. Le *Plaidoyer* est conforme dans le M. rouergat, p. 31, v. 765-781.

nire quoniam nisi per Christum non poterat fieri. Ergo Christus
vere debet mori. Secundum respondeo, et veraciter ex alia parte,
quod Christus de proprio peccato ejus non debet mori, quod nullum commisit, ut supra amplius, sed pro peccato alterius, scilicet
sui proximi, cum sua propria malicia peccavit, debet mori. Secundum ergo istam legem debet mori, aliter non. »

Post haec inceperunt loqui quattuor judices Christi, et inquiunt
sic : « Ecce, Domine Iesu, tu non debes mori. Noveris quod advocatus tuus venit ad nos qui sumus judices, dicens quod tu non
debes mori. Vis audire quid dicunt consiliarii? », — et loquitur
unus pro omnibus filii[s] Iacob, scilicet Ioseph ». Respondet, Christus : « Mihi placet », — et locutus est Joseph : « *Dimitte*, debet
mori et a discipulo suo pro triginta denariis venumdari. Ratio est
haec : Ego fui traditus a fratribus meis Ismaelitis et venditus triginta denariis argenteis, unde scribitur « *Venditur in servitium
Joseph livore suorum* ». Cum igitur fuerim figura mortis ejus,
ut figura finiatur et terminetur, ipse capietur, venumdabitur et
morietur, eo quod figura est posita. »

His auditis, vertit faciem suam ad matrem dicens : « Ecce mater
quae et qualia opponunt mihi, et ea habeo sustinere propter primos
parentes. O quali morti sum ego adiudicatus ! Ecce Judas cui
tanta bona feci, quomodo me tradet in manus peccatorum pretio
3 r°. triginta denariorum ! » Tum Virgo Maria, auditis his verbis filii
sui, vertitur versus filium suum coram[1] et sic parentibus suis
loquitur : « O Adam, o Eva[2], primi parentes vos estis. Eva sic
sprevisti praeceptum Domini, et transgressi estis, cum sit Deus
meus, et hoc propter peccatum vestrum, heu ! filius meus turpissima morte moritur ! O quam amarus fuit fructus ille ! Peccastis et
filius meus dilectus poenam sustinet ! O arbor cujus fructus mors
est et p[o]ena, utinam non fuisses, quoniam valde sum turbata !
O productio arboris dolorosa ! » — Tunc audientes matri responderunt : « O Regina misericordiae, miserere nostri, quoniam quin-
que millia annis stetimus in tenebris et in umbra mortis coeci et
lumine privati, et hoc meritis nostris, et nisi filius tuus nos liberet
sua morte, perimus. Eya ergo, Mater, nosce unde descendisti, et

1. Ip : *cor*.
2. Ip : *Eve*.

nobis compatieris ¹. » — His verbis respondit Maria, et versus
Judam vertit faciem suam dicens : « O Juda proditor, cur Regem
caelorum vendis, et cur ad me non venis ? Procurator ejus es,
maiores pecunias dedissem. O avaritia, o lex amara et misera,
quae ita condamnavit filium meum morte turpissima ! Nunc ²
appello ad legem Scripturae, conquerens utrum mori debeat vel
non. »

Assignemus ergo iterum unum advocatum, ut fecimus supra, et
unum pro humano genere. Avocatus Christi erit Fidelitas et humano generi erit Veritas, et assignentur quattuor judices in lege
Scripturae, scilicet quattuor Prophetae, scilicet David, Salomon,
Isaias et Hieremias. Consilarii erunt duodecim prophetae minores,
et loquatur unus pro omnibus, scilicet Zacharias !

Interrogatus autem advocatus Christi, scilicet Fidelitas, utrum
debeat mori an non, respondet quod non debet mori Christus, nec
capi, nec tormentari, et ratio est : Qui est Creator caeli et terrae
et Dominus universalis omnium non debet mori, sed Christus est
hujus modi : ergo non debet mori. Minor patet *Apocalipsis* ³ :
« *Ipse est rex Regum, Dominus dominantium* », ergo non debet
mori, et cetera.

[Tales enim proditores non servant domino fidelitatem] ⁴. Ex
parte autem generis humani respondet advocatus, scilicet Veritas,
quod debet mori et probat sic : « Iesus promiserat sic mori propter
genus humanum, et ipsemet testatur quum non dicat nisi veritatem, ut *Johannis* XIV. 6 : *Ego sum via, veritas et vita.* » Cum ipse
sit veritas, sequitur quod debet mori quod promiserat mori pro
populo suo » : et sit desinit loqui.

Dum autem judices audierunt rationes generis humani, protule-
runt suas ut ipse moriretur (*sic*). Et primo David dixit : « Iesu debet
mori crucifixus, quia ego prophetisavi id in persona sua : « *Fode-*

---

1. Cf. le *Jugement de Jesus*, p. 37, v. 947 à 975. L'auteur rouergat ne donne pas le
développement sur Judas, et il reprend au jugement de la Loi d'Ecriture, avec les
mêmes acteurs, et les mêmes citations.

2. Ip. : *Nam.*

3. *Apoc.*, 19, 3.

4. Cette phrase entre [ ] n'a aucun sens ici. Elle doit avoir été déplacée par une
faute de l'imprimeur. Je propose de la reporter à la page suivante après *advocatorum*
où elle donne un sens raisonnable.

runt manus et pedes meos, dinumeraverunt omnia ossa mea [1]. »

Secundus judex est Salomon dicens quod vili morle debet mori et conspui quod scribitur in libro *Sapientiae* : « Morte turpissima condemnaverunt eum. [2] »

Tertius judex est Ysaias dicens quod « cum iniquis deputatur et sceleratis, et non est ejus species neque decor » [3].

Quartus judex est Iheremias dicens « quod debet mori, flagellari, et caedi, et a multis improperium pati ». Datur igitur sententia ab istis quattuor judicibus.

Videamus quid dicunt consiliarii, et loquatur unus pro omnibus, scilicet Zacharias, et dicit quod Christus cum multis insultibus et opprobriis debet mori, et duci ad locum ubi malfactores duci solent.

His peractis omnibus, Virgo Maria audivit omnia ista de filio suo dici et fieri, videlicet quod secundum duas leges debeat mori, secundum legem Naturae et Scripturae, nec poterat evadere. Et haec audiens vertit faciem suam versus Judaeos : « O Judaei, inimici filii mei ! cur innocentem condemnatis, quid vobis male fecit, an sit latro aut proditor ? Nunc [4] iterum appello ad legem Gratiae, postquam lex Naturae et Scripturae condemnant eum iniuste ad mortem, et hoc quod lex gratiae est major aliis legibus ».

Videamus ergo si secundum legem Gratiae debet mori an non. Assignentur iudices et scribae, videlicet quattuor Evangelistae, Johannes, Mathaeus, Marcus et Lucas. Consiliarii sunt undecim apostoli. Et assignantur advocati, scilicet Humilitas et ex parte

4 r°. generis humani Necessitas. Omnes congregati sunt, una voce simul concordantes quod vere debet mori propter salutem generis humani, omnibus loquentibus cum Christo his vocabulis : « Domine, para quae sunt paranda, nam haec appellatio Mariae nullum debet habere locum quod melius est quod unus moriatur pro populo et ne tanta gens pereat. » Voces autem illae et de

---

1 *Psal.*, 21, 3.

2. Sap. 2, 4. Vulg. *Morte turpissima condemnemus eum.* La citation exacte est donnée dans le *Jugement de Jésus*, p. 46, v. 1191.

3. *Isa.*, LIII, 2, *non est species ei neque decor.* ; ibid., 12, *cum sceleratis deputatus est.* » — *Le Jugement de Jésus* cite la prophétie d'après la citation de *Luc*, XXII, 37, *cum iniquis deputatus est* », et la met dans la bouche de Zacharie, p. 47, v. 1207.

4. Ip. *Nam.*

consensu iudicum, consiliariorum et advocatorum [1]. [Tales enim proditores non servant domino fidelitatem]. Auditis verbis coepit Iesus constristari dicens : « Ecce morior cum nihil horum fecerim. »

Sequitur. In passione circa declarationem videnda sunt plura [2] :

Primo : Per invidiam fuit una prava congregatio contra Iesum.

Secundo : Per avaritiam fuit liberatus Judaeis per unum de societate sua.

Tertio : Fuit captus per perversas et iniquas gentes.

Quarto : Fuit accusatus falsiter et maledictus.

Quinto : Falsissime [3] ad mortem liberatus.

Sexto : In cruce erubescente fuit conclavatus.

Dico primo per invidiam Judaeorum [4] fuit etc. ubi notandum est quod propter duo simpliciter Christo invidebant. Primo quod opera virtuosa faciebat. Secundo quod populus eum honorabat. Contingit multotiens quod illi qui mala faciunt invident illis qui bona faciunt, et ideo Judei, nolentes bona facere, invidebant Christo bona facienti et opera virtuosa, quia talibus operibus trahebat populum ad se, et doctrina ejus convertebat ad Deum. Punitio

---

1 Il est très probable qu'il faut ajouter ici la phrase *Tales enim proditores non servant domino fidelitatem* qui aura été déplacée par l'imprimeur. Cette interversion coincide d'ailleurs avec une lacune probable du sermon imprimé, car en cet endroit le *Jugement de Jésus* contient, p 534, v. 1365 a 1398, deux plaidoyers de *Nécessité* et d'*Humilité* avec citations qui manquent dans le texte latin.

2. Ici commence la seconde partie du sermon, ou la *Passion* proprement dite qui a été imitée librement de la *Passion* composée en 1398 pour Isabeau de Bavière. Il serait fastidieux de prouver en détail que les trois quarts des citations, légendes, anecdotes, etc., qui vont suivre ont été pris directement par le sermonnaire dans le texte de 1398. Je me suis borné à indiquer pour quelques faits seulement ou l'auteur du texte de 1398 avait lui-même puisé son érudition.

La seconde partie du sermon a été elle-même imitée dans le *Jugement de Jésus* rouergat et dans la Moralité française : *Secundum legem debet mori*, mais les emprunts sont ici beaucoup plus restreints. L'auteur rouergat n'a plus copié que les quatre requêtes de Notre-Dame, p. 57-60, v. 1465 a 1570, sans toucher a la *Passion* qui ne rentrait pas dans le cadre de sa pièce. Jean d'Abundance a imité cette *Passion*, mais très librement.

3. Ip : *falcissime*.

4. Voilà l'abstraction dont Jean d'Abundance a fait son personnage d'*Envie judaïque*. Plus loin de l'expression «perversas et iniquas gentes», il a tiré son *Gentil Trucidateur*.

malorum est videre bonos. Dicebant ergo : « Opprimamus eum,
quia contrarius est operibus nostris. — (Hodie multi sunt tales). Si
dimittimus eum, sic omnes in eum crederent, quod videntes miracula cœcorum, leprosorum, elaudorum et mortuorum, unde *Johannes* iij. « *Nemo potest facere haec signa quae tu facis, etc.* » Sed
inter alia miracula invidebant cœci illuminationem et Lazari sus-
citationem, et hoc fuit maximum miraculum et evidentissimum,
taliter quod non poterat calumniari, cum plures fuerunt in illo
4 .°.   miraculo ; sane quattuor diebus fuerat in tumulo. Erat autem nobilis genere et bene notus in Hierusalem, ideo multi venerunt ad
ejus obitum in Bethania, et, cum vidissent tam grande miraculum,
turbati sunt valde et commoti : et sic patet quomodo invidebant
ei propter bona opera virtuosa. Inviderant duplici invidia, primo
ex propria invidia quae est displicentia de bono alterius ; et hoc
modo invidebant Christo in corde eorum, quod populus eum valde
diligebat propter opera, et reverentiam portabat, unde invidebant. Secundo alia invidia invidebant, scilicet cupiditate, quia
valde cupiebant eum tenere, et ideo jusserunt ut, ubicumque posset
inveniri, duceretur in Hierusalem, et haec est invidia deceptoria.
Unde Magister sententiarum [1], libro III. dist. I « Per te, invidia,
filius Dei et Mariae nunc quaeritur et condemnatur ad mortem »,
quae invidia maledicta semper regnavit et adhuc regnat fortius.
Crescebat ejus fama multum propter miraculum ejus ; ideo commoti, fecerunt consilium ut morti traderent, nam, postquam sus-
citaverat Lazarum, Judaei assistentes abierunt Hierusalem, et nar-
raverunt principibus sacerdotum, qui, audito statim ac subito,
sabbato ante Dominicam de passione tenuerunt primum consilium. Secundum consilium octo dies post, scilicet sabbato ante
Ramos. Tertium consilium fuit feria quarta post sequenti, et sic
ter consilium tenuerunt, unde plus peccaverunt quam si ex
abrupto [2] interfecissent eum. Principes ergo pontifices et Pharisei
adversus Iesum consilium fecerunt dicentes : « *Quid facimus* [3] *?*
Hic homo multa signa facit ; si dimittimus eum, credent omnes in
eum », Qui simul dixerunt : « Videte quomodo populus eum sequi-

1. Pierre Lombard.
2. Ip. *arrupio.*
3. *Joann.*, XI, 47.

tur ! *Venient* enim *Romani et tollent locum nostrum et gentem*[1] » ;
timentes temporalia perdere, vitam aeternam non cognoverunt et
utramque perdiderunt. Tunc unus, nomine Caiphas, pontifex anni
illius, in hoc anno quid facerent docuit eos et ait : « Nescitis quid
facitis. *Expedit, vobis ut unus homo moriatur pro populo et non
tota gens pereat*[2] » ubi notandum est quod Caiphas illa verba sic
intellexerat : Expedit vobis, scilicet expediens est vobis ut hic homo
occidatur et non tota gens pereat, per ejus doctrinam pereat. Unde
aliqui dicebant : « Demus ei venenum in cibo et potu, ut cito moriatur. » Alii dicebant : « Quaeramus unum guerrionem, cui dabimus 5 r°.
pecuniam ut eum occidat, et quia expedit ut moriatur : aliter perde-
mus locum nostrum et gentem. » Unde Chrysostomus : « Iste Cayphas prophetisavit mortem Christi utilem esse non quum intentio
ejus esset quod morte Christi genus humanum redimeretur, sed
intendebat quod ipse occideretur ne a populo honoraretur ». Alii
autem dicebant : « *Venite, occidamus eum*, ubicumque potuerimus
invenire, nec curemus. » Unde Johannis X, « *Tulerunt lapides ut
jacerent in Yesum*[1] ». Jesus autem abscondit se, et eripuit de templo, et fecit se invisibilem quod nondum venerat hora ejus. Unde
Origenes ait quod ex verbo Cayphae erant concitati ad iram et ab
illo die cogitaverunt quomodo interficerent eum, quod erant in
maxima ira contra eum et Lazarum, eo quod plures converteban-
tur ad Christum, propter verba quae dicebat Lazarus de poenis
inferni quas viderat, et ideo Christum interficere volebant.

Sciens autem Iesus invidiam illorum non palam ambulabat, sed
abiit retro in desertum juxta civitatem quae dicitur Effren, ibique
praedixit discipulis suis mortem suam. Et stetit a sabbato ante dominicam de Passione usque ad sabbatum ante Ramos, et circuivit
istam regionem praedicando, et miracula faciendo ; unde in itinere,
in exitu de Hierico duos coccos illuminavit, et decem leprosos sanavit. Dederant pontifices tale consilium et praeceptum illis qui
veniebant ad diem Cenophegiae quod est festum quod Judaei cele-
brant in memoria expeditionis Egyptiorum. Et tale praeceptum
erat, quod si quis eum inveniret, apprehenderet eum jugulo ad
occi[dendum]. Et statuerunt ut si quis confiteretur Christum

1 et 2. *Joann.*, XI, 48, 50.
2. *Joann.*, X, 31.

esse Deum, extra Synagogam poneretur, et sic videtur eorum invidia.

Secundo dico quod hic notantur duo. Primo magna avaritia Judae et cupiditas, secundo de Iesus facta conditio et maneries. De primo sciendum est quod in Sabbato ante Ramos venit Iesus in Bethania, ubi fuerat Lazarus suscitatus, et fecerunt ei cœnam magnam in domo Symonis leprosi ; non quod tunc esset leprosus, sed fuerat a Christo curatus. Ministrabat autem Symon, et credebat quod iret penes ¹ [Matrem Domini quae tunc in Bethania morabatur. Lazarus et alii discipuli Christi quem Judaei qui venerant
5 vᵒ. Hierusalem ut Lazarus suscitatum viderent, qui tunc erat in coena, et narrabat de poenis inferni et de statu sanctorum patrum qui erant in limbo, sustinebant.....] Et, ut ait Augustinus, nunquam postea risit, cum supervixerit decem annis post resurrectionem Domini. Cum autem esset in coena. ecce mulier, habens alabastrum unguenti preciosi ², et effudit super caput recumbentis unam partem, et aliam supra pedes ejus ; extersit capillis suis quia sentiebat quod patiebatur aliquando dolorem, ideo fecit ad confortandum.

Quaeritur quare ungebat Iesum Christum. Respondeo quia quattuor de causis. Prima, quia Christus fessus erat ex itinere, in tan-

---

1. Le texte est tronqué et altere depuis [*penes* jusqu'à *sustinebant*].

Inutile de proposer des corrections arbitraires, puisque le sens général du passage est clair et que son origine nous est connue. Comparer en effet la *Passion* de 1398, B. de l'Arsenal, 2,038 et B. Nat. n. a. fr. 10,039 fol 146 rᵒ. « Et dit sainct Augustin que le ladre, frere de la Magdeleine et Marthe, fut a ce souper l'un des seans et mengeans à la table avec Jhesu Crist, lequel parla en celly soupper des paines qu'il avoit vehues en enfer et en purgatoire et de l'estat des sains peres qui estoient ou limbes. . Pour lesquelles peines vues et aperçues ledit Lazarus n'ot oncques puis qu'il fut resuscité que tristesse au cuer et tant que, comme dit saint Augustin, l'orreur de la mort estoit si empreinte en la memoire dudit ladre de la souvenance des paines qu'il avoit vehues ès lieux dessus dits que, en ix ans qu'il vesquit puis qu'il fut ressuscité de mort en vie, oncques ne monstra signe de joye, ne de liesse. »

Nous remarquons ici la fusion ou la contamination de deux légendes differentes. 1ᵒ La survie de Lasare qui ne rit plus jamais depuis son retour de l'enfer, remonte à a saint Epiphane, *adversus Haereses*, lib. II, éd. Pétau, t. I, p. 652. 2ᵒ Dans le sermon apocryphe de saint Augustin (Patr. Migne, t 39, p. 1929, que nous avons si souvent cité, Lazare rappelle simplement les peines d'enfer.

Nous remarquerons encore que tout cet épisode ou ce récit de Lazare manque dans la *Passion*, « selon la sentence du philosophe Aristote » et n'est que dans la *Passion* de 1398.

2 Ip : *unguentum preciosum*.

tum forte ut aestimabat quod comedere non poterat, quando videns
Magdalena unxit eum. Secunda causa est quod terra erat calida et
sicca, et ideo talibus unguentis utebantur pauperes homines, et
Christus erat pauper, et Magdalena dives. Tertia causa, consuetudo
Judaeorum erat ungere caput et lavare pedes hominis solennis de
longe venientis ; Christus igitur sicut rex et sacerdos debebat ungi.
Quarta causa erat ut adversus discumbentes excusaretur qui nove-
rant eam peccatricem. Videns autem Judas quod ex odore unguenti
domus repleta esset, turbatus est quod tale unguentum non perve-
nisset ad manus ejus ut ipsum venderet, sicut solitus erat, et, ut
fur, decimam partem reciperet. Cogitavit ex avaritia vendere Christum ut recuperaretur[1], existimans in corde suo valorem. Non potuit
se continere, sed sub specie charitatis pauperum dixit : « Ut quid
perditio est ! haec poterat enim hoc unguentum, etc. » O Judas
proditor, fur et latro ! portabat omnia uxori et filiis quae Christo
dabantur et murmurabat, nam

A peiori rota semper sunt jurgia mota.

Quaeritur quare Christus fecit Judam procuratorem suum, cum
ipse sciret ipsum esse latronem. Respondet Augustinus ut daret
exemplum non revelandi peccata occulta aliorum. Nullus sciebat
Judam esse latronem nisi ipse Christus. Secunda ratio, ut daret
occasionem emendandi se. sed videns Christus quod contra Magdalenam murmurabat, excusavit eam quattuor modis. Primo modo
dixit : « Quid molesti estis huic mulieri ? *Opus enim bonum ope-*
rata est in me[2]. » Nota quod Magdalena bis unxit corpus Domini
nostri Iesu Christi. Et primo in domo Symonis Pharisaei, quando 6 r°.
flens accessit ad pedes Domini et lavit ejus pedes ex abundantia
lacrymarum et capillis suis tergebat, osculabatur, et in hoc confite-
batur suam divinitatem, pro quo accessit ad eum, et dimisit ei tunc
peccata sua. Secundo unxit corpus Christi ante Dominicam de
Ramis, in domo Symonis leprosi (et ibi murmurabant discipuli de
unguento, increpando de charitate) et profundens usque ad pedes.
Dixit ego Iesus : « *Opus enim bonum operata est in me*, etc. »,
videlicet opus confessionis fidei. Per primam unctionem intelli-

1. Ip : *recupereretur.*
2. *Matth.*, XXVI, 10.

gitur opus pietatis et devotionis. Per secundam intelligitur compa-
tiendo martyrium computationis meae [1]. Secundo modo excusavit
Magdalenam, dicens : « *Nam semper pauperes habebitis* [2], etc.
Quod, Judas, ne murmures contra me, sub specie pauperum, quod
cito expedies te de me. » Tertio modo excusavit Magdalenam, dicens : « *Mittens enim hoc unguentum in corpus meum ad sepelien-
dium me fecit* [3], quasi dicat : « Cum ista mulier voluerit ungere
corpus meum in sepulcho non poterit, quod non permittam in
resurrectione mea, sed nunc potest, ideo si nullum bonum mihi
facitis, sinite aliis facere ». Quarto modo excusavit eam dicens :
« *Ubicumque fuerit praedicatum hoc evangelium in toto mundo
dicetur quod* in memoria mei fecit » quasi diceret : Rationabile
est ut interius factum propositum charitatis demonstretur exte-
rius ut per totum mundum narretur laus suae sanctitatis ».

Secundo videndum est quomodo per avaritiam, etc. Primo
notandum est quod tribus diebus non poterat Iudas adimplere
illud quod proposuerat, scilicet die Dominica, Lunae et Martis.
Primo non potuit in Dominica in Ramis, quod Christus fuit de
Bethania in Hierusalem, et ibi fuit a vulgo honorifice receptus
dicente : « *Benedictus qui venit in nomine Domini* [4]. »

Nota quod Christus ivit in templum ut nobis praeberet exemplum
ita faciendi juxta illud : « *Primum quaerite regnum Dei* »; et invenit ementes et vendentes, et ejecit eos cum flagello et funiculis
dicens : « *Domus mea, domus orationis* [5] ». Nota quod contra
male agentes in ecclesia, et qui vendunt aliquando panem etc.
Unde ibi praedicavit et magna miracula fecit, et sic Judas non potuit
6 v°. facere quod proposuerat. Cum autem sero est factum, non invenit
Christus qui daret ei in Hierusalem [s]ciphum aquae, quod inhibi-
tum erat [a] principibus sacerdotum ; venit cum discipulis in Bethania ad comedendum in domo Marthae, ubi erat mater sua. Die
Lunae revertitur in Hierusalem, et, cum esset in templo ut possent eum in aliquo reprehendere, scribae et Pharisaei adduxerunt
ei mulierem in adulterio deprehensam, dicentes : « Quid de ea
esset fiendum ». Dicebant enim intra se « Moyses praecepit talem

1. Ip : *computationis meae ?* le martyre de ma pensée, mes pressentiments de mort ?
2-3. *Matth.*, XXVI, 11, 12, 13.
4-5. *Matth.*, XXI, 9, 13. ·
6. Ip : *in.*

lapidare : Si eam dimitteret, contra praeceptum faceret ; si vero con-
demnaret, contra misericordiam quam praedicat, faciet, et sic evadere non potest de manibus nostris ». Jesus autem subridens scribebat digito in terra. Dicunt aliqui quod illud quod scribebat dixit
eis : « *Qui sine peccato est vestrum primus in eam lapidem mittat* [1] », id est projiciat. Abeuntes autem unus post alium exibant et
remansit Jesus solus et dixit : « Ubi sunt, qui te nunc accusabant ?
Quis te condemnavit » ? Et illa ait : « *Nemo, Domine* [2]. — Et ego
te non condemnabo, ait Christus ; sed *cade et noli amplius pec-
care* [3] ». Multa alia signa fecit in illa die et iterum famelicus reversus est in Bethaniam in domo matris suae, et Judas non potuit
aliquid facere.

Cum autem fuit in Bethania, obviavit matri suae [4], quae eum
exspectabat ad coenam, quam reverenter salutavit ; sed respondit
mater cum lacrymis, dicens : « Qualis potest mihi dari consolatio, fili mi, cum jam cogitem te mori. sciens quod Judaei
convenerunt de die in diem te interficere ? Ideo, fili mi, digne-
ris matrem tuam presentia tui consolari. » — Cui Christus reverenter respondit, et confortans eam dixit : « Mater mea, ego,
tanquam medicus, sum et genus humanum indiget medicina. In
hoc mundo nunc ergo oportet me esse contra morbum medici-
nam », et sic, dum talia verba loquerentur, vocantur ad coenam ;
quod jam serotina erat dies Martis. Iterum bene mane revertit
Hierusalem. Dum in templum intravit, tam sacerdotes quam alii
moverunt sibi tales quaestiones, credentes eum disputatione vin-
cere. Et primo a principibus sacerdotum et senioribus populi
quaerentibus « qua potestate ejecerat vendentes et ementes de templo, et mensas nummularias everterat ». Secundo ab Herodianis,
quaerentibus utrum liceret dare tributum Caesari an non. Tertio a
Saduceis quaerentibus de muliere quae habuerat septem viros, cui
deberet esse uxor in alio saeculo. Quarto a Pharisaeis quaerentibus
de majori precepto legis. Quibus Christus omnibus ex toto impo- 7 r°.
suit silentium per efficaciam summarum rationum, et sic reversus
est cum discipulis suis jejunus. Judaeis autem querentibus eum

---

1, 2, 3. *Joann.*, VIII, 10, 11. — L'explication du verset écrit par Jésus vient des *Postilles* de N. de Lire.

4. Tout ceci est traduit librement de la *Passion* de 1398.

cum lapidibus etc. Nota quod quum praedicator praedicat contra
vitia et extirpat illa, sunt plures qui insurgunt contra eum, quia
sunt scabiosi. Et, quod Christus propter multas occupationes tarda-
verat more solito venire [in] domum Marthae, mater ejus, Maria
obviam venit ei, jejuna sicut filius. Et quaerit mater a discipulis
quomodò Christus institerit disputationi per totam diem contra
principes sacerdotum et seniores populi ; quomodo sicarii volue-
runt eum capere et cum lapidibus obruere, sed ipse abscondit se
ab eis, et exivit de templo. Audiens mater Jhesu verba, percussa
cordi fuit, et, ad pedes Christi tanquam mortua cecidit, nec poterat quicquam loqui filio suo. Sed eam dulciter confortans, promisit ei per totum diem sequenlem secum manere. Ad cujus verba,
mater ejus est reconciliata et surrexit, et pariter venerunt in Bethaniam, ubi erat parata coena in domo Marthae.

Die Mercurii ait Christus [ad] suam matrem confortans super
martyrio passionis suae. Et dicit mater filio suo : « Nosti[1], fili mi,
quia tu de me carnem tuam sumpsisti, ut redimeres genus humanum, nec intendo, fili mi, impedire illam redemptionem, sed unum
peto. Non me deneges, fili mi. Ecce enim venter qui te portavit,
pectus qui te lactavit, ecce mater quae te cum diligentia custodivit,
et multos labores sustinuit propter dulcedinem tui amoris. Propter
Herodem fugi in Egyptum et in redeundo.... [2] breviter per totum
tempus quod fuisti in hoc mundo. Absit, fili mi, quod in toto va-
riari permittas quod de me scriptum est : « *Non est qui consoletur
eam ex omnibus caris ejus*[3]. Sic dispensa misterium tuum, fili mi,
ut ita facias generis humani redemptionem, et quod tamen ne sus-
tineas matri tuae dolorosam afflictionem. Quaero igitur ut unum
istorum quattuor facias, fili mi : « Primum quod sine tua passione
redimas genus humanum, Secundo, quod si mori te penitus opus
erat, quod mors sit sine dolore et afflictione. Tertium, si vis mori
in tantis doloribus, saltem me mori primo permittas. Quartum, si

---

1. Le texte de la *Passion* de 1398 porte *Je seay*. La *Passion* « selon la sentence du
philosophe Aristote *Tu scès*, mais malgré cette coïncidence fortuite avec le texte du
sermon : *Nosti*, il est facile de voir par d'autres détails, notamment sur l'Assomption,
que le sermonnaire a suivi le texte de 1398.

Comparer le texte de 1398, imprimé p. 259 de ce livre, et l'imitation libre de ces
requêtes dans le *Jugement de Jésus* rouergat, p. 57, v° 1487 à 1570.

2. Lacune, mot omis. — 3. *Thren*, 1, 2, 17.

mori prius non permittas, fiat cor meum durum ut lapis. ita ut in
me nulla sit cognitio tuae mortis. Rogo te, fili mî, unum istorum
adimplere, cum sit apud te possibile». — Respondit filius matri suae
cum omni honore et reverentia : « Concedo, mater. quod utrumque 7 v°.
istorum sit possibile mihi. Verum, tamen non mihi conveniens
est nec Scripturae. Bene praedixit Ysayas. V : « *Tanquam ovis ad
occisionem ductus est et non aperuit os suum* [1]. *Peccata tanta
ipse pertulit et dolores nostros suo corpore ipse portavit* ». Ideo
concedere non possum propter ea, nec secundum : Adam peccavit
cum delectatione : opus [est] quod moriar cum poena et dolore.
Nec tertium, quod volo servare honorem debitum matri meae ;
oporteret ei collocare spiritum tuum in limbo cum sanctis Patribus, et exspectare usque ad diem Ascensionis antequam intrares
in regno caelorum. Absit a me ut ista permittam de anima matris
meae, imo, statim quod anima tua a corpore tuo separabitur, re-
ducam eam corpori, et cum utroque simul in consortio angelorum
suscipiam te juxta dexteram meam, nec aliam tibi petitionem con-
cedam quod [2] mater tantae dilectionis non compateretur filio in
tantis poenis ; sed confortare, mater, quia dolores quos sustinebis
in morte mea recompensabuntur in morte tua, quia tunc dolorem
nec timorem senties, immo gaudium et dulcorem. Tunc verifica-
bitur de te illud *Apocalypsis* xxii : Jam non erit amplius neque
luctus, neque clamor, sed nec ullus dolor [3] ».

Multa et alia loquebuntur mater et filius illa die, sicut consuetus
fuerat [4]. Non venerat tempestive de mane in templum. Credide-
runt principes sacerdotum quod vellet fugere ad alias regiones ;
immo fecerunt consilium quomodo Jesum interficerent. Dicebant
autem « *non in die festo* » ne forte tumultum etc. Magna coecitas
Judaeorum ! timebant tumultum populi, nec timebant displicentiam

---

1. Renvoi et citations inexacts. Cf. Isa. LIII, 4. Vere languores nostros ipse tulit et
dolores nostros ipse portavit. — 6... Posuit Dominus in eo iniquitatem omnium
nostrum. — 7. Oblatus est quia ipse voluit et non aperuit os suum ; sicut ovis ad
occisionem ducetur.

2. Ip. : *quam si*

3. Renvoi et citation inexacts. Voir *Apoc.*, XXI, 4.

4. Nous avons dit que ce débat était tiré de la *Passion* de 1398. Dans la *Passion de
Barelette*, le débat analogue entre le Christ et la Vierge est tiré directement des
Meditationes Vitae Christi, et le Christ et sa mère argumentent en citant Aristote et
le Digeste, p. 208, note 1 de ce livre.

Dei, et nihilominus furore repleti, consilium mutaverunt ut eum non
in festo occiderent, et per consequens gravius peccaverunt. Unde
Leo papa : « Dicebant non in die festo, non ut populus non pecca-
re[t], sed ne Christus evaderet quod diligebatur a populo ». Sicut
circunstantiae aggravant peccata, scilicet tempus, locus, numerus,
status, persona et aetas, festa vero sunt instituta ut Deum laude-
mus et confiteamur, ut ecclesias frequentemus ; sed opus est hodie
quod majora peccata diebus festivis permittuntur quam aliis diebus. Et tales sunt pejores Judaeis qui dicebant « non in die festo :

8 r°.   Videns autem Judas quod Jesus non ibat Hierusalem, aestimans
forte tempus oportunum, timens ne diutius expectaret et non posset propositum adimplere, Hierusalem [ivit] et invenit principes
sacerdotum in atrium pontificis qui dicebatur Cayphas, et intravit
ad eos sine verecundia. et dixit : « Scio quid dicitis. Quid vultis
mihi dare, et ego eum vobis tradam etc. ». O nequissime mercator,
Juda, tu pervertis communem modum mercandi, tu nimis bonum
forum facis. De te enim bonitas non potest ymaginari, imo est
infinis[1]. Tu ponis pretium in voluntate ementium. tu facis ad modum latronum qui desiderant se expedire de furto. et datur pro
nihilo, tu promittis id quod non est in potestate tua, nisi vellet
ipse. O verbum totius nequitiae, qui tradis dominum Deum tuum
qui dedit tibi potestatem suscitandi mortuos et miracula faciendi,
et suum apostolum fecit et ipsum tradis ! Audientes Judaei consti-
tuerunt ei triginta argenteos. et spopondit. scilicet promisit, et
.postquam fecit, quaerebat oportunitatem ut eum traderet. Et haec
venditio fuit facta die Mercurii, et multi in tali die abstinent ab
escis carnium in memoriam venditionis Christi. — Exemplum *de
transeunte* per quemdam [homi]nem qui tota vita sua abstinuerat
se a carnibus in die Mercurii in memoriam venditionis Christi.
Ibidem fuit interfectus a latronibus, ipso involuto in diversis
peccatis, et abscisso capite, caput ibat per nemus, clamando con-
fessionem, et ex divina providentia advenit sacerdos qui transibat
iter suum, et peccata omnia confessus est, cui dictum est quod
Deus talibus non permittit ut sine confessione moriantur etc.

Secundo, scilicet in die Jovis, de mane discipuli ad Christum

---

1. *Infinis* pour *infinita :* ou plutôt la bonté est infinie, tu laisses aux acheteurs le
soin de faire le prix.

dixerunt : « Ubivis paremus tibi comedere Pascha ? », et ait Christus secretariis suis [1], scilicet Petro, Jacobo et Iohanni : « Ibitis ad civitatem, scilicet Hierusalem, et statim habebitis hominem obviam, portantem vas aquae plenum. Sequemini eum et, intrantes domum, domino illius hospicii dicetis : « Magister dicit quod ostendatis nobis locum secretum, quod in domo vestra vult manducare paschalem agnum cum discipulis suis, et ipse vobis ostendet coenaculum grande stratum, et ibi parate coenam ». Et ecce tunc ad vesperam Jesus venit Hierusalem de Bethania cum discipulis suis, et intraverunt domum secrete et sederunt ad mensam. In principio coenae dixit Jesus : « *desiderio desideravi hoc pascha manducare* 8 v°. *vobiscum* [2] antequam patiar ». Comesto agno, antequam cibaria deponerent, surrexit a coena et lavit pedes discipulorum suorum in signum puritatis et innocentiae, quibus lotis, iterum recubuit et consecravit corpus suum de pane et sanguinem suum de vino, et convocavit discipulos suos, et Judam, et illis convocatis dixit : « Dico vobis, unus vestrum hodie me traditurus est ». Non nominando, ut daret nobis exemplum non revelandi peccata aliena. Tunc coeperunt singuli dicere et se excusare. Valde turbati sunt dicentes : « *Num quid ego* [3] sum, Domine » ? Petrus erat juxta Dominum et quaesivit quis esset ille et dixit Iohanni : « Quaeratis, scilicet quis est ille », et Johannes dixit : « Domine, quis est qui te tradet ? » — Cui Christus dixit : « *Cui intinctum panem porrexero* [4], me tradet ». Timuit Johannes ne Christus sibi traderet. Igitur recubuit supra pectus Domini, et Christus tradidit Judae, et continuo exivit de mensa, et dixit ei Jesus : « *Quod facis fac citius* [5] ». Putabant apostoli quod loqueretur de aliquo ferculo ponendo supra mensam et tunc dyabolus habuit majorem potestatem in Juda quam ante. Et ipse abiit ad principes sacerdotum ut clam haberent cum ad capiendum. Tunc dixit Jesus discipulis suis : « Nunc *clarificatus est filius hominis* ». Nunc est societas magis clara et munda ». Ratio est : Quod Judas erat totus tenebrosus et obscurabat contra societatem Christi, et non expectavit gratias, ne-

1. « Ses trois principaux secrétaires » disait déjà la *Passion* de 1398 copiée dans la *Passion* qui est réimprimée ici.

2. Luc, XXII, 15.

3. Marc, XIV, 19.

4, 5, 6. Citations tronquées de Joann., XIII, 26, 27, 31.

que sermonem quem fecit Deus. Nota de illis qui nolunt audire sermones, etc., quin etiam non reddunt gratias de bonis a Deo sibi collatis, sed recedunt ut porci ad lutum.

Cum igitur recessisset Judas, coepit Jesus dulciter loqui discipulis, dicens : « Filii mei, adhuc vobis cum modicum sum, sed recedam in brevi a vobis, et quo ego vado non potestis venire, nec me modo sequi. Sequemini autem postea. » Intelligebat autem Jesus de munere passionis. Et Petrus respondit : « Domine, quare non possum te modo sequi? ecce animam et vitam pro te pono. » — Et quod Petrus multum audaciter loquebatur. nec sciebat illa quae ventura erant. dixit ei Jesus : « Amen dico tibi antequam gallus cantet, ter me negabis ». Dixit ei Petrus : « Domine, si oportuerit me mori tecum, non te negabo » : et non mentiebatur tunc Petrus. quod habebat propositum faciendi. Nota quomodo aliquis non debet esse praesumptuosus. Quidam praesumunt non facere peccatum vel fecisse, cum omnes sumus peccatores. Si enim facis unum peccatum, potes aliud facere. Petrus vero non fuit semper constans. Et videtur Jesus Christus in spirituali vituperasse, nam dixit discipulis suis : «Amen dico vobis quod vos scandalum patiemini in me in hac nocte. Scriptum est vero « *Percutiam pastorem et dispergentur oves* gregis », et quod Petrus erat audacior in amore Christi, quamvis postmodum inconstans. dixit Christo : « Etsi omnes scandalizati fuerint in te, paratus sum et in carcerem et mortem ire ». Tunc dixit Jesus Petro : « Symon, ecce Sathan expetivit vos ut cribaret, id est ventilaret ut tritricum, quod dicit : Non confidas tantum de te : quod dyabolus temptabit te et alios, et faciet vos exire a fide, sicut tritricum de cribo excutitur, et veraciter illa societas apostolorum fuit taliter excussa a dyabolo quod fere exierunt fide nec unquam reversi fuissent, nisi Christus orasset pro eis, et oravit ad exemplum nostrum quomodo debemus orare pro christianis ut ipsi vivant in fide catholica et mali convertantur ad fidem. Unde dicit Petro : « Rogavi pro te, ut non deficiat fides tua, et tu aliquando conversus confirma fratres tuos...[1] » — Respondit[2] ei Jesus : « Et ego dico tibi antequam gallus

1. Toute cette page est encore remplie de citations tronquées de JOANN., XIII ; LUC, XXII ; MARC., XIV ; MATTH., XXVI, inutiles a relever en détail.

2. La réplique de Pierre facile à suppléer manque dans l'imprimé.

cantet bis, ter me negabis ». — Cum praedixisset Jesus Petro quod
eum negaturus erat, iterum aggreditur collegium [1] apostolorum, et
dixit eis: « Quum fui vobiscum corporaliter, et misi vos sine pera,
id est, sine onere portationis, et sacculo et baculo, nunquam aliquid defuit vobis? » — Dixerunt : « Non ». — : « Et tunc scitote
quod superveniet persecutio : quia qui habet tunicam vendat eam
et emat gladium ». Sed qualiter Christus dixerat eis quod haberent
gladium, cum prohibuerat eis ne afferrent ? Ratio est secundum
Crisostomum ad inveniendum quod cohors sacerdotum et clien-
tum armatorum debebant venire supra se ad capiendum eum,
quod qui vellet se defendere haberet homines armatos ad resisten-
dum. Responderunt discipuli : « Domine, ecce duo gladii. » —
Quaeritur hic ubi acceperunt discipuli. Respondetur, secundum
Chrysostomum, quod Petrus audierat quod Iudaei machinabantur
malum adversus Jesum. Secundum Hieronymum erant cultelli
cum quibus Petrus diviserat agnum paschalem [2]. Initis his verbis, 9 v°.
surrexit de mensa et oravit pro collegio suo et, eis omnibus bona
facientibus, de quo dicitur....[3] et « *hymno dicto, exierunt in mon-*
tem [4] » Olivarum, et hoc de secundo puncto principali.

De tertio autem quomodo fuit captus, etc. Sciendum est quod
post [quam esset] egressus Jesus trans torrentem Cedron, Judas,
qui non erat in societate Christi, sed abierat ad principes sacerdotum, locum sciebat ubi Christus venerat cum discipulis suis, etc.
Quare Christus voluit intrare campum et ibi capi ? Triplex est ratio.
Prima quod voluit satisfacere peccato priorum parentum qui in
Paradiso terrestri peccaverant. Secunda ratio ad ostendendum
quod nos non possumus venire ad delitias paradisi, nisi transea-
mus per torrentem praesentis vitae. Tertia ratio ut nos doceret
quia, sicut in [h]orto fuit captus, sic et nos in [h]ortis delitiarum
hujus mundi sumus fere capti.

Cum autem ad [h]ortum convenisset cum discipulis suis, as-
sumpto Jacobo, Petro et Johanne, alios dimisit per spacium modicum retro, et ait illis : « Sedete hic, donec vadam illic et orem ». Et

---

1. Ip. *comitatem.* — pour le comité ? ? ?
2. Cette explication bizarre des deux glaives vient des *Postilles* de N. de Lire.
3. Lacune de l'imprimé.
4. Matth., XXVI, 3o.

avulsus est ab eis quasi jactu lapidis[1], ad ostendendum quod
debemus orare secrete. Modus orandi fuit talis. Primo flexit
genua, secundo faciem suam inclinavit ad ostendendum humilita-
tem volentibus orare. Quid autem sic oravit? Respondendum
quod [ad] Patrem dicens, « Si possibile est, transeat a me calix
iste », id est, tormentum istud, in quantum homo orabat, timens
mortem. Videtur quod isto modo dicendo « Pater, si possibile est,
transeat a me calix iste », quod Christus habuerit voluntatem con-
trariam voluntati Patris sui. Sciendum est quod, quantum ad
naturam humanam, oratio Christi fuit quod omnes sensus Christi
exteriores passi sunt. Num haec oratio « Pater mi » non sufficiebat
ad redemptionem? Ideo respondit [Pater] « Non sufficit, fili mi,
quia, sicut Adam in suo peccato delectationem accepit, opus te
sustinere poenam pro eo ».— Unde Filius respondit : « Pater, volo
pati famem, sitim, laborem, paupertatem, sed recuso mortem. » —
Pater respondit : « Fili mi, tu scis quod Adam per peccatum suum
condemnatus est in fine ad mortem cum tota ejus posteritate. Si
ergo vis redimere genus humanum, oportet te mori ut vitam aeternam hominibus acquiras. » — Tunc Filius respondit : « Ex quo
vis ut moriar, numquid sufficit ut moriar morte naturali ?[2] » —
Pater respondit : « Quod [si] absque morbo corpus deponas, et iterum resumas, et te viventem ostendas, non credetur tibi de resurrectione, quomodo de tua morte victoriam habueris, nisi passus
fueris illam. » — Filius respondet Patri : «Ex quo vis, fiat voluntas
tua. » — Respondet Pater : « [Non resurges[3]] in hac aetate qua.....
ut delectatio major appareat. » — Filius autem dicebat Patri :
« Pater, si vis, non patiar in Hierusalem, in conspectu tanti
populi, sed in Nazareth, ubi fui conceptus, vel in Bethlcem, ubi
fui natus, vel in Ebron, ubi fuit Adam sepultus. » — Respondit
Pater : « Fili mi, immo patieris in Hierusalem, et extra civitatem
in loco qui dicitur Calvariae, quod virtus istius passionis est ad
totum mundum diffu[n]denda. Ideo debes mori in medio mundi
juxta illud : « Operatus est salutem in medio terrae[4]. » — Filius

10 r°.

---

1. Luc., XXII, 41.

2. Dans Barelette, ce dialogue est remplacé par un autre dialogue entre le Christ et
l'ange venu pour le conforter.

3. Ip : rezutes quum ou quoniam, passage tronqué et altéré qu'il m'est impossible de
restituer d'une manière satisfaisante. — 4. PSAL. LXXIII, 12.

respondit Patri : « Fiat voluntas tua, sed rogo ut habeam milites
compatientes mihi, scilicet discipulos meos assistentes et consen-
tientes. » — Tunc Pater : « Fili, quod passio tua debet esse in
remedium multorum, ideo ab omnibus hominibus patieris, videlicet a sacerdotibus, a principibus Judaeis, a masculis, a foeminis,
ab amicis, ab inimicis, a Juda traditore : a Petro negaberis, et ab
omnibus discipulis tuis relinqueris, sed solum a duobus latronibus
associaberis, et in medio collocaberis tanquam particeps in eodem
crimine de maleficiis, et taliter relinqueris quod non habebis qui
det tibi unam guttam aquae, ut impleantur Scripturae : « *Ego sum
vermis, et non homo*[1], *opprobrium*. etc. Et similiter relinquent
me amici mei et qui me noverunt recesserunt a me ». — « Pater
mi, ex quo omnes me relinquent, relinquet me mater mea ? » —
« Nequaquam, sed fortiter mori tecum erit voluntaria et parata ».
— Ait Christus Patri : « Rogo te, Pater, ipsam non esse praesen-
tem, sufficit pro redemptione generis humani passio mea. » —
Pater loquitur Illio : « Fili mi, convenit ut mater tua non sit
absens a tui passione et morte propter sex rationes. Prima, quod
si sibi narretur passio tua, morietur prae dolore. Secunda ratio
est ut de parente disponas et eam alicui recommendes. Tertia ratio
est ut tua passio corporaliter visa cordi suo perpetuo maneat fixa.
Quarta ratio ut illi qui praesentes non erunt possint ab ea infor-
mari citius de tua passione. Quinta quod de sua tua caro est. Ideo
non convenit unam sine alia pati. Sexta ratio est in augmentum
tuae passionis, quae dicitur omnium maxima. » — Loquitur Filius 10 v°.
postea : « Pater mi, fiat voluntas tua, non mea. »

Cum Christus orasset, reversus est ad discipulos, et invenit
eos dormientes quod oculi eorum gravati, et dixit Petro :
« Symon, dormis ? » Quaeritur quare citius redarguit Petrum
quam alios. Ratio est quod ipse futurum pastorem pronunciabat,
et quod deberet vigilare pastor super gregem suum. Tunc hortatus
est ipsos, dicens : « *Vigilate et orate*[2]. etc. » Et sequitur : « *Spiritus quidem promptus est*, etc.[3] » Secundo ivit ad orandum, et
facta oratione, rediit ad ipsos, et invenit eos dormientes. Sed nihil
dixit eis. Tertio reversus ad orationem, factus est in agonia pro-

---

1. Psal., XXI, 7.
2, 3. Marc., XIV, 37, 38.

lixius orans¹, et factus est sanguinis sudor ut aquae. Et tunc,
secundum Lucam². Angelus de caelo apparuit confortans eum,
quamvis non indigeret, sed ad demonstrandum quod persona in
oratione stantem angelus visitat. Quaeritur quare ter oravit. Ad
ostèndendum quod debemus orare pro peccatis praeteritis, praesen-
tibus et futuris. ut habeamus contra ea cautelam. Postea venit ad
discipulos et dixit illis : « *Dormite jam et requiescite³*, Ecce appro-
pinquat qui me tradet ». — Adhuc eo loquente, ecce Judas Iscarioth, et cum eo clientes, et Herodiani, etc. Nota quod Judas
adduxit secum clientes brachii saecularis et ecclesiae, ne Christus
posset evadere. Timebat enim Judas quod si solum unam justitiam
cepisset, alia Christum juvaret. Ideo, ne posset evadere, utramque
justitiam adduxit. Dederat autem signum dicens : « *Quemcumque
osculatus fuero⁴*, etc. » — *Jesus autem, sciens ⁵ omnia quae ventura erant super eum, processit et dixit eis « Quem quaeritis* » ?
— « Jesum Nazarenum. » — Et, audito hoc nomine, occiderunt retrorsum. Dixit Jesus : « Ego sum. » — Iterum ergo eos interrogavit.
« Quem quaeritis » ? — « Jesum Nazarcrum, etc. » — « Dixi vobis
quod ego sum. Si ergo me quaeritis, sinite hos abire ». — Et tunc
Judas salutavit eum, dicens : « *Ave Rabi* », et osculatus est eum.
— : « *Amice, ad quid venisti⁶* ? » — Dicunt aliqui quod ratio quare
Judas dedit signum eis fuit ne caperetur Jacobus minor, quia
similis erat Christo. Et dicit Jesus : « *Judas, osculo filium hominis.*
11 rᵉ. *tradis⁷.*» — Tunc acceperunt et manus injecerunt in Jesum. Petrus
autem hoc videns, exivit gladium et amputavit auriculam servi
pontificis cujus nomen Malchus. Nota quod Petrus percussit, id est
Papa, episcopus et caeteri prelati ecclesiae habent jurisdictionem
quantum ad hoc quod percutiunt Malchum, id est, rebelles, inobe-
dientes, incorrigibiles, et separant quod data est eis potestas sepa-
rare eos ab ecclesia, quod ipsi non parant audire divinum servitium, quod pertinet ad aurem dextram, scilicet, animae. quod
homo prius⁸ quo[ad] ad fructum et suffragia generalia separatur;

1, 2 Luc., XXII, 43, 44.
3-4. Matth., XXVl, 45, 48.
5. Joann., XVIII, 4.
6-7. Luc., XXII, 48.
8. Texte très obscur, probablement altéré. L'imprimé donne : *parant quod data*, et
plus bas : *prior*.

sive in vita, sive post mortem. XI Q. iij. « Certum excommunicatio dicitur extra communionem Ecclesiae separatio ». XI. q. iii,
« Nihil excommunicatio ad salutem et correctionem ordinatur[1] »
XX iiij q. iii. — Notandum est, tunc Jesus dixit Petro. « Mitte gladium tuum in locum suum, omnis enim qui accipit gladium gladio
peribit »; hoc est intelligendum injuste capiendo ; et sanavit auriculam Malchi, et dixit Jesus « *tanquam ad latronem*[2], etc. » Tunc
discipuli, relicto eo, et cetera. Heu ! non dimiserant eum in coena,
in prosperitate, sed in necessitate ; erant enim amici in mensa, et
sic fides extincta est in eis, quare hodie in officio omnes candelae
exstinguuntur praeter unam ad ostendendum quod sola fides
remansit in Virgine Maria[3]. —

Postquam autem fuit captus, primo duxerunt ad Annam qui fuerat pontifex in anno praecedenti. unde ex cupiditate officium pontificis annuatim vendebant et emebant. Videns autem Iohannes
quod Christus ducebatur ad domum Annae. ipse cum Petro sequebantur eum a longe, ut viderent finem. Ideo cum Iohannes esset
notus pontifici, intravit domum. Et quomodo erat Iohannes notus,
cum ita pauper esset? Respondetur quod pater Iohannis erat piscator, ut ait Crisostomus. Et cum Iohannes esset puer, pater ejus
mittebat pisces per Iohannem[4]. Ideo ancilla, quum vidit Iohannem, dixit : « Vis intrare? » — Qui dixit : « Ita ; sed rogo ut dimit-
tas intrare socium meum, scilicet Petrum ».— Quem videns, ancilla
dixit : « Nunquid ex discipulis es hominis istius? » — Ipse timuit
ne caperetur, dicens : « Non sum. » — Crisostomus : « O Petre,
numquid dixisti « *Et si oportuerit me mori tecum*, etc. » — Si vir
interrogasset te, tunc debuisses aliquo modo excusari, sed quod
una ancilla, non es excusatus. O qualis pugil tu esses, cum ad inter-
rogationem unius mulieris tu miserrime negas magistrum tuum »!
Sed videte quomodo, saepe ab utroque patiebatur[5]..... Iterum 11 v°.
post modicum vidit Petrum quaedam alia ancilla. et dixit astanti-

---

1. Citations tirées d'un recueil de droit canonique ou de Décrétales que je n'ai pu
identifier.

2. MATTH., XXVI, 55.

3. Sur ce rite, voir DU CANGE, t. IV, v° *Planctus*, et le *Ci nous dit*, B. Nat. ms. fr.
425 f. 22 r°.

4. Cette explication vient des *Postilles* de N. de Lire. Cf. p. 224, n. 39, de ce livre.

5. Passage altéré.

·bus : « Nonne hic cum Ieso Nazareno erat ? », et ille negavit cum
juramento quod non novit hominem. Et erat juxta ignem calefa-
ciens se. Et tunc Annas interrogavit Jesum de duobus, scilicet de
doctrina et de discipulis suis, primo de doctrina quod non suffe-
cisset de doctrina Moysi, dicens : « Videtur tibi quod sis sapientior
Deo et Moyse ; tu praedicas novas leges. Secundo tu facis te capi-
taneum gentium ; voluisti habere, .XII. apostolos, sicut XII, patriar-
chas, .LXXII. discipulos, sicut mundus fuit divisus in LXXII lin-
guis. Quare hoc facis dicas mihi ad primam quaestionem ». — Respondet Christus cum humilitate de doctrina sua : « *Ego palam
locutus sum mundo* [1]. *Interroga eos qui me*, etc. » Et cum dixisset,
unus ministrorum pontificis, (dicunt quidam quod fuit Malchus
cui Christus aurem sanaverat), dedit alapam Jesu, dicens : « *Sic
respondes pontifici !* », et projecit eum ad terram. Qui erectus dulciter dixit : « *Si male locutus sum, testimonium perhibe de malo.
Si autem bene, cur me caedis* [2] *?* » Videns autem Petrus quod
Christus sic patiebatur, incepit flere. Tunc dixerunt illi : « Et tu de
illis es ? » Tunc Petrus non solum negavit, sed anathematisavit, et
et juravit, dicens : « Ad malam damnationem veniam, si ego
unquam novi eum ! » Et statim gallus cantavit, et Christus, ver-
tens se ad Petrum, respexit, quasi dicens : « Petre, tu me negasti. »
Recordatus est Petrus verbi Jesu quod dixerat. Et egressus est
foras, flevit amare. Dicit Magister sententiarum [3] quod intravit in
quodam monumento, dicens se nunquam exiturum donec Christus
parceret ei. Ideo sibi revelavit Angelus in die resurrectionis quod
Christus sibi remiserat peccatum. Ab illa hora tunc portavit semper sudarium cum quo sibi tergeret oculos quod semper flebat
quum audiebat gallum cantare [4].

Videns igitur Annas quod nihil contra Christum inveniebat,
misit eum ad Caypham. Dicit Beda quod posuerunt cathenam in
collo ejus et trahebant eum cum impetu magno, et tamen reperi-
bant eum innocentem, et adduxerunt eum vinctum, et dum esset in
12 r°. domo Cayphae, ubi erant omnes, Pharisaei, nobiles legis sacerdotes, clamaverunt, simul dicentes : « Quotiens diffamasti nos in
sermonibus tuis coram populo ? O deceptor populi, qui tanta mala

---

1, 2. JOANN., XVIII, 19, 23.
3. P. Lombard.
4. Ce trait vient de la *Légende dorée.*

fecisti nobis, modo tenemus te. » Et quaerebant[1] adversus eum
falsum testimonium ut eum morti traderent, et non invenerunt.
Novissime autem venerunt duo falsi testes dicentes : Hic dixit :
« *Possum destruere templum Dei et in triduo reaedificare illud*[2].»
Et bene falsi erant, quia hoc dixerat de templo corporis sui, et
quod deberet tertia die resurgere. Iesus non respondit ut audivit.
Tunc dixit Cayphas : « Non audis quanta adversus te dicunt testimonia ? », et non respondit ut admirarentur[3] praesentes vehe-
menter, et dixit ei : « *Adjuro te per Deum vivum ut dicas*[4] *nobis
si tu es. etc.* » — Et tunc propter reverentiam nominis Domini respondit : « *Tu dixisti.* Verum est quod ego Messias sum filius Dei
et Salvator mundi. Amodo videbitis filium hominis venientem in
nubibus caeli et sedentem[4] a dextris Dei, scilicet, in extremo judi-
cio. » — Quo audito, Cayphas in signum tristitiae scidit vestimenta sua, dicens : « Audistis blasphemiam. *Quid adhuc egemus
testibus. Quid vobis videtur*[4] *?* » — Et dixerunt : « Reus est
mortis. » — Quem apprehenderunt levitae et sacerdotes, et eum
super cathedram fecerunt sedere, et in facie sua dulcissima expue-
runt ; ita quod vix eum videre quis poterat. Secundo velaverunt
faciem ejus, percutientes eum et dicentes : « Quis est qui te percussit ? » Tertio alii trahebant sibi barbam et dicunt quidam quod
nunquam fecerat radi. Postquam autem sic fuit tractatus[6] tota
nocte, quod erant fatigati magnis doloribus quos ei fecerunt, volue-
runt modicum quiescere in aurora. Idcirco, ligatis manibus,
retrorsum posuerunt eum in foveam quamdam ubi foeces coquinae
descendebant, et ibi fuit usque ad primam, et haec de tertio principali.

Quarto dixi quomodo accusatus falsiter etc. Ubi nota quod mane
tanquam latronem duxerunt eum ad Pylatum et dixerunt Pylato :
« Ecce ponimus hominem justum in manibus tuis tanquam reum
crudelissimae mortis ». Quem apprehenderunt sacerdotes legis et
levitae, et omnes seniores populi dicentes : « Moriatur morte tur-

1. Ip : *querebantur*.
2. MATTH., XXVI, 61, 63, 64.
3. Ip.: *adamirarentur*.
4 Ip. : *ceci sedens*.
5. Ip.: *tractus*.
6. MATTH., XXVI, 65,

12 v°. pissima homo iste! » Videns autem Judas qualiter tractabant. retulit triginta argenteos, dicens : « *Peccavi tradens sanguinem justum*[1] ». Nota de poenitentia Judae. Non fuit ex contritione, quod fuisset sibi salutifera, sed fuit ex erubescentia et confusione. Qui dixerunt : « *Quid ad nos*[2]? si tu fecisti fatuitatem, tuam bibe illam ». Ille autem. videns se derisum, projecit triginta argenteos ante conspectum principum. Abiit et laqueo se suspendit, et in hoc plus offendit Christum quam quum eum vendidit. Et tunc crepuit medius, et diffusa sunt viscera ejus ; non enim erat digna anima exire per os quod tetigerat Christum. O, si Judas restituisset pecuniam male acquisitam. quomodo usurarius tenet usuram et symoniacus praebendam ? Certe pejores sunt Juda, et quum Christus ad inferos descendit. Infernus et Dyabolus ea quae injuste detinebant reddiderunt, quod tamen nolunt isti facere. Tunc Judae, accipientes pecuniam, dixerunt : « *Non licet eos mittere in corbonam, quod pretium sanguinis est*[3], sed erit in repositorio oblationum ». Et de ista pecunia emerunt agrum figuli cujusdam hominis sic nominati, ut faceret sepulturam peregrinorum. quod non habebant sepulchrum. Et vocatus ager ille *Alchedemac*, hoc est ager sanguinis.

Jesus autem stabat ante praesidem ligatus : videns autem Pylatus Christum sic ligatum, quod erat signum hominis condemnati secundum ritum et usum Romanorum, ait : « Quam accusationem affertis adversus hominem hunc ? » — Dixerunt : « Si non esset malefactor, non tibi tradidissemus eum. Credebat Pylatus quod Christus fecisset aliquid contra legem Moysi[s], propter quod deberet verberari. Ideo dixit : « Accipite eum vos, et secundum legem vestram etc. » — Et dixerunt : « Non licet nobis interficere quemquam », scilicet, in die festo, quod in potestate Romanorum erant omnes, propter quod[1] non possent aliquem occidere. Intelligens autem Pylatus quod Judaei volebant eum occidere quaesivit causam suae mortis. At illi dixerunt quod propter tria erat reus mortis. « Primo quod nos invenimus eum subvertentem legem nostram et dicentem se esse filium Dei, propter quod secundum legem nostram debet mori ; secundo quod tributum prohibuit dari Caesari ;

1, 2. MATTH., XXVI, 66 ; XXVIII. 4.
3. MATTH., XXVII, 6.

tertio quod dixit se esse regem, et omnis qui dicit se esse regem
contradicit Caesari[1] ». De primo[2] non curavit Pylatus quod sciebat 13 r°.
quod mentiebantur. De secundo sciebat oppositum. De tertio
interrogavit eum, dicens ad partem[3] : « Es tu rex Judaeorum ? » —
Dixit Jesus « *A temetipso dicis*[4], an scis ab alio ? » quasi diceret
« si hoc dicis de te, vindica sententia rebellionem meam ; si autem ab aliis habuisti, fac ordinariam informationem ». — Respondit Pylatus : « *Numquid [ego] Judaeus sum? Gens tua et pontifices
tui traddiderunt te mihi : Quid fecisti ?*[5] », quasi diceret « videtur
quod sis in aliquo culpabilis ». — Dixit ei Jesus « *Regnum meum
non est de hoc etc.* » Tunc Pylatus fecit quaestionem unam : «Ergo
rex es tu? », sed cam male intellexit, et Christus respondit : « Tu
dicis quod rex sum ego : ego enim natus sum in hoc mundo ut testimonium perhibeam veritati. » — Respondit Pylatus : « *Quid est
veritas* ? » et cum hoc dixisset, exivit ad Judaeos et dixit eis : « Ego
in eo nullam causam mortis invenio. Est autem consuetudo in Pascha vobis dare vinctum ad voluntatem vestram ; est unus homi-
cida in carceribus nostris qui dicitur Barrabas ; quem dimittam
vobis de duobus istis, Barraban an Jesum qui vocatur Christus ? »
Clamaverunt omnes contra eum : « Non hunc, sed Barraban. » —
Videns autem Pylatus quod non poterat eum liberare, petiit ab
eis : « Quid igitur faciam de Jesu qui dicitur Christus, cum nullam
causam mortis in eo invenio ? » — Tunc inceperunt aggravare
primam accusationem, dicentes : « Convertit populum a Galilaea
usque huc ». — Ut autem audivit Pylatus quod Galilaeus esset,
misit eum ad Herodem, qui erat tunc temporis Hierusalem, qui
multum cupiebat illum videre quod de eo multa audierat, sed in
praesentia Herodis nihil respondit, nec aliquod signum fecit.
Videns autem quod nihil faciebat, nec loquebatur, reputavit eum
fatuum, et fecit eum indui veste alba, sicut fatuum, et remisit illum
ad Pylatum, et die illa facti sunt amici. Herodes et Pylatus[6].

Pylatus autem convocatis principibus sacerdotum, dixit ad

1. Luc , XXIII, 2.
2. Ces explications viennent des *Postilles* de N. de Lire. Cf. p. 227, note 44 de ce livre.
3, 4. Joann., XVIII, 35, 36, 37, 38.
5. Item. Peut-être faut-il corriger : *a parte.*
6. Luc., XXIII, 12.

illos : « Vos obtulistis mihi hominem hunc quasi subvertentem legem. Interrogavi eum, sed nullam causam mortis invenio, neque Herodes ».— Et volens eum liberare de manibus eorum : « *Emendatum illum dimittam* [1] ». Tradidit militibus qui propter hoc recipiebant pecuniam, et exeuntes eum ligaverunt ad colonnam, et funiculis nodosis usque ad sanguinis effusionem flagellaverunt,

13 v°. et postea veste purpurea eum circumdederunt, et plectentes coronam spineam imposuerunt capiti ejus, et in manu baculum arundineum, pro sceptro derisorie, ante eum flexis genibus veniebant dicentes : « *Ave rex Judaeorum* [2] », et dabant ei alapas, expuentes in eum. Cum autem sic verberassent crudeliter, Pylatus fecit eum adducere foras, et dixit : *Ecce homo* [3]. credo quod regem vestrum non se praesumet facere, sicut volebat ». — Quaerebat autem Pylatus eum liberare. Tunc omnes clamaverunt cum impetu : « *Tolle, crucifige* [4] ».— Dixit eis Pylatus : « *Regem vestrum crucifigam* [5]? » O natio prava et perversa es, quae non habes compassionem· de rege tuo ! Unde dixit Augustinus quod coram[sententia] Pylati non poterat evelli, quia Christus esset rex Judaeorum. Tunc dixerunt : « *Non habemus regem, nisi Caesarem* [6]. Si hunc dimittis, non es amicus Caesaris », id est : si tu non condemnes eum ad mortem, mandabimus Caesari ». — Timens autem Pylatus perdere officium suum, videns quod eum liberare non poterat, fecit apportare aquam, et lavit manus suas, dicens : « *Innocens ego sum a sanguine hujus justi* [7] ». — Tunc dixerunt : « *Sanguis super nos et super filios nostros* [8] », et sedit pro tribunali. et dixit : « Ego Pylatus, praepositus in Hierusalem, judico te Jesum Nazarenum quod regem te fecisti. filium Dei te nominasti, seditionem in populo praedicasti, ideo juxta decreta et principium Romanorum te praecipio cruci affigi et elevari ut moriaris ». — Et data sententia a Pylato, bajulans sibi crucem, non dicitur bajulantes. quod crux erat XV pedum [9], recepit, et vexatus non poterat pedem pedi praeponere, quod non comederat, nec biberat, sed die ac nocte innumerabilia tormenta sustinuerat, quod videns glo[rio]sa Virgo cum lachrymis

1, 2, 3. Luc., XXIII, 16.

4. 5, 6 Joann., XIX, 5, 15

7, 8. Matth., XXVII, 24, 25.

9. Ce chiffre vient du dialogue apocryphe de S. Anselme sur la *Passion*.

et gemitibus venit ad eum ut ipsum juvaret, et quidam guartio contra pectus gloriosissimae Virginis Mariae ita fortiter percussit quod eam ad terram projecit, et subito ille, ut dicunt aliqui, non amplius visus est ab illa hora ; quia vero non cito ibat, fecerunt portare crucem usque ad locum Calvariae, et multae secutae mulieres eum sequebantur flentes, quibus Christus dixit : « *Filiae Hierusalem nolite flere super me, sed super vos ipsas flete* [1], quod dies veniet, scilicet tempore Vespasiani et Tyti in destructione [2] Hierusalem, et tunc dabunt triginta Judaeos pro uno denario ».

Quum venerunt ad locum Calvariae, spoliaverunt eum nudum et 14 r°. extenderunt eum super crucem et affixerunt unam manum ex una parte, pro majori dolore ejus fregerunt cuspides clavorum et, quum Christus fuit extensus supra crucem, in terra crucifigitur. Virgo Maria, cum audivit ictus martelli, dixit : « O misera, nunc gladius intrat cor meum de quo prophetavit Symeon, *Luc* II : « *Et tuam ipsius animam per transibit gladius* », et Jesum sic denudatum extenderunt super crucem, et clavum in profundo palmae unius fixerunt, et aliud brachium tantum fortiter traxerunt ut os et venae rumperentur et omnia apparerent ossa juxta illud *Psalm.* (XXI, 18) *Dinumeraverunt omnia ossa* etc. Et ita cum clavo perforaverunt. Postea cancellati cruribus utrumque pedem sub uno clavo perforaverunt, et crucem levaverunt inter duos latrones quasi principis latronum, et certe congrue est quod pro peccatoribus moritur. Videte latitudinem magnae fiduciae ! nisi vellet nos recipere, [non] tantum extendisset brachia sua ; et, quum crux fuit elevata, tunc beata Virgo vidit filium suum, et venit ad pedes crucis et cecidit in terram, dicens : « O dies doloris, o dies tristitiae ! » et guttae sanguinis filii sui cadebant super caput ejus, et Christus videns matrem suam, plus dolebat de ea quam de passione sua. Et ut mors illius melius appareret, cum eo crucifixerunt duos latrones, unum ad dexteram et alium ad sinistram. Notandum quod, quum quis ita confusibiliter moriebatur, erat consuetudo, Judaeorum ut causam mortis suae scriberent ita ut omnibus

---

1. Luc., XXIII, 28, 29

2. Cette addition sur la destruction de Jerusalem etc. et tous les détails de la crucifixion qui suivent viennent du Dialogue apocryphe de St Anselme que nous avons cite, p. 231.

transeuntibus legeretur et ideo Pylatus ad se excusandum, et
Christum deridendum, affixit tabulam de oliva, in qua scriptum
erat: Jesus Nazarenus rex Judaeorum. Ut multi diversarum linqua-
rum possent intelligere scriptum, erat hebraice, graece et latine, et
licet Pylatus posuerit istam tabulam in derisionem, et causae
mortis Christi ostensionem, tamen monstrabat quod male judica-
verat eum propter haec quattuor quae scripsit. Primum, quod
Jesus idem est quod Salvator. Secundum verbum Nazarenus idem
est quod floridus. Tertium verbum est rex. Aliquis liberatur
propter nobilitatem, sed Christus erat nobilissimus etc. Quartum
verbum est Judaeorum. Nam aliquis [causa] liberatur affinitatis,
14 vo. sed Christus fuit Judaeus et de genere regali : igitur [liberandus
esset]. Hunc titulum multi legerunt, quod prope civitatem erat
locus ubi crucifixus est Christus. Videntes autem Pontifices dixerunt Pylato : « Noli scribere, rex Judaeorum. sed quod˙ ipse dixit
« Rex sum Judaeorum. » — Respondit Pylatus « *Quod scripsi
scripsi*[1] ». Milites crucifixerunt eum et acceperunt vestimenta sua
et fecerunt quattuor partes, unam propter militem. et tunica erat
inconsutilis desuder contexta per totum. Et dicunt aliqui quod
beata Virgo Maria ei fecerat, dum erat·puer et. cum cresceret.
crescebat indumentum ad quantitatem corporis. Et de hac veste
dixerunt. « *Non scindamus sed* etc.. ut adimplerentur Scripturae
dicentes : « *Partiti sunt vestimenta et super vestem meam mise-
runt sortem*[2] ». Et nota quod luserunt ad taxillos. Alii praetereun-
tes, blasphemabant eum, dicentes. « *Vah! qui destruis templum
Dei* etc. *et in triduo* etc. *Si tu es* etc., »[3] sed noluit descendere de
cruce quod sciebat hoc esse ex instinctu dyaboli, quod secundum
Glossam[4], erat super brachia crucis ut [arriperet] si esset defectus
in eo :... Heu ! quomodo debemus timere in morte ! Dyabolus fuit
in morte Christi qui sine peccato erat. Tertio a laicis dicitur :
« *Alios salvos facit, seipsum autem non potest salvare*[5]. Quarto a
latrone nequissimo pendente in cruce dicitur : « Si tu es Christus,

---

1. JOANN., XIX, 22, 24.
2. PSALM., XXI, 19.
3. MATTH., XXVII, 40.
4. *Glossa ordinaria*. lib. Tobiae, VI, 2 (Patr. Migne, t. CXIII, p. 728).
5. MATTH., XXVII, 43.

salvum te, fac et nos ». Hoc autem dicebat de sanitate et salúte
corporis, sed non animae. Alius latro bonus, et cognoscens cul-
pam suam, increpabat alium, dicens : « *Neque tu times Deum
quod in eadem damnatione es* : Nos quidem juste digna factis
recipimus ; iste autem nihil male fecit », et, conversus ad Christum,
recepit contritionem integram et fidem. O quam durum cor, qui
non haberet contritionem ! Tunc dixit latro cum magna fide et
contritione : « *Domine, memento mei dum teneris*[1] etc. Et cum
fletu magno et contritione magna dixit : « Domine, non dico deponas me nunc in paradiso quod non sum dignus, sed quum ero in
purgatorio. et ibi sim usque in die judicii, tunc memento mei ». —
Ad quem Christus : « *Amen dico tibi, hodie mecum eris in Paradiso*[2] ». Nunc videte quomodo ad modicam petitionem dedit ei
paradisum. Tunc Virgo Maria ait : « O fili mi, latroni loquimini 15 r°.
et mihi non. quae sum mater tua ! O fili, dic aliquid mihi, et non
decognosces[3] matrem tuam ; moriar ego tecum ». Tunc Christus
voluit eam consolari et sibi dixit : « *Mulier, ecce filius tuus*[4] »,
et postea dixit Johanni : « Ecce mater tua ». id est « Servies ei,
et honora eam ». Tunc audiens Maria : « *Helasse* (sic) et qualis est
consolatio illum habere filium piscatoris pro filio Creatoris ! O fili
mi, modo impleta est prophetia Symeonis. ut supra. Tunc Christus
oravit : « *Pater, dimitte illis quod nesciunt*[5] etc. ». Quod videns
Virgo Maria, oculis elevatis, vidit filium suum sanguinolentum, et
recipiebat guttas sanguinis filii sui supra caput suum. « O fili mi,
tu oras pro persecutoribus tuis, quibus tanta bona fecisti in
deserto. Aqua de petra [eos] adaquasti et nunc sanguinem tuum
effundunt super Patrem et super dolorosam matrem tuam ».
Tunc Christus incepit dicere « *Heloy, Heloy, Lamazabathani*[6]
quod interpretantur etc. vel quasi diceret « Derelictus sum a discipulis et parentibus meis ». Deinde, hora quasi nona, clamavit
voce magna dicens : « *Sitio*[7] ». O Domine, quid sitis ? Certe sitio[8]

1, 2. Luc., XXIII. 20, 40, 42, 43.
3. lp : *decognoscis*.
4. Joann., XIX, 26.
5. Luc., XXIII, 34.
6. Math., XXVII, 46.
7. Joann.. XIX, 28.
8. Ce commentaire de *sitio* vient de St Bernard (*Vitis mystica*).

redemptionem hominis et salutem. De siti clamat et de cruce tacet.
Tunc acceperunt acetum ysopo imponentes et posuerunt vinum
cum felle mixtum ut majus fieret venenum, et ut creparet, et acetum
per totum corpus diffunderetur. Cum gustasset noluit bibere, unde
impletum est illud Psalmi LXVIII : *In siti mea potaverunt me aceto* ».
Consuetudo Judaeorum erat[1] ; quum quis morte crucis puniretur,
aliquae bonae dominae faciebant sibi poculum de optimo vino ut
minus sentiret dolorem. Hanc consuetudinem servaverunt Christo,
sed milites, ut glutones, illud biberunt, et loco illius dederunt
vinum amarissimum. Tunc ait Christus : « *Consummatum est*[2], scilicet : opus redemptionis Humanae Naturae etc. » — Virgo Maria :
« O fili mi, nunc consummatae sunt tribulationes meae! completi
sunt dolores mei. Nunc vidua sum de filio meo. Perdidi consolationem meam, gaudium meum et Deum meum ». Et tunc Christus
clamavit voce magna : « *In manus tuas, Domine*[3], etc. » et inclinato capite versus eam, recipiens congerium a matre sua, quasi
diceret : « Mater mea, ad Dominum » et sic emisit spiritum. Vide si
potest plus facere pro te aut majus. Dilexit te usque ad mortem
charissimam. *Or (sic)* cognosce, misera creatura, quantum sibi
obligaris, et age sibi gratias de tanto beneficio. Et ait virgo Maria :
« O misera, o dolorosa, modo sum vidua de filio meo ! O modo quid
faciam ? volebam portare velum album, modo portabo nigrum,
quod perdidi consolationem ». Mirum fuit quod virgo Maria non
crepuit prae tristitia, et cecidit ad terram quasi mortua. O cogitate, bonae gentes, qualis dolor fuit beatae Virgini Mariae ! Nunc
in ea impletum est illud Threnorum : « *O vos omnes qui transitis
per viam videte si est dolor sicut dolor meus*[4] », id est, super terram. Credo quod non, sed securae sunt statim consolationes ibidem, quod sol dimisit vestes albas et indutus est de nigro cum
beata Virgine ; quod tenebrae factae sunt super universam terram
usque ad horam nonam per tres horas. Nunc elementa compatiun-
tur suo Creatori ad designandum quod Sol justitiae moritur.

15 v°.

---

1. Cette singulière coutume vient des *Postilles* de N. de Lire in MATTH., XXVII, 34.
Et dederunt (p. 455), lequel dit avoir recueilli le fait « in quodam libro Hebraico qui
apud eos intitulatur *liber Judicum ordinariorum*.

2. JOANN., XIX, 30.

3. LUC., XXIII, 46.

4. HIEREM., Thren., I, 12.

Petrae scissae sunt. Terra mota, et multa corpora sanctorum qui dormierant, surrexerunt, et venerunt in sanctam civitatem, et apparuerunt multis, et velum templi scissum est a summo usque deorsum, et Centurio conversus est ad fidem Christi, dicens : « *Vere filius Dei erat iste*[1] » et Apostoli revertentes percutiebant corpora sua, et isti fructus passionis consolabantur beatam Virginem, quod convertebatur ad fidem sui filii. Erant enim quattuor mulieres, scilicet Maria Magdalene, Cleophe, Maria Jacobi et Salome, et multae mulieres quae venerant de Galilae cum Christo ministrantes, quae consolabant Virginem Mariam, quamvis uberrime flerent. Judaei autem, ne corpus Christi aut aliorum remanerent super crucem in sabbato, quod dies solennis erat, convenerunt post prandium et fregerunt eorum crura. Cum autem venissent ad Jesum, non fregerunt ejus crura ut verificaretur illud *Exo.* xxiij « *Os non comminuetur* ex eo », sed inde venerunt ad Christum dicentes : « Iste traditor est [non] mortuus, sed fingit se. Percutiatis eum ». — « Certe dixerunt ipsi : « Non faciemus ». — Tunc quidam miles dixit : « Ho ! ho ! expectetur modicum ; si non est mortuus iste proditor, ego bene faciam eum mori. Ducatis mihi ad eum » dixit, quod coccus erat. Et duxerunt eum ad crucem et lancea aperuit 16 r°. latus ejus et continuo exivit sanguis purus et aqua clarissima, fons vivus, rivulus et alius aquae, et modica gutta sanguinis quae cecidit super oculos Longini ; recuperavit visum, sive reparavit, quo viso, conversus est ad fidem Christi. Quod videns, Virgo Maria fuit valde consolata de dolore quem habuerat de filio suo. Tunc Joseph Abarimath[ia], nobilis decurio, qui erat notus in curia Pylati, petiit corpus Jesu Pylato, dicens. « Domine ego feci vobis tot servitia. Peto vobis unam gratiam ut detis mihi corpus Jesu », et Pylatus dubitabat si jam obiisset. Qui dixit ei ; « Jam mortuus est ? ». — Et ait illi : « Ita, Domine. » — Pylatus : « Ite ergo. » — Secutus[2] exercitum centurio, scilicet, capitaneus et cum eo centum hominum armorum, venit coram Pylato dicens : « O maledicta hora et dies in qua natus sum. O ! quare non sum mortuus ? » Dixit ei Pylatus : « Quid habes tu ? » — Ait ille : « O Domine, nonne vidistis quomodo sol obscuratus est et nunc quod audistis terrae

---

1. Matth., XXVII, 54.
2. lp. *Secundum... centurionis... capitanes.*

metum? ». — Postea dixit Pylatus : « Et ego maledictus executavi sententiam mortis contra Salvatorem meum et mundi et filium Dei ! O maledicta mater, quae portavit me, quod feci sententiam de meo Creatore ! » — Et sic venerunt Joseph et Nichodemus, et deposuerunt eum de cruce, ponentesque in sepulchro, et cantantes : « *In exitu Israel de Egypto, domus Jacob* etc. [1]. Et quum fuit depositum corpus de cruce, Virgo Maria osculabatur membra Christi, dicens : « O manus quae creasti mundum etc. ! quomodo maledicti Judaei te perforaverunt », et sic de aliis membris, et quando ad latus Domini aspexit, dixit : « O bonae gentes, dicit Virgo Maria, clamando fortiter, venite, venite ad portam paradisi ! Ecce porta per quam clausa est porta inferni et aperta est porta paradisi, venite et intrate ». Tunc posuerunt eum in sepulchro novo inciso in lapide, involutum in syndone alba de lino. Est enim syndon pannus lineus albus in quo fuit sepultus. Ideo corporalia debent esse alba et munda de lino. Quo sepulto, Virgo Maria volebat secum manere usque ad resurrectionem ; sed finaliter Maria Magdalena reduxit eam ad civitatem Hierusalem. Dicebant autem gentes : « O benedicta quae de tanto alto castro cecidisti ! » Dicebat Maria : « O bonae gentes, vos non noscitis quia perdidi gaudium meum ! » Et quum ingressa est domum, incepit flere et dicere : « O fili mi ! Ego non comedam, neque bibam quousque videam vos ! » — Itaque, quod nisi fuisset spes resurrectionis, crepuisset Virgo Maria millefies. Ecce sepelitio corporis domini nostri Jesu Christi, et completa est prophetia : Radix Jesse qui stas in signum populorum, ipsum gentes deprecabuntur, et erit sepulchrum ejus gloriosum, *Ysa.* XI [2] » — ; Jesse erat pater David, et Christus erat per creationem......,[3] ergo Christus passus est pro nobis salvandis.

---

1. PSAL., CXIII.
2. Ysa. XI, 10.
3. Sous entendre : descendant de David.

MORALITÉ

MYSTÈRE ET FIGURE DE LA PASSION

DE NOSTRE SEIGNEUR IESUS CHRIST

Nommée SECUNDUM LEGEM DEBET MORI.

Et est à onze personnages : Deuotion, Nature humaine, Le Roy
souuerain. La Dame debonnaire, L'Innocent, Noel, Moyse, saint
Jean-Baptiste, Symeon, Enuie, Le Gentil.

A Lyon par Benoist Rigaud, s. d., (vers 1540) in-8° de 88 p. chif-
frées. Environ 2.200 vers.

Bib. Nat., Réserve, f. 14 (4352 A). Idem. Ms. fr. 25,466.

DEVOTION explique le sujet dans un Prologue :

> Je suis devant [1]. O devost populaire
> Qui desirez vostre salvation,
> Vous cognoissez qu'il est tres necessaire
> Souvent avoir en recordation
> La tressacree et digne passion
> De l'Innocent avec nature uny,
> Duquel orrez la declaration
> *Quod secundum legem debet mori.*

Nature humaine « habillée en femme comme lepreuse » [2] (fol. 3, v. 8),
vient se plaindre au Roy Souverain qui lui déclare qu'un Innocent doit
périr pour la sauver (fol. 9 v°). — Cependant cet Innocent s'entretient
tendrement avec sa mere, Dame Debonnaire, et pressent sa destinée :

> Les grans regretz que mon doulent cœur porte !
> Le corps s'en va, mais le cœur vous demeure,

---

1. Ms. 25,469 : *Jesus devant*, mauvaise leçon, mais le Ms. permet souvent de corriger
les non-sens de l'imprime tres défectueux.

2. Cf. la *Passion* de Greban, v. 1345 :

> Je voy toute humaine Nature
> ja infecte par mon seul vice.

Ou autrement je voy ma joye morte,
Car certain est que brief faut que je meure ;
Ma bouche rit et mon doulent cœur pleure
Pour les douleurs qui me sont a venir,
Mon cœur, mon bien, m'amour, mon souvenir.

LA DAME.

Mon bel amy, vivez en esperance,
Et n'attendez secours aucunement ;
Ne mettez point espoir en oubliance,
Laissez soucy, vivez joyeusement.
Mal me seroit de vostre absentement,
Pour vostre mal trop doulante seroye [1],
Mon filz, mon tout, mon soulas et ma joye.

L'INNOCENT.

Trop m'est amer vous servir en amours [2],
Mais ce qui doit advenir adviendra. (f. 10, v. 230).

. . . .

Nature humaine vient en effet conjurer la Dame debonnaire de lui
sacrifier son fils, et, sur son refus, les entraine tous deux :

A l'auditoire et la maison
De Noé, le naturel juge
De la loy, sans plus de blason.

Pause (fol. 11 vᵉ).

Noé entend les deux parties, délibère longuement, et finit par donner
gain de cause à Nature humaine qui emporte son « dictum » ou son arrêt.
Mais la Dame de protester :

Que mon fils meure, j'en appelle
Devant le juge de la loy
Escripte, il est pardessus toy,
C'est Moyse legislateur. (fol. 26).

« Icy faut une passee de sol ce temps pendant qu'ilz vont devant Moyse. »

Moyse reçoit la plainte de la Dame, a laquelle Nature oppose triom-
phalement l'arrêt de Noé. (fol. 30).

_____

1. Imprime : trop doulent je seray.
2. Ip. : vostre service amoureux.

« Icy Moise lit tout hault [1] une piece d'escriture escripte en parchemin signee et scellee qui est la sentence donnee en ladicte matiere par Noé, juge de la loy de Nature, de laquelle pièce la teneur s'ensuit en prose. ....
....

Après en avoir délibéré, Moise rappelle les prescriptions qu'il a jadis données dans l'*Exode* (XII. 6, 22) : l'aigneau pur qui devait être immolé chaque année à la Paque était la figure de cet Innocent, « de cest aigneau

Immaculé, des autres le plus beau.

Il rejette l'appel, remet copie de son arrêt à la Dame, et l'engage à ne plus solliciter d'autres juges, mais celle-ci se rend tout droit au tribunal de la loy de grâce.

Passée de sot (fol. 40).

Nouveaux débats devant les présidents de la loy de grâce, Symeon et Saint Jehan-Baptiste. L'arrêt lu par le président Saint Jehan est conforme aux précédents ; donc, plus de recours qu'auprès du Roy Souverain à qui la Dame va demander « justice et grâce ». Nature humaine se promet de la devancer.

Passée de sot (fol. 61).

Nature humaine invoque la première le Roi qui lui promet qu'elle va être délivrée de ses maux (fol. 64 v°). La Dame et l'Innocent le supplient à leur tour à genoux, mais le Roi déclare à son fils qu'il est obligé d'accomplir les prophéties et de consentir à sa mort. Dame débonnaire ne proteste plus, elle lui dit adieu :

Ha ! mon enfant, voici la departie,

et elle accepte l'arrêt « en louant la bonté divine » (fol. 71 r°). Aussitôt Nature humaine appelle ses suppôts :

Venez, venez, Envie judaïcque,
Et d'autre part, Gentil trucidateur,
En besongne chascun de vous s'applique,
Venez occire l'Innocent viatique.
Il est jugé pour estre redempteur
Du genre humain, et le rendre tout franc ;
Tuez l'aigneau pour en avoir le sang,
Sourdez sur cil qui veut nuyre aux maistres,
Et les reprent, tant soyent caux et subtilz,
Il ne mourra que par envie des prestres
Et des tirans du peuple des gentilz (fol. 72 r°).

1. Ip. : *en haut.*

32

Envie et Gentil sont divisés et commencent par faire assaut d'injures, mais ils se mettent d'accord pour ce supplice. Tous deux dépouillent l'Innocent, l'attachent à un pilier, et le flagellent à l'envi, sans que Nature humaine soit encore satisfaite (fol. 75). — Alors Gentil « crucifie l'Innocent en un arbre », dresse la croix avec Envie. et tous deux vont à la taverne jouer les dépouilles aux dés. Quand l'Innocent a expiré, Gentil revient pour le frapper de la lance (fol. 81). Cette fois, Nature humaine va pouvoir étancher sa soif (fol. 82), et « laver sa face et ses yeux ».

Je meurs de soif auprès de la fontaine [1].

« Ici faut une passée de sot tandis qu'elle jecte son manteau noir » et se réjouit de sa guérison (fol. 83).

Cependant Dévotion détache le corps de l'Innocent et le dépose dans le giron de la « Dame de pitié » qui commence une longue complainte (fol. 84). — Nature humaine vient la remercier de sa bonté, et Dévotion conclut la pièce en félicitant Nature humaine de son salut, en expliquant les allégories et « figures », et en exhortant le peuple devocieux à penser toujours :

Au mystère de la vraye passion (fol. 88).

1. Le refrain mis au concours par Charles d'Orléans se rencontre souvent ailleurs, suivant une note que je dois encore à l'obligeante érudition de M. Em. Picot. — Cf. Montaiglon, *Recueil*, t. V, p. 262; *L'Esperit trouble*, fol. Bvɪɪ [*Incipit* : Du tout me mectz en vostre obeissance]; B. de la S. des anciens textes français, 1875, p. 32, etc.

FIN

TABLE DES MATIÈRES

II

LA THÉOLOGIE ET LE DÉVELOPPEMENT DU MYSTÈRE DE LA PASSION AU XVᵉ SIÈCLE.

Les sources théologiques.

CORRECTIONS ET ADDITIONS

Page 85, l. 13. — La conjecture sur le nom de *Nicodemus*, pris dans une acception comique, nous parait d'autant plus probable qu'un autre personnage de la Passion, Longin ou *Longis* a de même donné le mot populaire *longis*, lambin. — « Vostre grand *longis* » dit la *Farce du Badin qui se loue*, citée par Godefroy, v° *longis*.

PASSION DE SEMUR

P. 4, v. 108, au lieu de *qu'il*, lire *quil*.

P. 8, v. 287, au lieu de *cest*, lire *c'est*.

P. 10, v. 397, supprimer la , après *aboly*.

P. 12, v. 532, transporter le . après *nee*.

P. 15, v. 714, au lieu de *de bien et de mal*, leçon du ms., corriger *de bien, de mal*.

P. 21, v. 1025, au lieu de *noir*, corriger *noié??*

P. 22, v. 1071, ajouter une , après *fremist*.

P. 30, v. 1521, au lieu de *seur*, lire *feur*.

P. 30, v. 1525, au lieu de *sinterelles*, lire *sincerelles, cincerelles*.

P. 30, v. 1518, 1750, 1941, au lieu de *eui*, rétablir les graphies du ms., *hui, hust*, etc.

P. 39, v. 1961, au lieu de *quesse*, lire *qu'esse*.

P. 49, v. 2459, au lieu de *ils*, lire *il*.

P. 61, v. 3044, au lieu de *en cheminé*, lire *encheminé*.

P. 65, v. 3695, au lieu de *Car ainsin*, lire *Qu'ainsin*.

P. 66, v 3726, au lieu de *manteris*, lire *manteris*.

P. 76, v. 3805, note, ajouter : cette graphie *monchier* à corriger en *mont chier* prouve que l'auteur, comme le copiste J. Floichot, employait souvent *mont* au lieu de *mout*.

P. 84, v. 4237, au lieu de *seul* (l. du ms.), lire *seus*, rime *joyeulx*.

P. 89, v. 4354, au lieu de *enchassent*, lire *en chassent*.

P. 92, v. 4486, au lieu de *an yre*, lire *anyre*.

P. 95, v. 4865, au lieu de *nous ordons* (l. du ms.), lire *nous sordons*.

P. 96, v. notes : au lieu de 4694-4696, ces trois vers ont la même rime. — Lire 4674-4676, et ajouter : même remarque pour les tercets suivants jusqu'au vers 4770.

P. 99, v. 4845, au lieu de *Dire*, lire *D'ire*.

P. 99, v. 4853, au lieu de *lordure*, lire *laidure*.

P. 99, v. 4882 et 8178, au lieu de *cintonal*, lire *cintoual*.

P. 103, v. 5099, au lieu de *aler en guerre* (l. du ms.), lire *aler enquerre*.

P. 120, v. 5929, au lieu de *e, strene*, lire *estrene*.

P. 130, v. 6426, au lieu de *veul ge* (l. du ms.), lire *vuil ge*, rime *sui ge*. Cf. v. 5385.

P. 133, v. 6536, au lieu de *tolt*, rétablir *tolz*.

P. 143, v. 7081-82, note 7081, remettre ces deux hémistiches sur la même ligne ; amende rime avec *pendre*.

P. 149, note 7438, au lieu de *Psal.*, lire *Psal.*, XXI, 18.

P. 162, v. 8124, au lieu de *aiguez*, lire *argüez*.

P. 164, v. 8244 et p. 191, 192, au lieu de *Jullal, Inlath*, lire *Evilath*.

P. 163, v. 8740 et Glossaire, mot *sanbeaulx* ; au lieu de la leçon du ms. : Qu'a tels pourpres et tels *sanbeaulx*, corriger plus franchement : Qu'a tels troupes et tels *cembeaulx*.

P. 173, v. 8755, au lieu de *empler*, corriger *embler*.

P. 175, v. 8837, au lieu de *veullez*, lire *veulles*.

NOTES. — *Supprimer'* : les notes des vers 1786, 1838, 3690, 7946 (On attendrait, etc.), 7326, 8837. 9320.

Ajouter : Ces 3, 4 vers riment ensemble après les vers 316, 351, 415, 452, 499, 1340, 1839, 1979, 3568, 3856 et 64, 3568, 4131, 4533, 5407, 5607, 6509, 7209 7225, 7649, 7689, 8472.

Ajouter : Ce vers n'a pas de rime après les vers 196, 329, 353, 2043.

GLOSSAIRE. — Après le mot *reaulx*, p. 201, supprimer : *se rappeler* ; p. 203, *vercy*, l, 2, lire *bois* au lieu de *boir*.

P. 250, l. 8, au lieu de *Bibliothèque de Darmstadt*, n° 18, lire *Bibliothèque Grand-Ducale de Darmstadt*, ancien n° 18, actuellement numéro 1699, cf. ch. I de ce livre.

P. 251, l. 2 et 3, au lieu de *Tischendorff*, p. 5o, lire *p. 181.*

P. 214, note 15 et p. 278, l. 16, 17. Cette *Postille* de Nicolas de Lire devait être particulièrement célèbre, car elle est également citée dans la *Nativité* de Rouen (1474).

P. 293, l. 24. — La Vie de Marie-Madeleine lonhtemps attribuée à Rabanus Maurus n'est pas de lui (Cf. *Hist. littéraire de la France*, t. 32, p. 96, note 1).

P. 338, l. 10, au lieu de *le vieux poème français mis en prose*, lire *le vieux poème en prose*. — Cf. p. 324-325.

P. 339, l. 6, au lieu de *dans le poème français et dans les manuscrits*, lire *dans les manuscrits du poème français en prose* (ou de la *Passion selon Gamaliel*).

P. 342, ligne 1 et 343, ligne 4. *item*, au lieu de l'expression équivoque *version en prose du poème français*, lire comme précédemment *le roman ou le poème en prose français*.

Made at Dunstable, United Kingdom
2022-07-14
http://www.print-info.eu/

83134417R00371